MARY E. GARNER

Helles Land

Weitere Titel der Autorin:

Das Buch der gelöschten Wörter – Der erste Federstrich
Das Buch der gelöschten Wörter – Zwischen den Seiten
Das Buch der gelöschten Wörter – Die letzten Zeilen
Der Buchladen in der Percival Road

Titel auch als Hörbuch erhältlich

Über die Autorin:

Mary E. Garner träumte sich schon immer gern in ferne Welten. Zudem liebt sie es, mit Pferd und ihren Hunden lange Spaziergänge durch die Wälder ihrer Heimat zu unternehmen. Naturschutz liegt ihr sehr am Herzen, ebenso ist ihr Diversität in Kunst und Kultur wichtig. Beides spiegelt sich in all ihren Geschichten wider, die Hoffnung geben, und Mut machen, das Schicksal selbst in die Hand zu nehmen. Unter ihrem Klarnamen Mirjam Müntefering schreibt sie auch in anderen Genres.

MARY E. GARNER

HELLES LAND

Die Erwählte des Heiligen Baumes

ROMAN

lübbe

MIX
Papier aus verantwortungsvollen Quellen
FSC® C014496

Dieser Titel ist auch als Hörbuch und E-Book erschienen

Originalausgabe

Dieses Werk wurde vermittelt durch die
Michael Meller Literary Agency GmbH, München.

Textredaktion: Friederike Haller, Berlin
Umschlaggestaltung: Marie Graßhoff unter Verwendung von Motiven
von © Adobe Stock: momosama | LiliGraphie | tomertu | quickshooting |
MiaStendal | Djero Adlibeshe | Elena Schweitzer
Satz: Dörlemann Satz, Lemförde
Gesetzt aus der Minion Pro
Druck und Verarbeitung: GGP Media GmbH, Pößneck
Printed in Germany
ISBN 978-3-404-20978-1

2 4 5 3 1

Sie finden uns im Internet unter luebbe.de
Bitte beachten Sie auch: lesejury.de

Für Maggie.
Weil ich manchmal nicht weiß, wohin mit all der Liebe,
die ich für dich immer noch in mir trage. Liebe wie ein riesiger,
lebendiger Baum. Mit endlosen Wurzeln, die in alle
Bereiche meines Lebens reichen. Mit süßen Früchten und
verheißungsvollen Samen. Mit flüsterndem Laub,
das mir Erinnerungen zuraunt. Und mit einer grünen,
sanft im Wind rauschenden Krone, die mich beschützt.
Missing. Missingmissing you.

Hinweis: Zu dieser Geschichte gibt es auf S. 475 eine Triggerwarnung. Wenn es Themen gibt, die dir so ungute Gefühle bereiten, dass die Lesefreude damit auf der Strecke bleibt, schau kurz nach, ob es »dein« Thema ist.

Ich möchte mitreißende, spannende Geschichten erzählen – aber noch viel mehr möchte ich, dass es dir dabei gut geht!

PROLOG

Ich folge dem vertrauten Pfad durch das Refugium, während Blätter auf mich herabregnen, die der zornige Wind von den Zweigen reißt. Ein Sturm, wie wir ihn seit Jahrhunderten nicht erlebt haben, tobt über dem Wald und lässt den Boden erzittern. Je näher ich meinem Ziel komme, desto heftiger wütet die Gewalt.

Hier und da stürzen Bäume mit tosendem Krach zwischen ihre Kameraden. Durch die entstandenen Lücken im Kronendach des Waldes kann ich die Sterne am Himmel glitzern sehen. Morgen früh schon, wenn die zwei Sonnen aufgehen, werden ihre sengenden Strahlen diese Löcher suchen, bis herab zum Boden dringen und langsam verdorren, was dort gerade noch grün und frisch wächst.

Doch vielleicht kann ich noch etwas retten. Durch das größte Opfer, das ich in der Lage bin, mit meinem schwachen, menschlichen Vermögen zu erbringen.

Das grüngoldene Licht, das zwischen den Bäumen herrscht, lässt den Weg vor meinen Augen verschwimmen. Oder sind es die Tränen, die immer wieder in mir aufsteigen?

Ich habe alles versucht, was in meiner Macht steht. Ich habe das Leben aller Menschen, die ich liebe, in Gefahr gebracht.

Nun ist es an der Zeit, mein eigenes in die Waagschale zu werfen.

Schon von Weitem, noch ehe ich ihn sehe, kann ich den Heiligen Baum hören.

Mächtige Äste knarren und ächzen. Zweige peitschen knallend. Die letzte Biegung des schmalen Weges.

Da ist sie. Die Lichteiche.

Gigantisch. Riesig. Wunderschön. Und voller Macht.

Das einzige Lebewesen, das den beiden sengenden Sonnen unserer Welt ohne Hilfe standhalten kann. Jetzt im Dunkeln ist nicht zu erkennen, dass ihr wie nass glänzendes Laub in der Lage ist, die alles niederbrennenden Strahlen zu reflektieren. Und doch würde jeder Mensch mit allen Fasern seines Seins spüren, dass dies ein heiliger Ort ist – selbst diejenigen, die nicht über jene besondere Gabe verfügen, wie ich sie besitze.

Als ich einen weiteren Schritt in die Richtung meiner Baumfreundin tun will, saust ein Ast direkt vor meine Füße und prügelt den Boden so heftig, dass mir Erde ins Gesicht spritzt. Mit angehaltenem Atem friere ich in der Bewegung ein.

Ich soll nicht näher kommen. Das ist mehr als deutlich. Aber wie soll ich dann mein Opfer bringen?

Unsicher stehe ich da und blicke den gewaltigen Stamm hinauf, den zwanzig Frauen und Männer gemeinsam nicht würden umfassen können. Handgroße Blätter mit dem typischen Wellenmuster wirbeln um mein Gesicht wie panische Falter. Einige bleiben in den tiefen Falten stecken, die sich durch die raue Borke ziehen und in die problemlos eines meiner Beine passen würde.

Der Wind zerrt an meinen Haaren und meiner Kleidung. Er wird auch die Worte von meinen Lippen reißen, egal wie laut ich rufe. Also gehe ich in die Knie und lege die Handflächen auf den Boden. Dicht unter der aufgepeitschten Erde fühle ich das raue Holz einer starken Wurzel. Ich schließe die Augen.

Und da ist sie, die Verbindung, die mich so oft beglückt hat. Ich spüre die Frage darin. Ahnungsvoll.

Ja, antworte ich ihr. *Ich bin hier. Du hast die Warnung erhalten, die ich dir geschickt habe, nicht wahr? Deswegen der Sturm?*

Ihre Frage wird größer. Drängender.

Ich verstehe, dass du wütend bist, aber Helles Land *braucht dich*, denke ich so deutlich wie möglich. *Wir brauchen deinen Nachwuchs. Die Samen in deinen Früchten können unsere Welt retten. Sie können zu neuen Lichteichen heranwachsen und das Land schützen. Nicht nur das Refugium, sondern die ganze Welt, die wir* Helles Land *nennen. Savannah benötigt den Schutz deiner Art ebenso wie die Türme. Ich bin hier, um dich zu bitten, uns deine Früchte jetzt schon zu schenken.*

Die Bilder, die der Baum mir sendet, sind so klar und schmerzlich, dass ihnen gelingt, was alle Schrecken des Sturms nicht vermocht haben: mich bis ins Innerste zu erschüttern. Junge Lichteichen, große, schlanke, starke Bäume. Längst nicht so gewaltig wie dieser Baum vor mir, der ihren Samen hervorgebracht hat. Aber dennoch mächtiger als alle anderen Arten, die wir Menschen kennen. Aufblitzende Klingen aus Diamant. Scharf und erbarmungslos. Hieb um Hieb.

Nein!, versuche ich gegen diese Bilder anzugehen. *Nein, das wird nicht wieder geschehen. Ich gebe dir mein Wort. Ich verbürge mich für die Mächtigen der Türme und für die guten Menschen aus Savannah. Niemand wird deine Nachkommen anrühren! Wir brauchen die Samen, wir benötigen deine Hilfe.* Jetzt. *Es ist keine Zeit zu verlieren, wenn nicht Hunderttausende sterben sollen.*

Die schmerzhaften Bilder, dreihundert Jahre alt, aber in diesem Baum so lebendig wie mein Gestern, verblassen. Stattdessen spüre ich erneut die Frage. Sehe kurz mein eigenes Gesicht.

Ich bin hier, um mich selbst als Opfer zu geben. Wenn die alten Geschichten tatsächlich wahr sind und du ein Menschenleben als Siegel für ein Versprechen nimmst, dann bin ich hier, um diese Bindung zu erneuern. So wie es vor langer Zeit vielleicht schon einmal geschehen ist, biete ich mich dir als Sühne für die Verbrechen unserer Art an deiner an. Bitte. Hilf uns.

Die Wurzel unter meinen Händen wird warm. So drängend will die Lichteiche mir etwas sagen. Ich spüre es ganz unmissverständlich.

Ja.

Es ist ein Ja!

Zusammen mit einem mächtigen, kraftvollen Willen.

Aus meiner Kehle löst sich ein Schluchzen. Ich öffne die Augen und sehe hinauf.

Der gewaltige Baum vor mir schwankt immer heftiger. Nicht der Sturm lässt ihn derart wogen. Es ist der Baum selbst, der den Sturm entfacht. Wie ein riesiger Fisch in einem Becken, der das Wasser darin zum Brodeln bringt.

Seine Äste peitschen und knallen. Weit oben sehe ich die untersten der zwölf großen Früchte wild hin- und herpendeln. Doch sie sind noch nicht reif genug. Sie halten sich fest an ihren Stielen. Mir wird klar, dass es nicht gelingen wird. Sie werden nicht herabstürzen, selbst dann nicht, wenn der Baum es will.

Da verändert sich der Sturm, und ich begreife, dass er noch längst nicht das Höchstmaß seiner Kraft entwickelt hat. Rasch greife ich nach den umherschlagenden Zweigen eines Busches, halte mich fest, um nicht umgeworfen zu werden.

Es kracht.

Ich schaue am Baum hinauf. Sehe, dass etwas geschieht, von dem ich nie geglaubt hätte, dass es möglich ist. Die Lichteiche neigt sich, stärker und stärker.

Und plötzlich begreife ich. Das gefürchtete Opfer muss anders erbracht werden als erwartet.

Wie dumm ich gewesen bin. Hatte mir vorgestellt, wie hölzerne Arme mich in eine weise Umarmung zögen, hin zum viele Fuß dicken Stamm. Hatte dieses Bild vor mir gesehen, wie dicke

Rinde innerhalb weniger Wimpernschläge über mich hinwegwachsen würde, mich einschließen in diesem alten, mächtigen Baum, in dem mein Körper fortan wie ein Teil von ihm hausen würde.

Doch es wird anders kommen, wird mir schlagartig bewusst. Und zum ersten Mal, seit ich diesen Weg eingeschlagen habe, beginnt mein Herz in meiner Brust zu flattern wie ein Tausänger in der hohlen Hand.

Die Lichteiche lehnt sich erneut in meine Richtung. Die Erde bebt. Wurzeln reißen sie auf, lassen Sträucher wie Grasbüschel durch die Luft fliegen. Ein ohrenbetäubendes Krachen übertönt das Tosen des Sturms.

Nun ist es also so weit.

Genug des großen Abenteuers. Genug der Worte und der vergeblichen Versuche. Ich weiß, es wird gelingen. Durch mein Opfer wird *Helles Land* gerettet werden. Und alle, die ich liebe, werden weiterleben.

Kurz schließe ich die Augen.

Mein Leben ist gut gewesen und hat Sinn ergeben. Es gab Liebe darin, und ich habe einer großen Sache gedient. Im Grunde habe ich alles erlebt, was ein Mensch sich wünschen kann.

Der Gedanke hinterlässt einen feinen Schmerz in der Herzgegend. Ich will es nicht, nein, wirklich nicht, erst recht nicht jetzt, in den letzten Augenblicken. Dennoch taucht sein Gesicht hinter meinen geschlossenen Lidern auf. Er sieht mich an mit diesem spöttischen Blick. Seine dunklen Augen, die in mich hineinschauen.

Ich reiße meine eigenen wieder auf.

Nein, das jetzt nicht. Bitte kein Bedauern in den letzten Atemzügen.

Es ist zu spät.

Alle Gedanken versuche ich aus meinem Kopf zu verbannen und hefte meinen Blick unverwandt in die schwankende Krone der Lichteiche.

Die Augen zu schließen würde mir feige vorkommen im Angesicht des Opfers, das *sie* bringen wird. Also blicke ich hinauf. Und breite die Arme aus.

In ihrem Schutz, an ihrem Stamm hat all dies begonnen …

1. KAPITEL

Der süße Klang des ersten, hellen Tons aus der Kehle eines Tausängers ließ mich erwachen. Ich schlug die Augen auf und sah das orange gefiederte Tier auf der äußersten Zweigspitze eines benachbarten Astes sitzen, keine zehn Meter von mir entfernt. Der winzige Kerl hätte in meine geschlossene Hand gepasst, doch seine Stimme durchdrang den Wald auf Meilen.

Der Vogel sang eine komplette Strophe, sträubte dann sein Kopfgefieder und fiel in den Refrain des Morgenliedes.

Still lag ich da, die Wange auf das weiche Moos gebettet, das den meterdicken Ast bedeckte, auf dem ich ruhte, und lauschte ihm, wie er die Schönheit des erwachenden Tages pries.

Bei dieser Vogelart singen die Männchen am Morgen und die Weibchen am Abend. Die weniger auffällig in Grün, aber ebenso harmonisch gefärbte Partnerin dieses hübschen Gesellen musste irgendwo in der Nähe sein, doch ich wagte nicht, den Kopf zu heben und nach ihr zu schauen, aus Angst, den Sänger aufzustören.

Ein kristallblauer Schmetterling flatterte vorbei, ließ sich auf der Flechte dicht neben meinem Kopf nieder und schien an dem Gesang ebenfalls Gefallen zu finden.

Auf den Refrain folgte die zweite, dann auch die dritte Strophe. Bis der kleine Vogel sich schließlich zufrieden zeigte, die Flügel spreizte und geschwind wie eine Hornisse zwischen den Ästen hindurch davonsauste. Ein jadegrüner, winziger Schatten folgte ihm surrend.

Mit einem Lächeln auf dem Gesicht setzte ich mich auf und strich mir das im Schlaf zerzauste, schulterlange Haar aus dem Gesicht. Ich lehnte mich mit dem Rücken gegen den warmen Stamm hinter mir und genoss die Kraft, die ich dort spürte. Meine Fingerspitzen suchten in Moos und harmlosen Flechten eine kleine Lücke und betasteten vorsichtig die darunter liegende meterdicke Rinde.

»Ich hätte mir denken können, dass sich in deinen Ästen auch ein Tausänger niederlässt«, sagte ich leise. »Bei dir fühlen sich auch die zerbrechlichsten Geschöpfe sicher und beschützt.«

Direkt über mir raschelten ein paar Blätter. Andere hätten an einen Lufthauch geglaubt. Aber ich wusste, dass es ihre Antwort war, und spürte tiefes Glück darüber in mir vibrieren.

Ich war froh, dass ich mich gestern durchgesetzt hatte und hergekommen war.

Nach Sonnenaufgang hatte mich plötzlich diese innere Unruhe ergriffen, die ich oftmals verspürte, wenn ich meine Freundin lange nicht besucht hatte. So intensiv jedoch hatte ich das zittrige Drängen noch nie empfunden. Es war, als ob ich über die vielen Meilen hinweg die Stimme des Laubes, das leise Knacken der Äste vernommen hätte. Ich hatte mich ein wenig schwindlig gefühlt, wie sacht bewegt in einem heraufziehenden Wind. Als sei ich selbst eine große, starke Pflanze, die Unheil nahen spürte.

Ob meine Nervosität tatsächlich dem Hilferuf meiner Baumfreundin entsprungen war oder meinen eigenen schmerzvollen Erinnerungen, die mich zu diesem besonderen Datum überfallen hatten, konnte ich nicht sagen. Ich hatte nur gewusst: Ich musste hierher!

Parrett und Camille hatten mich sofort verstanden und begriffen, was in mir vorging, jetzt, da der Tag des schrecklichen Vorfalls sich zum dritten Mal jährte. Und so hatten sie mir den

Rücken gestärkt, als unser Dorfmeister und höchster Schirmer Aruncus Einspruch gegen meinen Aufbruch erhob.

»Schirmerin Claymaris aus Farndorf«, hatte er mich sehr offiziell angesprochen und damit seine Stellung als Refugiumsmeister über der meinen betont. »Morgen kommt die Delegation aus den Türmen hierher, das weißt du genau. Als die *Erwählte des Heiligen Baumes* musst du anwesend sein. Die Experten der Wissenschaften werden alles über die Lichteiche wissen wollen.«

»Da bin ich mir nicht sicher«, wandte ich ein. »Wären sie interessiert, hätten sie doch schon vor Wochen auf meinen Bericht über deren Blüte reagiert. Man sollte doch meinen, dass es auch in den Türmen von Belang sei, wenn der wichtigste Baum unserer Welt nach fast dreihundert Jahren endlich wieder Nachkommen erzeugt. Aber außer einer faden Eingangsbestätigung aus Highhaven kam nichts zurück. Rein gar nichts.«

Ich hatte Aruncus angefunkelt, als sei die enttäuschende Reaktion der Türmer seine Schuld, und er war meinem Blick ausgewichen. Seine düster umwölkte Stirn hatte trotzdem sein Missfallen ausgedrückt. Weil er anlässlich seiner Ernennung zum Refugiumsmeister vor Jahren einen Besuch in den Türmen hatte machen dürfen, hielt er sich für die uneingeschränkte Autorität in deren Belangen. Dass ich den Hohen Rat in den Türmen und sogar die oberste Herrscherfamilie zu kritisieren wagte, hatte ihn vielleicht deswegen besonders geärgert, weil er so klug war, den wahren Kern meiner Worte zu erfassen. Und er hatte meinen Einwurf übergangen.

»Warum also dieser einsame Ausflug ins Dickicht?«, hatte er stattdessen wissen wollen.

»Ich kann es dir nicht sagen, Aru. Ich weiß nur, dass ich gehen sollte. Der Heilige Baum ruft nach mir, das spüre ich deutlich.«

Damit hatte ich ihn gehabt. Die unter den Schirmeri traditionelle Verehrung des Refugiums und besonders der Lichteiche als ihrem Zentrum ließ nicht zu, dass er solch ein Argument ignorierte. Immerhin war ich die *Erwählte des Baumes* und somit eine der wenigen Auserkorenen, die den Standort dieses letzten Baumes seiner Art je gekannt hatten. Denn Zentrum des Refugiums zu sein bedeutete nicht, dass die Lichteiche in dessen Mitte stand. Nein, man musste den Weg zu ihr gewiesen bekommen, sonst fand man ihn nicht. Und die Geheimhaltung des Standortes war eine der hölzernen Regeln, die bei uns Schirmeri seit Jahrhunderten galten.

»Nun gut. Aber sei morgen zum Eintreffen der Delegation bei Sonnenuntergang zurück«, hatte Aruncus schließlich gebrummt.

Er nutzte derartige Gelegenheiten gern, um seinen Status als Höchster Schirmer zu demonstrieren. Wahrscheinlich hatte er es nie ganz verwunden, nicht selbst ein *Erwählter des Baumes* geworden zu sein, dessen Rang zwar niedriger war als der des Refugiumsmeisters, durch die Verbundenheit zur Lichteiche jedoch einzigartig. Die Gemeinschaft bestimmte den Refugiumsmeister, die Ernennung der oder des nächsten *Erwählten des Baumes* aber oblag der Amtsinhaberin, die ihre Aufgabe an eine würdige Schülerin oder einen würdigen Schüler weitergab. Wenn ich irgendwann sterben würde, träte Camille an meine Stelle als Erwählte und würde ihrerseits eine Nachfolgerin oder einen Nachfolger bestimmen.

Mein Rang war ein seltenes Privileg, und so hatte ich Aruncus überzeugt und war aufgebrochen, froh, die Geschäftigkeit des Dorfes hinter mir lassen zu können.

Bevor ich den Dorfplatz verließ, hatte Parrett mich an sich gezogen, mich mit einem langen Kuss verabschiedet und mir mit liebevollem Blick noch einmal übers Haar gestrichen. Wie immer, seit wir uns kannten, bot er mir an, mich auf dem nicht ungefährlichen Weg durch den dichten Wald zu begleiten, obwohl er wusste, dass ich auch dieses Mal ablehnen würde.

»Du weißt, dass ich niemanden außer Camille mitnehmen dürfte.« Ich hatte ihm ein Lächeln geschenkt und seinen Kuss erwidert, und er hatte mich noch einmal in seine Arme gezogen, bevor er mich losließ.

»Pass auf dich auf!«

»Mach ich.«

Ich hatte ihm zugewinkt und mich von Camille an den Dorfrand bringen lassen.

»Soll ich nicht doch mit dir kommen?« Mit ihren zwanzig Jahren hatte sie vor ein paar Wochen ihre Ausbildung abgeschlossen und als meine dieser Sache würdige Schülerin die große Ehre erfahren, die Lichteiche kennenzulernen. Nun waren wir wieder zwei, die das große Geheimnis hüteten, und oftmals begleitete sie mich.

»Danke, Camille, aber nein. Beim nächsten Mal nehme ich dich wieder mit, aber heute werden deine Hände hier gebraucht. Ich gehe allein.«

Verständig, jedoch mit der besorgten Miene einer jüngeren Freundin war sie zurückgeblieben, als ich dem schmalen Pfad hinein in den dichten Wald folgte.

Ich hätte wetten können, dass sie ahnte, was mich umtrieb und was ich durch meinen Aufbruch aus meinen Gedanken zu verbannen versucht hatte.

Es waren die immer gleichen Fragen.

Warum war Ivyn an jenem Tag vor drei Jahren ganz allein in den Wald gegangen? Warum hatte er mich nicht geweckt, während ich schlafend auf unserem Bett gelegen und keine Ahnung von diesem endgültigen Abschied gehabt hatte? Warum hatte er nicht sein übliches Sicherungsseil genommen, sondern ausgerechnet nach dem gegriffen, das ich eine Stunde zuvor auf die Bank neben den Eingang unserer Hütte gelegt hatte? Jenes Seil, das verborgen in seinem Kern inzwischen brüchig geworden war und das ich deswegen ausgemustert hatte.

Diese Fragen quälten mich nach all der Zeit immer noch, weil es keine Antworten gab. Ivyn hatte sie mit sich genommen, als er durch die Äste hinabstürzte.

Zwar war inzwischen Parrett in mein Leben getreten, und ich spürte immer öfter, dass in mir dieses gewisse tiefe Gefühl zu wachsen begann. Doch schafften auch seine Zuwendung und Zärtlichkeit es nicht, mich von meiner Grübelei abzubringen.

Deswegen suchte ich das Vergessen. Und das fand ich am ehesten in den Tiefen des Refugiums.

Meine gestrige Wanderung hierher hatte mich den ganzen Tag bis in den Abend hinein gekostet. Obwohl ich die Richtung kannte und den Weg unzählige Male gegangen war, dauerte es jedes Mal seine Zeit, neue Pfade durch das Dickicht zu finden. Der Wald verbarg den Weg zur Eiche geschickt, ließ Laub auf entstehende Pfade rieseln, blitzschnell Moos über Spuren wachsen und bot kaum Anhaltspunkte zur Orientierung. Und so duckte ich mich unter tief herabhängenden Schlangenästen hindurch, schlüpfte durch scheinbar undurchdringliche Gebüsche und durchwatete die morastigen Stellen nahe den Quellen.

Wie immer hatte sich der Marsch gelohnt, denn ich fühlte mich gelassener und wusste nun, dass es der Lichteiche gut ging. Sie war stärker und gesünder denn je. Es war, als wisse sie ganz genau, dass die Zeit kurz bevorstand, zu der es neue Lichteichen geben würde.

Ich legte den Kopf in den Nacken und schaute hinauf. Hoch oben konnte ich zwei der kopfgroßen Früchte erkennen. Wenn die Überlieferungen stimmten, mochten es insgesamt zwölf sein.

Zwölf Früchte. Zwölf Samen. Zwölf neue, wunderbare Lichteichen, die ihre Kraft und ihren Schutz dem Refugium schenken würden.

Vor ein paar Wochen hatte ich zu meinem Entzücken die Blüten entdeckt. Die anderen Schirmeri waren ebenso begeistert gewesen wie ich. Und vom Schirmdorf aus hatte sich die Neuigkeit rasend schnell verbreitet in die anderen etwa dreißig Dörfer des Refugiums.

Die Menschen der Versorgesiedlungen bauten Gemüse und Obst an, zogen Pilze und Gräser und organisierten die gesamte Versorgung des Refugiums. Sie waren das Blut und die Organe unserer großen Gemeinschaft, der Aruncus als Refugiumsmeister vorstand. Unser Schirmdorf hingegen, in dem Beschützerinnen und Beschützer des Waldes und die *Erwählte des Heiligen Baumes* lebten, war das Herz. Es schlug für uns alle. Und nun hatte es gepocht: *Es ist so weit! Nach dreihundert Jahren ist die Zeit gekommen!*

Überall hatte es rauschende Feste gegeben, und die alten Sagen waren wieder und wieder erzählt worden. Die Sprösslinge der Lichteiche würden rasend schnell wachsen, so viel schneller als sie selbst, schilderten die Erwachsenen den staunenden Kindern. Innerhalb weniger Wochen würden sie so groß wie viele alte Bäume anderer Arten sein und sich zu einer Gemeinschaft zusammenschließen, die den Schutz unseres Landes sicherstellte.

Ich selbst konnte mein Glück bis jetzt kaum fassen. Ausgerechnet in meine Lebensspanne als Schirmerin, als *Erwählte des Heiligen Baumes*, fiel diese wunderbare Zeit, in der neue Lichteichen wachsen würden.

Doch sosehr dies im Refugium auch gefeiert worden war, so wenig schien es die Obersten in Highhaven, der Zentrale der Türme, zu interessieren. Mein Bericht war ignoriert worden.

Via Shunter hatten wir die übliche Eingangsbestätigung erhalten. Aber dann nichts weiter.

Inzwischen hatte ich es aufgegeben, auf Interesse aus den Türmen zu hoffen. Da man eine Reise dorthin lediglich den Refugiumsmeistern gestattete, war ich selbst noch nie dort gewesen, doch durch die Hologrammschauen der Delegationen aus den Türmen hatte ich mir ein Bild vom Leben dort gemacht. Und in diese Vorstellung passte es ganz gut, dass für die Obersten, deren weit verzweigte Familie seit vielen Generationen jenem Teil von *Helles Land* vorstand, und erst recht für die vielen Millionen Menschen in den hohen Gebäuden und auf den Straßen dort, das Refugium wohl nicht mehr als ein fernes sonderbares Sagenland war. Ein ihnen fremder Teil unserer gemeinsamen Welt, in dem wir aus ihnen unerklärlichen Gründen glücklich lebten ohne all den Luxus und die Bequemlichkeiten, die ihnen selbst so wichtig waren und über die wir im Refugium nur neidlos staunen konnten.

»Es sollte mir egal sein«, murmelte ich mir selbst zu und klopfte wie zur Bestätigung noch einmal mit der flachen Hand an den breiten Stamm. »Das Wichtigste ist, dass es dir gut geht. Mit diesem Wissen kann ich getrost ins Schirmdorf zurückkehren.«

Ich ließ das Seil hinunter, mit dessen Hilfe ich gestern Abend fünfzig Fuß hoch auf diesen bequem breiten Ast geklettert war – meine übliche Schlafstelle, wenn ich den Baum besuchte. Der Weg hierher war so lang und verschlungen, dass er einen ganzen Tag in Anspruch nahm, vom Sonnenaufgang bis zur Dämmerung. Und in der Dunkelheit war es unklug, die Wanderung zurück ins Dorf zu wagen. Dafür lauerten im Dickicht zu viele Gefahren. Mein Schlafast besaß eine Senke, in die genau ein Körper hineinpasste. Schon meine Ausbilderin Hostatis hatte sie genutzt. Wenn ich mich nachts herumdrehte, konnte ich sanft das Streifen von feinen Zweigen spüren, die darüber zu wachen schienen, dass ich nicht zu weit an den Rand geriet.

Fünfzig Fuß, die mich kleines Menschlein beim Hinaufklettern Schweiß gekostet hatten, die jedoch noch nicht einmal das erste Stockwerk dieser Riesin ausmachten.

Wenn ich den Kopf in den Nacken legte und am Stamm der Lichteiche hinaufsah, lagen weit mehr als tausend Fuß vor meinen Augen. Die Baumspitze konnte ich nicht einmal erahnen, da unzählige Äste mir den Blick versperrten.

Das Blätterdach des Waldes wuchs im Einflussbereich der Lichteiche so dicht, dass der momentane Stand der beiden Sonnen nicht deutlich auszumachen war.

Wie gut, dass der kleine Tausänger mich beehrt hatte. So konnte ich auf andere Weise berechnen, wie spät es gerade sein mochte: Er rief nämlich beim Aufgang der ersten Sonne zum ersten Sonnenstand des Tages. So blieben mir etwa vierzehn Sonnenstände bis zur Ankunft der Delegierten. Und da der Weg in Richtung Schirmdorf oft bergab führte, würde ich nicht einmal die komplette Zeit benötigen.

Ich band mein dunkles Haar zurück und erfrischte mich mit etwas Tauwasser, das sich in einer Mulde des Astes gesammelt hatte. Dann schulterte ich Bogen und Köcher, überprüfte den Sitz des Messers an meinem Beingurt und kletterte mühelos am Seil hinab. Achtunddreißig Jahre alt, ja, aber durch das tägliche Training im Wald fit wie eine Zwanzigjährige.

Unten angekommen, löste ich mit geübtem Schwung die Halterung und wickelte das Seil auf. Wie immer ließ ich es in einer Senke zwischen den gewaltigen Wurzeln liegen, bereit für meinen nächsten Besuch, zu dem ich im Schutz des Baumes auf seinen Ästen übernachten würde.

Ich legte meine Hand an den gewaltigen Stamm meiner Freundin, schloss die Augen und sandte ihr meine Gedanken.

Ich danke dir für den Schutz in der letzten Nacht.

Erneut ein leises Blätterrauschen über mir.

Wenn wir uns das nächste Mal sehen, bringe ich wieder meine Schülerin mit, Camille. Sie brennt schon darauf.

Vor meinem inneren Auge erschien ein Bild, verschwommen nur, aber für mich doch klar zu erkennen: Camille. Wie sie mit leuchtenden Augen am Baum hinaufsieht.

Ich musste lächeln. Doch dann verwischte das Bild, und ein anderes erschien. Ein ebenfalls vertrautes Gesicht, alt, runzelig und in seiner Würde wunderschön. Hostatis, meine eigene Lehrerin und vor mir die *Erwählte des Baumes.*

Eine zarte Frage.

Nein, Hostatis wird dich nicht mehr besuchen. Es tut mir leid. Sie ist im letzten Winter gestorben. Erinnerst du dich? Ich habe dir davon erzählt.

Der Bereich der Rinde, den meine Handflächen berührten, wurde warm. Mich überkam ein tiefes Gefühl von Liebe und Einsicht in den Kreislauf des Lebens. Ich breitete die Arme aus, lehnte mich an den Stamm und meine Wange an die würzig duftende Borke.

Wie kurz und klein musste meiner Baumfreundin das Leben eines Menschen erscheinen, wo sie selbst mehr als zweitausendsechshundert Jahre alt war? Aus dieser Zeit stammten jedenfalls die ersten schriftlichen Hinweise auf sie. Als unsere Welt noch nicht durch die Gier und Einfalt der Menschen in zwei Teile zerrissen gewesen war.

Noch bevor deine Samen reifen, bin ich zurück. Zusammen mit Camille, ließ ich meine Baumfreundin wissen, ehe ich mich umwandte und sie über den weich federnden Boden verließ.

Im nahen Umkreis der Lichteiche wuchsen keine anderen Bäume, aber kleine Sträucher und Blumen, die sich an das grüngolden leuchtende Dämmerlicht zu ihren Füßen angepasst hatten. Ich kam an rosa blühenden Schlangenranken, blauen Missingyou und blassgelben Heilcamillen vorbei.

Mein Magen knurrte vernehmlich. Ich hatte bei meinem Aufbruch gestern nicht daran gedacht, etwas zu essen mitzunehmen, und auf dem Weg nur eine Handvoll Beeren gefunden. So beschloss ich, zumindest meinen Durst an einer nahe gelegenen Quelle zu stillen. Unsere Welt kannte nur warme Tage, und jetzt am Morgen hing zwischen den Sträuchern und Büschen ein feiner Nebel, der durch die hohe Luftfeuchtigkeit entstand, die unter dem Blätterdach herrschte.

Zu dieser Zeit sehnte ich mich manchmal nach der Jahreswende, wenn die Temperaturen zumindest so weit fielen, dass die drückende Schwüle einer angenehmen Wärme wich. Nichts war gemütlicher als zu einigen wenigen Nächten zum Jahresübertritt die Feuer in unseren Hütten zu entfachen und die kleine Wärmequelle als wohltuend zu empfinden.

Mich an den mannshohen Farnen orientierend, bog ich ab und erreichte die Quelle in kurzer Zeit. Das klare Wasser sprudelte in einer kniehohen Fontäne aus dem Boden und sammelte sich zwischen rund gewaschenen Gesteinsbrocken in einem kleinen Weiher.

Ich wölbte die Hände, schöpfte das Wasser und trank in großen Schlucken. Anschließend spritzte ich mir das kühle Nass ins Gesicht und auf den Hals. Da fiel mein Blick zu Boden, und ich erstarrte.

Im weichen Uferbereich waren deutlich Spuren zu erkennen. Und ich brauchte mich nicht hinzuhocken, um sie genauer zu betrachten. Auch so konnte ich ausmachen, dass es sich um die Pfotenabdrücke eines Totenfraßes handelte. Meine eigenen nackten Füße passten mühelos hinein.

Erst auf den zweiten Blick erkannte ich, dass dicht neben den tief in den Uferschlamm gedrückten Krallenspuren eine zweite Fährte verlief. Knapp neben jedem Krallenabdruck ein weiterer.

Das bedeutete, sie waren zu zweit. Ein Paar dieser seltenen Raubtiere hatte hier, genau wie ich, seinen Durst gelöscht. In ihrer Angriffslust und Stärke waren Totenfraße nicht nur sehr gefährlich für alle, denen sie begegneten, sondern auch bemerkenswert klug. Auf weichem Boden, wo ihre Fährte verraten konnte, dass sie zu zweit waren, achteten sie stets darauf, in die Spur des jeweils anderen zu treten, um Beute oder andere Raubtiere zu täuschen.

Noch während ich den Kopf hob und mich angespannt umsah, griff meine Hand nach dem Messer, das im Beingurt steckte. Seine Schneide aus Kristall, wie man sie nur in den Minen Savannahs fand, war gut einen halben Fuß lang und so scharf, dass sie problemlos durch Holz schnitt, wenn ich hoch oben in den Kronen die Lynchflechten von befallenen Bäumen entfernte. Gegen die Fangzähne eines ausgewachsenen Totenfraßes würde sie dennoch jämmerlich wirken.

Pfeil und Bogen, mit denen ich perfekt umzugehen verstand, wären ebenfalls keine große Hilfe in diesem Dickicht. Sollte ich einen der Räuber zu Gesicht bekommen, wäre es bereits zu spät, um einen Pfeil zu spannen.

Mit angehaltenem Atem lauschte ich. Waren die Tiere weitergezogen, oder lauerten sie irgendwo zwischen den Farnen?

Vorsichtig tippte ich mit einer Zehe an den Rand des Abdrucks. Und atmete erleichtert auf. Die Erde war fest und bröckelte, als ich sie berührte. Es musste mindestens zwei Sonnenstände her sein, dass die beiden hier vorbeigezogen waren.

Wieder einmal war ich froh, dass ich mich an Hostatis' hölzerne Regel hielt, niemals eine Nacht am Boden zu verbringen. Mochte eine Wanderung noch so lang und anstrengend gewesen sein, bevor man sich im Wald zur Ruhe legte, hatte man auf einen Baum zu klettern. Denn so viel war sicher: Dorthin konnten einem die kraftvollen, schweren Tiere nicht folgen.

Wohin die Totenfraße wohl gegangen waren? War dies hier ihr festes Revier?

Während ich mit gespitzten Ohren und geschärften Sinnen erneut die Richtung zum Schirmdorf einschlug, kam mir das erste Mal in den Sinn, als ich einen dieser beeindruckenden Räuber gesehen hatte.

Ich war zehn oder elf Jahre alt gewesen und lebte damals noch bei meinen Eltern im Westen des Refugiums in dem Versorgdorf, in dem ich aufgewachsen war. Zusammen mit den beiden war ich auf der Suche nach wilden Beeren gewesen, eine der Aufgaben unserer Familie. Da hatte dieses gewaltige Tier plötzlich vor uns auf dem Pfad gestanden, etwa zweihundert Fuß entfernt.

Noch immer erinnerte ich mich deutlich an die tiefgrünen Augen, die uns aus dem glänzend schwarzbraunen Fell angestarrt hatten. Vier lange Beine, die in wahren Pranken endeten, trugen den massigen Körper, unter dessen dichtem Fell sich Muskelberge abzeichneten. Der Kopf erinnerte an die Hyänen Savannahs, die sich manchmal bis in den Wald wagten in der Hoffnung, ein junges Laubhörnchen zu erwischen, wenn sie in ihrem kargen Revier nicht genug Beute fanden. Er saß mit seinen runden Ohren auf einem verhältnismäßig langen Hals, den das Tier, als es uns bemerkte, in die Höhe reckte – wie ich heute wusste, eher eine neugierige denn drohende Haltung.

Ich erinnerte mich, wie mein Vater mich langsam hinter sich geschoben hatte, ein Zittern in den Händen, das mir größere Angst eingejagt hatte als der Beutemacher vor uns. Doch das Tier hatte uns nur einen Moment lang scharf fixiert, bevor es sich umwandte und lautlos im Dickicht verschwunden war.

Wohl um den Schrecken zu vertreiben, hatte meine Mutter

auf unserem Heimweg ins Dorf erzählt, dass Totenfraße extrem gefährlich, aber dafür umso treuere Partner seien, die sich ein Leben lang an dieselbe Gefährtin banden. Ob das nicht romantisch sei, hatte sie damals gefragt.

Mein Vater und ich hatten einen Blick getauscht, und ich hatte gekichert.

Ein ganzes Leben beieinander. So wie meine Eltern, die in meinem Heimatdorf immer noch ein harmonisches Miteinander führten.

So wie Ivyn es sich für ihn und mich gewünscht hatte. Bevor er jenen schrecklichen Fehler beging und mit einem brüchigen Seil auf einen hohen Baum geklettert war.

Verflixt, kaum war ich auf dem Heimweg, kehrten sie zurück, diese Schatten der Vergangenheit, vor denen ich gestern in den Wald geflohen war. Ich schüttelte den Kopf und versuchte, die Gedanken fortzublinzeln. Doch ich kam nicht an gegen die Bilder, die sich mir aufdrängten.

So hob ich den Kopf und suchte im Blätterdach, das die Baumwipfel schützend über dem Refugium verwoben, nach den beiden hellen Punkten, die den Stand der Sonnen verrieten. Ich entdeckte sie zwischen dem feinen Geflecht, das die obersten Zweige zweier Großbuchen über mir aufspannten, und stellte fest, dass bis zur Ankunft der Delegation aus den Türmen im Schirmdorf ausreichend Zeit blieb. Dennoch beschleunigte sich mein Schritt beständig, bis ich schließlich lief. Ich hastete durch den Wald, als sei das Totenfraßpärchen hinter mir her. Als könnte ich meinen Erinnerungen davonlaufen.

2. KAPITEL

Ich kam fast zwei Sonnenstände vor Sonnenuntergang an. Am Dorfrand wartete Camille auf mich.

Obwohl sie so tat, als sei sie mit Sammeln von Kräutern beschäftigt, und jeden anderen damit getäuscht hätte, konnte ich ihr sogar von hinten ansehen, dass ihre Sinne voll und ganz in den Wald gerichtet waren.

Aus dem Dorf drang lautes Stimmengewirr. Dort liefen die Vorbereitungen für die Ankunft der Delegation auf Hochtouren. Aber Camille lauschte in die andere Richtung.

Lautlos schlich ich um sie herum, um sie von der anderen Seite her zu überraschen.

Als ich nur noch zehn Fuß von ihrem gebeugten Rücken entfernt war, sagte sie ruhig: »Wieso bist du gerannt, Clay? Ich kann dein Herz bis hierher schlagen hören.« Sie wandte sich um, und wir lächelten uns an.

»Du bist wirklich gut geworden«, stellte ich nicht ohne Stolz fest.

»Ich hatte die beste Lehrerin«, erwiderte sie mit einem Grinsen.

Sieben Jahre lang war die sanfte, schöne Frau mit dem kurzen schwarzen Haar meine Schülerin gewesen. Und noch hatte ich nicht recht losgelassen und sie in meinem Herzen als eigenständige Schirmerin begriffen. Obwohl sie längst eine der Besten war, die unsere Gemeinschaft vorzuweisen hatte.

Es gab nicht viele, die wie Camille bereits mit dreizehn in die

Gilde der Schirmeri aufgenommen wurden. Meist erfolgte die Aufnahme im späten Teenageralter, und die meisten Schirmeri verfügten über besondere Talente, die ihnen bei der Arbeit im Wald hilfreich sein konnten. Camilles außergewöhnliche Gabe lag darin, mit Tieren kommunizieren zu können, und man hatte sie bereits als Mädchen für die Gilde gewonnen, weil sie sich schon damals ähnlich präzise mit jedem Geschöpf verständigte wie ich selbst mit Pflanzen.

Von der ersten Lehrstunde an bewies Camille Fleiß und Gelehrigkeit und war mir in den Jahren trotz des Altersunterschieds eine echte Freundin geworden. Ich hätte ihr jederzeit mein Leben anvertraut.

»Also? Gerannt?«, hakte sie nach.

»Etwa sechs Sonnenstände von hier entfernt habe ich Spuren eines Totenfraßpaares entdeckt«, berichtete ich, als würde das alles erklären, auch wenn es nur die halbe Wahrheit war.

Camilles Augen leuchteten auf. »Hast du sie gesehen?«

»Man könnte meinen, du seist geradezu versessen darauf, einem Pärchen zusammen zu begegnen.«

»Ich wüsste zu gern, ob ich mit ihnen reden kann.«

»Das hast du doch schon vor zwei Jahren bewiesen. Mir zittern jetzt noch die Knie.« Ich rollte mit den Augen.

Doch sie winkte ab. »Das war nur *ein* Tier. Und außerdem war es noch sehr jung. Kein Wunder, dass es neugierig war und mich kennenlernen wollte. Denk an die Hirsche. Wenn sie allein unterwegs sind, lassen sie sich auf mich ein, aber sobald ich einem Rudel begegne, scheinen sie unsere Bekanntschaft vergessen zu haben. Als stehe ihr Kollektiv über ihren individuellen Erfahrungen.«

»Da hast du es! Also wünsch dir besser nicht, diesen beiden Raubtieren gemeinsam über den Weg zu laufen. Vielleicht wäre es das letzte faszinierende Erlebnis für dich.«

Camille legte den Kopf schief und antwortete: »Ja, wahrscheinlich hast du recht.«

So war sie. Diplomatisch, obwohl sie – darauf hätte ich gewettet – in einer entsprechenden Situation nicht meinem Rat, sondern ihrer Intuition folgen würde. Und genau das machte sie meiner Meinung nach für unsere Schirmgemeinschaft so wertvoll.

Bis heute hielten die meisten von uns an den alten Traditionen und Ritualen unserer Vorfahren fest und huldigten und verehrten die Bäume des Refugiums und besonders die Lichteiche. Ich konnte das durchaus nachvollziehen, denn der Wald beschützte unser Land vor den sengenden Sonnen unserer Welt und verdiente unsere Dankbarkeit und unseren Respekt. Er ernährte und versorgte uns mit allem, was wir brauchten, und das in unmittelbarer Nähe unserer Siedlungen. Vor vielen Generationen hatte es Erkunderi gegeben, die weit ins Unterholz vorgedrungen waren, um Kräutervorkommen zu finden, Bäume und Büsche, die reich Früchte, Nüsse und Samen trugen. Doch schon lange war es nicht mehr vorgekommen, dass es uns an etwas fehlte, und so gab es weite Teile des Refugiums, in die nie jemand einen Fuß gesetzt hatte.

Ich selbst empfand eine tiefe Freundschaft zur Eiche und zu vielen ihrer Verwandten. Aber nur weil ich die Bäume liebte und verstand, bedeutete es nicht, dass ich von ihnen göttliche Wunder erwartete.

Schon lange war ich in dieser Hinsicht darüber hinausgewachsen, was eine normale Schirmerin durch die überlieferte Religion unseres Waldvolkes ausmachte. Seit fünfzehn Jahren erforschte ich, wie es zu der scheinbar telepathischen Verbindung der Lichteiche mit den vielen Bäumen anderer Arten im Refugium und sogar mit den Baumgruppen und vereinzelten Exemplaren in Savannah kam. Auch wenn meine Berichte die

Obersten in den Türmen nicht zu interessieren schienen, war es mir wichtig, dass die Menschen, die mir nahestanden, meine Erkenntnisse auf diesem Gebiet zumindest akzeptierten.

Um meinen Ansichten gegenüber offen zu sein, brauchte es einen wachen Verstand und einen unvoreingenommenen Geist. Camille besaß beides. Deswegen hatte ich, als es darum ging, eine Nachfolge zu bestimmen, unter allen Anwärterinnen und Anwärtern damals sie ausgewählt. Und meine Entscheidung keinen einzigen Sonnenstand lang bereut.

»Wie geht es mit den Vorbereitungen voran?«, erkundigte ich mich, während wir unsere Schritte ins Dorf lenkten.

Camilles Miene verdüsterte sich. »Ausgerechnet heute Morgen erreichte uns ein beunruhigender Bericht: Elixdorf meldet den Verlust eines großen Teils des Kichererbsenvorrats aus einer der Scheunen.«

»O nein«, stöhnte ich. »Falls es Hirsche waren, sollten wir sofort dorthin gehen und ihren Spuren folgen. Du könntest mit den Tieren sprechen, um sie zur Einsicht zu bewegen.«

Camille machte eine wegwerfende Handbewegung. »Es waren sicher keine Hirsche. Es sei denn, die können neuerdings Sandflügler bedienen.«

Ich stutzte. »Es waren Savannah Dweller?« Elixdorf lag nahe der Grenze zu unserem Nachbarland, und nur dessen Einwohner verfügten über derartige Fahrzeuge.

Camille nickte. »Die Spuren deuten darauf hin.«

»Dann war es wahrscheinlich eine kleine Plünderhorde, die sich selbst die Vorratsschränke füllen will«, vermutete ich. »Würde ja passen. Die Gemüselager von Elixdorf liegen so nah am Waldrand, dass sie sich für so ein Vorhaben geradezu anbieten. Vielleicht sollte unser Volk doch mal darüber nachdenken, irgendwelche Sicherungsmaßnahmen zu verwenden, wie sie es in Savannah überall tun.« Ich seufzte. »Was sagt Aruncus?«

»Er schäumt vor Wut.« Camille hob die Hände und ließ sie wieder sinken. »Du kennst ja seine Reden über *die engstirnigen, egozentrischen Sturköpfe Savannahs.* Und *dass man nichts anderes erwarten kann, weil sie es nie geschafft haben, zu einer Gemeinschaft zusammenzuwachsen. Kein Oberhaupt, das für sie alle spricht. Jeder ist sich selbst der Nächste.* Und so weiter.«

Ja, diese Reden unseres Refugiumsmeisters kannte ich zur Genüge. Aber leider hatte er in dieser Hinsicht tatsächlich recht.

Zwischen dem das Refugium umgebenden Savannah und uns gab es seit dreißig Jahren ein Abkommen, das solche Überfälle, die jahrhundertelang an der Tagesordnung gewesen waren, verbot. Aber da die Savannah Dweller keine richtige Gemeinschaft bildeten, in der einer für den anderen einstand und in der jeder dem anderen Rechenschaft abzulegen hatte, kam es hin und wieder zu solchen Übertretungen.

»Was wollen wir also tun?«, erkundigte ich mich.

Camille zuckte mit den Schultern. »Das werden wir wohl erst überlegen können, wenn die Delegation wieder abgereist ist. Wir sollten den Rat zusammenkommen lassen.«

Wir erreichten die ersten Hütten des Dorfes. Sie sahen alle sehr ähnlich aus: runde Bauten aus Lehm und Stroh mit Dächern aus Rohrgras. Die schützten vor den besonders zu dieser Jahreszeit mit seiner hohen Luftfeuchtigkeit auftretenden Tauregen und boten Privatsphäre.

Hier am äußeren Ring begegneten uns nur wenige Dorfbewohner, die uns zunickten oder die Hand zum Gruß hoben. Die meisten waren bestimmt in der Dorfmitte beschäftigt und halfen bei den letzten Vorbereitungen für den Delegationsbesuch. In unserem sonst so routinierten Leben stachen die zwölf Tage des Besuchs aus den Türmen jedes Jahr farbenfroh und laut heraus. Jede und jeder gab sein Bestes, um diese Tage zu den schönsten des Jahres zu machen.

Auch aus den anderen Dörfern des Refugiums waren Abgeordnete, Weise und Lehrende zu Besuch gekommen und tauschten Neuigkeiten aus. Auf diese Weise vermischte sich für ein paar Tage im Jahr das Leben aller, die im großen Wald lebten.

»Armer Aruncus«, rutschte es mir heraus. Denn unser Refugiumsmeister entwickelte stets einen besonderen Ehrgeiz, wenn es darum ging, die Gäste aus den fernen Türmen angemessen zu empfangen. Wahrscheinlich verglich er unser schlichtes Leben mit dem Luxus, der Pracht und den Bequemlichkeiten, die er damals in den Türmen gesehen und erlebt hatte und von denen er nicht müde wurde zu erzählen. Aruncus' Schilderungen zufolge sollte es in jeder Behausung beispielsweise eine eigene Wasserquelle geben, was mir unvorstellbar erschien, ganz zu schweigen davon, dass der private Raum, der jedem Türmer zur Verfügung stand, offenbar mehrere Zimmer umfasste. Unsere Hütten bestanden jeweils nur aus einer Kammer, die wir mit Tüchern unterteilten, wenn wir etwa zum Waschen an der Schüssel Privatsphäre wünschten. Für unterschiedliche Tätigkeiten wie Essen, Schlafen oder Kochen unterschiedliche Räume zu verwenden kam mir absurd vor. Vielleicht musste man es mit eigenen Augen gesehen haben, um es zu begreifen.

Ich schüttelte den Kopf und wandte mich wieder an Camille. »Ausgerechnet jetzt so ein Überfall. Wenigstens ist für die Versorgung während der Delegationswoche bereits gesorgt, sodass nicht zu befürchten steht, dass unsere Gäste hungern müssen.«

Camille grinste. »Davon sind wir weit entfernt. Iris und Penstemon haben Tonnen von fantastisch riechenden Gerichten im Langhaus aufgebaut. Es sieht aus wie ein Kunstwerk. Ich glaube, Iris ist schrecklich aufgeregt. Aber sie will es nicht zugeben.«

Iris war seit zwei Jahren Camilles Partnerin, keine Schirmerin wie wir, sondern eine Versorgerin, die mit allem, was ihr essbar erschien, herumexperimentierte und unsere Gemeinschaft beständig mit neuen ungeahnt schmackhaften Kreationen überraschte. Der Hauptversorger unseres Dorfes, der griesgrämige Harzus, hatte ihrem unbestreitbaren Talent in diesem Jahr Rechnung getragen und ihr und ihrem besten Freund Penstemon zum ersten Mal die Verantwortung für die Mahlzeiten während der Delegations-Feierlichkeiten übertragen. Eine Ehre, der Iris seit Wochen und Jahreszwölfteln gerecht zu werden versuchte, indem sie Tag und Nacht kochte, backte, trocknete, mixte, arrangierte und probierte.

»Komm, ich zeig es dir.« Camille fasste mich an der Hand und zog mich mit sich über die schmalen Pfade aus festgetretenem Erdreich, die sich zwischen den Hütten des Dorfes hindurchwanden. Schließlich erreichten wir den Dorfplatz, eine große, freie Fläche ohne Baum oder Gesträuch. Dennoch wölbte sich weit über uns das Kronendach der das Dorf umgebenden Bäume, die ihre überlangen Äste wie Tausende feiner Finger miteinander verwoben hatten. Sie schenkten uns den Schatten, ohne den wir den zerstörerischen Sonnenstrahlen schutzlos ausgeliefert gewesen wären.

Ich erhaschte einen Blick auf die runde Tribüne, auf der bereits zwölf Stühle im Kreis aufgestellt waren. In ihrer Mitte lag eine handbreitdicke, weiche Matte aus Pflanzenfasern von etwa sechs Fuß Durchmesser. Für den nicht unwahrscheinlichen Fall, dass jemand aus dem Delegationsteam das Reisen per Shunter nicht gut verkraftete und seine Beine nach der Ankunft kurzfristig den Dienst versagen würden. Das hatte es schon gegeben.

Überall wuselten Menschen herum, schmückten den Platz mit Kränzen aus getrocknetem Fallobst und Reisigflechtwerk. Eine Gruppe Kinder übte unter der strengen Leitung ihres Lehrers eine Melodie auf der Stockpfeife. Und etliche Personen hasteten mit Kissen, Matten, Decken und dergleichen hin und her, um den für die Gäste hergerichteten Unterkünften den letzten Schliff zu geben.

Auch im großen Speisehaus des Dorfes herrschte rege Betriebsamkeit. Sämtliche verfügbaren Versorgeri eilten durcheinander, und was für einen Außenstehenden wie ein einziges Chaos anmuten mochte, folgte, wie ich wusste, einer präzisen Choreographie. Alle kannten ihre jeweilige Aufgabe. Jeder Handgriff saß.

Mittendrin stand Iris wie ein Fels und dirigierte die zwei Dutzend Hilfskräfte, die mit Tellern, Schüsseln und Karaffen hantierten.

Camille hielt inne und betrachtete ihre Partnerin mit bewunderndem Blick. Meiner Meinung nach waren die beiden noch ebenso ineinander verliebt wie vor zwei Jahren, als Iris als neue Versorgerin in unser Dorf gekommen war.

»Mach ein bisschen die Augen auf, Holly. Die gelben Früchte kommen dort drüben hin«, ermahnte sie soeben eine junge Helferin, die sofort mit hochrotem Kopf in die andere Richtung abbog.

Da bemerkte Iris uns und kam herüber. Sie hatte ihre kirschholzroten Haare in einen langen Zopf geflochten, der ihr bis auf den Oberschenkel reichte, und ihre farngrünen Augen blitzten vor Energie und Freude über die große Aufgabe.

Als sie Camille an sich zog und die beiden sich küssten, stellte ich nicht zum ersten Mal fest, dass das junge Paar unterschiedlicher nicht hätte sein können. Iris war groß, kräftig und temperamentvoll, sodass die kleine Camille, die ihre Energie still in sich bewahrte, neben ihr besonders zart und ruhig wirkte.

Trotzdem oder vielleicht gerade wegen ihrer Andersartigkeit war es zwischen den beiden von Anfang an die große Liebe gewesen. Eine, der ich durchaus zutraute, ein ganzes Leben zu halten.

Da war er wieder, dieser Gedanke.

Rasch wandte ich mich ab und betrachtete die vielfältigen Speisen, die die Versorgeri auf der ausladenden Tafel in der Mitte des Langhauses kunstvoll nach Farben drapiert hatten, sodass ihr Verlauf wie der Anblick eines Regenbogens schien.

Mein leerer Magen begann bei diesem Anblick zu knurren, und das Wasser lief mir im Mund zusammen.

»Das sieht fantastisch aus, Iris! Ihr habt wahre Wunder vollbracht! Ich glaube, ein solches Festessen hatten wir noch nie, jedenfalls nicht, solange ich bei der Delegationsfeier dabei bin«, lobte ich sie.

Camilles Liebste war selbstbewusst, aber nicht so sehr, dass sie über ein solches Kompliment einer hochstehenden Schirmerin nicht errötet wäre.

»Meinst du wirklich? Ja, es sieht ganz passabel aus, wie?«

»Passabel?«, wiederholte Camille. »Du hast die letzten Jahreszwölftel nur geschuftet für diese eine Woche. Und du hast etwas Grandioses geschaffen!«

»Ach, na ja«, murmelte Iris, nun tatsächlich verlegen. »Wenn ich Penstemon nicht hätte, wäre es nicht halb so vielfältig geworden.«

»Wo ist er denn?«

»Da drüben«, sie deutete in die Richtung eines zweiten, kleineren Tisches, auf der sich Kanne an Krug reihte. »Er koordiniert die Getränke. Es gibt viele frische Säfte aus Früchten, Gras und Gemüse. Wir können erst jetzt damit beginnen, sie zuzubereiten, damit sie nachher genau das richtige Aroma haben.«

Die beiden machten Anstalten, zu ihrem Freund hinüberzugehen.

»Ich werde mich frisch machen und umziehen«, sagte ich. »Wir sehen uns später.«

Sie winkten mir zu, und während die beiden Hand in Hand durch das Langhaus zu Penstemon hinübergingen, schlüpfte ich hinaus und huschte um die Ecke des Gebäudes, das aus Stroh und Lehm zu einem festen Haus gebaut war. Hinter den äußersten Hütten umrundete ich das Dorf und kam schließlich bei meinem eigenen Zuhause an. *Unserem* Zuhause, korrigierte ich mich im Geiste schnell.

Früher war es jahrelang die Hütte gewesen, die Ivyn und ich miteinander geteilt hatten. Nach seinem Tod hatte ich allein hier gelebt und in den wenigen letzten Wochen offenbar noch nicht vollends begriffen, dass sich das wieder geändert hatte.

Ich teilte den Vorhang aus Rohrgras und trat ein. Das große Bett war ordentlich hinterlassen, und ich konnte sehen, dass in dem mit einer Strohmatte abgeteilten Waschbereich eine Karaffe mit frischem Wasser wartete. Mitten auf dem Tisch stand ein schlanker, aus gebranntem Ton gefertigter Becher mit einer einzelnen Blume darin.

Ich hängte Köcher und Bogen an den Haken neben dem Eingang und trat näher.

Die Claymaris schimmerte so strahlend weiß, dass sie zu leuchten schien. Ihre drei Blüten, am oberen Ende des graziösen Stiels gleichmäßig angeordnet, durchzogen feinste bläulich glimmende Adern und verströmten einen feinen, süßen Duft. Sanft legte ich eine Fingerspitze an diese schöne Erscheinung und empfand durch diese Berührung unbändige Freude.

Es war die Blume, nach der meine Eltern mich benannt hatten. Clay.

»Du bist zurück«, hörte ich eine Stimme hinter mir und spürte schon den Arm, der sich um meine Taille schlang. »Da wird Aru aber erleichtert sein. Ich glaube, er hat heute Nacht kein Auge zugetan aus Angst, er könne den Delegierten bei ihrer Ankunft nicht die *Erwählte des Heiligen Baumes* präsentieren.«

Ich wandte mich um und blickte in Parretts blaue Augen, in denen sich seine Freude über unser Wiedersehen und das herzliche Willkommen spiegelten, das er mir jedes Mal bereitete, wenn ich länger als sechs Sonnenstände im Wald unterwegs gewesen war.

Er küsste mich, und ich schlang die Arme um seinen Nacken, ließ meine Hände in sein Haar gleiten, erwiderte den Kuss. Unsere Liebkosungen und Berührungen fühlten sich immer noch neu an, nach den wenigen Wochen, die wir erst ein Paar waren.

»Du zerstörst meine Frisur«, murmelte er, während er mein Gesicht mit kleinen Küssen bedeckte.

»Eitler Kerl«, neckte ich ihn und griff noch tiefer hinein.

»Mmmh«, machte er und zog mich eng an sich. »Wie viel Zeit haben wir noch?«

Ich schüttelte den Kopf. »Nicht genug.«

Er nahm ein wenig Abstand und betrachtete mich genau. »Alles in Ordnung mit dir? Wie geht es der Lichteiche?«

»Alles bestens. Ich habe mich grundlos gesorgt.«

Sein prüfender Blick brannte eine Spur in mich hinein. Ein feiner Schmerz. Weil mir klar wurde, dass er mit seiner Frage nicht allein den Baum gemeint hatte. Ich löste mich aus seiner Umarmung und wandte mich zum Tisch.

»Du weißt doch, dass wir keine Pflanzen pflücken dürfen, die nicht zur Nahrung oder als Heilmittel benötigt werden.« Ich drehte mich zurück zu ihm. »Nach drei Jahren im Refugium solltest du das jedenfalls wissen.«

Parrett verzog das Gesicht. »Nun sei nicht so streng mit deinem alten Türmer. Einmal im Jahr werde ich dir doch wohl eine kleine Freude machen dürfen, oder? In den Türmen ist es üblich, dass Paare sich zum Jahrestag ihres Kennenlernens eine Blume schenken. Und welche hätte besser gepasst als eine Claymaris? Ich musste Camille mit einem Buch bestechen, damit sie mir von ihrem morgendlichen Gang ins Dickicht eine mitbringt.«

Mit einem Schlag überrollte mich eine Welle schlechten Gewissens. Es stimmte. Übermorgen würde sich nicht nur das Ereignis jähren, das mir damals das Herz zerrissen hatte, nein, genau heute war auch das Datum, an dem Parrett und ich uns vor drei Jahren das erste Mal begegnet waren. Als nämlich er selbst, der gut aussehende Archivar, mit der Delegation aus den Türmen das Dorf besucht hatte.

Da unsere Partnerschaft noch so jung war, war mir bisher nicht bewusst gewesen, wie nah diese beiden Ereignisse zusammenlagen, nur ein paar Tage voneinander getrennt.

Mein Gewissen biss mich schmerzhaft, denn auf meiner frühmorgendlichen Wanderung durch den Wald hatte ich keinen Gedanken an diesen Jahrestag verschwendet. Im Gegenteil, statt die Gegenwart zu feiern, hatte ich wieder einmal viel zu viel mit der Vergangenheit gerungen.

»Oh, tut mir leid, Parrett!« Ich schmiegte mich erneut an ihn und spürte die Wärme seiner Brust. »Wahrscheinlich klinge ich wie eine alte Lehrerin.«

»Schon gut, meine Blume, schon gut. Ich weiß ja«, murmelte er in mein Haar, während er mir über den Rücken strich.

In seiner Berührung lag so viel Zärtlichkeit und Beruhigung, dass ich mir mit einem Mal vollkommen dumm vorkam, gestern einfach davongelaufen zu sein. Anscheinend hatten die wenigen Wochen als Paar nicht ausgereicht, um mich begreifen zu lassen, dass mein Halt und mein Trost nun hier lag. Genau hier, bei ihm.

Wie undankbar kam ich mir plötzlich vor.

»Weißt du, was?« Parrett nahm meine Hand und lächelte mich aufmunternd an. »Wir gehen hinüber ins Versorghaus und schauen mal, ob noch was vom Zenitessen übrig ist. Was hältst du davon?«

Ich hob den Kopf und erwiderte sein Lächeln. »Klingt wunderbar.«

3. KAPITEL

Zwei Sonnenstände später hatte sich das ganze Dorf samt den Gästen aus den anderen Siedlungen um die Tribüne versammelt. Gut vierhundert Menschen standen im Kreis und warteten auf den Moment, in dem die Delegation erscheinen würde.

Hinter jedem der ein Dutzend Stühle dort oben hatte sich eine junge Versorgerin oder ein junger Versorger postiert. In den Händen hielten sie jeweils einen Becher mit dem Willkommenstrunk, eine Mischung aus Gemüse- und Fruchtsaft, die den Körpern der Ankommenden nach der Anstrengung der Shunterreise Vitamine und frische Energie liefern würde.

Der erste der beiden Sonnenpunkte war bereits aus dem Blätterdach verschwunden. Der zweite stand tief am Horizont. Der Tag war in rasender Geschwindigkeit verstrichen. War ich etwa noch heute Morgen auf dem Ast der Lichteiche erwacht und hatte kurze Zeit später die Spuren der Totenfraße untersucht? Beides schien mir plötzlich unendlich lange her.

Zusammen mit Aruncus und weiteren hochrangigen Schirmeri hatte ich meinen Platz in der ersten Reihe eingenommen. Als auch der zweite Lichtpunkt verschwand und sich die wenigen Lücken im Blätterdach orange färbten, wurde es auf dem Dorfplatz so still, dass das leise Rascheln des Laubes hoch über unseren Köpfen zu hören war.

Wie jedes Jahr nahm ich mir vor, den Moment, in dem es geschah, mit allen Sinnen wahrzunehmen. Wie jedes Jahr gelang es mir nicht.

Ich wurde geblendet vom aufblitzenden weißen Licht. Meine Ohren verschlossen sich für einen, zwei Wimpernschläge wie unter Wasser. Ein Prickeln auf der Haut raste über meinen Körper, als fielen die schwülheißen Temperaturen dieser Jahreszeit mit einem Mal um fünfzehn Grad auf die der anderen Jahreshälfte.

Als ich meine Augen, die ich vor dem hellen Licht instinktiv geschlossen hatte, wieder aufriss, standen sie dort: die zwölf Delegierten aus den Türmen.

Die Gruppe umfasste auch in diesem Jahr sechs Frauen und sechs Männer, allesamt in der farbenfrohen, für uns so ungewöhnlich geschnittenen Kleidung, die keinem praktischen Zweck zu dienen, sondern ausschließlich zu schmücken schien. Erst auf den zweiten Blick erkannte ich, dass dieses Dutzend Menschen mit ihrer Aufmachung den Farbkreis symbolisierte. In Gelb, Blau und Rot gekleidet, standen sich drei der Gelehrten gegenüber. Zwischen ihnen leuchteten die anderen in Grün, Orange, Lila und wunderschön gefärbten Zwischentönen.

Aber nicht nur ihre Kleidung unterschied unsere Besucher aus den Türmen schon auf den ersten Blick von uns Menschen des Refugiums. Ihre Haut war deutlich blasser als unsere, und ihre Frisuren folgten eher modischen Gesichtspunkten denn zweckmäßigen Aspekten und reichten von den hüftlangen, moosgrünen Haaren eines mittelalten Mannes bis zum kahl geschorenen und mit bunten Mustern verzierten Kopf einer jungen Frau.

Meine Landsleute starrten fasziniert. Ein Murmeln breitete sich in der Menge aus, wandelte sich zu einem mitfühlenden Raunen, als der jüngste unter den Delegierten, vielleicht Mitte zwanzig, in den Knien einknickte und auf die weiche Matte vor sich sank.

Der grauhaarige Mann neben ihm fasste ihn unter den Achseln und half ihm auf. Er war der Einzige, den ich kannte: Ratsherr Toyrin, der Vorsitzende des Verständigungsrates. Nur er besuchte jedes Jahr aufs Neue das Refugium, immer in Begleitung von elf ausgesuchten Delegierten, die diesen Teil der Welt kennenlernen durften. Unter ihnen befanden sich stets Frauen und Männer der Wissenschaften, Technik, Philosophie und der Archive. Es waren die Gebildetsten und Vielversprechendsten, die die Universitäten und Forschungsstationen der Türme zu bieten hatten. Sie repräsentierten das, was diesen weit entfernten Teil unserer Welt in erster Linie ausmachte und worauf seine Bewohner so stolz waren: die Anhäufung von Wissen.

Aruncus trat aus unserem Kreis vor und verneigte sich mit vor der Brust gekreuzten Händen. »Willkommen im Refugium, Delegierte der Türme. Seid gesegnet vom Heiligen Baum. Unser Land ist bereit für euren Besuch!«

»Es ist der Delegation aus den Türmen eine Ehre, im Refugium zu Gast zu sein, Bewohner und Gäste des Schirmdorfs! Wir sind bereit, alles Wissen der Türme mit euch zu teilen«, erwiderte Ratsherr Toyrin mit der gleichen Geste.

»Nehmt den Willkommenstrunk aus unseren Händen entgegen. Stärkt euch, öffnet die Augen und seht.«

Auf dieses Stichwort hin reichten die jungen Versorgeri die Becher in ihren Händen der Frau oder dem Mann vor ihrem Platz. Die Delegierten nahmen den Trunk feierlich entgegen und leerten die Becher in einem Zug. Der junge Mann, der gerade noch geschwankt hatte, holte daraufhin tief Luft. Die Farbe kehrte in seine Wangen zurück, und nun riss er tatsächlich die Augen auf, um sich umzublicken.

»Wir sind gestärkt. Unsere Augen sind weit. Wir sehen. Der Besuch kann beginnen«, beendete Toyrin das sich jährlich wiederholende Begrüßungsritual. Dann ließ er die Hände sinken, sprang ein wenig ungelenk von der Tribüne und umarmte

Aruncus lachend. »Endlich wieder hier! Ich konnte es die letzten Tage kaum erwarten!«

Aruncus wirkte angespannt. Obwohl Toyrin selbst nie auf Förmlichkeit pochte, brachte unser Refugiumsmeister dessen Rolle als Vorsitzender des Verständigungsrates großen Respekt entgegen.

»Willkommen, Ratsherr, willkommen!«, erwiderte er.

»Ach, nun lass doch dieses Ratsherrgefrömmel, Aru!«, dröhnte Toyrin. »Schirmerin Claymaris aus Farndorf! Die *Erwählte des Baumes*! Wie schön, dich wiederzusehen, Clay!« Auch mich zog Toyrin in eine herzliche Umarmung, die ich gern erwiderte, bevor er sich der Reihe nach an die anderen der hohen Schirmeri wandte und seine überschwängliche Geste bei jedem wiederholte.

Noch während die anderen Delegierten mit nach wie vor wackligen Beinen die Tribüne über die Treppe verließen und sogleich von den dafür abgestellten Dörflern herzlich in Empfang genommen wurden, hatte Toyrin seine alten Bekanntschaften bereits erneuert.

»Diesmal sind wir wieder eine bunte Mischung aus allen Wissenschaften der Türme«, erklärte er Aruncus und mir. »Eine Vertreterin des Hauptarchivs ist dabei, die beste Historienwissenschaftlerin der Türme. Aber auch jemand aus der Nahrungsgewinnung, der Philosophengilde, ein junger Vertreter des Verständigungsrates – kluges Köpfchen, könnte mein Nachfolger werden, wer weiß –, eine Ingenieurin aus der Energietechnik und, sage und holografiere, ein echter Crown Shunteringenieur. Sir Osk?« Er gestikulierte zu einem weißblonden Mann in den Fünfzigern hinüber und bedeutete ihm, sich uns anzuschließen.

Aruncus war Toyrins Geste mit dem Blick gefolgt und wirkte plötzlich blass.

An ihn und mich gewandt, erklärte Toyrin mit leiser Stimme: »Sir Osk ist, wie der Titel ja schon sagt, ein Oberster. War immer sehr interessiert an der Delegation. Weil der Nahrungsingenieur wegen plötzlicher Erkrankung ausfiel, hab ich ihn berufen. Echte Ehre, nicht wahr? Ich meine, auch wenn er nicht dem Inneren Zirkel angehört, ist er doch ein Mitglied der Herrscherfamilie. Aber er will davon nichts wissen, gibt sich ganz wie einer von uns.«

In den Türmen hatte sich über die Jahrhunderte das ehemalige System unserer damals noch gemeinsamen Welt verändert. War in den alten Tagen die Herrscherfamilie, auch Oberste genannt, diesen beiden Namen in jeder Hinsicht gerecht geworden, indem sie Entscheidungen für unsere gesamte Welt traf und diese notfalls brachial durchzusetzen vermochte, so übernahmen ihre Mitglieder heute nur noch beratende Funktionen. Zu unserer Zeit leitete und führte die Türme ein von der Bevölkerung gewählter Rat.

Doch auch wenn seit jenen Herrscherzeiten drei Jahrhunderte vergangen waren, so brachten die Einwohner der Türme den Obersten, den Mitgliedern jener altehrwürdigen Familie, immer noch besondere Achtung entgegen.

Und nicht nur sie. Auch hier im Refugium hatte sich eine gewisse Achtung vor der Hohen Familie gehalten, in der sich Wissen, Intelligenz und Durchsetzungsvermögen ballten.

Seit Aruncus anlässlich seiner Ernennung zum Refugiumsmeister die Reise in die Türme unternommen hatte, sprach er mit höchstem Respekt von den Obersten. Auch jetzt wirkte er plötzlich noch angespannter als zuvor, als er dem Mitglied der Herrscherfamilie entgegenblickte.

Toyrin wandte sich dem drahtigen Mann zu, der uns fast erreicht hatte. »Verzeihen Sie, dass ich Sie so plump herbeiwinke, Sir Osk.«

»Sie sind der Leiter der Delegation, Ratsherr Toyrin. Sie dürfen mich winken, wohin Sie wollen«, erklärte der Angesprochene mit einem breiten, sympathischen Lächeln, in das er auch mich einbezog. Als er Aruncus zunickte, erstarrte der geradezu, bevor er sich noch ein wenig mehr aufrichtete.

»Und Sie sind der beste Mann der Shunterentwicklung!«, erwiderte Toyrin und erklärte uns begeistert: »Sir Osk hat als Crown Ingenieur die Shuntertechnik einen großen Sprung nach vorn gebracht. Dank seiner harten Arbeit wird es uns schon bald möglich sein, weit mehr als nur fünfzehn oder zwanzig Menschen auf einmal zwischen unseren Landen zu transportieren. Mit nur einem Shunter und ohne dass es den Türmen gleich alle Lichter auspustet. Ist doch so, Osk?«

Der Ingenieur neigte sichtlich amüsiert den Kopf. »Das ist zumindest der Plan. Eine neue Art der Energieumsetzung wird das ermöglichen. Eine Shunterreise sollte dann nur noch den Bruchteil an Energie benötigen wie bisher. Und überdies ohne jegliches Risiko eines Shuntverlustes.«

»Shuntverlust? Ach, diese Zeiten sind doch längst vorbei!«, tönte Toyrin mit einem Abwinken. »Dass wir fürchten mussten, bei einer Reise einen Delegierten oder, sehr unappetitlich, einen Teil von ihm irgendwo über der Großen Ödnis zu verlieren, ist seit fünfzig Jahren Geschichte.«

Osk nickte gutmütig. »Und doch mussten wir dieses Risiko einrechnen bei dem Vorhaben, Riesenshunter zu konstruieren, die stark genug sind, ein ganzes Dorf zu befördern.«

»Ein ganzes Dorf?«, wiederholte Aruncus, der sich von seinem ersten Schrecken, hier im Schirmdorf einem Obersten gegenüberzustehen, langsam zu erholen schien. »Sie meinen, alle Menschen eines Dorfes?«

Toyrin lachte über Aruncus' Staunen. »Mehr noch, Aruncus! Das komplette Dorf selbst. Alle Häuser, Menschen, Tiere. Als würde man es von einem Fleck unserer Welt an einen anderen versetzen.«

Unser Refugiumsmeister starrte den begeisterten Toyrin an und wusste offenbar nicht, wie er reagieren sollte.

Ich konnte ihn verstehen. Denn wenn mir die Türme und seine Menschen sowieso schon fremd waren, wie hätte ich jemals begreifen können, wie die hochkomplizierte Technik eines Shunters funktionierte? Im Refugium besaßen wir ja nicht einmal das, was sie in den Türmen »elektro Energie« nannten, jene Kraft, die sie steuern und lenken konnten und aus den Strahlen unserer zwei Sonnen gewannen.

Das war erstaunlich genug. Und wie konnte ein Ding oder gar ein Lebewesen gerade noch in den Türmen gewesen sein, Tausende von Meilen entfernt, und nur Wimpernschläge später hier? Ohne dass die Große Ödnis, auf die die Sonnen unbarmherzig niederbrannten, diesem Tier oder Menschen die Lungen verklebte, die Feuchtigkeit in Haut und allen Organen innerhalb kürzester Zeit verdunsten ließ?

Sir Osk sah unseren Dorfmeister einen Moment lang nachdenklich an. »Ihnen erscheint die Technik der Türme wie ein großes Rätsel. Und für uns in den Türmen könnte nichts geheimnisvoller sein als die Mysterien des Refugiums.« Er hob die hellen, fast weißen Brauen im fein geschnittenen Gesicht.

Nun, da er so nah vor mir stand, war ich mir mit meiner spontanen Einschätzung seines Alters nicht mehr sicher. Obwohl er groß und stattlich war und das Auftreten eines Mannes mit Reife besaß, war seine blasse Haut so makellos und faltenfrei wie die eines Zwanzigjährigen.

Parrett erzählte zwar immer davon, dass viele Türmer ihre jugendliche Erscheinung durch Bestrahlung und operative Eingriffe erhielten, trotzdem war ich bisher davon ausgegangen, dass die hochgeistigen Delegierten nicht dazuzählten und auf solch eitle Maßnahmen verzichteten. Parrett selbst legte ebenfalls nach wie vor viel Wert auf seine Frisur und sprach hin und wieder von den Künstlern in seiner alten Heimat, die sich dem Haarmodellieren verschrieben hatten, aber sonst sah er seinem Alter entsprechend aus wie ein Mann um die vierzig.

Osk wirkte deutlich glatter. Meine Musterung war ihm nicht entgangen. Er erwiderte meinen Blick mit durchdringend hellen Augen und einem offenen Lächeln.

Toyrin strahlte in die Runde. »Darf ich vorstellen, Osk? Hier haben wir den vortrefflichen höchsten Schirmer und Refugiumsmeister Aruncus.« Aruncus und Osk nickten sich zu, Osk überaus freundlich, Aruncus mit sichtbarer Beklemmung.

»Ich denke, wir sind uns bereits begegnet, Refugiumsmeister? Bei Ihrem Besuch in den Türmen? Wie lange ist das her?«, erkundigte sich Osk.

»Fünf Jahre.« Aruncus' Stimme klang gepresst. »Nach meiner Ernennung.«

»Zwei alte Bekannte! Ausgezeichnet!«, rief Toyrin und legte die Hände aneinander, während er zwischen den beiden hin- und herschaute. Dann fiel sein Blick auf mich.

»Oh, und bei dieser Schirmerin hier handelt es sich um Claymaris aus Farndorf, sie ist …«

»… die *Erwählte des Heiligen Baumes*«, vollendete Sir Osk mit einer angedeuteten Verbeugung. »Stimmt es, dass Sie die Einzige im Schirmdorf sind, die den Standort des Heiligen Baumes kennt? Ist das nicht riskant? Das Refugium ist voller Gefahren, wie ich höre. Es gibt große Raubtiere, nicht wahr? Giftige Spinnen? Tödliche Beeren und Pilze?«

»Die unsere Versorgeri bestens von denen zu unterscheiden wissen, die wir essen können«, erwiderte ich mit einem beruhigenden Lächeln. »Genauso wie ich giftige Spinnen und Insekten auf große Entfernung erkenne und besagten Raubtieren aus dem Weg gehe.« Kurz blitzte das Bild von Spuren im Uferschlamm vor meinem inneren Auge auf. »Aber natürlich haben Sie durchaus recht. Nachdem meine Lehrerin Hostatis im Winter zum ewigen Baum gegangen ist, habe ich meine eigene Schülerin, Schirmerin Camille aus Birkendorf, in das Geheimnis eingeweiht.«

Ich deutete an ihm vorbei. Sir Osk drehte sich um und folgte meiner Geste mit den Augen. Dort stand Camille, ins Gespräch vertieft mit dem jungen Delegierten, den es nach der Shunterreise von den Beinen geholt hatte.

Der Crown Ingenieur betrachtete sie kurz und nickte dann, machte einen zufriedenen Eindruck, als läge es in seiner Verantwortung sicherzustellen, dass das sorgfältig gewahrte, geheime Wissen des Standortes der Lichteiche nicht verlorengehen konnte. Auch wenn es lange her war, dass die Obersten für alle Menschen in *Helles Land* entschieden und gesorgt hatten, schien er sich dieser Aufgabe noch immer verpflichtet zu fühlen.

Vom Speisehaus her erklang ein volltönender Gong.

»Ah!«, rief Toyrin und klatschte in die Hände. »Wie habe ich mich auf diesen Ton gefreut! Der Essensruf, Sir Osk. Jetzt dürfen Sie gespannt sein! Nicht, dass unsere Nahrung in den Türmen schlecht wäre. Alles passabel, alles nahrhaft und durchaus annehmbar. Aber gegen die Festessen hier … Na, Sie werden sehen.« Seine Wangen glühten regelrecht.

Aruncus neigte bei Toyrins Lob den Kopf, murmelte bescheiden: »Dank sei dem Heiligen Baum, der uns beschützt und allen Reichtum des Lebens schenkt.« Mit einer Geste geleitete er den Ratsherrn und Sir Osk in Richtung Langhaus.

Ich schaute mich in der Menge um, ob ich irgendwo Parrett entdecken konnte. Doch da alle Dorfbewohner durcheinander in Richtung Festmahl strömten, hatte ich kein Glück.

Also schloss ich mich den beiden Delegierten und Aru an. Von hinten betrachtete ich Sir Osk, wie er mit unserem Dorfältesten und Toyrin scherzte und lachend den Kopf in den Nacken legte.

Seltsam, Mitglieder der Obrigkeit hatte ich mir stets viel ernster, sogar ein wenig verbissen vorgestellt. Sir Osk entsprach so gar nicht dem Bild, das ich mir von der Herrscherfamilie gemacht hatte. Vielleicht hatte Parrett recht mit seiner gelegentlichen Anmerkung, ich hätte zu viele Vorurteile im Kopf.

* * *

Das Essen schmeckte wie erwartet köstlich und stärkte die Delegierten nach der kräftezehrenden Shunterreise sichtlich. Alle sahen satt und zufrieden aus, plauderten und scherzten, als sich die Dorfbewohner und Abgesandten im Anschluss ins Versammlungshaus begaben – weniger Gebäude, vielmehr ein niedriges Grasdach auf Holzpfosten. Selbstverständlich würde niemand im Refugium einen Baum fällen. Doch mit Ausnahme der Lichteiche hielten die verschiedenen Baumarten den Strahlen der zwei Sonnen nur eine begrenzte Zeit stand. Die meisten der im Alter gestürzten Stämme ließen wir liegen, damit sie verrotten, Kleinstlebewesen Nahrung und Unterschlupf bieten und schließlich zu fruchtbarem Waldboden werden konnten. Kurz, im Kreislauf des Lebens verblieben.

Hin und wieder fiel solch ein Baum aber über einen der viel benutzten Pfade durchs Dickicht. Dann transportierten wir ihn mit vereinten Kräften ab, und die Versammlung der Dorfmeister entschied, was mit dem wertvollen Holz geschehen sollte.

Das Versammlungshaus im Schirmdorf war also eine Kostbarkeit, auch wenn die Delegierten es ihm wahrscheinlich nicht ansahen.

Man konnte von allen Seiten hineingehen und sich auf den weichen Matten niederlassen, die vor einem kleinen Podest in der Mitte auf dem Boden lagen. Schon bald war kein Platz mehr frei.

Ich saß zwischen Parrett und einer Gruppe Jungen, die aufgeregt tuschelten. Camille hielt in der Reihe hinter uns neben sich einen Platz für Iris frei, die nach dem Aufräumen im Speisehaus herüberkommen würde, um wie alle den Vorträgen zu lauschen, in denen die Abgesandten Neues aus den Türmen berichteten.

Das war jedes Jahr so. Die Forschenden der Türme entwickelten beständig irgendetwas weiter oder gestalteten um, züchteten neue Gattungen von Tieren und Pflanzen.

Nachdem Toyrin eine kurze Ansprache gehalten hatte, betrat unter allgemeinem Applaus eine Frau um die sechzig das kleine Podest. Ihre silbergrauen Haare waren an den Seiten sehr kurz rasiert, nur auf dem Oberkopf trug sie einen Schopf, der wie ein Hahnenkamm frisiert war.

»Wow«, hauchte Parrett bei diesem Anblick. Er hatte in seinen drei Jahren im Refugium seine Faszination für gestylte Frisuren nicht verloren.

Auch wir anderen warteten jedes Jahr aufs Neue gespannt auf die aktuellen Moden aus den Türmen und bestaunten die Kunstwerke, die uns so absurd vorkamen.

Unwillkürlich fasste ich mir an den Zopf, in dem ich mein eigenes Haar im Nacken zusammengenommen hatte. Die einzige Form von Frisur, die für mich beim Klettern in den Baumkronen infrage kam.

Parrett bemerkte meine Geste und lächelte mich an.

»Keine Sorge, meine Blume, *dein* Haar ist perfekt so, wie es ist«, flüsterte er in mein Ohr, wofür ich ihm einen Kuss auf die Wange hauchte.

»Liebe Schirmeri, liebe Bewohnerinnen und Bewohner des Refugiums, mein Name ist Xantia Xerres«, eröffnete in diesem Moment die Frau auf dem Podium ihre Rede, und Parrett und ich wandten uns zu ihr. »Es ist mir eine Ehre, in diesem Jahr Teil der Delegation zu sein, die das Refugium besuchen darf. Ich bin Historienwissenschaftlerin an der Yam-Universität. Dort beschäftige ich mich insbesondere mit den Handelsbeziehungen, die in den letzten hundert Jahren zwischen Savannah, Refugium und den Türmen geknüpft wurden. Zum Einstieg habe ich eine kleine Hologrammschau zusammengestellt, die die Geschichte von *Helles Land* bis zum heutigen Stand zusammenfasst. Denn nur in diesem globalen Zusammenhang erklären sich die heutigen Handelsbeziehungen der drei bewohnten Länder unserer Welt.«

Xantia zog eine schmale Metallschiene aus der Tasche, aus der ein feiner Lichtstrahl fiel. Nach vielen Delegationsbesuchen wusste ich mittlerweile, dass sich darin jede Menge Technik vereinte, die denjenigen, die so etwas noch nie gesehen hatten, wie ein Wunder vorkommen musste.

Tatsächlich ging ein Raunen durch die Menge, als neben Xantia meterhoch ein zunächst durchsichtiger, dann immer fester wirkender Bildschirm aufflackerte, der in der Luft schwebte. Noch flimmerte er, doch dann entstanden Bilder.

Die Jungs neben mir rutschten auf der Matte hin und her und reckten neugierig die Hälse. Unter ihnen waren zwei, die aus Versorgdörfern stammten und erst im Laufe des letzten Jahres zur Ausbildung ins Schirmdorf gekommen waren. Sie hatten in ihren kurzen, dreizehn- oder vierzehnjährigen Leben sicher noch nie eine Hologrammschau gesehen. Aber auch für mich als hohe Schirmerin mit meinen achtunddreißig verbrachten Jahren Lebenszeit waren die Vorführungen jedes Jahr eine wundersame Erfahrung.

Am meisten interessierten mich die in den Türmen neu entwickelten Pflanzen. Ich war keine Wissenschaftlerin, wie es sie im Land jenseits der Großen Ödnis gab, mit fundierter Ausbildung in vielen Bereichen, die bis in die innersten Zellen eines jeden Geschöpfes vordrang. Hier im Refugium hatte ich nichts anderes tun können, als das Leben selbst zu studieren und daraus meine Schlüsse zu ziehen. Daher war ich beeindruckt von dem Gedanken, dass Menschen in der Lage waren, eine neue Form von Lebewesen zu erschaffen.

Gleichzeitig mischte sich ein wenig Unbehagen in dieses Gefühl, denn mir selbst wäre es wie ein Frevel an unseren Freunden mit Wurzeln, Pfoten, Hufen oder Flügeln erschienen, sie nach unserem Willen verändern zu wollen. Auch wenn es zu ihrem Besten geschah, wie die Türmer nicht müde wurden zu betonen.

Ich schob die Gedanken beiseite, denn jetzt stand uns zunächst ein Rückblick auf die letzten tausend Jahre unserer Welt bevor, und auf dem Bildschirm erschien eine weite, mit Wald bedeckte Landschaft. Die Schau gaukelte uns vor, wie ein Vogel über Hügel und Berge zu fliegen. Von oben blickten wir auf ein dicht geschlossenes grünes Blätterdach, welches Millionen von Bäumen miteinander verwob.

Als würde der Vogel, aus dessen Augen wir schauten, plötzlich in einen Sturzflug übergehen, rasten wir hinab, auf das Dach aus Baumkronen hinunter. Die Jungen neben mir jauchzten, und nicht wenige im Saal lehnten sich reflexartig ein Stück zurück. Dann tauchten wir durch die dicht an dicht liegenden Blätter, und das Tempo verlangsamte sich.

Der Gleitflug führte uns zwischen mächtigen Stämmen hindurch, wo es aussah, wie wir Menschen des Refugiums unser Land seit jeher kannten: In goldenem Licht, das auf dem moos- und grasbewachsenen Boden mit grünen Schatten spielte, wuchsen Pflanzen aller Größen und Farben. Zartgliedrige Blumen ebenso wie Sträucher, die pralle Früchte trugen, oder Farne, die der vielfältigen Tierwelt entweder Schutz boten oder den Jägern unter ihnen Deckung.

Es war ein wunderschöner Anblick, wie wir so durch diese vollkommene grüne Pracht dahinflogen, und so realistisch, dass ich meinte, den süßen Duft der Blüten zu riechen und die Säure der Beeren auf meiner Zunge schmecken zu können.

Dann ließen wir fliegend die dicht stehenden Bäume hinter uns. Unser imaginärer Vogel glitt hinaus aus dem Schutz des Waldes in ein weites, grünes Auental. Dies war – im Gegensatz zum Waldesdickicht – ein Anblick, den niemand von uns heute noch kannte. Auen gab es schon seit Jahrhunderten nicht mehr.

So starrten wir alle auf die glitzernden Quellseen, die dahinsprudelnden Bäche und breiten Flüsse, die ihren Weg durchs Land nahmen, und konnten uns nicht sattsehen an der fremden Landschaft. Tiere sprangen umher, tranken am Wasser oder flohen vor dem unsichtbaren Auge über ihnen.

Es waren nichts als schöne Bilder aus der längst verstrichenen Vergangenheit unserer Welt, doch die Kreativen der Türme verstanden es bestens, derartige Illusionen herzustellen, und so sah alles so lebendig, echt und wunderschön aus, dass sich bewunderndes Raunen erhob.

»Unsere Welt *Helles Land* vor etwa tausend Jahren«, tönte Xantias Stimme über unsere Köpfe hinweg. »Sie bestand sowohl aus Seite an Seite stehenden Bäumen wie auch aus weiten Auen, in denen nur vereinzelte Bäume wuchsen, die unter ihren Kronen Schatten spendeten und zwischen ihren Wurzeln Wasser hervorquellen ließen. Diese Baumriesen, oft mehr als tausend Fuß hoch, waren besondere Bäume.«

Unser Vogel nahm Kurs auf einen der Bäume, an dessen Fuß winzig klein ein Rudel Hirsche äste. Die Tiere sahen auf und setzten in großen Sprüngen davon, als wir uns näherten. Wir umrundeten den Baum, konnten die tiefen Furchen in seinem Stamm ebenso erkennen wie das dichte Blattwerk mit der eigenartig schimmernden Oberfläche.

»Die Einzigartigkeit dieser erstaunlichen Bäume wurde unseren Vorfahren jedoch erst bewusst, als unsere beiden Sonnen begannen, nicht mehr hinter-, sondern nebeneinander über unserer Welt zu erscheinen. Wir wissen nicht, warum sich das Gesetz des Himmels änderte. Doch für die Menschen damals bedeutete die zentrierte Kraft der Sonnen die Gefährdung aller Lebensräume. *Lichteichen* hielten als einzige Lebewesen unserer Welt dieser neuen Herausforderung stand. Ihre Blätter wurden von der Hitze nicht versengt, sondern reflektierten die zerstörerische Kraft, bewahrten alles Leben unter ihnen. Aber nicht nur in dieser Hinsicht waren die Lichteichen ein wahres Wunder …«

Weiter hinten im Saal sprang ein kleines Mädchen auf.

»Sie wachsen viel, viel schneller, als ich groß werden kann!«, rief sie mit aufgeregtem Zittern in der hellen Stimme, das sowohl grenzenlose Bewunderung als auch Empörung verriet.

Alle lachten, auch Xantia.

»Du hast recht, junge Dame«, fuhr die Wissenschaftlerin an die Kleine gewandt fort, die von ihrer Mutter zurück auf die Grasmatte gezogen wurde. »Lichteichen wuchsen mit solcher Geschwindigkeit, dass ihr Gedeihen vom zarten Spross zum hundert Fuß hohen Baum in wenigen Tagen zu beobachten war.«

Auf dem Bildschirm unterstrich eine Illusion Xantias Worte und zeigte den beschriebenen Vorgang in wenigen Wimpernschlägen.

»Ihre Kraft bot jeder Naturgewalt mühelos Widerstand. Sie waren die Wunder unserer Welt, die Grundlage allen Lebens.«

Xantia hielt inne und sah uns an. Ihr Blick wanderte durch die Reihen.

Die Bilder der Holgrammschau veränderten sich. Der Vogel flog auf, höher und höher, sodass ich mich unwillkürlich fragte, wann seine Flügel unter der sengenden Hitze der Sonnen verbrennen würden. Dass diese Schau nur eine Illusion war, änderte nichts daran, dass die folgenden Bilder auf meinen Armen und schließlich an meinem ganzen Körper eine Gänsehaut erzeugten.

»Leider entdeckten unsere Vorfahren, dass Motorsägen mit speziellen Sägeblättern aus in den Bergminen gewonnenem Diamant in der Lage sind, das ansonsten unzerstörbare Lichteichenholz zu schneiden. Dieses Holz, das die sagenhafte Grundlage für einsturzsichere Häuser lieferte, egal wie hoch man sie auch baute. Brücken über die weitesten Täler wurden aus ihrem Kern geschaffen. Schönste Möbel und Alltagsgegenstände waren kostbar und gefragt. Lichteichenholz war begehrt in allen Lebensbereichen, und unsere Vorfahren bedienten sich hemmungslos daran. Sie ignorierten, was doch offensichtlich hätte sein müssen: Zwischen den Bäumen entstanden Ödnisse, in denen kein Tier und keine Pflanze überlebte.«

Während der letzten Sätze veränderte sich die Landschaft im Hologramm mehr und mehr. Ein Baum verschwand, noch einer, Dutzende, Hunderte. Ihre Umgebung reagierte darauf. Wo vorher Grün in den Auen geleuchtet hatte, breitete sich nun stumpfes Braun und Grau aus. Die Flüsse schrumpften zu Bächen, die Bäche trockneten aus, die Quellseen versiegten.

Parrett, der offenbar mein Schaudern spürte, legte den Arm um mich und drückte kurz meine Schulter.

Auch Xantia wirkte bewegt, und hinter ihrer Rolle der Wissenschaftlerin erkannte ich den Menschen, als ihre Stimme leiser wurde und Trauer darin schwang.

»Die Menschen schätzten und benutzten alle Besonderheiten dieser wunderbaren Bäume – nur eine einzige ließen sie außer Acht. Und das beeinflusste die Zukunft unserer Welt maßgeblich: Lichteichen vermehren sich nur etwa alle dreihundert Jahre durch exakt zwölf Früchte, die jeweils einen Samen in sich tragen. Im Vertrauen auf ihr schnelles Wachstum schlugen die Menschen mit Diamantäxten und -sägen mehr junge Lichteichen, als durch die großen, alten Bäume neu entstehen konnten. Und schließlich schlugen sie auch die alten.«

Unser Vogel flog weiter.

Meinte ich das nur, oder wirkte selbst der Flug, der uns vorher so heiter beschwingt hatte, plötzlich matt und hoffnungslos?

Wir überquerten ein großes Gebiet, das dem Gürtel ähnelte, der heute das Refugium umgab: Savannah, der Teil unserer Welt, der seinem Namen alle Ehre machte. In dem schmalen Landstreifen wuchsen dornige Sträucher, raue Gräser und vereinzelte kleine Bäume zwischen sandigem Boden und Felsenhügeln.

Dann zeichnete sich am Horizont plötzlich eine Gebirgskette ab. Hohe, im gleißenden Doppelsonnenlicht funkelnde Berge. Doch als wir näher kamen, wurde nicht nur mir klar: Dies war kein Höhenzug aus Stein, der der Hitze trotzte. Nein, es handelte sich um Gebäude, die sich Stockwerk um Stockwerk emporreckten, so hoch, dass sie an den Himmel heranzureichen schienen.

Langsam dahinschwebend erreichten wir eine gewaltige Stadt. Auf den Gesichtern der jüngeren Anwesenden lag ungläubiges Staunen, auf denen der Älteren dumpfes Erkennen.

»Die Türme«, erklärte Xantia schlicht. »Die Heimat der Delegierten. Durch den Verlust der Lichteichen konnten sich die Menschen nicht mehr gefahrlos zwischen den Gebäuden bewegen, über Straßen und offene Plätze. Daher konstruierten Ingenieurinnen und Architekten ein gewaltiges Dach aus Lichteichenholz, das alle Gebäude einschloss. Für diese Bedeckung, die die Gigastadt bis heute vor den tödlichen Strahlen schützt, wurden die letzten Eichen gefällt. Und mit ihnen verschwanden außerhalb der Türme die letzten natürlichen Schattenplätze. Die sengenden Sonnen ließen Gestein zerbersten. Der heiße Wind mahlte es zu Sand. Schon nach wenigen Jahren bedeckte er Täler und Berge, Quellseen und daraus entsprungene Flüsse. Die Große Ödnis entstand, trennte die einzigen Landesteile voneinander, in denen noch Leben möglich war. Unpassierbar und todbringend ist jene Ödnis aus heißem Sand für jedes Lebewesen, das es zu Fuß zu durchqueren oder zu überfliegen versucht.«

Das Bild surrte zusammen, die gewaltigen Türme, in denen Millionen von Menschen lebten, schrumpften zu winzigen Gebilden. Ringsherum breitete sich die Große Ödnis aus. Schattierungen von Grau. Flimmernde Hitze. Weit, weit entfernt, am anderen Ende des Bildschirms leuchtete ein fast kreisrunder, dunkelgrüner Fleck mit einem hellbraunen Ring drum herum: das Refugium mit dem es ringförmig umgebenden Savannah.

Deutlicher als diese Hologrammschau konnte niemand erklären, welch unüberwindbares Hindernis seit Jahrhunderten zwischen den verbliebenden Teilen unserer Welt lag.

Stille hatte sich über die Anwesenden gesenkt. Einer der Jungen neben mir hob die Hand. Die jungen Menschen, die hier zu Schirmeri ausgebildet wurden, waren dazu angehalten, Fragen zu stellen. Nur Fragen machten klug.

Xantia sah es und nickte ihm zu.

»Ist es wahr, dass kein Transportmittel, ob am Boden oder in der Luft, es durch die Ödnis schafft?«, fragte er betont selbstbewusst, während seine Freunde grienten und sich gegenseitig anstießen.

Wieder nickte Xantia. »Das ist korrekt. Und ich würde niemandem empfehlen, es zu versuchen. Keinem einzigen Antriebssystem, das seit der Entstehung der Großen Ödnis entwickelt wurde, und es waren ihrer viele, gelingt es, den feinen Sand zu filtern. Und wer erst einmal in der Ödnis strandet …«

Als hätten die Illugrafiker die Frage des Jungen und Xantias Antwort vorhergesehen, wurden wir Zeuge, wie ein silber glänzendes Flugobjekt in den Türmen startete und mit enormer Geschwindigkeit gen Refugium raste. Es hatte nicht einmal die Hälfte der Strecke hinter sich gelassen, als es zu trudeln begann und schließlich abstürzte. Innerhalb eines Wimpernschlags verschmolz es mit dem flimmernden Grau. Die Jungen machten große Augen.

»Mehr als zweihundertdreißig Jahre lang bestand keinerlei Kontakt zwischen dem Refugium und den Obersten in den Türmen. Bis vor genau einhundert Jahren unseren Wissenschaftlern der durchschlagende Erfolg in der Shuntertechnik gelang«, fuhr Xantia fort. Das Hologramm zeigte Bilder einer der vielen Universitäten der Türme. In einem großen Forschungssaal lagen auf Tischen etliche metallene Ringe mit dem Durchmesser eines Armreifs. »Damals waren Shunter nur in der Lage, eine Nachricht zu übermitteln, das allerdings innerhalb von Sekunden …« Sie hielt kurz inne und suchte offenbar nach dem Wort, das wir im Refugium für diese Zeiteinheit benutzten. »Von wenigen Wimpernschlägen. Es dauerte lange, bis es den Ingenieuren gelang, nicht nur Nachrichten, sondern auch Lebewesen zu transportieren.«

Wir sahen, wie Forschende mit Würmern hantierten, mit Mäusen und kleinen Singvögeln. In mir regte sich Mitleid, als ich an die vielen fehlgeschlagenen Versuche dachte, bei denen diese Geschöpfe über der Großen Ödnis *verlorengingen*, wie diese Unfälle genannt wurden. Was jedoch nur eine Umschreibung für einen qualvollen Tod durch Ersticken, Verbrennen oder Verdursten war.

»Zunächst nur kleine Wirbellose, dann Vögel, kleine Säuger und schließlich ein Mensch. Mit unserem jetzigen Aufenthalt jährt sich der Delegationsbesuch aus den Türmen im Refugium zum dreiunddreißigsten Male. Jedes Jahr zur Doppelsonnenwende dürfen zwölf Türmer euer Land besuchen und seine kostbaren Schätze kennenlernen.«

Auf dem Bildschirm waren nun die zwölf Männer und Frauen zu sehen, die uns im letzten Jahr besucht hatten. In einem großen Raum, dessen breite Fensterfront den Blick hinaus auf weitere hohe Gebäude zuließ, traten sie gemeinsam an einen auf dem Boden liegenden Shunter, wurden von dem gleißenden Licht erfasst, das er aussandte, und verschwanden vor unseren Augen.

Nur wenige Wimpernschläge, nachdem vor einem Jahr diese Aufnahmen entstanden, waren damals die Delegationsmitglieder auf unserem Dorfplatz erschienen.

Xantia wandte den Blick von der Hologrammschau und sah in die Runde. »Erst die Shuntertechnik ermöglichte unseren Ländern, miteinander in Handelsbeziehungen zu treten …«

Ich starrte weiterhin nach vorn zu der Wissenschaftlerin. Doch ihrem Vortrag konnte ich nicht mehr konzentriert folgen. Immer noch sah ich die Bilder vor meinem inneren Auge. Die Bilder, auf denen eine Lichteiche nach der anderen aus unserer ehemals so reichen, wunderschönen Welt verschwand. Die Bilder, auf denen Wasser, Pflanzen, Tiere in so kurzer Zeit einfach ausgelöscht wurden.

Ersetzt durch ein endloses, vor Hitze flirrendes Grau.

4. KAPITEL

Der nächste Tag begann so ganz anders als mein gestriges Erwachen auf dem Ast der Lichteiche. Mit aufgeregtem Kinderlachen und Rufen draußen vor der Hütte, das sich im nächsten Moment mit trippelnden Füßen rasch entfernte. Mit Parretts um mich geschlungenen Armen.

Ich blinzelte, rührte mich aber nicht, wollte ihn nicht wecken. In Gedanken war ich sofort beim gestrigen Abend, dem großen Willkommensfest, das traditionell zum Delegationsbesuch stattfand.

Die Förmlichkeit, die anfangs noch in der Luft gehangen hatte, war schnell davongeweht. Dorfbewohner und Delegierte vermischten sich, Parrett hatte mich dem Abgesandten aus dem Hauptarchiv vorgestellt, und die beiden hatten ihre mit Nadeln angesteckten Abzeichen verglichen, die Auskunft über ihre jeweiligen Spezialgebiete gaben. Selten hatte ich meinen Gefährten so fröhlich erlebt; für gewöhnlich gab Parrett sich still und amüsierte sich verhalten. Auf Außenstehende wirkte er manchmal sogar steif und gehemmt, doch inzwischen hatte ich gelernt, die feinen Signale wahrzunehmen, die seine innere Stimmung verrieten.

Wir aßen köstlich, und als die Trommeln und Flöten aufspielten, hatte Parrett mich auf die Mitte des Dorfplatzes gezogen, unter all die anderen ausgelassen Tanzenden, mich herumgewirbelt und laut gelacht.

Sanft drehte ich mich nun zu ihm herum und betrachtete

sein Gesicht, das auf dem mit Trockenmoos gefüllten Kissen ruhte. Sein schwarzes Haar zeigte an den Schläfen erste graue Stellen, was für ihn ein ständiges Ärgernis bedeutete. Mittel zum Färben hatten wir im Refugium nicht. Und er wollte seine Eitelkeit vor den anderen nicht eingestehen, indem er eine Farbcreme auf die Liste für einen Shuntertransport setzte.

Sonst stets sorgfältig frisiert, standen jetzt ein paar Strähnen wirr von seinem Kopf. Seine Lider mit den langen Wimpern wirkten apricotfarben.

Mein Herz zog sich bei seinem Anblick zusammen. Drei Jahre kannte ich ihn nun. Damals war er als Vertreter eines großen Archivs mit der Delegation ins Refugium gekommen. Zum ersten Mal hatte ein Delegierter für ein ganzes Jahr hierbleiben und unser Leben studieren sollen.

Ich wusste noch, wie ich mich bereits am ersten Abend lange mit ihm unterhalten hatte, seine Neugier auf unser Land amüsant fand, sein bewunderndes Interesse an meiner Arbeit als Schirmerin schmeichelhaft.

Ivyn hatte mich sogar damit aufgezogen und ein wenig Eifersucht geheuchelt.

Und dann. Dann war wenige Tage später das Unglück geschehen, nach dem es für mich erst einmal nichts anderes gegeben hatte als meine Trauer, die gewaltige Lücke neben mir, die Ivyn hinterlassen hatte.

Es hatte etliche Jahreszwölftel gedauert, bis ich wahrnahm, dass der Archivar aus den Türmen einige Anstrengungen unternahm, um mich auf sich aufmerksam zu machen. Vollkommen selbstverständlich hatte er mir lästige Aufgaben abgenommen, das beste Essen für mich bereitgestellt, mir Wasser an die Hütte gebracht, war zur Stelle gewesen, wenn ich bei was auch immer eine helfende Hand gebraucht hatte. Doch was mir damals wirklich geholfen hatte, waren seine Fragen. Er hatte Hunderte, wenn nicht Tausende. Und obwohl ich ihn mit allen im Dorf hier und da im Gespräch sah, schien er doch mich als seine Hauptinformationsquelle über das Refugium ausersehen zu haben.

Sein ehrliches Interesse hatte mich berührt. Sein Eifer, den Menschen in den Türmen mitzuteilen, wie wir lebten, was wichtig für uns war. Er hatte mich über die Tatsache hinweggetröstet, dass meine Forschungsarbeit von der Obrigkeit offenbar nicht als wertvoll erachtet wurde, nannte sie *Ignoranten* und *türmefixiert* und wollte selbst alles über meine Erkenntnisse wissen. Diesbezüglich war er Türmer durch und durch – Wissen schien ihm als das höchste Gut.

Ich streckte die Hand aus und strich Parrett zart über die Schläfe. Seine für die Türmer so typisch helle Haut war weich, die winzigen Lachfältchen um seine Augen auch im Schlaf zu erkennen.

Als er nach seinem geplanten Jahr im Refugium entschieden hatte, noch länger hierzubleiben, war wohl allen außer mir klar gewesen, was oder vielmehr wer der Grund dafür war.

Wahrscheinlich hatte ich es erst nicht wahrhaben wollen. Hatte nicht annehmen wollen, dass der freundliche Archivar aus den Türmen sich während seines Rechercheaufenthaltes in mich verliebt hatte.

Ich legte meine Hand an seine Wange, und er atmete tief ein, um die Luft mit einem behaglichen Seufzer wieder auszustoßen. Seine Lider flatterten.

Im letzten Jahr hatte ich erwartet, dass er sich der Delegation zurück in die Türme anschließen würde, nachdem ich seinen vorsichtigen Annäherungen stets ausgewichen war.

Doch das hatte er nicht getan. Parrett war geblieben. Im Refugium, im Schirmdorf. In meiner Nähe. Und vielleicht war es seine Beharrlichkeit in Kombination mit der Zeit, die selbst die größte Trauer irgendwann erträglich macht, was mein Herz vor ein paar Wochen schließlich hatte weich werden lassen. Es hatte schneller geschlagen, wenn er in meine Nähe kam, aufgeregt geflattert, wenn sein sehnsüchtiger Blick mich streifte, zärtlich gesummt, als wir uns das erste Mal küssten.

»Seit wann siehst du mich schon so nachdenklich an?«, murmelte er.

Ich musste lächeln. »Wie kannst du das wissen? Du hast ja noch nicht mal die Augen auf.«

Er blinzelte, und sein Mund verzog sich. »Das spüre ich, meine Blume.«

Ehe ich antworten konnte, schlang er die Arme um mich und zog mich an sich. Ein Prickeln rauschte durch meinen Körper, und ich vergrub mein Gesicht an seinem Hals. Er roch würzig und ein bisschen nach Garliccowein, der gestern Abend in Strömen geflossen war.

»Wie spät ist es?«, brummelte er in mein Haar.

»Gut sechs Sonnenstände sind rum.«

»O nein, das heißt, ich muss aufstehen«, stöhnte er. »Ich habe Xantia versprochen, ihr heute Morgen meine Aufzeichnungen zum Handel der einzelnen Refugiumsdörfer mit Savannah zu zeigen, ehe später die Vorträge beginnen.«

»Dann darfst du als Erster raus. Na los!« Ich küsste ihn auf Stirn und Nase und schubste ihn dann in Richtung Bettkante.

Er sträubte sich zum Schein, um ein paar weitere kleine Küsse zu ergattern, aber schließlich fügte er sich, machte sich frisch, zog sich an und verschwand winkend durch den Vorhang hinaus.

Ich folgte seinem Beispiel und trat kurz darauf selbst aus der Hütte.

»Clay, guten Morgen!«

Fast prallte ich mit Camille zusammen. Sie trug ihre Schirmkleidung, feste Hosen mit dem Beingurt, in dem ihr scharfes Messer steckte, und ein langärmliges Hemd. Über die eine Schulter hatte sie sich ihr Seil und das aus Rohrgras geflochtene Netz mit ein paar Avemriswurzeln geworfen. Auf der anderen saß ein knallblau gefiederter Vogel, der mich mit schief gelegtem Kopf ansah.

»Guten Morgen, Camille. Guten Morgen auch, Bluebell. Sag bloß, du willst jetzt in den Wald?«

»Tja, leider. Bluebell hat mir von einem erheblichen Befall berichtet, der bereits das Laub schädigt. Es ist nicht allzu weit von hier.« Camille hob die Hand und strich über die Brust ihres kleinen Begleiters. Im letzten Jahr hatte sie den Bläuling noch flugunfähig auf dem Boden gefunden. Da von seinen Eltern weit und breit keine Spur zu finden gewesen war, hatte sie ihn mitgenommen und aufgezogen.

Täglich hatte er uns bei unserer Arbeit in den Baumkronen begleitet. Als er das Gefieder gewechselt hatte und davongeflogen war, hatten wir alle angenommen, ihn nie wiederzusehen. Aber schon nach wenigen Tagen war er zurückgekehrt. Und zwar mit riesigem Gezeter. Er hatte so lange keine Ruhe gegeben, bis Camille ihm in den Wald und einen Onkerbaum hinauf gefolgt war, in dessen Wipfel sie eine große Lynchflechte fand, die vom Boden nicht auszumachen gewesen war.

Die Bäume, deren Blätterdach uns vor den Sonnenstrahlen behüteten, hatten kaum Feinde. Und seit Camille meine Schülerin war, sprach sie regelmäßig mit den Hirschen und Kaninchen, die den jungen Bäumen sämtlicher im Wald vertretenen Arten gefährlich werden konnten. Ihr Zuspruch hatte Erfolg, und wir verzeichneten kaum noch Verbiss.

Der einzige und tatsächlich hochgefährliche Feind, den sämtliche Baumarten im Refugium fürchten mussten, war die Lynchflechte. Die parasitär lebende Pflanze siedelte sich in den

Baumkronen an, entzog ihrem Wirt so lange Wasser und Nährstoffe, bis für den Baum selbst nichts mehr übrig blieb und er abstarb.

Lynchflechten produzierten das ganze Jahr über wohlschmeckende Beeren, die bei den Vögeln beliebt waren. Häufig trafen die darin enthaltenen Samen beim Ausscheiden an weit entfernten Stellen im Wald einen Ast, und schon entstand dort eine neue Flechte. Aufgabe der Schirmeri war es, die Flechten aufzuspüren und mit einem scharfen Messer vom Stamm oder Ast zu trennen. Die Wunde versiegelten wir mit Harz aus der Avemriswurzel, wodurch sich der Baum schnell von dem Angriff erholte.

Vom Boden aus waren die dunkelgrünen Lynchflechten oftmals kaum auszumachen, weshalb wir Schirmeri hinauf in die Kronen mussten.

Bei unseren gemeinsamen Touren hatte Camilles geflügelter Freund genau registriert, welche Flechte es war, die seine Retterin so erbittert bekämpfte, und sie seitdem zu etlichen Flechten geführt, die er beim Herumfliegen entdeckt hatte.

»Brauchst du Hilfe?«

»Nein, das schaff ich allein. Bleib du bei der Delegation und leg mir etwas vom Essen zurück. Iris vergisst es in der Aufregung vielleicht.« Camille zwinkerte mir zu. »Bis Nach-dem-Zenit, wenn die Vorträge beginnen, bin ich wieder da.«

Damit drehte sie sich um und lief mit leichtem Schritt in Richtung Dorfmitte. Der befallene Baum musste also im Osten liegen.

Bluebell hob von Camilles Schulter ab und flog ihr voraus. Schon nach kurzer Zeit war meine Freundin in ihrer braungrünen Kleidung zwischen den Hütten nicht mehr zu sehen.

Ich setzte mich ebenfalls in Bewegung, als plötzlich vor mir Sir Osk zwischen den Behausungen auftauchte. Er hielt sich dicht an den Hütten, war aber trotzdem kaum zu übersehen, weil er einen Anzug trug, der wie das gleißende Licht zum Zenit glänzte. Suchend schaute er sich um. Einem Impuls folgend zog ich mich in den dunklen Schatten unserer Hütte zurück.

Gestern Abend hatte ich lange mit der Historienwissenschaftlerin Xantia gesprochen und später zusammen mit Parrett und dem Delegierten aus dem Hauptarchiv zusammengesessen. Der selbstsichere Sir Osk war nur hin und wieder in meinem Blickfeld aufgetaucht. Einmal hatte er mich so prüfend angesehen, als ob er überlegte, meine angeregte Unterhaltung mit Parrett und dem Archivar zu unterbrechen, war dann aber doch weitergeschlendert.

Ich konnte nicht sagen, wieso ich jetzt lieber vermied, ihn auf mich aufmerksam zu machen. Er war überaus freundlich, und durch gestern aufgeschnappte Gesprächsfetzen hatte ich mitbekommen, dass vielen Dorfbewohnern seine charmante Art gefiel. Tatsächlich hatte ich mir jemanden der Obersten sehr viel förmlicher vorgestellt. Da saß diese Vorstellung in meinem Kopf, dass Mitglieder der ehemaligen Herrscherfamilie schrecklich aufgeblasene Menschen sein mussten, die sich viel auf ihre Aufgabe einbildeten, das Leben in den Türmen zu organisieren und wichtige Entscheidungen zu treffen. Dieses Bild mochte damit zusammenhängen, wie Aruncus, der als Einziger von uns die Türme besucht hatte, und auch die Delegierten selbst über die Obersten sprachen. Zwischen Respekt und Bewunderung schwang stets ein feiner Unterton, der klang, als ständen diese Menschen durch ihre politischen Vollmachten irgendwie über allen anderen – selbst über dem in den Türmen gewählten Hohen Rat.

Vielleicht hatte Sir Osk eine Sonderstellung, denn schließlich war er einer der herausragendsten Shunteringenieure und damit tatsächlich jemand, der Respekt verdiente.

Aber egal wie besonders und wichtig er war, jetzt gerade

mochte ich nicht mit ihm plaudern. Und er machte auch nicht den Eindruck, als sei er auf ein lockeres Morgengespräch aus. Mit leisen Schritten ging er zwischen den Hütten hindurch und verschwand aus meinem Blickfeld.

Ich nahm den Weg quer durchs Dorf zum Speisehaus und suchte mir dort ein paar Früchte und eine dicke Scheibe Baumbrot von der langen Tafel aus. Viele Schirmeri und Gäste aus anderen Teilen des Refugiums waren hier, saßen an den Tischen oder auf dem Boden, frühstückten und unterhielten sich angeregt. Hier und da stach die schrill farbige Kleidung der Delegierten aus den gewohnten Erdtönen heraus. Alle waren sie in lebhafte Gespräche vertieft. Wir vermischten uns – genauso sollte es sein.

Parrett saß mit Xantia in einer Ecke. Sie griffen bei den Speisen zu, während sie die Köpfe über Parretts schriftlichen Unterlagen zusammensteckten.

Mit meinem Frühstück in der Hand trat ich zurück ins Freie. Der gestrige Tag hatte mir in Sachen Geselligkeit ausgereicht. Nach-dem-Zenit würden die Vorträge weitergehen, und heute Abend war ein weiteres Festessen geplant. Auch morgen würde es trubelig, wenn sich die Delegation zu ihrer kleinen Reise durch das Refugium und den Abstecher nach Savannah aufmachen würde. Und so suchte ich jetzt ein bisschen Ruhe.

Ich nahm einen schmalen Pfad in den Wald hinein und folgte ihm eine Weile bis zu einer umgestürzten Kiefer, auf deren Stamm ich mich niederließ.

Während die Lichteiche mit ihren zweitausendsechshundert Jahren ihr Lebensende noch lange nicht erreicht hatte, wurden alle anderen Baumarten im Refugium nicht viel älter als etwa zweihundert Jahre. Dann hatten die Strahlen der zwei Sonnen sie aufgezehrt.

Die Kiefer, auf der ich saß, war erst vor Kurzem umgefallen.

Ihre Artgenossen hatten lange vor uns begriffen, was geschah, und das absterbende Laub durch neu wachsende Äste und Blattwerk ihrer eigenen Kronen ersetzt. So war durch den Sturz des Baumes schließlich nur ein kleines Loch im dichten Blätterdach über unseren Köpfen entstanden. Innerhalb weniger Wochen würde sich diese schmale Lücke komplett schließen, aber noch drang das Sonnenlicht an dieser Stelle zu mir herunter, wärmte angenehm meine Haut.

Lange saß ich hier, genoss die Stille um mich herum, die nur von Vogelgezwitscher unterbrochen wurde. Ich verzehrte die reifen Früchte und das Brot. Hörte einem Laubtänzer zu, der seinen Namen wahrhaft nicht verdiente. Die kugelrunden, kurzbeinigen Vögel bewegten sich so langsam, dass sie mit ihrem perfekt getarnten Federkleid im Unterholz kaum zu erkennen waren.

Dieses Kerlchen hier hatte sich in meiner Nähe auf einem Stein niedergelassen und wiederholte träge seine Gesangstrophen. Eine angenehme Müdigkeit ergriff von mir Besitz, und ich sank auf den weichen Boden, lehnte mich gegen den Stamm und schloss für einen Moment die Augen.

Ich wusste nicht, ob ich richtig eingeschlafen war oder nur kurz eingenickt, als ich plötzlich hellwach auffuhr. Wer im Refugium lebte und sich außerhalb vom Dorf aufhielt, schaltete seine Sinne nie ganz aus.

Da hatte ein Ast geknackt. Ich hörte rasch gehenden Atem.

Schon duckte ich mich hinter den Stamm und spähte vorsichtig darüber. Im nächsten Moment entspannte ich mich, als mir klar wurde, dass es sich um keine Gefahr handeln konnte. Kein Raubtier brach derart schnaufend durchs Unterholz, wenn es einen Angriff plante.

Tatsächlich erschien keine zwei Wimpernschläge später an der Wegbiegung ein junger Mann, der auf mich zugerannt kam.

Er trug auffällig geschnittene bunte Hosen und ein leuchtend gelbes Oberteil, das an seinem muskulösen Oberkörper anlag wie eine zweite Haut. Offenbar waren diese strahlenden Farben in den Türmen schwer in Mode.

Ich erkannte den jungen Mann, der gestern nach der Shunterreise kurz in die Knie gegangen war, und suchte in meinem Kopf nach seinem Namen.

»Delegierter Agreen. Hallo«, rief ich ihm zu und tauchte aus meinem Versteck auf.

Vor Schreck zuckte er zusammen und blieb wie angewurzelt stehen. Einen Moment lang starrte er mich an, als sei ich ein wildes Tier, das ihn anzufallen drohte. Doch dann blinzelte er und stieß erleichtert die angehaltene Luft aus.

»Schirmerin Claymaris!« Während er näher kam, bemühte er sich, seinen Atem in den Griff zu bekommen. Eine Hand presste er in die Seite. »Was für ein Glück, dass Sie es sind. Habe mich tatsächlich verlaufen. Und im dichten Gebüsch tauchten plötzlich überall Augen auf.«

Ich musste schmunzeln. »Besser wäre es, Sie würden jemanden aus dem Dorf mitnehmen, wenn Sie die Umgebung erkunden wollen.«

»Das werde ich ganz sicher beim nächsten Mal tun«, erwiderte er immer noch keuchend.

»Kommen Sie, ich begleite Sie ins Dorf.« Ich deutete den Pfad entlang.

Ein paar Minuten gingen wir schweigend. Ich ließ ihm Zeit, sich zu beruhigen. Ganz sicher würde ich ihm nicht sagen, dass es wahrscheinlich nur ein paar Hirsche oder Grasäffchen gewesen waren, die ihn beobachtet hatten. Ein Raubtier wäre dem Dorf nicht so nah gekommen und schon gar nicht so dumm, den Abgesandten seine Anwesenheit merken zu lassen. Das Gefühl, dass der Wald Augen hatte, kannte ich nur zu gut. Aber im

Gegensatz zu einem Türmer wusste ich, ob es auf eine Gefahr hindeutete oder vollkommen harmlos war.

»Ist es hier jeden Morgen so?«, fragte der Delegierte schließlich und deutete auf eine kleine Lichtung, die wir passierten.

Dort hing über dem weichen Moos ein feiner Nebel, wie der Frühtau ihn um diese Jahreszeit oft verursachte. Vögel vermischten ihren Morgengesang zu einem vielstimmigen Konzert. Ein faustgroßer Kippelkäfer schwirrte laut brummend vorbei, während ein Kaninchen gemütlich über die freie Fläche hoppelte, uns bemerkte, erschrak und mit panischen Haken davonjagte. Wir mussten beide über seinen Anblick lachen.

»Ja, so in etwa ist es jeden Morgen. So ist das Refugium.«

Der junge Mann nickte. Seine Haare glänzten in einem pastelligen Petrolton, und am Hinterkopf zog sich ein kompliziert rasiertes Muster entlang. Seine Brauen in der gleichen Farbe waren zu runden Bögen gezupft. Er sah so ganz anders aus als wir. Und doch erkannte ich in seinen Augen eine verwandte Seele.

»Es war dumm von mir, allein loszugehen. Aber ich dachte, ich hätte so etwas wie einen ererbten Instinkt, der mich schon warnen würde.« Er lächelte. »Meine Mutter stammt aus dem Refugium.«

»Tatsächlich? Wie heißt sie?«

»Hamamelis aus Terradorf. Sie hatte ihre Ausbildung zur Schirmera fast abgeschlossen, als mein Vater mit der Delegation ins Refugium kam. Sie ging mit ihm.«

»Ich erinnere mich, davon gehört zu haben. Das passierte ein paar Jahre, bevor ich zur Ausbildung herkam. Ihre Familie lebt immer noch im Terradorf, es liegt nicht weit entfernt von meiner eigenen Heimat Farndorf im Westen des Refugiums. Sie sind Beerensammler wie meine Familie. Ihre Großeltern leben ebenfalls dort, oder?«

Der Delegierte nickte mit errötenden Wangen. Offenbar freute es ihn, dass ich so viel über seine Familie wusste.

»Ich hoffe, dass ich sie während meines Aufenthaltes hier besuchen kann. Wir haben uns schließlich nie kennenlernen können.«

»Wie schade für Ihre Mutter, dass sie nicht mitreisen durfte. Sie hätte das Refugium doch bestimmt gern wiedergesehen«, sagte ich.

Ein Schatten zog über das Gesicht des jungen Mannes. »Sie ist gestorben, als ich zwölf war. Aber sie hat mir oft von ihrer Heimat erzählt. Wie wunderbar es hier ist. Sie ist mit mir in die Archive gegangen, hat mir Hunderte Hologramme gezeigt. Sie wollte, dass ich zumindest weiß, wie es hier aussieht. Und damit hat sie mich derartig verzaubert, dass ich schließlich alles darangesetzt habe, um diese ganze Schönheit einmal mit eigenen Augen zu sehen.« Sein Blick glitt wieder in den Wald hinein, und ich spürte, wie sich mein Herz diesem Fremden öffnete, der eine so innige Verbindung zu meiner Heimat erlebte, der ihre Schönheit nicht nur sah, sondern fühlte.

»Ihre Mutter muss Ihren Vater sehr geliebt haben, dass sie nach nur wenigen Tagen des Kennens mit ihm in die Türme ging.«

Er senkte den Kopf. »Das hat sie. Ihr Tod hat Vater schwer getroffen. Wissen Sie, unsere Familie entstammt den Obersten. Mein Vater selbst war ein Spross der Herrscherfamilie, und als er sich in meine Mutter verliebte, war die Familie ganz und gar gegen die Verbindung. Oberste heiraten hochrangige Wissenschaftlerinnen, Ingenieure, Forscher oder Archivarinnen – aber sicher keine angehende Schirmerin aus dem Refugium. Vater hat allen Privilegien entsagt und sich von der Familie abgewandt, um mit der Frau zusammen zu sein, die er liebte.«

»Oh, ich wusste nicht, dass Mitglieder der Herrscherfamilie

sich dagegen entscheiden können, zu den Obersten zu gehören«, sagte ich überrascht.

»Das kommt auch nicht oft vor.« Mein Begleiter zuckte die Schultern. »Mein Vater hat es getan, zusammen mit seiner Schwester. Tante Loren war immer schon ein bisschen anders und wollte *bei der ganzen Show eh nicht mitmachen*, wie sie es formuliert. Heute hätten einige der Obersten sie gern wieder in ihren Reihen, weil sie ein so kluger Kopf ist. Aber das ist wohl der Knackpunkt: Sie ist zu klug, um sich von den Verlockungen verführen zu lassen.« Er lächelte liebevoll. »Sie war immer für mich da. Eine Art Mutterersatz, auch wenn sie das nicht gern hört, weil sie sich ausschließlich als Mutter für ihre Tiere und Pflanzen fühlt. Es war Tante Loren, die mir früh erklärt hat, dass ich meinen eigenen Weg gehen muss, statt mich zu dem machen zu lassen, was die Obersten in mir sehen.«

»Klingt nach einer wunderbaren Tante. Sich von der Herrscherfamilie abzuwenden, war gewiss sehr mutig von ihr und Ihren Eltern.«

»Ja, das war es wohl, denn die Tradition lässt niemanden so leicht aus ihren Fängen. Dieser Kampf muss für meine Mutter sehr kräftezehrend gewesen sein. Vater spricht immer noch davon, dass sie noch leben würde, wenn er ihrem Drängen nicht nachgegeben, wenn er sie hier an ihrem angestammten Ort gelassen hätte. Das Leben in den Türmen ist … sehr anders als hier.«

»Gut, dass wir nicht wissen, was geschehen wäre, wenn wir uns an einer Stelle in unserem Leben anders entschieden hätten«, erwiderte ich. »Besser, Sie setzen die Grübeleien Ihres Vaters nicht fort, Delegierter Agreen.«

Er schaute auf. »Ach, bitte lassen wir doch die förmliche Anrede. Mein Name ist Henk.«

»Clay.«

Wir lächelten uns an.

»Du hast recht, Clay. Es bringt nichts, zu grübeln. Seit ich sechzehn war, habe ich mich jedes Jahr für die Delegation beworben. Nun arbeite ich seit vier Jahren im Verständigungsrat, und endlich hat es geklappt.«

Ich sah ihn von der Seite her an, mit neuen Augen. »Du bist der junge Talentierte im Rat, den Toyrin als seinen Nachfolger sieht!«

Zum zweiten Mal errötete Henk. »Toyrin ist nicht nur ein kluger Ratsherr, sondern auch sehr freundlich. Mir fehlt es noch an der nötigen Erfahrung.«

»Du bist jung. Hast das ganze Leben vor dir. Die Erfahrung wird schon kommen.« Wir sahen einander an, und ich erkannte in seinem Gesicht eine Mischung aus Stolz, Eifer und einer ungewissen Vorfreude. Es stand auch eine Frage darin.

Und tatsächlich platzte er heraus: »Wie ist sie? Die Lichteiche, meine ich. Es gibt in den Türmen nicht einmal ein Bild von ihr. Es heißt, dass ihr keine Aufnahmen erlaubt, weil sie der Heilige Baum ist?«

Ich musste lachen. »Nein, daran liegt es nicht. Aber mithilfe eines Hologramms von der Lichteiche könnten Gelehrte durch den Einfall der Sonnenstrahlen möglicherweise Schlüsse auf ihren Standort ziehen. Und den darf ich als *Erwählte des Heiligen Baumes* selbst den Schirmeri nicht verraten. Das ist eine unserer hölzernen Regeln.«

Henk nickte. »Wie kam es, dass du in diese besondere Stellung gewählt wurdest?«

Ich hob eine Hand und strich im Gehen über die Blätter eines Brotbusches. »Schon als Kind waren Pflanzen meine besonderen Freunde. Dass ich mit ihnen sprach, haben die Erwachsenen zunächst für eine kindertypische Fantasie gehalten. Doch als ich fünf oder sechs war, wurde allen klar, dass ich über eine besondere Gabe verfüge: Ich kann mit Pflanzen kommunizieren.«

Henk bedachte mich mit einem beinahe ehrfurchtsvollen Blick. »Du *sprichst* mit dem Baum?«

Es war lange her, dass jemand über meine Gabe so in Bewunderung geraten war. Hier im Schirmdorf besaßen alle ein irgendwie besonderes Talent und akzeptierten die der anderen als etwas Natürliches.

Ich nickte. »Wenn ich meine Fingerspitzen an den Stamm eines Baumes, die feinen Blätter einer Blüte lege, kann ich spüren, ob es der Pflanze gut geht oder ob sie etwas braucht. Diese Gabe hat mein Schicksal bestimmt. Ich sollte nicht der Tradition unserer Familie als Sammleri von wilden Beeren, Kräutern und Pilzen folgen. Ich war zur Schirmerin ausersehen. Und ich war überglücklich darüber, denn nichts wollte ich lieber.«

»Das heißt, du kannst der Lichteiche Fragen stellen?«, hakte Henk nach.

»Ja. Aber natürlich antwortet sie mir nicht sprachlich, sondern eher … in Bildern oder Gefühlen. Ich spüre, was sie mir sagen will.«

»Ich hoffe, ich darf das fragen, ohne deine religiösen Gefühle zu verletzen. Aber … hast du jemals daran gedacht, sie zu fragen, wie sie dieses Wunder vollbringt? Ich meine, wir haben in den Türmen alle erdenkliche Technik, die uns das Leben erleichtert. Nicht zu vergessen die Shunter, diese hochkomplizierte Wissenschaft! Aber wir wissen nicht, wie es einer einzigen Lichteiche gelingt, das ganze Refugium mit all seinen verschiedenen Baumarten zu beschützen. Vielleicht sogar auch das umgebende Savannah, immerhin mehr als dreißig Meilen breit und mit nur kleinen Bäumen, Dornensträuchern und Stachelpflanzen. Wie kann es sein, dass all das durch die Existenz einer einzigen Lichteiche lebt?«

»Aber die Antwort darauf weiß ich doch!«, rief ich aus. »Es ist ganz einfach. Was wie ein Wunder wirkt, ist nichts anderes als eine Reihe von Impulsen, die die Lichteiche über ihre Wurzeln an die Bäume des Waldes weitergibt. Eine grandiose Leistung, natürlich, aber was ich durch Beobachtung und Kommunikation mit den Bäumen herausgefunden habe, wäre bestimmt wissenschaftlich zu belegen.«

»Was?« Henk blieb stehen, starrte mich ungläubig an.

»Ja. Ich habe mehr als zwölf Jahre daran geforscht. Die Kommunikation unter den Bäumen funktioniert ähnlich wie eure Elektrizität. Durch ein riesiges Wurzelgeflecht gibt die Lichteiche an die Bäume anderer Arten eine Anleitung weiter, mit deren Hilfe auch ganz normale Bäume wie zum Beispiel der Onkerbaum, die Perlkiefer oder die Seidenweide in ihrem Laub das Reflektum herstellen, das notwendig ist, um die Sonnenstrahlen zurückzuwerfen. Das funktioniert über etliche Meilen bis weit nach Savannah hinein, wo kleine Baumgruppen oder einzelne Bäume stehen. Weil sie das Grundwasser halten, können in der Nähe dieser Bäume auch andere Pflanzen gedeihen, die trockenheitsverträglich sind. Es ist die Kommunikation über ihre Wurzeln, die den Schutz bewirken, nicht irgendein religiöses Wunder.«

Henk schüttelte immer wieder den Kopf und kam aus dem Staunen nicht mehr heraus.

»Aber warum hast du das niemandem mitgeteilt? Das ist doch eine umwerfende Entdeckung!«, stieß er schließlich hervor.

»Das habe ich. Ich habe all meine Erkenntnisse in einem Bericht zusammengefasst. Und den habe ich schon vor etlicher Zeit an die Türme geschickt. Es sollten also zumindest diejenigen, die die Shunterberichte lesen, darüber Bescheid wissen.«

Die Augen mir gegenüber wurden kugelrund. »Aber …

aber das kann doch nicht sein! So ein Forschungsbericht wäre doch eine Sensation! Vielleicht ist etwas schiefgegangen bei der Shunterübertragung? Vielleicht …« Henk fasste meinen Arm. »Vor ein paar Wochen gab es mehrere große Stromausfälle in den Türmen, die auch Highhaven betrafen. Als Ursache wurden die Experimente mit dem Riesenshuntern vermutet. Kann doch sein, dass dein Bericht dabei untergegangen ist? Ich habe von einer Diamant-Lieferung aus Savannah gehört, die wahrscheinlich irgendwo über der Großen Ödnis verlorenging. Wann hast du den Bericht geschickt, sagst du?«

»Vor dreieinhalb Jahren«, antwortete ich leise. Ich wusste noch, dass ich damals mindestens so aufgeregt gewesen war wie Henk jetzt. Ich hatte mir ausgemalt, wie die Antwort auf meine Forschungsunterlagen aussehen würde: überschwängliches Lob, achtvoller Respekt für die Arbeit einer aus dem Refugium. Doch es waren Tage, dann Wochen vergangen ohne eine andere Reaktion als die übliche Eingangsbestätigung.

Ivyn hatte mich damit getröstet, dass mein Bericht bestimmt beim Delegationsbesuch ausreichend gewürdigt würde. Dann waren die Delegierten gekommen. Nichts. Aber nach den ersten Vorträgen, da war Ivyn ganz sicher gewesen, würden sie meinen Bericht erwähnen.

Doch nichts dergleichen war geschehen. Und es war mir vollkommen egal gewesen. Denn Ivyn hatte nach dem falschen Seil, nach dem alten, kaputten Seil gegriffen, das ich neben den Eingang unserer Hütte gelegt hatte. Und für lange Zeit war für mich nichts unwichtiger gewesen als die Aufmerksamkeit der Obersten in den Türmen.

»Dafür muss es eine Erklärung geben«, überlegte Henk jetzt. »Wir fragen später Toyrin danach. Oder den Delegierten der Floraforschenden, der müsste doch ebenfalls davon gehört haben.«

»Ich glaube eher, dass es die Obrigkeit nicht interessiert hat. Sonst hätte sie zumindest auf meine letzte Nachricht geantwortet, in der ich schrieb, dass die Lichteiche geblüht hat.«

Nun geriet Henk vollkommen aus den Häuschen. »Die Lichteiche hat *geblüht*? Aber das ist … das sind ja fantastische Neuigkeiten! Sie wird Samen bilden, richtig? Es wird Nachkommen geben … Wie kann so eine Nachricht einfach untergehen?«

Während wir in Richtung Dorf gingen, entwarf Henk immer neue Szenarien, Gründe, aus denen die Botschaft über die erblühte Lichteiche nicht an die Öffentlichkeit in den Türmen gelangt war.

Ich hörte ihm zu. Aber keine seiner Möglichkeiten kam mir wahrscheinlich vor. Vermutlich hatte ich mich mit der Gleichgültigkeit der Türmer gegenüber meinen Entdeckungen inzwischen abgefunden. Henks brennendes Interesse, seine Aufregung und das Feuer in seinen Augen zeigten mir allerdings, dass ich damit wohl falschlag.

An Desinteresse hatte es offenbar nicht gelegen, dass ich auf meine Berichte keine Antwort erhalten hatte.

Aber woran dann?

5. KAPITEL

Im Dorf angekommen, trennten Henk und ich uns, denn er wollte zum Thema Lichteichenblüte dringend etwas in seinem Cloud nachlesen, das er mitgebracht hatte. Menschen der Wissenschaft und höher gestellte Persönlichkeiten in den Türmen besaßen solche elektronische Speichereinheiten, ähnlich einer Hologrammschiene, in der der Inhalt von Hunderten kostbaren Büchern der Archive zu finden war.

Ich blieb auf dem Dorfplatz zurück und starrte Henk hinterher. Seine Reaktion war genau das, was ich mir vor drei Jahren erhofft hatte, als ich meinen Forschungsbericht via Shunter in die Türme schickte. Konnte es tatsächlich sein, dass meine Unterlagen mit den Auswertungen aus zwölf Jahren Forschungsarbeit nie dort angekommen waren, wohin sie gerichtet gewesen waren? Wurden in der Shunterzentrale alle Eingänge automatisch mit einer Bestätigung beantwortet, ohne dass sichergestellt war, dass jemand die Nachrichten las? Was geschah überhaupt mit den eingegangenen Botschaften? Und warum hatte ich mich all das noch nicht früher gefragt?

Ich wusste, warum.

Weil damals meine kleine Welt zusammengesurrt und es mir egal gewesen war. Es war mir egal gewesen, ob jemand meinen Bericht gelesen hatte. Es war mir egal gewesen, ob meine Forschung gewürdigt wurde. Denn Ivyn war tot. Nur das hatte damals gezählt.

Weil ich nicht wusste, was ich sonst tun sollte, schlenderte ich zum Speisehaus hinüber in der Hoffnung, dass Camille von ihrem Schirmeinsatz bereits zurück war. Ich warf einen Blick hinein, konnte meine Freundin jedoch nirgends ausmachen. Dafür entdeckte ich Parrett, der sich gerade von Xantia verabschiedete und auf mich zukam.

Seine Wangen glühten vor Eifer. Er legte den Arm um mich und zog mich mit sich auf den Dorfplatz, wo wir uns auf einer der aufgestellten Bänke niederließen. Dort erzählte er mir mit leuchtenden Augen von dem Austausch mit der Historienwissenschaftlerin, ihrer Arbeit an der Yam-Universität und wie sie seine Auskünfte über unser Leben im Refugium in ihre Vorlesungen einbauen wollte.

Von uns im Dorf bekam er viel zu wenig Aufmerksamkeit für seine Arbeit, wurde mir mit einem Schlag klar. Im Prinzip ging es ihm also ebenso wie mir.

Als ich bei diesem Gedanken angekommen war, hielt Parrett in seinen Worten inne. »Was ist los? Du wirkst so nachdenklich.«

Ich erzählte ihm von dem Zusammentreffen mit Henk und wie sehr mein kleiner Bericht über meine Forschungsarbeit ihn begeistert hatte, ganz zu schweigen von der Freude über die Nachricht von der Lichteichenblüte.

Parrett griff nach meiner Hand. »Hab ich es dir nicht gesagt? Der Bericht muss damals verlorengegangen sein! Und die neuere Nachricht über die zukünftigen jungen Lichteichen …«

»… soll Teil meines Vortrags sein, den ich später halte«, ertönte eine Stimme hinter uns.

Wir fuhren beide herum.

Da stand Sir Osk, der uns zunickte, zusammen mit Aruncus, Toyrin und Henk. Letzterer hielt ein Cloud in seiner Hand und zwinkerte mir aufgeregt zu, während Aruncus einen nervösen Eindruck machte. Toyrin wirkte noch vergnügter als üblich, spielte aber den Empörten.

»Da steh ich ahnungslos mit Osk in der Dorfschule und lasse mir zeigen, wie ihr die kleinen Schirmeri ausbildet. Und plötzlich kommt mein junger Kollege hier mit unerhörten Neuigkeiten, die er soeben von der *Erwählten des Baumes* erfahren hat. Ich dachte, mich trifft der Reflektor. Aber Osk war so was von gelassen. Was soll ich dazu sagen? Geheimniskrämer!«, betitelte er ohne Scheu das Mitglied der Obersten neben sich und warf dann die Hände in die Luft. »Lichteichenblüte! Was für eine Sensation! Aber das bekommt der Vorsitzende des Verständigungsrats erst hier im Refugium zu hören. Tzzz. Na, ich kann es ja verstehen. So eine Attraktion hebt man sich gern für den ganz großen Moment auf.«

Sir Osk war nicht anzusehen, was er von der Unterstellung hielt, sein Wissen über die sensationelle Neuigkeit aus Showeffekt-Gründen zurückgehalten zu haben. Er lächelte nur und wandte sich an mich: »Tatsächlich wollte ich Sie gestern Abend schon auf Ihren Bericht ansprechen, der vor ein paar Wochen viel Beachtung in der Obrigkeit fand. Ich wollte noch ein paar Details einholen für meinen Vortrag heute. Leider waren Sie immer beschäftigt. Und heute Morgen konnte ich sie nirgendwo entdecken.«

Mir fiel ein, wie er in der Frühe suchend in der Nähe meiner Hütte aufgetaucht war. Ach herrje – hatte er die Augen also nach mir aufgehalten? Und ich hatte mich absichtlich vor ihm verborgen …

»Sie wollen über die Lichteichenblüte einen Vortrag halten, Sir Osk?«, fragte ich verwundert. Denn mit seinem offenbar vor den anderen Delegierten zurückgehaltenen Wissen würde er unter den Bewohnerinnen und Bewohnern des Refugiums niemanden überraschen können.

Osk lachte. »Aber nein, als *Erwählte des Heiligen Baumes* wäre das wohl eher Ihr Part. Aber natürlich werde ich als Mitglied der Obersten über die Zukunft unserer Welt sprechen. Und darin haben die Lichteiche und ihre zu erwartenden Nachkommen selbstverständlich ihren Platz. Ohne diese eine Lichteiche gäbe es das Refugium nicht mehr. Und wir Türmer vergessen nie, dass wir den Lichteichen das schützende Dach über unserem Land verdanken.«

Ich wollte einwerfen, dass das Dach über den Türmen keine freiwillige Gabe der Bäume gewesen war, sondern brutal und rücksichtslos aus den letzten ihrer Art geschlagen, doch Parrett legte leicht die Hand an meinen Arm, und ich schloss den Mund wieder.

»Erzähl uns doch etwas darüber, Clay!«, bat Toyrin. »Wie ist es, wenn die Lichteiche blüht?«

Ein Ruck ging durch Aruncus. Es war ihm anzusehen, dass er zu gern das Wort ergriffen hätte. Aber auch wenn es ihn wurmte, dass alle Aufmerksamkeit sich auf mich richtete, war ihm klar, dass sein Bericht aus zweiter Hand kläglich wirken würde gegen den der Augenzeugin.

Ich blinzelte. Wochenlang hatte ich auf eine Antwort aus den Türmen gewartet, auf Begeisterungsstürme, Gratulationen, irgendetwas. Aber vergeblich. Das plötzliche Interesse irritierte mich jetzt mehr, als dass es mich freute. Irgendetwas kam mir an diesem Ablauf seltsam vor. Trotzdem begann ich stockend zu berichten.

»Meine Urgroßmutter hat mir als Kind davon erzählt, auch wenn sie selbst die letzte Blüte natürlich nicht erlebt hat. Sie hat weitergegeben, was ihre Urgroßmutter ihr beschrieben hatte, und so weiter. Nämlich wie wunderbar die Blüten der Lichteiche duften. Und dieser leichte und frische Geruch war tatsächlich das Erste, das mir auffiel, bevor ich sie entdeckte …« Kurz hielt ich inne, um an den Moment zurückzudenken. »Da war ein Duft, den ich nicht kannte. So köstlich. Zugleich duftig süß und doch würzig. So etwas hatte ich noch nie gerochen, es gibt einfach nichts Vergleichbares.« Ich schaute in die Gesichter der drei Türmer vor mir und erblickte Neugierde. Sogar der souveräne Osk konnte eine gewisse Faszination nicht leugnen.

»Und dann fiel mir das Leuchten auf. Es geht von den Blüten aus. Ein helles, grünliches Schimmern hoch oben. Ich konnte es kaum glauben und bin hinaufgeklettert, um zu schauen, ob es wirklich Blüten waren. Und ob es zwölf sind, wie es in den Überlieferungen an mehreren Stellen heißt. Doch als ich schon sehr weit oben war und die ersten drei Blüten in Laub und Geäst über mir deutlich erkennen konnte, bat mich die Lichteiche, nicht näher zu kommen. Im Grunde hat sie mich gewarnt.«

Henk riss den Mund auf, den Cloud an die Brust gepresst. Toyrin beugte sich mir entgegen. Sir Osk hob nur eine Braue.

»Gewarnt?«, wiederholte Toyrin.

»Clays Gabe der Kommunikation mit den Pflanzen ist sehr differenziert«, erklärte Aruncus schnell. »Sie kann durch Berührung Kontakt zu ihnen aufnehmen.«

»Davon habe ich ebenfalls in meinem Bericht geschrieben.« Ich nickte Sir Osk zu. »Ich glaube, dass es gefährlich gewesen wäre, den Blüten zu nah zu kommen. Vielleicht ein Schutz gegen Feinde? Die Lichteiche ist meine … Freundin. Sie wollte nicht, dass mir etwas geschieht. So habe ich mich nicht näher gewagt, sondern auf Distanz, so gut es ging, eine Zeichnung von den Blüten angefertigt. Ich bin mehrere Tage dort geblieben und anschließend regelmäßig wieder hingegangen. Die Blüten haben zwei Wochen lang geduftet und geleuchtet. Bis sie sich zu einer harten Kugel verschlossen, etwa so groß wie ein Männerkopf. Die Früchte. Der Reifeprozess dauert sehr lang, aber in etwa einem halben Jahreszwölftel wird es wohl so weit sein.«

Wir sahen uns alle gegenseitig an. Aruncus mit durchgestrecktem Rücken, als sei er persönlich an diesem Wunder der Natur beteiligt. Parrett wirkte ebenfalls stolz, aber auf mich, und drückte meinen Arm. Henk und Toyrin schüttelten beide ehrfürchtig die Köpfe. Sir Osk betrachtete mich mit seinen hellen Augen nachdenklich.

»Diese Früchte platzen irgendwann auf, nicht wahr?«, erkundigte er sich. »Lassen den in ihnen enthaltenen Samen zu Boden fallen?«

»Das mit dem Aufplatzen stimmt. Aber die Samen fallen nicht einfach zu Boden«, mischte Henk sich ein und winkte mit seinem Cloud. »Ich hab das alles noch mal nachgelesen. Ein solches Vorgehen wäre nicht besonders klug, nicht wahr? Angeblich sind es nur zwölf Samen, die entstehen. Aber gleich ein Dutzend dieser riesigen Bäume so nah beisammen würde nicht funktionieren. Nein, hier drin steht, dass zur Samenreife sehr kleine Vögel zur Stelle sind, die die herausplatzenden Samen in der Luft aufschnappen und sie über Hunderte von Meilen hinweg im ganzen Land verteilen.«

Alle wandten ihre Köpfe zu mir.

»Das deckt sich mit den Erzählungen meiner Urgroßmutter. Es sind Tausänger, die die Samen aus der Luft fangen und fressen. Aber genau wie bei den größten Baumfeinden, den Lynchflechten, sind die Samen damit nicht tot. Die Tausänger scheiden sie weit entfernt wieder aus. Und sobald der Samen den Boden berührt, beginnt er schon zu einem neuen Baum heranzuwachsen, so rasant, dass man tatsächlich dabei zusehen kann.«

»Gestern Morgen hast du bei der Eiche einen Tausänger gesehen, oder?«, erinnerte Parrett sich an meine Erzählung. »Das könnte doch ein Vorbote dieses Schauspiels gewesen sein?« An die Delegierten gewandt, setzte er hinzu: »Es sind wirklich winzig kleine Vögel, knallorange und jadegrün, je nach Geschlecht, nicht größer als eine Hornisse, und sie leben üblicherweise sehr heimlich. In den drei Jahren, die ich jetzt hier bin, habe ich erst ein einziges Mal ein grünes Weibchen gesehen.«

»Faszinierend!«, hauchte Toyrin mit leicht glasigen Augen.

Sir Osk räusperte sich. »Dann weiß also niemand, wohin die Tausänger die Samen tragen?«

Aruncus schaltete sich wieder ein. »Irgendwo ins Refugium, denn das verlassen die Tausänger nicht. Wenn wir Glück haben, gibt es junge Lichteichen am Rande des Waldes, denn dann breitet sich der Schutz der Bäume weiter aus, hinein nach Savannah. Seit dreihundert Jahren hatten wir diese Chance nicht mehr, dass unser Land sich Boden zurückerobert, der nicht von den Sonnen verbrannt werden kann.«

Henk wischte mit den Fingern auf seinem Cloud herum. »Es ist genau 296 Jahre her, dass die Lichteiche des Refugiums zum letzten Mal geblüht hat. Wie überliefert waren es zwölf Samen, zwölf Sprösslinge, die sie produziert hat. Hier steht, dass diese jungen Bäume innerhalb weniger Wochen gut dreihundert Fuß hochgewachsen sind. Dreihundert Fuß! In wenigen Wochen!«

Obwohl ich Parretts Hand an meinem Arm sehr deutlich spürte, konnte ich nicht anders und setzte hinzu: »Leider hat man die Nachkommen der Lichteiche allesamt geschlagen, um die letzten Lücken im Dach der Türme zu füllen. Woraufhin sich die Große Ödnis rasant ausdehnte und die Verbindung zwischen dem Refugium und den Türmen abriss.«

Kurz wollte sich betretenes Schweigen ausbreiten. Doch dann sagte Toyrin mit belegter Stimme: »Der größte Fehler, den unsere Vorfahren in den Türmen jemals gemacht haben.«

Kein Wunder, dass er zum Vorsitzenden des Verständigungsrates berufen worden war. Er nahm mit diesen wenigen Worten und seinem aufrichtigen Ton meiner Anklage den Stachel und machte uns alle gleichermaßen zu Opfern falscher Entscheidungen in der Vergangenheit. Ich konnte förmlich spüren, wie Parrett und Aruncus aufatmeten.

»Dem Heiligen Baum sei Dank, dass er unseren Wald und Savannah beschützt«, murmelte unser Dorfmeister mit wie im Gebet demütig gesenktem Blick.

»Auch dazu habe ich vorhin etwas erfahren, das mir persönlich ganz neu ist«, sagte Henk und berichtete von meinen Forschungen in Sachen Kommunikation der Bäume über ihr Wurzelgeflecht. Er fasste alles sehr richtig zusammen mit der gleichen Begeisterung, die ich selbst vor drei Jahren noch dafür empfunden hatte. »Der Bericht, den Clay darüber in die Türme geschickt hat, muss verlorengegangen sein.«

»Ein Tag voller Neuigkeiten! Was für ein Delegationsbesuch!« Toyrin wandte sich händereibend an Sir Osk. »Osk, diesem auf ominöse Weise verschwundenen Bericht werden wir doch nachgehen?«

»Selbstverständlich.« Der Angesprochene neigte den Kopf. »Vielleicht hat die *Erwählte des Baumes* ja auch noch eine Kopie davon hier und würde sie mir anvertrauen?«

»Natürlich.« Ich nickte, dachte an die vielen Stunden, die ich gebraucht hatte, um all meine Erkenntnisse niederzuschreiben, damit ich sie verschicken konnte.

»Wusste ich es doch, dass deine Forschungen von großem Interesse sind!«, freute Henk sich, an mich gewandt.

Osk bedachte den jungen Delegierten mit einem langen, prüfenden Blick. »Sie sind ein fähiger Mann, Ratsmitglied Agreen. Ihnen entgeht wahrlich nichts. Sie werden es noch weit bringen.«

Henks Gesicht lief dunkelrot an, und er stammelte ein Dankeschön.

Osk nickte ihm mit einem Lächeln zu, wie es wahrscheinlich

nur jemand der Obersten beherrschte: überaus freundlich und zugleich ein bisschen von oben herab.

»Ich hoffe, die Forschung Ihrer Schirmerin verletzt nicht die religiösen Empfindungen der übrigen Schirmgemeinschaft?«, erkundigte er sich anschließend bei Aruncus.

»Nun …«, brachte der etwas steif heraus und wusste dann offensichtlich nicht weiter.

Osk half ihm, indem er fortfuhr: »Mir jedenfalls leuchtet diese Erklärung ein. Als Shunteringenieur glaube ich lieber an wissenschaftliche Beweise als an Märchen. Was halten die Schirmeri von der Sage, dass die Lichteiche damals durch das Opfer eines einzelnen Menschen das Refugium vor dem Schicksal der restlichen Welt bewahrt hat? Die Sonnen drohten alles Leben zu verbrennen. Es heißt, die Eiche hätte einen nie dagewesenen Sturm entfacht, aus Wut und Trauer um ihre geschlagenen Nachkömmlinge. Um sie zu besänftigen und zur Beschützerin des Refugiums zu machen, überließ ein Mensch ihr sein Leben und wurde von der Lichteiche im Stamm eingeschlossen. Diese Geschichte wird in den Türmen bis heute den Kindern vor dem Einschlafen erzählt.«

Aruncus lachte nervös auf. »Die Zeiten, in denen die alten Götter Opfer verlangten, sind vorbei, Sir Osk. Wir hatten ja keine Ahnung, dass sich diese alte Mär immer noch so hartnäckig hält.«

»Und ich muss gestehen, dass ich mich schon immer gefragt habe, wie die Kinder nach so einer Horrorstory überhaupt schlafen können«, warf Toyrin ein.

Daraufhin löste sich die kurzzeitig angespannte Stimmung in unserer kleinen Gruppe, und alle lachten.

Der Gong ertönte vom Speisehaus her.

»Schon wieder essen?«, seufzte Toyrin in gespielter Erschöpfung, war aber der Erste, der sich zum Gehen wandte. Er zog

Henk mit sich, und die beiden waren augenblicklich in ein angeregtes Gespräch über die gerade erörterten Neuigkeiten vertieft.

»Nun, Parrett, wie ich höre, sind Sie ein ehemaliger Landsmann von uns«, sagte Osk in Richtung meines Gefährten, während auch wir uns in Bewegung setzten. »Was die Mahlzeiten angeht, werden Sie die Türme wohl nicht vermissen. Aber was ist mit den Hologrammschauen? Den Wellness- und Schneidertürmen? Gibt es keinerlei Luxus, der Sie hin und wieder wehmütig an Ihre Heimat denken lässt?«

Parrett versteifte sich neben mir, und obwohl er keinesfalls schüchtern war, schien es ihm schwerzufallen, auf Sir Osks lockeren Plauderton einzugehen.

»Ein Besuch beim Haarmodellisten wäre wahrscheinlich das Erste, was du tun würdest, wenn du die Wahl hättest, oder?«, versuchte ich, meinen Gefährten zu necken.

»Ich finde, auch die Scheren des Refugiums vollbringen interessante Haarschnitte«, erwiderte Sir Osk, und Parrett bemühte sich um ein möglichst heiteres Lachen.

Beim Essen brachte ich kaum etwas herunter, denn die Aufregung über das Gespräch zu meiner Forschungsarbeit, das ernsthafte Interesse des Obersten und der Vertreter des Verständigungsrates machten mich nervös. Leider nicht auf jene schöne, spannende Art, die ich mir ursprünglich erhofft hatte. Auch die versprochene Aufklärung über meinen offenbar vor drei Jahren irgendwo verschollenen Bericht trug zu meiner inneren Unruhe bei. Irgendetwas fühlte sich an dieser ganzen Sache sonderbar an.

Ich war so in Gedanken versunken, dass ich fast vergaß, für Camille ein paar der Leckereien aufzuheben. Als alle bereits dabei waren, zu den Vorträgen hinüber ins Versammlungshaus zu gehen, wickelte ich schnell ein paar Beerenknödel, Nussfladen und Gemüsebrötchen in ein großes Blatt.

Wo blieb meine ehemalige Schülerin eigentlich? Sie musste längst zurück sein. Gleich gingen die Vorträge los, und die hatte sie doch nicht verpassen wollen.

Unter dem Dach unseres Versammlungshauses summte es vor erwartungsvollen Stimmen. Der erste Delegationstag galt allgemein als eine Art Einstimmung, nett, aber kein Höhepunkt. Heute jedoch, am zweiten Tag, durften wir sehr viel spannendere Vorträge und jede Menge Neuigkeiten erwarten.

Ich streckte gerade meine Beine neben denen Parretts auf der Grasmatte aus, da sah ich aus dem Augenwinkel ein knallblaues Leuchten unter dem niedrigen Dach. Es war Bluebell, der zu einer der offenen Seiten hereingeflattert kam und einmal über die Köpfe der Anwesenden sauste.

Es wurde gelacht. Ein paar Kinder riefen seinen Namen, den im Dorf natürlich jeder kannte. Doch im nächsten Moment war der Vogel bereits wieder hinausgeschwirrt.

Ich schaute ihm nach, wie er über den freien Platz flog und dann zwischen den Bäumen des nahen Waldrandes verschwand. Parrett und ich tauschten einen Blick.

»Denkst du das Gleiche wie ich?«, wisperte er mir zu.

Ich nickte. »Wenn Bluebell zurück ist, wo steckt dann Camille?« Eine diffuse Angst griff nach meinem Herzen.

»Ich gehe sie suchen«, flüsterte ich Parrett zu.

»Ich komme mit.«

Leise erhoben wir uns und schlichen hinaus, an der Längsseite des Versammlungshauses entlang und weiter am Rand des Dorfplatzes zu der Stelle, an der Bluebell im Dickicht verschwunden war. Als wir die ersten Bäume erreichten, trat jemand hinter einem Stamm hervor.

»Camille!« Ich stürzte zu ihr.

Sie sah schrecklich mitgenommen aus. Ihr Hemd war zerrissen, von ihrem Seil und dem Netz mit den Avemriswurzeln keine Spur, und sie presste sich eine Handvoll Heilmoos an den Hinterkopf. Ich erkannte, dass die dunklen Flecken auf ihrer Kleidung Blut waren, und mir entfuhr ein leiser Schreckenslaut.

Meine Freundin war offenbar so erleichtert, uns zu sehen, dass ihre Knie nachgaben. Parrett und ich schafften es gerade noch, sie unter den Achseln zu greifen. Wir lehnten sie gegen den Stamm einer Perlkiefer und hockten uns vor sie.

»Was ist denn passiert?«, wollte ich erschrocken wissen. »Bist du vom Baum gestürzt?« Mein Magen zog sich bei dem Gedanken krampfartig zusammen.

»Ein Überfall«, murmelte Camille und hob kurz das Moos an. Beim Anblick der klaffenden Wunde musste ich schlucken. Rasch presste sie das Moos wieder auf die sicherlich höllisch schmerzende Stelle.

»Was? Aber …?«

»Weißt du, wer es war?«, schoss Parrett heraus. Seine ohnehin helle Haut war noch blasser als sonst.

Camille deutete sacht ein Kopfschütteln an und schloss einen Moment lang die Augen. »Der Onkerbaum steht wirklich nicht weit von hier. Ich hatte ihn von der Flechte befreit und war gerade dabei hinunterzuklettern, da hörte ich ein seltsames Geräusch. Kein Tier, das war mir gleich klar. Es klang nach einem Solarmotor.«

»Ein Motor?«, wiederholte Parrett verblüfft.

»Vielleicht habe ich mich auch geirrt. Ich habe gelauscht, aber als ich nichts weiter hörte, bin ich die letzten Meter am Stamm hinunter, und da war dann … Da hat dann jemand …«

»O nein!«, flüsterte ich entsetzt. Im nächsten Moment spürte ich, wie Leben in mich kam. »Wir müssen sofort die anderen alarmieren!« Ich wollte aufspringen, um zurück zum Versammlungshaus zu laufen, doch Camille hielt mich am Arm zurück.

»Tu das nicht. Deswegen habe ich Bluebell zu euch geschickt.

Weil ich keinen Aufruhr wollte, sondern mich erst in Ruhe mit euch besprechen.«

»Wie? Aber …?«

»Bevor ich niedergeschlagen wurde, habe ich mich umgedreht und …«

»Hast du deinen Angreifer etwa doch gesehen?«, fragte Parrett und machte einen ähnlich aufgewühlten Eindruck wie ich.

»Nicht sein Gesicht. Ich konnte ihn also nicht sicher erkennen. Aber als ich in der Frühe mit Iris aus unserer Hütte kam, sind wir einem der Delegierten begegnet und haben uns mit ihm über den schönen Morgen unterhalten. Ich musste mich die ganze Zeit zusammenreißen, um nicht über seine auffällige Kleidung zu grinsen – wenn ich mir vorstelle, jemand von uns würde in so knalligen Farben herumlaufen … Jedenfalls, es ist ein Anzug, den man unmöglich übersehen kann. Ein Anzug übrigens, den er jetzt nicht mehr trägt …«

Camille hob den Blick und sah aus dem schützenden Dickicht um uns herum quer über den Dorfplatz zum Versammlungshaus. Wo gerade Sir Osk unter Applaus die Bühne betrat. Er war in eine Kombination aus dunkelgrüner Hose und tiefrotem Hemd gekleidet.

»Was ich aus dem Augenwinkel sah, ehe der Schlag mich traf«, sagte meine Freundin mit gedämpfter Stimme, »war die Farbe der Sonnen zum Zenit – ein leuchtendes Gelb.«

6. KAPITEL

Nachdem wir uns in Camilles Hütte geschlichen hatten, versorgte ich ihre Wunde. Was ein wenig länger dauerte, weil meine Hände zitterten.

»Warum sollte dir ein Delegierter in den Wald folgen, dir auflauern und dich dann niederschlagen?«, fragte ich zum wiederholten Mal. Erneut konnte Camille nur ratlos die Schultern heben.

Da saß so ein dummes Gefühl in mir. Als würde ich mich an irgendetwas dringend erinnern müssen, etwas, das mir einfach nicht einfallen wollte.

»Und dann war da ja auch noch die zweite Person. Mich würde interessieren, wer das gewesen ist«, fügte Parrett hinzu. Er stand neben mir, die Arme verschränkt, und starrte vor sich hin. An diesem Detail hatte er sich festgebissen. »Es war eine männliche Stimme, sagst du?«

Camille drehte hilflos die Handflächen nach oben. »Ich bin mir nicht hundertprozentig sicher. Ich weiß nur, dass ich ein heiseres Flüstern gehört habe: ›Die Koordinaten! Sag mir die Koordinaten, dann geschieht dir nichts.‹«

»Koordinaten? Welche Koordinaten denn?«, hakte ich nervös nach. Im Refugium war es nicht üblich, Dörfer oder Gegenden anhand von Koordinaten zu bezeichnen. Wir benannten die Himmelsrichtung und dann den Stand der Sonnen. Die beiden hellen Punkte, die fast überall durchs Blätterdach zu erkennen waren, dienten uns seit jeher als Kompass. Selbst jüngste

Kinder lernten bereits, auf sie zu achten und sich durch ihren Stand im Dickicht des Waldes zurechtzufinden. Allein das Wort *Koordinaten* deutete auf einen Türmer hin. Was war es nur, das so beharrlich an mein Bewusstsein klopfte, mir jedoch immer wieder entglitt?

»Ich habe wirklich keine Ahnung, was gemeint war«, wiederholte Camille, was Parrett dazu veranlasste, sich mit beiden Händen frustriert durch die Haare zu fahren. »Und genau das wollte ich dem Angreifer sagen. Vielleicht habe ich es sogar rausbekommen, ich erinnere mich nicht. Nur dass plötzlich jemand laut rief, so was wie ›Hey! Was soll das? Aufhören!‹ Und dann … tja, wurde es schwarz um mich.« Camille seufzte. »Wie gesagt, ich bin erst eine ganze Weile später aufgewacht.«

»Gut, dass Bluebell zu dir zurückgekehrt ist und du ihn schicken konntest, um uns zu holen.«

Wir sahen alle zu dem Vogel hinüber, der in der Fensteröffnung saß und mit geneigtem Kopf die Vorgänge in der Hütte beobachtete.

Camille blinzelte mühsam, als käme ihr eine Erinnerung.

»Da fällt mir ein«, murmelte sie.

»Ja?«, machte Parrett sofort.

»Als ich mich endlich aufgerappelt hatte, schimpfte Bluebell schlimm in den Wald hinein. Das macht er sonst nur, wenn er mich auf ein Raubtier, zum Beispiel eine Falkenkatze oder einen Rotbären, aufmerksam machen will.«

»Heiliger Baum!«, entfuhr es mir. »Vielleicht war dein Angreifer noch in der Nähe?«

Camille stöhnte leise. »Ich denke, das wollte ich lieber nicht herausfinden.«

»Gut, dass du nicht nachgesehen hast!« Ich strich ihr über die Schulter. »Wer weiß, was passiert wäre.«

Parrett sah jedoch nachdenklich aus. »Seltsam ist es schon,

sollte sich da wirklich jemand versteckt haben. Wieso greift er dich erst an und lässt dich dann einfach liegen, um dich aus einem Versteck heraus zu beobachten?«

»Richtig«, stimmte ich ihm zu. »Das ergibt wirklich keinen Sinn.«

Wir tauschten ratlose Blicke.

»Was wollen wir jetzt tun?«, fragte Camille. »Ich kann mich doch nicht hinstellen und einen Delegierten aus den Türmen, einen hochrangigen Shunteringenieur, der zudem noch der Obrigkeit angehört, öffentlich anklagen, mich im Wald angegriffen und niedergeschlagen zu haben.« Mir fiel auf, dass sie den Namen, der uns allen im Kopf herumspukte, nicht aussprach.

Parrett sog die Luft ein. Als geborenem Türmer schien ihm diese Vorstellung noch gewagter als Camille und mir. »Zumal wir nicht im Mindesten wissen, ob dein Bauchgefühl stimmt, das nur darauf beruht, dass du für den Bruchteil einer Sekunde eine bestimmte Farbe gesehen zu haben glaubst.« *Sonnengelb. Wie zum Zenit.*

Camille schüttelte den Kopf. »Du hast recht. Das kann ich nicht machen. Aruncus würde mich in einen Feuerameisenhügel werfen lassen.«

»Wir können auch nicht so tun, als sei nichts passiert«, erwiderte ich. »Wenn Camille mit dem Verband auftaucht, werden alle wissen wollen, was geschehen ist. Die Neuigkeit, dass es einen Überfall gegeben hat, wird sich rasend schnell herumsprechen.«

Parrett legte den Kopf schief. »Es sei denn, du behauptest, dass du dich an nichts erinnern kannst, Camille. Du könntest so tun, als hättest du eine Art Amnesie und würdest davon ausgehen, auf den letzten Metern aus dem Baum gestürzt zu sein.«

Camille betastete den Verband aus Moos und Hanf, den

ich ihr angelegt hatte. »So verwirrt, wie ich mich gerade fühle, könnte ich das wahrscheinlich glaubwürdig darstellen.«

»Wunderbar!« Parrett nickte energisch, ließ die Arme sinken und ging in der Hütte auf und ab. »Auf diese Weise wiegt sich derjenige in Sicherheit, der das getan hat. *Falls* es denn tatsächlich jemand der Delegierten war«, setzte er hinzu, und ich merkte, wie unangenehm ihm dieser Gedanke war. Er blieb stehen. »Außer Iris werden wir niemandem etwas von dem wahren Vorfall erzählen. Außerdem können wir versuchen, uns vorsichtig umzuhorchen unter den Delegierten. Vielleicht kriegen wir heraus, was es mit diesen Koordinaten auf sich haben könnte.«

Camille stand auf und schwankte kurz, hatte sich jedoch rasch im Griff. »Also abgemacht. Ich werde Iris suchen, ich muss unbedingt mit ihr sprechen. Wahrscheinlich ist sie im Speisehaus, und ich kann sie für ein paar Minuten zur Seite nehmen.«

»Und wir kehren ins Versammlungshaus zurück«, entschied ich. Parrett nickte. »Wir erzählen allen, dass du beim Flechtenklettern einen Unfall hattest. Und später, wenn die Vorträge vorbei sind, versuchen wir herauszufinden, ob heute Vormittag jemand der Delegierten außerhalb des Dorfes unterwegs war. Tja, und wenn das der Fall ist, fehlt uns nur noch … der Grund für so eine Attacke.«

»Nur noch …«, wiederholte Camille leise. Ich konnte sie gut verstehen. Auch mir war dieser Vorfall schleierhaft.

Parrett richtete sich auf und streckte die Brust. »Lasst mich mal machen. Ich bin zwar schon seit drei Jahren im Refugium, aber ich glaube, ich verstehe es immer noch gut, mich in die Denkweise der Menschen der Türme einzufühlen. Ich werde versuchen, mit jedem von ihnen zu sprechen. Ich bekomme bestimmt etwas heraus.«

Ich zog ihn an mich und drückte ihm ein Kuss auf den kleinen Fleck unter seinem rechten Ohr, an dem er Liebkosungen besonders mochte, und er schenkte mir ein Lächeln.

Ein paar Wimpernschläge später traten wir zu dritt aus der kleinen Wohnhütte. Camille machte sich mit leicht unsicherem Gang, den leise zwitschernden Bluebell auf der Schulter, auf den Weg zu ihrer Liebsten. Parrett und ich begaben uns zurück zu den anderen.

Im Versammlungshaus war Sir Osk mitten in seinem Vortrag zur neuesten Shuntertechnologie. Für einen Moment flog sein heller Blick zu mir, als ich mich neben Parrett in eine Reihe weiter hinten schob.

Ich versuchte seinen Worten zu folgen, in denen es um detaillierte Erklärungen zur Shuntertechnik ging. Ein paar Reihen vor mir hatte sich Oenotera, die Schönheit unseres Dorfes, zusammen mit ihrer vierzehnjährigen Tochter Rosemary niedergelassen und winkte mir nun betont heimlich zu. Seit Camille eine vollwertige Schirmerin war und ich somit ohne Schülerin, hielt sie sich häufig in meiner Nähe auf und versuchte, Rosemary und mich ins Gespräch zu bringen. Das Mädchen war eine Spurbegabte, der Wald erzählte ihr mehr von all dem, was in ihm vorging, als den meisten von uns. Und Oenotera hätte zu gern gesehen, dass ich ihre Tochter in meine Lehre nahm. Aber ich hatte meine Wahl noch nicht getroffen. Nach der Delegationswoche würden begabte Kinder aus den anderen Refugiumsdörfern zu uns kommen, und bevor ich mich für jemanden entschied, wollte ich sie auch kennenlernen.

Rosemary hatte den Blick ihrer Mutter zu mir bemerkt, stieß sie mit gerunzelten Brauen an und flüsterte ihr etwas zu. Mir warf das Mädchen einen halb beschämten, halb entschuldigenden Blick zu, als sei ihr die Anbiederung ihrer Mutter peinlich. Ich lächelte ihr zu.

Unser kurzer Austausch fiel dem jungen Mann in der Reihe hinter ihr auf, und er wandte den Kopf.

Es war Henk. Unsere Blicke trafen sich. Er grinste und verdrehte kurz die Augen Richtung Tribüne. Dann kehrte er mir wieder den Rücken zu und schaute nach vorn zu Osk.

Mir wurde heiß. Und dann kalt.

Plötzlich wusste ich, was die ganze Zeit an der Tür zu meinem Bewusstsein gekratzt, aber keinen Einlass gefunden hatte.

Henk war in Pink und Blau gekleidet, trug also ebenso wie Osk nicht mehr die Sachen, in denen ich ihn heute Morgen gesehen hatte. Er hatte die Kleidung gewechselt, in der er in höchster Eile den Pfad entlanggestürzt gekommen war, bevor wir aufeinandertrafen. Das leuchtend gelbe Hemd in der Farbe der Sonnen zum Zenit.

* * *

Wie jeder Tag eines Delegationsbesuches verging auch dieser rasend schnell mit Vorträgen, Gesprächen und wunderbarem Essen. Von dem ich allerdings kaum etwas herunterbekam. Zu aufwühlend war das, was hier vorging.

Sir Osk hatte in seinem Vortrag tatsächlich meinen Bericht zur Blüte der Lichteiche erwähnt und Freude wie auch Anteilnahme der Türme an dieser Sensation glaubwürdig zum Ausdruck gebracht. Seitdem erfreute er sich unter den Dorfbewohnern noch höheren Ansehens. Sie waren einhellig der Meinung, dass er uns respektierte und achtete – mehr, als wir alle von einem Obersten erwartet hätten.

Ich beobachtete ihn unentwegt. Sein freundliches Lächeln in alle Richtungen. Wie er dem einen oder anderen Dörfler auf die Schulter klopfte. Mit Aruncus scherzte, der stets einen respektvollen Abstand einhielt.

Das Verhalten unseres Dorfmeisters erinnerte mich daran, wie die Kinder im Dorf mit den wilden Grasaffen spielten. Das flauschige Fell und die runden Gesichter dieser possierlichen Tiere übten auf die Kleinen eine große Anziehungskraft aus, sodass sie sie gern neckten oder ihnen Fruchtstückchen anboten. Doch jedes Kind im Dorf wusste, dass die Affen über rasch wechselnde Launen und zudem zwei Reihen nadelspitzer Zähne verfügten, und achteten deswegen stets darauf, ihnen nicht zu nahe zu kommen.

Die Dörfler hatten Camilles Kletterunfall mit Bestürzung aufgenommen, und viele erkundigten sich nach ihrem Befinden. Es hatte also für meine Freundin jede Menge Anlässe gegeben, zu beteuern, dass sie sich an nichts erinnern konnte und davon ausging, abgestürzt zu sein.

Direkt nach dem abendlichen Festessen entschuldigte sie sich und zog sich zurück. Iris, der ebenso wie mir nicht wohl bei dem Gedanken war, Camille allein und ungeschützt in ihrer Hütte liegen zu lassen, das perfekte Opfer für einen weiteren Angriff, hatte ihre Aufgaben an Penstemon delegiert und geleitete ihre Liebste.

Ich blickte ihnen hinterher, als eine Stimme sagte: »Ehrlich gesagt habe ich zuvor nicht darüber nachgedacht, wie gefährlich diese Kletterei in den Baumkronen ist.« Es war Henk, der mich mit besorgt gerunzelter Stirn anlächelte, während er sich neben mir niederließ.

Als ich ihm nach Osks Vortrag von Camilles Unfall erzählt hatte, reagierte er bestürzt, und ich hatte mich sofort für meinen Verdacht geschämt, der mir im Versammlungshaus durch den Kopf geschossen war.

Viele Türmer bevorzugten bunte Farben. Das bewiesen die Hologrammschauen. Und wie ich außerdem festgestellt hatte, kleideten sich alle Delegierten mehrmals am Tag um, trugen dabei gern Grün in allen Schattierungen des Waldes, aber auch Pink, knalliges Rot und … Sonnengelb. Sogar Parrett hatte anlässlich der Delegation seine alten Türmersachen herausgeholt und lief in grellfarbigen Anzügen herum, die er hier im Refugium sonst nie trug, weil er nicht wie das einzige bunte Huhn unter lauter braunen wirken wollte.

»Ja, leider besteht diese Gefahr immer«, erwiderte ich in Henks Richtung. »Geschicklichkeit und Kraft sind für die Arbeit der Schirmeri unbedingt notwendig. Aber es kann natürlich trotzdem passieren, dass eine kleine Unaufmerksamkeit einen Unfall verursacht, eine moosige Stelle am Stamm, ein morscher Ast, ein defektes Seil …«

Die letzten Worte waren mir einfach herausgerutscht. Erschrocken über mich selbst, schloss ich den Mund und blickte vor mich hin.

Henk schwieg. Während um uns herum gelacht und geplaudert wurde, saßen wir still nebeneinander.

»Ich habe Parretts Berichte der letzten drei Jahre gelesen«, sagte er irgendwann vorsichtig. »Ich weiß von dem schrecklichen Unfall deines Partners.«

Da saß ein Kloß in meinem Hals. So groß und fest, dass zunächst kein Wort daran vorbeibekam.

»Tut mir leid. Ich wollte nicht …«

»Ist schon in Ordnung. Es ist nur … Er war so lange Teil eines jeden Tages und eines jeden Sonnenstands. Und nun erschrecke ich manchmal, weil ich es für eine Weile vergessen habe.«

Henks Schultern fielen herab. »Ich weiß, was du meinst. Als Mum starb, war es genauso. Ich habe unentwegt an sie gedacht. Ich wollte es nicht anders, auch wenn Dad und alle sonst mir sagten, dass das Leben weitergeht. Aber genau das wollte ich nicht.« Er rückte auf der Bank herum, als sei ihm allein die Erinnerung an diese Zeit unangenehm. »Und dann, eines Tages, war ich mit Freunden im Flyingpark unterwegs. Den ganzen Nachmittag waren wir in den Röhren, haben uns hochschleudern lassen und die irrsten Kunststücke versucht. Erst auf dem Heimweg fiel mir plötzlich auf, dass ich stundenlang gelacht, angegeben, Spaß gehabt und nicht an Mum gedacht hatte. Ich hatte einfach nicht an sie gedacht.«

»Aber das heißt nicht, dass du sie vergessen hast!«, warf ich ein, denn der Junge von damals tat mir so unendlich leid, dass mein Herz schmerzte.

Henk sah mich an.

Ich lauschte meinen Worten nach. Begriff, was seine Augen mir sagen wollten. Denn auch ich hatte Ivyn nicht vergessen. Obwohl inzwischen Parrett in meinem Herzen wohnte. Und was Henks Vater als Trost gedacht hatte, stimmte: Das Leben ging weiter.

Ich musste schlucken.

»Weißt du was? Ich hole uns zwei Becher von diesem genialen Garliccowein. Bin gleich zurück.« Henk sprang auf und verschwand in der Menge.

Am anderen Ende der Tischreihen saß Parrett in einem wasserblauen Hemd unter einer orangefarbenen Jacke und lachte mit dem Nahrungsingenieur aus den Türmen, der komplett in leuchtendes Rot gekleidet war. Mein Gefährte sah locker und entspannt aus. Niemand hätte vermutet, dass er gerade dabei war, Informationen zu sammeln, die uns bei unseren Nachforschungen helfen sollten.

Weiter hinten standen Aruncus und Sir Osk allein in einer Ecke. Sir Osk redete leise und offenbar hochkonzentriert, Aruncus lauschte mit angespannter Miene. Ich beobachtete sie eine Weile. Was konnten die beiden zu besprechen haben?

»Hier ist wirklich alles wunderbar organisiert«, erklärte Henk, als er wieder bei mir ankam, in den Händen zwei Becher.

»Wenn in den Türmen eine Party stattfindet, muss man sehr viel länger für Getränke anstehen.«

Ich lächelte ihn an. Bei den Vergleichen mit seiner Heimat stand das Refugium meist gut da. Auf seinem Posten im Verständigungsrat war er genau richtig.

»Da seid ihr auch wesentlich mehr Menschen«, warf ich ein. »Was sind schon unsere vierhundert Dörfler gegen eure hunderttausend?«

Henk lachte laut auf. »Aber die besuchen doch nicht alle zusammen dieselbe Party!«

Ich musste ebenfalls lachen und nahm einen der Becher aus seiner Hand entgegen. »So war es auch nicht gemeint. Aber es ist schon eine verrückte Vorstellung für uns, welche Menschenmassen bei euch leben. Im Refugium gibt es zweiunddreißig Dörfer. Nur zwei davon, für den Gemüseanbau zuständig, haben mehr Einwohner als unser Schirmdorf. Manche sind so klein, dass dort nur knapp hundert Menschen leben. Da ist es schwer sich vorzustellen, dass bei euch in einem einzigen Haus fünfmal so viele Leute wohnen.«

Parrett hatte mir davon erzählt: von den Gebäuden, die weit in den Himmel ragten und mehreren Tausend Wohnraum boten. Und angeblich fanden sich zusätzlich ganze Märkte in diesen unvorstellbaren Häusern, bepflanzte Etagen zum Spazierengehen sowie diverse Einrichtungen, die der Unterhaltung dienten, beispielsweise der Flypark, von dem Henk gerade erzählt hatte. Wenn Parrett von seiner Heimat sprach, kam es mir oft absurd vor, dass unsere beiden Teile derselben Welt je miteinander verbunden gewesen sein sollten. Und umso erstaunlicher war es, dass es ein Mann dieser so fremden Region geschafft hatte, sich in mein Herz zu schleichen.

Henk und ich sprachen noch eine Weile über die Unterschiede zwischen unseren Ländern. Über die Ausübung der Religion, die in den Türmen im Alltagsleben keine Rolle spielte, während sie im Refugium einen großen Teil unserer Gemeinschaft einnahm. Über die Namensgebung der Menschen, die hier stets einem Vorbild aus der Natur folgte, kombiniert mit dem Namen des Herkunftsdorfes, während dort Vor- und Nachname künstliche Konstrukte waren, bei denen Originalität und Individualität im Vordergrund standen. Über die wunderbare Kunst, die mich am meisten an den Türmen lockte, denn dort gab es so vielfältige Formen in Bild, Gestalt, Musik und Geruch, die wir im Refugium mit unseren begrenzten Mitteln nie erreichen würden.

Es war ein gutes Gespräch, und ich spürte, dass ich diesen jungen Mann immer lieber mochte. Nach und nach gesellten sich andere Dorfbewohner zu uns, auch Toyrin und ein weiterer Delegierter setzten sich in unsere Mitte. Ein weiterer Krug Garliccowein machte die Runde. Dann noch einer.

Immer wieder versuchte ich, Blickkontakt zu Parrett aufzunehmen, der mal mit der einen, mal mit einem anderen Delegierten zusammenstand. Einmal blickte er mich gerade an, als ich ein weiteres Mal in seine Richtung schaute. Seine blauen Augen lagen im Schatten, und ich konnte den Ausdruck darin nicht erkennen. Aber er sah ernst aus. Besorgt.

Hatte er etwas herausgefunden? Ich sehnte mich danach, nach Hause zu gehen und mit ihm zu sprechen. Neben ihm im Bett zu liegen, meinen Kopf auf seinem Brustkorb, sodass ich seinem Herzschlag lauschen konnte. Seinen Fingern, die zart meinen Rücken streichelten, während er mir in seiner ruhigen Art berichtete, was er erfahren hatte.

Irgendwann ergriff mich eine bleierne Müdigkeit. Leider konnte ich Parrett nirgends ausfindig machen, sodass ich ging, ohne ihn noch einmal zu sprechen und ohne ihm eine gute Nacht zu wünschen.

In der Hütte angekommen, sah das Bett derart verlockend aus, dass ich mich einfach darauf fallen ließ. Nur ein paar Minuten liegen.

* * *

Ich erwachte davon, dass jemand an meiner Schulter rüttelte.

»Hm?«, brummte ich. »Geh schon vor, ich komm gleich …«

»Wach auf, Clay! Nun wach doch endlich auf!«, raunte eine sanfte Stimme.

»Lass mich mal!«, sagte eine andere. Im nächsten Moment klatschte etwas Kaltes und Nasses in mein Gesicht. Erschrocken riss ich die Augen auf.

Vor dem Bett standen Camille und Iris. Letztere rieb sich die Hände an ihrer Hose trocken. Offensichtlich war sie diejenige mit dem nassen Handtuch gewesen.

»Na endlich!«, seufzte Camille.

Irgendetwas stimmte nicht. Durch das Rauchloch im Hüttendach konnte ich den Stand der zwei Sonnen erkennen. Es musste später sein, viel später, als ich hatte aufstehen wollen.

»Wo ist Parrett?«, wollte ich reflexartig wissen.

»Das ist das Problem. Niemand weiß es.«

Camille hob die Hände. Sie trug einen frischen Verband um den Kopf, der viel besser aussah als der, den ich ihr gestern angelegt hatte.

»Ich hab mich schon gewundert, dass ihr nicht zum Frühstück erschienen seid. Na ja, es war ein langer Abend, und zuerst hat niemand sich gesorgt. Aber dann hat Aruncus die Dörfler versammelt, die die Delegation auf der Reise durchs Refugium begleiten sollen. Und als Parrett da auch nicht auftauchte, bin ich unruhig geworden. Du hast hier gelegen und wie eine Tote geschlafen, und Parrett war nirgends zu finden.«

Ich sprang auf. Und taumelte. Alles drehte sich. Iris und Camille griffen beide nach meinen Armen.

»Verflixt. Dieser Wein«, stöhnte ich und hielt mir den Kopf. Ich trank sonst nie so viel wie am gestrigen Abend. Aber irgendwie war immer ein frisch gefüllter Becher vor mir erschienen. »Was heißt das? Parrett ist nirgends zu finden?«

»Aruncus hat ein paar junge Schirmeri das Dorf und den nahen Wald durchsuchen lassen. Es war keine Spur von ihm zu entdecken.«

»Aber wie kann das sein? Ich habe ihn gestern Abend im Speisehaus gesehen. Er hat mit den Delegierten gesprochen, wie wir es abgemacht hatten und ...« Ich konnte spüren, wie meine Augen sich weiteten. Mir schwindelte immer noch. Aber jetzt auch aus einem anderen Grund als nur vom Wein am Vorabend. »O nein, kann es sein, dass er zu unvorsichtig war? Vielleicht hat dein unbekannter Angreifer seine Fragen durchschaut?« Ich blickte Camille an. »Was kann ihm zugestoßen sein?«

Meine Freundin schüttelte den Kopf und hob die Hand. »Es gibt noch mehr. Bluebell kam zu mir und wollte nicht aufhören zu zwitschern. Er hat Iris und mich zu einer Stelle im Unterholz geführt, nicht weit vom Dorf entfernt. Wir haben das hier gefunden.« Sie öffnete die eine Hand. Darin glitzerte ein kleines Schmuckstück.

Mein Herz setzte für ein paar Schläge aus. Vorsichtig griff ich danach und betrachtete es genau, obwohl ich es bereits auf den ersten Blick erkannt hatte.

»Das ist Parretts Anstecknadel seines Archivs in den Türmen! Das hat er gestern Abend getragen. Was soll das bedeuten? Ich meine ...«

»Clay!«, unterbrach mich Iris. »Unweit dieser Stelle haben wir Spuren eines Sandflüglers entdeckt.«

Mir blieb der Mund offen stehen. »Ein Sandflügler? Hier im

Refugium?« In meinem Kopf überschlugen sich die Gedanken zu einem wahren Wirbelsturm, und ich presste die Augen zusammen. In rasender Eile setzten sich die frischen Informationen zusammen zu einem neuen Bild.

»O nein!«, hauchte ich dann. »Wir haben nicht nachgedacht! Das gelbe Kleidungsstück, das du vor dem Schlag aus dem Augenwinkel gesehen hast, Camille, das kann auch die Jacke eines Savannah Dweller gewesen sein.« Mit einem Mal war meine Kehle staubtrocken. »Der Überfall auf die Kichererbsenscheune! Wir haben dessen Aufklärung verschoben für die Zeit nach der Delegation. Aber es könnte doch die gleiche Bande gewesen sein, die dich angegriffen hat? Wer so etwas tut, der würde doch auch nicht zurückschrecken vor einer Entführung!«

Ein Handelsabkommen gewährte zwischen unseren Ländern den Austausch von Mineralien, Glas, Metall und sonstigen Gütern gegen unsere Lebensmittel, und es lag Jahrzehnte zurück, dass Savannah Dweller Bewohner des Refugiums entführt und mit deren Leben Nahrung erpresst hatten. Dennoch – da sich die einzelnen Bevölkerungsgruppen Savannahs selbst organisierten und es niemanden gab, der für alle entschied, kam es hin und wieder zu Vertragsbrüchen und Plünderungen.

»Ja, eine Entführung scheint sehr wahrscheinlich«, stimmte Iris mir nickend zu. »Die Älteren kamen auf die gleiche Idee, als wir es dem Rat gerade berichtet haben.«

»Sie wissen über den Überfall auf dich Bescheid?«, wandte ich mich an Camille.

»Iris war so schlau, zu behaupten, dass wir den Vorfall verschwiegen haben, weil wir keine Unruhe in den Delegationsbesuch bringen wollten.«

Betreten sahen wir uns an. Ich spürte Hitze in meine Wangen steigen, weil Camille, Parrett und ich die Möglichkeit eines Überfalls aus Savannah nicht einmal in Erwägung gezogen hatten. Stattdessen hatten wir unsere Gäste verdächtigt und waren so in die Idee verrannt gewesen, dass der Angreifer ein Delegierter gewesen sein musste, dass wir nichts anderes gesehen hatten.

Iris räusperte sich. »Eigentlich muss niemand aus Savannah heute noch Nahrungsmittel stehlen. Aber vielleicht war der Angriff auf Camille ein Versuch, den Standort der großen Lagerscheunen zu erfahren? Deswegen hat die Stimme nach Koordinaten gefragt. Mit denen hätten sie leichtes Spiel und könnten unsere Wintervorräte plündern. Und als sie es auf diese Weise nicht in Erfahrung bringen konnten, haben sie sich womöglich zu einer Entführung entschieden. Wenn eine Bande so was würde tun wollen, wäre jetzt der perfekte Zeitpunkt dafür. Alle wissen, dass die Delegation im Dorf ist. Wichtige Menschen aus den Türmen.«

Ich fasste nach ihrem Arm. »Parrett hatte seine Türmerkleidung an! Sie haben ihn womöglich für einen Abgesandten gehalten! Erhoffen sich von seiner Entführung einen großen Gewinn. O nein, wie dumm wir waren!« Meine Knie wurden schwach, und ich ließ mich zurück aufs Bett sinken.

Obwohl sie nicht weit entfernt lebten, hatte ich bisher nur wenige Savannah Dweller kennengelernt, wenn sie zu seltenen Besuchen für Handelsgeschäfte ins Dorf kamen. Es waren raue, hartgesottene Menschen, Frauen wie Männer, die steinhart verhandelten und Nachgiebigkeit als Schwäche erachteten.

Ich hob den Blick und sah die beiden Frauen an. In Camilles Miene las ich Zweifel und Unsicherheit.

»So langsam bin ich mir in nichts mehr sicher, Clay«, sagte sie. »Komm mit auf den Dorfplatz. Wahrscheinlich hat der Rat bereits beschlossen, was zu tun ist.«

Mit wenigen Schritten war ich beim Hütteneingang und wandte mich um. »Es ist doch klar, was zu tun ist: Wir müssen Parrett finden!«

7. KAPITEL

Auf dem Dorfplatz wimmelte es von Menschen. Alle Dorfbewohnerinnen und -bewohner waren gekommen, dazwischen die Delegierten, die ihre Reise durchs Refugium eigentlich schon vor einem Sonnenstand hatten antreten wollen.

Ich war froh, dass Camille und Iris bei mir waren, als wir zu ihnen stießen und die meisten sich zu uns umwandten. Meine Hände zitterten vor Aufregung, und meine Knie drohten nachzugeben.

Aruncus winkte uns zu sich und Toyrin auf die runde Tribüne in der Mitte des Platzes. Die blaue Ader an seinem Hals pulsierte heftig. Offenbar war ich nicht die Einzige, die außer sich war.

»Du weißt also auch nicht, wo er ist?«

Ich schüttelte den Kopf, bevor es aus mir herausbrach: »Wir müssen los und ihn suchen!«

»Ja, worauf warten wir? Wir haben schon Suchtrupps gebildet!«, stimmte Oenotera aus der Menge vor uns zu, ihre Tochter Rosemary und ihren Partner Salix neben sich. Ausnahmsweise war ich ihr für ihren Eifer, mir stets beizupflichten, dankbar.

Doch Aruncus und Toyrin steckten noch einmal die Köpfe zusammen. Aus ihrem leisen Gemurmel schnappte ich Wörter wie *Regelwerk* und *Sicherheitsvorkehrungen* auf.

Dann rief Toyrin plötzlich: »Sir Osk, da sind Sie ja. Ich konnte Sie nirgends finden.«

Der Shunteringenieur, der mit verschränkten Armen am Rande der Menge stand, hob die Brauen. »Ich war die ganze Zeit hier.«

»Ach, was soll's?« Toyrin winkte den Delegierten heran. »Kommen Sie, bitte, kommen Sie! Ich brauche Ihre Meinung als Mitglied der Obrigkeit.«

Alle machten Sir Osk respektvoll Platz, und mit elastischen Schritten federte er die Stufen zu uns herauf.

Obwohl nur Wimpernschläge verstrichen, dauerte alles viel zu lange. Warum rannten wir nicht los? Warum suchten wir nicht augenblicklich nach Parrett? Eine unsichtbare Hand aus Diamant schnürte meine Kehle zu.

Wesentlich lauter, als er eben mit Aruncus gesprochen hatte, richtete Toyrin sich nun an Sir Osk. »Was ist Ihre Meinung, Sir? Hier finden Überfälle statt. Ein Dörfler in Türmerkleidung ist entführt worden. So etwas ist, solange ich denken kann, noch nie passiert. Ehrlich gesagt bin ich unsicher, was wir tun sollen. Im Grunde ist dies ein eindeutiger Fall für die unverzügliche Abreise der Delegation. Ich bin für Ihrer aller Sicherheit verantwortlich. Sollen wir den Shunter des Refugiums aus der Hütte des Dorfmeisters holen lassen?«

Sir Osk neigte den Kopf zur Seite und schien Toyrins Worte abzuwägen.

Ich presste meine Hände so fest zu Fäusten, dass die Fingernägel ins Fleisch schnitten. Warum redeten sie so lange? Jeder Sonnenstrich, der verging, konnte zählen.

»Ich denke, wir sollten den Schirmeri helfen, unseren ehemaligen Landsmann wiederzufinden«, erklärte Sir Osk schließlich mit Bestimmtheit. »Die Abreise der gesamten Delegation würde die Suche massiv verzögern.«

Ich konnte ein leises Aufschluchzen kaum unterdrücken und schämte mich in Grund und Boden, diesen Mann, der die Sicherheit seiner eigenen Leute zurückstellte, um uns zu helfen, des Angriffs auf meine Freundin verdächtigt zu haben.

Auch Camille sah berührt aus. Die Gesichter in der Menge vor uns trugen entschlossene Mienen.

»Was ist mit uns Delegierten?«, meldete sich Henk aus ihrer Mitte. »Wir möchten behilflich sein.«

Aruncus zögerte, bevor er entschied: »Schließen Sie sich den Dorfbewohnern an. Es gehen immer mindestens zwei, besser drei gemeinsam. Unsere Spurbegabten teilen sich bitte auf. Nein, Rosemary, du nicht. Es gehen nur die Erwachsenen. Wir müssen mit weiteren Angriffen rechnen. Verfluchte Sandländer!« Letzteres knurrte er nur leise zwischen den Zähnen hindurch, während die Versammelten nickten und hastige Absprachen trafen. Augenblicke später kam Bewegung in die Menge.

Ich biss mir auf die Unterlippe und schmeckte Blut.

»Was kann Parrett da draußen im Wald gewollt haben? Er war doch wie wir alle beim Fest«, brachte ich mühsam heraus. Mein Kopf fühlte sich schwer wie nasses Holz an, und ich hatte Schwierigkeiten, klar zu sehen.

Sir Osk, der neben mir stand, hatte meine gepressten Worte offenbar gehört und sagte: »Ich fürchte, die Antwort ist nur zu einfach. Parrett verließ spät am Abend gemeinsam mit dem jungen Henk Agreen und mir das Versammlungshaus, wir wollten zu unseren Unterkünften gehen. Da glaubte Ihr Partner, etwas im Unterholz gesehen zu haben. Henk und ich boten an, ihn zu begleiten, denn er wollte der Sache unbedingt nachgehen. Aber er lachte nur und meinte, es seien wahrscheinlich ein paar der Kinder, die sich verbotenerweise hinausgeschlichen hätten und die er zurück in ihre Betten treiben müsste.«

Das klang ganz nach Parrett. Immer ein Auge auf die anderen, immer um ihr Wohl besorgt. Immer zur Stelle, wenn man ihn brauchte. Ich schluckte. Vielleicht hatte er wirklich Kinder am Waldrand vermutet und sie zurückholen wollen. Wahrscheinlicher war jedoch, dass er dort Camilles Angreifer vermutete und ihn stellen wollte. Was fürchterlich misslungen war. Parrett war in eine Falle getappt. Hätte er doch das Angebot der beiden Delegierten angenommen! Dann wäre er nicht allein gewesen.

Als ich jetzt dabei zusah, wie die Dorfbewohner in alle Himmelsrichtungen davonströmten, erfüllten mich Dankbarkeit und auch ein wenig Stolz. Niemand musste ihre Suche koordinieren, niemand musste ihnen sagen, wie sie sich am besten auffächern sollten. Ihr Instinkt sagte ihnen, wohin die anderen sich wenden würden und welchen Pfad sie selbst nutzen sollten, damit die Suche möglichst flächendeckend erfolgte.

Ein paar Delegierte hatten sich bereits kleinen Gruppen zugesellt, unter ihnen auch Xantia Xerres, die Historienwissenschaftlerin.

Mit einem Nicken in meine Richtung sprang Sir Osk von der Tribüne, um sich Henk, Salix und Oenotera anzuschließen, die gerade dabei war, der vor trotziger Ungeduld zappelnden Rosemary einzuschärfen, sich ja nicht aus dem Dorf zu bewegen.

Ich wandte mich an Camille und Iris. »Zeigt mir die Stelle, an der ihr den Anstecker gefunden habt!«

Die beiden kannten mich gut genug, um zu wissen, dass jeder noch so gut gemeinte Widerspruch im Hinblick auf meinen aufgelösten Zustand zwecklos gewesen wäre. Also machten wir uns gemeinsam auf den Weg.

Während wir auf dem schmalen Pfad in den Wald hineineilten, hielt Iris mir ein Stück weiches Brot und ein paar Datteln hin. »Iss etwas!«

Erst wollte ich ablehnen, doch ich konnte spüren, wie meine Knie bei jedem Schritt ein wenig nachgaben, und so griff ich danach und würgte ein paar Bissen hinunter.

Ich spürte Übelkeit in mir aufsteigen und musste mich zwingen, an etwas anderes zu denken als an Parrett. An seine strahlenden Augen. An seine beharrliche Liebe zu mir. An seine Bereitschaft, seine ehemaligen Landsleute auszuhorchen und somit einer falschen Spur zu folgen, die ihn in Gefahr gebracht hatte, weil sie ihm den Blick für die tatsächliche Bedrohung verschloss.

Nur ein paar Sonnenstriche später erreichten wir die Stelle, an der Camille und Iris Parretts Anstecker im Unterholz entdeckt hatten. Wir standen am Rand einer kleinen Lichtung, die von Brotbüschen umringt war.

Ich blickte mich um, konnte jedoch nichts weiter erkennen, als dass das feine Wedelgras ein wenig niedergetreten war. Es konnten gut Hirsche oder ein Rotbär gewesen sein. Zu dritt starrten wir auf die Stelle.

»Hier.« Camille umrundete den breiten Stamm einer Pendelbuche und deutete auf den Boden.

Tatsächlich. In der weichen Erde um die Baumwurzeln konnte ich feine Spuren ausmachen. Hier musste eines der Fahrzeuge gestanden haben, die die Savannah Dweller zur Fortbewegung nutzten.

Ich hockte mich hin und betrachtete das filigrane Muster der metallenen Räder, die dem heißen Sand außerhalb des Waldes zu trotzen vermochten.

»Das war kein Sandflügler«, stellte ich mit gerunzelter Stirn fest. Die Räder eines dieser Transporter hätten sich viel tiefer in den Boden gedrückt. »Ich denke, es war ein Sandrenner. So ein Gefährt ist wesentlich leichter, schmal und wendig, im Gegensatz zu den Flüglern. Schaut mal, die Räderabdrücke haben nur feine Spuren im Waldboden hinterlassen.«

Iris ging neben mir in die Knie, berührte eine der Rillen mit dem Finger. Camille nickte. Gleichzeitig drehten wir uns um und folgten der Spur mit den Augen, die sich in Richtung Westen verlor.

»Was bedeutet das?« Iris machte ein ratloses Gesicht. »Ich denke, ein Sandrenner kann nur von einem einzelnen Menschen gefahren werden? Heißt das, dass Parrett gar nicht von Sandländern entführt wurde?«

»Vielleicht gibt es mittlerweile auch Gefährte, auf denen zwei Menschen Platz finden«, überlegte Camille.

Ich balle die Hände zu Fäusten. »Das werden wir herausfinden. Ein Zufall ist es sicher nicht, dass sich ausgerechnet hier diese Fährte findet.«

Sosehr ich mich auch bemühte und jeden Busch und jedes Grasbüschel in Augenschein nahm, immer darauf bedacht, die wenigen feinen Hinweise nicht zu verwischen – ob auf dieser Lichtung ein Kampf stattgefunden hatte oder ein bewusstloser Körper zum Fahrzeug geschleift worden war, vermochte ich nicht zu sagen.

»Warum haben wir keine Spurbegabte mitgenommen?«, stöhnte ich, als mir klar wurde, dass uns unsere Untersuchung nicht weiterbringen würde, egal wie oft wir jedes Blatt umdrehten, jeden Halm in die Finger nahmen. Ich dachte an Rosemary und bereute, Aruncus nicht widersprochen und das Mädchen mitgenommen zu haben. Sie wollte doch so gern helfen und hätte uns sicherlich mehr darüber erzählen können, was vor unseren Augen lag, das Iris, Camille und ich nicht zu entschlüsseln vermochten.

»Ich renne zurück und hole jemanden«, schlug Iris vor, die eine gute Läuferin war.

»Auf keinen Fall!«, bellte Camille ungewohnt scharf. »Denkst du, ich will die Nächste sein, die auf der Suche nach ihrer Liebsten ist?!«

Als die beiden Blicke tauschten, musste ich mich abwenden.

Parrett!, dachte ich, *Parrett, du sprichst immer von der Verbindung zwischen uns. Wo ist sie jetzt? Wo bist* du? *Schick mir ein Zeichen!*

Als ich für einen Moment die Augen schloss und die Hand auf mein Sonnengeflecht unterhalb der Rippenbögen legte, spürte ich nichts als Leere und Angst.

Ohne uns abzusprechen, setzten wir uns gleichzeitig in Bewegung, folgten noch eine Weile den unauffälligen Spuren des Sandrenners, die sich durch den Wald schlängelten, fanden jedoch keinerlei weitere Hinweise.

»Das Gefährt ist längst durch den Wald«, seufzte Iris, als wir irgendwann stehen geblieben waren, um einen Schluck Wasser aus den Kelchen eines Taublütlers zu trinken.

Camille nickte. Ich fühlte mich zu leer für eine Reaktion.

»Also holen wir eine Spurbegabte?« Iris drehte um, und wir schlugen den Heimweg ein. Schweigend.

Mit den vertrauten Bewegungen, die mich durch das Dickicht führten, ohne eine Blume zu streifen oder einen Zweig zu knicken, sickerte die Erkenntnis in mein Bewusstsein, dass wir viel zu spät kamen.

Wenn Parrett in der Nacht verschleppt wurde, also vor mehr als acht Sonnenständen, und wenn die Entführer ihn auf einem Fahrzeug Savannahs fortgeschafft hatten, war er längst aus unserer Reichweite und würde in spätestens zwei Tagen in einer ihrer Höhlen versteckt sein. Ihn dort, auf fremdem Terrain, zu finden, war so gut wie unmöglich.

Mein Kopf dröhnte vom Laufen. Bei jedem Schritt surrte ein feiner Schmerz durch meine Schläfen. *O Parrett, wo steckst du?*, pochte es in meinem Kopf, gemeinsam mit dem quälenden Schuldgefühl, ihm nie wörtlich gesagt zu haben, was er mir bedeutete. *Parrett, bitte, bitte, ich will dir persönlich sagen, wie dankbar ich dir für deine beständige Zuneigung bin!* Verdammt.

Ich wischte mir ein paar Tränen aus dem Gesicht, frustriert und wütend auf mich selbst, als wir die ersten Hütten erreichten und zwischen ihnen hindurch an den Rand des Dorfplatzes traten. Augenblicklich verschwanden alle Gedanken aus meinem Kopf. Neben mir tauschten Iris und Camille einen beunruhigten Blick.

Irgendetwas musste passiert sein.

Rund um das Podest hatten sich die Bewohner, die zu jung oder zu alt und gebrechlich waren, um sich an der Suche nach Parrett zu beteiligen, eng zusammengeschart und redeten wild durcheinander. Aus Richtung des Versammlungshauses stürzten Aruncus und Toyrin, angeführt von Salix, herbei.

Eine Erpressernachricht!, schoss es mir durch den Kopf. *Es ist eine Forderung angekommen!*

Doch als wir auf die Gruppe aus etwa zwanzig Leuten zueilten, erkannte ich, dass sich alle um Henk und Oenotera drängten. Henk presste sich ein Stück Stoff gegen eine Platzwunde an der Schläfe, während Oenotera Rosemary im Arm hielt, die sich wie ein kleines Kind an ihre Mutter klammerte.

»Was ist passiert?«, wollte Iris sofort wissen, wofür ich dankbar war, da ich selbst keinen Ton herausbrachte.

»Wo ist Sir Osk?«, dröhnte Aruncus mit sich überschlagender Stimme.

Henk stöhnte auf. »Ich fürchte, er wurde ebenfalls entführt!«

Rosemary wimmerte auf und barg ihr Gesicht an der Schulter ihrer Mutter.

»Sie müssen uns beobachtet haben«, berichtete Salix, während er seiner aufgelösten Ziehtochter über den Rücken streichelte und einen bekümmerten Blick mit Oenotera tauschte. »Als wir an der Hirschquelle vorbeikamen, haben wir festgestellt, dass es zwei neue Pfade ins Unterholz gibt. Wir wollten …« Er brach ab und legte die Hand an seine Stirn.

»Sir Osk schlug vor, sich zu trennen, um beide Pfade verfolgen zu können«, erzählte Oenotera weiter. »Er wollte mit Henk den einen nehmen, während er Salix und mich in die andere Richtung schickte.« Schuldbewusst senkte sie den Blick. »Ich weiß, wir hätten widersprechen sollen. Die Delegierten hätten jeweils mit einem von uns gehen müssen. Aber«, Oenotera hob den Kopf und blinzelte uns der Reihe nach an, »er ist ein hoher Shunteringenieur. Aus der Obrigkeit. Er hat es so selbstbewusst entschieden.«

Ich wusste, was sie meinte. Sir Osk war ein stets freundlich lächelnder Mann, doch seinen Anordnungen widersetzten sich wohl nur die wenigsten. Ich war mir nicht sicher, ob ich es getan hätte.

»Da war etwas im Unterholz«, fuhr Henk mit schmerzverzerrtem Gesicht fort, das Tuch an die Schläfe gepresst. »Als wir etwa eine halbe Meile oder etwas mehr unterwegs waren. Wir haben es beide gehört. Sir Osk hat auch jemanden gesehen und in den Wald hineingerufen. Aber natürlich antwortete niemand. Und dann plötzlich, aus dem Hinterhalt … Ich habe keine Ahnung, woher sie kamen.«

»Waren es Savannah Dweller?«, wollte Iris atemlos wissen.

Henk zog eine ratlose Miene. »Ich … ich weiß es nicht. Sir Osk rief irgendetwas, eine Warnung, glaube ich, und da wurde ich auch schon niedergeschlagen. Blackout.«

Ein entsetztes Raunen ging durch die Gruppe von Alten und Jungen rings um uns. Aruncus erblasste, bis seine Haut die Tönung einer Winterbirke hatte. Auch Toyrin hatte seine übliche lässige Haltung verloren. Stocksteif stand er neben unserem Refugiumsmeister.

Salix straffte die Schultern. »Wir haben den Schrei gehört und sind sofort losgerannt. Als wir eintrafen, fanden wir den bewusstlosen Henk.« Er nickte dem Delegierten zu. Henk lächelte schwach. »Und eine Spur niedergetrampelter Farne. Weit und breit kein Geräusch und keine Bewegung. Sie müssen blitzschnell gewesen sein.«

Ein paar Wimpernschläge herrschte Schweigen, dann, wie auf ein geheimes Zeichen, drehten sich alle Köpfe in Richtung unseres Refugiumsmeisters. Der allerdings schien bewegungsunfähig und reagierte nicht. Offensichtlich hatte der Schock darüber, was im Schirmdorf unter seiner Verantwortung geschah, seine Zunge gelähmt.

Toyrin ergriff das Wort an seiner Stelle. »Ich muss die Delegierten sicher in die Türme bringen. Dann kehre ich umgehend mit Schutzbeauftragten und einer bewaffneten Gefahreneinheit zurück. Mit Verlaub, Aruncus, ihr Bewohner des Refugiums seid friedliche Menschen. Ihr seid auf solche Überfälle nicht vorbereitet und wisst ihnen nichts entgegenzusetzen. Die Türme können euch helfen.« Er spielte auf Einheiten von Männern und Frauen an, die in seinem Landesteil für Ordnung sorgten und Highhaven, den Sitz der Obrigkeit, vor Übergriffen schützten.

Parrett hatte mir von ihnen erzählt. Dass sie Schusswaffen trugen und sogannte Tacker, mit denen sich ein Gegner durch einen Stoß schmerzhafter Energie betäuben ließ. Brauchten wir nun tatsächlich selbst solche Dinge, um uns gegen einen unbekannten Feind zu verteidigen?

Während mir eine Gänsehaut über den Rücken lief, stand Aruncus mit gesenktem Kopf da und schien zu überlegen. Sicher wertete er dieses Eingeständnis als eine persönliche Niederlage. Aber schließlich nickte er einmal, bevor er den Blick auf Trachistemon heftete, der mit seinen fünfzig Jahren längst nicht zu den Alten gehörte, wegen eines schlecht verheilten Beinbruchs nach einem Kletterunfall jedoch nur humpeln konnte. Trachistemons Brustkorb war doppelt so breit wie meiner, und beim abendlichen Tanz war er derjenige, der mit seinem Atem am längsten von allen die großen Flöten spielte.

»Das Horn«, sagte Aruncus an ihn gewandt. »Ruf sie alle zurück.«

* * *

In meinen achtunddreißig Lebensjahren hatte ich die gewaltige Stimme des Refugiumshorns erst einmal gehört. Damals war im Speisehaus ein Feuer ausgebrochen, der gefürchtetste Feind des Waldes. Alle, die den Ruf hörten, der meilenweit durchs Land hallte, kamen herbeigerannt, und mit vereinten Kräften war es uns binnen kurzer Zeit gelungen, die Flammen zu ersticken.

Auch jetzt stürzten aus allen Himmelsrichtungen Dörfler und Delegierte zwischen den Bäumen hervor, kaum dass der tiefe, satte Ton durchs Refugium drang. Eine Flut aus panischen Fragen und entsetzten Ausrufen ergoss sich über den Platz. In aller Eile wurden die Delegierten in ihre Unterkünfte begleitet. Taschen wurden gepackt und auf der Tribüne bereitgestellt.

In Henks Gasthütte legte Iris dem jungen Mann einen gut sitzenden Verband an, während Camille und ich dabei zusahen. Unentwegt sprach der Abgesandte davon, dass er Sir Osk hätte widersprechen sollen oder doch zumindest besser aufpassen, und wollte keine unserer Beteuerungen gelten lassen, dass es nicht seine Schuld gewesen war.

Als wir die Hütte mit seiner Tasche verließen, wandte der Deligierte sich an mich.

»Vielen Dank für unser Gespräch, *Erwählte des Heiligen Baumes*. Es war mir eine Ehre, dich kennenzulernen.«

Ich musste daran denken, wie viele Jahre er sich nach diesem Besuch in der Heimat seiner Mutter gesehnt hatte. Ganz sicher hatte er nicht mit einer so überstürzten Rückreise gerechnet.

»Es wäre schön gewesen, dich länger hier zu haben, Henk Agreen«, erwiderte ich. »Das Refugium wird dich hoffentlich noch einmal begrüßen dürfen.«

Er hielt einen Wimpernschlag inne. Dann umarmte er mich und drückte mich an sich.

»Finde deinen Liebsten!«, raunte er mir ins Ohr und ließ dadurch den Kloß in meinem Hals neu anschwellen. Stumm nickte ich ihm zu.

Als wir den Dorfplatz erreichten, erschien gerade Aruncus mit der kunstvoll verzierten, aus dem Holz einer gestürzten Seidenweide geschnitzten Shunterschatulle, die er mit beiden Händen umklammerte, als befürchtete er, sie könne plötzlich aus seinen Händen verschwinden. Er bestieg die Tribüne, während die elf Delegierten ihm folgten und ihre Plätze im Kreis einnahmen.

Camille, Iris und ich suchten uns einen Platz, von dem aus wir Augenkontakt zu Henk aufnehmen konnten, und mit einem kleinen, traurigen Lächeln winkte er uns zu.

Aruncus nahm die Schatulle in eine Hand, um sie mit der anderen zu öffnen. Er stutzte kurz, und mir fiel auf, dass er die Stirn runzelte und die Schließe des Kästchens einer genaueren Prüfung unterzog. Doch dann schüttelte er den Kopf, als wollte er sich selbst rügen, öffnete es und nahm den Shunter heraus.

Jedes Mal, wenn ich dieses sonderbare Gerät erblickte, staunte ich über seine geringe Größe und auffällige Schlichtheit. Die hochtechnische Apparatur erinnerte an einen metallenen Armreif, an dessen Innenseite in komplizierten Mustern haarfeine Drähte verliefen. Außen herum wand sich eine Reihe glänzender Zellen, die das Sonnenlicht einfingen und es in die für den Transport benötigte Energie verwandelten. Winzige Rädchen, deren Position Aruncus und Toyrin gemeinsam überprüften, erlaubten die Einstellung auf den Zielort.

»Wir werden im Shunterzentrum von Highhaven ankommen und dort augenblicklich Bericht erstatten. Das und die Zusammenstellung einer Gefahreneinheit dürfte nicht mehr als maximal zwei Stunden in Anspruch nehmen. Die Obrigkeit wird alles daransetzen wollen, dem Refugium zu helfen, euren Vermissten und ihr eigenes Mitglied wohlbehalten zurückzubekommen«, erklärt Toyrin mit ernster Miene. »Haltet also den Platz hier frei. Ich schicke eine kurze Nachricht vorweg, bevor wir von dort abreisen.«

Aruncus nickte, verbeugte sich förmlich vor Toyrin, der die Geste unseres Refugiumsmeisters ebenso offiziell beantwortete, und verließ die Tribüne.

»Noch ein Sonnenstrich«, hörte ich einen der jungen Schirmero hinter uns flüstern.

Die Zeit verrann.

Dann kündigte ein leises Zischen vom Shunter die Energieaufladung an. Das Geräusch schwoll an, der Shunter vibrierte leicht. Im nächsten Augenblick zuckte der Blitz, und das grelle, blendende Licht ergoss sich über die Tribüne.

Bis zum Rand, ja. So war es immer.

Aber diesmal schienen die weißen Strahlen über die Kante hinwegzufließen. Wie Wasser, das über einen Felsen stürzte, fiel es zu Boden.

Die erste Reihe von Dorfleuten um die Tribüne sprang hastig zurück. Mehrere schrien auf.

Doch schon war der Moment vorbei.

Das grelle Licht nahm schlagartig ab, surrte in sich zusammen in Richtung Shunter, verlosch. Ein paar der Drähte knisterten, und winzige, blaue Blitze sprangen über ihnen hin und her, bevor auch sie sich auflösten. Dann lag der Shunter still.

»Was war das?«, rief Penstemon uns gegenüber im Kreis um die Bühne. »Das Licht und dieses Knistern?«

»Stimmt, das ist doch sonst nicht so«, pflichtete ihm jemand bei, und ein Mädchen in der ersten Reihe stieß hervor: »Der Blitz hätte mich fast erreicht.«

»Dann wärst du mit in die Türme geshuntert«, antwortete ihre Freundin kichernd.

Keiner der Erwachsenen lachte. Die meisten tauschten ratlose Blicke, viele mit einem ängstlichen Ausdruck im Gesicht. Jede und jeder hier war leicht in der Lage, wochenlang allein im Wald zu überleben, wüsste Wasser, Nahrung und Schutz zu finden, könnte sich anhand der Sonnenpunkte orientieren, Kleidung aus Pflanzen herstellen und kleine Wunden mit Heilkräutern behandeln. Eine Unregelmäßigkeit bei diesem winzigen Gerät, das in einem fremden Land konstruiert worden war und dessen Funktionsweise niemand von uns verstand, machte uns jedoch alle nervös.

Mit einem leichten Schütteln, als wolle er sich von der Unsicherheit befreien, die unser Unwissen verursachte, betrat Aruncus die Tribüne und näherte sich dem Ring am Boden.

Ich wollte ihm eine Warnung zurufen, denn fast erwartete ich ein erneutes Aufblitzen rund um das Gerät. Doch als Aruncus es vorsichtig aufhob, schien alles normal zu sein. Er legte den Shunter in die Schatulle zurück und verschloss sie sorgfältig. Erneut runzelte er die Stirn, wie schon beim Öffnen. Als käme ihm etwas seltsam vor.

»Nun bleibt uns wohl nichts weiter übrig als abzuwarten«, sagte Iris und seufzte.

Als ich mir vorstellte, die nächsten zwei Sonnenstände lang tatenlos herumzustehen und darauf zu warten, dass eine bewaffnete Einheit aus den Türmen eintreffen und von der Tribüne stürmen würde, wurde mir schlecht.

»Es sei denn, wir gehen noch einmal zu der Stelle, an der Sir Osk verschwunden ist«, sagte da Camille neben mir. Am liebsten hätte ich sie umarmt. »Und zwar diesmal mit einer, die uns mehr darüber sagen kann, was dort passiert ist.«

Ich folgte ihrem Blick hinüber zu Rosemary, die mit ihrer Mutter und Salix zusammenstand und über die seltsame Shuntererscheinung diskutierte.

Ich griff nach Camilles Hand und zog sie zu der kleinen Gruppe hinüber. Unser Vorhaben war schnell erklärt. Allerdings zögerte Oenotera und schaute zu Aruncus hinüber, der sich, mit der Schatulle unter dem Arm, mit einigen Dorfratsmitgliedern beriet.

»Bestimmt wäre es förderlich, wenn wir der Einsatztruppe etwas mehr sagen könnten als das, was wir jetzt wissen«, erklärte ich ihr eindringlich, denn ich wusste, dass sie zauderte, weil unser Refugiumsmeister so einen Aufbruch nicht gutheißen würde.

»Ma«, mischte sich Rosemary ein. »Lass uns gehen. Ich kann das.« Offensichtlich hatte sie ihren Schreck über den Angriff auf Sir Osk rasch verkraftet und steckte nun voller Tatendrang.

Oenotera tauschte einen Blick mit Salix.

»Wir gehen alle zusammen«, entschied er, nickte Iris, Camille und mir zu. »Mit Pfeil und Bogen und unseren Messern. Dann kann uns nichts passieren.«

Ein Ruck ging durch die besorgte Mutter. »In Ordnung. Wir treffen uns am östlichen Pfad neben dem Onkerbaum.«

8. KAPITEL

Wir eilten in unsere Hütten, um unsere Schirmausrüstung und Pfeil und Bogen zu holen. Wenige Sonnenstriche später stand ich am vereinbarten Treffpunkt, Bogen und Köcher über der Schulter, mein diamantscharfes Messer am Beingurt meiner Kletterhose. Kurz nach mir trafen Camille und Iris zusammen mit Rosemary ein, mit einem kleinen Abstand deren Mutter und Ziehvater.

»Wollen wir Aruncus nicht informieren, was wir …«, begann Oenotera.

Iris unterbrach sie: »Ich habe Penstemon gesagt, wohin wir gehen. So wissen sie hier Bescheid. Aruncus würde uns mit seinen Einwänden nur aufhalten.«

Ihre Entschlossenheit ließ eine Welle der Dankbarkeit durch meinen Körper strömen. Zwei Männer waren verschwunden. Wahrscheinlich entführt – durchaus ein Grund, um zaghaft zu sein. Doch je länger Osk und Parrett in der Gewalt der Unbekannten waren … Ich wagte es nicht, den Gedanken zu Ende zu denken.

»Los!«, sagte ich, zog den Gurt meines Köchers zurecht und betrat den Pfad in den Wald.

Entschlossen folgten mir die anderen.

Als das Dorf außer Sicht geriet, übernahmen Salix und Oenotera die Führung und leiteten uns durch vertraute Umgebung bis zu einer Kreuzung, an der der Weg sich gabelte.

»Oenotera und ich sind dort entlanggegangen.« Salix nickte

nach rechts, also schlugen wir den linken Pfad ein. Nach etwa einer halben Meile hielten wir an.

»Da vorn.« Oenotera deutete den Pfad zwischen den Farnen entlang.

Etwa dreißig Fuß vor uns sahen wir einige umgeknickte Farnbüschel. Dort musste Henk nach dem Schlag auf seinen Kopf gestürzt sein. Ich wandte mich an Rosemary, die mit großen Augen zurückblickte. »Nun bist du dran.«

Oenotera und Salix wichen zur Seite, um uns vorbeizulassen. Vorsichtig näherte sich Rosemary der Stelle mit den Farnen. Ihre Augen huschten hierhin und dorthin. Schließlich hockte sie sich hin und betrachtete einen der geknickten Stängel genauer, legte eine Fingerspitze auf die bräunliche Stelle eines Blattes. Mir fiel auf, dass sie sich plötzlich souveräner bewegte, der jugendliche Übermut in ihrer Körperhaltung einem erwachsenen Bewusstsein gewichen war. Sie wusste, was sie tat.

Als ich sie fragen wollte, was der Ort ihrer Spurengabe verriet, hob Camille alarmiert den Kopf und starrte in den Wald hinein.

Ich hörte es ebenfalls, und wir spähten beide in dieselbe Richtung.

Salix zog das Messer aus seinem Beingurt. Einen Wimpernschlag später dockte Iris einen Pfeil aus ihrem Köcher an die Sehne.

»Was ist los?«, flüsterte Oenotera. Ihre Stimme klang ängstlich, und sie starrte in unsere Blickrichtung. Ihre eigene Begabung lag in einem scharfen Blick, der sie die feinen Adern erkennen ließ, an denen man die Lynchflechten in den Baumkronen auch von Boden aus ausfindig machen konnte. Hier entdeckte sie jedoch offenbar nichts Auffälliges.

An dieser Stelle des Waldes wuchs das Unterholz besonders

dicht, und es war nicht zu erkennen, was das Rascheln verursacht hatte, das Camille und mich hatte aufhorchen lassen.

Eine ganze Weile standen wir reglos im Farn und lauschten. Doch es rührte sich nichts mehr.

»Vielleicht war es nur ein Kaninchen«, mutmaßte Salix schließlich.

Oenotera nickte, während Iris den Bogen sinken ließ. Camille hingegen sah wenig überzeugt aus. Wenn dort tatsächlich ein harmloses Tier im Gebüsch gewesen wäre, hätte sie wahrscheinlich längst Kontakt zu ihm aufgenommen.

Weil uns jedoch nichts anderes übrig blieb, als uns auf unsere Sinne zu verlassen, wandte ich mich erneut an Rosemary. Sie hatte sich von unserer Unterbrechung überhaupt nicht stören lassen und betrachtete angestrengt eine bestimmte Stelle auf dem Boden. Im nächsten Moment legte sie den Kopf in den Nacken und prüfte das Blätterdach hoch oben über unseren Köpfen.

»Ma? Sitzt da eine Flechte?«, fragte sie.

Oenotera schaute ebenfalls hinauf. Es dauerte eine Weile, bis sie alle Äste über uns sorgfältig abgesucht hatte. Doch als sie den Kopf schüttelte, war klar, dass sie sich ihrer Sache sicher war. »Kein Flechte. Warum fragst du?«

»Es muss ein kleines Loch im Blätterdach geben.« Rosemary berührte die Stelle am Boden. Und erst jetzt erkannte ich, was ihre Aufmerksamkeit erregt hatte: Das weiche Gras, durchsetzt von Moos, das zu Rosemarys Füßen wuchs, war nicht mehr so frisch grün wie unmittelbar daneben. Es wirkte um Nuancen bräunlicher.

Nun hoben wir alle den Blick und suchten dort oben im schützenden Dach eine winzige Lücke, durch die die zerstörerischen Sonnenstrahlen auf diese Stelle heruntersengen konnten.

Aber da war nichts.

Nicht das verräterische Glitzern auf den Blättern der unteren Äste. Nicht das Schimmern von hellem Licht weit oben.

Während wir anderen immer noch mit in den Nacken gelegten Köpfen nach etwas suchten, das diese kaum sichtbare, leichte Verbrennung am Boden hervorgerufen haben konnte, widmete sich Rosemary erneut dem unauffälligen Fleck. Als ich zu ihr sah, schüttelte sie leicht den Kopf, runzelte die Stirn.

»Es sieht so anders aus als sonst«, murmelte sie.

»Anders?«, hakte ich nach.

Sie zuckte mit den Schultern. »Nicht so, wie ich es kenne.«

»Du meinst, wenn eine Lynchflechte einen Baum geschwächt hat und in seiner Krone eine Lücke entsteht, dann sieht die Stelle, die die Strahlen auf den Boden brennen, anders aus als das hier?«

Sie nickte, während sie mit den Fingerspitzen den Boden abtastete. »Der Rand von diesen kleinen Brandstellen ist dann immer ausgefranst. Oft sind sie dreieckig oder auch mal langgezogen. Aber das hier ist komplett rund und absolut gleichmäßig gerändert, siehst du?« Sie zeigte es mir.

»Du hast recht«, flüsterte ich und fuhr ebenfalls mit den Fingern über die Stelle. Der unscheinbare Fleck an Boden war tatsächlich kreisrund.

Eine Form und Größe, die mich deutlich an etwas erinnerte, sodass ich zusammenzuckte. Im selben Moment sprach Rosemary es aus: »Also, wenn ich nicht wüsste, dass das der totale Blödsinn ist, würd ich glauben: Das ist ein Shuntermal. Wenn man nur 'ne Nachricht verschickt, entsteht lediglich eine winzige Schmauchspur, die schnell verfliegt. Aber das hier sieht eher so aus, als wäre etwas Größeres verreist, wahrscheinlich sogar ein Mensch.«

»Ein Shuntermal?«, wiederholte Oenotera halb verblüfft, halb ärgerlich, als wollte ihre Tochter sich nur wichtigmachen.

»Aber das ist unmöglich. Du weißt doch, wie wertvoll Shunter sind. Davon existieren in *Helles Land* nicht viele. Im ganzen Refugium gibt es nur dieses eine Exemplar, das wir alle vorhin auf der Tribüne in der Dorfmitte gesehen haben. Das, mit dem die Delegation abgereist ist. Und diesen Shunter bewahrt Aruncus stets in der Schatulle in seiner Hütte auf. Wie sollte also hier ein Shuntermal herkommen?«

»Weiß ich doch nicht«, maulte Rosemary, plötzlich wieder ganz die Halbwüchsige, beleidigt, weil ihre Mutter ihre Meinung infrage stellte.

Oenotera wollte etwas erwidern, als Salix das Wort ergriff.

»Rosemary hat recht«, meinte er. »Bei den Berichten und den Handelsbriefen, die jedes Jahreszwölftel in die Türme gehen, sieht man hinterher nicht mehr, wo der Shunter gelegen hat, weil die Schmauchspur so schnell verfliegt. Im letzten Jahr habe ich jedoch nach der Delegationswoche beim Abbau der Tribüne geholfen. Die Stelle, an der der Shunter lag, mit dem die zwölf Türmer abgereist sind, sah ganz genauso aus wie das hier.« Er deutete zu Boden. »Ein kleiner, verbrannter Ring um eine weniger in Mitleidenschaft gezogene Mitte.«

Wir tauschten ratlose Blicke. Was hatte das zu bedeuten? Ich hatte erwartet, erneut Spuren der Savannah Dweller zu entdecken. Räderspuren. Stiefelabdrücke. Einen Fetzen ihrer Kleidung, von einem Walddornbusch aufgerissen. Mit einem Hinweis auf den Einsatz eines Shunters hätte ich hingegen nie im Leben gerechnet.

Aruncus' gerunzelte Stirn beim Öffnen und Schließen der Schatulle fiel mir ein. Er hatte deutlich gestutzt, als wäre irgendetwas anders als sonst gewesen. War vielleicht etwas mit dem Verschluss des Holzkästchens nicht in Ordnung? Konnte es sein, dass jemand ohne Arus Wissen die Schatulle geöffnet und sich den Shunter quasi ausgeliehen hatte? Aber zu welchem Zweck?

Meine Gedanken rotierten. Mit einem Shunter konnte man Botschaften an jeden beliebigen Ort in *Helles Land* verschicken. Oder selbst dorthin reisen. Allerdings wären in unserem Fall zwei Personen notwendig gewesen, denn ein Shunter ließ sich zwar problemlos mit auf eine Reise nehmen, doch da das Exemplar des Refugiums sich vorhin an seinem angestammten Platz befunden hatte, musste es jemand zurückgebracht haben, nachdem eine andere Person damit verschwunden war.

Wenn es sich allerdings um die Entführer handelte, die den Shunter benutzt hatten, warum hätten sie ihn dann zurückbringen und dabei das Risiko einer Entdeckung eingehen sollen? Und wie passte der Sandflügler ins Bild, dessen Spuren Iris, Camille und ich gefolgt waren?

Ich schüttelte den Kopf. Das alles ergab überhaupt keinen Sinn, und ich hatte das Gefühl, dass mit jeder neuen Frage, die sich uns stellte, Parrett sich ein Stück mehr von mir entfernte.

Bevor meine wachsende Angst jedoch in Panik umschlagen konnte, riss mich Rosemarys aufbrausende Stimme aus meinen Überlegungen.

»Ich sag doch, Ma: Ich kenn diese Art von Spur nicht. Und wenn du mir eh nicht glaubst, dann frag ich mich, wieso ihr mich überhaupt mitgenommen habt.«

»Scht«, machte Camille beruhigend und legte die Hand auf den Arm des Mädchens. »Nimm es deiner Mutter nicht krumm, Rosemary. Erst ein Shuntermal und jetzt noch die Fährte eines Tieres, das du nicht kennst. Das ist alles sehr verwirrend.«

Eine Spur von einem unbekannten Tier? Während ich den Boden absuchte nach dem Gegenstand der Diskussion, fiel mir das Totenfraßpaar ein. Aber das konnte Rosemary nicht meinen. Die Spuren sämtlicher Raubtiere waren das Erste, das alle Kinder in der Fährtenlehre lernten, vor allem die derer, die uns Menschen gefährlich werden konnten. Eine solche Gefahr zu erkennen und ihr auszuweichen war wichtiger, als selbst einer Fährte folgen zu können.

»Ich weiß nicht mal, ob es wirklich Tierspuren sind«, gab Rosemary zu, als mir die besagten Abdrücke endlich ins Auge fielen, dreieckig wie eine Pfeilspitze, schwach in den Boden gedrückt und kaum auszumachen, mir ebenfalls völlig fremd. »Könnten auch Stiefelspitzen sein. Aber dann müssten es sehr kleine Stiefel sein, auf keinen Fall die von einem Erwachsenen.«

»Wer zum Feuer trägt denn Stiefel im Refugium?«, ließ sich Iris vernehmen und betrachtete unsere nackten Füße.

»Keiner von unserem Volk«, murmelte Camille.

»Wir finden es nur raus, wenn wir nachsehen.« *Nutze deine Angst, indem du sie in Entschlossenheit verwandelst.* Einer von Hostatis' Leitsprüchen. »In welche Richtung läuft die Spur?«

Rosemary deutete den Pfad entlang.

Ich nickte ihr zu. »Folgen wir ihr!«

Während wir voranpirschten, Rosemary vertieft in ihre Arbeit uns vorweg, Camille, Salix und ich mit unseren Messern in der Hand dicht hinter ihr, Iris und Oenotera mit auf den Sehnen angelegten Pfeilen am Ende, hielt das Mädchen immer wieder inne, um den Boden oder das Blattwerk von Sträuchern zu betrachten. Sie befingerte den abgebrochenen Zweig einer Pflanze, ließ ihn zwischen den Fingern baumeln, sodass seine zerrissenen Fasern wie ein Pendel hin- und herschwangen.

Da wir anderen dem Tun ihrer Tochter so viel Aufmerksamkeit schenkten, hielt Oenotera sich mit Drängen oder sonstigen Bemerkungen zurück. Trotzdem konnte ich spüren, dass ihre Nerven ebenso gespannt waren wie die Sehne ihres Bogens.

Wie auch meine.

Wo war Parrett? Waren wir seinen Entführern tatsächlich auf der Spur? Oder tappten wir mit unserer kläglichen Suche vollkommen im Dunkeln?

Irgendwann hob Rosemary den Kopf. »Es ist kein Tier auf vier Beinen.« Ihre Stimme klang entschieden. »Es ist auch keiner der Laufvögel.«

Ich wollte schon den Mund öffnen, um die Savannah Dweller ins Spiel zu bringen, da setzte sie hinzu: »Und es ist kein Mensch.«

Wir Erwachsenen starrten sie an, hin- und hergerissen zwischen Unglauben und Erschrecken. Ich konnte ihrer Mutter ansehen, dass sie am liebsten *Was soll es denn sonst sein?* gefragt hätte, aber Oenotera verkniff es sich.

Es dauerte einen Moment, bis wir uns fingen. Dann sagte ich: »Das Ganze wird mir zu unheimlich. Vielleicht befinden wir uns in Gefahr. Lasst uns ins Dorf zurückkehren und das Eintreffen der Einheit aus den Türmen abwarten.«

»Psst!« Camille hob die Hand.

Im selben Augenblick hörte ich es auch. Ein feiner, hoher Ton, nicht weit von uns entfernt. Wie ein leises, unterdrücktes … Wimmern?

Als ich mich an Rosemary und ihrer Mutter vorbeischob, um ins Unterholz zu lauschen, stützte ich mich an einer ausladenden Pendelbuche ab, über deren dichtes Wurzelwerk der schmale Pfad hinwegführte. Meine Handfläche berührte den Stamm des Baumes, und ein feiner Impuls durchzuckte meine Haut.

Ich kannte dieses Prickeln, das außer mir niemand fühlen konnte. Diese Frage, die durch die Rinde pulsierte. Doch zum ersten Mal meinte die Neugier einer Pflanze, die ich berührte, nicht mich.

Der Baum richtete seine Erkundigung an jemand anderen, etwas anderes, das sich an ihn anlehnte. Es musste etwas sein, das sich auf der anderen Seite des Stammes befand.

Ich erstarrte. Blickte die anderen mit aufgerissenen Augen warnend an, einen Zeigefinger an den Lippen. Dann deutete ich

Salix und Iris an, um die eine Seite des Baumes herumzuschleichen. Camille nickte ich zu mir. Oenotera sollte bei Rosemary bleiben, die erblasst war.

Als Bewohner des Refugiums waren wir geübt darin, uns lautlos zu bewegen, und wie Falkenkatzen pirschten wir um den dicken Stamm.

Halb erwartete ich, dass etwas aufspringen würde, sobald wir den Stamm umrundet hätten. Etwas, das entweder davonjagen oder sich auf uns stürzen würde. Meine Hand umklammerte das scharfe Flechtenmesser, bereit, mich sofort zu verteidigen.

Vor Camille bog ich um eine der gewaltigen, hüfthohen Wurzeln, sah Salix und Iris mir gegenüber an der anderen Seite auftauchen, als mein Blick auf eine Mulde dicht am Stamm fiel und mich innehalten ließ.

Eng an den Baum geduckt, halb von aufgewühltem Moos verborgen, kauerte ein merkwürdig anmutendes Geschöpf. Seine Gestalt glich der eines Menschen, so klein und zart, dass es an ein Kind von etwa acht Jahren erinnerte. Allerdings schienen seine Hände an den dünnen Armen nicht dazuzugehören, denn sie waren übermäßig riesig, wie von einem bärengroßen Mann. Sieben lange Finger an jeder Hand umklammerten die Knie der angezogenen Beine. Den Kopf hielt das Wesen geneigt, und es blinzelte durch einen Vorhang aus seidigem, silbrig schimmerndem Haar zu uns herauf. Seine Augen leuchteten blau. Stand Angst darin? Ich hätte es nicht sagen können, denn einer Kreatur wie dieser war ich noch nie begegnet.

Für einen Augenblick waren wir vier so verwundert, dass sich niemand von uns rührte.

»Was tut ein Obediant hier?«, hörte ich schließlich Salix verblüfft raunen, womit er wohl unser aller Gedanken aussprach.

Obedianten kannten wir alle nur flüchtig aus zwei oder drei Hologrammschauen, die uns Delegierte bei früheren Besuchen gezeigt hatten. Diese Geschöpfe waren das Ergebnis von misslungenen Genmanipulationen, mit denen die Forschenden der Türme vor Jahrhunderten experimentiert hatten. Zwar war man inzwischen klüger geworden und hatte aufgegeben, in die natürliche Evolution des Menschen eingreifen zu wollen, doch lebten die Nachkommen dieser damals gezüchteten Wesen bis heute in den Türmen, als sogenannte *Helfende Hände* der Obrigkeit. Wie konnte es sein, dass eines davon hier im Refugium auftauchte?

Ich versuche mich daran zu erinnern, was ich über diese Lebewesen wusste. Doch ihre Erwähnung in den Schauen aus den Türmen war stets so kurz gewesen, dass nicht viel hängengeblieben war. Offenbar hatte ich es als eine der verrückten Besonderheiten aus Highhaven abgespeichert, mit denen ich mich nicht näher befassen wollte.

Camille trat an mir vorbei und näherte sich langsam dem Obediant.

»Sei vorsichtig!«, raunte ich ihr zu, doch meine ehemalige Schülerin beachtete mich nicht. Vertraute ihrem Instinkt. Sie ließ sich auf die Knie nieder und war mit ihrer zarten Gestalt somit beinahe so klein wie das Wesen dort am Baum.

»Hab keine Angst«, sagte sie sanft. »Wir tun dir nichts.«

Erneut gab das Obediant dieses leise, wimmernde Geräusch von sich, das mir ans Herz griff.

Camille ging es offenbar ebenso, denn sie legte den Kopf schief und streckte behutsam die geöffnete Hand aus. Das Obediant zuckte zusammen und drückte sich enger an den Baumstamm.

»Kannst du Kontakt zu ihm aufnehmen?«, flüsterte ich.

»Angst«, gab Camille zurück. »Und wilde Entschlossenheit.«

»Verstehst du unsere Sprache?«, wandte ich mich selbst an das Geschöpf, woraufhin es den Kopf hob. Bei der Bewegung teilte sich das feine Haar über dem schmalen Gesicht mit den hohen Wangenknochen, der geraden Nase und den blauen, leicht mandelförmigen Augen. Es war tatsächlich das Gesicht eines Kindes. Mit einem schön geformten Mund, der sich nun öffnete und lautlos ein paar Worte formte.

Wenn mich nicht alles täuschte, sprach es meine Frage nach. Allerdings ohne Ton. Dann nickte es einmal mit dem Kopf, wobei es mich nicht aus den Augen ließ.

»Kannst du uns sagen, wie du hierhergekommen bist? Du musst einen Shunter benutzt haben, um aus Highhaven herzugelangen. Da vorn findet sich ein Shuntermal, aber so eine Spur entsteht nur, wenn der Shunter zur Abreise benutzt wird, sie stammt nicht von deiner Ankunft hier, richtig? Weißt du trotzdem etwas darüber? Was ist passiert?«

Das Wesen runzelte die Stirn, auch das sah sehr menschlich aus, antwortete aber nicht.

»Was ist bei euch los?«, rief in diesem Moment Oenotera von der anderen Seite des Baumes.

»Alles in Ordnung. Bleibt, wo ihr seid«, antwortete Salix.

Der kurze Wortwechsel hatte den Kopf des Obediants hin- und herfliegen lassen. Offensichtlich konnte es die neue Stimme nicht einordnen und schien irritiert.

»Wir sind deiner Spur gefolgt«, erklärte ich ihm. »Weil wir nicht wussten, was uns erwarten würde, haben wir unser schwächtes Mitglied in Sicherheit zurückgelassen.« Ich nickte in Richtung Pfad, auf dem Rosemary und ihre Mutter sich bestimmt fragten, was vor sich ging.

»Tja, wir hatten tatsächlich ein bisschen Angst vor dir«, fügte Camille mit einem kleinen Lächeln zum Obediant hinzu, das daraufhin verwundert ihr Gesicht studierte, bevor sein Blick sich wieder auf mich heftete. Aus irgendeinem Grund schien es mich besonders interessant oder vertrauenswürdig zu finden.

»Na komm, steh auf! Du begleitest uns am besten ins Dorf«, versuchte ich es mit einer direkten Aufforderung und war verblüfft, als sich das Wesen nach einem kurzen Zögern tatsächlich erhob.

Es trug Türmekleidung, längst nicht so erlesen wie die der Delegierten, doch der Schnitt von Hose und Hemd war typisch – flattrig und weit, völlig ungeeignet, wenn man sich durch den Wald bewegte. Nur die bunten Farben fehlten. Seine Sachen waren silbrig grau und wirkten neben unseren erd- und waldfarbenen Monturen wie das Federkleid der hüfthohen Schmuckschnepfe, einem seltenen Bodenbrüter. Die kleinen Füße des Obediants steckten tatsächlich in Stiefeln, aus einem Material gefertigt, das ich nicht kannte. Um den Hals trug das Wesen eine feine Kette, an der ein hübsch gearbeiteter, faustgroßer Stoffbeutel hing.

Das zarte Geschöpf reichte mir gerade bis zur Brust und sah neben Camille, die ebenfalls auf die Beine kam, mehr denn je wie ein Kind aus.

»In Ordnung, ähm …« Die prompte Befolgung meiner Aufforderung brachte mich aus dem Konzept. »Dann gehen wir mal los. Komm mit mir. Iris und Salix, ihr bleibt hinter uns.« An die beiden gewandt hob ich kurz die Brauen, um zu signalisieren, dass sie auf das Obediant aufpassen sollten, damit es nicht plötzlich die Flucht ergriff. Vielleicht hatte es etwas beobachtet oder gehört, das uns bei der Suche nach Parrett behilflich sein konnte. Womöglich war es sogar Zeuge des Überfalls auf Henk und Sir Osk gewesen und konnte uns wichtige Hinweise auf die Täter liefern. So oder so, es war der einzige Anhaltspunkt, den wir hatten.

Als wir um den Baum herum auf den Pfad traten, schnappte Oenotera nach Luft. Rosemary reagierte souveräner.

»Ein Obediant!«, quietschte sie und wandte sich dann aufgeregt an ihre Mutter: »Siehst du: kein Tier, kein Mensch. Hab ich doch gesagt!«

»Woher …?«, begann die so Zurechtgewiesene fassungslos, ohne auf das Mädchen zu achten.

Ich schüttelte den Kopf. »Das wissen wir selbst nicht. Wir nehmen es mit ins Dorf. Wenn die Einheit aus den Türmen ankommt, werden sie uns hoffentlich eine Erklärung geben können. Auf alle Fälle werden sie besser wissen als wir, was mit ihm geschehen soll.« Ich bemerkte, wie mich das Obediant anstarrte, und fühlte mich unwohl unter seinem Blick. »Wir haben nichts von dem gefunden, was ich erhofft hatte: keine Spur, die uns die Vorkommnisse erklärt und uns zu Parrett führt. Keinen Hinweis darauf, was die Entführer erreichen wollen.« Ich seufzte. »Gehen wir!«

Ich lief den anderen voran, das Obediant folgte mir. Seine Schritte waren vorsichtig, als traute es dem erdigen, mit Gras und Moos bedeckten Waldboden nicht. Mehrmals unternahm ich den Versuch, ihm eine Antwort zu entlocken, wie es ins Refugium gekommen war und woher es genau stammte. Doch jedes Mal sah es mich aus seinen blauen Augen an, ohne etwas zu sagen. Mir fiel auf, dass es wesentlich seltener blinzelte als ein Mensch, was seinem Blick etwas Durchdringendes verlieh. Ich versuchte abzuschätzen, ob meine ungewöhnliche Begleitung weiblich oder männlich war, und scheiterte.

Wenn ich mich recht erinnerte, gehörten Obedianten stets Familien der Obrigkeit. Aber viel mehr wusste ich nicht über sie. Sollte sich die Gefahreneinheit gleich mit diesem zusätzlichen Rätsel auseinandersetzen; mir genügten meine eigenen Fragen.

Als wir eine Weile später mit unserem außergewöhnlichen Fund aus dem Wald und zwischen den Hütten hindurch auf den Dorfplatz traten, kamen von überallher Dörfler angerannt, um das fremde Geschöpf zu bestaunen. Fragen prasselten auf uns nieder, ringsum erhob sich ein aufgeregtes Tuscheln, und ein paar Kinder wiesen mit den Fingern auf uns.

Das Obediant duckte sich hinter Camille und mich. Die vielen auf es gerichteten Augen schienen ihm unangenehm zu sein.

»Lasst es uns in unsere Hütte bringen«, schlug Camille vor. »Es fühlt sich hier nicht wohl.«

Iris nickte, und da ich nicht wusste, was es uns hier auf dem Dorfplatz nutzen sollte, während wir auf die Einheit aus den Türmen warteten, stimmte ich ebenfalls zu.

Meine ehemalige Schülerin fasste nach dem dünnen Arm des Geschöpfs und wollte es sanft mit sich führen. Doch das Obediant sträubte sich, die Augen nach wie vor auf mich geheftet.

»Geh mit ihr, na los!« Ich winkte in Camilles Richtung. Und als hätten meine Worte eine Sperre in ihm gelöst, drehte es sich um und folgte ihr mit gesenktem Kopf. Was für eine merkwürdige Kreatur.

Ich sah ihm einen Augenblick lang nach, bevor ich die Menge der Dörfler nach Aruncus absuchte, um ihm davon zu berichten, dass ein plötzlich im Refugium aufgetauchtes Obediant nicht das einzig Sonderbare war, das wir im Wald gefunden hatten. Das Shuntermal würde ihn mindestens ebenso interessieren.

9. KAPITEL

Ich rechnete mit einer Standpauke, doch Aruncus nahm die Nachricht von unserem Alleingang in den Wald erstaunlich gelassen auf. Statt mahnende Worte zu schwingen, kam er sofort zur Sache.

»Ein Shuntermal? Das ist in der Tat merkwürdig …« Er nickte langsam, in Nachdenken versunken.

»Kann es der Shunter des Refugiums gewesen sein, der das Mal im Wald hinterlassen hat?«, hakte ich nach.

»Genau das habe ich mich auch gerade gefragt.« Aruncus senkte die Stimme und neigte den Kopf zu mir. »Bei der Abreise der Delegation war der Verschluss der Schatulle seltsam gebogen. Ich hatte den Verdacht, dass sie jemand ohne mein Beisein geöffnet hat. Alle wissen, wo der Shunter aufbewahrt wird. Im Grunde könnte jeder im Dorf so was tun. Aber aus welchem Grund?«

Ich zuckte mit den Schultern. »Was ist mit dem Obediant? Es muss ebenfalls mit einem Shunter gekommen sein, direkt aus Highhaven. Aber sie sind dort so etwas wie Dienende, nicht wahr? Wie sollte ein Untergebener in den Besitz eines so wertvollen, seltenen Gerätes kommen? Und warum ist es ausgerechnet hier gelandet? Hat sein Auftauchen etwas mit dem Verschwinden von Parrett und Sir Osk zu tun?«

Aruncus schüttelte energisch den Kopf und winkte ab. Im Gegensatz zum Shuntermal schien ihm das fremdartige Geschöpf nicht von Belang. »Ein Zufall, mehr nicht. Wir sollten eine Nachricht darüber in die Türme senden. Vielleicht wird es von irgendwem vermisst.« Dieser Gedanke brachte Leben in den Dorfmeister, er straffte die Schultern und wandte sich Richtung Schreibhaus.

Offenbar ertrug er das Nichtstun und Abwarten ebenso wenig wie ich. Auch wenn wir immer mal wieder aneinandergerieten, weil er meine Forschungen zur Lichteiche und ihrem Kommunikationsvermögen als einen Schlag gegen unsere Religion empfand und auch sonst einige Differenzen zwischen uns lagen, konnte ich seine jetzige Ungeduld sehr gut nachempfinden. In den letzten sonst so ruhigen und vorhersehbaren Tagen des Refugiums waren zu viele rätselhafte Dinge passiert, die sich niemand erklären konnte. Und ich wollte nichts lieber, als möglichst schnell hinter die Lösung zu kommen.

Ich folgte Aruncus zum Schreibhaus, in dem üblicherweise Vor-dem-Zenit eines jeden Tages die Kinder unterrichtet wurden. Am späten Tag oder Abend fand man hier oft Erwachsene, die Briefe an ihre Verwandten in den anderen Dörfern des Refugiums schrieben, oder Versorgeri, die Botschaften in die Türme formulierten. Ein- oder zweimal im Jahreszwölftel gingen via Shunter Nachrichten in die Türme samt bestellter Lieferungen von Wildkräutern und anderer Handelsgüter.

Aruncus setzte eine kurze Notiz auf, dass im Refugium, unweit des Schirmdorfes, ein Obediant aufgetaucht war, und schloss mit ein paar überaus höflichen Worten, denen man dennoch deutlich entnehmen konnte, wie dringend wir die von Toyrin versprochene Gefahreneinheit erwarteten.

Seit dem Aufbruch der Delegation waren bereits fast drei Sonnenstände vergangen. Die Hilfe aus den Türmen hätte längst hier sein sollen.

Damit wir den Ankunftsplatz in der Dorfmitte nicht blockierten, eilten Aruncus und ich, nachdem er die Schatulle aus seiner Hütte geholt hatte, zu unserem üblichen Shunterplatz, der sich hinter dem Versammlungshaus befand. Die Jungen, die in der Einführungs-Hologrammschau der Delegation neben mir gesessen hatten, waren auf die Idee gekommen, auch diesen Platz im Auge zu behalten, falls hier Nachrichten eingingen, hockten auf dem Boden beisammen und spielten Stock-und-Stein, der zurzeit angesagteste Zeitvertreib der Dorfjugend. Neugierig sprangen sie zur Seite, als sie den Dorfmeister und die hohe Schirmerin den Shunterplatz ansteuern sahen. Ihre jugendliche Aufregung hing in der Luft wie Frühnebel über den Farnfeldern, und unwillkürlich schoss mir die Frage durch den Kopf, ob es wirklich zwei Tage her war, dass ich neben diesen Jungs im Versammlungshaus gesessen und Xantias Hologrammschau verfolgt hatte. Neben mir Parrett, meine Hand in seiner.

Meine Augen brannten, und ich verscheuchte den Gedanken, konzentrierte mich auf Aruncus, der dabei war, die Zieleinstellung des Shunters zu kontrollieren, die einen Saal im Shunterturm von Highhaven anpeilte. Zusammen mit der Botschaft positionierte er das Gerät auf der Rohrgrasmatte und schob den winzigen Startbügel am Metallring hoch.

Gleichzeitig traten alle zurück, weiter als üblich. Ich war wohl nicht die Einzige, der noch das von der Tribüne fließende Licht vor Augen stand.

Nach kurzer Zeit kündigte das übliche leise Zischen die Energieaufladung des Shunters an. Doch dann passierte etwas Seltsames. Der Shunter vibrierte nicht wie sonst. Stattdessen glommen die feinen Drähte auf seiner Innenseite auf, als bündelte sich die gesamte Kraft dort. Rot leuchtend schienen sie die Energie festzuhalten. Die Energie, die dazu da war, Botschaften, Gegenstände, ganze Menschen innerhalb von Wimpernschlägen in ihre atomaren Einzelteile zu zerlegen, über die Große

Ödnis zu transportieren und am Zielort wieder zusammenzusetzen.

Verblüfft und schockiert starrten Aruncus, die Jungs und ich auf das Schauspiel, das uns der kleine Metallring lieferte. Das Zischen wurde lauter, dazu erklang ein Geräusch, das ich noch nie gehört hatte. Ein Knirschen und Knacken. Während die Drähte mittlerweile glühten wie Strohsteine in der Mitte eines Winterfeuers.

»Schalt ihn aus!«, rief ich Aruncus zu, der wie gebannt auf das Gerät starrte.

»Wie denn? Ich kann ihn doch jetzt nicht anfassen«, erwiderte er zu Recht. Zu groß war die Gefahr, dass der Shunterblitz ihn mit sich reißen würde.

Rasch sah ich mich um, bis mein Blick an einem der Jungen hängenblieb. Zum Schutz oder nur zum Angeben trug er einen hübsch verzierten Köcher samt Bogen über der Schulter. Pfeilspitzen schauten heraus, eine davon aus Kristall.

Ich sprang zu ihm, riss dem überraschten Jugendlichen den Bogen vom Arm und den Kristallpfeil aus dem Köcher, dockte den Pfeil auf und spannte.

Es war nicht mein vertrauter Bogen. Deswegen brauchte ich ein paar Wimpernschläge, um das Gewicht des Pfeils und die Spannkraft der Sehne einzuschätzen, ehe ich auf den feinen Hebel des Shunters zielen konnte.

Die entscheidenden Wimpernschläge.

Plötzlich verwandelte sich das Knirschen in einen schrillen Ton, und mit einem lauten Knall sprengte der Metallring auseinander. Teile des glühendes Shunters flogen zur Seite. Aruncus duckte sich, die Jungen warfen sich zu Boden.

Und dann war es still.

Zu still.

Ich ließ den Bogen sinken. »Sind alle in Ordnung?«

Köpfe hoben sich. Erschrockene Gesichter. Doch niemand war verletzt.

»Heiliger Setzling, was war das?«, murmelte der Junge, dessen Bogen ich mir geschnappt hatte.

Ich warf ihm seine Sachen zu und trat näher an die Grasmatte heran, auf der nur noch etwa die Hälfte des Metallringes lag. Ein paar der Drähte sprühten noch müde Funken. Einer von ihnen erwischte die Botschaft, die Aruncus eben erst geschrieben hatte, und das Papier aus Birkenrinde entzündete sich, flammte auf und verkohlte zu Asche.

Wir standen wie vom Donner gerührt.

Der Shunter des Refugiums, der einzige, den unser Land besaß, war vernichtet. Und mit ihm die einzige Chance, Kontakt zu den Türmen aufzunehmen.

* * *

Es dämmerte bereits. Seit der Abreise der Delegation waren acht Sonnenstände vergangen. Viermal so viele, wie Toyrin uns in Aussicht gestellt hatte.

Wir hatten keine Chance nachzufragen, warum es so lange dauerte, uns die versprochene Hilfe zu schicken. Ebenso wenig konnten wir eine andere Nachricht in die Türme senden.

So war es also früher gewesen, als das Refugium vollkommen abgeschnitten lebte von dem Teil unserer Welt, der sich selbst der moderne, fortschrittliche nannte. Obwohl sich unsere heutige Beziehung hauptsächlich auf den Austausch von Waren wie Kräuter und Gewürze des Refugiums und die kostbaren wie heißbegehrten Bücher der Türme sowie den jährlichen Besuch der Abgesandten beschränkte und wir manchmal wochenlang nichts aus Highhaven hörten, war es ein merkwürdiges Gefühl, der Möglichkeit zur Kommunikation beraubt zu sein. Plötzlich waren wir darauf angewiesen, dass die Türme Kontakt zu uns aufnahmen. Und sie taten es nicht.

»Der Dorfrat sitzt immer noch zusammen«, teilte Iris uns mit, als sie die Hütte betrat, die Camille und sie sich teilten.

In der Ecke hinter dem Bett saß das Obediant an die Lehmwand gelehnt und beobachtete Camille und mich. Es schien nicht müde zu sein. Jedenfalls längst nicht so sehr wie wir. Das Wasser, Brot und Gemüse, von Iris hingestellt, waren unberührt.

»Was sollen die Ältesten auch tun?« Camille verschränkte die Hände. »Sie müssen entscheiden, wie wir weiter vorgehen sollen, jetzt, wo wir offenbar auf die Hilfe aus den Türmen länger warten müssen als erwartet.«

»Klingt nicht so, als wollten sie irgendetwas tun«, erklärte Iris und setzte mit einem verlegenen Grinsen hinzu: »Ich hab ein bisschen gelauscht. Heuchera möchte Suchtrupps für Parrett und Sir Osk losschicken, aber die meisten wollen nicht riskieren, dass noch jemand von uns verschleppt wird.«

Ich schnaubte. »Das mag ja vielleicht umsichtig sein. Aber ich werde das nicht länger mitmachen. Ich kann nicht hier sitzen und warten, bis eine Gruppe schwer bewaffneter Männer es endlich für an der Zeit gekommen befindet, uns in unserer Notlage beizustehen.« Die Enttäuschung, die ich über Toyrins nicht eingelöstes Versprechen empfand, erwähnte ich nicht. Doch sie brannte in meinem Magen wie zu viel saure Früchte.

»Was willst du denn tun?«, wollte Iris wissen.

»Ich werde Parrett suchen«, erkläre ich mit fester Stimme. Es gab keine andere Wahl.

»Im Wald?«

»Nein, in Savannah.«

Iris und Camille schauten sich an.

»Bitte fragt nicht, was ich vorhabe oder wie mein Plan aussieht. Ich habe keinen.«

Camille, die neben mir auf der Kante des weichen Bettes saß, legte den Arm um mich.

»Ich verstehe dich, Clay. Aber das klingt nicht nach einer guten Idee. Du kennst dich in Savannah doch gar nicht aus und wärst dort verloren wie eine Flaumkrähe über der Großen Ödnis.«

Mein Hals fühlte sich an, als hätte sich darin ein Rohrgrassamen mit seinen Widerhaken festgesetzt.

»Ich kann nicht hierbleiben und einfach nichts tun«, flüsterte ich an diesem Schmerz vorbei.

Camilles Hand an meinem Rücken zog sich kurz zusammen. Obwohl ich den Blick gesenkt hielt, konnte ich spüren, dass sie und Iris sich wortlos austauschten. Ihre unausgesprochene Übereinkunft tat mir plötzlich weh. Schon einmal hatte ich erlebt, wie mir das Gefühl, zu einer Zweisamkeit zu gehören, einfach entrissen worden war. Und ich wollte es nicht noch einmal ertragen müssen.

»Lasst uns erst mal in Ruhe darüber schlafen«, schlug Iris schließlich vor. »Morgen früh kommt bestimmt die Einheit aus den Türmen an, und mit ihrer Hilfe sieht alles ganz anders aus.«

Ich antwortete nicht. Konnte ihre Zuversicht nicht teilen. Als ich mich erhob und zur Tür ging, sprang das Obediant auf, um mir zu folgen. Ich erschrak, wie blitzschnell die kleine Gestalt an meiner Seite erschien. Meine Nerven lagen offenbar blank.

»Nein, du bleibst hier!« Ich wandte mich an Camille und Iris. »Wenn das okay ist?«

»Sicher.« Beide nickten, und Camille lächelte das Obediant an, zeigte in die Ecke neben dem Bett. »Ich hab dir eine weiche Matte hingelegt. Da kannst du schlafen.«

Das Obediant sah sie an, die Matte und dann mich. Sein Blick erinnerte mich an den des jungen Schakals, den Ivyn einmal am Rande des Refugiums gefunden hatte. Das Bein des Tieres war verletzt gewesen. Ivyn schiente es, fütterte und liebkoste das freundliche Kerlchen. Es wurde zahm, folgte Ivyn überallhin und ließ sich von ihm sogar ein paar Kunststückchen beibringen. Ein Wesen, so ganz anders als wir. Und doch von dankbarem, unterwürfigem Gehorsam.

Ich nickte dem Obediant zu. »Tu, was Camille sagt. Leg dich hin und schlaf. Das machen wir jetzt alle.«

Es gelang mir nicht, in den blauen Augen vor mir zu lesen. Vielleicht stand darin eine Frage, eine Bitte, Frustration oder Kummer?

Rasch drehte ich mich um und verließ die Hütte, ging am Rande des Dorfes entlang zu meiner eigenen Unterkunft.

Als Ivyns Schakal älter wurde und nachts die Rufe seiner Artgenossen um unser Dorf erklangen, entfernte er sich hin und wieder von seinem Retter.

Dann immer öfter.

Bis er schließlich nicht mehr zurückkehrte.

* * *

Die Nacht war unruhig, und ich fand nur wenig Schlaf. Wenn ich eindöste, sah ich Parrett vor mir. Wie er mir am Abend vor seinem Verschwinden im Versammlungshaus mehrmals einen Blick zugeworfen hatte. So rausgeputzt und gut aussehend in seiner gepflegten Türmerkleidung. Aber sein Gesicht ernst und seine Augen im Dunkeln.

Mehrmals schlüpfte ich aus dem Bett und wusch mir mit kaltem Wasser den Schweiß vom Körper. Später schlich der junge Schakal durch meine wirren Träume, und *ich* vollführte Kunststückchen für ihn.

Als der Morgen heraufdämmerte, setzte ich mich alles andere als ausgeruht im Bett auf. Mein Entschluss stand fest.

Heute vor drei Jahren hatte ich Ivyn verloren. Und ich würde nicht hier sitzen und abwarten, bis auch Parrett aus meinem Leben verschwand.

Ich band meine Haare zurück, schlüpfte in meine Schirmausrüstung, die feste Hose, das Hemd und die robuste Jacke. Dann huschte ich in der Hütte herum und packte ein paar Sachen in den Rucksack, den ich sonst zum Klettern benutzte. Kleidung zum Wechseln, ein unverwüstlicher Holzbecher, ein zusätzliches Messer mit Kristallklinge, mein Kletterseil.

Als ich mich schließlich in der Hütte umschaute, trat ich noch einmal ans Bett, schüttelte die Decke auf und zog sie glatt. Der Anblick flößte mir zum ersten Mal so etwas wie Hoffnung ein. Denn dahinter stand ein vielleicht absurder, aber dennoch zuversichtlicher Gedanke: Sollte Parrett vor mir zurückkommen, würde er unser gemeinsames Zuhause ordentlich vorfinden.

Ich schnallte mir den Rucksack auf, schulterte Bogen und Köcher und trat vor die Hütte. Im ersten Moment hätte ich vor Schreck fast aufgeschrien. Denn im dämmrigen Morgenlicht saß jemand auf dem großen Stein neben der Hüttenwand. Im nächsten Augenblick erkannte ich Camille, die bei meinem Zusammenzucken aufgesprungen war. Auch sie trug einen Rucksack, Pfeile und Bogen und war in ihre Schirmausrüstung gekleidet.

»Camille! Was tust du denn hier?«, wisperte ich, um nicht das ganze Dorf aufzuwecken.

»Das Gleiche wie du«, flüsterte sie zurück. »Ich breche auf, um Parrett zu finden.«

Sprachlos starrte ich sie an. »Das … das geht nicht. Du kannst nicht einfach …«

»Iris ist ganz meiner Meinung«, fiel sie mir leise, aber eindringlich ins Wort. »Wir finden beide, dass es viel zu gefährlich ist, wenn du dich allein auf die Suche machst. Du und ich, wir sind ein eingespieltes Team, können uns vertrauen und ergänzen uns mit unseren Begabungen. Zu zweit ist die Suche in Savannah zu schaffen, allein nicht.«

Ich spürte, wie eine warme Welle der Zuneigung in mein Herz schwappte. Doch natürlich konnte ich Camilles Angebot nicht annehmen.

»Das ist eine wunderbare Geste, Camille, und glaub mir, ich weiß es sehr zu schätzen, dass du so zu mir stehst. Aber ich kann dich nicht mitnehmen.«

Sie stieß ein leises Schnauben aus. »Du hast keine andere Wahl.«

»Nicht?«

»Nein. Denn wenn du versuchst, allein zu gehen, werde ich schreien wie am Spieß und dann steht augenblicklich das ganze Dorf um uns herum. Der Rat wird dich nicht gehen lassen, weißt du.«

Im frühen Morgenlicht konnte ich ihr Gesicht nicht deutlich erkennen, ihrer Stimme und ihrer entschlossenen Körperhaltung entnahm ich jedoch, dass sie die Drohung ernst meinte. Und sie hatte recht: Der Rat würde mich nicht gehen lassen.

Mit einem leisen Seufzen kapitulierte ich also und stellte fest: »Du bist mindestens so starrköpfig wie ich.« Mit dem Kopf deutete ich Richtung Dorfmitte. »Dann lass uns schnell ins Speisehaus schleichen und Proviant einpacken.«

»Schon passiert. Iris hat uns gut versorgt.« Camille klopfte mit einer Hand auf ihren prall gefüllten Rucksack. »Sie passt auch auf das Obediant auf. Und ich habe ihr Bluebell dagelassen. Wenn sich hier im Dorf etwas tut, das wir wissen sollten, kann sie ihn mit einer Nachricht losschicken. Er wird mich finden.«

Sie hatte wirklich an alles gedacht. Denn das war in der Tat ein Teil meines ohnehin konfusen Plans, der mir nicht behagte: nach meinem Aufbruch für Nachrichten aus dem Schirmdorf unerreichbar zu sein.

»Wie werde ich dir jemals danken können für …«, setzte ich an.

Doch Camille unterbrach mich: »Indem wir schnell aufbrechen. Denn ehrlich gesagt möchte ich Aruncus auf dem Weg in den Wald nicht begegnen.«

Wir gestatteten uns ein kleines, komplizenhaftes Lächeln. Und dann schlichen wir uns um die äußeren Hütten herum und schlüpften in den Wald hinein.

10. KAPITEL

Der Boden unter unseren Fußsohlen war taufeucht und kühl. Rasch erreichten wir die Stelle, an der Camille und Iris gestern Parretts Archivarnadel gefunden hatten, und folgten von dort aus der Spur des Sandrenners. Sie war unser einziger Anhaltspunkt und führte nach Westen immer tiefer in den Wald hinein.

Wir schritten weit aus in dem Bestreben, möglichst schnell eine möglichst große Strecke zwischen uns und das Schirmdorf zu bringen. Wir redeten nicht, sondern steckten all unsere morgendliche Energie ins zügige Laufen.

Die Blätter der Sträucher, die ich im Vorbeikommen mit den Fingerspitzen streifte, erglühten vor Lebensfreude. Pflanzen, das wusste ich seit meiner Kindheit, feiern jeden Morgen wie ein neues Leben. Nach der Kühle und Dunkelheit der Nacht erwachen sie mit dem Durst nach Licht und dem Drang, zu wachsen, zu blühen und zu duften. Das Gestern ist für sie nicht von Belang.

Bäume sind dabei die Ausnahmen, denn sie vergessen nicht. Unter ihnen war die Lichteiche die faszinierendste. An ihrem Stamm, ihren Wurzeln spürte ich lang zurückliegende Erinnerungen, die sie in sich trug. Manchmal Bilder, manchmal ein Gefühl. Sie war uns Menschen in vielerlei Hinsicht ähnlich.

Ich musste an Henks Gesicht denken, als er davon erfuhr, dass der Heilige Baum mit mir kommunizierte. Und an Sir Osks sachliche Miene, als er in seinem Vortrag die Blüte und die zu erwartenden Samen der Lichteiche erwähnte.

Was konnten die Türmer schon wissen von der Macht eines Tausende Jahre alten Baumes, wenn sie nichts weiter kannten als die künstlichen, vertikal angelegten Gärten an ihren hohen Gebäuden, in denen gezüchtete und geklonte Pflanzen zur Nahrungsmittelgewinnung und Herstellung von Papier wuchsen? Ob auch diese Pflanzen wohl mit mir würden sprechen können?

Was wussten die Türmer von diesem Baum, der ganz ohne das Zutun von Menschen gekeimt, gewachsen und erblüht war zu jenem weisen Riesen, den ich meine Freundin nennen durfte?

»Warst du mal in Savannah? Hostatis hat die Händler ein paarmal begleitet, oder? Hat sie dich mitgenommen?«, erkundigte sich Camille, die bisher ein paar Schritte hinter mir gegangen war und sich nun an meine Seite gesellte.

»Ja, Hostatis hatte großes Interesse an den Pflanzen, die in dieser unwirtlichen Gegend überleben können. Und als meine Lehrerin hatte sie mir angeboten, sie zu begleiten. Allerdings hatte ich damals gerade die Lichteiche kennengelernt und spürte keine Neugier auf ihre stachelbewehrten Verwandten, die stets in unmittelbarer Nähe von kleinen Baumgruppen wachsen und denen niemand gern zu nah kommen will. Nach allem, was Hostatis mir nach ihrer Reise erzählte, habe ich das Savannah als reizlos empfunden. Die Wärme dort soll sehr trocken sein, weil kein Blätterdach die Taufeuchte hält und alles verdunstet. Die Savannah Dweller holen ihr Wasser aus tiefen Brunnen, die im Schatten der wenigen Bäume stehen und Tag und Nacht von schwer Bewaffneten bewacht werden.«

Camille nickte und bog achtsam den filigranen Zweig eines Silberwedels zur Seite, um ihn im Vorbeigehen nicht zu brechen. »Und die Savannah Dweller selbst?«

Ich hob die Schultern. »Du kennst doch die Händlerinnen

und Händler, die ins Dorf kommen. Wortkarg. Humorlos. Misstrauisch. Immer darauf bedacht, möglichst schnell wieder aus dem Wald herauszukommen – als würden im Dickicht jede Menge Gefahren lauern. Sie kennen nur die weite, offene Landschaft, ihre Höhlendörfer und die Minen, in denen sie die Mineralien abbauen, mit denen sie handeln.«

Camille neigte zwar den Kopf, wirkte aber nicht zufrieden mit meiner Antwort. Ich war ihre Lehrerin gewesen und kannte ihren Wissensdurst. Es fühlte sich sonderbar an, ihn dieses Mal nicht befriedigen zu können – weil ich selbst nicht mehr wusste.

»Heute Nacht habe ich viel darüber nachgedacht, wie fremd uns die anderen Regionen unserer Welt sind«, sagte sie nach einer Weile. »Das Obediant beispielsweise. Ich bin heimlich ins Schreibhaus rübergeschlichen und habe die alten Bücher über die Türme und die Herrscherfamilie … na ja, ausgeliehen. Iris und ich haben darin nachgeschlagen, um etwas über das Obediant zu erfahren. Iris befürchtete nämlich, dass es vielleicht nur bestimmte Nahrung zu sich nimmt, weil es unsere nicht angerührt hat. Das wollte ich rausfinden.«

»Und?«

»Nichts. Darüber habe ich absolut nichts gefunden. Es steht insgesamt nur wenig über Obedianten in den Büchern über die Türme. Fast könnte man den Eindruck bekommen, als seien sie es nicht wert, besonders beachtet zu werden. Dabei haben die Menschen dort sie doch kreiert.« In ihren Worten schwang Missbilligung. Als Bewohnerin des Refugiums hatte sie, wie wir alle, von Kindesbeinen an gelernt, dass alles Leben wertvoll und von Interesse ist. Alles hängt zusammen, bedingt einander. Wer einer Lebensform, und sei sie noch so klein und unscheinbar, keine Aufmerksamkeit schenkt, übersieht womöglich wichtige Zusammenhänge.

»Ja, das geschah zu der Zeit, als es zwischen den Türmen

und dem Refugium keinen Kontakt gab. Erst als man vor hundert Jahren die ersten Nachrichtenshunter einführte, erfuhren wir von der Existenz dieser neuen Spezies.«

Camille runzelte die Stirn. »Na, wirklich viel wurde uns über sie aber nicht mitgeteilt, nicht wahr? In den Aufzeichnungen findet man jedenfalls nur das, was wohl alle wissen: dass Obedianten durch Genmanipulationen entstanden, die eigentlich zum Ziel hatten, das menschliche Altern zu verzögern.« Sie brummte. »Hat ja auch geklappt. Laut der Aufzeichnungen werden Obedianten bis zu zweihundert Jahre alt. Aber mehr habe ich nicht gefunden.«

Ich erzählte Camille, was ich noch darüber wusste. »An das Alterungsgen waren auch andere Gene geknüpft, die sich automatisch mitveränderten. Daher die geringe Körpergröße und die zarten Glieder.«

»Mit Ausnahme der Hände.«

»Ja, mit Ausnahme der Hände, die ungewöhnlich groß sind und jeweils über einen weiteren Daumen und Finger verfügen, also sieben insgesamt.« Ich betrachtete meine eigene Hand. »Natürlich wollte die Herrscherfamilie so etwas für sich und ihre Nachkommen nicht: Zwergenwuchs, fedriges Haar und verunstaltete Hände. Nein, der Versuch galt als *fehlgeschlagen*. Trotzdem waren auf diese Weise Wesen entstanden, die offenbar eine ideale Dienerschaft darstellen. Klein, flink, mit geschickten Fingern. Es heißt, dass sie außerdem stark sind, mit wenig Schlaf und Nahrung auskommen. Vielleicht hat es deshalb bisher nichts von dem gegessen, was ihr ihm angeboten habt.«

Camille grunzte ungehalten. »Für mich klingt das alles, als würde eine Gattung die andere schamlos ausnutzen. Türmern wie Toyrin oder Henk hätte ich so etwas nicht zugetraut.«

»Ehrlich gesagt habe ich mir noch nie Gedanken darum gemacht, ob die Delegierten Obedianten als *Helfende Hände*, wie sie genannt werden, bei sich daheim haben. Bisher dachte ich immer, das sei den Obersten vorbehalten.«

Eine Weile liefen wir schweigend. Ob Camille ebenso wie ich an das einzige Mitglied des ehemaligen Herrschergeschlechts dachte, das wir je kennengelernt hatten – Sir Osk?

Gerade wollte ich fragen, was sie inzwischen von unserem ersten spontanen Verdacht gegen den Shunteringenieur hielt, als ich hinter uns etwas rascheln hörte.

Camille und ich froren gleichzeitig ein.

Kein Blatt bewegte sich. Beide lauschten wir in den Wald. Ich legte den Kopf schief und erhaschte mit einem Blick hinauf zum Kronendach die Position der zwei Sonnenpunkte, die seit unserem Aufbruch bereits ein gutes Stück über den Himmel gewandert waren.

Zwei Sonnenstände waren vergangen.

»Wir können nicht weit von dem Quellweiher entfernt sein, an dem ich die Spuren des Totenfraßpaares entdeckt habe«, raunte ich Camille zu. »Ich glaube, es ist besser, wenn wir uns beeilen, diesen Teil des Waldes zu verlassen.«

Sie nickte mir zu, und mit weichen Schritten trabten wir los. Weiter den Pfad entlang. Unwissend, was uns folgte. Hin und wieder blieben wir stehen und lauschten. Einmal glaubte ich, hinter uns etwas gehört zu haben, doch Camille schüttelte den Kopf, als ich sie ansah.

So setzten wir unseren Weg fort. Nur einmal pausierten wir länger. Der Wald um uns herum blieb friedlich. Und so gestatteten wir uns, Wasser, Brot und Obst auf dem Boden sitzend zu uns zu nehmen.

In den Baumkronen über uns hüpften Hörnchen von Ast zu Ast und keckerten über den seltenen Besuch. Ein Wildseidel trällerte fröhlich außerhalb unserer Sicht, eine Vogelart, die in der obersten Etage des Waldes lebte. Die zutraulichen Kummeri mit ihrer prächtig rot gefärbten Brust hingegen bevorzugten die untersten Zweige. Ein halbes Dutzend hatte sich um uns versammelt und sang in ihrem melancholischen Chor.

Camille lächelte über den Eifer der Tiere. Mich hingegen stimmte ihr Lied traurig, und ich war froh, als wir die Reste unserer Mahlzeit in den Rucksäcken verstauten und unseren Weg fortsetzten.

Am Abend erwischte uns die Dämmerung, als wir gerade in einem großen Waldstück mit Harzbäumen unterwegs waren.

»Wollen wir hier übernachten? Oder im Dunkeln weitergehen?« Camille sah an dem am nächsten stehenden Baum hinauf.

Harzbäume zeichneten sich durch ihre klebrige, bitter riechende Rinde aus. Das Harz, das sie in großen Mengen produzierten, diente uns als Klebstoff und war ein wichtiges Handelsprodukt des Refugiums, das wir in angemessenen Mengen an die Türme und nach Savannah lieferten.

Es war durchaus möglich, an diesen Bäumen hinaufzuklettern, um dort oben für die Nacht vor Bären und Totenfraßen sicher zu sein, doch böten ihre schmalen Äste keine angenehme Schlafstätte, und unsere Hände und Kleidung würden noch tagelang kleben.

Wehmütig dachte ich an die breiten, ausladenden und wohlig duftenden Äste der Lichteiche, die mir schon so oft wunderbaren Schutz und Geborgenheit geboten hatten.

»Wir müssen hierbleiben. Am Ende verlieren wir sonst im Dunkeln die Spur des Sandrenners«, entschied ich.

»Das wird nicht besonders gemütlich«, brummte Camille, die noch immer in die Wipfel der Bäume starrte.

Ich sah mich um. Wir befanden uns auf einer Art Dickichtlichtung. Natürlich breitete sich hoch oben das vertraute Blätterdach der Baumkronen über uns aus. Doch auf gut fünfhundert Fuß im Umkreis bedeckten nur kleine Buschpflanzen, Moos und Rohrgras den Boden. Eine Gefahr, die sich aus den dichter stehenden Sträuchern am Rand der Lichtung löste, wäre leicht zu erkennen.

»Wir übernachten hier unten. Eine schläft, während die andere wacht. Und wir machen ein Feuer. Das wird die großen Raubtiere fernhalten.«

Camille blickte mich mit großen Augen an. Doch dann setzte sie ihren Rucksack ab und machte sich auf die Suche nach heruntergefallenen Ästen und abgestorbenem Rohrgras.

Offene Feuer waren im Refugium nur im Notfall gestattet. Zu groß war die Gefahr, dass die Flammen um sich griffen und vernichteten, was wir zwingend zum Überleben benötigten: den Schutz der Bäume.

So war mir selbst nicht wohl dabei, als ich kurze Zeit später den Feuerstein aus meinem Rucksack an den zusammengetragenen Haufen Brennmaterial schlug und der erste Funke sprang. Jedoch wurde ich einfach das Gefühl nicht los, dass wir nicht allein waren, dass uns immer noch etwas folgte.

Camille und ich rückten mit unseren Rucksäcken nah ans Feuer. Auch der Blick meiner ehemaligen Schülerin huschte unablässig über den Rand der Lichtung, als suche sie in den tiefen Schatten nach verborgenen Augen, die uns beobachteten.

Da uns beide die Anspannung nicht losließ, war uns nicht nach Sprechen zumute. Wir knabberten an dem herzhaften Trockengemüse, das Iris uns eingepackt hatte, und ich konnte Camille leise seufzen hören. Bestimmt vermisste sie ihre Liebste und malte sich aus, dass sie jetzt mit ihr zusammen in ihrer Hütte sein könnte, erschöpft vom Tag, aber sicher und geborgen. Einen zärtlichen Arm um sich.

Gerade öffnete ich den Mund, um irgendetwas Tröstliches zu sagen, als hinter uns im Wald ein Farnzweig brach. Schneller als ein Kolibri mit den Flügeln schlägt, waren Camille und ich aufgesprungen und hatten die Bögen gespannt.

»Komm heraus!«, rief ich. »Wir zielen ziemlich gut auf das Geräusch von Schritten, solltest du wissen. Also zeig dich!« Ich war sicher, dass sich dort im Gebüsch kein Tier versteckte. Ein Raubtier wäre nicht so dumm gewesen, über einen Farn zu stolpern, der beim Knicken so laut krachte, dass es eine halbe Meile weit zu hören war. Nach ein paar Wimpernschlägen raschelte es in den Sträuchern. Jemand befolgte meine Aufforderung, kam auf uns zu.

Ich konnte Camille neben mir schneller atmen hören, während wir beide die Pfeile auf die Stelle richteten, an der sich jetzt die Zweige teilten. Etwas Kleines, Schmales löste sich aus den Schatten. Silbrig grau.

Im ersten Augenblick dachte ich vollkommen verblüfft, es sei eine Schmuckschnepfe, die da am anderen Ende der Lichtung auftauchte. Doch dann ging mir auf, was sich tatsächlich im Dämmerlicht des Waldes abzeichnete.

Camille und ich senkten beide gleichzeitig die Bögen.

»Splitter und Fäulnis!«, entfuhr es mir.

»Das gibt's ja nicht«, wisperte Camille.

Keine dreißig Schritt von uns entfernt stand das Obediant. Wir eilten beide hinüber.

»Was tust du denn hier?«, wollte ich von ihm wissen, während es mich mit metallisch glitzerndem Blick fixierte. Weil ich mich in der kurzen Bekanntschaft mit diesem Geschöpf bereits daran gewöhnt hatte, dass es Fragen nicht beantwortete, zuckte ich zusammen, als es den Mund öffnete und mit einer mir seltsam vertrauten Stimme sagte: *»Erwählte des Heiligen Baumes!«*

Camille sah es mit großen Augen an. »Sag das noch mal, bitte!«

Das Obediant schaute mich an. Ich nickte.

»Erwählte des Heiligen Baumes.«

»Es spricht wie du!«, rief Camille zwischen Überraschung und Entzücken. Sicher pochte ihr noch die Erleichterung, dass uns kein ausgewachsener Rotbär gegenüberstand, durch die Adern. Auch ich hätte fast gelacht, als die Anspannung von mir abfiel. Gleichzeitig überrollte mich eine tiefe Frustration.

»Warum bist du nicht im Schirmdorf geblieben? Da wärst du in Sicherheit. Wir können dich hier nicht gebrauchen. Was sollen wir denn jetzt mit dir machen, hier mitten im Wald?«

Der Ansturm an Vorwürfen ließ das Obediant wieder verstummen. Mit hängendem Kopf stand es vor uns.

In meinen Gedanken ratterte es, wie ich mit dieser neuen Situation umgehen sollte. Aber egal in welche Richtung ich die Entwicklung gedanklich auch zu wenden versuchte, ich kam immer am selben Punkt heraus.

»Du musst mit ihm umkehren«, erklärte ich Camille düster. »Das Obediant mit nach Savannah zu nehmen, wäre zu gefährlich. Wir wissen nicht, was uns dort erwartet. Es muss ins Dorf zurückgebracht werden und dort in sichere Verwahrung.«

Camille machte ein unglückliches Gesicht. »Iris und ich hatten nicht den Eindruck, dass es besonders bewacht werden muss. Es schien nicht so, als wollte es weglaufen.«

Ich berührte ihre Hand. »Weder Iris noch du hast einen Fehler gemacht. Wir kennen uns mit dieser Spezies nicht aus und können seine Motivation nicht einschätzen.« Ich wandte mich an unseren ungebetenen Gast. »Warum bist du nicht im Dorf geblieben?«

Es hob den Kopf. Zunächst war sein Gesicht ganz glatt, so wie ich es bisher kannte. Als ginge in ihm nichts weiter vor. Doch dann öffnete es den Mund, und die schimmernden Lippen formten ein Wort: »Helfen.«

Ich warf die Hände in die Luft. »Helfen? Wobei sollen wir dir denn helfen? Glaub mir, ich würde nichts lieber, als dich direkt in die Türme zurückzuschicken, wenn es das ist, was du willst. Aber wir wissen ja nicht einmal, woher du kommst, wem du gehörst. Davon abgesehen haben wir keinen Shunter, denn der einzige, den das Refugium besaß, ist aus unerklärlichen Gründen zerstört. Mein Partner und ein Mitglied der Obrigkeit wurden entführt. Wie du siehst: Wir haben gerade selbst genügend Probleme!«

Wieder dieser gesenkte Kopf. Der gen Boden gerichtete Blick wirkte ausdruckslos.

Ich stieß Luft aus und ging zu unseren Rucksäcken hinüber auf die andere Seite des Feuers. Camille folgte mir, während das Obediant an Ort und Stelle zurückblieb. Stocksteif stand es dort und beobachtete uns.

»Wahrscheinlich fühlt es sich mit dir irgendwie verbunden«, mutmaßte Camille. »Schließlich hast du es in seinem Versteck entdeckt.«

Ich schlug mit der Faust in die Hand. »Weißt du, was uns diese Anhänglichkeit kostet? Ich werde allein weitergehen müssen, während du es ins Dorf zurückbringst.«

»Nein, Clay, ich lasse dich nicht allein gehen. Das ist viel zu gefährlich!«

»Und ein Wesen mit uns herumzuschleppen, von dem wir nichts wissen, ist es ebenfalls. Es reicht schon, dass wir auf unsere eigenen Leben aufpassen müssen. Da brauche ich nicht noch einen Schutzbefohlenen, den ich nicht aus den Augen lassen darf.«

Eine Weile diskutierten wir über weitere Lösungen dieser vertrackten Situation. Doch uns fiel nichts ein, womit wir beide zufrieden gewesen wären.

»Ich stehe im Rang weit über dir, Schirmerin«, sagte ich schließlich förmlich, um zu unterstreichen, dass die Entscheidung gefallen und die Unterhaltung über Alternativen beendet war, und setzte mich auf den leicht sandigen Boden. »Und wenn ich bestimme, dass du mit dem Obediant zum Dorf zurückgehst, dann wird das so passieren.«

Camille brummte etwas, das wie »erst mal darüber schlafen« klang. Dann ging sie ums Feuer, und ich konnte sie mit dem Obediant sprechen hören.

»Komm, setz dich. Du musst müde sein. Bist du hungrig?« Sie bot dem Geschöpf von ihren Vorräten an, die es jedoch alle ablehnte. Eine Weile saß sie bei ihm. Als es auf ihre freundlichen Fragen jedoch weiterhin nicht antwortete, kam Camille wieder zu mir.

Uns beiden war der Appetit auf unsere unterbrochene Mahlzeit vergangen. So tranken wir nur etwas Wasser, schwiegen. Ich starrte in den Wald.

Nach dem ersten verschwand nun auch der zweite Sonnenpunkt aus den Wipfeln. Die Dämmerung wich der Dunkelheit, und die Nacht senkte sich über das Refugium.

»Schlaf du als Erste«, bot ich Camille an. »Ich kann jetzt sowieso kein Auge zumachen.«

Sie zögerte, bevor sie sich auf dem Moospolster an ihren Rucksack kuschelte, eine Hand unter dem Kopf, und die Augen schloss.

Ich warf einen Blick zum Obediant hinüber, das sich auf der anderen Seite des Feuers niedergelassen hatte und in den Wald hineinsah.

Meine Gedanken waberten dumpf hierhin und dorthin. Die Nacht griff mit ihren dunklen Fingern nach mir und ließ alles noch schwerer und auswegloser erscheinen als am Tag.

Lange saß ich da und versuchte mir vorzustellen, wie ich am nächsten Morgen allein weitergehen und Camille mit unserem ungebetenen Begleiter ins Schirmdorf zurückkehren würde.

Obwohl ich zunächst nicht gewollt hatte, dass sie mich begleitete, bereitete mir der Gedanke, ohne meine Freundin weitergehen zu müssen, jetzt Unbehagen.

Dass wir zu dritt den Weg ins Dorf machten, das Obediant ablieferten und Camille und ich anschließend erneut aufbrachen, wie sie vorgeschlagen hatte, kam nicht infrage. Das würde zwei verlorene Tage bedeuten.

Aber würde ich im fremden Savannah allein klarkommen?

»Wir werden ihn finden, Clay«, sagte Camille so plötzlich, dass ich zusammenzuckte. Ihre Augen waren geschlossen und immer noch lag sie entspannt auf der Seite. Ich hatte gedacht, sie schliefe.

»Woher weißt du …?«

»Ich würde an deiner Stelle auch darüber grübeln, wie es weitergehen soll.« Sie öffnete die Lider und sah mich von unten herauf mitfühlend an, bevor sie sich aufsetzte. »Aber eines ist klar: Du kannst nicht allein gehen. Entweder wir kehren zu dritt um oder wir gehen zu dritt weiter.«

Sie wandte den Kopf und schaute zum Obediant hinüber, das immer noch steif aufrecht saß, obwohl es doch die Pause zum Ausruhen hätte nutzen können, während ich wachte.

»Ich habe ein gutes Gefühl, was das angeht. Ich denke, wir können es wagen und es einfach mitnehmen. Und komm mir jetzt nicht wieder mit deinem höheren Rang. Der nutzt dir nichts, solange wir allein hier draußen sind.«

Fast musste ich über ihre wilde Entschlossenheit schmunzeln. »Ivyn hat immer gesagt, dass du den Willen einer Steinknorrewurzel hast.«

Es war heraus, ehe ich darüber nachgedacht hatte. Und plötzlich schwebte sein Name in dieser Nacht zwischen uns. Verwundert lauschte ich ihm nach.

Camilles Blick wanderte vorsichtig über mein Gesicht. Irgendwann in den vergangenen drei Jahren war aus meiner jungen Schülerin eine Freundin geworden. Die mich genau kannte und einschätzen konnte, die meine Stimmungen bemerkte und Untertöne in Reden und Schweigen empfand.

Doch nun zögerte sie, wie jemand, der sich aus Angst vor neuem Schmerz scheute, eine alte Wunde zu berühren.

»Du sprichst nie von ihm«, stellte sie dann fest. Wohl um mir die Möglichkeit zu geben, weiterzureden oder nur zu nicken und erneut zu schweigen.

Sie hatte recht. Normalerweise tat mir allein der Gedanke an meinen Verlust zu weh.

Aber jetzt plötzlich, mitten in dieser dunklen Nacht, war der Gedanke an Ivyns vertraute Stimme Trost für mich. Als wäre meine Furcht vor einem weiteren schrecklichen Verlust das Tor, durch das all die schönen Dinge strömen konnten, die mich mit ihm verbunden hatten. Und als würde das Niederreißen der einen Barriere auch das einer anderen bewirken, hörte ich mich langsam sagen: »Ich mache mir schreckliche Vorwürfe.« Und erschrak zutiefst über den Klang meiner Stimme, voller Reue und Scham.

Camille schüttelte langsam den Kopf. »Das habe ich immer befürchtet, weißt du. Auch ich habe anfangs die Schuld bei mir gesucht. Weil ich doch diejenige war, die einigen Delegierten das Seilhaus gezeigt und dort das defekte Seil entdeckt hat. Ich habe es dir gegeben. Du hast es geprüft, gesagt, dass es tatsächlich zerschlissen und nicht mehr zum Klettern geeignet sei und wie gut es war, dass die Delegierten und ich es gleich mitgenommen hatten. Du wolltest es als Spielzeug ins Kinderhaus bringen, damit die Kleinen Puppen draus basteln konnten. Es war nicht deine Schuld, Clay! Dass Ivyn in eurer Hütte nach dem falschen, dem zerschlissenen Seil gegriffen hat, das war ein grässlicher, unglückseliger Zufall. Genauso wie seine ganze Aktion. Wir wissen ja nicht einmal, warum er in aller Frühe aufgebrochen ist und was er auf diesem Baum wollte. Bitte hör also auf, dir nach all dieser Zeit immer noch Vorwürfe zu machen.«

Ich lauschte den Worten nach und empfand einen feinen Schmerz – über das, was damals geschehen war. Aber auch darüber, dass dieses große Leid in meinem Leben mir so vieles in den darauffolgenden Jahren verwehrt hatte.

Dinge hatten sich geändert. Zeit war vergangen und hatte mich zwar nichts vergessen lassen, die Trauer jedoch ganz allmählich geschwächt.

Allerdings hatte ich nie darüber geredet. Weder mit Camille noch … mit Parrett.

»Das meine ich nicht«, sagte ich leise und setzte schnell hinzu: »Du hast natürlich recht. So war es lange Zeit. Aber mit den Selbstvorwürfen, von denen ich gerade sprach, meinte ich nicht Ivyns Unfall.«

Dieser fragende Blick aus den vertrauten brauen Augen.

»Ich mache mir Vorwürfe, weil ich Parrett nie gesagt habe, wie viel er mir bedeutet.«

Nun war es heraus.

Camille schwieg eine Weile. Dann fragte sie: »Du hast ihm nicht gesagt, dass du ihn liebst?«

Gepeinigt von diesem Gedanken, schüttelte ich nur den Kopf.

»O Clay …« Camille rang mit den Worten. »Ihr seid ja erst seit ein paar Wochen ein Paar. Aber meinst du nicht … ich meine, denkst du nicht, dass er weiß, wie viel er dir bedeutet?«

Ich zuckte mit den Schultern. »Er hat mich nie kennengelernt, wie ich früher war. Parrett war erst ein paar Tage im Refugium, als der Unfall geschah, und danach war ich nicht mehr ich selbst. Ich war geschockt, ich habe gewütet, habe getrauert, mich mit Selbstvorwürfen gequält. Er kennt mich nicht anders als grüblerisch und in mich gekehrt. Es ist ein riesiges Wunder, dass er sich in mich verliebt und nicht aufgehört hat, mir das zu zeigen. Jeder andere an seiner Stelle wäre im darauffolgenden Jahr mit der Delegation in die Türme zurückgekehrt. Doch er ist um meinetwillen hiergeblieben. War immer da, wenn ich jemanden brauchte. Immer zur Stelle für mich. Hat alles hingenommen, meine Wutausbrüche, meine Zweifel, meine stummen Tage. Er hat einfach nicht aufgegeben, Camille. Wie sehr muss er mich lieben, dass er einfach nicht aufgegeben hat, für mich da zu sein, obwohl ich ihn im größten Schmerz mehr als einmal von mir stieß? Bis ich mir endlich erlaubt habe, wieder Schönes zu empfinden. Bis ich begriffen habe, dass ich ihn längst in mein Herz geschlossen hatte. Und nun? Was hat er von seiner Liebe und seiner Treue? Er ist entführt worden, weil er ausgerechnet *mich* liebt und für mich hier im Refugium geblieben ist.«

Die letzten Worte hatte ich so rasch herausgestoßen, als würden sie sonst mein Inneres verbrennen.

Jetzt musste sie es verstehen. Sie würde begreifen, wie wichtig diese Mission war, zu der ich womöglich ein wenig kopflos aufgebrochen war. Und dass ich keinesfalls riskieren konnte, zwei Tage auf der Suche nach Parrett zu verlieren.

Camilles Miene war weich. Sie streckte die Hand aus, um meinen Arm zu berühren, doch mitten in der Bewegung hielt sie inne.

Mit geweiteten Augen drehte sie den Kopf und starrte angestrengt in den Wald hinein. Ihr Körper starr vor Anspannung.

»Was …?«, begann ich leise. Doch dann hörte ich es selbst. Ein weiches Blatt, das knisterte. Ein Zweig, der leise an einem anderen rieb.

Dort näherte sich weder ein Mensch noch ein Wesen, das sich keine Gedanken über die von ihm verursachten Geräusche machte. Dort im Unterholz schlich ein Raubtier. Und es hatte uns im Visier gehabt, lange bevor wir es bemerkt hatten.

Das Obediant auf der anderen Seite des Feuers war ebenfalls aufgestanden und blickte angestrengt in dieselbe Richtung wie wir.

Da teilten sich auf unserer Seite des Feuers die Büsche, und eine große, dunkle Gestalt duckte sich heraus. Der Schein des Feuers spielte auf dem glänzenden, braunschwarzen Fell, unter dem sich wahre Muskelberge abzeichneten. Flammen zuckten in den tiefgrünen Augen des Totenfraßes. Die vier langen Reißzähne hoben sich weiß vom dunklen Fell ab.

Aus dem Augenwinkel sah ich meinen Köcher mit dem Bogen in Armeslänge neben mir liegen. Zu weit. Die Bewegung dorthin, das Anlegen und Spannen des Bogens, selbst wenn ich nur zwei Wimpernschläge dafür bräuchte, würden zu lange dauern.

Neben mir erhob sich Camille langsam. Vorsichtig streckte sie die Hand aus und schloss die Augen.

Ich kannte diese Geste. Sie wollte mit dem Tier Kontakt aufnehmen. Womöglich versuchte sie, es mit ihren Gedanken zu besänftigen und von einem Angriff abzuhalten. An ihrer gerunzelten Stirn las ich jedoch, dass das Totenfraß sich offenbar nicht einließ auf ihr Vorhaben.

Camille trat einen Schritt vor, als erleichterte die verringerte Distanz eine Kontaktaufnahme.

Das Raubtier senkte den Kopf mit den gewaltigen Kiefern und stellte den Mähnenkamm auf. Es hob die Lefzen und entblößte zwei Reihen messerscharfer Zähne. Ein tiefes Knurren drang aus seiner Kehle und ließ mir das Blut in den Adern gefrieren.

»Camille, was tust du?«, raunte ich ihr zu.

»Es sorgt sich um ihr Junges«, murmelte sie mit geschlossenen Augen und legte den Kopf schief, in einem weiteren Versuch, das Tier mit ihren Gedanken zu erreichen. »Wir wussten nicht, dass wir in euer Territorium eingedrungen sind«, setzte sie sehr leise hinzu. »Wir sind nur auf der Durchreise und wollen euch und eurem Kleinen nichts tun.«

Der Blick des Tieres huschte zwischen Camille und mir hin und her. Und leider streifte er dabei auch Pfeil und Bogen, die neben mir auf dem Boden lagen. In den leuchtend grünen Augen blitzte Erkennen auf, gefolgt von unkontrollierbarer Wut.

Ehe ich Camille warnen konnte, riss das Tier den Fang auf und stürzte vorwärts. Direkt auf Camille zu.

Ich warf mich zur Seite, griff den Bogen mit der einen und einen Pfeil aus dem Köcher mit der anderen Hand, im Abrollen und Aufspringen legte ich an. Keine zwei Wimpernschläge. Doch das Totenfraß war bereits über die Lichtung geprescht und setzte zum Sprung an.

Zu schnell, viel zu schnell, um den Bogen zu spannen und die Sehne wieder loszulassen.

Camille, alarmiert vom Beben des Bodens, schrie auf und hob abwehrend die Hände vors Gesicht. Eine nutzlose Geste, angesichts der Größe und Kraft des Tieres.

So deutlich wie noch nie etwas in meinem Leben sah ich das Totenfraß abheben und durch die Luft fliegen. Sah Camilles vergebliches Abwenden. Spürte stummes Entsetzen, als surrte mein Leben innerhalb eines Wimpernschlages auf diesen Bruchteil eines Augenblicks zusammen.

Doch dann war da plötzlich etwas anderes. Etwas Kleines, Silberhelles, das von der anderen Seite in mein Blickfeld hechtete.

Mit ausgestreckten Armen und weit gespreizten vierzehn Fingern an den großen Händen flog das Obediant mitten hinein in die Bahn des Raubtieres. Es traf das Tier an der Schulter. Und obwohl das Obediant mir bisher in seiner Zartheit leicht wie eine Feder erschienen war, änderte sein Aufprall den Kurs des schweren Körpers um eine entscheidende Winzigkeit. Die beiden verfehlten Camille knapp, rissen sie jedoch mit zu Boden.

Ich spannte den Bogen, zielte. Allerdings war es unmöglich, in das knurrende, schreiende, fauchende Knäuel am Boden einen Pfeil abzuschießen, ohne zu riskieren, das falsche Geschöpf zu treffen. Also warf ich den Bogen hin, zog stattdessen mein Messer aus dem Beingurt und stürzte zu den Kämpfenden.

Was genau ich ausrichten wollte, wusste ich selbst nicht, denn die Klinge würde das Tier bestenfalls verletzen, aber sicher nicht töten, wie es ein Pfeil gekonnt hätte. So sprang ich hilflos hin und her, während Camille am Boden wahrscheinlich bereits ihr Leben aushauchte.

Mit einem Mal rollte das Totenfraß zur Seite, und meine Freundin kroch unter ihm hervor. Ich fasste sie unter den Armen und schleifte sie mit mir hinters Feuer.

»Camille! Dem Wald sei Dank! Du lebst! Bist du verletzt?«

Sie hielt sich ihre linke Schulter, an der ihr Hemd in Fetzen herabhing, schüttelte aber den Kopf.

»Hilf ihm!«, presste sie hervor. »Hilf dem Obediant!«

Ich nickte und rannte wieder hinüber, wo es plötzlich still geworden war.

Mein Herz raste vor Grauen. Was ich sah, ließ mich im ersten Augenblick an meinem Verstand zweifeln.

Das Totenfraß und das Obediant lagen wie in einer engen Umarmung ineinander verschlungen am Boden. Das Knurren hatte ein Ende gefunden. Die Flanke des Tieres zitterte ein letztes Mal, dann erschlafften alle Muskeln, und es lag still.

Ein paar Wimpernschläge dauerte es, ehe ich begriff, was geschehen war. Dass es vorüber war, der Angreifer tot. Und erst als das Obediant vorsichtig die großen Hände vom Hals des Raubtieres löste und ich die tiefen Spuren im schwarzbraunen, seidig glänzenden Fell erkannte, wurde mir klar, dass das fremde Geschöpf das Totenfraß erwürgt hatte. *Erwürgt.*

Mit nichts weiter als seinen Händen.

Ich konnte nur dastehen und auf diese bizarre Szene starren. Hinter mir war Stolpern und leises Ächzen zu hören. Camille, die sich aufgerappelt hatte und nun an mir vorbeitaumelte.

»Ist alles okay mit dir?« Sie fiel neben dem Obediant auf die Knie und legte eine Hand auf dessen Rücken. »Geht es dir gut?«

Das Obediant wandte den Blick vom Totenfraß ab, sah Camille ins Gesicht und nickte. »Helfen.«

Camille schluchzte auf und zog das kleine Wesen in ihre Arme.

»Du hast mich gerettet! Du hast mein Leben gerettet!«, konnte ich durch ihr erleichtertes Weinen hindurch verstehen. »Du wolltest gar keine Hilfe von uns. Du willst *uns* helfen, nicht wahr? Uns!«

Und während sie ihren Retter fest im Arm hielt und hin- und herwiegte, schaute ich in das Gesicht des Obediants. Es hob den Blick und sah mich an.

In seinen blau glimmenden Augen erkannte ich zum ersten Mal so etwas wie eine Emotion. Eine sanfte, mit einem Anflug von Freude verwobene Verwunderung.

11. KAPITEL

Es dauerte lange, bis ich in dieser Nacht ein wenig Schlaf fand. Immer wieder schreckte ich hoch. Und jedes Mal, wenn ich aufwachte und mich nach einer Gefahr umsehen wollte, war da das Obediant.

Unverwandt saß es am Feuer und blickte mit wachsamen Augen in den Wald. Über den leblosen Körper des Totenfraßes hinweg, den es an den Rand der Lichtung geschleift hatte.

Es hatte einige lange Kratzer an Hals und Wange abbekommen, die es uns ohne Klage hatte behandeln lassen. Doch ansonsten war es unverletzt. Anders als Camille, deren Schulter eine Fleischwunde aufwies, die wir mit einer von ihr vorsorglich eingepackten Heilsalbe aus einem Grastiegel versorgten und mit einer Moosbinde schützten.

Camille schlief tief. Ihre Lider flatterten.

Das Obediant sah hin und wieder zu uns und bedachte mich mit einem unergründlichen Blick, bevor es seine konzentrierte Wache fortsetzte.

Das Bild, wie es eng umschlungen mit dem Totenfraß am Boden gelegen hatte, die großen Hände um den muskulösen Hals des Raubtieres gepresst, ging mir nicht aus dem Kopf. Irgendwo hatte ich von der Stärke dieser Geschöpfe gelesen. Aber mir war nicht klar gewesen, wie weit sie ging.

Die geringe Größe, die Zartheit täuschten. Wie konnte es also sein, dass diese Spezies in den Türmen lediglich als *Helfende Hände* galt, luxuriöse Diener, die sich die Obersten leisteten?

Ich wollte mir gar nicht vorstellen, was mehrere oder gar viele Obedianten mit ihrer gebündelten Kraft anrichten konnten, wenn sie beschlössen, sich gegen die ihnen auferlegte Herrschaft zu erheben.

Anders als Camille, die dem Schutz des seltsamen Geschöpfs vertraute und schlafen konnte, war ich mir nicht sicher, ob nicht womöglich von ihm selbst auch eine Gefahr ausging. Denn plötzlich kam es mir nicht mehr wie ein unschuldiges Opfer des Zufalls vor, das versehentlich ins Refugium geraten war.

Irgendetwas stimmte mit diesem Wesen nicht. Sein plötzliches Auftauchen ausgerechnet jetzt, wo zwei Entführungen stattgefunden hatten, konnte einfach kein Zufall sein – auch wenn ich die Zusammenhänge nicht durchschaute.

Als der Morgen dämmerte, holte ich ein wenig Proviant aus dem Rucksack, während Camille die Augen aufschlug und sich beim Aufrichten leise stöhnend die Schulter hielt. Ich wartete, bis sie richtig zur Besinnung gekommen war, und schob ihr ein wenig Brot und eine Kugelfrucht zu.

»Guten Morgen, Totenfraßfreundin. Hier, iss ein bisschen, während ich mir deine Wunde anschaue. Das lenkt ab.«

Gehorsam griff sie nach dem Brot und ließ mich den Moosverband lösen und die Wunde versorgen. Die Heilsalbe hatte gute Wirkung gezeigt. Es würde wohl keine Entzündung geben. Dem Baum sei Dank!

»Hoffentlich siehst du jetzt ein, dass du ins Dorf zurückkehren musst«, sagte ich, während ich erneut Salbe auftrug. »Deine Schulter muss geschont werden.«

Camille setzte ihr Steinknorrewurzel-Gesicht auf. »Ich denke eher, dass mein kleiner Retter heute Nacht bewiesen hat, dass es unseren Schutz nicht benötigt, sondern im Gegenteil eine wunderbare Ergänzung unserer kleinen Gruppe ist. Wir können zu dritt weitergehen.«

Mit so etwas hätte ich rechnen müssen. Noch während ich nach einem Gegenargument suchte, wünschte Camille dem Obediant einen guten Morgen und sah es mit schief gelegtem Kopf an. »Heute Morgen solltest du etwas essen, findest du nicht?«

Tatsächlich kam es zu uns herüber, nahm die angebotene Kugelfrucht und begann, sie langsam und systematisch zu verspeisen. Dabei schielte es zu dem Tiegel, aus dem ich Salbe für Camilles Wunde genommen hatte.

»Komm, ich versorge deine Kratzer.« Ich öffnete das kleine Töpfchen erneut, und das Obediant hielt geduldig still, während ich ein wenig Salbe auftrug. Seine dabei unentwegt auf mich gerichteten Augen irritierten mich, und so war ich froh, als ich die Behandlung für beendet erklären konnte und es seine Aufmerksamkeit erneut auf die Frucht in seiner Hand richtete.

»Was meinst du dazu?«, richtete Camille die Frage an das Geschöpf. »Willst du mit uns gehen?«

Das Obediant nickte.

Camille grinste mich triumphierend an. »Sehr gut! Aber dann müssen wir wissen, wie du heißt. Du hast doch einen Namen?«

Kopfschütteln.

»Das geht aber so nicht«, entschied Camille und überlegte. Sie musterte das Wesen eingehend, das mit seinen vierzehn Fingern die kugelrunde Frucht hin- und herdrehte, hier und da abbiss. »Entschuldige, wenn ich dich das frage, aber … Bist du weiblich oder männlich?«

Das Obediant hob den Kopf. In seinen blauen Augen stand leises Misstrauen.

»Na, sag schon«, forderte ich es betont heiter auf. »Wir sind neugierig, weißt du.«

»Weiblich«, lautete darauf die zögerliche Antwort.

Camille verzog nachdenklich das Gesicht. »Okay, das hätten

wir geklärt. Aber du brauchst einen Namen. Wir heißen Clay und Camille.« Sie deutete zuerst auf mich, dann auf sich selbst. »Unsere Namen stammen von Pflanzen, die hier im Refugium wachsen oder früher mal wuchsen. Vielleicht sollten wir dich nach einer Pflanze nennen, die in den Türmen wächst, nicht wahr?«

Das Obediant runzelte die Stirn, schüttelte den Kopf. »Lieber eine Pflanze aus dem Refugium«, sagte sie mit leiser Stimme und blinzelte uns dann scheu an, als sei sie nicht sicher, ob dieser Wunsch angemessen sei.

»Eine Refugiumspflanze?«, überlegte Camille. »Natürlich. Das geht auch. Hier gibt es wirklich sehr viele Pflanzen mit hübschen Namen. Hm, mal sehen, was zu dir passen würde …« Sie legte den Kopf schief und betrachtete unsere Gegenüber.

Das Obediant schien neugierig, zumindest glaubte ich das. Vielleicht begann ich langsam, die Stimmung dieses sonderbaren Geschöpfes besser einschätzen zu können.

»Lass mich nachdenken«, murmelte Camille. »Du bist klein und wirkst auf den ersten Blick eher unscheinbar. Aber du hast Bärenkräfte und bist blitzschnell. In dir steckt also weit mehr, als man anfangs erwarten würde. Hm.« Sie runzelte grübelnd die Stirn.

»Avem«, hörte ich mich sagen.

Die beiden sahen mich an. Ich zuckte mit den Schultern.

»Das Avemriskraut ist kleinwüchsig und sieht nach nichts Besonderem aus, findet sich hier im Refugium nur an bestimmten Stellen. Auf den ersten Blick könnte man es glatt übersehen, aber es ist bei vielen gefährlichen Krankheiten sehr hilfreich, bei einer tödlichen, den Goldpocken, sogar das einzige Heilmittel. Und das Harz aus der Avemriswurzel hilft uns Schirmeri dabei, die kostenbaren Bäume des Refugiums von einem Befall durch die Lynchflechte zu heilen.«

»Das ist eine wunderbare Idee!«, sagte Camille. »Wie fändest du es, wenn wir dich Avem nennen?«

Die Lippen des Obediants zogen sich sanft nach oben, zu einem ersten, unsicheren Lächeln.

»Avem«, wiederholte sie andächtig.

»Das gefällt dir?« Camille strahlte. »Avem, also!«

Das Obediant wandte den Kopf und sah mich fragend an. Warum nur wurde ich das Gefühl nicht los, dass sie vor jeder Entscheidung meine Meinung einholen wollte?

Ich nickte ihr zu. »Avem.«

Jetzt lächelte sie wirklich.

Nachdem dies erledigt war, schaute Camille zu dem leblosen Körper des Totenfraßes hinüber, dessen Größe mir auch jetzt noch eine Gänsehaut verursachte.

»Irgendwie kommt es mir nicht richtig vor, ihn einfach so dort liegen zu lassen«, murmelte sie. Als sie gestern Abend das Tier noch einmal kurz untersucht hatte, hatte sie festgestellt, dass es sich um ein Männchen handelte.

»Er wollte dich umbringen«, erinnerte ich sie jetzt.

»Ja, aber nur weil er Angst um sein Junges hatte. Für ein paar Jahrhunderte sind die Totenfraße mal gnadenlos gejagt worden, und das haben sie nicht vergessen. Sie haben ein ausgezeichnetes Gedächtnis, das sie an die nächste Generation weitergeben. Sein Weibchen wird ihn schon vermissen. Die Arme. Nicht nur, dass sie das Junge nun ohne seine Hilfe durchbringen muss. Wahrscheinlich wird sie für den Rest ihres Lebens allein bleiben. Totenfraße binden sich fürs ganze Leben.«

Ihre Worte berührten mich unangenehm.

Dann setzte sie jedoch etwas hinzu, das mich wachrüttelte. »Sicher macht sie sich auf die Suche nach ihrem Partner. Und wenn sie ihn hier findet, wird sie sich unseren Geruch einprägen. Totenfraße sind bekannt dafür, dass sie nicht eher ruhen, bis sie für ein begangenes Unrecht Rache genommen haben.«

Während in ihrer Stimme Bewunderung mitschwang, kam bei mir eine ganz andere Botschaft an. Ich sprang auf.

»Ein Grund mehr für uns, möglichst weit weg von hier zu sein, wenn sie hier auftaucht. Die Spur des Sandrenners führt weiter nach Westen. Machen wir uns auf den Weg!«

* * *

Wir wanderten den ganzen Tag durch den Wald. Schon nach der ersten Meile hatte Avem mit einer freundlichen Geste Camilles Rucksack verlangt. Sie selbst führte keinerlei Gepäck mit sich, trug nur den faustgroßen Beutel an dem ledernen Band um ihren Hals.

Obwohl ihr kleiner Körper unter dem schweren Rucksack fast verschwand, schien sie sein Gewicht kaum zu spüren. Nicht ein einziges Mal ließ sie im Tempo nach und löste die Riemen bei den Pausen nur, um Proviant auszuteilen.

Abends erkoren wir eine alte Pendelbuche als unseren Schlafplatz aus. Ich kletterte als Erste hinauf, half dann Camille, deren Schulterverletzung sie beim Klettern behinderte, und sah anschließend dabei zu, wie Avem sich zunächst ein wenig unbeholfen, dann jedoch immer geschickter und mit kraftvollen Bewegungen am Seil zu uns heraufzog.

Die Äste der Pendelbuche waren längst nicht so breit wie die des Heiligen Baumes, und so mussten wir uns mit den Seilen sichern, um im Schlaf nicht versehentlich hinunterzufallen.

Die Nacht war ruhig. Camille und ich konnten ausruhen, während Avem bewies, dass die alten Schriften die Wahrheit sagten: Sie döste nur hin und wieder ein bisschen, brauchte offenbar viel weniger Schlaf als wir. Immer wenn ich kurz aufwachte und zu ihr hinübersah, blickte sie konzentriert hinunter ins Dickicht und hielt Wache.

Früh am nächsten Morgen brachen wir erneut auf. Als die Sonnen im Zenit standen, stießen wir auf einen breiteren Weg durch den Wald.

Hier wuchs die Vegetation nicht mehr so dicht wie rings ums Schirmdorf. Wir näherten uns allmählich dem Waldrand und somit der Grenze des Refugiums.

»Sieht so aus, als wären hier mehrere Sandrenner unterwegs gewesen«, bemerkte Camille, als wir die Spuren genauer betrachteten.

»Entweder mehrere. Oder einer hat mehrmals den gleichen Weg genommen«, erwiderte ich.

Es konnten Händler gewesen sein. Doch die benutzten in der Regel mit ihren Sandflüglern die großen Handelswege durch den Wald, auf denen sich ihre Waren bequem transportieren ließen, ohne dass sie sich mühsam zurechtfinden mussten, was den Savannah Dwellern unter dem Blätterdach des Refugiums oft schwerfiel.

Nach unserer Beobachtung bewegten wir uns noch vorsichtiger, während wir den Spuren folgten.

Die Grenze des Refugiums zum benachbarten Teil unserer Welt, Savannah, war kein klarer Schnitt. Man erkannte sie daran, dass die Bäume in immer größeren Abständen wuchsen. Das Dach der Kronen begann sich zu lichten und ließ immer wieder den Blick hinauf in den Himmel zu, der jetzt zur Dämmerung orange leuchtete.

Dann endlich, spät am Abend, erreichten wir den Waldrand. Ich blickte über die Landschaft, die sich vor uns ausbreitete, und staunte über die Weite, der wir gegenüberstanden. Noch nie hatte ich so viele Meilen geradeaus gucken können, und für mehrere Sonnenstriche verschlug es mir die Sprache. Neben mir hörte ich Camille tief einatmen und dann einen leisen Pfiff ausstoßen.

»Heilige Baumriesin, ist das … leer!«

Der etwa dreißig Meilen breite Landstrich, der das Refugium wie ein Ring umgab, bestand aus steinigem, sonnenverbranntem Boden, Hügeln und kleinen Bergen, deren granithartes Gestein der sengenden Hitze der *Helles Land*-Tage widerstand.

Die Spuren der Renner, die wir bis hierher verfolgt hatten, führten auf direktem Weg über den sandigen Boden in die Richtung einer Felsformation, die sich ungefähr zwei Meilen westlich aus dem staubigen Boden erhob. Wenn ich mich nicht sehr irrte, würden wir dort die ersten Savannah Dweller finden. Und womöglich eine weitere Fährte, die uns zu Parrett führte. Ein aufgeregtes Kribbeln erfasste mich.

»Kommt! Wenn das da drüben eine Siedlung ist, sollten wir besser ankommen, ehe es ganz dunkel wird.«

Wir steuerten aus dem Schutz unserer kleinen Baumgruppe heraus eine allein stehende Perlkiefer an. Nach ein paar Metern rannten Camille und ich plötzlich fluchend los und hechteten nach diesem Spurt an den Stamm des Baumes.

Avem folgte uns verwundert und sah dabei zu, wie wir unsere Fußsohlen überprüften, an denen die Haut rosa leuchtete.

»Und ich hab Iris noch ausgelacht«, murmelte Camille, humpelte zu Avem und zog aus einer Seitentasche des Rucksacks zwei Paar weicher Stiefel aus Hirschleder mit fester Sohle. Sie sahen unbenutzt aus. Fußkleidung war erst mit den ersten Handelsverbindungen ins Refugium gekommen und galt mehr als Kuriosität denn als Gebrauchsgegenstand. Viele besaßen gar keine; die, die Camille mir entgegenhielt, hatte Parrett uns besorgt, der sich ständig Nadeln und Dornen in die Sohle trat und nicht verstand, warum Camille und mir das nie passierte.

Ich schämte mich, dass ich selbst nicht daran gedacht hatte, mein Paar einzupacken, obwohl Hostatis mir nach ihrem damaligen Besuch in dieser fremden Region erklärt hatte, dass der heiße Boden in Savannah es verbot, wie sonst barfuß zu gehen.

Avem trug die aus künstlichem Material hergestellten Schuhe, die in den Türmen üblich waren. Daher hatte sie die schmerzhafte Hitze an den Füßen nicht zu spüren bekommen.

Nachdem wir unseren Fußsohlen eine kurze Ruhe gegönnt hatten und dann in die Stiefel geschlüpft waren, deutete Camille zu den Felsen hinüber. »Seht mal!«

Rund um die Erhebungen blitzten nach und nach kleine Lichter auf. Ich hatte also recht, und die Gesteinshügel beheimateten eine Siedlung der Savannah Dweller, deren Leben sich tagsüber in erster Linie in den Höhlen abspielte, die sie in das harte Gestein trieben.

Jetzt, da die beiden Sonnen hinter dem Horizont verschwunden waren, belebte sich die kleine Hügelkette.

Ich starrte hinüber.

War Parrett dort irgendwo gefangen? Womöglich auch Sir Osk? Wieso hatten die Entführer keine Forderung hinterlassen? Wollten sie uns erst zappeln lassen und nervlich zerrütten, ehe sie uns mitteilten, was sie für ihre Beute verlangten?

»Also dann. Schauen wir, was uns erwartet.«

Camille wandte sich noch einmal um und suchte die lichten Bäume am Waldrand mit den Augen ab. »Ich fürchte, damit reißt unsere Verbindung zum Refugium ab. Bluebell ist ein Vogel des dichten Waldes. Ich habe ihn nie in den Randbereich hineinfliegen sehen, und sicher wird er den Schutz der Bäume nicht verlassen – selbst wenn Iris ihm sagt, dass er mich finden muss, um eine Nachricht zu überbringen.« Sie seufzte. »Aber wir haben keine Wahl, nicht wahr?«

Nein, die hatten wir nicht.

In strammem Tempo hielten wir auf die Felsformation zu,

die sich immer mehr in Richtung des sternenübersäten Himmels reckte, je näher wir kamen. Mein Herz begann schneller zu schlagen. Während unserer Reise durchs Refugium hatte ich mir einzureden versucht, am Ziel würde ich schon wissen, was zu tun sei. Womöglich hing Parretts Leben davon ab, wie geschickt wir Fragen stellten und aus den Antworten der Savannah Dweller die richtigen Schlüsse zogen.

Der Gedanke daran, dass Parrett, der sein altes, behagliches Leben in den Türmen aus Liebe zu mir aufgegeben und eingetauscht hatte gegen das schlichte Dasein im Refugium, dass er nun hier gefangen gehalten wurde, schnürte mir die Kehle zu.

Dabei sah das Felsendorf aus der Entfernung durchaus einladend aus. Lichter flammten nicht nur am Fuß der Hügel auf, sondern auch über etliche Etagen hinweg, die sich bis fast zu den Spitzen der Gesteinsberge zogen. Menschen liefen herum, am Boden ebenso wie auf den schmalen, in die Felsen gehauenen Pfaden.

Als wir so nah heran waren, dass wir einzelne Bewohner ausmachen konnten, stieg plötzlich aus einer der Höhleneingänge eine schwarze Wolke, die in unsere Richtung schoss. Kurz war über unseren Köpfen ein vielfaches Sausen wahrzunehmen, das auf den Waldrand zustrebte, dann war der kleine Zauber vorbei. Die Bestandteile der Wolke tauchten zwischen die Bäume und verschwanden.

»Riesenfledermäuse«, bemerkte Camille mit leuchtenden Augen. »So viele auf einmal habe ich noch nie gesehen.«

»Die Savannah Dweller halten und züchten sie als Nutztiere«, setzte ich vorsichtig hinzu, und ihre Miene verdüsterte sich.

Solange ich sie kannte, hatte ich Camille kein Stück Wild und kein Huhn essen sehen. Sie war der Überzeugung, dass wir kein Lebewesen töten sollten, das noch leben wollte. Alle Tiere schienen ihr so lebenswert, dass der kurzweilige Gaumenkitzel ein lächerliches Argument dafür war, sie umzubringen.

Doch jetzt war nicht die Zeit, über die Gepflogenheiten der anderen Teile von *Helles Land* zu diskutieren.

Die Spur der Sandrenner verlor sich hier am Fuße der Felsen zwischen Dutzenden, Hunderten anderer Räder- und Stiefelspuren.

»Und jetzt?«, fragte Camille zaghaft.

»Wir mussten damit rechnen, dass wir der Spur nicht auf direktem Wege zum Versteck der Entführer folgen können«, erwiderte ich. »Jetzt brauchen wir neue Hinweise, die uns führen. Hostatis hat mir von einer Schenke erzählt, in der sie ein paar Savannah Dweller kennengelernt hat. So etwas brauchen wir. Irgendjemand, der uns einen neuen Anhaltspunkt liefern kann.«

Camille und Avem sahen beide an den Felsen hinauf. Dort wimmelte es von Menschen, die miteinander sprachen, lachten, stritten, Geschäfte aushandelten. Sie alle waren in die hellen, gelben und sandfarbenen Stoffe dieses Landstrichs gekleidet, und alle hatten jenen dunklen Teint, den ich von den Händlern kannte. Niemand beachtete uns auch nur im Geringsten, obwohl Camille und ich durch unsere hellere Haut und die Schirmeriausstattung deutlich als Bewohnerinnen des Refugiums zu erkennen waren und Avem mit ihrem silberblauen Anzug wie ein Tausänger in einem Schwarm Spatzen herausleuchtete.

Während ich noch staunend das ungewohnte Treiben beobachtete, das sich über den gesamten Hügel zog, zupfte das Obediant plötzlich an meinem Hemd. Mit einem langen Finger deutete Avem auf einen breiten Höhleneingang, der unter einem Felsvorsprung fast verborgen lag. Dort standen mehrere Sandrenner dicht nebeneinander, während ein älterer Mann um sie herumwuselte und mit einem Lappen über die Metallteile wischte.

Wir gingen näher, und ich warf einen Blick in die durch Lichter an den Decken beleuchtete Höhle. Die Savannah Dweller hatten schon lange eine technische Errungenschaft der Türme übernommen: Beide Landesteile waren in der Lage, die Kraft der Sonnen einzufangen und daraus für andere Dinge nutzbare Energie zu gewinnen. Diese Energie floss durch feine Leitungen genau dorthin, wo sie gebraucht wurde. In diesem Fall in gläserne Kugeln, die jede in einer eigenen Halterung steckte wie bei uns die Bienenwachskerzen.

Ich riss mich von dem erstaunlichen Anblick los und ließ meinen Blick durch die Höhle schweifen. Dutzende, wenn nicht sogar Hunderte Sandrenner reihten sich aneinander.

Mein Herz sank.

Was hatte ich erwartet? Dass es nur eines dieser Fortbewegungsmittel gab und seine Spur uns auf direktem Weg zu Parretts Entführer leiten würde? Dass wir nur hingehen bräuchten, sagen müssten: »Verzeihung bitte, aber dieser Mann, den ihr da mitgenommen habt, gehört zu uns«, und mit Parrett heimspazieren konnten?

In dem Moment, in dem ich meiner Enttäuschung Luft machen wollte, ertönte von der Seite her hohes Gelächter. Zumindest hielt ich es im ersten Moment dafür. Doch als ich den Kopf wandte, starrte ich direkt in die Augen eines gewaltigen Tieres. Eine Hyäne stand uns geduckt gegenüber und fixierte uns. Die Geräusche, die aus ihrer Kehle drangen, hatten nichts mit jenem bedrohlichen Grollen des Totenfraßes gemein. Doch als es seine getupften Lippen weit über die gelblichen Zähne zurückzog, entblößte es ein furchtbares Raubtiergebiss.

Wir standen stocksteif.

Selbst Camille schien nach der Begegnung mit dem Totenfraß die Lust auf Kommunikation mit Beute machenden Tieren vergangen zu sein.

»Hey, Teschsch, ist okay. Verzieh dich!« Ein junger Mann tauchte hinter einem der Renner auf. Er hatte flammend rotes Haar, das in Wellen auf seine Schultern fiel. Im Gegensatz zu der Hyäne, die uns immer noch misstrauisch im Auge behielt, lächelte er uns freundlich an, während er sich die Finger an einem Lappen abwischte. Doch ehe er näher kommen konnte, meldete sich der Ältere zu Wort.

»Wenn ihr nichts kaufen oder mieten wollt, macht, dass ihr wegkommt! Meine Hyäne macht keinen Spaß mit welchen, die nur rumstehen und glotzen«, schnauzte er und betropfte weiter mit einer Ölflasche die Maschinenteile der Renner.

Camille sah ihn empört an, doch ich zog sie fort. Der Sandrenner würde uns eh nicht weiterbringen. Wir mussten uns auf eine andere Art der Spurensuche verlegen.

Ich nahm eine Frau ins Visier, die mit einem großen Korb auf ihren ausladenden Hüften in unsere Richtung kam. Sie trug ein kuttenartiges Kleid aus grobem Rohrgrasstoff, in dem ich die Webtechnik eines der Refugiumsdörfer erkannte.

»Guten Abend, sei gesegnet vom Heiligen Baum«, sprach ich sie freundlich an. »Kannst du uns sagen, wo wir …«

Ruckartig wandte sie den Kopf in die andere Richtung, spuckte in hohem Bogen aus und setzte ihren Weg fort, als habe sie mich gar nicht wahrgenommen.

Camille und ich tauschten einen Blick. Avem beobachtete diese Geste mit sichtbarem Interesse. Wie so oft hatte ich den Eindruck, dass sie alle Informationen zu unserem Umgang miteinander aufsog wie ein Schwamm.

»Vielleicht hatte sie einen schlechten Tag«, sagte ich und hielt Ausschau nach jemand anderem.

Zwei junge Männer gingen in ein leises Gespräch vertieft an uns vorbei, wobei der eine Camille mit einem interessierten Blick streifte.

»Entschuldigung«, versuchte ich es noch einmal. »Dürfen wir euch etwas fragen? Wir suchen nach einer Schenke, in der wir uns ein bisschen erfrischen können.«

Die beiden hielten inne.

»Erfrischen?«, wiederholte der eine.

Der andere lachte und stieß seinen Begleiter in die Seite. »Wenn du weißt, wo so ein Ort zu finden ist, sag mir Bescheid.«

Grinsend setzten sie ihren Weg fort.

Die nächste Frau, an die ich mich wandte, verfluchte uns regelrecht.

»Geht zurück zu eurem Opferbaum und lasst euch von ihm fressen!«, fauchte sie.

Zwei weitere wollten erst gar nicht mit uns sprechen. Zunehmend ratlos, hielt ich schließlich jeden an, der an uns vorbeiging. Doch niemand war bereit, mehr als ein paar unfreundliche Worte von sich zu geben.

»Liegt es an uns?«, wollte Camille flüsternd von mir wissen. »Sprechen wir sie nicht richtig an?«

»Hostatis hat zwar erwähnt, dass die Savannah Dweller wortkarg sind, aber nicht von solchen Schwierigkeiten berichtet. Allerdings wurde sie damals von Händlern begleitet. Vielleicht brauchen wir eine Art Fürsprecher?«, mutmaßte ich.

»Ihr solltet lieber zeigen, was ihr zu zahlen bereit seid«, ertönte hinter uns eine dünne zittrige Stimme.

Wir wandten uns um. Im Eingang einer kleinen Wohnhöhle saß auf einer zerschlissenen Decke ein Greis, dessen linkes Bein mit dürftigen Wickeln versorgt war. Wir traten zu ihm.

»Wie meinst du das? Was sollen wir zahlen?«, erkundigte ich mich.

»Nun, was immer ihr dabeihabt.« Mit verkrüppelten Fingern deutete er auf Camilles Rucksack, den Avem immer noch auf ihren schmalen Schultern trug.

Camille starrte den Alten mit einer Mischung aus Empörung und Überraschung an. »Wir sollen für eine simple Auskunft unsere Vorräte geben?«

Doch ich öffnete rasch die Provianttasche des Rucksacks und zog ein Stück Brot heraus, das von unserer letzten Pause übrig geblieben war. Das hielt ich ihm hin.

Er begutachtete es. Murmelte: »Mit feinen Kräutern aus dem tiefen Wald, mhm, soso. Das duftet.«

»Wir suchen eine Schenke«, wiederholte ich die Worte, die ich bereits so viele Male gesagt hatte, ohne eine Antwort zu erhalten.

Der Alte beugte sich vor und deutete am Felsvorsprung über seinem Kopf vorbei hinauf. »*Zur wilden Kaktee*. Sechste Etage. Folgt einfach dem Krach.«

»Danke!« Ich reichte ihm das Brot, nach dem er sofort griff und es sich dicht unter die knorrige Nase hielt. Er sog den Geruch des Brotes ein und knabberte dann vorsichtig daran.

»Mmmh, gut. Wenn ihr morgen wieder eine Frage habt, wisst ihr ja, wo ihr mich findet. Weglaufen kann ich nicht mehr.« Mit einem breiten Grinsen entblößte er einen fast zahnlosen Mund, und mir wurde klar, dass er das Brot lediglich würde lutschen können.

Da erscholl aus der Höhle eine hohe, genervte Stimme. »Großvater, mit wem sprichst du?«

Der Alte legte an uns gerichtet einen Finger an die Lippen und ließ das Brotstück geschickt in der Bauchtasche seines verblichenen, sandfarbenen Kittels verschwinden.

»Aber seid vorsichtig da oben«, brummte er. »Die Minenleute haben heute ihren Lohn bekommen. Es wird nur so von ihnen wimmeln.«

Im Höhleneingang erschien eine junge Frau. »Großvater! Wie oft soll ich das noch sagen? Sprich nicht mit Fremden!«

Sie fasste den alten Mann grob unter den Achseln und manövrierte ihn in die Höhle, wobei sie uns einen giftigen Blick zuwarf. Der Alte kicherte, als sei das Ganze ein lustiges Spiel.

Camille und ich sahen uns an.

»Ob er die Wahrheit gesagt hat?«, überlegte sie.

Ich legte den Kopf in den Nacken und blickte an dem gewaltigen Felsen hinauf, an dem sich Pfade an vielen Dutzend kleiner und großer Höhleneingänge vorbeiwanden. »Das werden wir herausfinden.«

12. KAPITEL

Mittlerweile waren so viele Savannah Dweller in der Siedlung unterwegs, dass wir drei uns eng beieinanderhielten, während wir dem ausgetretenen Pfad folgten, der sich in Spiralen die Felsen hinaufzog.

Wir kamen an etlichen Höhlen vorbei, manche klein wie eine Kammer, andere regelrechte Säle. An den Eingängen bewachten Handelsleute ihre im Inneren ausgestellten Waren. Simple Dinge wie Kleidung, Werkzeug, Lebensmittel und Wasser. An manchen Ständen hockten große Vögel mit wunderschönem, rostbraunem Gefieder auf Steinblöcken, die jeden kritisch beäugten, der sich den Waren näherte.

»Wüstenbussarde«, flüsterte Camille mir zu. »Sie sind äußerst wachsam und leicht an einen Menschen zu gewöhnen. Einen besseren Wächter kann man nicht finden.«

Sie hatte recht. Kurz darauf sah ich einen Jungen, der nach einem Stück Obst griff und sofort unsanfte Bekanntschaft mit dem scharfen Schnabel des Raubvogels machte. Mich überlief ein kurzes Schaudern. All das Misstrauen, das wie eine dunkle Wolke über allem schwebte, berührte mich unangenehm. Hier schien keiner dem anderen zu vertrauen, niemand hatte etwas zu verschenken oder zu teilen.

Ich stieß mit einer Ziege zusammen, von denen etliche zwischen den Menschen herumliefen, ebenso grau- und sandfarben wie alles hier. Mühelos kletterten sie die steilen Wände hinauf und hinunter, rupften sprödes Gras, das im Schattenschutz unter überhängenden Felsvorsprüngen wuchs, und meckerten empört, wenn wir sie zur Seite schieben mussten, weil sie wie jetzt im Weg standen. Den Hyänen und Schakalen, die quer vor ein paar Höhleneingängen angekettet lagen, wichen die Tiere geschickt aus.

Immer wieder fragte ich mich, ob es möglich war, dass in einer dieser tief in den Berg führenden Behausungen Parrett gefangen gehalten wurde. Womöglich gefesselt und geknebelt. Oder gar betäubt.

Ich verdrängte die Bilder in meinem Kopf und versuchte, in den Gesichtern, denen wir begegneten, zu lesen, obwohl mir klar war, dass ich einen Entführer nicht an seinem Äußeren würde erkennen können.

Stockwerk um Stockwerk stiegen wir hinauf. Vordergründig schien uns niemand große Beachtung zu schenken. Doch es passierte mir mehrmals, dass ich beim raschen Wenden des Kopfes gerade noch ausmachte, wie jemand geschickt den Blick abwandte.

Langsam kam mir der Verdacht, dass die Savannah Dweller die heimliche Beobachtung ebenso gut beherrschten wie die Bewachung ihres Besitzes.

Ein halbes Dutzend großer, kräftiger Männer und Frauen überholte uns lärmend auf dem schmalen Pfad. Sie trugen grobe Kleidung, die staubig und zerschlissen wirkte. An den Gürteln um ihre Hüften baumelten Hämmer und Meißel. Das mussten welche von den Minenleuten sein, von denen der Alte gesprochen hatte.

Die Frau am Ende der Gruppe drehte sich kurz um und musterte uns mit hellbraunen Augen, die in ihrem dunkelbraunen Gesicht so scharf blickten, dass ich unwillkürlich das Tempo verlangsamte.

Leider bogen sie direkt vor uns in den Höhleneingang, dem

auch wir zustrebten. Heraus drang vielfaches Stimmengewirr, Gelächter, Gegröle, laute Musik. Über den Eingang waren in den Felsen grobe Buchstaben gemeißelt: *Zur Wilden Kaktee.*

Ich stoppte und sah Camille und Avem eindringlich an. Sie wirkten beide eingeschüchtert ob dieser ungewohnten Umgebung und der Lautstärke, die uns entgegenprallte.

»Wir bleiben auf jeden Fall zusammen, egal was passiert! Lasst mich sprechen«, raunte ich ihnen zu, wartete, bis beide nickten, versuchte dann ein aufmunterndes Lächeln. »Und jetzt besorgen wir uns erst mal etwas Erfrischendes zu trinken.«

Wir betraten die *Wilde Kaktee*, in der bestimmt hundert Savannah Dweller versammelt waren. Einige saßen auf Steinbänken an den Wänden, Krüge mit schäumenden Getränken vor sich auf den grob gehauenen Tischen. Überall wurde mit verschiedenförmigen Steinmünzen gespielt, während sich Einsätze in Form von alltäglichen Gebrauchsgegenständen auf den Tischen türmten. Wer keinen Sitzplatz bekommen hatte, stand herum und sah den Spielen auf den Bänken zu. Mehrere Männer maßen sich im Armdrücken, während die Umstehenden sie anfeuerten. An der langen Theke, hinter der zwei Männer mit schwarz glänzendem, blankem Oberkörper mit Flaschen und Bechern hantierten, drängten sich weitere Gäste, allesamt in gelb- und sandfarbener Kleidung, sodass sie aussahen wie ein wogendes Maisfeld aus Körpern.

An der Rückwand der Höhle erhob sich eine kleine Bühne, auf der fünf Männer und Frauen ihren Instrumenten laute Töne entlockten. Es gab zwei riesige Flöten und ausgehöhlte Kakteen, wie ich zu erkennen glaubte, die Schlägen mit faustgroßen Steinen standhielten, und etwas, das aussah wie ein gewaltiger Tisch mit Hunderten von Knöpfen und Schaltern.

Unter der Decke flackerte wieder so ein Licht, das sich aus der gespeicherten Energie der Sonnen speiste.

Ich führte meine kleine Gruppe zur Theke hinüber, unschlüssig, was ich verlangen sollte. An der Wand reihten sich etliche Flaschen mit Flüssigkeiten in allen Farben aneinander.

Ich bestaunte das Glas, das bei uns im Refugium eine Kostbarkeit war, doch natürlich gab es das hier mit all dem Sand und der Hitze zuhauf.

Einer der Barmänner schwenkte eine Flasche über seinem Kopf und erntete damit Gelächter und Zurufe von den Gästen vor der Theke. Die kleine Gruppe der Minenleute, die uns draußen überholt hatte, war auch dabei, und ich achtete darauf, ihnen nicht zu nah zu kommen.

Ich wollte abwarten, bis alle anderen bedient worden waren, und dann fragen, womit wir bezahlen konnten, ehe ich bestellte. Doch der Andrang der Gäste ließ nicht nach. Und so schob ich mich schließlich zwischen die fremden Körper nach vorn, Camille und Avem dicht hinter mir.

»Entschuldigung!«, rief ich einem der Männer hinter der Theke zu. »Wir hätten gern einfach etwas Wasser. Aber wir wissen nicht, wie wir bezahlen können. Nehmt ihr Brot oder getrocknetes Gemüse?«

Der Angesprochene reagierte nicht auf mich, sondern erfüllte stattdessen den Wunsch eines Mannes am anderen Ende des Steintresens.

»Verzeihung!«, schrie ich gegen die Musik an.

Da griff eine Frau, die direkt neben mir stand, einen leeren Becher und schleuderte ihn dem Barmann in den Rücken. Er fuhr herum.

»Hörst du nicht, Boo? Unsere Gäste aus dem Refugium möchten … Wasser! Sie haben sogar Gemüse als Bezahlung dabei.« Es war die Minenfrau, die uns draußen auf dem Pfad so intensiv gemustert hatte.

Innerhalb eines Wimpernschlags wurde es still an der Theke.

Die Musik dudelte weiter, und auch die Leute an den Tischen unterbrachen ihre Unterhaltung nicht. Doch alle am Tresen Versammelten schienen die Luft anzuhalten.

Dann brach die Minenfrau in schallendes Gelächter aus, und die beiden Barmänner und alle Umstehenden fielen ein.

»Gemüse!«, brüllte ein weiterer Minenarbeiter. Er trug ein Hemd ohne Ärmel, und seine beeindruckenden Muskeln spielten im künstlichen Licht.

»Was sagt ihr?«, wandte seine Gefährtin sich an die anderen. »Sollen die Verehrerinnen des Opferbaums ihr kostbares … Gemüse gegen läppisches Wasser eintauschen können?«

»Ich bin dafür, Tiima!«, rief ihr Freund.

Sie wandte sich an Boo, den Barmann. »Du hast gehört, was unser Vorarbeiter gesagt hat. Ein Krug Wasser für die Wäldler!«

Boo setzte sich in Bewegung. Währenddessen musterte Tiima die Umstehenden mit ihren durchdringenden hellbraunen Augen. »Was gibt's da zu glotzen? Kümmert euch um euren eigenen Kram!«

Alle außer den anderen Minenleuten drehten sich fort, nahmen ihre Gespräche wieder auf und rückten deutlich von uns ab. Die kleine Gruppe um Tiima und ihren Minengefährten aber bildete inzwischen einen Halbkreis, der Camille, Avem und mich an die Theke drückte.

»So. Und nun reden wir mal darüber, warum ihr hier seid, Wäldler«, warf Tiima uns entgegen. »Aus dem Refugium kommt nie eine neue Händlerin, ohne von einer alten begleitet zu werden. Euch habe ich hier noch nicht gesehen. Was wollt ihr? Etwa das Obediant verkaufen?«

»Was? Nein!«, erwiderte ich sofort und registrierte, wie Camille sich schützend vor Avem zu schieben versuchte. »Wie kommst du darauf?«

Tiima zuckte lässig mit den Schultern. Ihr dunkles Haar trug sie in drei Zöpfen am Hinterkopf, die bei jeder ihrer Bewegungen hin- und herschwangen. »Könnte ja ein Zufall sein, dass vor nicht allzu langer Zeit ein Türmer das Angebot gemacht hat, ein Obediant gegen gewisse Informationen einzutauschen. Nur glaub ich nicht an Zufälle.«

»Ich auch nicht«, stimmte ihr Freund zu. »Woran ich auch nicht so richtig glaube, ist, wie stark diese Obedianten sein sollen. Angeblich sollen sie in den Minen fünf gute Männer ersetzen können. Aber jetzt schau dir dieses mickrige Ding an, Tiima. Ich denke, der Türmer wollte uns glatt übers Ohr hauen.«

Alle musterten Avem, die unter den Blicken der Minenleute noch zu schrumpfen schien. Sie hielt den Kopf gesenkt.

Hinter mir stellte der Barmann einen Krug mit Wasser auf dem Tresen ab und war sofort wieder verschwunden.

»Setz es auf meine Rechnung, Boo!«, rief Tiima ihm nach. Dann lächelte sie Camille und mich an. »Eure Bestellung ist da, Wäldler. Und weil ich sie bezahle, gehört sie mir. Ihr müsst sie also von mir auslösen. Allerdings hab ich mir die Sache mit der Bezahlung noch mal überlegt. Gemüse … nein, Gemüse reizt mich nicht besonders.« Ihre Freundinnen und Freunde lachten. »Wasser ist kostbar hier draußen in Savannah, versteht ihr? So ein ganzer Krug mit frischem Wasser aus dem tiefsten Brunnen wäre gewiss …«, sie machte eine kleine Pause, nahm den Krug vom Tresen, sah hinein und dann erneut zu Avem, »… einen Obediant wert.«

Ich sah mich nach einem Fluchtweg um. Doch die Gruppe hatte sich derart um uns verteilt, dass der Weg zum Ausgang der Höhle versperrt war.

»Ich denke, in diesem Fall verzichten wir lieber auf das Wasser. Danke«, sagte ich und wollte uns einen Weg durch die Wand aus Menschen bahnen, als Tiima mit dem Krug auf mich zutrat.

»Ich weiß nicht, welche Sitten bei euch im Refugium herrschen, Wäldlerin, da, wo Bäume Menschen fressen. Aber hier ist es üblich, dass man eine aufgegebene Bestellung auch bezahlt.«

Sie streckte mir die Karaffe so vehement entgegen, dass ich reflexartig die Hände hob. Tiima wartete nicht, bis ich den Krug greifen konnte, sondern ließ ihn mitten in der Bewegung los.

Er glitt aus ihren weit geöffneten Händen und zerschellte auf dem Boden. Die klare Flüssigkeit schwappte über den glatt getretenen Steinboden und verteilte sich in wenigen Wimpernschlägen im hereingetragenen Dreck und Staub.

»Oh«, machte Tiima mit einem entschuldigenden Lächeln. »Das tut mir jetzt aber leid um eure Erfrischung. Sicher werdet ihr gern für den Schaden aufkommen.«

Die Umstehenden feixten, während in mir alles erstarrte. Panisch suchte ich nach einer Lösung. Flucht schied eindeutig aus. Sie waren doppelt so viele wie wir. Und sicherlich würde niemand der Anwesenden für die drei seltsamen Fremden Partei ergreifen.

In meinem Kopf schwirrte es. Als ich plötzlich Camille mit ihrer klaren Stimme sagen hörte: »Ihr könnt das Obediant haben.«

Alle Köpfe wandten sich ihr zu. Einschließlich Avems. Camille mied den Blick zu ihr und starrte stattdessen Tiima an. »Unter der Voraussetzung, dass du gegen es beim Armdrücken gewinnst.«

Ich hätte sie auf der Stelle umarmen können für diese Idee. Doch ich war geistesgegenwärtig genug, um sie warnend an der Hand zu fassen und gerade so laut »Was tust du denn?« zu zischen, dass Tiima es verstehen konnte.

Das Spielfieber der Minenleute war erwacht. Ich konnte es in all den Augen blitzen sehen.

Tiima musterte Avem erneut, ihr Blick blieb an den großen Händen mit den jeweils sieben Fingern hängen. Neben ihr blähte sich ihr Freund auf, präsentierte seine breite Brust und verschränkte die muskelbepackten Arme davor.

»Wenn das Helfende Händchen wirklich so stark ist, wird es doch bestimmt nichts dagegen haben, es mit mir statt Tiima aufzunehmen«, brummte er.

Die schenkte ihm einen anerkennenden Blick, unter dem der Hüne noch zu wachsen schien.

Mir wurde ziemlich schwach bei dem Gedanken, Avem gegen so einen Gegner antreten zu lassen. Camille schien ebenfalls an ihrem eigenen Vorschlag zu zweifeln.

»Das war eigentlich nicht das Angebot«, sagte sie mit einem leichten Zittern in der Stimme.

»Tut mir leid. Entweder Schaak, oder es wird nichts aus dem Kampf«, erwiderte Tiima, die sich ihres Gewinns nun offenbar sicher war.

Als die Minenleute Camille grimmig fixierten, begann mein Herz zu flattern, bis ich plötzlich eine leichte Berührung an meiner Hand spürte. Ich sah hinunter, direkt in Avems Augen, die zu mir aufblickten. Wie hatte ich anfangs denken können, ihr kleines Gesicht sei ausdruckslos? Es war ganz deutlich, dass sie mir mit ihrem Blick Mut zusprechen wollte. Ihre Mundwinkel hoben sich zu einem feinen Lächeln.

»In Ordnung«, hörte ich mich im nächsten Augenblick sagen. »Wenn Schaak gewinnt, gehört das Obediant euch und wird für euch in den Minen arbeiten. Aber wenn … Avem gewinnt, lasst ihr uns unbehelligt gehen.«

Tiima grinste. »Abgemacht.«

Von einem benachbarten Tisch wurden kurzerhand drei Männer verscheucht, die murrend mit ihren Spielsteinen abzogen. Schaak setzte sich auf die eine Seite des Tisches und bot Avem mit großer Geste den Platz ihm gegenüber an.

Sie sah mich an. Ich nickte ihr zu. Mit ihren geschickten Fingern schob sie das Lederband über ihren Kopf, an dem der stets verschlossene kleine Beutel hing, und hielt es mir hin.

Ich wollte ihren offenbar kostbarsten Besitz greifen, doch sie hielt das Band mit beiden Händen hoch zu meinem Gesicht. Also beugte ich mich vor und ließ mir Beutel und Band umlegen.

Dann erst setzte Avem sich Schaak gegenüber an den Tisch. Der Größenunterschied sah grotesk aus, als würde ein Kind gegen einen Riesen antreten, und für einen Moment wurde mir beklommen zumute. Doch dann dachte ich daran, wie Avem seine Hände vom Hals des Totenfraßes gelöst hatte, und lächelte ihr aufmunternd zu.

Schaak setzte seinen linken Ellenbogen auf den Tisch und öffnete die Hand.

»Ach«, machte Tiima mit einem gespielt entschuldigenden Augenaufschlag. »Jetzt haben wir ganz vergessen, zu erwähnen, dass Schaak Linkshänder ist.«

»Aber …«, begann Camille zu protestieren. Ich legte meine Hand auf ihren Rücken, und sie verstummte.

Avem rückte näher an den Tisch heran, der ihr bis an die Brust reichte. Dann stellte sie ebenfalls den linken Ellenbogen auf und streckte die geöffnete Hand aus. Von den anderen Tischen sahen bereits Leute herüber. Die Gespräche im Umkreis verstummten.

Schaak ergriff Avems Hand, die mir selbst immer riesig erschienen war. Doch war sie tatsächlich nicht größer als Schaaks eigene Pranke.

»Auf drei«, sagte Tiima. »Eins, zwei, drei …«

Schaak spannte seine Muskeln an und drückte Avems Hand am dünnen Arm auf einen Schlag so weit in Richtung Tischplatte, dass ich fast aufgeschrien hätte. Triumph zeichnete sich auf seinem Gesicht ab ob dieses leicht errungenen Sieges.

Plötzlich jedoch versteinerte seine Miene. Sein Blick huschte beinahe panisch zu Avems Gesicht hinab, das zart und blass vollkommen unbewegt über den schmalen Schultern hing.

Nur wenige Zentimeter über der Tischplatte waren die ineinander verschränkten Hände zum Stillstand gekommen und bewegten sich nicht weiter.

Die Muskeln des Minenarbeiters spannten sich mit aller Gewalt an. Sein Mund verzerrte sich, während seine Augen ungläubig das kleine Wesen ihm gegenüber anstarrten.

»Schaak?« Tiima sah ihrem Freund ins Gesicht. »Was ist denn?«

Seine Kiefermuskeln traten hervor. Um uns herum war es still geworden. Sogar die Musiker hatten aufgehört zu spielen. Wir konnten Schaaks Zähne knirschen hören, während alle Gäste der Schenke auf dieses sonderbare Schauspiel stierten. Die Menge schob und drängelte, um besser sehen zu können. Hinter uns hörte ich zwei Männer leise eine Wette abschließen, auf die weitere ansprangen. Es entstand ein Rascheln und Flüstern, das immer größere Kreise zog.

Dann bewegten sich die ineinander verschränkten Hände mit den insgesamt zwölf Fingern sanft nach oben. Ein kleines Stückchen, ein weiteres und noch eines entfernte sich Avems Handrücken von der Tischplatte.

Ein Raunen ging durch den Raum.

»Schaak, na los! Mach das Ding fertig!«, feuerte Tiima ihn an. Aber es klang nicht mehr erwartungsvoll triumphierend, sondern fast wie eine Frage.

Statt Avems Hand erneut hinunterzudrücken, musste ihr Freund allerdings mitansehen, wie er in diesem Kampf Stück für Stück an Raum verlor.

Nun begannen auch die anderen Gäste damit, Schaak zuzurufen. Offenbar war bereits einiges an Wetteinsatz im Spiel.

Nach kurzer Zeit standen die Hände aufrecht wie zu Anfang. Von Schaaks Stirn rannen Schweißtropfen über seine Schläfen und tropften von seinem kantigen Kinn auf die Steinplatte. Der Musiker mit den Kakteen begann im Takt mit den Rufen der Zuschauer auf sein Instrument zu schlagen.

»Schaak! Schaak! Schaak!«

»Dummköpfe«, hörte ich ein Knurren hinter mir und wandte den Blick. Dort lehnte, mit lässig verschränkten Armen und gelangweiltem Gesichtsausdruck, ein Mann meines Alters an der Theke. Er trug die typische Savannahkleidung: das weite, sandfarbene Hemd aus Grasstoff in die bequem sitzende Hose gestopft. Vom Knie an abwärts steckten seine Beine in festen Stiefeln aus Hyänenleder, an deren Bund die gelblichen Reißzähne des Raubtieres baumelten. Sein dichtes sandfarbenes Haar stand in krassem Gegensatz zu seiner dunklen Haut und den fast schwarzen Augen, die in seinem Gesicht wie zwei tiefe Brunnen wirkten. Auf der breiten Brust lag ein metallenes Schmuckstück, das mich auf den ersten Blick an die Amulette erinnerte, die Aruncus zu den Gebeten an den Heiligen Baum trug. Aber nein, es sah anders aus, kreisrund wie die Sonnen, während strahlenförmig spitze Zacken ins Zentrum wiesen.

Eine Hand ergriff das Amulett und schob es behutsam in den Hemdkragen hinein.

Der Fremde hatte meinen Blick bemerkt. Für einen kurzen Moment trafen sich unsere Augen. In seinen lag ein merkwürdiges Glitzern, und er hob die Brauen.

Rasch wandte ich den Kopf und konzentrierte mich auf den Kampf vor mir.

Und der schien sich nun allmählich zu entscheiden. Während Schaak mittlerweile schnaufte wie ein brünstiger Hirsch, Schweiß in seine Augen rann und sein Hemd tränkte, wirkte Avem, als müsste sie sich bei dieser Wette kaum anstrengen.

Langsam, aber mit tödlicher Sicherheit bewegten sich die Hände nun in die entgegengesetzte Richtung als anfangs. Schaaks Handrücken näherte sich mehr und mehr der Tischplatte. Während die Menschen um uns herum tobten, stand Tiima wie erstarrt.

Schließlich, mit einem letzten, feinen Ruck presste die Hand mit den sieben Fingern jene mit fünf auf die glatte Fläche. Die Menge schrie auf.

Avem ließ Schaaks Hand los, der keuchend seine Finger spreizte und seinen Arm ausschlackerte.

Rufe und Gelächter erfüllten die Schankhöhle. Beutel mit unbekanntem Inhalt tauschten die Besitzer.

Avem stand von der steinernen Bank auf und glitt an meine Seite. Camille schob sich näher an uns heran und flüsterte uns zu: »Lasst uns besser sofort verschwinden.«

»Das ging nicht mit rechten Dingen zu!«, schrie Tiima im selben Moment. Mit ausgestrecktem Finger deutete sie auf Avem, Camille und mich und sah sich mit wilden Augen nach ihren Freunden um. »Ihr kennt doch Schaak. Er ist noch nie von jemandem besiegt worden. Die Wäldler haben irgendeinen Zauber benutzt. Irgendetwas vom Opferbaum, das ihn geschwächt hat.«

Hier und da erhob sich Gemurmel, und ich spürte, wie sich das allgegenwärtige Misstrauen in der Höhle breitmachte und Besitz ergriff von den zuvor Unbekümmerten.

Tiima geiferte weiter. »Wenn ich eins weiß, dann, dass dieses kleine … dieses Ding nie im Leben so stark sein kann. Was habt ihr Schaak in seinen Becher gemixt, hm?«

»Fühlst du dich schwach, Schaak?«, wollte ein Minenarbeiter von dem Verlierer wissen. Der zögerte kurz, nickte, und wieder wurden Stimmen laut, die uns Betrug vorwarfen.

Da löste sich aus dem Krach um uns herum eine laute

Stimme. »Wollt ihr uns alle vor unseren Gästen aus dem Refugium blamieren, Leute? Seht ein, wenn ihr verloren habt!« Es war der Mann, der seine Landsleute gerade noch *Dummköpfe* gescholten hatte. Er stand immer noch am selben Fleck und grinste.

»Was willst du, Jonn? Wenn man uns betrügt, haben wir das Recht, unseren Einsatz zurückzufordern«, rief eine junge Frau.

»Wenn du gewinnen wolltest, hättest du mal besser auf das Obediant gesetzt, Reem«, antwortete Jonn kopfschüttelnd und beinahe heiter. »Ihr wisst genauso gut wie ich, was die Händler aus den Türmen über die *Helfenden Hände* erzählen. Kein Mensch ist so stark wie sie. Und ihr wärt ziemlich dumm, etwas zu leugnen, nur weil ihr es bisher nicht erlebt habt. Sehen wir es doch mal so: Schaak ist der Stärkste unter uns hier, oder? Ist er doch?« Er schob sich an mir, Camille und Avem vorbei. Die anderen machten ihm Platz. Es schien, als würden ihm sogar die Minenleute einen gewissen Respekt entgegenbringen. Während er Schaak seine Hand auf die breiten Schultern legte, war zustimmendes Gemurmel zu hören. »Würde irgendein Dummkopf aus Savannah ihn herausfordern?« Überall Kopfschütteln. »Tja, aber ein Obediant ist nun mal ein Obediant. Ihr würdet doch auch nicht in einem Ringkampf ohne Waffen gegen eine Hyäne antreten, hm? Und ihr Betrug vorwerfen, sobald sie euch die Kehle aufreißt.«

Beifälliges Raunen der Menge. Auch die Sturen mussten einsehen, dass Jonn recht hatte. Es wurde allgemein genickt, und einige der Anwesenden klopften Schaak auf die Schultern, der seine gekränkte Ehre angesichts von Jonns Erklärung gerettet sah und Beteuerungen entgegennahm, er habe sich verdammt gut geschlagen.

»Kommt mit!«, raunte Jonn Camille und mir zu.

Da ich sowieso nichts lieber als aus dieser Schenke hinauswollte, folgte ich ihm sofort, eine Hand an Camilles Hemdzipfel und die andere an Avems Arm.

Draußen sogen wir die Nachtluft ein, die zwar längst nicht so kühl war wie im Refugium um diese Nachtzeit, aber doch rein und klar in unsere Lungen strömte.

»Vielen Dank, dass du uns geholfen hast«, wandte ich mich an den Mann, der uns aus der Klemme befreit hatte. »Es war wirklich ein fairer Kampf. Wir haben nichts manipuliert. Das hätten sie bestimmt noch eingesehen.«

»Vielleicht«, erwiderte er mit einem Blick zurück. »Ich hab trotzdem einen Vorschlag: Lasst uns verschwinden, ehe sie auf die Idee kommen, nachzufragen, wie zwei Bewohnerinnen des Refugiums an Dienende der Obersten in den Türmen kommen!«

13. KAPITEL

Beklommen und mit immer noch weichen Knien folgten Camille und ich unserem fremden Retter, während Avem neben uns trabte, ohne im Geringsten erschöpft zu wirken.

Jonn stieg uns voraus die schmalen Felsenpfade weiter hinauf, bog mal hierhin, mal dorthin ab, grüßte Menschen, die uns begegneten und uns nun, da wir uns in seiner Begleitung befanden, neugierige Beachtung schenkten.

»Diesen Jonn hat uns der Heilige Baum geschickt!«, flüsterte Camille mir zu. »Gegen diese ungehobelten Minenleute hätten wir keine Chance gehabt. Und er scheint jede Menge Leute zu kennen. Das sind beste Voraussetzungen dafür, etwas über Parretts Verbleib herauszufinden, oder?«

Mein Herzschlag hatte sich nach der schauderhaften Situation in der Schenke langsam beruhigt, und ich hätte Camille gern erleichtert zugestimmt. Doch irgendetwas warnte mich, was Jonn anging. War es der erste Blick, den wir dort unten inmitten der Menge getauscht hatten?

»Warten wir mal ab«, wisperte ich zurück. »Momentan sehe ich keinen Grund, warum er so viel freundlicher als seine Landsleute sein sollte. Vielleicht will er irgendetwas von uns.«

Camille schüttelte den Kopf, als wollte sie sagen: Du hast dich aber schnell anstecken lassen vom Misstrauen der Sandländer. Doch ich überlegte bereits angestrengt, welche Geschichte ich Jonn präsentieren sollte. Sicherlich würde er von uns eine Erklärung für unser Hiersein verlangen. Ja, Camille hatte recht, er hatte uns in der Schenke geholfen. Aber wenn Savannah Dweller Parrett entführt hatten, war es womöglich gefährlich, einem von ihnen allzu viel Vertrauen entgegenzubringen, egal wie freundlich er sich zunächst gab.

Schließlich bog Jonn vom Pfad zu einem schmalen Durchgang zwischen zwei Felsmassiven, der mitten in den Berg hineinführte.

Auch dort hockte ein großer schwarzbrauner Vogel mit flammend roten Flügeln und ruckte mit dem Kopf, als wir uns näherten. Jonn hielt an, löste die Fußfessel des Tieres und reichte ihm etwas aus seiner Tasche, bei dem Camille angewidert das Gesicht verzog. Der Vogel fasste mit einer Klaue danach und breitete die Schwingen aus, die mühelos den gesamten Eingang verdeckten. Er stieß sich ab und erhob sich mit ein paar kraftvollen Schlägen in die Luft.

Jonn kommentierte den Vorgang mit keinem Wort und deutete zwischen die Felsen, um uns dann vorauszugehen. Der schmale Zugang, in dem ein grobklotziger Kerl wie Schaak so seine Schwierigkeiten gehabt hätte, wand sich um einige Biegungen. Links und rechts ließen wir ein paar Nischen liegen und betraten schließlich einen Wohnbereich, den ich sofort als den eines Junggesellen identifizierte. Die Höhle verbreiterte sich zu einem fast quadratischen Raum, der von an den Wänden flackernden Lampen erleuchtet wurde. In der linken Ecke beherbergte er ein breites Bett, auf dem zerwühlte Decken lagen. Der Anblick ließ mich an meine eigene Schlafstätte zu Hause denken, auf der ich vor meinem Aufbruch die Decken so sorgfältig glatt gestrichen hatte – damit Parrett alles ordentlich vorfinden würde, falls er wider Erwarten vor mir zurückkehren sollte.

Dem Bett in der Höhle gegenüber stand ein mit allen möglichen und unmöglichen Dingen wüst vollgestopftes Regal, das unter seiner Last zusammenzubrechen drohte. Links gruppierten sich Metallstühle verschiedener Ausführungen willkürlich um einen runden Tisch, auf dem Essensreste und ein paar leere Becher zurückgeblieben waren. Auf dem felsigen Boden der Höhle lagen einige grob gewebte Teppiche, deren ursprüngliche Farben sich nur noch schwer ausmachen ließen.

Als wir uns umgesehen hatten, blieben sowohl meiner als auch Camilles Blick am hinteren Teil der Höhle hängen. Dort war hinter einem nur halb zugezogenen schweren Vorhang aus Rohrgras ein großes Bücherregal zu sehen, in dem sich so viele dieser Kostbarkeiten stapelten, wie ich sie zu Hause noch nie auf einmal gesehen hatte. Außerdem waren zwei mit Windgraspapier überladene Tische zu erkennen.

Jonn bemerkte unsere Blicke, durchquerte den Wohnraum und zog den Vorhang mit einem schwungvollen Ruck zu. Dann wandte er sich zu uns um, als sei nichts geschehen.

»Bin wirklich gespannt«, sagte er.

»Worauf?«, erwiderte ich, um Zeit zu gewinnen.

Er hob wieder die Brauen wie vorhin in der Schenke. Ein Mann, der sich nichts vormachen ließ. »Wie kommen zwei Schirmerinnen an ein Obediant?«

»Wir haben Avem im Wald gefunden«, antwortete Camille, bevor ich mir eine andere Geschichte ausdenken konnte. »Als wir auf der Suche nach Parrett waren.«

»Parrett?«

»Mein Gefährte. Wir glauben, dass er sich hier in Savannah aufhält«, erwiderte ich schnell und warf Camille einen warnenden Blick zu, damit sie nicht mehr verriet, als notwendig war.

»Ein Obediant im Wald? Noch nie gehört.« Jonn bedachte Avem mit einem freundlichen Lächeln. »Und wie bist du aus den Türmen ins Refugium gekommen … wie heißt du? Avem?«

Avem sah ihn mit ihren beinahe metallisch blauen Augen aufmerksam an, antwortete aber nicht.

»Ach, zur Wüste! Natürlich. Du kannst nichts darüber sagen, solange dein Erhalter dir nicht erlaubt zu sprechen, nicht wahr?«

Als Avem den Kopf senkte, spürte ich, wie Schamesröte in meine Wangen stieg. Das also war der Grund für Avems Schweigsamkeit.

Camille sah erschüttert aus. »Wie kann es sein, dass du so was weißt?«

Jonn schnalzte mit der Zunge. »So was? Du meinst, dass die im Labor gezüchteten Obedianten genetisch bedingt zu Gehorsam gezwungen sind, besonders ihren Erhaltern gegenüber? Och, ich hab zwei sehr gute Freunde, die in den Türmen leben. Kristallhändler. Wir stehen über Hologrammnachrichten in Kontakt. Da erfährt man so einiges, was die Obersten in Highhaven nicht gern verbreitet sehen.« Damit beendete er das Thema und schaute wieder mich an. »Dieser Parrett also, dein Gefährte. Wieso glaubt ihr, dass er sich in Savannah aufhält?« Er grinste. »Gefiel es ihm im dunklen Wald nicht mehr?«

Ich war noch nie gut im Lügen gewesen. Und auf dem Weg von der Schenke hierher war mein Kopf viel zu beschäftigt mit dem gerade Erlebten gewesen, um mir eine plausible Erklärung zurechtzulegen. So entschied ich mich für das zweitbeste: die halbe Wahrheit.

»Er ist vor ein paar Tagen ganz plötzlich verschwunden. Und wir sind einer Spur gefolgt, die uns hierhergeführt hat.«

»Hierher? Tatsächlich? Interessant!« Der Blick aus den schwarzen Augen wanderte prüfend zwischen uns dreien hin und her.

»Leider wollte von den Savannah Dwellern niemand unsere Fragen beantworten, als wir versuchten, uns ein bisschen umzuhören«, erklärte ich. »Wir hatten uns von der Schenke erhofft, dort hilfsbereitere Menschen zu treffen.«

Jetzt lachte Jonn laut auf. »Ausgerechnet in der *Wilden Kaktee*? Wenn es hier einen zenitverfluchten Ort gibt, von dem ihr euch als Fremde lieber fernhalten solltet, dann ist es diese Bar!«

»Ein alter Mann hat uns dorthin geschickt. Wir haben ihm ein Stück Brot für die Auskunft gegeben«, sagte Camille, der dieser Handel noch im Nachhinein ein empörtes Aufblitzen ihrer braunen Augen entlockte.

»So ein uralter Kerl? Hat nichts gesagt, ehe ihr ihm nicht gezeigt habt, was ihr zu zahlen bereit wart? Kaputtes Bein? Nur noch ein paar Zähne im Mund? Mit ziemlich grantiger Enkeltochter?« Als wir wiederholt nickten, grinste Jonn. »Der alte Sägga. Ein Schlitzohr unter den zwei Sonnen. So ein Lump. Hätte euch wenigstens vor den Minenleuten warnen können.«

»Das hat er«, sagten Camille und ich gleichzeitig.

Jonn grunzte kopfschüttelnd. »Seid ihr dermaßen mutig oder einfach dumm, dass ihr so eine Warnung in den Wüstensand geblasen habt?«

Wir waren nun schon seit mehreren Sonnenständen in dieser Felsensiedlung, in die uns die einzige Spur geführt hatte, die uns auf der Suche nach Parrett half. So viel Zeit, in der wir nicht das Geringste hatten in Erfahrung bringen können. Meine Nerven waren bis zum Zerreißen gespannt. Und nun zerplatzte meine Selbstbeherrschung wie eine reife Beere.

»Was ist mit euch Sandländern eigentlich los?«, brauste ich mit lauter Stimme auf. »Ihr seid unfreundlich, wollt für eine einfache Auskunft bezahlt werden, drängt unschuldige Gäste in die Enge, bedroht sie und macht euch am Ende auch noch über sie lustig. Haben die Sonnen euer Mitgefühl und eure Menschlichkeit verschrumpeln lassen?«

Avem sah mich mit großen Augen an. Camille legte eine Hand auf meinen Arm. Jonns Blick war im ersten Moment unergründlich. Ich hätte nicht sagen können, ob ihn mein

Ausbruch überraschte, wütend machte oder amüsierte, doch schließlich neigte er den Kopf.

»Verzeihung.«

Ich holte tief Luft.

»Nein, es tut *mir* leid. Ich bin durcheinander. Parretts Verschwinden. Die Reise durchs Refugium. Wir wurden von einem Totenfraß angegriffen …«, stammelte ich, mir wohl bewusst, dass ich nicht ausgerechnet den einzigen Menschen hätte anschreien sollen, der uns uneigennützig geholfen hatte. Doch Jonn schien nicht verärgert zu sein.

»Ein Totenfraß? Wie habt ihr *das* überlebt? Ihr müsst mit Pfeil und Bogen schneller als der Wüstensturm sein.« Sein Blick fiel auf Avem. »Oder hat etwa …« Mit offenem Mund starrte er Camille und mich an. »*Deswegen* hattet ihr keine Sorge, was Avems Kampf gegen Schaak anging, hm? Avem hat das Viech erledigt?«

Camille und ich nickten. Avem verzog einen Mundwinkel zu einem halben Grinsen.

Jonn blies die Wangen auf. »Ich muss sagen, so interessante Gäste wie euch hatten wir hier lange nicht. Aber was mache ich jetzt mit euch?« Nachdenklich betrachtete er uns der Reihe nach. »Wasser ist ausreichend da. Ihr könnt trinken, so viel ihr wollt, und draußen in der Nische könnt ihr euch waschen.« Er deutete mit dem Kopf zu einem großen Metallkanister, der neben dem Tisch auf dem Boden stand. »Habt ihr Hunger? Hm, da sieht's bei mir gerade etwas mager aus.« Mit ein paar raschen Schritten, bei denen seine Stiefel aneinanderknallten, war er an dem überladenen Regal und begann, darin herumzukramen, metallene Dosen zu öffnen, die leeren zurück ins Regal zu pfeffern oder den Deckel mit angewidertem Gesicht wieder zu verschließen.

»Also, Proviant haben wir noch«, griff Camille schließlich ein.

Eigentlich war mir nicht nach essen zumute. Ich wollte hinaus, nach Parrett suchen, auch wenn wir bisher mit unseren Befragungen der Savannah Dweller nicht viel Glück gehabt hatten. Aber vielleicht würde ich ja doch irgendwann einen Hinweis aufschnappen. Camille sah allerdings müde aus und hatte seit dem Aufgang der Sonnen nichts gegessen. Selbst Avem blickte mich hoffnungsvoll an.

»Stimmt. Unser Proviant. Den teilen wir gern mit dir und stärken uns, bevor wir uns erneut auf die Suche machen«, sagte ich, und Jonn hielt in seinem wahllosen Herumgekrame inne.

Sofort setzte Avem den Rucksack auf einem der Stühle ab und packte auf den Tisch, was von unserer Wegzehrung übrig geblieben war. Da Iris es gut mit uns gemeint hatte und wir wegen meiner Unruhe weniger Pausen als geplant eingelegt hatten, kam ein ansehnliches Mahl zusammen.

Sichtlich erschöpft sank Camille auf einen der anderen Stühle und öffnete die kleinen Päckchen aus Flechtgras.

Jonn ließ sein Regal stehen, trat näher und staunte nicht schlecht über all unsere Köstlichkeiten. Dieses Essen war eigentlich für die Feierlichkeiten zum Delegationsbesuch gedacht gewesen. Die außergewöhnlichen Leckereien erfüllten die Höhle sogleich mit ihrem Duft nach Gewürzen und Kräutern und wirkten mehr wie ein exklusives Picknick als wie Reiseproviant, was mir ein kurzes, befriedigendes Gefühl verschaffte, denn zum ersten Mal, seit wir Savannah betreten hatten, kam ich mir nicht dumm und unbeholfen vor.

»Da hol mich doch der Zenit!«, entfuhr es Jonn, und er beugte sich über den Tisch.

Camille und Avem breiteten leckeres Gemüse und Obst, Brot in verschiedenen Varianten, Backwaren und Aufstriche aus. Auch ein paar Eier waren noch da.

Jonn griff nach einem von ihnen und betrachtete es in der

hohlen Hand. »Keine Ahnung, wann ich zuletzt ein Hühnerei gegessen habe. Muss Jahrhunderte her sein.«

»Lass es dir schmecken.« Ich konnte Camille ansehen, dass auch sie stolz war auf all die Köstlichkeiten, die ihre Liebste zubereitet und für uns eingepackt hatte.

Jonn pellte sorgfältig das Ei, schnupperte kurz an ihm und steckte es sich dann komplett in den Mund.

»Mmh«, machte er und schloss genüsslich die Augen.

Camille musste grinsen und warf mir einen Blick zu, wurde aber sogleich wieder ernst, als sie meinen Gesichtsausdruck bemerkte.

Wir saßen hier und aßen, während Parrett womöglich irgendwo in der Nähe festgehalten wurde. Ob man *ihm* etwas zu Essen gegeben hatte? Wasser?

Ich hatte mich nach dem anstrengenden Reisetag gerade erst hingesetzt, doch schon trieb es mich wieder auf die Füße, um nach ihm zu suchen.

Es war nur mein Verstand, der mich hier festhielt und mir sagte, dass ich dringend etwas zu mir nehmen sollte. Und dass es bestimmt hilfreich sein würde, Jonn als einen Verbündeten zu gewinnen. Er kannte sich hier aus und würde uns bei der Suche helfen können. Dafür gab ich gern einen großen Teil des Essens her.

Wir griffen also alle zu, auch Avem aß mit uns, allerdings nur etwa die Hälfte von dem, was ich herunterbrachte und sehr viel weniger als das, was Jonn mit immer neuen Tönen der Begeisterung verschlang.

Ich war längst fertig, hatte meinen Becher mit Wasser geleert und wollte am liebsten sofort aufbrechen, als Jonn sich kleine süße Gebäckstückchen heranzog.

»Deine Freunde in den Türmen, die du vorhin erwähnt hast«, begann Camille vorsichtig. »Haben die dir noch mehr über die Obedianten erzählt? Avem hat mir im Wald das Leben gerettet, und es kommt mir nicht richtig vor, dass ich nur so wenig über ihre Spezies weiß. Ich meine, zum Beispiel: Wieso nennt man sie *die helfenden Hände*? Das klingt, als seien sie quasi dazu geboren, zu dienen.«

Avem sah Jonn ebenso gespannt an wie Camille, als sei sie neugierig, ob der Fremde diese Frage würde beantworten können.

Jonn leckte sich den delikaten Kicherbienenhonig von den Fingern. »Dazu geboren zu dienen? Hm, wenn man da von geboren sprechen könnte. Obedianten wie Avem hier, also die F1-Generation, werden auch heute noch in streng abgeschirmten Laboren von Highhaven gezüchtet. Die Genmanipulationen, die dabei vorgenommen werden, verdammen sie zu lebenslangem Gehorsam ihren Erhaltern gegenüber, den Menschen, die für sie bezahlt haben.«

Camille schnappte empört nach Luft. »Sie werden durch Eingriff in ihre Natur dazu gezwungen, gehorsam zu sein?«

»Die F1-Generation, ja«, bestätigte Jonn. »Diese gewollte Genmutation bildet sich jedoch schon ab der nächsten Generation zurück. Bei F2-Obedianten, also jenen, die durch natürliche Zeugung entstehen, tritt diese Genveränderung nicht mehr auf. Sie verfügen über einen freien Willen und können selbstbestimmt entscheiden, wie sie ihr Leben leben wollen. Das ist natürlich nicht im Sinne der Obersten. Deswegen verhindern sie, dass es dazu kommen kann.«

»Aber wie …?«, hakte Camille nach.

»Operation«, antwortete Jonn.

Wir alle sahen Avem an. Sie presste die Lippen zusammen.

»Ist das wahr?«, fragte ich leise. »Sie machen euch unfruchtbar, damit ihr keine Kinder bekommen könnt?«

Sie nickte, die feinen, hellen Haare fielen ihr ins Gesicht.

»Bei dem Eingriff wird auch in Sachen Gehorsam ein letztes Mal nachjustiert. Ist wohl eine Hormonsache. Jedenfalls, danach ist es ihnen so gut wie unmöglich, eigenen Willen zu zeigen. Sie können sich niemand anderem anschließen als ihrem Erhalter, es sei denn, jemand besitzt ihren Gencode …« Er verstummte, sah auf die Süßigkeit in seiner Hand und legte sie auf den Tisch zurück. »Das ist auch so etwas, das einfach nicht so bleiben darf! Einer der Punkte auf unserer Agenda.«

»Agenda? Was meinst du damit?«, wollte ich wissen. »Was darf nicht so bleiben?«

»Ach, nichts. Ich habe nur …«

Ehe er weiterreden konnte, hallte das Geräusch von sich eilig nähernden Schritten durch den engen Zugang zu uns herein.

»Jonn?«, rief eine hohe, weibliche Stimme. »Jonn, bist du hier?«

Im nächsten Moment stolperte eine Frau in die Höhle. Als sie uns um den Tisch sitzen sah, bremste sie abrupt ab. Sie keuchte, als sei sie schnell gerannt, ihre weit aufgerissenen Augen huschten von einem zum anderen. Schließlich blieb ihr Blick an Jonn hängen. »Jonn! Den Brunnen sei Dank! Geht es dir gut?«

Unser Gastgeber hatte seinen Stuhl zurückgeschoben und klopfte mit der Hand auf den freien Platz neben sich. »Wieso denn nicht?«

Die junge Frau, deren Haut ebenso dunkel schimmerte wie die der meisten Savannah Dweller, kam näher, setzte sich aber nicht. Sie war in Camilles Alter, Anfang zwanzig, groß und schlank, trug ihr zu mehreren Zöpfen geflochtenes, nachtschwarzes Haar auf dem Rücken. Die für Savannah typische Kleidung in leuchtendem Gelb stand ihr ausgezeichnet. Allerdings fiel mir auf, dass ihre Unterarme mit festen Lederschnüren umwickelt waren, was ich so noch bei keinem anderen Felsenbewohner gesehen hatte. Um den Hals trug sie ein weiteres Lederband, an dem ein Amulett hing, das aufs Haar dem glich, das ich in der *Wilden Kaktee* bei Jonn entdeckt und das er dann so geschickt vor meinem Blick verborgen hatte.

»Es wird überall rumerzählt, dass du in einen Streit mit den Minenleuten geraten bist. Der Vorarbeiter und seine Gefährtin, heißt es. Priesterinnen vom Opferbaum sollen auch beteiligt gewesen sein sowie ein Kind, stark wie ein Bär.« Sie atmete immer noch schwer und musterte uns misstrauisch.

Jonn lehnte sich auf seinem Stuhl zurück. »Oh, na ja, Streit wäre zu viel gesagt. Kein Grund, beunruhigt zu sein. Ich hatte starke Unterstützung.« Er wies auf Avem. »Das sind Avem, Camille und Clay aus dem Refugium. Auf der Suche nach Clays Gefährten. Und das hier ist Laree«, erklärte er an uns gewandt. »Eine der begabtesten Fledermaus-Trainerinnen Savannahs.«

Laree starrte uns der Reihe nach an. »Ihr seid keine Händlerinnen.« Es war keine Frage, sondern eine Feststellung.

»Nein, wir sind Schirmerinnen«, erwiderte ich. »Und Priesterinnen des Heiligen Baumes gibt es schon lange nicht mehr.«

Mit einem Seitenblick auf Jonn versuchte ich herauszufinden, ob das Eintreffen seiner Freundin unseren Aufbruch zur Suche hinauszögern würde, dem ich entgegenfieberte.

Jonn sah entspannt aus. Natürlich sah er entspannt aus. Er musste ja nicht herausfinden, wohin ein geliebter Mensch entführt worden war.

Er sagte zu Laree: »Und bevor du fragst: Avem haben sie im Wald … gefunden.«

Laree war hübsch genug, sich ein Starren mit offenem Mund erlauben zu können.

Camille räusperte sich. »Wieso eigentlich *Opferbaum*?«

Der Unterkiefer der jungen Besucherin klappte zu, und sie entgegnete: »Das weiß doch jeder, dass eure Lichteiche Menschenopfer fordert. Sie schließt sie im Stamm ein. Nur so kann sie diese enorme Kraft aufbringen, das gesamte Refugium vor den Sonnen zu schützen.«

»Das stimmt nicht«, widersprach Camille in ihrer ruhigen Art, während ich bereits über so viel Unsinn schäumte. »Die Sage vom Opferbaum ist ein Tausende Jahre altes Märchen. Der Heilige Baum, die Lichteiche, würde so etwas nie verlangen. Sie ist ein sanftes Wesen, das Leben erhält und nicht fordert.«

Laree öffnete erneut den Mund, doch ich kam ihr zuvor und stand auf. »Jonn, deine Gastfreundschaft ist sehr hilfreich gewesen, vielen Dank. Aber nun würde ich gern aufbrechen. Wir müssen Parrett finden.«

»Ach ja«, machte Jonn und streckte die langen Beine unter den Tisch. »Dein Gefährte. Wieso wollte er noch mal nach Savannah, sagtest du?«

»Ich sagte gar nichts.«

Ich blickte ihn an, und er hob die Brauen über den dunklen Augen, in denen es amüsiert funkelte. Es kam mir unhöflich vor, ihn ohne eine Antwort zurückzulassen, nachdem er uns so geholfen hatte.

»Er … Parrett stammt ursprünglich aus den Türmen und lebt seit ein paar Jahren im Schirmdorf. Er ist Archivar und sehr interessiert an den anderen Landesteilen, dem Refugium und Savannah.« Ich fand, das klang durchaus glaubwürdig, auch wenn Jonns Miene unbewegt blieb. »Er wollte hierher, um mehr über eure Lebensweise zu erfahren. Aber ich … also, wir …«

»Wir fanden, es war keine gute Idee, allein unterwegs zu sein«, half Camille mir weiter. »Und so sind wir seiner Spur gefolgt.«

Jonn machte ein beeindrucktes Gesicht. »Ihr seid den ganzen Weg aus dem Schirmdorf hierher der Spur eines einzelnen Mannes gefolgt?«

»Im Wald lernt man das Fährtenlesen schon als Kind«, erwiderte ich.

»Von barfuß laufenden Menschen?«

»Parrett konnte sich nie ans Barfußgehen gewöhnen. Er trägt Schuhe.«

»Ach, und die hinterlassen so tiefe Abdrücke auf den Waldpfaden, dass man sie deutlich erkennen kann?«

»Schwere Schuhe. Stiefel, um genau zu sein.«

»In der Siedlung ist kein Fremder aus dem Refugium«, mischte sich Laree ein. Ihr Blick war während des kleinen Wortwechsels zwischen Jonn und mir hin- und hergehuscht.

»Ich weiß«, antwortete Jonn ihr, ließ mich dabei jedoch nicht aus den Augen. »Zufällig war ich vorhin vor meinem Besuch in der *Wilden Kaktee* in *Mariis Gasthöhle*. Ihr müsst wissen, dass es in dieser Siedlung nur eine Unterkunft für Fremde gibt. Geführt von Marii. Dort können Händler aus den Türmen und auch eure Leute für die Dauer ihrer Geschäfte bequem den heißen Tag verbringen. Aber zurzeit laufen Mariis Geschäfte nicht gut. Es war nur ein Diamanthändlerpaar aus den Türmen dort. Niemand sonst.«

»Vielleicht ist er irgendwo anders abgestiegen?«

»Ich dachte eigentlich, euer Erlebnis vorhin hätte gereicht, um zu lernen, dass niemand hier einen Fremden einfach so in seine Behausung lassen würde. Und sollte dein Gefährte versucht haben, die Tage draußen zu verbringen, hättet ihr ihn wahrscheinlich vertrocknet unter einem der Bäume entdeckt, wo man zwar Schatten findet, aber kein Wasser. Das gibt es nur an den gut bewachten Brunnen.« Jonn sah mich weiterhin unverwandt an. »Warum seid ihr wirklich hier?«

Ich musste schlucken. Dann holte ich tief Luft.

»Wir suchen nach meinen Gefährten Parrett«, wiederholte ich. »Das ist die Wahrheit. Und ich habe lange genug untätig hier zugebracht. Ich gehe jetzt und versuche, Hinweise auf seinen Verbleib zu finden.«

Ich gab Avem und Camille ein Zeichen, und gemeinsam packten wir vom Tisch in den Rucksack, was vom Proviant übrig geblieben war, nun deutlich weniger als vor unserer gemeinsamen Mahlzeit.

»Ihr denkt, er wurde von Savannah Dwellern entführt, oder?«, ertönte da Larees hohe Stimme.

Ich wünschte, ich hätte mich besser unter Kontrolle gehabt, doch mein kurzes Innehalten verriet mich.

Die Sandländerin stieß zischend Luft aus und schimpfte los: »Das ist mal wieder typisch! Die Leute aus dem Refugium haben immer Seelen so rein wie der Wüstensand. Aber wir aus Savannah, wir sind die Bösen, nicht wahr? Auf uns kann man alles abschieben, was bei euch schiefläuft. Und wenn einer von euch verschwindet, weil ihn sich ein Bär geschnappt hat oder euer sanfter, wunderbarer Lichtbaum, dann sind natürlich ebenfalls wir die Schuldigen! Und warum? Nur weil wir hier nicht in einer großen, glücklichen Dorfgemeinschaft leben und Bäume anbeten. Aber deswegen entführen wir noch lange keine Wäldler, klar?!«

Weder Camille noch ich konnten verbergen, dass sie die Wahrheit über unser Hiersein erraten hatte.

Avem schielte zu Jonn hinüber. Doch der schien weder überrascht noch wütend. Er kratzte sich am Kinn, wo ein Bartschatten lag, und schnalzte mit der Zunge.

»Tja, so was Ähnliches hab ich mir schon gedacht. Deswegen finde ich, dass ihr besser nicht allein losziehen solltet und vielleicht noch so eine Showeinlage wie in der *Wilden Kaktee* hinlegt. Schätze, ihr könntet bei eurer Mission ein bisschen Hilfe gebrauchen.«

»Jonn!«, entfuhr es Laree empört. »Wir Savannah Dweller werden wieder mal völlig zu Unrecht verdächtigt und …«

Jonn hob die Hand. »Als ich vorhin bei Marii war, fragte sie mich, ob ich Interesse an einem Sack Kichererbsen habe.«

Laree, die bereits den Mund geöffnet hatte, um ihre Tirade über die Vorurteile gegen Savannah Dweller fortzusetzen, schloss ihn wieder.

In meinem Kopf ratterte es.

»Kichererbsen?«, wiederholte ich. »In einem unserer Dörfer wurde vor ein paar Tagen eine Lagerscheune ausgeraubt. Da sich Spuren von Sandflüglern fanden, vermuteten wir …« Ich sah zu Laree hinüber, die sich auf die Lippe biss.

»Sieht so aus, als hätte das Wüstenschicksal mich dazu bestimmt, euch ein bisschen zur Seite zu stehen«, sagte Jonn. »Falls es einen Zusammenhang gibt zwischen dem … Verschwinden der Kichererbsenvorräte und dem Verschwinden deines Partners, werdet ihr ohne mich wohl nichts darüber herausfinden. Wenn ich euch helfe …«, setzte er rasch hinzu, als ich zum Sprechen anhob, »tue ich das jedoch nur unter einer Bedingung: Ich will die Wahrheit wissen. Alles, was im Refugium passiert ist, bevor ihr aufgebrochen seid.«

Ich tauschte einen kurzen Blick mit Camille. In ihren vertrauten Augen stand ein Ausdruck von Hilflosigkeit, dann nickte sie mir zu.

»Du hast wahrscheinlich recht«, gab ich zu. »Ohne dich werden wir Parrett nicht finden. In Ordnung. Die Wahrheit also …«

14. KAPITEL

Camille und ich erzählten Jonn und Laree, was sich im Refugium seit Ankunft der Delegation zugetragen hatte. Der Raub von Kichererbsenvorräten aus einer Scheune. Der Überfall auf Camille, unser Verdacht, dass es ein Delegierter gewesen sein könnte, da Camille aus dem Augenwinkel ein gelbes Kleidungsstück wahrgenommen hatte.

An dieser Stelle der Geschichte mied Camille deutlich Larees Blick, die sich in ihren komplett gelben Sachen jedoch ihrerseits nicht ganz wohl in ihrer Haut zu fühlen schien.

Dann berichteten wir von Parretts Verschwinden, den Spuren eines Sandrenners ganz in der Nähe. Und dass neben ihm auch ein Delegierter aus den Türmen entführt worden war.

»Besonders heikel ist, dass es sich dabei um ein Mitglied der Obersten handelt. Daher ist die restliche Delegation vorzeitig abgereist. Der Vorsitzende des Verständigungsrates versprach uns, umgehend Unterstützung zu schicken, eine Gefahreneinheit«, erzählte ich. »Aber sie kamen nicht. Als wir eine Nachricht in die Türme senden wollten, mussten wir feststellen, dass der Shunter des Refugiums defekt ist.«

Jonn horchte auf. »Defekt?«

»Er ist irgendwie … explodiert.«

»Ein Sabotageakt?!«

»Wir wissen es nicht. Ich kann nur sagen, dass ich …« Ich brach ab, weil meine Stimme zu zittern begann. Dass sich unser Aufbruch nun schon wieder verzögerte, setzte mir enorm zu.

»Wir müssen Parrett finden. Und den Delegierten aus den Türmen natürlich auch. Es ist sehr wahrscheinlich, dass beide sich in den Händen derselben Entführer befinden.«

Jonn nickte nachdenklich.

»Eins solltet ihr wissen«, sagte er mit ernster Miene. »Hier in Savannah kümmert sich jeder um seinen eigenen Kram. Was die anderen tun, geht niemanden was an. Ich hab also nicht gefragt, woher Marii die Kichererbsen hat. Hatte ja keine Ahnung, dass das wichtig sein könnte. Ich werde noch mal zu ihr gehen und sie ein bisschen aushorchen. Dabei würdet ihr nur stören«, setzte er schnell hinzu, als ich den Mund öffnete. »Sicher würde sie nicht erzählen, wer die Erbsen auf den Schwarzmarkt gebracht hat, wenn Leute aus dem Refugium dabei sind.«

Leider klang das logisch.

»Ich könnte doch mitgehen«, schlug Laree vor und knickte lässig in der Hüfte ein.

»Mir wäre es lieber, wenn du hierbliebst. Marii ist am zahmsten, wenn ich sie allein besuche«, entschied Jonn und stand auf. »Ich mach mich gleich auf den Weg.«

Laree sah enttäuscht aus, sagte aber nichts weiter.

Ebenso wenig wie ich. Die Vorstellung, untätig in der Höhle zu sitzen und nichts tun zu können, machte mich schier wahnsinnig.

»Danke«, brachte ich dennoch heraus.

Jonn sah mich an, öffnete den Mund, als wolle er etwas sagen. Dann nickte er mir nur knapp zu und verließ die Höhle.

Wir Zurückgelassenen saßen und standen einen Moment ratlos herum. Dann erhob sich Avem, machte sich am Rucksack zu schaffen und legte Verbandsmaterial vor Camille auf den Tisch. Sie lächelte das Obediant dankbar an, knöpfte ihr Hemd auf und schob den Kragen herunter, sodass die verletzte Schulter zum Vorschein kam.

Avem löste mit sanften, geschickten Fingern, die auch ein Totenfraß erwürgen und den stärksten Mann Savannahs besiegen konnten, den Verband.

»Beim Wüstenzenit!«, entfuhr es Laree, als sie die Wunde sah. »Wie ist denn das passiert?«

»Ein Totenfraß«, antwortete Camille, und ich konnte in ihrer Stimme immer noch das Bedauern darüber hören, dass das Tier uns keine andere Möglichkeit gelassen hatte, als es zu töten.

Die dunklen Augen der jungen Savannah Dweller weiteten sich. »Ihr habt gegen ein Totenfraß ...?«

Ehe sie die gleiche ungläubige Frage zu Ende stellen konnte wie Jonn zuvor, schoss plötzlich ein schwarzer Schatten in die Höhle. Er sauste um unsere Köpfe, Camille und ich duckten uns instinktiv, und Avem quietschte erschrocken auf.

»Zedd!«, rief Laree und stieß ein paar hohe Klickgeräusche aus. Dazu streckte sie einen Arm aus.

Im nächsten Moment wurde mir klar, warum sie ihre Unterarme mit Lederschnüren umwickelt hatte, denn der schwarze Schatten fasste sie mit geschickten Klauen und hing dann kopfüber baumelnd daran.

Augenblicklich ging in Laree eine Veränderung vor. Aus dem aufbrausenden Hitzkopf wurde eine liebevoll säuselnde junge Frau.

»Hast du mich gesucht, hm? Und dein Näschen hat dir die richtige Richtung gewiesen, nicht? Ja, ist ja gut. Hast mich ja gefunden, mein Kleiner.« Wieder dieses Klicken, das Laree offenbar mit der Zunge erzeugte und welches die Riesenfledermaus, die an ihrem Arm baumelte, eifrig beantwortete.

Zedd war gewaltig, so groß wie die größten Falken des Refugiums. Nur, dass er statt der befiederten Schwingen Arme und Hände besaß, deren feine Knochen sich in der ledernen Haut seiner Flügel abzeichneten.

Während Laree unsere Anwesenheit zu vergessen schien, beobachteten wir, wie sie den dichten Pelz des Geschöpfes streichelte und das Tier sie dabei mit schwarzen Knopfaugen anblickte. Auf seiner Stirn saß ein dreieckiger weißer Fleck, der es außergewöhnlich aussehen ließ.

Camille hatte ihrerseits ihre schmerzende Wunde ganz vergessen und starrte das fremde Tier fasziniert an.

Avem hingegen begriff, dass von Zedd offenbar keine Gefahr ausging, und setzte die Versorgung von Camilles Schulter fort, was die jedoch kaum mitzubekommen schien.

Sie streckte die andere Hand in Richtung Fledermaus aus und schloss die Augen. Ein verzückter Ausdruck trat in ihre Miene, den ich aus etlichen Situationen kannte, wenn ein wildes Tier sich auf die Kommunikation mit ihr einließ.

»O ja«, flüsterte sie. »Das glaube ich. Man sieht, dass ihr euch sehr nah seid.« Sie schlug die Augen auf und blickte in Larees, die sie verblüfft anstarrte.

»Er liebt dich«, teilte Camille ihr lächelnd mit. »Obwohl er langsam daran zweifelt, dass du seine wirkliche Mutter bist. Aber er liebt dich trotzdem, als sei er dein Kind.«

Laree wandte sich so abrupt ab, dass Zedd an ihrem Arm hin- und herschwang und begeistert klickte.

»Das muss niemand mir sagen«, brummte sie. »Das weiß ich selbst.«

»Natürlich«, beeilte Camille sich zu sagen. »Ich meinte auch nicht …«

»Er war von der Höhlendecke gefallen, völlig entkräftet, weil seine Mutter von der nächtlichen Suche nach Früchten am Waldrand nicht zurückgekehrt war. Ich wollte nicht, dass er als Delikatesse auf dem Teller von irgendeinem Türmer landet, hab ihn aufgezogen.«

»Und deswegen weißt du über ihn bestimmt mehr als irgendjemand sonst«, mischte ich mich ein. Sicher wäre es nicht klug, die junge Frau gegen uns aufzubringen. Was wussten wir schon, wie vertrauenswürdig sie war und ob sie nicht etwas von unserem Geheimnis ausplaudern würde, wenn wir sie reizten? »Camille ist eine Begabte. Alle Schirmeri haben eine besondere Begabung, weißt du? Camille kann mit Tieren kommunizieren.«

Laree warf meiner Schülerin einen prüfenden Blick zu, bevor sich ihr Mund zu einem hämischen Grinsen verzog. »Außer mit einem Totenfraß, wie es aussieht.«

»Selbst das hat ihr preisgegeben, warum es glaubte, uns angreifen zu müssen.«

»Ich habe einen Blaukopfvogel aufgezogen, der aus dem Nest gefallen war«, erzählte Camille mit sehnsüchtigem Blick auf Zedd, dessen nadelspitzen Zähnen ich lieber nicht zu nah kommen wollte. »Bluebell folgt mir auch überallhin.«

Ihre Feststellung, dass wir durch den verlorenen Kontakt zu ihm nun keine Verbindung zum Schirmdorf mehr hatten, fiel mir ein, und plötzlich kam mir eine Idee.

»Ihr habt doch einen Shunter hier, oder?«, wollte ich wissen.

Laree zuckte mit den Schultern. »Es gibt einen Handelsshunter für die Sachen, die wir in die Türme verkaufen, und natürlich kann man damit auch Nachrichten verschicken.«

»Keinen zum Reisen?«

»Nein. Die Händler aus den Türmen bringen ihre Shunter mit, wenn sie herkommen, und reisen mit ihnen wieder zurück.« Erneut einer ihrer düsteren Blicke. »Anders als das Refugium hat sich Savannah offenbar nie als vertrauenswürdig genug erwiesen, um hier einen Reiseshunter zu stationieren.« Laree schien mir sehr darauf aus zu sein, die unterschiedliche Behandlung unserer beiden Landesteile durch die Türme hervorzuheben. Erst der Hinweis auf die ewig währenden Vorurteile. Nun die Shunter.

Ich überging den Vorwurf und wandte mich an Camille. »Wir könnten eine Nachricht ins Schirmdorf schicken und auch eine in die Türme. Zu Hause wüssten sie dann, dass es uns gut geht und wir am Ziel angekommen sind. Vielleicht ist die Gefahreneinheit längst im Schirmdorf eingetroffen. Und falls nicht, sollte man in Highhaven über die Vorgänge und das vergebliche Warten auf Hilfe Bescheid wissen, oder?«

Camille nickte heftig, während Avem den Verband fixierte. »Das ist eine gute Idee! Lass uns das sofort machen! Laree, weißt du, wo Jonn Papier und Schreiber hat?«

Der Blick der jungen Frau huschte zu dem schweren Vorhang an der Rückseite der Höhle hinüber. Doch dann wandte sie sich murrend zu dem überladenen Regal neben dem Eingang, in dem Jonn auf seiner Suche nach Genießbarem nicht fündig geworden war.

Camille beobachtete sie dabei. »Schau mal da vorn, nein, weiter rechts, ja, das sieht aus wie eine Rolle mit Windgraspapier.«

Sicher dachte sie an Iris, die vor lauter Sorge um ihre Liebste bestimmt kaum schlafen und essen konnte.

Je länger ich darüber nachdachte, fand ich die Tatsache, dass Bluebell uns während unserer Reise durchs Refugium nicht eingeholt hatte, eher beunruhigend. Bedeutete das nicht, dass weder die Hilfe aus den Türmen noch ein Erpresserschreiben aus Savannah eingetroffen war?

Dieser Stillstand war beängstigend.

Laree zog nicht nur die Papierrolle heraus, sondern fand auch einen funktionierenden Schreiber. Er ähnelte denen, die wir im Refugium verwendeten. Allerdings bestanden die Minen hier nicht aus Kohle, sondern aus gepresstem Gestein und hinterließen eine viel feinere Spur auf dem Papier.

»Hier.« Laree legte mir die Sachen hin.

Ich ließ mich wieder am Tisch nieder, neben dem ich die ganze Zeit gestanden hatte.

Laree selbst setzte sich in die andere Ecke der Höhle, lehnte sich ans Bett und beschäftigte sich mit Zedd, der ein großes Bedürfnis nach Nähe zeigte, seinen Kopf in ihre Hand drückte und mit den häutigen Flügeln raschelte.

Nachdem ich eine Weile auf das leere Blatt vor mir gestarrt hatte, nahm Camille mir sanft das Schreibgerät aus den Fingern. »Lass mich das machen. Wenn wir ehrlich sind, habe ich die leserlichere Handschrift.«

Sie verfasste eine Nachricht ins Schirmdorf, in der sie den Angriff des Totenfraßes und die rüde Begrüßung in der *Wilden Kaktee* mit keinem Wort erwähnte, sondern betonte, dass es uns gut gehe und wir auf einer vielversprechenden Spur seien, die überdies dazu beitragen könne, herauszufinden, wer die Lagerscheune ausgeraubt hatte.

Dann feilten wir eine Weile gemeinsam an der Formulierung, die wir in die Türme schicken wollten.

»Zumindest von dort werden wir Antwort erhalten«, sagte Camille zuversichtlich. »Wahrscheinlich klärt sich dann auf, wieso die Gefahreneinheit auf sich warten ließ.«

Ich hegte mittlerweile Zweifel, dass es für das Ausbleiben der schnellen Hilfe aus Highhaven eine einleuchtende Erklärung gab. Denn zu meinem Leidwesen musste ich der rüden Tiima recht geben: Ich glaubte nicht an Zufälle. Nicht in dieser Sache. Andererseits waren die letzten Tage so voller Rätsel und unerklärlicher Vorkommnisse gewesen, dass ich mir nichts sehnlicher wünschte als eine aufklärende Mitteilung aus den Türmen.

Mittlerweile, so schien es mir, war mindestens die halbe Nacht vergangen. Da wir hier drinnen die Sterne nicht sehen konnten, hatte ich jedoch keine Ahnung, wie spät es war. Camille gähnte immer öfter, und sogar Avem sah müde aus. Ich selbst spürte nur eine bleierne Schwere, gegen die meine innere Unruhe ankämpfte.

Als wir schließlich schwere Schritte im Durchgang zur Höhle hörten, sahen wir alle auf.

Jonn erschien mit grimmiger Miene. »Wie ich gedacht habe, Marii hat die Säcke mit den Kichererbsen von Nomaden.«

So nannten die Savannah Dweller Menschen ihres Landstrichs, die ohne festen Wohnsitz herumzogen. Nachts waren sie mit ihren Sandflüglern unterwegs, verbrachten die sonnenheißen Tage im Waldrandgebiet und boten die Früchte der Bäume und Sträucher, die Pilze und Bruchholz, alles, was sie fanden, in den verschiedenen Siedlungen zum Tausch an.

»O nein, dann werden wir sie nicht mehr finden, oder?«, sagte ich betroffen. »Es heißt, Nomaden hinterlassen keine Spuren.«

»*Ihr* wärt sicher nicht in der Lage, sie aufzuspüren, selbst wenn ihr euch irgendeinem Sandkopf anschließen würdet«, erwiderte Jonn und klopfte Staub von seiner Hose. »Aber zufällig weiß ich, wo diejenigen sich heute Nacht aufhalten, die Marii die Säcke verkauft haben.«

Ich sprang auf. »Worauf warten wir?«

Camille hingegen hielt sich an die Regeln der Höflichkeit und meinte: »Es ist sehr nett von dir, dass du uns hilfst, Jonn.«

»Ach, na ja, ich hab grad nichts anderes vor«, winkte er grinsend ab. Da fielen ihm das Papier und der Schreiber auf dem Tisch auf, und er stutzte.

Camille erklärte ihm, was es damit auf sich hatte. Laree meldete sich aus dem Hintergrund.

»Hoffe, es war okay, dass ich ihnen das Zeug gegeben habe. Ehrlich gesagt glaub ich nicht, dass sie eher Ruhe gegeben hätten.«

Jonn trat näher und warf einen raschen Blick auf die beiden Nachrichten, die Camille sorgsam mit den Koordinaten des Schirmdorfes und dem Shunterturm in Highhaven, dem Zentrum der Türme, versehen hatte. Seine Lippen bewegten sich, während er leise las: »… daher bitten wir höflich um Auskunft zu diesem Umstand. Claymaris, Schirmerin, *Erwählte des Heiligen Baumes.*«

»Die Nachrichten sollten ihre Adressaten baldmöglichst erreichen«, sagte ich. »Aber wie können wir für das Shuntern bezahlen?«

Jonn zögerte, bevor er die Hand ausstreckte, die beiden Seiten zusammenfaltete und sie in die Beintasche seiner Hose oberhalb des Knies steckte. »Ich kümmere mich darum, sobald wir bei den Nomaden waren. Mit den Shunterwächtern muss man auf eine ganz bestimmte Weise umgehen.«

»Gut.« Ich nickte und wollte losgehen. Doch Jonn blieb stehen, wo er war.

»Besser, wir kleiden euch ein bisschen anders ein«, meinte er und sah sich zu Laree um. »Könntest du den beiden aushelfen?«

Laree zog eine Grimasse. »Heißt wohl, wir werden heute nicht an … unserer *großen Sache* arbeiten?« Mir entging nicht, wie ihr Blick erneut zum schweren Vorhang hinüberhuschte.

»Nein. Aber du könntest mir behilflich sein, indem du ein paar Klamotten besorgst«, antwortete Jonn mit bewundernswerter Gelassenheit. »Je schneller wir diese Angelegenheit geklärt haben, desto früher können wir weitermachen.«

»Meine Sachen werden ihnen kaum passen.«

Da hatte sie recht, denn sie überragte schon mich um mindestens einen halben Kopf, und Camille war kleiner und zarter als ich.

Trotz ihres offensichtlichen Unmuts rappelte Laree sich auf und marschierte zum Höhleneingang, die Riesenfledermaus nach wie vor an sich gedrückt. »Ich schau bei meinen Schwestern nach. Da findet sich bestimmt was. Bin sofort zurück.« Am Eingang der Höhle blieb sie noch einmal stehen. Mit düster zusammengezogenen Brauen wandte sie sich an Camille: »Glaubt Zedd wirklich, ich sei seine Mutter?«

»Tut er. Noch«, versicherte Camille ihr. »Du bist für ihn das Zentrum seiner Welt.«

Für einen kurzen Moment, das Blinzeln eines Sonnenstrahls zwischen den Ästen, huschte ein Lächeln über Larees Gesicht. Dann nickte sie ruppig und war verschwunden.

»Und in der Zwischenzeit«, sagte Jonn zu uns. »Klären wir mal, wie man mit Nomaden umzugehen hat, wenn man sich Informationen von ihnen erhofft.«

15. KAPITEL

Es fühlte sich seltsam an, in der fremden Kleidung durch die Felsensiedlung zu gehen. Hatten unsere Schirmersachen uns quasi unsichtbar gemacht, weil uns Wäldlern demonstrativ niemand Beachtung schenkte, so folgten uns nun Dutzende von neugierigen Blicken. Jonn schien überall bekannt zu sein, und als Fremde in seiner Gesellschaft erregten wir Aufmerksamkeit.

Während ich mich unbehaglich fühlte, schien Camille in ihrer Rolle als Savannah Dweller ganz aufzugehen. In ihrem leuchtend gelben Hemd und der Hose, deren ab dem Knie schmal geschnittene Beine in festen Lederstiefeln endeten, schritt sie geradezu stolz aus und blickte weder nach links noch nach rechts.

Avem lief zwischen uns und sah in der etwas zu großen Kleidung samt Schirmmütze, die das schmale Gesicht halb verbarg, aus wie ein Kind, das die Hände trotzig in den Hosentaschen vergraben hatte.

Ich selbst bemühte mich um genau den abweisenden Gesichtsausdruck, zu dem Jonn uns geraten hatte, versuchte, das nervöse Flattern meines Magens zu ignorieren.

Gleich würden wir auf die Savannah Dweller treffen, die in einem unserer Dörfer eine Lagerscheune geplündert hatten. Und ich war mir sicher, dass Menschen, die Nahrungsmittel stahlen, genauso wenig davor zurückschreckten, zwei Menschen gewaltsam zu entführen, um … ja, was? Weitere Vorräte oder anderes wertvolles Handelsgut zu erpressen?

Jonn führte uns durch die gesamte Siedlung, vorbei an etlichen Höhlen, vor denen die Hyänen und Greifvögel Wache hielten und die Händler selbst potenzielle Kunden misstrauisch beäugten.

Im Refugium gab es mehr als dreißig Dörfer, in denen meist zwischen hundert und zweihundert Menschen lebten. Das Schirmdorf zählte derzeit 304 Bewohnerinnen und Bewohner, vom Baby bis zum Greis. Und es gab nur zwei Versorgdörfer, die mit etwa fünfhundert Menschen größer waren.

Dagegen schien mir die Felsensiedlung, die wir durchquerten, von Savannah Dwellern nur so zu wimmeln, und ich vermutete, dass sie mindestens vier- oder fünfmal so viele Menschen beherbergte wie unser Dorf.

»Wie viele Siedlungen wie diese gibt es in Savannah?«, erkundigte ich mich leise bei Jonn, als wir den größten Trubel hinter uns gelassen hatten und einem verlassenen Pfad den Berg hinunter folgten.

»Etwa zehn, die ständig bewohnt sind«, antwortete er. »Wir sind auf die Hügel angewiesen. Ohne die Höhlen könnten wir nicht überleben. Die größten Siedlungen sind natürlich die an den ergiebigsten Minen.«

»Das leuchtet ein. Und womit verdienst du deinen Lebensunterhalt? Du bist kein Minenarbeiter, oder?«, wollte ich wissen.

Er starrte mich einen Moment lang an, bevor er den Kopf wieder fortwandte und sagte: »Besser, ihr sprecht jetzt nicht mehr. Eure Art zu reden würde euch verraten.«

Also schwiegen Camille und ich, während wir der letzten Wegstrecke folgten und schließlich auf dem steinigen Boden ankamen.

Jonn bog vor uns um einen Felsvorsprung, und eine ganze Zeit wanderten wir am Rand des Gesteins entlang, über uns der sternenklare Himmel, der die Landschaft so viel heller wirken ließ, als ich es aus dem Refugium kannte. Mehrmals mussten wir über Felsbrocken klettern und einmal einer kleinen Gruppe herumstreifender, wilder Hyänen ausweichen, indem wir uns hinter dem dornigen Gebüsch verbargen, das am Fuße eines einzelnen, krüppeligen Baumes stand. Als ich mich an den Stamm lehnte, spürte ich seine unendliche Müdigkeit und konnte dieses Gefühl so gut nachvollziehen, dass mir Tränen in die Augen stiegen. Wann würden wir die Nomaden endlich erreichen? Und würden wir dort einen Hinweis auf Parretts Verbleib finden?

»Da vorn!« Schließlich hielt Jonn so abrupt an, dass ich beinahe in ihn hineingelaufen wäre, und deutete geradeaus. Gut zweihundert Fuß vor uns brannte ein Lagerfeuer, an dem etwa ein Dutzend Menschen saßen. Ein großer Sandflügler bot ihnen auf der anderen Seite Schutz vor dem beständigen lauen Wind, der aus der Wüste heranwehte.

Schon allein der Anblick der hoch lodernden Flammen, die im Refugium größte Gefahr bedeutet hätten, ließ mein Herz rascher schlagen. Daher konzentrierte ich mich auf die dunklen Gestalten in ihrem Widerschein.

Ich hatte mit einer Horde wilder Gesellen gerechnet; als wir näher traten, stellte ich jedoch fest, dass zu der Sippe neben zwei Männern und drei Frauen auch ein paar Kinder unterschiedlichen Alters gehörten. Außerdem sprangen ein paar junge Ziegen ausgelassen herum. Über einem kleineren Feuer gab es ein Metallgestell, an dem der Form nach mehrere Riesenfledermäuse brieten.

Ich konnte Camille tief einatmen hören und sah sie warnend an.

Beim Anblick dieser kleinen Familie beim Zubereiten ihrer Mahlzeit erwartete ich fast, dass Jonn umdrehen würde, weil er in ihnen ebenso wenig wie ich die Entführer zweier erwachsener Männer vermutete. Doch er hielt ohne Zögern auf die Gruppe zu.

»Zum Zenit! Ihr seid schwerer zu finden als ein Wüstenfloh im Hyänenfell«, rief er von Weitem.

Die beiden Männer und die beiden älteren Frauen standen auf, während die jüngere Frau das kleinste Kind von vielleicht vier Jahren näher zu sich heranzog.

»Ich bin Jonn.« Er breitete die Arme aus und deutete eine kleine Verbeugung an.

»Juura«, erwiderte die älteste Frau. Ihr dunkles, krauses Haar durchzogen bereits silberne Strähnen, und feine Tätowierungen verzierten ihre Haut über den hohen Wangenknochen. Die Frau neben ihr mit kahl rasiertem Schädel und stechend grünem Blick hatte die Hände in die Seite gestemmt, und ich sah, wie ihre beeindruckenden Muskeln spielten. Auch die Männer waren groß und kräftig.

»Marii schickt uns«, log Jonn ungeniert. »Habt ihr noch einen Sack Erbsen?«

Trotz seines lockeren Tonfalls beäugten uns die Nomaden argwöhnisch.

»Was für Erbsen meinst du?«, fragte Juura.

»Die, von denen ihr Marii sechs Säcke verkauft habt.«

»Wenn ihr jemanden, mit welchem Namen auch immer, kennt, die solch einen großen Erbsenvorrat hat, solltet ihr von ihr kaufen.«

»Marii braucht nichts von dem, was ich zu bieten habe«, erwiderte Jonn und zog aus seiner Hosentasche ein ledernes Mäppchen, das er mit einer Handbewegung aufrollte. Darin lagen säuberlich in kleinen Taschen verwahrt sechs Diamantklingen, die im Feuerschein glänzten.

Mit geübtem Auge betrachtete Juura das Angebot. Dann

wandte sie sich an einen der Männer. »Kemm, hast du nicht gesagt, du brauchst ein neues Messer?«

Der Angesprochene streckte die Hand aus und strich mit dem Finger über die zweitgrößte der Klingen. Jonn nahm sie heraus und reichte sie ihm.

Kemm, dessen dichtes, langes Haar aus einem Zopf auf dem Oberkopf wallte, fuhr mit dem Messer so schnell durch die Luft, dass ein leises Fauchen zu hören war. Anschließend bückte er sich, riss ein Büschel hartes Gras heraus und warf es in die Luft. Als es gen Boden fiel, hielt er ihm die Klinge entgegen, die das zähe Gras mühelos durchtrennte.

»Was willst du dafür?«, wollte er wissen. »Das Messer ist mehr wert als ein Sack getrocknetes Gemüse.« Damit gab er Jonn die Klinge zurück, der sie in einen Schaft an seinem Gürtel steckte und zum Sandflügler hinüber nickte. »Ich will mir meinen Sack Erbsen selbst aussuchen.«

Die Nomaden tauschten Blicke. Und ohne dass ich es bemerkt hätte, schienen sie einen Entschluss getroffen zu haben, denn Silberhaar-Juura wandte sich um und bedeutete uns, ihr zu folgen.

Während die ganze Gruppe uns beobachtete, gingen wir um das Feuer herum und sahen zu, wie die Nomadin das Schloss des Sandflüglers öffnete und seine Tür weit aufschwingen ließ.

Sofort sank mir das Herz. Und als wir in den großen Laderaum hineinsahen, war mir augenblicklich klar, dass weder Parrett noch Sir Osk hier zu finden sein würden. Es befanden sich lediglich etwa drei Dutzend Säcke aus Windgras an der rückwärtigen Laderaumwand.

Jonn beugte sich in den Innenraum und unterzog den Bestand einer genauen Musterung. »Darf ich?« Er deutete hinein.

Juura nickte.

Geschickt schwang er sich hinein, begutachtete den einen,

dann einen anderen Sack, befühlte sie und räumte auf diese Weise immer mehr von ihnen zur Seite.

Juura trat bereits von einem Bein aufs andere, und auch ich wunderte mich, was der Umstand sollte.

Da sagte Jonn: »Wirklich interessant, euer Sandflügler. Von außen sieht er viel größer aus als von innen.« Mit dem letzten Wort sprang er über die verbliebenen Säcke zur Rückseite.

»Hey!«, rief Juura. Doch Jonn hatte bereits einen unscheinbaren Haken in der Wand gefasst und damit eine Tür geöffnet, die sich dort verbarg. Ich schnappte nach Luft. Der Durchgang war so gut wie unsichtbar gewesen, wenn man nicht genau wusste, wonach man suchte.

»Kemm! Naad! Seema!«, schrie Juura.

Hinter uns entstand ein kleiner Tumult, und sowohl Camille als auch ich griffen reflexartig erst an unsere Schultern und dann ans Bein, doch natürlich hatten wir sowohl unsere Pfeile und Bögen wie auch die Schirmmesser in Jonns Höhle zurückgelassen.

Im nächsten Augenblick waren die kahlköpfige Frau und die beiden Männer zur Stelle, während die Frau am Feuer die Kinder um sich scharte. Als Kemm in den Wagen sprang und zu Jonn hechtete, sah der sich zu uns um. Sein Blick traf meinen, und ich konnte in seinen Augen lesen.

»Der Raum ist leer«, sagte er.

»Natürlich ist er leer!«, grollte Kemm, fasste ihn grob an der Schulter und schubste ihn zur Tür. »Die Zeiten für Nomaden sind ziemlich hart.«

Jonn wehrte sich nicht, sondern stieg anstandslos aus dem Laderaum, doch Kemm ließ seine Schulter nicht los, als erwarte er einen Angriff. Der Griff sah schmerzhaft aus, aber Jonn beschwerte sich nicht.

Die zerstörte Hoffnung entrang meiner trockenen Kehle einen leisen Ton, fast einen Schluchzer. Juura sah mich prüfend an, musterte dann die angespannt dastehende Camille und Avems große Hände, die sie kampfbereit aus den Taschen gezogen hatte, als Kemm auf Jonn losging.

»Wer seid ihr? Und wonach sucht ihr wirklich?«, fragte sie.

Unser Plan verlief anders als besprochen. Wir hatten nicht verabredet, was wir sagen wollten, wenn sie uns durchschauen würden.

»Euer Diebstahl interessiert uns im Moment nicht. Auch wenn der Raub unserer Vorräte gegen das Abkommen zwischen Savannah und dem Refugium ist«, erklärte ich rasch, ehe Jonn antworten konnte. »Wir sind wegen des Verschwindens von zwei Männern aus dem Schirmdorf hier.«

»Wusste ich doch, dass mit euch was nicht stimmt«, meldete sich der andere Mann hinter uns. »Ihr seht nicht aus, als hättet ihr jemals die wüstenverdammten Sonnenstrahlen abbekommen.«

Für einen Moment herrschte Stille, und nur das Knistern der Flammen war zu hören.

Ich musterte die Kinder, die die Frau am Feuer umringten. Mädchen und Jungen mit dunklen Gesichtern, aus denen das Weiß ihrer Augen herausleuchtete. Allesamt schmutzig und dünn, ihre Kleidung fadenscheinig, die festen Schuhe, einziger Schutz der kleinen Füße gegen den heißen Boden, geflickt.

Dann sagte ich leise: »Und ihr seht nicht aus wie welche, die Menschen entführen.«

Juura erwiderte meinen Blick ruhig. Kemms Hand rutschte von Jonns Schulter herab.

»Ich suche meinen Gefährten«, setzte ich hinzu, die Stimme nicht mehr als ein Flüstern.

Ein paar Wimpernschläge verstrichen.

Dann räusperte sich Juura. »Bei uns werdet ihr ihn nicht finden. Ist das alles? Oder wollt ihr wirklich einen Sack Kichererbsen kaufen?«

Diesmal war Jonn schneller als ich. »Die Erbsen brauchen wir nicht. Aber ihr kommt viel herum, habt eure Augen und Ohren überall. Vielleicht ist die eine oder andere Information das gute Messer wert?«

Er zog es aus dem Schafft am Gürtel und warf es Kemm zu, der es geschickt auffing.

Der Nomade betrachtete die Klinge in seiner Hand und blickte anschließend zu Juura. Sie zögerte, bevor ein Ruck durch ihren drahtigen Körper ging und sie die Tür des Sandflüglers schloss. »Die Mahlzeit ist gleich fertig. Heute haben wir ausnahmsweise mal genug, um alle satt zu werden. Ihr seid im Kreis willkommen.«

»Wir haben gerade erst gut und reichlich gegessen«, erwiderte Camille mit einem schrägen Blick auf die sich am Spieß drehenden Fledermäuse.

»Dann umso lieber!«, brummte der zweite Mann.

Kemm und Jonn lachten laut, als sei nicht eben noch der eine auf den anderen losgegangen. Ihr Gelächter dröhnte durch die Nacht. Die kleineren Kinder sprangen auf, kicherten und begannen ein Fangenspiel. Wie junge Tiere hatten sie augenblicklich erfasst, dass die Gefahr vorüber war.

* * *

Genau wie Camille war ich froh, dass wir bestens gesättigt waren und nicht einmal aus Höflichkeit die gebratenen Fledermäuse kosten mussten, die die Sippe in gebackenem Kichererbsenbrot verzehrte.

Mit keinem Wort erwähnte ich noch einmal die Säcke im Sandflügler. Vielmehr dachte ich an die Kinder in Refugium, die alle gut genährt waren und niemals hungern mussten, weil der Wald so üppig für uns sorgte.

Die Mahlzeit schien für die Sippe eine Art Festschmaus zu sein. Daher wandelte sich die Stimmung nun, da sie wussten, dass sie von uns nichts zu befürchten hatten, in ein lockeres und harmonisches Beisammensein, und alle Nomaden richteten ihre Aufmerksamkeit erst einmal genüsslich auf das Essen.

Während Kemm sich Brocken für Brocken in den Mund schob, beäugte er immer wieder das Messer, das er Jonn erneut zurückgegeben und das der auf den blanken Sandboden zwischen sie gelegt hatte.

»Wüsste nicht, was wir euch zu erzählen hätten«, brummte der Nomade irgendwann zwischen zwei Bissen. »Wir kommen von Norden her, haben ein paar Nächte nahe der Siedlung der großen Diamantmine campiert. Da gibt's diese große Sippe, die das Abkommen nie unterzeichnet hat. Ist'n offenes Geheimnis, dass die früher die eine oder andere Entführung abgezogen haben. Aber obwohl sie nicht unterschrieben haben, haben sie seit dem Vertrag die Füße stillgehalten, soweit man weiß. Sie haben ihre Finger in der Mine, und die Geschäfte mit den Türmen laufen gut.«

Eine Sippe, die – wenn auch vor mehr als dreißig Jahren – Erfahrung mit Entführung von Refugiumsbewohnern gesammelt hatte?

Jonn sah skeptisch aus, doch in mir kribbelte alles. Ich wollte keinen noch so kleinen Hinweis außer Acht lassen.

»Hattet ihr Kontakt zu ihnen? Waren sie irgendwie … anders als sonst?«, hakte ich nach.

Die Erwachsenen der Nomadengruppe tauschten Blicke miteinander, bevor sie einhellig die Köpfe schüttelten.

»Wir haben … na ja, mit ihnen gehandelt.« Das hieß, sie hatten die gestohlenen Säcke aus dem Refugium gegen irgendetwas eingetauscht. »Aber da war nichts Ungewöhnliches im Umgang mit ihnen«, erwiderte Kemm. In seiner Stimme schwang aufrichtiges Bedauern mit. Offensichtlich hätte er uns wirklich gern geholfen. Das hervorragende Messer lockte ihn sichtlich.

»Was ist mit dieser Sache, die die Kleinen beobachtet haben, als wir auf der Suche nach dem Avemriskraut waren?«, warf die jüngste Frau der Runde ein.

Einen Augenblick schwiegen alle, sodass man lediglich die Flammen des Lagerfeuers knistern und zischen hörte.

Es war den Savanah Dwellern nicht erlaubt, die Heilkräuter und -pflanzen des Refugiums zu sammeln. Genauso wie kein Schirmeri Minen zum Abbau von Mineralien in einem Berg Savannahs anlegen durfte. In den Randgebieten passierte es natürlich trotzdem, dass der ein oder andere Savannah Dweller seinen Bedarf an Heilcamille und Lecksalzkraut deckte, doch das wurde geduldet. Das Avemriskraut allerdings wuchs ausschließlich an verborgenen Stellen, die tief im Wald lagen, und man musste das Randgebiet deutlich verlassen, um es zu finden.

Einen Moment hing die anfängliche Spannung erneut in der Luft, und Juura warf der jungen Frau einen tadelnden Blick zu, woraufhin die die Augen niederschlug.

»Kemm hatte eine unerfreuliche Begegnung mit einer Moosnatter. Hohes Fieber«, erklärte Juura uns widerstrebend.

Moosnattern waren hochgiftige Schlangen des Refugiums, die sich so perfekt tarnten, dass nur ein geschultes Auge sie im Moosbett erkannte. Allzu schnell zog ein falscher Tritt einen ihrer gefürchteten Bisse und eine damit verbundene lebensgefährliche Infektion nach sich.

»Ihr hättet im Schirmdorf nach der Medizin fragen können«, sagte Camille. Sie hatte eine der Ziegen angelockt und kraulte sie am Hals, was das Tier sichtlich genoss.

»Ich vermute, das hätten wir nicht«, antwortete Juura langsam.

Die angriffslustigen Moosnattern fanden sich nicht nur in der Nähe des Schirmdorfes, sondern auch weiter nördlich bei Elixdorf, an dessen Rand besagte Scheune geplündert worden war. Es war klar, bei welcher Gelegenheit Kemm sich den Biss eingefangen hatte.

»Lassen wir das Umeinanderherumgeschleiche!«, entschied ich. »Uns interessiert nur, was die Kinder beobachtet haben. Hat es etwas mit Parretts Verschwinden zu tun?«

Kemm, dem das Ganze besonders unangenehm zu sein schien, platzte heraus: »Die Kinder haben erzählt, dass sie im Refugium auf einen Mann mit einem Sandrenner gestoßen sind.«

»Wo?«, wollten Camille und ich sofort wissen.

»Kann nicht weit vom Schirmdorf gewesen sein.«

»Sandrenner sind wirklich nicht selten«, wandte Jonn ein. »Viele besitzen einen oder kennen jemanden, von dem sie einen ausleihen können.«

»Das habe ich auch schon beobachtet«, stimmte ich ihm zu. »Aber im Refugium sieht man sie selten. Die Händler kommen in der Regel über die breiten Handelswege mit Sandflüglern. Sonst könnten sie kaum ihre Waren transportieren.«

»Und der Kerl da im Wald war sicher kein Händler«, fuhr Kemm fort. »Mit Händlern kennen die Kinder sich aus. Nein, sie haben gesagt … Wie war das noch?« Er sah zu den beiden Ältesten unter ihnen, die zehn oder elf Jahre alt sein mochten.

»Der hat was ausspioniert!«, trompete das Mädchen mit vollem Mund, während der Junge wichtig nickte. »Hatte einen Hologrammapparat auf den Rücken geschnallt.«

Avem, die neben mir saß und das Gespräch interessiert verfolgt hatte, wurde plötzlich unruhig.

»Ein Hologrammapparat?«, wiederholte ich verwundert. »Stehen die nicht auf der Liste der Sachen, mit denen nicht gehandelt werden darf, genauso wie Shunter? Beides gibt es doch üblicherweise nur in den Türmen, weil die Obersten die Kontrolle darüber behalten wollen. Jedenfalls habe ich im Refugium noch nie einen Hologrammapparat gesehen. Woher wissen die Kinder, wie so ein Apparat aussieht?«

»Es kommt durchaus mal vor, dass hier etwas auftaucht, das es in Savannah *üblicherweise* nicht gibt oder sogar durchs Handelsabkommen verboten ist. Und vielleicht bekommen wir das eine oder andere davon zu Gesicht. Dann ist es nicht unsere Art, Fragen zu stellen.« Juura bedachte Avem, die nervös hin- und herrutschte, mit einem vielsagenden Blick.

Jonn wandte sich an die Kinder: »Wie sah der Savannah Dweller aus? Hatte er schwarzes Haar? War er klein und dick oder groß und dünn?«

Das Mädchen überlegte eine Weile, dann sagte es: »Ja, er hatte schwarzes Haar! Und er war sehr dick und sehr klein.«

»Das stimmt nicht! Er war groß und dünn!«, widersprach der Junge mit Bestimmtheit.

Wir Erwachsenen sahen uns an. Die junge Frau zuckten mit verlegenem Lächeln die Schultern. Offenbar war auf die Aussage der Kinder in dieser Hinsicht kein Verlass.

»Habt ihr ihn denn von vorn gesehen?«, wollte Jonn wissen.

Die Kinder schüttelten die Köpfe.

»Er hat da rumspioniert«, wiederholte das Mädchen trotzig. »Und da war ein Hologrammapparat auf seinem Rücken. Das haben wir ganz genau gesehen.«

»Wir glauben euch.« Jonn lächelte sie an, bevor er den Kopf schüttelte und sich zu den Erwachsenen drehte: »Habt ihr eine Ahnung, was der Fahrer des Sandrenners … nun ja, ausspionieren wollte?«

Die kahlköpfige Frau hob die Schultern. »Ging uns nichts an, oder? Nachdem die Kinder das erzählt hatten, haben wir gemacht, dass wir wegkamen. Wir hatten das Kraut. Mehr brauchten wir nicht. Mit manchen Sachen wollen wir nichts zu tun haben.«

»Manche Sachen? Was meinst du damit?«, fragte ich sofort.

»Wir würden keine Geschäfte mit Holz machen«, antwortete Juura mit ihrer ruhigen, dunklen Stimme. »*Damit* wollen wir nichts zu tun haben. Bringt Unglück.«

Die Nomadin spielte darauf an, dass alle paar Jahre einmal am Rande des Refugiums ein Baum geschlagen wurde. Das war ein schweres Verbrechen und dennoch verlockend, da man mit Holz unglaubliche Preise erzielte.

Weil niemand offiziell damit handeln durfte, kamen solche streng verbotenen Überfälle nur selten vor, und wohin das Holz der heimlich geschlagenen Bäume verschwand, wusste niemand. Es war gut möglich, dass es noch in Savannah bearbeitet und dann gegen eine überzeugende Bestechung via Handelsshunter in die Türme geschmuggelt wurde. Die Bäume, die dort unter dem schützenden Dach und im künstlichen Licht gediehen, standen unter Bewachung von schwer bewaffneten Schutzeinheiten. Reiche Türmer, die Schmuck oder Möbelstücke aus Holz besitzen wollten, mussten es sich also auf anderem Wege besorgen.

»Ihr habt geglaubt, dass dieser Savannah Dweller Ausschau nach einem geeigneten Baum für den Schwarzmarkt gehalten hat?«, mutmaßte Camille. »Durch den Schmuggel von einem ganzen Baum könnte er an jede Menge besonderer Lebensmittel oder Trinkwasser kommen.«

Kemm brummte. »Kann schon sein. Wie gesagt, aus so was halten wir uns raus. Aber wenn ich recht überlege, wär's schon seltsam, wenn einer es so tief im Wald auf Holz abgesehen hätte.

Wie sollte er das da rausholen, ohne aufzufliegen? Und auffliegen will bestimmt keiner von denen. Ihr wisst ja, was man sich erzählt …«

Camille, Avem und ich sahen uns fragend im Kreis um.

Jonn räusperte sich. »Auch wir Savannah Dweller wissen, dass unser aller Überleben von der Existenz der Bäume abhängt. Und weil es bei uns keinen Rat und keinen Meister wie bei euch im Refugium gibt, nehmen die Menschen hier Dinge gern selbst in die Hand.« Er strich sich durchs Haar und seufzte. »In Savannah herrschen raue Sitten. Und es gibt Gerüchte, dass diejenigen, die heimlich einen Baum schlagen und an Mittelsmänner in den Türmen verkaufen, nicht allzu lange Freude an ihrem Tauschgeschäft haben. Angeblich sollen sie verschwinden und nie wieder auftauchen. So etwas schreckt ab.«

Zum ersten Mal hatte ich gegen die rauen Sitten dieses Landesteils, die also auch vor Selbstjustiz nicht zurückschreckten, nichts einzuwenden. Doch wenn stimmte, was wir gerade gehört hatten …

»Wenn dieser Savannah Dweller mit dem Hologrammapparat nicht auf Holzdiebstahl aus war, dann liegt der Schluss nahe, dass er etwas anderes auskundschaften wollte. Womöglich den Aufenthalt zweier Männer, die entführt werden sollten.«

»Tja, dachte ich jetzt auch, als wir erfahren haben, dass ihr auf der Suche nach ihnen seid«, brummte Kemm.

Aufgeregt sah ich Camille an. Das konnte ein Hinweis darauf sein, dass die Entführungen keine spontane Tat gewesen waren, sondern sorgfältig geplant. Jemand musste das Dorf ausgekundschaftet haben, unseren Tagesablauf dokumentiert, vielleicht sogar einzelne Bewohner verfolgt. War womöglich auch die Wahl der Entführungsopfer nicht willkürlich gewesen? Aber aus welchem Grund war das alles passiert?

»Mehr wissen wir leider nicht«, schloss Juura das Gespräch.

»Das reicht wohl nicht für eine neue Klinge. Aber vielleicht hilft es euch trotzdem irgendwie.«

Das war eine deutliche Verabschiedung. So standen wir vier auf. Camille, Avem und ich klopften den Sand von unseren Sachen, während Jonn sich nicht darum scherte. Wahrscheinlich gehörte es zu den ersten Dingen, die ein Savannah Dweller lernte, sobald er auf die Welt kam: Sand war einfach überall.

»Danke«, sagte er schlicht.

Juura nickte ihm zu.

»Dein Messer.« Kemm erhob sich und reichte es Jonn. Dabei rutschte der Ärmel seines Hemdes nach oben und Jonn starrte auf Kemms Handgelenk. Ich folgte seinem Blick.

An einem groben Lederarmband baumelte dort ein rundes Schmuckstück. Kreisrund wie die Sonnen, während strahlenförmig spitze Zacken ins Zentrum wiesen. Es glich aufs Haar dem Amulett, das ich schon bei Jonn und Laree gesehen hatte. Mit einem raschen Seitenblick stellte ich fest, dass Jonn seines momentan unter dem Hemd trug. Und es war deutlich, dass er das Symbol an Kemms Handgelenk erkannte.

»Behalte es«, sagte er. »Vielleicht kann es dir nützlich sein.«

Kemm war überrascht, und einen Moment lang rang sein Stolz mit der Freude über das Geschenk. Doch dann neigte er den Kopf und bedankte sich.

Wir verließen die Nomaden auf demselben Weg, den wir gekommen waren, umrundeten vereinzelte Dornengewächse und kletterten über Felsen.

»Wirklich weiter sind wir nicht gekommen, oder?«, sagte Camille bedrückt, als wir endlich den Hügel erreichten und mit dem Aufstieg begannen.

»Wir wissen, dass es jemanden gibt, der sich sehr fürs Schirmdorf interessiert hat. Das hat sicher etwas mit der Entführung zu tun. Wir werden schon herausfinden, wer das war und warum er Hologramme angefertigt hat«, erwiderte ich, um mir selbst Mut zu machen. Ich gähnte und steckte Camille und sogar Avem damit an.

»Ich fürchte, wir müssen uns ausruhen, ehe wir unsere Suche fortsetzen«, entschied ich. »Jonn, würdest du uns noch einen letzten Gefallen erweisen und uns zeigen, wo wir diese Unterkunft finden, von der du gesprochen hast?«

Jonn wandte sich kurz um und bedachte uns mit einem abwägenden Blick, unter dem ich mich ziemlich unwissend und unbeholfen fühlte. Ich konnte ihm regelrecht ansehen, dass er uns für unfähig hielt, in der Felsensiedlung allein zurechtzukommen. Das Schlimme daran war: Höchstwahrscheinlich hatte er recht.

»Ehrlich gesagt halte ich es für keine gute Idee, euch zu Marii zu bringen. Falls die Minenleute doch noch auf die Idee kommen, das eine oder andere Unbequeme von euch wissen zu wollen, werden sie dort zuerst nach euch suchen. Ich schlage also vor, dass ihr erst mal bei mir bleibt.«

»Bei dir?«, echote ich.

Jonn hob die Schultern, als sei nichts weiter dabei. »Im hinteren Teil der Höhle steht ein zweites Bett. Ihr könnt euch das große vorn teilen.«

Ich fragte mich, warum sich dieser Fremde so hilfsbereit uns gegenüber zeigte. Vor allem, wenn ich bedachte, wie seine Landsleute sich Gästen gegenüber verhielten. Aber mir fiel nichts ein, das Jonns Freundlichkeit erklärt hätte. Es sei denn, er *war* einfach nett.

Als Camille mir einen hoffnungsvollen Blick zuwarf, nickte ich. »Gut, aber nur für diese eine Nacht.«

Jonn grinste. »Und den morgigen Tag. Denn da, das kann ich euch versichern, wollt ihr bestimmt nicht draußen herumlaufen.«

16. KAPITEL

Jonn begleitete uns in seine Höhle, verabschiedete sich jedoch gleich wieder, um unsere Nachrichten via Shunter ins Schirmdorf und nach Highhaven abzusenden, wie er versprochen hatte.

Camille ließ sich stöhnend aufs Bett fallen. »Endlich.«

Ich setzte mich zu ihr, und da Avem ratlos mitten in der Höhle herumstand, klopfte ich auf den freien Platz neben mir. Sie kam zögernd näher, hockte sich dann aber rasch auf den Boden.

»Hey, hier ist ausreichend Platz für drei!«, protestierte Camille.

Avem lächelte zu uns herauf, als sei der Vorschlag allein schon Grund für tiefe Zufriedenheit, und rollte sich dicht am Bett zusammen.

»Wie du willst«, sagte ich und sank neben Camille auf die weiche Matratze.

»Er ist wirklich ein netter Mann, nicht?«, fragte Camille, die Augen bereits geschlossen.

»Jonn? Ja, er ist sehr freundlich. Und genau das ist der Punkt, den ich merkwürdig finde. Die anderen Savannah Dweller verhalten sich längst nicht so entgegenkommend, von hilfsbereit ganz zu schweigen.«

Ich dachte an den Moment in der *Wilden Kaktee*, in dem ich Jonn vor ein paar Sonnenständen zum ersten Mal gesehen hatte. Das Glitzern in seinen dunklen Augen, als unsere Blicke sich trafen. Da war so ein sonderbares Gefühl in mir gewesen, ohne dass ich hätte sagen können, was es war.

»Sei nicht so misstrauisch, Clay. Er hilft uns, weil er es möchte. Der Heilige Baum hat ihn uns geschickt«, murmelte Camille mit schwerer Zunge.

Die Lichteiche. Eine schmerzhafte Sehnsucht nach der friedlichen Harmonie, die ich in ihrer Nähe empfand, überkam mich.

Wie schön wäre es, wenn ich jetzt einfach zurückgekonnt hätte, in diesen Moment neulich Morgen, als ich auf ihrem breiten Ast erwachte und alles in Ordnung gewesen war. Und Parrett im Schirmdorf auf mich wartete.

Ich schloss die Augen. Und ehe ich noch einen weiteren Gedanken fassen konnte, schlief ich ein.

* * *

Ich lief durch den Wald. Rannte. Sah mich nach allen Seiten um. Grüne Augen leuchteten aus dem Dickicht. Doch ich hatte keine Zeit, mich zu fürchten, keine Zeit, vorsichtig zu sein.

Ich musste ihn finden.

Das zusammengerollte, geschulterte Seil schlug gegen meinen Rücken. Es war ein gutes Seil, ein sicheres, das bei einem Sturz das Gewicht eines fallenden Körpers auffangen würde. Es war das richtige Seil. Und ich musste ihn finden, ehe er …

»Clay?«

Erschrocken schlug ich die Augen auf. Mein Atem raste, und mein Herz stolperte.

Am Rand des Bettes stand Jonn. Er zog gerade seine Hand zurück, und ich spürte noch seine Berührung an der Schulter.

»Du hast geträumt«, sagte er und wandte sich rücksichtsvoll ab, während ich mich aufrappelte und die Tränenspuren von meinem Gesicht wischte.

»Oh, ich … Wie spät ist es? Haben wir lange geschlafen?«

»Für Camille wahrscheinlich noch nicht lange genug«, antwortete Jonn. Meine ehemalige Schülerin lag mit geschlossenen Augen da, eingekuschelt in eine Decke, und atmete tief und regelmäßig. »Aber Avem scheint weniger Schlaf zu benötigen. Während ich die Nacht für ein paar Gänge durch die Siedlung genutzt habe und auf der Shunterhöhe war, hat sie … tja.« Er wies mit der Hand vage hinter sich.

Avem saß auf einem der Stühle am Tisch und trug eine undurchdringliche Miene zur Schau. Mein Blick fiel auf das Regal neben dem Eingang, gegenüber dem Bett, und mir blieb für einen Moment der Mund offen stehen.

Auf den Metallbrettern reihten sich Kisten, Boxen und etliche Haushaltsgegenstände sorgfältig sortiert nebeneinander. Alles schien sich an seinem wohlbedachten Platz zu befinden. Von dem Chaos, das dort vor ein paar Sonnenständen noch geherrscht hatte, keine Spur mehr.

»Avem«, hauchte ich und starrte sie an, ratlos, wie ich auf solch einen ungefragten, womöglich unerwünschten Einsatz reagieren sollte.

Jonn winkte ab. »Oh, wir haben das schon miteinander geklärt. Obwohl ich sagen muss: Es ist nicht leicht, jemanden fürs Aufräumen zu bezahlen, der das nicht möchte.«

Als ich wieder zu Avem hinübersah, hielt sie eine kleine Glasvase hoch, die in ihren großen Händen sehr zierlich wirkte. Durchs Glas zogen Schlieren von hellem Braun, als wirbele Sand darin. Auf Avems Gesicht lag ein Ausdruck zwischen Stolz und Unsicherheit, und mir kam der Verdacht, dass sie auf mein Einverständnis zu ihrem eigenmächtigen Handeln wartete.

»Das ist wunderschön«, sagte ich und nickte ihr zu. Die Unsicherheit schwand, es blieb der Stolz, als Avem sich wieder der Vase zuwandte und sie bewunderte.

»Kann durchaus sein, dass das die erste Bezahlung ist, die du je für eine Hilfe bekommen hast, hm?«, erkundigte sich Jonn bei ihr. Doch Avem reagierte nicht, sondern befühlte fasziniert die kühle Glätte des Glases.

»Danke«, sagte ich zu Jonn. Siedend heiß fielen mir die letzten Worte ein, die ich vor dem Einschlafen zu Camille gesagt hatte. Seine erneute Freundlichkeit zu Avem im Gegensatz zu meinem Misstrauen in ihn ließ meine Wangen warm werden.

»Wohlverdient«, antwortete er und betrachtete grinsend das aufgeräumte Regal.

»Ist eine Antwort eingetroffen?«, fragte ich.

»Hm?«

»Aus den Türmen, meine ich. Das Schirmdorf kann ja nicht antworten, weil unser Shunter defekt ist. Aber hat jemand aus den Türmen auf unsere Nachricht reagiert?«

Jonn starrte mich einen Moment lang an, dann sah er weg. »Nein, leider nicht. Die übliche Eingangsbestätigung. Aber nichts weiter.«

»Das verstehe ich einfach nicht«, murmelte ich.

»Dauert manchmal ein bisschen«, versuchte er mich zu beruhigen, bevor er eine betont heitere Miene aufsetzte. »Übrigens hast du es genau richtig gemacht, den spärlichen Rest der Nacht und den größten Teil des Tages zu verschlafen. Es ist kurz vor Sonnenuntergang.«

»Was?«, zischte ich, obwohl ich am liebsten gerufen hätte, doch ich wollte Camille nicht wecken. Ich glitt aus dem Bett und sah mich verlegen um.

»Auf dem Weg raus findest du rechts eine Nische«, sagte Jonn, der meine Miene richtig gedeutet hatte.

Während ich mich dort erleichterte und über den Mechanismus der Sand-Vorrichtung staunte, nahm ich mir vor, Jonn gegenüber von jetzt an nicht mehr misstrauisch zu sein. Wahrscheinlich hatte Camille recht, wenn sie sagte, der Heilige Baum habe ihn uns geschickt. Es gab doch im Leben solche Zufälle, die genau dann geschahen, wenn man sie am meisten brauchte.

Ich warf einen kurzen Blick hinaus. Die erste Sonne war bereits hinter dem Horizont versunken. Die zweite folgte ihr soeben und tauchte den weiten Himmel über Savannah in orangerotes Licht. Den Hügel hinunter sah ich die ersten Sandländer aus ihren Höhlen treten. Ein paar Händler räumten ihre Waren auf die Steinblöcke vor ihren Behausungen.

Was für ein anderer Lebensrhythmus hier herrschte. Im Schirmdorf würde die Dorfgemeinschaft das Abendessen vorbereiten. Die Schirmeri würden von ihrer Arbeit aus dem Wald zurückkehren, die Kinder aus dem Schreibhaus abholen, um den Abend gemeinsam zu verbringen, ehe sie sich schlafen legten.

Doch hier in Savannah wurde der Takt, in dem alle ihr Dasein verbrachten, auf andere Weise durch die Sonnen bestimmt als bei uns, sodass sich die Menschen angepasst hatten, abends munter wurden und einen Großteil des Tages verschliefen. Wie es wohl war, sein Leben hauptsächlich in Dunkelheit und allenfalls im Schein von ausschaltbaren Lichtern zu verbringen?

Zwei halbwüchsige Jungen liefen an mir vorbei, jeweils zwei Metallreifen mit einer dünnen Peitsche aus Windgras vor sich hertreibend. Sie waren so auf ihr Spiel konzentriert, dass sie mich nicht bemerkten.

Eine Ziege mit ihrem Zicklein sprang von dem Felsvorsprung über dem Spalt, der zu Jonns Höhle führte. Das Kleine meckerte mich neugierig an und beeilte sich dann, seiner Mutter zu folgen, die auf dem Weg hinunter war. Wahrscheinlich würden sie unter einer der Baumgruppen rund um die Felsenhügel das karge Gras fressen.

»Die Ziegen in dieser Siedlung gehören alle Marii«, ertönte eine helle Stimme von der anderen Seite neben mir. Es war

Laree, die dort stand und beobachtet hatte, wie ich den Tieren hinterherschaute. »Sie macht tollen Käse aus ihrer Milch. Manche sagen, dass gewisse Händler aus den Türmen nur deswegen so oft herkommen und bei ihr wohnen.«

»Hallo«, begrüßte ich sie schlicht. Der im Refugium übliche Spruch, der den Segen des Heiligen Baumes beinhaltete, hatte mir gestern nur schiefe Blicke beschert. Daher hatte ich beschlossen, in Savannah darauf zu verzichten, auch wenn es sich unhöflich anfühlte. »Wo ist Zedd?« Nachdem ich mich gestern vor der Riesenfledermaus erst erschrocken hatte, sah Laree heute ohne ihn geradezu nackt aus.

»Schon unterwegs mit den anderen«, entgegnete sie und schaute zum ein paar Meilen entfernten Waldrand des Refugiums hinüber. »Ist ein guter Standort für eine Siedlung hier«, setzte sie hinzu. »Die Fledermäuse finden viele Früchte in den Bäumen des Grenzgebiets.«

»Stimmt es, dass sie sie mit euch teilen?«

»Stimmt genau.« Laree musterte mich. Schon gestern hatte in ihrem Blick etwas Unwilliges gelegen. Als störe sie meine Anwesenheit auf irgendeine Weise. »Erst fressen sie sich satt. Und wenn sie genug gefuttert haben, bringen sie die restlichen Früchte, die sie finden, zu uns. Ich trainiere sie darauf, bringe ihnen bei, welche Früchte sie beim Apportieren bevorzugen sollen und so.«

»Jonn hat gestern erwähnt, dass du darin ziemlich gut bist«, sagte ich, in dem Glauben, ihr damit ein wenig zu schmeicheln. Doch ihre Stirn legte sich in Falten, als sei es ihr nicht recht, dass ich Jonn erwähnte.

»Ist er da?« Sie nickte zur Höhle.

»Ja.«

Ohne ein weiteres Wort schlüpfte sie hinein und ließ mich stehen.

Ich blieb noch einen Augenblick vor dem Eingang, versuchte, mir einen Überblick über das zunehmende Treiben am Hügel zu verschaffen. Doch es war mir nicht weniger fremd als am Abend zuvor, und so gesellte ich mich wieder zu den anderen.

In der Höhle war Camille inzwischen ebenfalls erwacht und ließ Avem die Wunde an ihrer Schulter versorgen. Laree hatte ihren Platz auf dem Boden vor dem Bett eingenommen.

Camilles Wunde sah bereits viel besser aus und schmerzte offenbar nicht mehr so stark.

»Du bist wirklich sehr geschickt, Avem«, sagte Jonn, und über ihr Gesicht flog daraufhin ein leises Lächeln.

An Camille und mich gewandt fuhr Jonn fort: »Ich habe letzte Nacht viel darüber nachgedacht, wie es sein kann, dass ein Obediant einfach im Refugium auftaucht. Hab meinem Freund Paaul, der in den Türmen lebt, eine Nachricht geschickt. Aber er weiß nichts von einer entlaufenen Dienenden. Was schon seltsam ist, denn es gibt sie nur in Highhaven bei den Obersten, und sie sind für ihre Erhalter sehr wertvoll. Die Herrscherfamilie behält sich vor, sie ausschließlich für sich zu züchten.« Seine Stimme hatte einen bissigen Ton angenommen.

Avems Gesicht war regungslos. Doch ich konnte sehen, dass sie gebannt Jonns Worten lauschte.

»*Züchten* klingt nicht schön, nicht … wertschätzend«, warf ich ein. »Im Refugium verwenden wir das Wort weder für die Wildtiere noch für unsere Hühner. Es ist das Wort, das die Türmer benutzen, wenn sie davon sprechen, Lebensmittel in den Laboren herzustellen.«

»Die Herrscherfamilie verwendet es auch, wenn es um Obedianten geht«, sagte Jonn. »Und wenn du mich fragst, ist das pure Absicht. Sie wollen den menschlichen Ursprung dieser Spezies, die sie so zynisch *Helfende Hände* nennen, aus dem Gedächtnis der Menschen löschen. Wollen die Unterschiede zwischen ihnen und uns betonen, um ihr Tun zu rechtfertigen.«

Nun sahen wir alle Avem an, die unter unserer ungeteilten Aufmerksamkeit in sich zusammenzuschrumpfen schien. Camille lächelte ihr beruhigend zu und strich mit der freien Hand über ihren dünnen Arm.

Jonns Wissen über dieses fremde Geschöpf beeindruckte mich. »Deine Freunde in den Türmen, von denen du so viel über diesen Landesteil weißt, leben die in Highhaven?« Das war das Zentrum der Türme, in dem sich die wichtigsten Universitäten und das Hauptarchiv angesiedelt hatten. Und dort lebte die Herrscherfamilie, in unermesslichem Luxus, wie man sich bei uns erzählte.

Jonn schüttelte den Kopf. »O nein, sie sind Kristall-Händler. Paaul stammt von hier. Thaiman kam wegen der Geschäfte her, die beiden lernten sich kennen und … na ja, Thaiman wurde immer öfter hier gesehen.« Jonn grinste.

Vom Bett her waren Würgegeräusche zu hören. Laree tat so, als müsse sie sich übergeben. »Es war schreeeecklich … romantisch … brrr.« Sie schüttelte sich demonstrativ.

»Was hast du gegen Romantik?«, wollte Camille erstaunt wissen. Ich konnte mich noch gut daran erinnern, wie Iris und sie umeinander herumgeschlichen waren, kurz nachdem Iris ins Dorf gekommen war. Wie aus schüchternem Lächeln verschmitztes wurde, aus frechen Blicken verliebte wurden.

Laree verzog erneut das Gesicht. »Romantik? Wozu soll das gut sein? Es gibt so viele wichtige Aufgaben in *Helles Land*! Dinge, für die wir kämpfen müssen. Da ist keine Zeit zum Knutschen!« Sie fing einen Blick von Jonn auf und verstummte.

»Kämpfen? Zum Beispiel dafür, dass Obedianten von ihren Erhaltern nicht mehr zum Dienen gezwungen und ihrer Fähigkeit beraubt werden, Kinder zu bekommen?«, forschte ich nach.

Denn Jonns Aussage fiel mir wieder ein, dies sei auch eine Sache, die sich ändern müsse.

»Zum Beispiel«, brummte Laree.

Avem war mit dem Verband fertig, und Camille wandte sich ihr mit ernstem Gesicht zu. »Wenn du die Wahl hättest, Avem, würdest du dann gern Kinder bekommen? So wie wir Menschen auch, mit einem anderen Obediant?«

Avem erwiderte ihren Blick, schwieg jedoch. Dann sah sie zu mir.

Jonn schnipste mit dem Finger. »Dieser Blick, der ist mir schon mehrfach aufgefallen. Als wolltest du, Avem, stets dich, Clay, um Erlaubnis fragen.« Er trat näher und kniete sich vor Avems Stuhl. »Dein Erhalter ist in den Türmen, nicht wahr?«

Avem blickte zu mir. Ich nickte.

»Ja«, sagte sie.

»Weil er so weit fort ist, hast du dir jemand anderen ausgesucht, nicht wahr? Eine, der du folgen, der du helfen kannst?«

»Avem!«, rutschte es mir heraus, und ich nahm eine ihrer großen Hände in meine. »Ist das wahr?«

Sie nickte.

»Heißt das, du kannst durchaus sprechen, wenn ich es dir nur erlaube?«

Avem zog den Mund ein wenig schief und nickte wieder.

»Gesprächig wirst du wohl trotzdem nicht werden, aber immerhin könnten wir ein paar Infos bekommen«, sagte Jonn zu ihr, plötzlich aufgeregt.

»Also, Avem, ich erlaube dir, immer zu sprechen, wenn du es möchtest. Verstehst du? Niemand darf dich zum Sprechen zwingen, auch ich nicht. Aber du darfst reden, wann immer du willst.«

Das Lächeln wuchs in die Breite, wie ich es noch nicht gesehen hatte.

»Ich möchte andere Obedianten treffen«, murmelte Avem mit ihrer leisen, leicht rauen Stimme. Ihr scheuer Blick glitt zu Camille. »Ich möchte … Romantik.«

Außer Laree mussten wir alle kurz lächeln. Doch dann nahm Camille Avems andere Hand.

»Du möchtest Romantik und daraus entstehend irgendwann ein Kind?«

»Jaaa«, hauchte Avem. Dann verdüsterte sich ihre Miene. »Erhalter will das nicht. Keine Romantik. Kein Obediantkind.« So viel Trauer schwang in diesen wenigen Worten, dass eine kalte Hand nach meinem Herzen griff. Es gab diese Grausamkeiten schon so lange? Und ich hatte nichts davon gewusst.

Der Blick in die anderen Gesichter zeigte mir, dass Avems Aufdeckung auch sie nicht kaltließ. In Camilles Augen standen Tränen. Laree hatte beide Hände vor den Mund gelegt.

»Aber du bist entkommen?«, hakte ich nach.

Avem nickte. »Kurz vor der Operation. Da war der Shunter. Ja, ich bin entkommen.«

»Das hast du gut gemacht!«, lobte Camille.

»Ja, wirklich!«, stimmte ich ihr zu, denn Avem sah mich fragend an. »Es war richtig, zu fliehen. Niemand sollte jemals wieder derart über dich bestimmen dürfen.«

Jonn räusperte sich. »Leider wird diese Frage über einen Gencode geregelt, eine Art Urkunde. Wer die besitzt, der besitzt auch …« Er brach ab.

Ich versuchte, diese neue Information zu verdauen. Es war Avem zwar gelungen, ihrem Erhalter zu entkommen, der derart grausam in ihr Leben eingreifen wollte. Doch da der uns unbekannte Oberste noch immer im Besitz des Gencodes war, wäre Avems Schicksal besiegelt, sollte er sie zu fassen kriegen.

»Was für eine grässliche Geschichte!« Laree war aufgestanden und schüttelte sich.

Jonn betrachtete Avem nachdenklich. Plötzlich ging ein Ruck durch ihn. »Wie wäre es, wenn ihr euch erst mal ein bisschen stärkt?« Damit waren Camille, Avem und ich gemeint. »Laree?« Er deutete mit dem Kopf zum Höhleneingang, und sie folgte ihm sofort eifrig in den schmalen Gang, bis ihre Stimmen für uns nur noch ein leises Gemurmel waren.

Während Camille, Avem und ich den Rest unseres Proviants aßen und das von Jonn angebotene Wasser tranken, blieben die beiden fort. Als wir drei gerade die Mahlzeit beendeten, kam Laree mit säuerlicher Miene allein zurück.

»Wo ist Jonn?«, erkundigte ich mich, denn ich hatte vorgehabt, ihn um seinen Rat zum weiteren Vorgehen zu fragen.

»Er hat wichtige Dinge zu tun«, schnappte sie. »Kann sich schließlich nicht die ganze Zeit um euren Kram kümmern. Deswegen hat er mich gebeten, ein Auge auf euch zu haben.«

»Hat er das wirklich so gesagt? Du sollst ›ein Auge auf uns haben‹?«, wiederholte Camille.

Laree schnalzte mit der Zunge, als wolle sie Jonns Angewohnheit nachahmen. »Pff, er hat gesagt, ich soll euch behilflich sein. Euch rumführen und so. Hat mir ein paar Namen genannt. Von welchen, die euch vielleicht helfen können bei eurer Suche nach … na, ihr wisst schon.«

Ja, wenn ich etwas wusste, dann, nach wem ich suchte.

»In Ordnung«, sagte ich, obwohl ich zu gern gewusst hätte, was das für wichtige Dinge waren, die unser Gastgeber zu tun hatte. »Lasst uns aufbrechen. Wir sollten nicht noch mehr Zeit vertrödeln.«

Obwohl ich anfangs skeptisch war, stellte sich schnell heraus, dass sich die Zungen derjenigen, die wir aufsuchten, durch Larees Anwesenheit erheblich lockerten. Die junge Frau hatte für alle, die sie selbstverständlich kannte, ein paar markige Sprüche parat, erklärte in wenigen Worten unser Anliegen –

dass wir nach meinem verschwundenen Gefährten suchten – und überließ dann uns das weitere Gespräch.

Einmal hielt sie auf dem Weg abrupt inne und schob Camille, Avem und mich in den Zugang zu einer Höhle, vor der zum Glück weder eine Hyäne noch ein Greifvogel Wache hielt. Mit dem Rücken zum Pfad wartete Laree ab, bis eine Gruppe von lärmenden Minenleuten vorbeigegangen war. Dann winkte sie uns hinaus und führte uns in die andere Richtung.

Ich musste zugeben, dass sie die von Jonn erteilte Aufgabe zwar mit deutlichem Widerwillen, aber gewissenhaft und gut erledigte: Sie war uns behilflich. Und wahrscheinlich hatte sie zusätzlich *ein Auge auf uns*. Leider kamen wir auf der Suche nach Parrett und Sir Osk trotzdem nicht einen Schritt weiter.

Auf unserer Tour durch die Felsensiedlung stiegen wir immer weiter hinab, bis wir schließlich am Fuß des Hügels anlangten. Die Nacht war bereits weit fortgeschritten, und ich begann zu fürchten, dass wir auch den nächsten Tag in Jonns Höhle würden zubringen müssen ohne einen einzigen Hinweis auf Parretts Verbleib.

»Das waren jetzt alle Klatschmäuler, die Jonn mir genannt hat«, sagte Laree. »Ich kenn aber auch ein paar. Wollen wir gleich weitermachen, oder braucht ihr eine Pause?« Dabei sah sie besonders Camille an.

Als ich den Kopf schüttelte, fiel mein Blick an Laree vorbei, und ich registrierte, dass wir genau dort standen, wo Camille, Avem und ich angekommen waren und am Hügel hinaufgeschaut hatten. Ganz in der Nähe der Höhle mit den vielen Sandrennern.

Ich sah hinüber. Tatsächlich parkten wieder ein paar Gefährte vor der Höhle. Von dem kaltschnäuzigen Kerl war nichts zu sehen, aber die Hyäne lag vor dem Eingang und reckte sich gerade laut gähnend.

»Sag mal«, wandte ich mich an Laree. »Diese Sandrenner. Jonn hat gesagt, dass hier viele welche besitzen. Wo werden die aufbewahrt, wenn sie gerade nicht gebraucht werden?«

»Na, in der Rennerhöhle«, antwortete sie mit einem Augenrollen, das besagte, dass ich wirklich überhaupt nichts wusste.

»Dort?« Ich deutete hinüber.

Sie nickte. »Kommt mit.« Energisch schritt sie auf den Höhleneingang zu.

Als wir uns näherten, erhob sich die Hyäne, und ich wollte schon stoppen. Doch das Tier wirkte diesmal nicht im mindesten bedrohlich, sondern schob sich geduckt und mit eifrigem Winseln auf Laree zu.

»Na, Teschsch, alter Kerl.« Sie streichelte und zauste das struppige Fell, als handele es sich um eine Ziege. »Ja, ein feiner Kerl bist du! Ein ganz feiner Kerl! Auch wenn dein Mundgeruch zum Fürchten ist.«

Zwei Frauen in meinem Alter rollten ihre Fahrzeuge an uns vorbei ins Freie und musterten uns. Ich sah ihnen nach, wie sie draußen ihre Gefährte überprüften. Die Kleinere hatte langes, wallendes Haar. Die andere trug ihres sehr kurz geschnitten. Groß und kräftig, wie sie war, kam mir für einen Moment der Gedanke, ob Kinder sie auf Entfernung wohl für einen Mann halten könnten.

»Clay?« Camille tippte mich an die Schulter.

»Hm?«

»Laree schlägt vor, dass wir ihren Freund danach fragen, wer in der Nacht der Entführung mit dem Sandrenner unterwegs war.«

»Root ist nicht mein *Freund*!«, knurrte Laree mit zusammengekniffenen Augen. »Also, er ist schon mein Freund, aber er ist nicht …«

»Verstehe«, sagte Camille schnell und lächelte sie an.

Einen Wimpernschlag lang wirkte Laree irritiert, lächelte dann jedoch zurück, und ich verkniff mir ein Grinsen. Selbst die Savannah Dweller in ihrer ruppigen Art konnte sich Camilles einnehmender Freundlichkeit nicht entziehen.

Die Rennerhöhle reichte weit in den Berg hinein. Etliche Fahrzeuge standen dort aufgereiht, in mehr oder weniger gutem Zustand. Ganz hinten war jemand damit beschäftigt, eines mit Öl zu versorgen.

»Hey, Root!«

Ein Kopf schoss herauf. Es war der junge Mann mit den roten Haaren, die er heute in einem Zopf zusammengebunden hatte.

»Laree!« Sein Gesicht leuchtete auf, als hätte jemand ein zusätzliches Sonnenenergielicht angeknipst. Sofort ließ er die Kanne mit dem Öl stehen und kam uns entgegen, während er die Hände an seiner weiten Hose abwischte. »Wie schön, dich zu sehen. Hätte mir denken können, dass du das bist, wenn Teschsch gar keinen Alarm schlägt.«

»Ja, hi, Root«, erwiderte sie seine herzliche Begrüßung ein wenig hölzern. »Das hier sind Clay, Camille und Avem aus dem Refugium.«

»In Sachen von deinen Schwestern?« Er lächelte uns breit an, musterte besonders Avem intensiv, ehe er wieder Laree ansah. Selbst ein Blinder hätte mühelos erkannt, dass das Herz dieses jungen Mannes lichterloh in Flammen stand.

»Unsere Schirmkleidung fiel zu sehr auf«, erklärte Camille ihm.

»Schirmerinnen? Wow! Die gibt's hier nur selten zu sehen. Ich hab noch nie welche kennengelernt. Ihr habt einen echt wichtigen Job, nicht? Diese Kletterei in den Baumkronen wäre nichts für mich. Bin nicht schwindelfrei.«

»Jede Verrichtung in der Gemeinschaft ist wichtig«, antwortete Camille. »Das Entfernen der Lynchflechten schützt Bäume, ja, aber es ist ebenso essenziell, Obst und Gemüse anzubauen, Pilze und Beeren zu sammeln, Stoff zu weben, Kinder zu unterrichten oder eben …« Sie hielt inne und sah sich um.

»Oh, ich bin Mechaniker und Solartechniker. Ich baue neue Renner, die wir verkaufen können, pflege aber auch die, die hier untergestellt sind. Viele haben einen eigenen, du und Jonn ja auch.« Letzteres war an Laree gewandt. Root deutete mit dem Kopf in eine Ecke, in der zwei Renner nebeneinander parkten. Der eine sah ziemlich dreckig und staubig aus, während der andere nur so glänzte. »Jonn macht an seinem alles selbst. Ist in letzter Zeit wohl nicht dazu gekommen.« Aha, also gehörte das glänzende Fahrzeug Laree. Ich konnte mir vorstellen, dass Root ihrem Gefährt bei der Pflege besondere Aufmerksamkeit zukommen ließ. Kein Wunder, dass es das blankste in der ganzen Höhle war. »Aber manche leihen sich lieber einen aus. Interessiert ihr euch etwa für einen Renner? Ich könnte euch ein besonderes Angebot machen, solange der Boss nicht da ist.«

»Nein, deswegen sind wir nicht hier. Um ehrlich zu sein haben wir nur eine Frage und hoffen auf deine Mithilfe.« So knapp wie möglich erklärte ich ihm unser Anliegen.

Roots Miene wurde ernst.

»Und ihr denkt, dass die Spur des Sandrenners etwas mit dem Verschwinden deines Partners zu tun hat?«

»Es ist der einzige Hinweis, den wir haben«, gab ich zu.

»Und es war welche Nacht?«

»Die Delegation aus den Türmen kommt immer bei Sonnenuntergang der Sommersonnenwende. Parrett verschwand zwei Tage später.«

Root ging zu einem Steinblock hinüber, auf dem mehrere Rollen Graspapier lagen. Er wickelte eine auf, las konzentriert und schüttelte schließlich bedauernd den Kopf.

»Hab ich mir schon gedacht. War meine freie Nacht. Da war ich nicht hier. Der Boss führt nur Buch über die verliehenen Renner, und in der Nacht hat niemand einen ausgeliehen. Wenn jemand seinen eigenen abholt und damit zur nächsten Siedlung fährt, zu den Fledermausfelsen oder den Kakteenfeldern, dann lässt sich das hinterher leider nicht mehr rausfinden.«

Camille seufzte tief. Auch mir wurde schwer ums Herz. Ich hatte meinen Gedanken für eine so gute Idee gehalten. Aber alle Versuche schienen ins Nirgendwo zu laufen. Ich musste mich zusammenreißen, um der kalten Angst, die nach meinem Herzen griff, nicht nachzugeben. Je länger Parrett verschwunden blieb – ich dachte den Gedanken nicht zu Ende. Schluckte, blinzelte zweimal.

»Tut mir echt leid«, murmelte Root und knetete seine Hände.

»Trotzdem danke für deine Auskunft und dass du nachgeschaut hast«, quetschte ich an dem Kloß vorbei, der in meinem Hals anschwoll.

»Ich hätt euch gern geholfen«, erwiderte Root prompt und schielte zu Laree, die ihrerseits zu ihrem Sandrenner hinübersah.

In diesem Moment waren vor der Höhle schwere Schritte zu hören.

»Root?«, donnerte eine raue Stimme. Im Eingang stand der unfreundliche Kerl, den wir gestern Abend bereits kennengelernt hatten.

Root schnaubte leise. »Hier bin ich.«

»Was treibst du?«, schnauzte der Alte ihn an. »Du sollst arbeiten. Ich bezahl dich nicht fürs Rumstehen und Flirten.«

Root zog an uns gewandt eine Grimasse.

»Wir wollten sowieso gerade gehen«, sagte ich und winkte Camille und Avem mit mir zum Ausgang.

Laree grinste und rief im Umdrehen: »Flirt! Flirt!« Dass

Root daraufhin vor lauter Verlegenheit kaum wusste, wohin mit seinen Händen, sah sie nicht mehr.

Als wir die Rennerhöhle verließen, wandte Laree sich bereits wieder dem Pfad zu, der den Hügel hinaufführte. Dabei erklärte sie Camille und Avem, zu wem sie uns als Nächstes zu bringen gedachte, um dort weitere Fragen zu stellen. Ich hörte nur mit halbem Ohr zu, da die Familien- und Arbeitsverhältnisse derjenigen nicht relevant waren. Für mich zählte nur, ob sie uns würden helfen können.

Statt also auf Larees Geplauder zu lauschen, sah ich mich genauer um. Eine kleine Gruppe am Fuß des Hügels erregte meine Aufmerksamkeit. Es waren zwei Männer und eine Frau, die beieinanderstanden, offenbar in ein ernstes Gespräch vertieft. Irgendetwas an ihrer Körperhaltung und der Art, wie die Frau sich immer wieder umsah, verriet, dass sie auf keinen Fall belauscht werden wollten. Hinter dem nächsten Felsvorsprung blieb ich stehen und spähte zurück.

Die drei schienen etwas verabredet zu haben, denn sie tauschten einen festen Händedruck, nickten sich zu und gingen anschließend in verschiedene Richtungen davon. Einer der Männer in die eine, die Frau und der andere Mann in die andere.

Die Gesichter der Letzteren konnte ich im Schein der Sonnenenergieleuchten gut erkennen. Es waren die silberhaarige Juura und ihr Freund Kemm. Ich wandte den Kopf dem Dritten im Bunde nach. Der forsche Schritt in den festen Stiefeln, an denen Hyänenzähne baumelten, war mir bereits vertraut. Jonn.

17. KAPITEL

Ich wollte nicht misstrauisch sein!, sagte ich mir selbst. Aber das war gar nicht so einfach.

Was hatte Jonn mit den Nomaden zu schaffen, die uns die Informationen über den *spionierenden*, wie es das Mädchen ausgedrückt hatte, Sandrennerfahrer gegeben hatten? Oder hatte das von mir beobachtete Treffen gar nichts mit unserer Suche nach Parrett zu tun, sondern vielmehr mit dem Amulett, das Jonn stets trug und das ich auch an Kemms Armband gesehen hatte?

Der Zweifel nagte an mir, ob es richtig gewesen war, Jonn in beinahe alle Geheimnisse rund um unsere Mission einzuweihen.

Die Nacht war bereits weit fortgeschritten, als wir zu viert zu Jonns Höhle zurückkehrten. Wir hatten gewiss die ganze Felsensiedlung durchkämmt, mit gefühlt hundert Bewohnern gesprochen, von denen Laree gemeint hatte, dass sie uns eventuell weiterhelfen konnten. Jonn war uns dabei nicht mehr begegnet. Als wir jetzt am schmalen Eingang seiner Höhle ankamen, hob Laree die Hand.

»Wir sehen uns dann heut Abend wieder, denk ich. Ich muss nach meinen Schützlingen sehen. Die meisten sind bestimmt schon in der Höhle und haben ihre Beute in den Körben abgeworfen.«

»Du gehst zu den Fledermäusen?« Camille fasste die junge Frau am Handgelenk. »Darf ich mitkommen? Ich habe noch nie eine Kolonie gesehen. Das muss wundervoll sein.«

Laree war während unserer nächtlichen Tour durch die Siedlung deutlich aufgetaut. Trotz ihrer ruppigen Art hielt sie es offenbar nicht lange aus, konsequent unfreundlich zu sein. Auch wenn sie sich nun bemühte, sich ihre Überraschung über die Frage nicht anmerken zu lassen, war deutlich zu spüren, dass Camilles ehrliches Interesse sie freute.

»Klar. Komm ruhig mit. Zedd wird sich freuen, dich wiederzusehen. Avem?«

Die Angesprochene sah zu mir auf, in den Augen die Bitte um mein Einverständnis, wie immer, wenn jemand anderes etwas vorschlug.

»Wenn du möchtest, geh mit. Ich packe schon mal das Essen aus.« Auf dem Rückweg hatten wir bei einigen Händlern Nahrungsmittel gegen getrocknete Kräuter eingetauscht. Besonders neugierig war ich auf den Käse, den Marii aus der Milch ihrer Ziegen herstellte und den Laree so angepriesen hatte. Im Refugium hielten wir keine Tiere, die Milch gaben. Schließlich war deren Konsum nicht besonders gesund.

Laree zog mit Camille und Avem davon, und ich presste mich durch den Spalt und ging den schmalen Gang zwischen den Felsen hindurch bis zur Höhle.

Auch hier war Jonn nicht.

Ich genoss die einsame Stille, während ich unsere eher spärliche Mahlzeit, bestehend aus Käse und Kakteenfladen, auf dem Tisch ausbreitete. Ich wusch die benutzten Becher in der Gangnische aus und stand anschließend einfach dort und starrte auf den Stuhl, auf den ich mich eigentlich hatte setzen wollen.

Doch mein Blick glitt immer wieder hinüber zu dem schweren Vorhang, den Jonn nach unserer Ankunft energisch zugezogen hatte.

Wir waren hier zu Gast. Natürlich verbot es sich, an Stellen herumzuschnüffeln, die der Hausherr so deutlich vor uns verschloss. Trotzdem sagte mein Instinkt mir, dass ich in jenem Raum, dort hinter dem Vorhang, womöglich eine Antwort auf die Rätsel finden würde, vor die Jonn mich stellte.

Ich lauschte in den Gang hinein, und als ich nichts hörte, huschte ich zum Vorhang und schlüpfte dahinter.

Eine schwache Lampe flackerte auf und erleuchtete diesen zweiten Höhlenraum spärlich. Er war ein wenig größer als der vordere Wohnraum und deutlich länglicher.

Ich bestaunte das Bücherregal, in dem sich echte Schätze befanden. Bücher waren selten außerhalb der Turm-Archive. Hier jedoch fanden sich etliche, in erster Linie solche zur Historie unseres Landes, zur gängigen Politik, zur Gerichtsbarkeit und Forschung in den Türmen, aber auch zu Sagen und Mythen des Refugiums. Wie es aussah, hatte Jonn nicht nur eine unglaubliche Summe von was auch immer investiert, sondern auch jede Menge Wissen zusammengetragen – bestimmt sehr ungewöhnlich für einen Savannah Dweller, denn normalerweise war das Sammeln und Hüten von Wissen seit jeher das höchste Gut und Privileg der Türme.

Ich schlich leise am Regal und dem Schreibtisch vorbei, weiter durch den Raum, betrachtete die Dinge, die sich an den Wänden stapelten. Kisten, Tonnen und Kanister. Vorsichtig hob ich einen Deckel hoch und entdeckte darunter ein gutes Dutzend der kleinen Ledermäppchen, in denen Jonn den Nomaden seine Messer angeboten hatte. Ich befühlte die Taschen. Tatsächlich, sie waren alle gefüllt. Allein in dieser Box musste sich ein kleines Vermögen an hervorragenden Kristall- und Diamantklingen befinden.

Als ich weiterstöberte, fand ich Handelswaren, die in Savannah hergestellt und im Refugium oder den Türmen als Zahlungsmittel eingesetzt wurden. Schmuck aus edlem, bearbeitetem Stein. Fein geschliffene Glasbecher, Vasen sowie Flöteninstrumente aus Glas und wertvolle Musikinstrumente aus Metall.

Allmählich wurde mir klar, warum Jonn meiner Frage nach seiner Arbeit ausgewichen war. Wie die Dinge sich darstellten, verdiente er seinen Lebensunterhalt als Schwarzmarkthändler.

Seine Freunde Thaiman aus den Türmen und Paaul, der ehemalige Savannah Dweller, fielen mir ein. Vermutlich waren sie seine Mittelsmänner, die all diese Dinge an zahlungswillige Türmer verkauften. War das womöglich der Grund für Jonns heimliches Treffen mit den Nomaden? Hatte er ihnen geschmuggelte Waren angeboten, über die er vor Camille, Avem und mir nicht hatte sprechen wollen?

Ich beschloss, meine Besichtigung lieber zu beenden, ehe Jonn mich in diesem verbotenen Teil seiner Höhle erwischte, und wandte mich zum Gehen, als mein Blick an etwas hängenblieb, das auf dem mit Graspapier überhäuften Schreibtisch lag: ein etwa kopfgroßer schwarzer Kasten mit mehreren kreisrunden Öffnungen an der Vorderseite. Riemen deuteten darauf hin, dass man dieses Gerät auf dem Rücken oder vor der Brust tragen konnte.

Ich trat näher und betrachtete es eingehender. Wenn ich mich nicht täuschte, handelte es sich um einen Hologrammapparat. Einer von denen, die doch nicht gehandelt werden durften und die die Nomadenkinder dennoch bei dem Unbekannten im Refugium gesehen hatten.

Mein Mund fühlte sich plötzlich trocken an. Ein Hologrammapparat. Etwas, das Jonn hier in Savannah auf dem Schwarzmarkt verkaufen wollte? Oder ein Gerät, das er selbst zu nutzen verstand?

Während ich reglos dastand, nahm ich die feine, steile Schrift wahr, mit der das Papier wild bekritzelt war. Obenauf lag eine Karte Savannahs. Es war nicht viel mehr als eine grobe

Skizze, in der mit derselben steilen Schrift die Namen der Siedlungen eingetragen waren plus die Mineralvorkommen der Minen dort. Darunter lugte eine weitere Karte hervor, und ich hob den Rand der oberen an.

Vor mir breitete sich eine Übersicht der Türme aus, wie ich sie noch nie gesehen hatte. Sie war viel sorgfältiger ausgearbeitet, das zentral liegende Highhaven am detailliertesten. Zusätzlich gab es Zeichnungen vom Aufbau der Türme, denen zu entnehmen war, dass sie in Handelsetagen (ganz unten), Wohnetagen (darüber) und Gesellschaftsetagen (ganz oben) eingeteilt waren. Die Konstruktion eines Fahrstuhls fesselte mich eine ganze Weile, denn obwohl Parrett oft davon erzählt hatte, konnte ich mir einfach nicht vorstellen, mich in so einem fahrbaren kleinen Raum Meilen nach oben oder unten zu bewegen.

Ich musste mich endlich losreißen, konnte es aber nicht lassen, noch unter die Türme-Karte zu spähen. Grün schimmerte mir entgegen. Sofort begriff ich, dass es sich um eine Zeichnung des Refugiums handeln musste. Ich versuchte mich zu orientieren und entdeckte an einer Stelle eine Markierung. Während ich mich mit zusammengekniffenen Augen noch bemühte, die Himmelsrichtungen auszumachen, ertönte hinter mir plötzlich ein Geräusch.

Ich fuhr herum. Fürchtete im ersten Moment, Jonn könnte mit dunklem Blick hinter mir aufgetaucht sein. Dann wurde mir klar, dass es keine Schritte gewesen waren, die ich gehört hatte, vielmehr ein leises Klopfen. Aus einer schlanken Metallschiene, die auf einer der Kisten lag, drang Helligkeit, und es knisterte und klickte. Eine Lichtwand sprang auf, sodass ich erschrocken zurückprallte und gegen den Schreibtisch stieß. Im flackernden Schein tauchten etwas verzerrt, aber dennoch eindeutig zwei Männer auf.

Eine Hologrammübertragung, wie mir mit klopfendem Herzen aufging.

»Okay, willst du zuerst?«, sagte der eine Mann zum anderen. Er trug einen sorgfältig gestutzten kleinen Bart und eine einzige, blau gefärbte Strähne auf dem ansonsten kahl rasierten Schädel. Wie elektrisiert starrte ich auf seine Brust, denn auf seinem grün schimmernden Hemd baumelte eine Kette mit jenem mysteriösen Amulett, dem ich nun schon zum vierten Mal begegnete. Der Kreis mit den nach innen weisenden Strahlen.

»Thaiman ziert sich mal wieder«, erwiderte der Angesprochene, scheinbar an mich gewandt. Seine Frisur sah normal aus, kurz und kraus über dem dunklen Gesicht, mit einer verwegenen Tolle, die ihm ins markante Gesicht fiel. »Hi, Jonn!«

»Hi, Jonn«, wiederholte Thaiman. »Das hat nichts mit Zieren zu tun. Du hast die wichtigeren Infos, Paaul.«

»Wie kommt es nur, dass das bei dir immer so charmant klingt?«

Die beiden sahen sich einen Moment lang tief in die Augen. Dann riss Paaul sich los und wandte sich wieder in meine Richtung. Es war ein sonderbares Gefühl, seinen Blick so auf mich gerichtet zu sehen, als schaue er mich direkt an.

Gut, dass er mich nicht sehen konnte, sondern glaubte, seine Nachricht an Jonn zu richten. Der sie sich erst später ansehen würde.

»Also, mein Guter, so wie es aussieht, wird in ein paar Tagen in Highhaven das übliche Prozedere ablaufen. Der Hohe Rat wird im Palace tagen und über neue Gesetze in *Helles Land* palavern, die auch Savannah betreffen. Wie immer ist es am ersten Tag ausgewählten Gruppen aus der Bevölkerung gestattet, eigene Anliegen vorzubringen. Durch unseren gut informierten Kontakt in Highhaven …«

»Sag jetzt nicht den Namen!«, fiel Thaiman ihm ins Wort.

Paaul rollte mit den Augen. »Ich hatte nicht vor, den Namen zu sagen. Also, durch unseren Kontakt wissen wir, wann die Belange Savannahs auf der Tagesordnung stehen. Außerdem ist es uns gelungen …« Er legte eine kurze Pause ein. »Es ist uns tatsächlich gelungen, den Zugangscode zum Ratssaal in Erfahrung zu bringen. Ich hoffe, du weißt, was das bedeutet.« Er beugte sich vor, was aussah, als lehne er sich aus der Wand heraus. »Damit steht uns der Weg offen, direkt vor die Versammlung zu marschieren. Wenn wir denen dann erzählen, wie oft unsere Bewegung schon Anträge auf Anhörung gestellt hat, die von den Obersten nie gestattet wurden, werden sie ihre Lauscher schon aufstellen. Ich wette, der Verständigungsrat wird uns sprechen lassen, auch ohne offiziele Genehmigung von ganz oben. Der Vorsitzende, dieser Toyrin, ist ein guter Mann. Hat nicht nur das Wohl der Türme im Auge, sondern denkt auch an die anderen Teile unserer Welt. Momentan ist er noch mit der Delegation im Refugium, zur Versammlung wird er aber zurück sein, und ich bin sicher, dass er uns anhören und sich auf unsere Seite schlagen wird. Unserer friedlichen Revolution steht also nichts mehr im Wege. Gleiche Lebensbedingungen für alle!«

»Gleiche Lebensbedingungen für alle!«, wiederholte Thaiman.

Leiser fuhr Paaul fort: »Teil uns doch mit, wann du den Handelsshunter benutzen kannst, um die vereinbarten Sachen zu schicken. Kann nicht schaden, wenn wir die Wachposten mithilfe ein paar wertvoller Geschenke auf unsere Seite bringen können. Je weniger Aufregung es um unseren Auftritt gibt, desto wahrscheinlicher ist es, dass unsere Anliegen Gehör finden.« Er sah auf irgendetwas unten im Bild. »Ah, die Übertragungszeit ist gleich um. Willst du noch was sagen, Thaiman?«

»Pass auf dich auf, Jonn. Du weißt, Savannah braucht dich, wenn wir etwas verändern wollen.«

Dann flackerte das Bild. Das Licht erlosch, und die Schiene lag so unscheinbar und ruhig da wie zuvor.

Atemlos stand ich daneben und starrte auf die Wand, vor der gerade noch Jonns Freunde so deutlich zu sehen gewesen waren, als hätten sie hier in der Höhle gestanden. Ihre Stimmen hallten in meinem Kopf wie ein Echo.

Friedliche Revolution.

Ich spürte, wie sich in mir etwas löste. Eine steinerne Verhärtung rund um mein Herz bröckelte und fiel herab.

Jonn war ein Revolutionär.

Er wollte für seinen Landesteil und dessen Menschen bessere Lebensbedingungen erstreiten. Wie auch immer er und seine Freunde das schaffen wollten, für mich zählte allein der Wille, der hinter diesem Tun stand.

Plötzlich fügten sich Dinge ineinander. Jonns Aussage, dass auch die Behandlung der Obedianten nicht so bleiben durfte, wie sie war. Seine Freundlichkeit und Hilfsbereitschaft. Larees schlechte Laune, weil Jonn und sie unseretwegen nicht weiter an *der großen Sache* arbeiten konnten, und ihre Aussage, dass er wichtige Dinge zu tun habe. Das Amulett, das auch Kemm am Handgelenk trug und das sicher ein Symbol für die geplante friedliche Revolution war, der sich anscheinend auch die Nomaden angeschlossen hatten. Es musste eine richtige Bewegung geben, die das Vorhaben unterstützte, und die Mitglieder und Befürworter erkannten sich an diesem Zeichen.

Es wunderte mich nicht, dass gerade die Nomaden für bessere Lebensbedingungen in Savannah kämpften. Sie wussten vom Luxus und Überfluss, der in den Türmen herrschte, während ihnen regelmäßig Nahrung für ihre Kinder fehlte, sodass sie stehlen mussten, um zu überleben.

Rasch huschte ich durch den Vorhang in die Wohnhöhle zurück und ließ mich auf einen der Stühle sinken, als hätte ich die ganze Zeit dort gesessen. Ich blickte auf den Tisch mit den kargen Lebensmitteln, ohne recht zu sehen, was vor mir lag.

Meine Gedanken kreisten einzig um die gerade gewonnene Erkenntnis: Meine Skepsis Jonn betreffend war grundlos. Jonn war ein Revolutionär. Er wollte Gutes erreichen für seinen Landesteil, für seine Mitmenschen. Ich hatte ihm zu Unrecht misstraut.

Diese Gewissheit bedeutete mir mehr, als ich mir zuvor eingestanden hatte.

Eine angenehme Leichtigkeit breitete sich in mir aus, und als ich schließlich Schritte im Tunnelgang hörte, musste ich mich geradezu zwingen, um nicht zu breit zu lächeln.

Laree, Avem und Camille bogen um die Ecke, die beiden jungen Frauen in einen regen Austausch über Fledermäuse vertieft. Sie setzten sich zu mir an den Tisch, und wir aßen gemeinsam, während es um Tragzeit bei den Weibchen, regelrechte Kindergärten und andere soziale Zusammenhänge in der Kolonie der Säuger ging.

Als ich satt war, hatten Camille und Laree längst noch kein Ende gefunden. Avem hörte interessiert zu, hob aber den Kopf, als ich aufstand und zum Tunneleingang hinüberging.

»Ich schnappe nur ein bisschen Luft. Bin gleich zurück«, raunte ich ihr zu.

Draußen tat ich wenige Schritte und lehnte mich neben dem Eingang an den warmen Felsen. Obwohl sich die Nacht bereits dem Morgen näherte, waren immer noch Leute unterwegs. Stimmen und Gelächter wehten zu mir herauf. Irgendwo über mir spielte jemand eine beschwingte Melodie auf einer Flöte. Im Grunde herrschte ein ganz ähnlicher Trubel wie bei uns im Refugium und wie es wohl überall ist, wenn Menschen ihren alltäglichen Verrichtungen nachgehen.

Ich stand noch nicht lange dort, als sich plötzlich jemand neben mich schob. Erschrocken sah ich auf, das Erlebnis in der *Wilden Kaktee* noch nicht vergessen.

Doch es war Jonn, der sich ebenfalls an den Stein lehnte.

»Hattet ihr Erfolg?«, erkundigte er sich.

»Nein. Leider wusste niemand etwas.«

»Schade. Als ich dich hier so stehen sah, dachte ich, es gäbe gute Neuigkeiten.«

»Wirklich, wieso?«

»Nur so ein Bauchgefühl.«

Sein Bauch hatte recht. Allerdings ich konnte ihm schlecht sagen, warum ich mich viel besser fühlte als noch vor ein paar Sonnenständen. Jedenfalls nicht ohne einzugestehen, dass ich in das hinter dem Vorhang versteckte Lager des geheimen Widerstands vorgedrungen war und dort versehentlich eine eingehende Hologrammnachricht abgehört hatte. Dass das, was ich dort erfahren hatte, mich so sehr erleichterte, weil es mir zeigte, dass ich ihm vertrauen durfte.

Vielleicht musste ich es gar nicht sagen. Irgendetwas schien sich ganz von allein geändert zu haben. Jonn hatte seine stets so belustigte Miene abgelegt und schien ausnahmsweise keine ironische Bemerkung auf den Lippen zu haben.

Wir schwiegen eine Weile und blickten beide über das weite Land, das sich vom Hügel aus bis in die Wüste hinein erstreckte. Der Horizont war nur eine ferne Linie, hinter der der seichte Schimmer des noch entfernten Sonnenaufgangs glomm.

Ich wandte den Kopf und sah über die im Gegensatz dazu kurze Strecke hinweg zum Rand des Refugiums. Über den dunklen Schatten der Bäume, die zu einem einzigen, im warmen Wind sanft wogenden Schwarz verschmolzen, standen Abermillionen Sterne.

»So deutlich wie hier habe ich sie noch nie gesehen«, sagte ich und deutete mit dem Kopf hinauf in den nachtdunklen

Himmel, der auf seine Weise strahlte und leuchtete. »Durch das Blätterdach sind sie kaum zu erkennen.«

»Wie schade. Sie sind der schönste Schmuck, den *Helles Land* zu bieten hat«, erwiderte Jonn.

»Du hast recht. Atemberaubend schön.«

Wir sahen beide hinauf.

Ich hatte das Gefühl, dass die Geräusche aus der Siedlung leiser wurden. Als würde mein Kopf sie einfach ausblenden. Nur die Flöte über uns tönte noch klar und deutlich zu uns herunter. Sie hatte von den heiteren Melodien zu einer melancholischen Weise gewechselt, die hinter meinen Augen einen feinen Schmerz auslöste.

»Wer ist Ivyn?«, fragte Jonn unvermittelt.

Ich erschrak bis ins Innerste.

Obwohl ich ihn nicht ansah, musste er meine Überraschung gespürt haben, denn er setzte hinzu: »Du hast seinen Namen mehrmals gesagt, als du diesen Albtraum hattest.«

Warum nur fühlte es sich immer noch so blank und wund an, wenn ich unerwartet darauf angesprochen wurde?

»Er war viele Jahre mein Gefährte.« Meine Stimme klang brüchig. »Vor drei Jahren starb er bei einem Kletterunfall. Ein marodes Seil.«

Mehr sagte ich nicht, weil die Scham mich überwältigte. Hier war ich, auf der Suche nach Parrett, der wahrscheinlich entführt worden war, in diesem Augenblick sicherlich Angst, vielleicht auch Schmerzen litt. Ich aber redete über die Schönheit der Sterne. Und wenn ich träumte, träumte ich von dem, den ich doch schon vor so langer Zeit verloren hatte.

»Du hast Angst, dass es wieder geschieht«, stellte Jonn fest. »Deswegen hast du davon geträumt. Wahrscheinlich ist es einfacher, einen Verlust noch einmal zu durchleben, als den neuen zu akzeptieren.«

»Da gibt es noch nichts zu akzeptieren!«, erwiderte ich heftiger, als ich eigentlich wollte. »Noch steht nicht fest, was mit Parrett passiert ist. Oder was die Entführer von ihm wollen.«

»Wir werden es rausfinden.«

»Ja, das werden wir.«

Verwirrt von diesem *Wir*, das sowohl Jonn wie auch ich benutzt hatten, und meinen sich überschlagenden Gedanken schloss ich den Mund.

Eine Weile standen wir einfach da, betrachteten den Himmel über dem Refugium, schwiegen.

Schließlich räusperte sich Jonn. »Meine kleine Tochter, Ambaa, hatte mal ein Zicklein. Sie war ganz vernarrt in die Ziege, spielte mit ihr, sammelte Leckerbissen. Aber das Tierchen starb. So was passiert. In Savannah überleben nur die Stärksten. Ambaa war zuerst untröstlich. Bis ich ihr erzählte, dass ihr kleiner Liebling einer der Millionen Sterne ist, die in der Nacht für uns leuchten. Da hat sie mit dem Weinen endlich aufgehört und raufgeschaut. Stundenlang hat sie versucht rauszufinden, welcher der Sterne es sein könnte.« Jonns Stimme klang kratzig.

In meinem Bauch breitete sich eine düstere Ahnung aus. Kein einziges Mal während unserer Bekanntschaft hatte er seine Tochter erwähnt. Und in seiner Behausung war keine Spur von einem Kind zu bemerken.

»Sie starb ein Jahr später. Das Wasser aus dem Brunnen der Siedlung, in der wir damals lebten … Keiner hatte gemerkt, dass sich durch Erdverschiebungen, entstanden durch Explosionen in den Minen, toxische Mineralien beigemischt hatten.«

In mir zog sich alles zusammen vor Mitgefühl und Trauer. Ich wusste nicht, was ich sagen sollte.

Jonn trat unruhig von einem Fuß auf den anderen und schob die Hände in die Hosentaschen. Fast wünschte ich mir den ironischen, selbstgefälligen Sprücheklopfer zurück. Aber den schien er irgendwo verloren zu haben. Das Schweigen hielt er jedoch nicht lange aus.

»Ihre Mutter hat es nicht verkraftet. Sie und ich … na, wir waren danach wohl beide nicht mehr die, die wir vorher waren. Ach herrje!« Er stieß sich von der Felswand ab und sah mich wie um Entschuldigung bittend an. »Es tut mir leid, dass ich dich mit dieser Geschichte überfalle. Ich habe dir wohl nur sagen wollen, dass ich weiß, was Trauer ist. Ich wollte erklären …« Er brach ab, fuhr sich durch das sandfarbene, ohnehin verstrubbelte Haar.

Ich nickte, antwortete aber nicht. Wie hätte ich ihm sagen können, dass ich wusste, was diese traurige Geschichte erklärte? Nämlich, dass er nach diesem schrecklichen Verlust unbedingt etwas hatte unternehmen wollen, damit unsere Welt nicht blieb, wie sie war. Damit nicht in einem Landesteil Reichturm und Luxus herrschten, während in einem anderen die Schwachen an verseuchtem Wasser starben.

»Es ist schon gut. Ich verstehe dich«, sagte ich endlich und konnte es nicht lassen, hinzuzusetzen: »Besser, als du denkst.«

Er musterte mich. Der Blick aus seinen dunkelbraunen Augen, die in der Nacht fast schwarz schienen, wirkte verwundert. Als sähe er etwas, das er nicht erwartet hatte.

»Laree hat Camille und Avem die Fledermaushöhlen gezeigt«, sagte ich, um irgendetwas zu sagen. »Sie sitzen noch drinnen beim Essen.«

Jonn blinzelte kurz, als müsse er zurück ins Hier und Jetzt finden. Dann nickte er, wandte sich ab und ging hinein.

Ich blieb noch eine Weile stehen, spürte die Wärme der Steinwand hinter mir, sah über das weite Land, in den Sternenhimmel und wusste nicht, was ich fühlen sollte.

18. KAPITEL

Ich konnte Camille nicht erzählen, was ich entdeckt hatte. Nun, da ich um die Hintergründe wusste, war mir mein Eindringen in Jonns Privatbereich schrecklich unangenehm. Dabei hätte ich wirklich gern eine Sache mit meiner Freundin besprochen, die mir nicht aus dem Kopf ging: In der Hologrammübertragung hatte Paaul erwähnt, dass die Ratssitzung, zu der sich die Mitglieder der friedlichen Revolution Zutritt verschaffen wollten, um die Anliegen Savannahs vorzubringen, erst stattfinden würde, wenn der Vorsitzende des Verständigungsrates Toyrin in die Türme zurückgekehrt sei.

Bloß: Toyrin war doch längst daheim.

Es wunderte mich, dass die überstürzte Rückreise der Delegation vor ein paar Tagen offenbar nicht öffentlich bekannt geworden war. Zwar hatte Jonn gesagt, dass Thaiman und Paaul als einfache Händler keinen Zutritt zu Highhaven, dem Sitz der Obersten, hatten. Doch es gab jede Menge Hologrammschauen, mit denen die Bevölkerung der Türme nicht nur unterhalten, sondern auch über sämtliche Neuigkeiten informiert wurde. Offenbar hatte man den einfachen Menschen die außergewöhnliche Rückreise und die Umstände, die dazu geführt hatten, verschwiegen. Was mir ein seltsames Gefühl bereitete. Was mochte der Grund dafür sein, eine derartige Lage geheim zu halten?

Diese Frage beschäftigte mein Unterbewusstsein so sehr, dass sie mir immer gleich in den Sinn kam, wenn ich aus meinem unruhigen Schlaf, in dem ich mich während eines Großteils des Tages hin- und herwälzte, kurz erwachte.

Als die beiden Sonnen gerade untergangen waren und die sengende Hitze des Tages mit sich nahmen, wollte ich mich zusammen mit Camille und Avem auf den Weg durch die Siedlung machen, um unsere letzten Reserven an Kräutern gegen weitere Nahrungsmittel einzutauschen. Später würden wir unser weiteres Vorgehen planen.

Alle Versuche, Parretts Spur hier in der Siedlung wiederaufzunehmen, waren fehlgeschlagen. Vielleicht versteckte man ihn gar nicht hier und man hatte ihn längst fortgebracht? Ich befürchtete, dass wir mit geliehenen Sandrennern zu einer weiteren Siedlung würden fahren müssen, und quälte mich mit der Sorge, wie wir uns dort ohne Jonns und Larees Hilfe durchschlagen sollten.

Als wir uns eben für den Gang durch die Siedlung bereitmachten, erschien Laree.

»Oh, ihr habt was vor«, stellte sie fest und versuchte vergeblich, ihre Enttäuschung zu verbergen, als sie an Camille gewandt hinzusetzte: »Wollte dir vorschlagen, ob du mir beim Füttern der Fledermauswaisen helfen willst.«

Camilles Miene leuchtete kurz auf, dann schüttelte sie jedoch bedauernd den Kopf. »Tut mir leid. Wir besorgen etwas zu essen, und dann wollen wir uns besprechen.«

Laree zuckte mit den Schultern, als sei es ihr egal.

»Du kannst mit Laree gehen«, mischte Jonn sich da ein, der soeben hinter dem Vorhang aufgetaucht war. Über dem frischen Hemd baumelte das mir inzwischen so vertraute Amulett. »Ich begleite Clay. Wir treffen uns später zum Essen alle hier.«

Camille sah mich an.

»Hey, du bist nicht mehr meine Schülerin.« Ich musste schmunzeln. »Und da du so eine Gelegenheit wahrscheinlich nicht noch einmal haben wirst, würde ich sie an deiner Stelle nutzen. Avem?«

Sie schüttelte den Kopf und streckte die Hand aus, um meine zu berühren.

»Mit dir«, sagte sie leise, aber entschieden.

Ihre Anhänglichkeit rührte mich, und ich erwiderte die sanfte Berührung.

Also teilten wir uns vor der Höhle in zwei kleine Grüppchen, und Avem und ich folgten Jonn den Hügel hinunter.

»Wir gehen zu Marii«, teilte er mir mit. »Sie hat immer ein paar leckere Sachen in der Vorratshöhle und haut uns nicht übers Ohr.«

Dankbar für seine Umsicht, lächelte ich ihm zu. Er blickte mich einen Moment zu lange an, bevor er sich rasch abwandte.

Als wir dem Pfad abwärts folgten, spürte ich eine seltsame Unruhe in mir herumstreichen, weil die Bilder der gestrigen Nacht wieder vor mir aufzogen – wie Jonn und ich an den Felsen gelehnt standen, in den Nachthimmel sahen und so unerwartet unsere schrecklichsten Geheimnisse teilten. Dieser Verwirrung auf den Grund zu gehen, drohte mich jedoch aus meinem mühsam beherrschten inneren Gleichgewicht zu bringen, und so konzentrierte ich mich darauf, auf dem steinigen Weg nicht zu stolpern.

Wir mussten einer kleinen Ziegenherde ausweichen, die an uns vorbeizog, und an die Felswand gepresst hörte ich eine zittrige Stimme neben uns sagen: »Da seid ihr ja wieder. Na, noch 'ne Frage an den alten Säggа?«

Der greise Mann, bei dem wir bei unserer Ankunft ein Stück Brot gegen einen lebensgefährlichen Tipp eingetauscht hatten, saß auf der alten, schmuddeligen Decke am Boden und blickte mit blitzenden Knopfaugen zu uns auf.

»Sägga, du Schlitzohr«, begrüßte Jonn ihn freundlich. »Such

dir andere Opfer, die du den Minenleuten zum Fraß vorwerfen kannst.«

»Ich hab sie gewarnt, hab ich sie«, antwortete Sägga.

Jonn lachte kopfschüttelnd und wollte schon weitergehen, als der Alte krächzte: »Hab gehört, ihr wollt was von einer Entführung wissen.«

Jonn und ich blieben wie angewurzelt stehen, während Avem blitzschnell herumfuhr.

Jonn hockte sich zu dem Greis hinunter und flüsterte: »Weißt du etwas, alter Freund? Verrat es uns.«

Sägga knautschte mit dem Mund, was bei den wenigen Zähnen, die er noch besaß, ziemlich beängstigend aussah, so als könne er versehentlich sein eigenes Gesicht verschlucken.

»Sägga sitzt hier die liebe lange Nacht und hört so dies und das«, erklärte er ausweichend, während seine listigen Augen die Taschen meiner Kleidung absuchten.

»Ich habe nichts dabei, das ich gegen eine Information eintauschen könnte«, gestand ich.

Jonn zögerte kurz. Dann griff er in die Tasche seiner Hose und zog ein kleines Schmuckstück heraus. Eine hübsch gearbeitete Blüte aus Metall, in deren Mitte ein bunter Stein funkelte.

Sägga streckte die Hand danach aus, doch Jonn zog seine blitzschnell zurück.

»Es muss sich für uns schon lohnen«, brummte er.

Der Alte schmatzte. Er sah sich nach allen Seiten um, beugte sich vor und flüsterte: »Würd mich an eurer Stelle bei den Minenleuten umsehen. Die kennen da unten so einige Stollen, in denen alles versteckt werden kann, was nicht gefunden werden soll.«

»Welche Minenleute meinst du?«, verlangte Jonn zu wissen.

Sägga schielte zu seiner geschlossenen Faust hinunter. Jonn öffnete die Finger und ließ das Schmuckstück aufblitzen.

»Ihr habt es nicht von mir, klar?!«, schnarrte der Greis. »Der alte Sägga weiß von nichts, verstanden? Will noch ein paar Jährchen hier vor der Höhle sitzen und die Nachtluft genießen.«

»Savannahehre«, erwiderte Jonn. Dies schien zu meinem Erstaunen Säggas Zunge sofort zu lösen, denn er raunte uns zu: »Der Stärkste und die Schlauste. Bei denen würd ich mal auf den Dornbusch klopfen.«

Jonn nickte grimmig. Er ließ den Inhalt seiner Hand in Säggas runzelige Finger gleiten und erhob sich.

Der Alte kicherte. »Gute Ohren sind wirklich was nutze.«

Jonn winkte Avem und mich mit sich, und wir eilten ihm nach, die letzte Steigung des Berges hinunter. Die Sandrennerhöhle ließen wir links liegen und umrundeten einen großen Felsen, der wie ein riesiger Mann in der Dunkelheit aufragte.

»Wohin gehen wir?«, wollte ich wissen.

»Zu den Minen.«

Mein Herz schlug bereits schneller, doch jetzt begann es zu rasen. Alles, was ich von den Minen wusste, war, dass sie weit unter die Erdoberfläche reichten. In mühsamer Arbeit bauten die Savannah Dweller dort mit Spitzhacken und Meißeln Mineralien, Kristalle und Diamanten ab.

Es war für mich vollkommen normal, Hunderte Fuß einen Baum hinaufzuklettern, in den Baumkronen auf schmalen Ästen zu balancieren und das Schwanken der Krone mit meinem Körper auszugleichen. Der Gedanke jedoch, mich in engen Tunneln unter der Erdoberfläche zu bewegen, fühlte sich so fremd und beängstigend an, dass sich mein Hals zuzuschnüren schien.

»Ist es …«, begann ich und musste neu ansetzen, weil meine Kehle so trocken war, dass ich schlucken musste. »Ist es eigentlich sicher dort unten?«

Jonn schnaubte. »Kommt drauf an, was du darunter verstehst. Jedes Jahr kommen bei den Sprengungen etwa ein Dutzend Männer und Frauen um. Hin und wieder stürzt auch ein Gang ein, der bis dahin als sicher galt, oder jemand wird von einem herabfallenden Gesteinsbrocken getroffen.«

»Was? Aber das … davon wusste ich nichts.«

»Ist nicht dein Land, nicht wahr? Du weißt nur das, was für euch im Refugium wichtig und lebensnotwendig ist. Genauso wie die meisten meiner Landsleute sich ausschließlich für das interessieren, was in Savannah von Belang ist. Solange wir alle dafür sorgen, dass unsere jeweiligen Landesteile funktionieren, bleibt *Helles Land* im Gleichgewicht.« Er zuckte mit den Schultern, als handle es sich um selbstverständliche Tatsachen, mit denen er sich abgefunden hatte. Aber er konnte mir nichts vormachen. Ich hörte die Bitternis in seiner Stimme heraus.

»Das ist nicht richtig«, widersprach ich. »Ich sage ja nicht, dass jede Bewohnerin, jeder Bewohner alles über *Helles Land* wissen muss. Aber ich bin eine hohe Schirmerin, die *Erwählte des Heiligen Baumes*. Wäre es nicht meine Aufgabe, mehr über die anderen Landesteile in Erfahrung zu bringen? Mehr über die Schwierigkeiten und Probleme in Savannah und in den Türmen?«

Ich dachte an Ambaa, die so jung hatte sterben müssen, weil die Wasserversorgung in ihrem Land nicht sicher war. Weil es sein konnte, dass man dort Gift trank, ohne es zu merken.

Als hätte Jonn meine Gedanken erraten, drehte er den Kopf und sah mich ernst an. Dieses Gesicht, das hinter seiner Ironie und den lockeren Sprüchen lag, hatte ich letzte Nacht vor der Höhle zum ersten Mal an ihm entdeckt. Avem beobachtete uns aufmerksam.

»Deine Worte klingen wie der erste Schritt«, sagte Jonn. »Und den muss man immer selbst tun.«

Während wir weitergingen, spürte ich noch die heiße Spur,

die sein Blick in mich hineingebrannt hatte. Er hatte recht, und es beschämte mich, dass ich achtunddreißig Jahre alt werden musste, um das zu begreifen.

Während wir stumm nebeneinandergingen, schien Jonn tief in Gedanken versunken. Avem blickte sich neugierig nach jedem kümmerlichen Strauch und jedem Kriechtier um. Ich selbst war gefangen in einem Wust aus Gefühlen, die ich nicht einordnen konnte.

Ich hatte erwartet, vor den Minen, die für den Handel der Savannah Dweller so entscheidend waren, Hyänen, Greifvögel und Bewaffnete anzutreffen. Umso erstaunter war ich, als wir den Eingang zu den unterirdischen Stollen der Mine erreichten und nichts davon vorfanden. Wie der Schlund eines gewaltigen Raubtieres klaffte er uns zwischen scharf gezackten Felsvorsprüngen entgegen, die sich wie zur Verteidigung in die Landschaft reckten.

Jonn tauchte ohne Zögern in dieses Loch. Ich folgte ihm mit weichen Knien, während Avem sich an mich drängte.

»Wieso stehen keine Wachen vor dem Eingang der Mine?«, fragte ich und musste ganz bewusst gegen das beklommene Gefühl ankämpfen, das in mir aufstieg, je weiter wir uns in den Berg hineinbewegten. »Haben die Arbeiter keine Angst, dass jemand sie bestehlen könnte?«

»Du müsstest schon sehr dumm sein, wenn du das versuchen wolltest«, sagte Jonn lachend. »Hier oben gibt es nichts, und unten wird rund um die Uhr gearbeitet. Es gab mal ein paar Schlauköpfe, die in einer anderen Mine trotzdem versucht haben, sich am dortigen Mineralvorkommen zu bedienen.« Jonn schnaubte. »Sie wurden natürlich entdeckt und durch die Tunnel gejagt. Es heißt, sie hätten versucht, über einen der Belüftungsschächte zu entkommen. Seitdem hat man sie nie wieder gesehen.«

Ich schauderte und war froh über die mit Sonnenenergie betriebenen Lampen, die von den Wänden leuchteten und den Gang, dem wir folgten, spärlich erhellten.

Bald endete der Gang am oberen Ende einer steilen, breiten Treppe, deren Stufen grob behauen und von vielen Stiefelsohlen glatt getreten waren und die sich in der Tiefe verloren.

»Muss alles hier heraufgetragen werden? Das ganze Gestein?«, wollte ich entsetzt wissen.

»Der Schatten bewahre! Nein, natürlich nicht. Es gibt auf der anderen Hügelseite einen Schacht, durch den die Förderkörbe hochgeholt werden. Eine Sonnenanlage regelt das. Aber der Schacht ist nicht sicher genug, um darin auch die Minenleute zu transportieren. Und so benutzen sie immer noch die alten Stiegen.«

Im Zickzack wand sich die Treppe abwärts. Die Luft wurde stickig und schwer, sodass ich tiefer Atem holen musste. In regelmäßigen Abständen führten breite Gänge nach links oder rechts, aus denen Stimmen, Hämmern und das Dröhnen von Werkzeug zu hören waren. Aus einem drang eine Wolke Staub, als wir vorbeikamen, und wir beeilten uns, aus ihrer Reichweite zu gelangen. Jonn hielt auf keiner der Ebenen an, sondern stieg immer weiter hinunter. Ich durfte auf keinen Fall daran denken, wie viel Erdmasse sich inzwischen über unseren Köpfen auftürmte, und so blickte ich mich aufmunternd lächelnd zu Avem um, die die Augen skeptisch über Wände und Decke des Steinganges schweifen ließ. Ob sie die Vorstellung, dass sich irgendwo über uns die Siedlung befand, deren viele Pfade und Behausungen wir inzwischen recht gut kennengelernt hatten, ebenfalls seltsam fand? Wie war es möglich, dass die Welt dort oben plötzlich so unwirklich schien, unendlich weit fort?

Gerade wollte ich Jonn fragen, wie tief hinunter wir noch

würden steigen müssen, als er von der Treppe aus in einen Gang abbog.

»Ist es nicht unklug, sie hier unten aufzusuchen?«, flüsterte ich ihm zu. »Sie kennen sich hier bestens aus. Sind klar im Vorteil.« Jonns Geschichte der durch die Tunnel gejagten Minenräuber stand mir vor Augen.

Jonn nickte grimmig. »Daran habe ich auch schon gedacht. Aber wenn sie Parrett tatsächlich hier unten gefangen halten, sollten wir nicht warten, oder? Außerdem … ach, wir werden sehen.«

Ich hätte gern nachgefragt, was er hatte sagen wollen, doch erklangen plötzlich hinter der nächsten Biegung Stimmen, die sich uns näherten. Als wir die Ecke erreichten, stießen wir mit ein paar Minenleuten zusammen.

»Zur Wüste!«, rief der Größte von ihnen, der an ihrer Spitze ging. Das eckige Gesicht und die tief liegenden Augen waren unverkennbar. Es war Schaak, der in der *Wilden Kaktee* das Armdrücken gegen Avem verloren hatte.

Neben ihm bremsten Tiima und ein weiterer Mann, den ich in der Schenke ebenfalls gesehen hatte, abrupt ab. Sie alle trugen die typische Kleidung der Minenarbeiter, ein Hammer und diverse Meißel baumelten jeweils von ihren breiten Gürteln. Die Überraschung hatte sie alle drei innehalten lassen.

Schaak schaffte es nicht einmal, den Mund wieder zu schließen. Womöglich war die Idee, sie hier unten aufzusuchen, doch nicht so dumm gewesen.

Allerdings ließ auch mich das unerwartete Aufeinanderprallen nicht kalt. Ich spürte, wie eine heiße Energie durch meine Adern schoss und ich mit einem Schlag bereit für jede Art von Kampf war.

»Wo ist Parrett?«, platzte ich heraus, bevor einer von ihnen sich fangen konnte.

Tiima hatte sich als Erste im Griff und betrachtete mich mit gerunzelter Stirn. »Wer? Was macht ihr überhaupt hier unten? Der Zutritt ist nur Minenleuten gestattet. Das solltest du wissen, Jonn.«

Jonn öffnete den Mund, doch ich konnte mich einfach nicht zurückhalten.

»Ich spreche von meinem Gefährten, den ihr aus dem Refugium entführt habt!«, fauchte ich. »Sagt uns, wo ihr ihn gefangen haltet!«

Derart unfreundlichen und ruppigen Menschen wie diesen Minenleuten war ich noch nie zuvor begegnet. Doch als ich jetzt in ihre Gesichter blickte, wusste ich augenblicklich, dass wir erneut auf der falschen Spur waren. Schaak und der andere Mann wirkten für einen Moment vollkommen verblüfft, während Tiima neugierig interessiert schien. Mit verschränkten Armen knickte sie lässig in der Hüfte ein und lachte höhnisch.

»Hätte ich mir denken können, dass ihr das seid, die in der ganzen Siedlung seltsame Fragen stellen. Deinen Gefährten suchst du? Hm, lass mal überlegen. Habt ihr hier unten einen Wäldler gesehen, Leute?«, wandte sie sich an ihre beiden Begleiter, die gespielt bedauernd die Köpfe schüttelten. »Da habt ihr es. Vielleicht solltet ihr euren gefräßigen Baum danach fragen.«

»Oder …«, Schaak musterte mich von Kopf bis Fuß mit süffisantem Grinsen, »… du überlegst mal, warum ein Mann sonst noch wegrennen könnte.«

Jonn hatte ihn so schnell am Kragen seines grob gewebten Hemdes gepackt, dass Schaak ihn nicht abwehren konnte.

»Wag es nicht …«, knurrte er.

Der andere Mann ballte die Fäuste und wollte zu einem Schlag ausholen, doch bereits im nächsten Wimpernschlag hatte Schaak sich von der Überraschung erholt, riss die Arme hoch und umfasste augenblicklich Jonns Handgelenke.

»Hey!«, rief ich und wollte eingreifen, als eine Hand mit sieben Fingern mich zurückhielt.

Avem tat ein paar Schritte vor und kam direkt neben Jonn zu stehen. Sie tat nicht mehr, als Schaak aus blauen Augen intensiv anzustarren, während sie die grotesk großen Hände spreizte.

Der andere Mann wich zurück. Schaak ließ Jonn los und stieß ihn von sich.

»Mach das nicht noch mal, klar?«, grunzte er.

»Was ist das für eine Entführung, in die ihr verwickelt seid?«, verlangte Jonn zu erfahren, während er unauffällig seine Handgelenke rieb.

»Entführung?«, wiederholte Tiima. »Tz, wie kommt ihr auf die Idee? Wüsste nicht, was es euch angeht, was wir tun oder nicht tun.« Mir entging jedoch nicht, wie ihre Augen kurz zu Avem huschten.

»Gilt der Kodex etwa nicht mehr?«, fragte Jonn.

Schaak und der andere Mann erstarrten.

»Ihr seid keine Minenleute«, warf Tiima ein, wirkte plötzlich allerdings viel weniger selbstsicher.

Jonn schien das ebenfalls bemerkt zu haben, denn er fand zu seiner typischen großspurigen Art zurück. Betont auffällig betrachtete er die Felswände und die Decke des Ganges.

»Das sind doch hier die Minen, oder? Und soweit ich weiß, herrscht hier drin das Regelwerk der Minenleute, das besagt, dass die Wahrheit genannt werden muss, wenn man etwas gefragt wird. Kann hier unten lebensnotwendig sein, die Einhaltung eines solchen Kodex, ist doch so?«

Die drei uns gegenüber tauschten unsichere Blicke.

Einer spontanen Eingebung folgend sagte ich: »Ihr hattet geplant, Avem zu entführen, richtig?«

Jetzt war es an Jonn, mich überrascht anzusehen. Die Minenleute hingegen wirkten weniger verwundert als ärgerlich.

Statt meine Aussage abzustreiten, brummte Schaak: »Ihr könnt doch selbst nicht auf rechtem Wege an das Obediant gekommen sein. Weiß doch jeder, dass die Herrscherfamilie nicht zulässt, dass irgendjemand außerhalb von Highhaven eins davon besitzt. Und was gibt's bei euch schon an Arbeit für die *Helfenden Hände*? Bei uns ist das was anderes. Hier unten könnte es jede Menge …«

»Avem ist nicht bei uns, um für uns zu arbeiten!«, fuhr ich dazwischen. »Sie begleitet uns als Freundin.«

Tiima zischte abfällig. Aus dem Augenwinkel registrierte ich, wie Avem mich mit hoch erhobenem Kopf ansah.

Jonn, der sich schnell gefangen hatte, deutete mir mit einem leichten Nicken den Rückzug an. Zu den Minenleuten sagte er: »Ihr tut besser daran, euch nicht in unserer Nähe blicken zu lassen. Ihr wollt doch nicht, dass gewisse Dinge gefährdet werden.« So kurz, dass es auch eine zufällige Geste gewesen sein konnte, berührte er das Amulett um seinen Hals.

Tiima, Schaak und der zweite Mann starrten ihn zornig an, erwiderten jedoch nichts.

Wir wandten uns um und gingen zurück zur Treppe, während hinter uns hektisches Flüstern zu hören war. Jonn führte uns die vielen Stufen hinauf. Während ich ihm folgte, dachte ich zum ersten Mal mit echtem Interesse an die Fahrstühle in den Türmen, von denen Parrett so oft erzählt hatte.

Parrett. Wieder war eine Spur im wahrsten Sinne des Wortes im Sand verlaufen. Seit Camilles und meinem Aufbruch vor etlichen Tagen waren wir seinen Entführern keinen einzigen Schritt näher gekommen. Und ich hatte keine Ahnung, was wir nun noch versuchen sollten, um ihn zu finden.

Aufgewühlt von der Begegnung mit den Minenleuten und in meine trostlosen Gedanken vertieft, fiel mir irgendwann auf, dass Avem mich immer noch nicht aus den Augen ließ.

»Was ist denn? Möchtest du etwas sagen? Du weißt doch, dass du jederzeit reden darfst, nicht?«

Sie sah mich weiter einfach an, und ein fast verschmitztes Lächeln trat in ihre noch so kindlichen Züge.

»Freundin«, sagte sie.

* * *

Wir statteten Marii einen Besuch ab. Die Gastwirtin war in meinem Alter, und ihre schräg stehenden grünen Augen leuchteten aus dem dunkelhäutigen Gesicht unter fast weißen Haaren hervor. Sie wirkte nicht nur sehr sympathisch, sondern überreichte uns auf Jonns Bitte hin einen Korb mit Lebensmitteln. Als Jonn sie bezahlen wollte, winkte sie ab.

»Nutz alles, was du hast, für …«

Doch er sah sie eindringlich an und bewegte kurz den Kopf von links nach rechts.

Sie stockte, lief dunkelrot an und behauptete, etwas vergessen zu haben, um noch einmal kurz im hinteren Teil ihrer Gasthöhle zu verschwinden.

Ich tat, als sei mir nichts aufgefallen, und ignorierte auch Avems fragenden Blick.

Mit dem Korb voller guter Dinge fürs Essen machten wir uns auf den Weg zu Jonns Höhle.

»Wie wäre es, wenn ich Laree und Camille Bescheid sage, damit wir essen und uns dann besprechen können?«, schlug er vor. »Wie ich unsere beiden Zicklein einschätze, werden sie sonst morgen früh noch bei den Fledermausbabys hocken.«

Er nannte Laree und Camille Zicklein? Bisher hatte ich mir keine großen Gedanken über die Beziehung zwischen Jonn und der jungen Frau gemacht. Im Refugium kam es durchaus vor, dass in Paarkonstellationen größere Altersunterschiede herrschten. Dass Laree Jonn bewunderte und wahrscheinlich alles für ihn getan hätte, war deutlich zu sehen. Doch dass er sie mit diesem für Savannah typischen Kosewort für Kinder oder Jugendliche betitelte, sprach von seiner Seite her eher für andere Gefühle, vielleicht die eines älteren Bruders?

»Gern«, stimmte ich ihm zu. »Je früher wir wissen, welche Handlungsmöglichkeiten uns bleiben, desto besser.«

Wir waren am Höhleneingang angekommen und hielten an. Der Wüstenbussard, der wie üblich auf einem kleinen Vorsprung im Felsen hockte, hatte uns natürlich schon von Weitem erkannt und trippelte eifrig mit den Klauen, auf den Leckerbissen erpicht, den John wie immer aus der Tasche zog und ihm hinhielt. Während sein aufmerksamer Wachposten den Fleischfetzen zwischen den Klauen zerfetzte und hinunterschlang, streckte Jonn die Hand aus, legte sie kurz auf meinen Arm, um sie dann schnell wieder fortzunehmen.

»Ich kann mir vorstellen, wie hart es ist, nun schon zweimal einer vermeintlich heißen Spur gefolgt zu sein, die sich dann als Rauch herausgestellt hat. Aber wir geben nicht auf. Wir werden ihn finden, klar?«

Da war es wieder, dieses *Wir*, das mich schon beim ersten Mal irritiert hatte.

»Klar«, wiederholte ich, um eine zuversichtliche Miene bemüht. »Wir bereiten schon mal das Essen vor.«

Damit trennten wir uns.

Avem und ich folgten dem Felsengang hinein in die Wohnhöhle. Ich stellte den Korb auf dem Tisch ab und wollte gleich anfangen, die Sachen auszuräumen, als mir auffiel, dass Avem mitten im Raum stehen geblieben war und stocksteif dastand. Ihr starrer Blick war auf den schweren Vorhang gerichtet, der wie immer zugezogen war.

Sie sah mich an und deutete hinüber, einen Finger an die

Lippen gelegt. Und nun, da wir stillstanden, hörte ich es auch: ein leises Rascheln.

Machte sich dort gerade heimlich jemand zu schaffen? Ganz so wie ich es selbst gestern getan hatte? Ich schlich zum Vorhang, Avem dicht hinter mir, und lauschte.

Es waren keine Schritte zu hören. Nur hin und wieder dieses verräterische Rascheln, als würde jemand Papier über Papier reiben.

Ich griff nach meinem Schirmmesser, das ich seit unserem Ausflug zu den Nomaden auch in meiner ausgeliehenen Savannahkleidung bei mir trug, und umfasste den Griff. Dann schob ich einen einzigen Finger zwischen Höhlenwand und Vorhang und spähte durch den schmalen Schlitz. Was ich sah, ließ mich erleichtert auflachen.

»Es ist Zedd«, flüsterte ich Avem zu, weil ich die Riesenfledermaus auf der anderen Seite des Vorhangs nicht erschrecken wollte. »Wahrscheinlich hat er Laree gesucht und ist irgendwie hinter den Vorhang geraten.«

Avem rollte sehr passend mit den Augen, und wir grinsten uns an. Inzwischen vergaß ich, dass sie kein Mensch war. Ihre Gefühle schienen meinen doch so ähnlich zu sein. Wieso war ich früher davon ausgegangen, dass diese Spezies auf jeden Fall anders sein musste? Schließlich war ich diejenige, die mit Bäumen sprach und sie als Freunde bezeichnete.

Rasch schlüpften wir beide durch den Vorhangspalt und betrachteten das Tier, das ganz gegen Fledermausart nicht kopfüber von erhöhter Position herabhing, sondern platt wie eine Erdkröte auf dem Schreibtisch lag. Der weiße, dreieckige Fleck auf seiner Stirn zeigte deutlich, dass ich mich nicht geirrt hatte und es sich wirklich um Larees Zögling handelte.

»Zedd, hey, erkennst du uns?«, sagte ich möglichst ruhig und streckte ihm meine Hand entgegen, um ihm den weichen

Pelz zu kraulen, wie ich es bei Laree gesehen hatte. Er ließ es sich gefallen, wandte den Kopf und sah mich mit den kleinen, schwarzen Augen an. Sollte ich ihn hochnehmen? Wie fasste man eine Fledermaus an? Unter dem Bauch durchgreifen?

Ich versuchte es. Aber das schien der Riesenfledermaus dann doch zu viel Annäherung von einer fremden Person. Sie riss die Schnauze auf, stieß ein paar hohe Klicklaute aus, breitete die häutigen Flügel aus und rauschte in die Luft. Eine Kaskade aus Papier und anderen Dingen ergoss sich vom Schreibtisch auf den Boden.

Avem reagierte blitzschnell und schlug den Vorhang zur Seite. Zedd schoss hindurch, flatterte zwei Orientierungsrunden durch die Höhle und verschwand dann lautlos in den Gang, als sei er nie hier gewesen.

Ich beglückwünschte mich still dafür, nicht fester zugepackt zu haben, und beugte mich zu den Dingen, die in einem heillosen Chaos auf dem Boden gelandet waren.

»Wie kann jemand nur so wenig Ordnung halten?«, fluchte ich leise und begann aufzusammeln, was auch immer ich zu fassen bekam. Darunter waren auch die Karten der drei Teile von *Helles Land*, die ich gestern schon bestaunt hatte.

Savannah, eher grob skizziert – hier kannte sich Jonn ja bestens aus und brauchte daher wohl keine zusätzliche Orientierung. Die Türme – so detailliert und fein ausgearbeitet, dass ich mich am liebsten gleich wieder in die Zeichnungen vertieft hätte. Und mein Zuhause, das Refugium – in verschiedenen Schattierungen von Grün sehr geheimnisvoll, mit der Markierung, die mir bereits beim ersten Mal aufgefallen war.

Ich betrachtete die Karte genauer, drehte sie vorsichtig. Und nachdem ich die Himmelsrichtungen bestimmt hatte, wurde mir klar, was Jonn so deutlich gekennzeichnet hatte: Es war das Schirmdorf.

Einen Moment lang starrte ich darauf. Mein Kopf war leer. Da spürte ich an meiner Seite eine leichte Berührung. Avem, die zart an meinem Hemd zupfte.

Ich wandte mich ihr zu und sah, dass sie mir ein Hologramm entgegenhielt. Der Metallrahmen, in dem es hing, war etwa so groß wie mein eigener Handteller. Es zeigte zwei Personen, die am Rand eines Dorfes standen. Im Hintergrund waren die typischen Refugiumshütten aus Lehm mit ihren Grasdächern zu sehen. Die abgebildete Frau und der Mann hatten sich zueinander geneigt, sprachen offenbar miteinander, während sie keine Ahnung davon hatten, dass sie gerade in einem dreidimensionalen Bild festgehalten wurden.

Sie trug das braune Haar zu einem einfachen Zopf im Nacken zusammengebunden, ihr Blick war ernst ins Gesicht des dunkelhaarigen Mannes mit der sehr viel helleren, regelrecht blassen Haut gerichtet.

Meine Kehle war staubtrocken, alles in meinem Mund schmeckte schal.

Die Frau und der Mann in dem Hologramm waren Parrett und ich.

19. KAPITEL

Mein Herz stolperte immer wieder, während Avem und ich die anderen heruntergefallenen Hologramme durchsuchten. Es waren Dutzende, und alle zeigten Menschen aus dem Schirmdorf. Da waren einige Schirmeri, unter ihnen auch Oenotera und Rosmary. Doch aus den meisten Aufnahmen blickten uns dieselben drei Gesichter entgegen: das von Aruncus, von Parrett und mir.

Ich musste ganz bewusst atmen, um nicht in Panik zu geraten. Was hatte das zu bedeuten? Der Verdacht lag nahe, dass Jonn diese Bilder aufgenommen hatte, und zwar mit dem Hologrammapparat, den ich für Schmugglergut gehalten hatte. Aber aus welchem Grund hatte er das getan? Und warum hatte er mir verschwiegen, dass er bereits wusste, wer ich war, als er uns in der *Wilden Kaktee* aus der Klemme geholfen hatte? Ich erinnerte mich an seinen Blick, das Aufblitzen in seinen Augen, als ich mich zu ihm umgewandt hatte. Er hatte mich erkannt. Weil er mich wer weiß wie lange beobachtet hatte und Dutzende von Bildern von mir besaß.

Ein Hologramm nach dem anderen betrachtete ich, schob weitere zur Seite. Sah mich zusammen mit Camille im Wald. Mit Parrett auf dem Dorfplatz. Mit Parrett vor unserer Hütte. Allein auf dem umgestürzten Baumstamm. Wie zum Zenit war es Jonn gelungen, mich derart unbemerkt zu beschatten?

Avem nahm mir jeden Hologrammrahmen, dessen Bild ich betrachtet hatte, aus der Hand und legte ihn auf den Schreibtisch. Sie musste ein perfektes bildliches Gedächtnis haben, denn als alle Abbildungen wieder dort lagen, schob sie die Landkarten darüber, und der Schreibtisch sah aus wie zuvor.

Dann nahm Avem mich an der Hand und führte mich hinüber in den Wohnraum, wo sie mich sanft zu einem Stuhl stupste. Während ich dessen Lehne umklammerte, zog sie sorgfältig den Vorhang hinter uns zu.

In meinem Kopf tobte ein Sturm.

Jonn hatte gewusst, wer ich war, vielleicht sogar meinen Namen gekannt. Und er hatte gewusst, wer Parrett war. Was aber tat ein friedlicher Revolutionär mit solch einem Wissen?

Ein grauenhafter Verdacht regte sich in mir, und mir wurde übel.

»Hör zu«, sagte ich zu Avem, während ich bewusst tief ein- und ausatmete. »Ich muss noch einmal raus. Ich muss mir über etwas Gewissheit verschaffen … nein, du bleibst am besten hier. Hier bist du sicher, falls die Minenleute doch noch auf krumme Gedanken kommen.«

»Ich habe keine Angst«, antwortete Avem mit ihrer leisen Stimme. Dazu spreizte sie ihre Finger.

Ich legte ihr meine Hand auf die schmale Schulter. »Das weiß ich. Du bist so furchtlos wie niemand sonst, den ich kenne. Trotzdem ist es besser, wenn ich allein gehe. Mich wird niemand beachten. Bereite doch schon mal das Essen vor, und wenn die anderen kommen, sag, dass ich …« Ich überlegte hektisch.

»Mit dem Baum unten am Hügel rede?«

Ich sah Avem an. »Ja! Ja, das ist eine gute Idee. Ich will mit dem Baum dort unten kommunizieren. Das wird Camille ganz sicher glauben, und wenn *sie* es glaubt …«

»Schnell!« Avem winkte mich zum Höhlenausgang.

Weil ich inzwischen gelernt hatte, auf ihre feinen Ohren zu vertrauen, drehte ich mich um und rannte hinaus. Vor der

Höhle bog ich nach rechts ab und verbarg mich hinter einem Felsvorsprung. Tatsächlich konnte ich Larees Stimme sich von der anderen Seite nähern hören. Sie erzählte laut etwas, aus dem ich die Wörter »Belohnungshappen« und »Trainingserfolg« heraushören konnte, während Camille leiser antwortete.

Jonn lachte auf, und bei dem Geräusch zog sich in meinem Bauch alles schmerzhaft zusammen. Ich wartete, bis die drei im Eingangstunnel verschwunden waren. Dann eilte ich den Hügel hinab.

Tatsächlich standen unten am Fuß der Felsensiedlung ein paar einzelne Bäume. Es waren Stachelakazien, die sich auch im Randbereich des Refugiums häufig fanden, weil sie gelernt hatten, trotz der trockenen Luft, die im offenen Land herrschte, zu gedeihen. Allerdings wuchsen sie nicht hoch und breiteten dafür ihre Kronen weit aus.

An einer von ihnen kam ich auf meinem Weg nah vorbei, legte die Hand an ihren Stamm und schloss die Augen. Im ersten Moment spürte ich nichts. Dann eine leise Überraschung. Freude.

Es waren nicht so deutliche Bilder, wie ich sie von den Bäumen des Refugiums kannte, und schon gar nicht mit der klaren Kommunikation der Lichteiche zu vergleichen. Dennoch gab mir der kurze Austausch Trost und Kraft. Ich streichelte die Rinde und setzte meinen Weg fort.

An meinem Ziel hatte ich Glück. Der unfreundliche Ältere hielt Teschsch am Halsband und war in ein hitziges Gespräch mit zwei Männern vertieft, die offenbar einen Sandrenner kaufen wollten, den Preis jedoch zu hoch fanden. Die Hyäne wandte zwar den Kopf in meine Richtung und stieß einen Laut aus, doch die drei Männer achteten nicht auf sie und bemerkten nicht, wie ich möglichst unauffällig an der Felswand entlang zum Eingang schlenderte.

Ich huschte hinein, sah mich um und atmete auf, als ich niemanden sah. Offensichtlich hatte der rothaarige Root heute wieder eine freie Nacht.

Schnell durchquerte ich die Höhle zum hinteren Bereich, in dem zwei Fahrzeuge dicht beieinanderstanden: Larees Sandrenner, auf Hochglanz poliert und wie ein Schmuckstück funkelnd, und daneben das deutlich in die Jahre gekommene Gefährt, das Jonn gehörte, staubbedeckt und schmutzig.

Ich berührte die Griffe, mit denen diese Dinger gesteuert wurden. Dann hockte ich mich hin und betrachtete die mit feinen Metallfäden durchzogenen Räder. Sie waren so breit, dass sie im Sand nicht einsanken, aber doch viel schmaler als die der größeren Transportfahrzeuge, wie die Nomaden und Händler sie besaßen. Staub überzog die metallene Hülle des Sandrenners, und wahrscheinlich juckte es Root in den Fingern, auch hier den Lappen zu schwingen. Aber in den feinen Rillen der Räder fand sich kaum ein Sandkörnchen. Stattdessen jedoch … Ich blinzelte, beugte mich näher heran, versuchte, in der für solche Zwecke unzureichenden Beleuchtung so viel zu erkennen, dass ich ganz sicher sein konnte. Schließlich strich ich mit einem Finger darüber und kratzte mit einem Nagel vorsichtig in eine der Rillen hinein.

Ich hatte recht gehabt mit meiner Vermutung. Zwischen den Rillen der Räder befand sich eine feine braune Schicht. Wie ich sie zu dieser im Refugium durch Tau und Dampf feuchten Jahreszeit auch von meinen nackten Füßen kannte, wenn ich den Tag über im Wald gewesen war. Die Spuren an den Rädern von Jonns Sandrenner bestanden aus Erde.

* * *

Als ich Jonns Höhle betrat, saß er gemeinsam mit Laree, Camille und Avem am Tisch. Da sie mit dem Essen auf mich gewartet hatten, wandten sich alle Gesichter mir zu, und ich musste mich zwingen zu lächeln.

»Da bin ich.«

»Haben sie mit dir gesprochen?«, wollte Camille sofort wissen, und ich brauchte einen Wimpernschlag, um zu begreifen, was sie meinte.

Dann stammelte ich: »Doch, ja, haben sie. Wenn auch nicht so deutlich wie im Refugium.«

»Die Bäume hier kennen es nicht, dass jemand mit ihnen redet«, bemerkte Jonn. »Sie werden sich gewundert haben.« Seine Vermutung traf die Wahrheit so genau, dass sein Einfühlungsvermögen in diese so anderen Lebewesen mich vor kurzer Zeit bestimmt zum Lächeln gebracht hätte. Jetzt nickte ich nur.

Jonn schaute mich fragend an, doch ich wandte den Blick ab und setzte mich zu ihnen an den Tisch. Der Appetit war mir gründlich vergangen. Außerdem sahen die aufgetischten Dinge längst nicht so verlockend aus wie unser Proviant aus dem Schirmdorf. Der Käse, von dem Laree behauptet hatte, dass manche Türmer nur seinetwegen herkämen, schmeckte interessant, konnte mich jedoch lange nicht so begeistern wie Fichtenmus mit getrockneten Sternbeeren oder Wildhaferbrot mit Thymianhonig. Und die eingelegten Kakteenringe, die Jonn mir ans Herz legte, reichten längst nicht an die sauren Wurzelpilze heran, die ausschließlich im tiefen Schatten der Lederbuche wuchsen. Ein jäher Anflug von Heimweh traf mich, und ich stürzte ein Glas Wasser hinunter, um mich zu beruhigen.

Während wir aßen, berichtete Camille, wie bereitwillig die Fledermauswaisen mit ihr Kontakt aufgenommen und wie euphorisch sie auf die Kommunikation mit ihr reagiert hatten. Meine Freundin glühte geradezu vor Glück. Laree versuchte, lässig zu bleiben, was ihr angesichts von so viel Verzückung jedoch gründlich misslang.

Ich hörte zu, stellte ein paar Fragen, spürte immer wieder Jonns prüfenden Blick auf mir und Avems zarte Berührungen an meiner Seite, für die ich dankbar war.

Mir graute vor dem Moment, in dem jemand das Thema wechseln und auf unser großes Ziel zu sprechen kommen würde. Wie sollte ich in dieser Runde überlegen, welche Schritte zu Parretts Rettung als Nächstes zu unternehmen seien? Während ich inzwischen wusste, dass es Jonns Spuren gewesen waren, die wir in der Nähe jenes Ortes gefunden hatten, an dem Parrett verschwand. Welche anderen Gründe konnte es für das Ausspionieren unseres Dorfes geben als die Vorbereitung seiner Verschleppung?

Wenn ich daran dachte, dass Jonn die hilfreiche Begleitung bei der Verfolgung von möglichen Hinweisen gemimt hatte – sowohl bei den Nomaden als auch bei den Minenleuten –, derweil er wahrscheinlich selbst in dieses Verbrechen verstrickt war, loderte in mir ein Feuer auf, das mit seiner Gewalt wahrscheinlich in der Lage gewesen wäre, das gesamte Refugium niederzubrennen.

Wie sollte ich mit dieser neuen Situation umgehen? Jonn zur Rede stellen? Das konnte ein guter Weg sein. Selbst wenn er seine Maske fallen ließ und womöglich zu Gewalt greifen würde … – ich musste blinzeln, weil ich mir das einfach nicht vorstellen konnte –, selbst dann hatten wir Avem auf unserer Seite. Und die war jedem unbewaffneten Mann überlegen. Davon abgesehen hatte ich an Jonn bisher keine Waffe gesehen. Überhaupt schienen mir diese Gedanken so abwegig. Und doch sprach alles dafür, dass unser Gastgeber uns etwas vorspielte.

Der Zeitpunkt näherte sich, an dem wir ernsthaft reden mussten. Gerade als Avem beginnen wollte, die Reste der Mahlzeit zusammenzuräumen, ertönte vor der Höhle das aufgeregte Kreischen des Greifvogels. Alle hoben die Köpfe.

»Hallohooo … halt, ich will nur … verdammt! … nun hör doch auf, du kennst mich doch … Jemand zu Hause?«

Zwischen den drohend schrillen Tönen des Vogels und dem Flattern mächtiger Flügel hörten wir eine tiefe Stimme, die zwischen Ärger, Frustration und Unsicherheit schwankte.

»Root?«, rief Laree.

Jonn stieß einen hellen Pfiff aus, und augenblicklich verstummte der Vogel. Ein paar Wimpernschläge später tauchte der sympathische Sandrennermechaniker aus dem Zugang auf und blieb ein wenig verlegen am Eingang der Höhle stehen, während er uns zulächelte, bis sein Blick an Laree hängenblieb.

»Willkommen, Root«, begrüßte Jonn ihn freundlich. »Was treibt dich hierher?«

Root hob ein Tuch an, dessen vier Ecken er in der einen Hand hielt und in dessen Mitte etwas Leichtes zu liegen schien. Etwas, das sich vorsichtig bewegte, wie ich jetzt erkannte.

»'n paar Kinder haben den hier angeschleppt. Ich war grad bei Marii, und da kamen sie vorbei, wollten ihn eintauschen, meinten, den könnte Marii doch gut ihren Gästen vorsetzen. Aber weil er noch lebte, dachte ich, ich bring ihn lieber zu euch.«

»Eine Fledermaus?«, wollte Laree wissen und stand bereits auf.

Root trat näher und legte das Tuch vorsichtig auf dem Tisch ab, von dem wir anderen uns nun ebenfalls erhoben und rasch alle Lebensmittel zur Seite schoben.

»Nein, keine Fledermaus. Ich hab mich ja selbst gewundert, weil ich die hier noch nie gesehen hab. Irgendein Vogel.« Er klappte die Ecken des Tuches zurück.

Camille schrie auf. »Bluebell!«

Tatsächlich. Da lag er. Er konnte sich nicht mal aufsetzen.

Das sonst so sorgfältig gepflegte, leuchtend blaue Gefieder stand stumpf und zerzaust in alle Richtungen ab. Den Schnabel leicht geöffnet, legte er nach Vogelart den Kopf schief. Seine schwarzen Knopfaugen suchten Camilles Gesicht, über das Tränen strömten.

»Ja, du hast es geschafft!«, flüsterte sie ihm zu. »Du hast mich gefunden, kleiner Freund. Ganz toll hast du das gemacht!« Zart berührte sie ihn, schob eine Hand unter seinen leichten Körper, und er ließ seinen Kopf erneut sinken, bis er auf Camilles Handgelenk zu liegen kam.

Laree, die ebenso entsetzt auf das geschundene Tier gestarrt hatte wie wir, sprang auf und begann hektisch die Taschen ihrer Hose zu befingern. Endlich fand sie, was sie suchte, und befüllte an Camilles Wasserbecher ein kleines Glasröhrchen, das in einer flexiblen Spitze aus Wedelgras endete. »Hier!«

Camille nahm es, stützte Bluebells Kopf und sprach ihn zärtlich an. »Schau mal, ein paar Tropfen Wasser. Aber du musst mitmachen, mein Freund, das weißt du. Komm schon, Schnabel auf.«

Bluebell tat genau das, nahm Tropfen um Tropfen und ließ sie die Kehle hinunterrinnen.

Wir sahen alle wie hypnotisiert zu.

»Er hat Hunger«, murmelte Camille leise.

Jonn griff nach einer Schale, füllte ein paar Getreideflocken, ein Stück einer reifen Frucht und etwas Wasser hinein und zermatschte mit dem Löffel alles zu einem Brei.

Ich sah ihm dabei zu, wie er Camille die vorbereitete Speise für den zu Tode erschöpften Vogel hinüberschob. Und auch als Camille kleine Bröckchen davon auf den Finger nahm und Bluebell zu fressen gab, konnte ich meinen Blick nicht von Jonn lösen.

Wie hatte er mich so anlügen können? Denn was war sein

Verschweigen anderes als eine gewaltige Lüge?! Waren etwa auch seine kleine Tochter Ambaa und deren tragisches Schicksal pure Erfindung? Nichts weiter als der Versuch, mein Vertrauen zu gewinnen, um mich in die Irre zu führen? Damit ich nicht herausfand, was mit Parrett geschehen war.

Nachdem Bluebell seinen ersten Hunger gestillt hatte, sank sein Kopf zurück in Camilles Hand. Diesmal schloss er die Augen, wirkte jedoch nicht mehr, als stände er an der Schwelle des Todes. Seine totale Erschöpfung war deutlich, doch in Camilles Hand, das konnten wir alle sehen, fühlte er sich sicher und geborgen.

»Ja, natürlich, das mache ich«, antwortete Camille, als habe jemand von uns etwas gesagt. Dann wandte sie sich an Root: »Bluebell möchte dir danken, dass du ihn aus den Fingern dieser Kinder befreit und vor dem Kochtopf gerettet hast.«

Der junge Mann bekam glühende Wangen, als sich alle Blicke auf ihn richteten.

»Na ja, also, ich ...« Offenbar wusste er nicht so recht, an wen er sich mit seiner Antwort wenden sollte. Doch schließlich richtete er die Worte tatsächlich an den Vogel in Camilles Hand: »War doch selbstverständlich.«

Scheu sah er zu Laree, die seinen Blick mit feuchten Augen erwiderte, woraufhin sich seine Röte noch vertiefte.

Camille lauschte mit schief gelegtem Kopf in Richtung ihres gefiederten Freundes. Diesen Gesichtsausdruck kannte ich gut. Sie hörte genau hin.

»Dein Bein? Was ist damit? Bist du verletzt?« Vorsichtig bettete sie ihn auf die Seite und besah sein linkes Bein. »Ach so.« Sie rollte ihn auf die andere Seite, um sein rechtes Bein zu betrachten, und da sogen wir beide Luft ein.

Um Bluebells Bein war eine kleine, hauchdünne Papierrolle gewickelt. Mit geschickten Fingern löste Camille den feinen Faden, mit dem die Botschaft befestigt war, und befreite Bluebells Bein. Sie rollte das Papier auseinander und hielt es so, dass ich mitlesen konnte.

Liebste Camille, heute, nur einen Tag nach eurem Aufbruch, erreichten uns grauenvolle Nachrichten aus den Türmen. Wir lagen falsch mit dem Verdacht, dass Savannah Dweller hinter den Entführungen stecken. Nun wissen wir, dass eine kleine Gruppe radikaler Menschen aus den Türmen dafür verantwortlich ist. Sie nennen sich selbst Ehrentürmer und haben nicht nur ein Erpresserschreiben geschickt, sondern auch einen Reiseshunter, mit dem du und Camille zu den eingegebenen Koordinaten in den Türmen reisen sollen. Leider schreiben sie nichts davon, was genau sie von euch wollen, aber offenbar geht es um irgendeine Information, die nur ihr Schirmerinnen habt. Wie es scheint, haben sie Parrett also deshalb entführt, weil er Clays Gefährte ist, denn im Schreiben heißt es, dass sie trotz aller Versuche, ihm das gewünschte Geheimnis zu entlocken, nichts aus ihm herausbekommen haben, weshalb sie davon ausgehen, dass er tatsächlich nichts weiß. Als sie bemerkten, dass sich ein Mitglied der Obersten unter den Delegierten befand, muss ihnen das als ein weiteres wertvolles Entführungsopfer erschienen sein, und sie griffen zu.

Das ganze Dorf ist in Aufruhr. Ihr müsst unbedingt zurückkommen, Camille, damit wir entscheiden können, was wir tun sollen. Natürlich werdet ihr nicht zu diesen sogenannten Ehrentürmern geschickt, das hat Aruncus mir versichert, aber wir müssen herausfinden, was sie mit all dem überhaupt bezwecken, um welche Informationen es geht. Mit dem fremden Shunter haben wir den Erpressern mitgeteilt, dass wir Zeit brauchen, um euch ins Dorf zurückzuholen. Leider lassen sich die eingestellten Koordniaten nicht verstellen, sodass wir mit dem Ding keinen Hilferuf ins übliche Shunterzentrum absetzen können. Der Rat hat beschlossen, Bluebell mit dieser Botschaft zu euch zu schicken, auch wenn wir nicht wissen, ob ihr das Refugium womöglich schon verlassen habt und somit unerreichbar seid.

Seid vorsichtig, ihr zwei, bitte! Und kommt auf schnellstem Wege zurück.

Im Auftrag des Rates und des Refugiumsmeisters unterzeichnet: Iris

Unter das Schreiben hatte Iris offenbar in großer Eile gekritzelt: *Noch etwas: Das Obediant ist verschwunden, fast zeitgleich mit euch.*

Camille und ich saßen wie vom Donner gerührt. Auch die anderen wirkten erschüttert, nachdem wir ihnen die Notiz gereicht hatten.

Avem starrte auf den zerzausten Vogel in Camilles Hand und befühlte mit zitternden Fingern den Beutel, den sie um den Hals trug.

Laree versuchte Jonns Blick aufzufangen und ihm wortlos etwas zu sagen, doch der blickte zwischen Camille und mir hin und her.

Root, der am wenigsten von allen wusste, worum es hier ging, trat unruhig von einem Fuß auf den anderen.

In meinem Kopf schwirrte es. Meine Entdeckung der Hologramme und der Erdspuren am Sandrenner. Der verstörende Verdacht, Jonn könne an den Entführungen beteiligt sein. Und nun das.

»Warum sollten diese selbst ernannten Ehrentürmer jemanden entführen, um von uns Schirmeri etwas in Erfahrung zu bringen?«, überlegte Camille laut. »Und vor allem, was?« Mit dem Daumen der freien Hand strich sie über die Schrift auf dem winzigen Zettel. »Eine Entführung durch Savannah Dweller hatte immer die Erpressung von Lebensmitteln zum Ziel. Aber Türmer? Sie haben doch alles. Ausreichend Nahrung, Technik, alle Arten von Bequemlichkeit. *Eine Gruppe radikaler*

Menschen in den Türmen? Wer soll das sein? In welcher Weise sind sie *radikal*?«

Jonn räusperte sich. »Okay, lasst uns mal ganz in Ruhe überlegen: Was haben du, Clay, und du, Camille, gemeinsam? Die Entführer müssen geglaubt haben, dass du Parrett in irgendein Wissen eingeweiht hast, eben weil er dein Partner ist.« Er sah mich intensiv an, was mir sehr unangenehm war.

»Ich habe keinerlei …«, begann ich, obwohl ich durchaus eine einleuchtende Idee hatte.

Da platzte Camille heraus: »Der Standort der Lichteiche!« Aufgeregt wandte sie sich an mich: »Als ich hinterrücks niedergeschlagen wurde, habe ich doch dieses Flüstern gehört. ›Nenn mir die Koordinaten!‹, weißt du noch? Wir wussten nicht, was das sollte. Ich bin sicher – damit meinte dieser Jemand die Koordinaten der Eiche. Sie wollen wissen, wo der Heilige Baum steht!«

»Aber warum?«, flüsterte Laree.

Ich blickte einmal in die Runde. Lange würde ich das Geheimnis sowieso nicht verbergen können. Camille hatte keine Ahnung, dass es Anlass gab, mein anfängliches Misstrauen gegen Jonn für durchaus berechtigt zu halten. Sie würde es unseren neuen Freunden gegenüber bedenkenlos ausplaudern. Also konnte genauso gut ich es aussprechen.

»Die Lichteiche hat geblüht. Genauso wie es in den Überlieferungen steht. Dort ist die Rede davon, dass das etwa alle dreihundert Jahre geschieht. Seit dem letzten Mal sind genau 294 Jahre vergangen. Nun reifen die Früchte des Heiligen Baumes, in denen sich die Samen befinden. Es wird also bald junge Lichteichen geben.«

Jonn und Laree tauschten einen Blick.

»Im Refugium wurde diese Neuigkeit als echte Sensation gefeiert. Aber ihr seht nicht besonders überrascht aus.« Meine

Stimme klang ein wenig spitz, doch entweder fiel es niemandem auf, oder alle schrieben es der allgemeinen Anspannung zu.

Jonn schien kurz zu überlegen, während er auf die Tischplatte vor sich starrte. Dann seufzte er tief.

»Ihr habt uns die ganze Wahrheit eurer Reise hierher erzählt. Jetzt sind wir wohl dran.«

20. KAPITEL

»Vor ein paar Jahren wurde mir klar, dass die Lebensumstände in Savannah nicht so bleiben dürfen, wie sie sind«, begann Jonn und mied dabei meinen Blick. Vielleicht dachte er ebenso an Ambaa wie ich. Falls die Geschichte stimmte. »Ich begann, mich darüber zu informieren, wie ihr im Refugium, vor allem aber, wie die Türmer leben. Der Unterschied zwischen Letzteren und uns hier könnte wohl kaum größer sein. Zuerst war ich allein mit meinen Plänen für ein besseres Leben in Savannah. Aber nach und nach fand ich Gleichgesinnte, und es entstand eine kleine Bewegung.« Er sah zu Laree, die die Hand hob und das Amulett umfasste, das sie um den Hals trug. »Gemeinsam planten wir eine friedliche Revolution. Gleiche Lebensumstände für alle. Gesunde Lebensmittel. Sauberes Trinkwasser. Die gleichen Chancen für alle Kinder.«

Er berichtete von den ersten Schritten zu einem Austausch mit den Türmen. Wie sie Händler und Geschäftsreisende angesprochen und einige für diese gute Sache hatten begeistern können, während sie bei anderen auf offene Ablehnung stießen.

»Natürlich gibt es viele, denen die Umstände, die außerhalb ihres luxuriösen Lebensraumes herrschen, egal sind. Und auch solche, die eine Veränderung um jeden Preis vermeiden wollen. Viele Handelsreisende fürchten um die Vormachtstellung der Türme, wenn sie beginnen, sich um die Belange anderer zu kümmern. Sie wollen keine Verantwortung tragen dafür, was ihre Vorfahren mit unserer Welt angerichtet haben, indem sie die Lichteichen schlugen, um daraus das Dach der Türme zu bauen. Und wie euch halten sie uns für rückständige Wilde, die es dumm zu halten gilt, um den eigenen Reichtum zu wahren. Aber nicht nur die Türmer boten unserer Bewegung massiven Widerstand, sogar viele unserer eigenen Leute wollten lieber nichts an den Umständen ändern, aus Angst, mit unseren Bemühungen den Handelsbeziehungen mit den Türmen zu schaden. Es gab Überfälle auf welche aus unseren Reihen, Einschüchterungsversuche und Erpressungen. Deshalb müssen wir vorsichtig und meist im Geheimen agieren.« Jonn seufzte. »Obwohl wir im Interesse aller handeln.«

Er erläuterte die Pläne, das Anliegen Savannahs vor dem Hohen Rat in den Türmen vorzutragen, mit den Entscheidungsträgern dort ins Gespräch zu kommen und Rechte wie Pflichten der einzelnen Landesteile neu zu verhandeln. Wie ich aus der Hologrammübertragung von Paaul und Thaiman wusste, hatten Oberste den geplanten Auftritt bisher verhindert, doch in diesem Jahr wollten sich einige wenige der Bewegung Zutritt zur Versammlung verschaffen.

»Natürlich wollen wir niemandem drohen. Doch die Tatsachen sprechen für sich: Ohne die Mineralvorkommen Savannahs sähe es in den Türmen mittlerweile ziemlich mager aus. Und auch das Refugium verfügt über Güter, die dort dringend benötigt werden, für Medizin zum Beispiel. Ja, unsere Landesteile hatten über Jahrhunderte keinen Kontakt. Aber dennoch gehören wir zu *einer* Welt. So zerrissen sie durch die verheerenden Fehler unserer Vorfahren auch sein mag, *Helles Land* ist dennoch unser aller Zuhause. Und genauso sollten wir einander behandeln«, endete Jonn schließlich.

Wir alle hatte ihm still zugehört. Plötzlich konnte ich ihn mir vorstellen, wie er in den Türmen vor dem Hohen Rat und den Obersten sprach. Man spürte, dass er sehr genau wusste, wovon die Rede war, dass er die Dinge, die er anklagte, am eigenen Leib erfahren hatte. Und keinesfalls wirkte er wie ein Bittsteller, sondern wie einer, der sein Recht auf einen sicheren Platz in dieser Welt einforderte.

Für einen kurzem Moment regte sich in mir ein lächerlicher Stolz, zu dem ich gar nicht berechtigt war. Aber dann fielen mir die Hologramme wieder ein.

»Was hat das alles mit der Blüte der Lichteiche zu tun?«, wollte ich wissen.

Jonn nickte, als habe er mit der Frage gerechnet. »Auch in den Türmen haben wir inzwischen Mitglieder unserer Bewegung. Unsere Kontakte reichen bis nach Highhaven, sogar in den Kreis der Obersten hinein. Auf diese Weise erfuhren wir, was bisher vor dem Großteil der Bevölkerung in den Türmen geheim gehalten wird, inzwischen allerdings nur noch schwer zu vertuschen ist, denn es wird immer ersichtlicher: Das Dach der Türme wird nicht mehr lange halten.«

»Was?!«, entfuhr es Camille und mir gleichzeitig.

Ich sah zu Avem, die den Mund zu einer kläglichen Grimasse verzog. Sie hatte also offenbar davon gewusst.

»Was heißt das?«, wollte ich rasch von Jonn wissen.

»Das heißt, dass es eine Fehleinschätzung der Urahnen in den Türmen war, auf ein Dach aus totem Lichteichenholz zu bauen. Es hat lange gehalten, nicht? Jahrhunderte. Aber schon vor zehn Jahren tauchten erste feine Risse auf. Man schloss sie mit künstlich hergestellten Materialien, doch das hielt nicht lange. Die Risse vergrößern sich. Egal was zur Ausbesserung versucht wurde, es klappte nicht. Ist schließlich kein Lichteichenholz. Besonders heikel ist es inzwischen in Highhaven selbst. Dort ist das innere Energieaufkommen durch die vielen Unterhaltungsangebote und wissenschaftlichen Forschungseinrichtungen außergewöhnlich hoch. Was wiederum ungut zusammenspielt mit der Einstrahlung der beiden Sonnen von außen. Kurz: Man befürchtet, dass das Dach über dem Zentrum der Türme einstürzen wird.«

Entsetzt tauschten Camille und ich einen Blick.

»In diesem Gebiet wäre kein Leben mehr möglich, oder? Niemand könnte lange dort bleiben«, sagte sie, während sie mit einem Finger immer noch zart Bluebells Gefieder streichelte.

»Nein, das wäre tödlich«, antwortete Jonn. »Und zwar ziemlich schnell.«

Camille streckte den freien Arm aus und legte ihn um Avems Schulter.

»Die wollen alle umziehen«, warf Laree ein. »Die ganze Herrscherfamilie beansprucht einen anderen Teil der Türme für sich. Heißt natürlich, dass diejenigen, die dort wohnen, wegmüssen. Das wird ein riesiges Chaos.«

»Das können sie doch nicht machen!«, empörte ich mich. »Wo sollen die Menschen denn hin?«

Jonn schnalzte wie üblich mit der Zunge. »Tja, beliebt werden sich die Obersten ganz sicher nicht machen, indem sie verlangen, dass die Bevölkerung zwangsweise derart eng zusammenrückt, das ist mal klar. Davon abgesehen, dass sie ihre Luxusappartements und schicken Klubs bestimmt nur ungern zurücklassen. Deswegen setzen sie alles daran, eine andere Lösung zu finden. Und die fiel ihnen geradezu in die Hände, als sie aus dem Refugium der Bericht über die Blüte der Lichteiche erreichte.«

Ich runzelte die Stirn. »Stimmt. Einer der Delegierten und das andere Entführungsopfer wusste davon. Ein Oberster. Er war stolz darauf, zu der kleinen Gruppe zu gehören, die davon erfahren hatte. Bestimmt war sein Wissen der Grund, warum man ausgerechnet ihn entführt hat. Diese selbst ernannten Ehrentürmer werden vermuten, dass er nach seinem Besuch im

Refugium noch mehr über die Jungeichen weiß. Toyrin zum Beispiel machte Scherze darüber, dass der Delegierte diese Kenntnis bis zu seinem Vortrag für sich behalten hat.«

Als ich den Namen des Vorsitzenden des Verständigungsrates aussprach, klopfte etwas an die Tür zu meinem Bewusstsein, und plötzlich sah ich Toyrins begeisterte Miene vor mir, wie er ausrief: *Mehr als das! Alle Häuser, Menschen, Tiere. Als würde man ein ganzes Dorf von einem Fleck unserer Welt an einen anderen versetzen.*

Mit einem Mal war mir, als risse mir etwas den Boden unter den Füßen weg, und ich ließ mich auf einen Stuhl fallen. Vor meinen Augen setzte sich endlich ein Bild zusammen. Alles ergab Sinn.

»Toyrin hat von einem neuen Shunter gesprochen! Ein Riesenshunter, der in der Lage ist, ein gesamtes Dorf zu transportieren. Ein Dorf oder womöglich etwas anderes sehr Großes …« Ich stockte, hörte meinen Herzschlag in den Ohren pochen. »Sie wollen die jungen Lichteichen stehlen!«

Jäh war es in der Höhle sehr still.

Wir sahen einander an. Blicke huschten hin und her. In allen Augen um den Tisch herum stand die gleiche Erschütterung.

»Ich fürchte, du hast recht«, sagte Jonn schließlich ruhig, während mein Puls immer noch wie nach einem Sprint jagte. »Der Verdacht kam uns ebenfalls. Es passt perfekt zusammen.«

Ich musste mich kräftig räuspern, weil meine Kehle so trocken war, und Avem reichte mir meinen Becher. Ich nahm einen Schluck.

»Natürlich habe ich es noch nie mit eigenen Augen gesehen, aber in den Überlieferungen steht übereinstimmend, dass die Lichteichen extrem schnell wachsen. Innerhalb weniger Wochen sind sie so groß wie eine normale Buche. Wenn man sie schlägt, würde das viel Holz liefern, um das Dach in den Türmen für die nächsten Jahrhunderte bestens zu verstärken«, sagte ich bitter.

»So ähnlich denke ich auch«, brummte Jonn. »Sie wollen die Bäume für sich.«

»Glasklar!«, stimmte Laree ihm zu. »Ich denke nicht, dass sich einer von denen überlegt, dass Savannah ebenfalls ein paar Lichteichen gebrauchen könnte – und zwar lebendig.«

»Moment mal!«, fuhr ich auf. »Der Heilige Baum steht im Refugium. Und genau dorthin gehören auch seine Nachkommen, nirgendwohin sonst.«

Jonn musterte mich, und ich glaubte, in seinen dunklen Augen so etwas wie Enttäuschung zu erkennen. Mehr als das ärgerte mich jedoch, dass mich das traf. Schließlich war *er* derjenige gewesen, der mich über geraume Zeit heimlich beobachtet und Hologramme von mir gemacht hatte – und zwar ohne diesen Umstand bisher erwähnt zu haben oder gar zu erklären.

Trotzig starrte ich zurück, und wir lieferten uns ein kleines Blickduell, das erst unterbrochen wurde, als Root Laree zuraunte: »Jetzt versteh ich, wieso du meinen Job unten im Sandrennerlager langweilig findest.«

Jonn und ich blinzelten gleichermaßen und wandten den Blick ab.

»Wir müssen sofort aufbrechen«, entschied ich düster. »Zurück ins Schirmdorf und mit dem Shunter der Erpresser in die Türme. Ich muss Parrett helfen! Er ist nur deshalb in diese Lage geraten, weil er mein Partner ist und die Entführer dachten, ich hätte das große Geheimnis mit ihm geteilt. Ich darf gar nicht daran denken, was sie mit ihm gemacht haben, um an die Information zu kommen, die er ihnen doch gar nicht geben konnte.«

Die Frage, ob er wohl überhaupt noch lebte, sprach ich nicht aus, aber sie glühte in mir, seit Camille die Botschaft auf dem Zettel vorgelesen hatte.

»Du willst dich den Erpressern ausliefern? Was denkst du, was du damit erreichst?«, fragte Jonn. »Sie haben deinen Gefährten und noch dazu ein Mitglied der Obersten entführt. Glaubst du wirklich, sie hören dir entspannt zu und sagen dann: ›Ach, so ist das. Die Lichteichen gehören allein dem Refugium? Na, wenn du das sagst, dann nimm die beiden Entführungsopfer und geh. Danke auch für die Aufklärung und entschuldigt noch mal.‹ Denkst du das wirklich?«

Ich wollte es nicht, aber im Grunde wusste ich, dass er recht hatte.

»Was soll ich sonst tun? Ihre Ansage ist klar. Wir wissen, was sie wollen. Und ich kann Parrett nicht helfen, wenn ich hierbleibe. Vielleicht gelingt es mir irgendwie, ihn zu befreien. Ich *muss* in die Türme!«

Die Verzweiflung in meiner Stimme war sicher für alle zu hören. Sie schloss sich wie eine gewaltige Faust um meine inneren Organe, presste Magen und Lunge zusammen. Einen nach dem anderen in unserem Kreis sah ich eindringlich an.

Jonn wirkte bemüht beherrscht, Laree und Root aufgewühlt, Camille ängstlich, aber entschlossen. Und Avem? Sie begegnete meinem Blick zunächst nicht, sondern starrte auf ihre Füße hinunter, die in den synthetischen Schuhen aus den Türmen steckten. Die feinen, hellen Haare fielen ihr ins Gesicht. Doch dann hob sie den Kopf.

»Erhalter sollte mir nicht folgen«, sagte sie leise. Mit beiden Händen hob sie die feine Kette über den Kopf, an dem der Beutel hing, den sie beständig trug, und reichte ihn mir.

Ich hielt ihn in der Hand. Avem nickte mir zu. Also öffnete ich den Beutel und schüttete den Inhalt in meine Handfläche.

Alle hielten die Luft an. Dann entfuhr Laree: »Zur Wüste noch mal! Ein Shunter!«

Wir starrten auf den Metallring.

»Ist das … ich meine, das ist ein Reiseshunter, richtig? Das ist der, mit dem du vor der drohenden Operation ins Refugium geflohen bist?«, fragte ich Avem.

Sie nickte. »Shunter mitnehmen ist besser. Erhalter hat nur den einen. Konnte nicht folgen.«

»Damit können wir in die Türme!« Plötzlich zitterten meine Hände so stark, dass ich das Gerät auf dem Tisch ablegen musste, weil ich befürchtete, es fallen zu lassen. »Wir können von den Erpressern unbemerkt in die Türme gelangen und uns dort Hilfe suchen. Wir können Parrett befreien, ohne auf ihre Forderung eingehen zu müssen.«

»Entschuldige, aber das solltet ihr auf keinen Fall allein tun«, warf Jonn ein. »Ihr kennt euch in den Türmen nicht aus. Bis ihr euch zurechtgefunden habt, würden Tage vergehen. Ich begleite euch!«

»Ich ebenfalls!«, meldete sich Laree.

Jonn schüttelte den Kopf. »Auf keinen Fall. Dein Vater würde mich umbringen. Und außerdem …«, er machte eine kurze Pause, »brauche ich dich hier, um das Revolutionslager zu bewachen und mögliche Nachrichten entgegenzunehmen.« Er nickte in Richtung Vorhang.

»Das ist nicht fair!«, jaulte Laree.

»Revolutionslager?«, fragte Root mit großen Augen.

»Laree, wirklich, das geht nicht«, versuchte Jonn, seine junge Mitstreiterin zu überzeugen, wobei er etwas Maßgebliches vergaß. Und ich wollte nicht länger warten, ihn daran zu erinnern.

»Ich habe noch nicht entschieden, ob wir dich mitnehmen«, sagte ich zu ihm.

Beide starrten mich an.

»Aber …«, begann Jonn.

»Soweit ich weiß, warst du selbst noch nie in den Türmen und kennst dich dort ebenso wenig aus wie Camille und ich.«

»Ich habe Kontakte.«

»Der Revolution? Nimm es mir nicht übel, wenn ich euer berechtigtes Anliegen für den Augenblick hintanstelle. Wahrscheinlich wäre es eher hinderlich, mit einer Gruppe von Revolutionären durch den fremden Landesteil zu ziehen.«

Jonn öffnete und schloss den Mund mehrmals. Camille sah irritiert zwischen ihm und mir hin und her.

»Am besten kennen sich Obedianten in den Türmen aus«, sagte Avem da. Alle wandten sich zu ihr, und sie zuckte mit den Schultern. »Obedianten gehen überallhin, machen Besorgungen, bringen Nachrichten, kennen sich aus. Sind die beste Begleitung in den Türmen.«

Ich streckte meine immer noch zitternden Hände aus und legte sie auf ihren Arm.

»Das klingt ideal, Avem. Aber willst du uns wirklich begleiten? Du bist vor deinem Erhalter geflohen, weil er dich zu einer grausamen Operation zwingen wollte. Hier und im Refugium bist du in Sicherheit. In den Türmen ist es anders. Was ist, wenn er dich zu fassen bekommt? Wir würden dir nicht helfen können, denn laut Gesetz bist du …« *Sein Eigentum*, hatte ich sagen wollen, aber das Wort blieb mir in der Kehle stecken, weil es mir plötzlich so grausam erschien.

Obwohl Avem die Angst ins Gesicht geschrieben stand, schüttelte sie den Kopf. »Erhalter wird nicht da sein. Ist nur dritte Wohnung in Highhaven, zu weit von Forschungszentrum im Palace entfernt. Er ist nur selten dort. Koordinaten der Wohnung sind noch hier drin.«

Ich überlegte kurz, ließ mir Avems Vorschlag durch den Kopf gehen. Ich brauchte nicht lange, um zu entscheiden, dass ihre Idee wahrscheinlich die beste Lösung war.

»In Ordnung. So machen wir das. Aber wir reisen in unserer Schirmkleidung. Dann bekommen deine Schwestern endlich ihre Sachen zurück«, wandte ich mich an Laree. »Sobald wir fertig sind, suchen wir uns draußen einen ruhigen Ort und … benutzen den Shunter.«

Nun, da die Entscheidung gefällt war, konnte ich es kaum erwarten, endlich zu handeln, auch wenn mir bei dem Gedanken an meine erste Shunterreise mehr als mulmig zumute war.

Avem ging hinüber zum Bett und widmete sich unseren an der Steinwand abgestellten Rucksäcken, um sorgfältig zu prüfen, ob alles an seinem Ort war.

Jonn drehte sich abrupt um und verschwand hinter dem Vorhang an der Höhlenrückseite.

Camille ließ sich auf dem Stuhl nieder, von dem sie aufgesprungen war, als Root Bluebell auf dem Tisch abgelegt hatte. Ich kannte sie nun schon so viele Jahre, seit ich sie als Mädchen zur Schülerin genommen hatte, und spürte, dass ihre Seele einen stillen Kampf austrug, während sie den schlafenden Vogel in ihrer Hand sanft streichelte.

»Wir können ihn nicht mitnehmen«, sagte ich leise. »Ich weiß nicht, ob er in seinem geschwächten Zustand das Shuntern überstehen würde.«

»Ich weiß. Aber er war so tapfer. Hat all seine Instinkte überwunden, das Herz des Waldes verlassen, um mich zu finden. Hier draußen hat er sich nicht zurechtgefunden. Die Sonnen haben sein Gefieder zu stark erhitzt und er fand kein Tauwasser, das er üblicherweise trinkt. Er hat fast sein Leben gegeben, und es kommt mir nicht richtig vor, ihn zurückzulassen.« Ihre Augen schimmerten feucht.

Da räusperte sich Laree. »Mit Vögeln kenn ich mich zwar nicht so aus, aber wenn du mir beschreibst, was ich tun soll, kann ich ihn pflegen, bis es ihm so gut geht, dass er wieder selbst fliegen kann. Ich bringe ihn nach Sonnenuntergang zum Waldrand und von dort aus findet er den Weg in euer Dorf bestimmt.«

Die beiden jungen Frauen sahen sich für einen langen Moment an. Camille, in ihrer sanften, ruhigen Art, und Laree mit ihrem ruppigen Gehabe hätten kaum unterschiedlicher sein können. Doch die Liebe zu Tieren verband sie. Schließlich lächelte Camille.

»Bei dir wäre er in guten Händen, das weiß ich.« Sie begann Laree zu erklären, was sie Bluebell zu fressen und wie oft sie ihm Wasser geben sollte. Die Savannah Dweller sog jedes Wort auf, nickte verständig, während Root den Anweisungen ebenfalls gebannt folgte, als sei er dafür zuständig, Laree an das eine oder andere Detail zu erinnern, falls sie es wider Erwarten vergessen sollte.

Ich warf einen Blick zum Vorhang. Was tat Jonn dahinter? Schmollte er, weil ich es abgelehnt hatte, ihn mit auf die Reise in die Türme zu nehmen?

Weil er nicht hier war und ich ihn somit nicht darum bitten konnte, trat ich an das nunmehr so aufgeräumte Regal und zog ein Blatt aus Graspapier samt Schreiber heraus. Am Tisch sitzend notierte ich rasch:

Liebe Schirmeri,

Bluebell hat uns gefunden und die Botschaft überbracht. Das Obediant ist bei uns und hat einen Reiseshunter. Mit dem werden wir in die Türme gelangen und dort hoffentlich Hilfe bekommen, damit wir Parrett und Sir Osk aus den Händen der Erpresser befreien können. Haltet sie hin. Wir versuchen, weiterhin mit euch in Kontakt zu bleiben.

Clay und Camille

Dann faltete ich das Blatt zusammen und stand auf.

»Clay?« Jonn war hinter dem Vorhang hervorgetreten und stand plötzlich neben mir.

Ich wandte den Kopf in seine Richtung, brachte es aber nicht über mich, ihn anzusehen.

»Hier. Der Plan ist ziemlich genau.« Er hielt mir eine Papierrolle entgegen. Als ich sie ein Stück weit öffnete, erkannte ich, dass es die Karte der Türme war.

»Danke, Jonn. Wie soll ich dir das bezahlen? Ich …«

»Vielleicht lässt der Plan mir Flügel wachsen?«, unterbrach er mich mit einem schiefen Grinsen. »Auch wenn du mich nicht als Hilfe für euch dabeihaben willst, möchte ich dich bitten: Nehmt mich dennoch mit. In wenigen Tagen findet die Sitzung des Hohen Rats statt, bei der wir vorsprechen wollen. Bisher gab es keine Chance für mich, dabei zu sein. Aber …«

»Natürlich kommst du mit!«, sagte Camille, die ihren Vortrag über Bluebells Versorgung beendet und Jonns Frage gehört hatte. »Du hast uns hier so viel geholfen und uns beigestanden. Da werden wir dir diese Bitte bestimmt nicht abschlagen. Nicht wahr, Clay?«

»Nein, natürlich nicht«, sagte ich überrumpelt.

»Wunderbar.« Jonn klatschte in die Hände und sah sich in der Höhle um. »Ich muss ein paar Sachen zusammenpacken. Dauert nicht lange. Laree, würdest du mir helfen? Root, du auch? Jetzt kennst du ja sowieso die ganze Geschichte, dann darfst du auch das Lager sehen …« Er winkte die beiden mit sich zum Vorhang. An mich gewandt raunte er: »Paar Sachen, um Wachen und andere Leute von unserem Vorhaben zu überzeugen. Die können nicht schaden.«

Ich legte die zusammengerollte Karte auf den Tisch und deutete mit dem gefalteten Papier mit meiner gerade niedergeschriebenen Nachricht an unsere Leute Richtung Höhlenausgang. »Was muss ich tun, um mit eurem Shunter diese Nachricht ins Schirmdorf schicken zu können?«

Jonn überlegte kurz, griff in eine seiner Hosentaschen und zog eine fein gearbeitete Messerscheide heraus. »Gib den Shunterwächtern das. Dann fragt niemand nach.«

»Danke. Ich …«

Doch er war bereits hinter Laree und Root durch den Vorhang getaucht.

»Ich bin gleich zurück«, teilte ich Camille mit, schlüpfte aus der Höhle und machte mich auf dem Weg die Hügel hinunter. Der steinige Pfad war mir mittlerweile so vertraut, dass ich mich mühelos zurechtfand und an der richtigen Stelle zum Shunterplatz abbog, obwohl meine Gedanken beständig um die sich überschlagenden Ereignisse des Abends und die anstehende Shunterreise kreisten. Als ich daran dachte, dass ich bald erneut aufbrechen würde in einen Teil unserer Welt, in dem mir schon wieder alles fremd und verwirrend vorkommen würde, spürte ich sogar einen Anflug von Wehmut.

Am Shunterplatz war es ruhig. Drei Männer saßen auf dem Boden und hantierten konzentriert mit Spielsteinen. Nur einer von ihnen hob den Kopf, als ich neben sie trat. Ich hielt ihm das Blatt Papier entgegen.

»Diese Nachricht muss ins Refugium, ins Schirmdorf.«

Jetzt sahen auch die beiden anderen auf.

»So?«, brummte der Erste. »Bist keine Händlerin, oder? Der Shunter wird nur zum Handel benutzt.«

Ich zeigte ihnen die Messerscheide. Ihre Mienen änderten sich.

»Ach so, das Schirmdorf. Natürlich«, sagte einer, griff nach der Scheide und dem Papier und erhob sich. Er grinste seinen Freunden zu und führte mich ein paar Meter weiter zu einem ziemlich in die Jahre gekommenen Shunter, der auf einem teichglatten Stück Fels lag. Das Gerät hatte zwar die gleiche Größe wie jenes, das ich aus dem Refugium kannte, und das, das Avem aus seinem Beutel gezaubert hatte, doch verfügte es über deutlich weniger Drähte innerhalb des Metallrings. Mit diesem Shunter würde man kein Lebewesen verschicken können.

»Koordinaten?«, fragte der Shunterwächter.

»Wie ich schon sagte, das Schirmdorf«, wiederholte ich.

Der Mann sah mich mit hochgezogenen Brauen an. »Meinst du, die kenne ich auswendig? Unsere Siedlung handelt nicht mit den Verehrern vom Menschenfresserbaum. Weiß einer von euch die Zahlen?«, wandte er sich an die beiden anderen Männer. Doch die schüttelten die Köpfe.

»Von hier ist schon seit Jahren nichts ans Schirmdorf rausgegangen«, sagte einer.

Ich versuchte, mich an die notwendige Zahlenkombination zu erinnern. Camille konnte sie blitzschnell herunterrattern, doch mir fiel es schwer. Zahlen spielten in meinem alltäglichen Leben einfach keine Rolle.

Mit ein bisschen Konzentration fielen sie mir schließlich ein, und ich teilte sie dem Mann mit. Er verstellte die feinen Rädchen am Shunter mit einer Spezialzange und legte das Gerät dann zurück auf den Fels. Meine Botschaft an die Dorfgemeinschaft platzierte er genau daneben.

Es dauerte nur einen Augenblick. Dann war das typische Zischen und Knistern zu hören. Ein kleiner Lichtblitz, wesentlich schwächer als der, den ich von unserem Reiseshunter kannte, fuhr aus dem Ring und blendete mich. Als ich die Augen wenige Wimpernschläge später aufriss, war das Papier fort.

»Erledigt«, bemerkte der Wächter, klopfte sich die Hände an der Hose ab, steckte die Messerscheide ein und begab sich wieder zu seinen Kumpanen.

Ich wollte mich bereits abwenden, doch etwas hielt mich davon ab, einfach wieder zu gehen. Etwas irritierte mich.

»Wie viele Shunterwächter gibt es hier?«, erkundigte ich mich.

Derjenige, der als Erster gesprochen hatte, musterte mich. »Dachte ich mir, dass du nicht von hier bist. Sonst wüsstest du, dass du hier alle drei Wächter auf einen Schlag vor dir hast.«

»Nur ihr drei?«, wiederholte ich und zeigte mit dem Finger auf sie. »Ihr seid die Einzigen?«

»Schwer von Begriff?«, brummte einer.

Ich runzelte die Stirn. »Aber … wie kann es sein, dass sich dann keiner von euch an die Koordinaten des Schirmdorfs erinnert? Es ist erst zwei Nächte her, dass von hier aus eine Botschaft dorthin geschickt wurde.«

Die drei glotzten mich verständnislos an.

»Ein … Freund von mir, Jonn, hat die Nachricht gebracht, zusammen mit einer weiteren, die in die Türme ging.«

Jetzt tauschten sie Blicke, hoben Schultern.

»Keine Ahnung, wovon du sprichst«, sagte schließlich derjenige, der den Shunter bedient hatte. »Hab Jonn schon 'ne ganze Weile nicht mehr gesehen. Früher hat er öfter mal 'ne Runde gespielt. Aber jetzt hat er nur noch seine Revolte im Kopf.«

»Nee, der war schon lange nicht mehr hier«, bestätigte einer der beiden anderen Männer. »Der braucht ja gar keinen Shunter mehr. Hat doch so einen Hologrammüberträger, hab ich munkeln hören. Damit kann er jederzeit Nachrichten mit den anderen Revoltis austauschen.« Der Redner fing sich einen Rippenstoß von seinem Nachbarn ein.

»Hey! Was denn?! Das weiß doch jeder«, knurrte er und schlug zurück. Die drei knufften sich gegenseitig, und ich nutzte die Gelegenheit, um mich davonzumachen.

Während ich den Hügel hinauflief, versuchte ich, meine Atmung unter Kontrolle zu behalten.

Jonn war nicht beim Shunter gewesen. Er hatte die von Camille niedergeschriebenen Nachrichten ans Schirmdorf und an die Türme nicht verschickt. Also wussten Iris und Aruncus überhaupt nicht, dass wir in Savannah angekommen waren und es uns gut ging. Ebenso wenig hatte unser Hilferuf fürs Refugium in den Türmen eine Reaktion auslösen können.

Jonn hatte gesagt, dass er das erledigen würde. Als wir von unserem Besuch bei den Nomaden in die Höhle zurückgekehrt waren, hatte er behauptet, er wolle zum Shunterplatz gehen und unsere Botschaften abschicken.

Aber er hatte es nicht getan.

21. KAPITEL

Wir hatten uns einen ungestörten Platz auf der anderen Hügelseite gesucht und standen zu viert um den Metallring am Boden herum: Jonn, Camille, Avem und ich.

Camille hatte darauf bestanden, ihren Rucksack selbst zu tragen, während ich meinen eigenen geschultert hatte. Jonns Gepäckstück war so prall gefüllt, dass er beim Gang auf den Hügel heftig geschnauft hatte. Wahrscheinlich steckten etliche Schwarzmarktsachen drin, mit denen er Wachen und Sicherheitsleute zu bestechen gedachte.

»So stehen bleiben«, wies Avem uns an, nachdem sie den Abstand unserer Füße zum Shunter mit ihren Händen gemessen hatte. »Schwindel und Übelkeit sind normal. Nicht wehren. Einfach fallen lassen. An Schönes denken und loslassen, ja?«

»In Ordnung«, antwortete ich nickend, konnte mir jedoch nicht vorstellen, wie ich loslassen und an etwas Schönes denken sollte, während mein Körper in seine kleinsten Bestandteile zerlegt und an einer anderen Stelle, Tausende Meilen entfernt, wieder zusammengesetzt würde.

Wir drei Menschen sahen gebannt zu, wie Avem die Kette des Beutels durch einen dafür vorgesehenen Ring am Shunter zog und sie ums Handgelenk schlang.

Dann betätigte sie die Startvorrichtung. Das bekannte Zischen und Knistern erklang. Zwischen den Drähten flogen feine Funken hin und her. Und im nächsten Moment wurde alles gleißend hell.

Eine Faust fasste mich an der Kehle. Eine andere schlug in meinen Bauch. Ich krümmte mich, um dem Schmerz und der plötzlich einsetzenden Atemnot zu entgehen. Oder besser: Ich wollte mich krümmen. Doch entsetzt musste ich feststellen, dass ich mich nicht bewegen konnte. Es war nichts da, was ich hätte bewegen können.

Was hatte Avem gesagt? Etwas Schönes? Schnell. Etwas Schönes!

Der Tausänger. Sein orange leuchtendes Gefieder. Das Morgenlied. Die Wärme des Stammes an meinem Rücken, während meine Baumfreundin zu mir sprach. Das Gefühl von Geborgenheit, wenn ich auf ihren Ästen lag, den Blick hinaufgerichtet ins schützende Blätterdach ihrer gewaltigen Krone.

So grün. Taufeucht. Vertraut. Duft von Moos und Blüten. Die Stimmen der Tiere des Waldes.

Parretts Gesicht nah vor meinem. Der liebevolle Ausdruck in seinen blauen Augen. Die Geste, mit der er sich durchs Haar fuhr. Ich werde dich retten. Alles wird gut. Alles …

Wieder Schmerz. So allumfassend, als ergriffe mich die Hand eines Riesen, um mich zu zerquetschen.

Nicht wehren, hatte Avem gesagt. *Fallen lassen.*

Ich ließ mich fallen. Und landete auf Händen und Knien. Keuchend sah ich mich um.

Camille war ebenfalls in die Knie gegangen, während Jonn mir gegenüber schwankte, es aber schaffte, aufrecht stehen zu bleiben. Avem fing sich am schnellsten, verstaute den Shunter im Beutel, hängte die Kette um ihren Hals und sah sich lauschend um.

Wir befanden uns mitten in einem riesigen Raum, der durch wenige Stufen in verschiedene Ebenen unterteilt und mit diversen Sitzgelegenheiten ausgestattet war. Das halbe Schirmdorf hätte hier mühelos Platz gefunden.

Mein Blick hielt sich jedoch nicht lange hier drinnen auf, sondern wurde angezogen von einer riesigen Glasfront. Und dahinter von …

»Heiliger Baum!«, entfuhr es mir.

Auch Camille und Jonn starrten hinaus. Fasziniert traten wir näher.

Offensichtlich befanden wir uns in einer der oberen Etagen eines Turms und sahen hinab auf Hunderte von Gebäuden, in denen Fenster und Terrassen in allen Farben des Spektrums hell erleuchtet waren. Offene Brücken und überdachte Gänge verbanden die einzelnen Türme miteinander, führten entweder auf dieselbe Ebene oder aber ein paar Etagen höher oder tiefer. Über und unter diesen Verbindungen schwebten die sogenannten Gleiter. Bunte Kabinen, in denen Menschen auf schnellem Weg zwischen weiter entfernten Teilen der Türme hin- und hergelangen konnten. Ich hatte sie mir nie vorstellen können, wenn Parrett von ihnen erzählte. Und nun blickte ich auf Hunderte von ihnen hinab.

Überall waren Menschen unterwegs, es wimmelte wie in einem Bienenstock. Auf den vielen Etagen eines nahe gelegenen Turmgebäudes konnten wir Menschen jeden Alters herumlaufen sehen, die miteinander sprachen, lachten, Erledigungen nachgingen. Es war, als erblickte man eine Welt, die in hundert und mehr Schichten eingeteilt war.

»Leute, wir sind in Highhaven!«, teilte Jonn uns mit leicht bebender Stimme mit. »Das hier ist das Zentrum der Türme! Schaut nur, weit da hinten liegt Highhaven Palace, Sitz des Hohen Rates und der Obersten.« Er deutete zum Horizont, und ich erkannte das Gebäude von seiner Karte wieder, das auf diese Entfernung natürlich viel kleiner wirkte, als es in Wirklichkeit war.

Während mein Körper noch die Strapazen des gerade überstandenen Shunterns und mein Bewusstsein die Flut der ungewohnten Bilder zu verarbeiten versuchten, sah ich mich nach Avem um.

Sie huschte gerade durch einen Durchgang wieder in den großen Wohnraum hinein.

»Niemand hier«, verkündete sie, sichtlich erleichtert und stolz darauf, dass sie die Lage richtig eingeschätzt hatte. »Erhalter ist nur selten hier.« Dabei blickte sie sich kritisch um, denn auf ein paar niedrigen Tischen standen Teller mit Essensresten herum. Kleidungsstücke lagen auf Sitzgelegenheiten und auf dem Boden. Avem begann, herumzugehen und alles aufzusammeln.

»Das musst du nicht tun«, sagte ich. »Dein Erhalter ist doch nicht hier. Deine alten Aufgaben gelten nicht mehr.«

Avem überlegte kurz. Dann schüttelte sie den Kopf. »Unterkunft hier ist gut. Volle Vorratskammer. Kleidung. Gutes Wasser. Aber Pläne machen in Unordnung ist nicht gut.« Damit setzte sie das Aufräumen fort.

Ich ließ meinen Rucksack vom Rücken rutschen und nahm ein paar Gläser vom Tisch neben mir, in denen säuerlich riechende Flüssigkeit eingetrocknet war. »Dann helfe ich dir.«

Auch Camille und Jonn entledigten sich rasch ihres Gepäcks, und gemeinsam trugen wir alle vom Wohnungseigentümer liegen gelassenen Dinge zusammen. Avem ging uns voraus über einen Flur, von dem einige Türen abgingen, in einen großen Raum, der offenbar der Essenszubereitung diente. Sie öffnete eine Tür in einen angrenzenden Raum, und wir staunten erneut: Vom Boden bis zur Decke waren die Regale dort voll mit Lebensmitteln.

»Dafür werde ich die mitgebrachten Sachen jedenfalls nicht eintauschen müssen«, stellte Jonn zufrieden fest.

»Du hast recht, Avem. Das hier ist ein guter Platz, um zu agieren«, sagte ich, und sie lächelte mich an.

Obwohl sie in diesen Räumlichkeiten zuletzt Schreckliches zu erwarten gehabt hatte, wirkte sie plötzlich viel selbstsicherer und forscher. Es war ihr Land, in dem sie ihr gesamtes bisheriges Leben verbracht hatte. Hier kannte sie sich aus und war zu Hause.

Ich sah aus dem Fenster, das in diesem Zimmer viel kleiner ausfiel als in dem großen Wohnraum. Aber auch von hier aus konnte man das Gewimmel in den anderen Türmen beobachten. Wieder fesselte mich der Anblick.

Natürlich hatte ich gewusst, wie viele Menschen in diesem größten Landesteil von *Helles Land* lebten, es jedoch buchstäblich vor Augen zu haben, war etwas ganz anderes. Die hohen Gebäude, die tatsächlich wie Türme aussahen, erstreckten sich bis zum Horizont.

Während ich das Ende dieser gigantischen Stadt auszumachen versuchte, verloschen nach und nach Lichter in der Entfernung. Immer mehr der weiter entfernten Türme lagen plötzlich im Dunkeln, durch das nur noch ein schwaches Glimmen zu erkennen war.

»Was passiert da?«, wollte ich von Avem wissen. »Wieso gehen dort hinten die Lichter aus?«

Sie zuckte mit den Schultern. »Spät am Abend. Zu viel Energie hier unten ist nicht gut. Trifft am Dach auf die Hitze der Sonnen am Tag. Deswegen seit ein paar Jahren abends überall dunkel, außer in Highhaven.«

Jonn schnalzte missbilligend. »Hauptsache, in Highhaven ist alles fortwährend hübsch anzuschauen. Apropos …«, er wandte sich an Avem, »meinst du, wir finden hier etwas für mich zum Anziehen? Wenn ich zu Thaiman und Paaul gehe, wäre es schön, wenn man mir nicht gleich ansieht, woher ich stamme.«

»Egal was du anziehst – deine dunkle Hautfarbe wird dich verraten«, warf ich ein. »Die Türmer haben über die Jahrhunderte so viel hellere Haut bekommen.« Kurz tauchte Parretts Gesicht vor mir auf.

Avem schüttelte jedoch den Kopf. »Keine Schwierigkeit. Gibt Haarkünstler. Gibt auch Hautkünstler. Dunkle Haut ist manchmal Mode, manchmal hell, manchmal sogar Falten. Immer anders.« Hinter sich her winkte Avem uns in den Gang zurück und von dort durch eine der Türen. Sie führte in ein Schlafzimmer, das in dunklen Lilatönen eingerichtet war. Eine Wand bestand aus einem großen Schrank, in dem so viele Hemden, Hosen und Jacken hingen und lagen, dass sich damit unser ganzes Dorf ein Jahr lang mühelos hätte einkleiden können.

»Ach herrje«, brummte Jonn und versuchte, aus dem Wust an Sachen etwas auszuwählen.

»Ich muss meine Schulter behandeln«, sagte Camille. »Wo kann ich das am besten tun?«

Wir ließen Jonn ein wenig überfordert vor der riesigen Auswahl an Kleidung zurück und folgten Avem hinaus und in ein weiteres Zimmer, in dem ebenfalls ein Bett stand. Hier war alles weiß.

»Hier könnt ihr schlafen«, sagte Avem.

»Gut. Ich hole die Heilsalbe aus dem Rucksack.« Camille verschwand.

Avem sah mich fragend an, als erwarte sie, dass auch ich etwas Wichtiges zu tun haben würde. Allerdings hatte ich keine Ahnung, was das sein konnte.

Da erinnerte ich mich an etwas, das meine Lehrerin Hostatis mir erklärt hatte, als wir zum ersten Mal gemeinsam im Wald übernachteten, weil wir uns zu weit vom Schirmdorf entfernt hatten, um gefahrlos durch die Nacht zurückzufinden.

»Wenn du irgendwo fremd bist, ist es das Wichtigste, dass du deine nächste Umgebung kennenlernst«, hatte sie zu mir gesagt. »Schau dich um, lauf ein Stückchen herum, aber nur so weit, dass du den Kontakt halten kannst. Sieh dir dein Lager und die Gegend, in der es liegt, genau an. Das gibt dir Sicherheit, und im Zweifelsfall weißt du, in welche Richtung du fliehen kannst, falls Gefahr droht.«

In Gedanken sandte ich dieser weisen Frau, die mir alles beigebracht hatte, was ich heute wusste, einen Dank.

»Nimmt diese Wohnung die ganze Etage ein?«, erkundigte ich mich bei Avem.

Sie riss die Augen auf und schüttelte den Kopf. »Viele Wohnungen in einer Etage. Viele Etagen in einem Turm.«

»Kann ich mich verlaufen, wenn ich hinausgehe, um mich ein bisschen umzusehen?«

Wieder Kopfschütteln. »Fahrstühle im Kern. Wohnungen außen. Immer nur im Kreis laufen.«

»Gut. Dann werde ich das machen. Ist die Tür verschlossen?«

Avem ging zu einem kleinen Schränkchen neben dem Bett, öffnete es und zog Schreibzeug heraus. Das Papier war so fein, wie ich es noch nie gesehen hatte. Es sah aus wie aus … Holz? Eine feine Gänsehaut überzog meine Arme.

Avem notierte eine Kombination aus Zahlen und Buchstaben.

»Tastenfeld an der Tür«, sagte sie und reichte mir das Blatt.

Ich faltete es sorgfältig und steckte es in die Tasche meiner Schirmhose über dem Beingurt. Auch wenn ich nicht davon ausging, dass ich mein Schirmmesser brauchen würde, war es dennoch ein beruhigendes Gefühl, es dabeizuhaben.

Während Avem Camille mit dem Verband half, schlüpfte ich zur schweren Wohnungstür hinaus. Mit einem tiefen Geräusch fiel sie hinter mir ins Schloss.

Nach links und rechts erstreckte sich ein breiter Gang, an dem ein paar weitere Türen lagen und der schließlich um die Ecken verschwand.

Ich atmete ein paarmal tief durch, um mich zu beruhigen.

Avem hätte mich bestimmt nicht ohne eine Warnung ziehen lassen, wenn hier irgendwo eine Gefahr auf mich lauern könnte. Dennoch schlug mir das Herz bis zum Hals. Es fühlte sich so anders an als die vielen Male, bei denen ich für Hostatis und mich ein Waldlager hatte auskundschaften müssen. Nie hatte ich mich im Refugium so sonderbar gefühlt. Auch Savannah und seine Menschen waren mir längst nicht so fremd gewesen wie all das hier, das ich eben noch durch die verglasten Wände hatte beobachten können.

Weil beide Richtungen des Ganges exakt gleich aussahen, wandte ich mich einem Impuls folgend nach links. Nach ein paar Schritten blieb ich stehen und blickte zurück. An der Tür waren drei Buchstaben angebracht: SLO.

An der nächsten, an der ich vorbeikam, stand: STK. Und an der dritten: LLD. Doch im Gegensatz zu unserer und der zweiten waren diese Buchstaben in dunklem Rosa gehalten und aufwendig verschnörkelt.

Während ich die Tür betrachtete, wurde sie von innen geöffnet. Vor Schreck machte ich einen Satz rückwärts. Vor mir stand eine kleine, rundliche Frau mit knallpink gefärbten Haaren, die sich wie eine Krone über ihrem Kopf erhoben. Sie trug ein Kleid mit weit ausgestelltem Rock und tiefem Ausschnitt, in dem ihr Busen wogte, als sie sich bei meinem Anblick aufrichtete.

Um ihre Beine, die in bequem wirkenden Schuhen endeten, strichen zwei Katzen. In jedem Arm hielt sie einen leuchtend blauen Topf mit jeweils einer Pflanze darin. Ich hatte schon davon gehört, dass die Türmer Pflanzen in Behältern kultivierten – trotzdem war der Anblick irritierend.

»Wunderbar, dass ich Sie treffe!«, schmetterte die Frau mir entgegen. Ich hatte mit allen möglichen Begrüßungsfloskeln oder auch mit der Frage gerechnet, wer ich sei, aber nicht damit. »Sie können mir den Fahrstuhl rufen!«

Mit dem Fuß schloss sie geschickt die Tür und knatschte auf ihren weichen Sohlen energisch an mir vorbei. Nach einer kurzen Strecke drehte sie sich um. »Worauf warten Sie? Kommen Sie schon!«

Während ich ihr den Gang hinunter folgte, beobachtete ich verwundert, wie die Katzen, die nah an der Wand entlangliefen, mit hochgereckten Schwänzen dicht neben der Frau blieben. Sie sahen tatsächlich genauso aus wie die Rotkatzen, die im Refugium lebten, nur dass jene um etliches größer waren und Menschen durchaus gefährlich werden konnten. Diese Schmusetiere hier schienen nichts davon zu wissen, was sich auch in der Färbung ihres Fells auszudrücken schien: Die eine war weiß und rot gemustert, die andere schimmerte bläulich.

Meine erste Bekannte in den Türmen stieß immer wieder kleine Lockgeräusche aus und bedachte die beiden mit Kosenamen. Aufgrund von Aussehen und Auftreten schätzte ich die Frau auf das Alter meiner Mutter, etwa Mitte sechzig. Aber damit erschöpften sich die Ähnlichkeiten bereits. Meine Mutter war mittelgroß, schlank und drahtig, stets in die unauffällige Kleidung des Refugiums gekleidet und von eher bescheidenem Auftreten.

Diese Türmerin hingegen …

Mitten im Gang blieb sie stehen und wandte sich zur Innenwand des Turms, die Avem »Kern« genannt hatte. Erst jetzt bemerkte ich, dass das, was ich für ein regelmäßiges Muster gehalten hatte, in Wirklichkeit ebenfalls Türen waren. Türen aus Metall, die nahezu mit der Wand verschmolzen.

»Wären Sie so freundlich?«

Es war keine Bitte, sondern eindeutig eine Anweisung. Der ich gern Folge geleistet hätte, wenn mir klar gewesen wäre, was von mir verlangt wurde.

»Ich brauche den, der in Vierzig hält«, setzte die Frau hinzu.

Ich folgte ihrem Blick zu den Ornamenten, die neben der Metalltür in die Wand eingelassen waren. Weil es das Einzige war, das mir zu tun einfiel, streckte ich die Hand aus und berührte eines. Es glühte auf, und ich musste mich beherrschen, nicht zurückzuzucken.

»Auf Vierzig liegt die Wiesenetage«, teilte die Frau mir mit. »Sie haben wohl keine Katzen?«

»Nein, ich …«

»Zweimal pro Woche ist auf der Wiesenetage Mäusetag. As und Mi lieben das, nicht wahr, meine Schnuppelchen? Freut ihr euch schon, prr, prr?«

Die auf diese Weise zärtlich Angesprochenen reagierten mit leisem Maunzen und weiterem eifrigem Um-die-Beine-Streichen.

»Früher gab es ein paar Straßen weiter einen ganzen Turm für unsere Lieblinge. Aber der wird seit ein paar Jahren ja nun anderweitig genutzt: Baumschulen. Bäume über Bäume. Tz, ich frag mich, wieso. Die werden im künstlichen Licht der Türme doch sowieso nicht alt. Mein Name ist Dench«, unterbrach die Türmerin sich selbst unvermittelt. »Ihr Look gefällt mir. Wäldlerstyle, hm? Leider bin ich für diese Hautfarbe und so schlichte Frisuren inzwischen zu alt. Irgendwann wirkt es lächerlich, oder? An Ihnen sieht es aber hinreißend aus, meine Liebe. So natürlich. Und dieses Hemd! Wo beziehen Sie so was?«

»Wir machen die Kleidung selbst«, stammelte ich.

»Was Sie nicht sagen! Eine Schneiderkünstlerin, wie? Dachte ich mir. Vielleicht könnten wir uns austauschen? Meinen Sie, das wäre auch in meiner Größe möglich? Warten Sie, ich muss irgendwo das Kärtchen mit meinen Maßen haben. Hab immer eins dabei. Man weiß ja nie … Halten Sie mal, bitte!«

Sie reichte mir die beiden Töpfe mit den Pflanzen darin. Überrumpelt nahm ich sie und betrachtete die Gewächse. Die eine war eine kleine Heuchera mit wunderschönen, fein geäderten roten Blättern, die Lebensfreude und Heiterkeit ausstrahlte.

Die andere Pflanze kannte ich nicht, daher weckte sie sofort meine Neugierde. Auf ihren kleinen, dunkelgrünen Blättern glitzerte es golden wie Morgenlicht, und der Anblick wäre bestimmt wunderschön gewesen, doch irgendetwas stimmte nicht. Ihre Triebe hingen gut einen Fuß über den Topfrand hinunter, und als einer von ihnen zufällig meine Hand berührte, durchzuckte mich ein feiner Schmerz.

Ich öffnete die Finger und ließ den Pflanzenarm hindurchgleiten. Trauer. Resignation. Instinktiv schloss ich die Augen und lauschte mit schief gelegtem Kopf.

»Was brauchst du?«, flüsterte ich. Und bekam ein eher undeutliches Bild als Antwort. Noch einmal fragte ich. Das Bild wurde klarer.

Als ich die Lider wieder aufschlug, blickte ich in die Augen der Türmerin, die mich scharf musterten.

»Was machen Sie denn da mit Jerushmaika?«, fragte sie spitz.

»Jerushmaika?«

»Meine Pflanze. Ist ein Einzelstück, ganz frisch aus dem Floraturm. Dachte, ich tu ihr was Gutes und nehme sie mal mit in die Wiesenetage. Vielleicht mag sie die anderen Pflanzen und das Floralicht dort.«

»Es sind nicht andere Pflanzen, die sie vermisst«, erwiderte ich, ehe ich darüber nachgedacht hatte. Viel zu intensiv waren noch die Eindrücke von meinem wortlosen Austausch. »In ihren Genen steckt eine Kletterpflanze. Auch wenn sie nicht so aussieht, möchte sie etwas haben, woran sie raufranken kann.«

Dench blickte mich an wie vom Donner gerührt.

»Sie sprechen mit meiner Pflanze?«, rief sie empört, als hätte ich etwas Ungehöriges getan. »Wie kommen Sie dazu?! Mit mir hat sie noch nie …« Sie streckte die Hände aus und nahm mir behutsam den einen Topf mit der Pflanze namens Jerushmaika ab. Dann betrachtete sie die herabhängenden Pflanzenarme. »Ich habe ein paar Kletterpflanzen in meiner Wohnung. Aber die haben Saugnäpfe oder Schlingkreisel. Davon sehe ich hier nichts.«

Ich zuckte mit den Schultern. »Das war es, was sie mir mitgeteilt hat.«

Dench kniff die Augen zusammen und musterte mich mit scharfem Blick. »Das ist gar kein neuer, stylischer Look, der die Kleidung der Wäldler imitiert, richtig? Sie stammen wirklich aus dem Refugium. Wer sind Sie, Schätzchen?«

Ich zögerte. Doch aus irgendeinem Grund hatte diese forsche Frau, die so zärtlich mit den ihr anvertrauten Tieren und Pflanzen umging, bereits mein Vertrauen gewonnen.

»Ich bin Claymaris aus Farndorf.«

Diese Erklärung schien die Türmerin zu entspannen. »Verstehe. Deswegen wissen Sie, was Jerushmaika sagt, während ich … na ja, immer nur raten kann, was meine Kinderchen brauchen. Wäldler haben diese gewisse Gabe, können mit den Pflanzen kommunizieren, nicht wahr?«

»Nicht alle. Manche können mit den Tieren in Kontakt treten, andere sind begabt im Lesen von Spuren oder Auffinden von gefährlichen Flechten.«

»Der Wäldler, dem ich mal begegnet bin, sprach ebenfalls mit Pflanzen.« Sie sah sich um. »War ziemlich genau hier, als wir uns getroffen haben. So ein alter Kerl. Zuerst dachte ich, er wär an den Sicherheitsleuten vorbeigekommen und wollte anbändeln. Aber dann stellte sich raus, dass er sich einfach nur verlaufen und an der falschen Wohnungstür geklopft hatte.« Sie lachte spitz und sah mich dann mit zusammengekniffenen Augen an. »Haben Sie sich auch verlaufen?«

»Nein. Ich … ich bin für eine Weile zu Gast hier.« Vage deutete ich den Gang entlang. »Ich wollte mir die Fahrstühle ansehen.«

Sie hob die Brauen. »Die Fahrstühle? Soso. Na, dann schauen Sie jetzt mal genau hin.«

Im nächsten Moment glitten zwei der Metalltüren auseinander und gaben einen überraschend großen Raum dahinter frei. Der Boden bestand aus einem hübschen Steinmosaik, und die Wände waren vom Boden bis zur Decke verspiegelt.

As und Mi, die beiden Katzen, tänzelten hinein, Dench folgte ihnen. Sie wandte sich zu einer Zahlenleiste an der Seite und berührte die Vierzig.

»Es war schön, Sie zu treffen, Dench«, sagte ich.

Sie stutzte. Betrachtete mich nachdenklich. »Ist schon lange her, dass ich so genannt wurde«, murmelte sie.

»Ich dachte, Sie heißen so.«

»Ja, das stimmt, aber …«

Die Türen glitten zu.

»Heucherchen!«, rief Dench und streckte die freie Hand aus. Ich reichte ihr rasch die andere Pflanze.

»Man sieht sich!«, rief Dench noch, ehe sich die Türen endgültig schlossen.

Einen Augenblick stand ich da und starrte auf die Metalltüren. Noch vor wenigen Tagen hatte ich im Reinen mit mir selbst und im Einklang mit der Natur im Refugium gelebt. Der Besuch der Delegation war wie jedes Jahr eine willkommene Abwechslung gewesen, der mir einen Blick in einen exotischen Teil unserer Welt erlaubte, lehrreich und unterhaltsam zugleich. Doch ohne großen Belang für mein alltägliches Leben und schnell wieder vergessen. Nun jedoch, nach dieser kleinen Begegnung, wurde mir zum ersten Mal deutlich bewusst, *wie* sehr sich die Länder unserer Welt voneinander unterschieden.

22. KAPITEL

»Nein, wir werden nicht mit Jonn gehen! Ich habe mich nicht in meine kleinsten Einzelteile zerlegen und wieder zusammensetzen lassen, um irgendwelche Revolutionäre zu treffen. Wir müssen alles daransetzen, Parrett zu finden!«, sagte ich, heftiger als beabsichtigt.

Camille hob die Hände und erwiderte leise: »Aber wo willst du denn anfangen? Jonns Freunde besitzen Kontakte nach Highhaven. Vielleicht haben Sie einen Hinweis für uns, wo wir diese radikalen Türmer aufstöbern können. Warum bist du so ablehnend Jonn gegenüber? Er hat uns doch so sehr geholfen.«

Ich zögerte, sah zur Tür unseres Schlafraums, die offen stand. Auf dem Flur war nichts zu hören. Jonn steckte immer noch in dem großen Schlafzimmer, und Avem hantierte in dem Raum zur Speisevorbereitung.

Ich wusste, dass ich Camille in meine neuesten Erkenntnisse Jonn betreffend einweihen sollte. Von den Hologrammen hatte ich ihr nichts erzählt, weil ich mich für meine Schnüffelei in seinen privaten Räumen geschämt hatte. Und das, obwohl die Bilder bewiesen, dass Jonn mich ausspioniert hatte. Und um ihr von den nicht verschickten Nachrichten ans Schirmdorf und an die Türme zu erzählen, hatte es einfach noch keine Gelegenheit gegeben, hatte ich mir eingeredet.

Doch in Wahrheit sträubte sich etwas in mir dagegen, Camille mit diesen Dingen zu konfrontieren. Bei der Schirmarbeit im Refugium musste ich oft allein Entscheidungen treffen, Gefahren einschätzen, Wagnisse eingehen. Ich glaubte, ein gutes Gespür dafür zu haben, welche Situation sicher war und welches Risiko ich besser nicht eingehen sollte. Jonn brachte diesen Glauben an mich selbst ins Wanken.

Unser stilles Beisammensein vor seiner Höhle, während wir die Sterne betrachtet und uns von den schwersten Erfahrungen in unseren Leben erzählt hatten, schwang immer noch in mir nach. Es stand in krassem Gegensatz zu den Tatsachen, die sich nicht leugnen ließen: die Hologramme, die Lüge bezüglich der Nachrichten.

Die Gefahr, der ich mich im Zusammensein mit ihm womöglich aussetzte, betraf jedoch nicht mich allein. Camille hatte ein Recht darauf, dass ich ihr davon erzählte.

Ich holte tief Atem und öffnete den Mund. Da klopfte es, und Jonn erschien in der Tür. »Was haltet ihr davon?«

Er trug einen goldglitzernden Anzug mit einem tiefblauen Hemd. Die Kombination stand ihm zu seinem sandfarbenen Haar und den dunklen Augen im braunen Gesicht hervorragend, sah aber zugleich so ungewohnt aus, dass Camille und ich beide auflachten.

»Was?«, machte er und hob die Hände. »Was?«

Hinter ihm erschien Avem, die ihn zufrieden musterte.

»Sieht sehr gut aus!«, sagte sie nickend.

»Da habt ihr es!« Jonn strich an der Jacke hinab und zwinkerte mir zu. »Avem hat übrigens den Tresor für uns geplündert.« Aus den Jackentaschen holte er zwei Hände voll von kleinen Plättchen heraus. Wir traten näher.

»Das ist Holz«, sagte ich und nahm eine der Münzen zwischen die Finger. Die Maserung war außergewöhnlich fein. Konnte es sein, dass wir hier Stücke einer Lichteiche in den Händen hielten? »Das muss unglaublich kostbar sein.«

Camille schien eine gewisse Scheu zu empfinden und spähte nur in Jonns offene Hände. »Dürfen wir das denn einfach nehmen? Ich meine, das ist Diebstahl, oder?«

»Befreiung ist gute Sache«, sagte Avem fest.

»Mit so einem Zahlungsmittel können wir nicht nur Informanten überzeugen, sondern euch auch Kleidung besorgen, in der ihr nicht so auffallt«, erklärte Jonn. »Ich habe alles durchsucht, aber die Klamotten unseres ungefragten Gastgebers werden euch nicht passen, denke ich. Ihr kommt doch mit, oder? Wir können sofort aufbrechen.«

Camille sah mich fragend an.

In der Zeit, in der sie meine Schülerin gewesen war, hatte ich im Wald ständig Entscheidungen für uns getroffen. Sie vertraute mir blind.

»Ja«, sagte ich. »Lasst uns aufbrechen.«

* * *

Ich war unglaublich dankbar, dass Avem sich dazu entschlossen hatte, uns in die Türme zu begleiten. Schon an der Bedienung der Aufzüge wären wir nämlich gescheitert. Sie erklärte uns geduldig, woran man erkennen konnte, welcher Aufzug welche Stockwerke abdeckte und wie man sich drinnen entschied, in welche Etage man fahren wollte.

Es gab Geschosse, von denen überdachte Gänge oder Brücken zu anderen Türmen führten, solche, die ausschließlich zum Wohnen gedacht waren, andere, die der Unterhaltung dienten.

Die Wiesenetage war keine Ausnahme in unserem Turm. Es gab diverse Stockwerke, in denen man Nachahmungen der Natur fand, wie man sie vor tausend Jahren in *Helles Land* gefunden hatte. Sogar einen Sumpf gab es. Ich konnte Camille ansehen, dass es sie ebenso reizte wie mich, sich dort einmal umzusehen. Auf der Fahrt hinunter erzählte ich ihr von Dench und den kleinen Katzen, und Camille war furchtbar enttäuscht, dass sie die Tiere verpasst hatte.

»Wie eine Rotkatze? Nur in klein?«, wiederholte sie mehrmals, und ich musste ihr die Farben und die Art ihres tänzelnden Ganges samt hochgerecktem Schwanz beschreiben.

Dank der Adresse, die Jonn Avem nennen konnte, führte sie uns zielsicher durch das undurchschaubare Gewusel, durch Gänge, über Brücken, in weitere Fahrstühle, mit denen wir hinauf- oder hinunterfuhren.

»Ist der Rand von Highhaven«, sagte sie, als wir schließlich im richtigen Turm ankamen und ganz nach unten fuhren. »Hier leben diejenigen, die Highhaven dienen.«

Während in Highhaven selbst unsere kleine Gruppe in erster Linie Aufsehen erregt hatte, weil Camilles und mein *faszinierender, natürlicher Look* bewundert wurde, wie man uns mehrmals zurief, fielen wir hier nun durch Jonn auf. Die Türmer, denen wir begegneten, waren ebenfalls bunt gekleidet und trugen außergewöhnliche Frisuren, doch wirkte alles weniger kostbar als im Zentrum von Highhaven. Jonns Anzug stach allerorten heraus. Die Menschen neigten die Köpfe, schielten zu uns hin und wichen respektvoll aus.

»Ein Oberster, hier?«, hörte ich jemanden flüstern.

Jonn schien sich ein wenig unbehaglich zu fühlen und hielt sich daher besonders aufrecht, während wir Geschäfte passierten, in denen so viele Dinge zum Angebot standen, dass mir allein vom Anblick schwindelig wurde.

Wir kamen an einem Laden vorbei, der ausschließlich Spielzeug für Kinder verkaufte. Allerdings hatte es nichts gemein mit den Puppen, Bällen und Spielsteinen, mit denen die Kleinen im Refugium sich die Zeit vertrieben. Hier blinkte buntes Metall, klingelte schrille Musik oder schwirrten Miniaturgleiter im

Kreis. Mich machte der bloße Anblick nervös. Ob die Kinder der Türme in der Beschäftigung damit wirklich Freude empfanden?

Camille hatte derweil ein Geschäft für den Bedarf von Tieren entdeckt, die wie Denchs Katzen mit ihren Menschen in deren Wohnungen lebten.

»Schau dir das an, Clay«, rief sie und zog mich an ihre Seite, damit ich ebenfalls durch das Glas in den Raum dahinter schauen konnte. »Die sperren Vögel ein!« Sie deutete auf einen Käfig, in dem ein winziger Papagei mit lila Gefieder saß und beständig nach einem Spiegelchen hackte, das vor ihm von der Decke des Käfigs baumelte. »Der arme Kerl.« Camille legte ihre Hand an die Scheibe des Fensters und versuchte vermutlich, Kontakt aufzunehmen.

»Du kannst ihm nicht helfen«, raunte ich ihr zu und zog sie am Ärmel ihres Hemdes weiter, weil uns einige Passanten bereits anstarrten.

»Wieso tun sie das?« Camille stolperte hinter mir her. »Hier ist doch genug Platz, um die Vögel frei fliegen zu lassen.« Ich sah, wie sie ein paar Tränen der Wut hinunterschluckte.

»Sie sind so anders als wir«, erwiderte ich leise. »Ich fürchte, sie haben verlernt, die Tiere so sein zu lassen, wie die Natur sie geschaffen hat.«

Camille schwieg und vermied beim Weiterlaufen weitere zu intensive Blicke nach links oder rechts.

Schließlich hielt Avem an und deutete auf die Fassade eines kleinen Handelsladens, in dessen Auslage diverse Schmuckstücke und Messer lagen, wie sie mir inzwischen aus Savannah und insbesondere von Jonn vertraut waren. Camille und ich traten ein, Jonn dicht hinter uns.

Ein junger Mann erschien im hinteren Teil des mit Regalen und Sachen vollgestopften Raumes, sah Jonn und neigte augenblicklich den Kopf so tief, dass er uns nicht mehr ansehen konnte.

»Welche Ehre, Oberster. Herzlich willkommen in unserem bescheidenen Laden! Womit kann ich Ihnen dienen?«

Ich erkannte die blau gefärbte Strähne auf dem ansonsten kahl rasierten Schädel, den sorgfältig gestutzten, kleinen Bart. Es war Thaiman, einer der beiden Männer aus der Hologrammnachricht, die ich in Jonns Höhle versehentlich abgehört hatte.

Jonn schob sich an Camille und mir vorbei und fasste den jungen Mann an der Schulter. »Hey, alter Freund, erkennst du mich nicht, nur weil ich diesen Oberstenkram trage?«

Thaiman schielte von unten herauf in Jonns Gesicht. Dann richtete er sich ruckartig auf, Augen und Mund weit aufgerissen.

»Jonn!«, rief er. Und dann: »Paaul! Komm her! Du ahnst nicht, wer hier ist!«

Sofort erschien im Durchgang zum Hinterraum ein weiterer junger Mann, Paaul, der ehemalige Savannah Dweller. Er schrie auf und stürmte durch den Laden, um Jonn an seine Brust zu reißen.

»Zur Wüste! Die Kakteen tanzen!«, grölte er.

Jonn und seine beiden Freunde lachten, umarmten sich, schlugen sich gegenseitig auf die Schultern und redeten alle gleichzeitig. Es dauerte eine Weile, bis sie sich beruhigt hatten.

»Was machst du denn hier? Und dazu in diesem Aufzug?«, wollte Paaul wissen, während sein Freund Camille und mich musterte. »Und in solcher Begleitung?«

»Oh, entschuldigt. Clay, Camille, das hier sind Paaul und Thaiman. Ich hab euch von ihnen erzählt. Und das hier, Paaul und Thaiman, sind Camille und Clay aus dem Refugium. Sie sind Schirmerinnen. Und hier haben wir noch Avem.« Er winkte sie zu uns herein, und sie schien sehr verlegen darüber, dass John sie ebenfalls vorstellte.

Plötzlich standen wir alle schweigend voreinander und sahen einander an.

»Sieht so aus, als gäbe es jede Menge zu erzählen«, stellte Paaul fest. Obwohl er eine lilafarbene Hose und dazu ein silbernes Hemd trug, erkannte ich in ihm noch den bodenständigen Mann mit rauer Schale aus Savannah.

Thaiman legte die Hände aneinander. »Was haltet ihr davon, wenn wir in die Bar gegenüber gehen und einen Happen essen? Wir wollten den Laden sowieso gerade schließen. Dauert nicht mehr lange, bis die Lichter ausgehen.«

Ich wollte erst ablehnen mit der Begründung, wie eilig unser Anliegen war und dass wir doch erst vor Kurzem etwas gegessen hatten. Aber dann spürte ich in meinem Magen ein seltsam hohles Ziehen und begriff, dass wir es im Schirmdorf nicht umsonst so hielten, nach der Ankunft der Delegation direkt eine reiche Mahlzeit aufzutischen. Shuntern verbrauchte offenbar sehr viel Energie.

In Erinnerung an das Gewusel in der *Wilden Kaktee* fragte ich: »Können wir da in Ruhe sprechen?«

»Unbedingt!«, antwortete Thaiman.

Also verließen wir den Laden, und Paaul schloss hinter uns sorgfältig die Tür mit einem Code ab.

Schräg gegenüber blinkte in bunten Lichtern der Schriftzug *Unter den Sternen*, was meiner Meinung nach ein wenig hoch gegriffen war, wenn man bedachte, dass wir uns auf der untersten Ebene der Türme befanden, so weit entfernt von den Sternen wie in diesem Teil der Welt wohl sonst nirgends.

Wir betraten die Bar, in der einiger Betrieb herrschte, und Thaiman führte uns an der Theke vorbei.

»Wir setzen uns hinten rein«, rief er der Barfrau zu, die

gerade dabei war, aus drei Flaschen gleichzeitig einen bunten Farbenmix in ein hohes Gefäß zu gießen. »Für Paaul und mich das Übliche. Und bring uns alles von der Karte. Unsere Gäste sind geshuntert.«

Sie nickte, wobei das Dutzend kleine Zöpfe auf ihrem Kopf ins Wippen geriet.

Wieder sorgte Jonns Anzug für einiges Aufsehen, und ich war froh, als wir im hinteren Bereich der Bar in einen kleinen Raum abbogen, den wir allein für uns hatten.

Nachdem wir uns gesetzt hatten, erkannte ich, als ich mich umsah, woher der Name der Bar stammte: Unter der Decke leuchteten Abertausende von kleinen Lämpchen, die tatsächlich den Eindruck erweckten, als blicke man in einen Sternenhimmel hinauf.

»Du musst unbedingt erzählen, wie ihr an einen Reiseshunter gekommen seid. Gestern hieß es noch, du kannst unmöglich beim Vorsprechen vor dem Hohen Rat dabei sein. Aber dass du da bist, ist natürlich grandios! Niemand könnte diese Aufgabe so gut übernehmen wie du. Du bist der Kopf der Revolution und hast uns alle überzeugt. Da wird dir das beim Hohen Rat auch gelingen«, sprudelte Paaul heraus.

»Es gibt allerdings etwas, das wir vorher erledigen müssen«, wandte Jonn ein und setzte mit Blick auf mich fort: »Etwas, das noch wichtiger ist.«

Paaul und Thaiman tauschten einen Blick. »Noch wichtiger als die Revolution?«

»Ja, wir suchen nach jemandem aus dem Refugium und einem Obersten. Und es sieht ganz danach aus, als hätte eine Gruppe, die sich selbst Ehrentürmer nennt, die beiden Männer entführt.«

Nun hatten wir die ungeteilte Aufmerksamkeit seiner beiden Freunde. Wir berichteten von den Geschehnissen im Refugium und wie Camille und ich zunächst der falschen Spur nach Savannah gefolgt waren. Camille zog Iris' Nachricht aus ihrer Hosentasche und las vor, was in dem Erpresserschreiben stand.

Währenddessen wurden wir einmal kurz unterbrochen, als die Barfrau und eine weitere Bedienung zwei mächtig beladene Tabletts hereintrugen, von denen wir uns mit Essen und Getränken versorgten.

Es gab bunte Drinks, die mal scharf, mal süß rochen und von denen ich lieber nicht probierte. Ich hielt mich an das klare Wasser, das so rein und frisch schmeckte, als sei es eben erst aus einer unterirdischen Quelle ans Tageslicht gesprudelt.

Die Vielfalt an Speisen verführte uns zuzugreifen. Kross gebackene Stäbchen, die laut Thaiman aus so etwas wie Kartoffeln gemacht waren, Blattsalate mit Dressing auf Ölbasis und mit Kräutern, die mich an Schnittlauch erinnerten, jedoch auch Noten von Minze und Kardamom trugen. Aus einer Obstschale fischte Camille eine Frucht, die einer Kastanie ähnelte und uns mit blauem, honigsüßem Fruchtfleisch überraschte. Alles schmeckte gut und sättigte, reichte allerdings nicht an die Köstlichkeiten beim Festessen im Schirmdorf heran. Es fehlten die Nuancen, unerwartete Details. Als koste man alles durch eine Art Filter hindurch, der die Intensität der Speisen zurückhielt.

Als wir mit unserer Erzählung geendet und auch das letzte Schälchen geleert hatten, trat eine kurze Stille ein.

»Könnte ein gravierendes Problem für unser Vorhaben werden«, meinte Paaul schließlich, während er sich die Hände an einer Serviette abwischte. »Wenn rauskommt, dass radikalisierte Türmer einen Alleingang in Sachen Schutz des Daches unternehmen, wirbelt das jede Menge Sand auf, der den Blick auf Savannah vernebeln könnte.«

»Schön, dass du dabei euer Ziel nicht aus den Augen verlierst«, sagte ich säuerlich. »Aber für Parrett und das Mitglied der Obersten, das entführt wurde, geht es womöglich jetzt schon um Leben und Tod. Wir müssen, so schnell es geht, herausfinden, wo sie gefangen gehalten werden.«

»Ich meinte doch nicht …«, begann Paaul, wurde aber von Thaiman unterbrochen: »So ein Reiseshunter, wie ihn die Erpresser an eure Leute im Schirmdorf geschickt haben, ist selten und extrem schwer zu bekommen. Ich habe mal versucht, einen für jemanden zu besorgen und …« Seine Wangen begannen zu glühen. Vielleicht, weil ihm aufging, dass er soeben seine Kontakte zum Schwarzmarkt gestanden hatte. »Was ich sagen will: Es ist so gut wie unmöglich, an einen ranzukommen, wenn man nicht Mitglied der Obersten ist.«

Diesmal war die Stille keine nachdenkliche, sondern senkte sich höchst bedeutungsschwanger über uns.

»Jemand aus der Herrscherfamilie soll mit den Entführungen zu tun haben, deren Ziel die Erpressung der jungen Lichteichen ist?«, fasste Jonn schließlich zusammen.

»Verdammt, ja, es sieht alles danach aus.« Thaiman überlegte. »Es gibt doch diese Gerüchte, dass einige der Obersten die Rechte des vom Volk gewählten Hohen Rates einschränken wollen. Sie fordern wieder mehr Handlungsspielraum für die Herrscherfamilie. Wenn es einem von ihnen gelänge, das Dilemma des schadhaften Daches über Highhaven zu lösen, hätten sie bestimmt blitzschnell jede Menge Befürworter.«

»Ja, sie wären wahre Helden«, stimmte Paaul ihm zu. »Zumindest in den Türmen.«

»Und was wir im Refugium dazu denken, wäre ihnen wahrscheinlich herzlich egal«, murmelte ich.

In diesem Moment verloschen die Lichter an der Wand. Nur die Sternenimitation an der Decke sandte noch ihr dämmriges Licht auf uns hinab.

»Es ist spät«, stellte Thaiman fest. »Besser, wir treffen uns morgen früh wieder.« Er legte Paaul die Hand auf die Schulter. »Wir zwei versuchen inzwischen, unseren Kontakt in Highhaven zu aktivieren. Ich könnte schwören, danach wissen wir mehr.«

Ich wollte protestieren, doch fiel mir nichts ein, was wir an diesem Abend noch hätten tun können, schon gar nicht, nachdem jetzt in diesem Randgebiet von Highhaven ebenfalls nach und nach alle Lichter ausgingen.

Wir verabredeten, dass Thaiman und Paaul morgen früh in die von uns besetzte Wohnung kommen sollten, damit wir dort unser Vorgehen würden besprechen können.

Unsere kleine Gruppe setzte sich in Bewegung, machte einen Umweg über den Laden der beiden, aus dem Thaiman mit vorherigem Kennerblick ein paar Kleidungsstücke für Camille und mich herausholte.

»Euer Look ist bezaubernd«, sagte er mit einem Augenzwinkern. »Aber nur, solange niemand erkennt, dass er echt ist.«

Mit den Bündeln untern dem Arm verabschiedeten wir uns und machten uns auf den Rückweg in die Wohnung hoch oben in einem der mächtigen Türme am Rande des Zentrums von Highhaven.

Während sich mein Kopf nach wie vor in Aufruhr befand, wurden meine Beine immer schwerer. In den drei Tagen, die wir in Savannah verbracht hatten, hatte mein Körper sich noch nicht auf den neuen Rhythmus einstellen können, und so meldete er nun, dass Schlaf dringend angeraten war.

Camille war so müde, dass ihr im Laufen immer wieder die Augen zufielen und Avem sie behutsam führte. Jonn war schweigsam und nachdenklich, wirkte aber durchaus fit. Natürlich, schließlich war er es gewohnt, den Großteil der Nacht wach zu verbringen. Auch Avem schien von all den Erlebnissen nicht ermüdet und ließ mich wieder einmal über ihre Spezies staunen.

Als sich in unserem Turm die Fahrstuhltüren für uns öffneten, stand in dem verspiegelten Raum bereits eine Person. Sie war klein, kompakt und trug einen silbernen Anzug mit Rüschenbluse. Im Arm hielt sie einen blauen Topf mit einer kleinblättrigen Pflanze darin. Dench.

Wir stiegen ein, und Avem richtete den Blick zu Boden, schrumpfte regelrecht in sich zusammen, während Camille sich mit halb geschlossenen Lidern auf sie stützte. Jonn schien nicht so recht zu wissen, ob er uns vorstellen oder sich sonst wie für diese Situation verantwortlich fühlen sollte.

Dench hingegen hielt sich nicht lange mit Begrüßungen auf.

»Ich habe Ihren Tipp gleich umgesetzt«, teilte sie mir brummelnd mit. »Passt mir gar nicht, dass Sie recht hatten und ich nicht selbst draufgekommen bin. Aber was soll ich sagen: Jerushmaika scheint absolut glücklich mit dem Rankgerüst. Hab es in einer der Baumschulen besorgt. Ach, was sag ich, sie scheint nicht nur glücklich! Ich *weiß*, dass sie glücklich damit ist. Nicht wahr, Jeru, das bist du doch?«

Sie neigte den Kopf zur Pflanze, deren Topf sie an ihren Busen drückte. Tatsächlich waren die zuvor traurig herabhängenden grünen Triebe nun mit weichem Garn an einer hübschen, verschnörkeltem Metallhalterung aufgebunden. Dench starrte mich herausfordernd an.

»Na los!«, knurrte sie. »Fassen Sie sie schon an und reden Sie mit ihr!«

Weil ich nicht wusste, wie ich höflich ablehnen sollte, tat ich wie geheißen. Ich berührte die zarten Blätter und ließ sie durch meine Finger gleiten, schloss die Augen.

Die Traurigkeit war verschwunden. Stattdessen spürte ich Erleichterung und Freude. Und noch etwas anderes … Dankbarkeit, die mir galt.

»Sie haben vollkommen recht, Dench. Sie ist glücklich damit«, formulierte ich vorsichtig. Das mit der Dankbarkeit behielt ich lieber für mich.

»Sag ich doch!«, schnappte Dench und warf den Kopf zurück. Dann musterte sie meine Begleitung. Als der Fahrstuhl auf unserer Etage hielt und die Türen aufglitten, war ihr Blick an Jonn hängengeblieben.

»Wenn Sie schon unbedingt wie ein Oberster aussehen wollen, empfehle ich Ihnen meinen Haarmodellisten. Künstler Ümmpa, in der zweiundfünfzigsten Etage. Sagen Sie, ich hab Sie geschickt«, schnappte sie, bevor sie ganz selbstverständlich den Vortritt für sich beanspruchte, hinaustrat und den Flur hinunter zu ihrer Tür marschierte. Ihre Finger flogen über das Tastenfeld, die Tür sprang auf, und sie verschwand in ihrer Wohnung. Wir hörten sie noch »Ich bin wieder daheim, meine Kindchen!« rufen, ehe die Tür hinter ihr ins Schloss fiel.

Avem bediente das Tastenfeld an unserer Wohnung, während sie auf der anderen Seite mühelos Camille stützte. Gemeinsam brachten wir sie in unseren Schlafraum, wo sie angezogen aufs Bett fiel, um sofort einzuschlafen. Avem lächelte mich an und schlich auf leisen Sohlen hinaus.

Ich schlüpfte aus den weichen Stiefeln, die Iris uns für Savannah eingepackt hatte, und zog sie auch von Camilles Füßen. Dann ließ ich mich auf die Matratze sinken und schloss die Augen.

Ich spürte die Schwere meines Körpers und wie die Muskeln sich langsam entspannten. Ein Gefühl, als könne ich einfach hineinsinken in dieses Weiche, Warme, Behagliche. Doch es dauerte keinen Wimpernschlag, bis hinter meinen geschlossenen Lidern Bilder über Bilder auftauchten.

Fluoreszierende Werbeschriftzüge, an denen wir auf unserem Weg durch die Türme vorbeigekommen waren. Der blasse Thaiman und der dunkle Paaul. Eine Brücke, von der wir hinabgesehen hatten und von der die Menschen am Boden klein wie Ameisen erschienen waren. Parrett, wie er mit Xantia über seinen Unterlagen saß und vor Freude über ihre Anerkennung strahlte. Der künstliche Sternenhimmel in der Bar. Der echte Sternenhimmel über Savannah, den ich zusammen mit Jonn betrachtet hatte …

Diesen Gedanken schüttelte ich ab und holte mir Parretts Gesicht in Erinnerung. Ich hätte gern an ihn gedacht zu guten Zeiten, wie wir miteinander durch den Wald streiften, redeten, während er meine Hand hielt und lächelte. Wie wir uns zwischen den Wurzeln einer Perlkiefer küssten oder im feuchten Schatten mannshoher Farnblätter picknickten, uns gegenseitig Erdkirschen in den Mund schoben.

Die Bilder währten nicht lange. Rasch drängte sich Parretts blasse und entsetzte Miene in den Vordergrund, als wir die Vermutung anstellen mussten, dass ein Delegierter Camille niedergeschlagen hatte. Und dann folgte nur noch eine verschwommene Vorstellung von ihm. Parrett, der irgendwo gefangen gehalten wurde und die Hoffnung auf Rettung vielleicht schon aufgegeben hatte.

Mein Herzschlag beschleunigte sich. Meine Augen öffneten sich ganz von allein und suchten im dunklen Raum einen Halt, fanden keinen.

Leise schlüpfte ich aus dem Bett und hinaus auf den Flur. An dem Ende, wo sich der Raum zur Speisezubereitung befand, hörte ich gedämpftes Rumoren. Wahrscheinlich Avem, die herumräumte. Die Tür zu Jonns Schlafraum war geschlossen. Und ich wusste, dass es auch für mich besser gewesen wäre, endlich Ruhe zu finden. Jedoch ließ der Sturm in meinen Kopf einfach nicht nach.

Ich schlich den Gang entlang, in den großen Wohnraum hinüber und trat an die riesige, verglaste Front. Immer noch blinkten viele Lichter in den Türmen von Highhaven, obwohl der beleuchtete Bereich stark geschrumpft war. Rund um uns herum lagen die Türme in lediglich dämmriger Notbeleuchtung.

Ich sah hinauf zum hölzernen Dach über den Gebäuden, das dieses Land tagsüber vor den tödlichen Sonnenstrahlen schützte. Und das in der Nacht den sternenübersäten Himmel ausschloss.

Stimmte es wirklich, dass es genau hier in Highhaven so beschädigt war, dass es einzustürzen drohte? Mit bloßem Auge konnte ich nichts erkennen. Aber wenn es so war, warum fuhr man dann nicht auch hier nachts die Energie herunter, die das Dach zusätzlich von unten schwächte? War die luxuriöse Unterhaltung der Obersten, der höchsten Wissenschaftlerinnen und Archivare so wichtig, dass es über dem Allgemeinwohl stand?

Wenn Parrett mir von seiner Heimat erzählte, hatte er stets die Privilegien derer in Highhaven als so selbstverständlich dargestellt, dass ich diese Sonderstellung nicht hinterfragt hatte. Mir war nicht klar gewesen, wie sehr die alte Hierarchie zwischen Herrscherfamilie und sonstiger Bevölkerung immer noch das Leben hier bestimmte. Für Parrett war das normal gewesen. Nie hatte er dazu ein kritisches Wort fallen lassen.

Ich betrachtete eine Etage im Turm gegenüber, auf der offenbar ein rauschendes Fest stattfand. Lichter blitzten und blinkten. Die Menschen trugen entweder ausladende bunte Kleidung oder kaum etwas am Körper, während sie miteinander sprachen, lachten, Gläser schwenkten oder tanzten.

Hatte Parrett als Archivar im Hauptarchiv damals zu denen gehört, die auf solche Partys gingen, oder zu jenen, die außerhalb des Highhavenkreises bei Notbeleuchtung in den sehr viel kleineren Wohnungen saßen?

Ich wollte das alles nicht denken. Denn ich spürte, dass

meine Überlegungen mir wie eine feine Klinge ins Herz schnitten. Sie entfremdeten mir den Menschen, den ich doch nach so langer Zeit endlich hineingelassen hatte.

Aber ich wusste nicht, was ich dagegen tun sollte. Jetzt, da ich diese Gedanken zum ersten Mal gefasst hatte, ließen sie mich nicht mehr los.

Hinter mir ertönte ein Geräusch, und ich wandte mich um. Avem stand dort, in der Hand eine Schiene, wie ich sie von den Vorträgen im Schirmdorf und aus dem hinteren Teil von Jonns Höhle kannte.

»Gegen Traurigkeit hilft neues Wissen«, sagte sie und kam nah zu mir heran. »In Hologrammschau gibt es alles Neue. Wollen wir anschauen?«

Ich lächelte und legte, ohne nachzudenken, meine Hand an ihre Wange. Sie zuckte nicht zurück, sondern erwiderte mein Lächeln mit einem warmen Strahlen. Wie hatte ich einmal denken können, dass ihre Züge anders waren als unsere?

»Das ist eine ganz hervorragende Idee!«, sagte ich.

23. KAPITEL

Avem richtete die Hologrammschiene vor einer der bequemen, weichen Sitzgelegenheiten aus. Als die Lichtwand vor uns hochfuhr, war es für mich zunächst ein wenig befremdlich, mit einem Mal weitere Menschen im Raum zu sehen. Aber natürlich waren sie nicht wirklich hier. Sie wussten nicht einmal, dass eine Bewohnerin des Refugiums in dieser fremden Wohnung saß und ihre Schau verfolgte.

Stattdessen warfen die Frau und der Mann sich gegenseitig Nachrichten zu wie Kinder Kastanien. Sie unterhielten sich über ein Konzert von einem offenbar sehr beliebten Musiker, das am morgigen Abend stattfinden sollte, über einen gefeierten Haarmodellisten, der in diesem Jahr wohl wieder den höchsten Preis seiner Zunft gewinnen würde, über Mode und jene, die sie herstellten.

Dann wurden ihre Mienen ernster. Sie sprachen über die bevorstehende Sitzung des Hohen Rates und welche wichtigen Beschlüsse von dort zu erwarten seien. Eines schien das zentrale Thema zu sein, und dazu wurde ein kurzer Film eingeblendet: Zu sehen waren Männer und Frauen, die mit Seilen gesichert von der höchsten Etage eines Turmes aus unter dem alles überspannenden Dach herumkletterten.

»Unsere Dacheinsatzteams sind wirklich großartig!«, lobte die Frau. »Und wir sind davon überzeugt, dass die jetzigen Bemühungen Erfolg haben werden. Trotzdem überlassen die Obersten nichts dem Zufall, wie wir alle wissen. Daher finden parallel zu den Reparaturarbeiten Vorbereitungen für eine Evakuierung aus Highhaven statt. Einige Türme im Norden werden zu diesem Zweck bereits vorbereitet.«

Ein Straßenzug war zu sehen, auf dem etwa hundert Menschen mit Kisten, Möbeln und Taschen beladen auf dort schwebende Gleiter stiegen. Die Kamera sauste hinab und hielt vor einem Mann inne, der uns direkt ansah und lächelte.

»Hallo, ich bin Tomer, und ich freu mich schon auf unsere neue, größere Wohnung, die sogar näher am Zentrum liegt. Die Obersten organisieren alles bestens für uns. Und wir sind stolz darauf, dass sie ausgerechnet unseren Turm als neues Zuhause gewählt haben!«

Wieder erschienen die Moderatoren. Der Mann räusperte sich und sah seine Kollegin mit erhobenen Brauen an.

»Ob wirklich alle Türmer so glücklich über ihren Umzug sind? Schließlich hört man auch immer wieder von kritischen Stimmen, die fragen, warum die Obersten nicht selbst im Zentrum wohnen bleiben, wenn die Lage dort doch sicher und angenehm ist. Was meinst du?«

»Oh, ich glaube …«

In diesem Moment hielten beide inne. Der Mann hob die Hand und fasste sich ans Ohr. Auf seinem Gesicht zeichnete sich zunächst Überraschung und dann Entsetzen ab.

Die Frau schien Schwierigkeiten zu haben, einen festen Stand beizubehalten, schwankte leicht.

»Soeben bekommen wir eine grauenvolle Nachricht herein«, verkündete der Mann schließlich mit deutlich blassem Gesicht.

Avem neben mir richtete sich auf. Offenbar war dies kein normaler Verlauf für so eine Schau.

»Wie Sie alle wissen, erwarteten wir heute am frühen Abend die Rückkehr der Delegation aus dem Refugium. Wir wollten in Kürze darüber berichten. Doch nun erreicht uns der erschreckende Bericht, dass die Delegation …« Er brach ab, legte erneut die Hand ans Ohr, nickte.

»Wir schalten um ins Shunterzentrum«, kündigte er als Nächstes an, und das Bild flackerte.

Ebenso meine Gedanken. Die Rückkehr der Delegation? Aber die Delegierten waren bereits seit Tagen zurück! Sie hatten gar nicht die übliche Zeit im Refugium verbracht, sondern waren bereits nach zwei Tagen wieder abgereist, weil alle angesichts der Entführungen die Situation als zu gefährlich erachtet hatten. Wieso sprachen diese Nachrichtenverkünder nun davon, dass die Delegation erst heute ankommen sollte?

Mein Magen revoltierte, während eine schreckliche Vorahnung nach mir griff.

Als das Bild aufklarte, war ein offiziell wirkendes Pult zu sehen, hinter dem ein älterer Mann mit silbergrauem Haarzopf stand. Er war komplett schwarz gekleidet und blickte uns düster an.

Ich kannte ihn.

»Das ist ein hochrangiger Hologrammproduzent, der vor ein paar Jahren als Delegierter im Schirmdorf zu Gast gewesen ist«, sagte ich zu Avem, überrascht, ein bekanntes Gesicht zu sehen. »Ich glaube, er heißt Carister.«

»Liebe Türmer«, sagte der Mann mit getragener Stimme. »Ich bedaure sehr, Ihnen mitteilen zu müssen, dass es bei der Rückkehr der diesjährigen Delegation aus dem Refugium ein schweres Unglück gegeben hat. Offenbar war der Shunter im Refugium defekt, und es kam zu einem Shuntverlust.«

Avem schnappte nach Luft.

»Zu unserem Entsetzen ist beinahe die gesamte Delegation über der Großen Ödnis zu Tode gekommen.«

»Was?«, schrie ich auf. »Aber das kann doch nicht sein!«

»Lediglich ein Delegierter hat die Tragödie überlebt. Er

wurde verletzt, konnte aber gerettet werden«, fuhr Carister fort. »Wie Sie alle wissen, ereigneten sich solch tragische Unglücke früher hin und wieder, wenn Reisende schadhafte Shunter benutzten. Von einer Gruppe kamen nicht alle am Zielort an …«

Was er weiter über ehemalige Shuntverluste erzählte und an technischen Details erklärte, ging an mir vorbei. In meinem Kopf drehte sich alles.

Wie konnte es sein? Wie war es möglich, dass Highhaven erst jetzt die Delegation zurückerwartete, obwohl ich doch vor Tagen mit eigenen Augen gesehen hatte, wie Toyrin, Henk und die anderen neun im Shunterlicht verschwunden waren? Wie war es möglich, dass sie jetzt erst bemerkten, dass die Delegierten nicht angekommen waren und … Was hatte Carister gesagt? Jemand hatte überlebt, verletzt zwar, aber überlebt?

»Daher sind wir froh, ihn für einen ersten Augenzeugenbericht hier zu haben.« Neben Carister erschien ein weiterer Mann. Einer, der mir nur allzu vertraut war und den ich in dieser Schau hier und heute niemals erwartet hätte. Carister nickte ihm respektvoll zu. »Auch unter diesen traurigen Umständen herzlich willkommen, Sir Osk!«

In diesem Augenblick passierten mehrere Dinge gleichzeitig. Avem heulte auf und schlug die Hände vors Gesicht.

Hinter uns ertönte das laute Geräusch einer auf dem Boden zerberstenden Flasche.

Und ich. Ja, ich fühlte mich, als habe mir jemand mit voller Wucht gegen die Schläfe geboxt.

Ich fuhr herum und sah in der Tür Jonn stehen, den wohl mein lauter Schrei aus seinem Zimmer gelockt hatte. Er starrte auf Sir Osk, während sich zu seinen Füßen eine Lache aus einer blauen Flüssigkeit ausbreitete. In seinem Blick lag nicht nur Erkennen, sondern auch ein plötzliches Begreifen, das ihn vollkommen gefangen zu halten schien.

Als ich wieder zu Avem blickte, sah ich, dass sie sich zusammengekrümmt hatte, die Hände immer noch vor dem Gesicht. Ich legte ihr den Arm um die Schulter. In der Hoffnung, sie zu beruhigen, obwohl ich selbst innerlich bebte. »Avem? Was ist mit dir?«

»Erhalter«, flüsterte sie und deutete ohne hinzuschauen auf Sir Osk.

In meinem Kopf setzten sich Zahnräder in Gang, griffen ineinander. Plötzlich war alles so klar und passte in alle bisher rätselhaften Lücken.

»Osk? Sir Osk ist dein Erhalter? *Er* ist es, der dich zu dieser Operation zwingen wollte und vor dem du geflohen bist, als er wieder hier in der Wohnung ankam?«

Avem nickte.

»Oh, Heiliger Baum«, entfuhr es mir, und ich sah mich um. »Das hier ist *seine* Wohnung!«

Wieder Nicken.

Der Osk in der Hologrammschau humpelte soeben ans Podest, gestützt von einer großen Frau mit nachtblauem Haar, mandelförmigen Augen und nahezu grausamer Schönheit.

»Türmer«, sagte er mit betont fester Stimme. »Wir müssen nun stark sein. Shuntverlust hat es lange nicht gegeben, aber heute hat es elf unserer wichtigsten Wissenschaftler, Archivarinnen und Experten getroffen. Ich selbst blieb wie durch ein Wunder verschont. Nur ein Teil meines Fußes … nun ja.« Er lächelte gequält. Mir wurde übel.

Obwohl ich seinen Anblick kaum ertrug, lauschte ich mit klopfendem Herzen seinen Erläuterungen zu einem wie üblich ablaufenden Delegationsbesuch im Refugium und wie dann bei der Abreise der Shunter offenbar entartet war und elf seiner *lieben Mitreisenden* in den Tod riss.

Kein Wort von Parretts Verschwinden. Kein Wort von dem

Verdacht, es habe einen Überfall der Savannah Dweller gegeben. Osk stellte es so dar, als sei der Besuch ohne jegliche außergewöhnlichen Ereignisse vonstattengegangen.

Er warf den Zuschauenden einen letzten untröstlichen Blick zu, bevor er sich schließlich vom Pult abwandte und, auf seine Begleiterin gestützt, aus dem Bild humpelte. Avem ließ die Hologrammübertragung erlöschen.

Einen Moment lang herrschte Stille in dem großen, geschmackvoll eingerichteten Raum. Dann schlug Jonn mit der Faust gegen die Wand.

»Zum Wüstenzenit noch mal! Darauf hätten wir kommen können! Warum haben wir nie gefragt, wer Avems Erhalter ist? Hey, es tut mir leid, Avem, hörst du? Ich war nicht besser als die ganzen ignoranten Obersten hier. Wenn wir nur früher danach gefragt hätten!« Während er so fluchte und sich selbst Vorwürfe machte, kam er mit langen Schritten zu uns herüber.

Das Obediant legte eine Hand mit sieben Fingern an seinen Arm und schüttelte den Kopf.

»Avem, du bist an dem Tag im Refugium aufgetaucht, als Sir Osk verschwunden ist«, erinnerte ich mich und erklärte Jonn: »Mit einer kleinen Gruppe haben wir den Ort untersucht, an dem Osks vermeintliche Entführung stattfand. Eine unserer Spurenbegabten entdeckte ein Shuntermal am Boden. Und ganz in der Nähe fanden wir Avem. Wir waren alle komplett verwirrt, wussten nicht, ob das Mal und Avems Auftauchen zusammenhingen und ob das eine oder andere mit den Entführungen zusammenhing. Jetzt ist mir klar, wie dieses Mal entstanden ist: bei Osks Abreise. Er muss mit seinem privaten Shunter aus dem Refugium in die Türme gereist sein, und als er hier in seiner Wohnung ankam …«

Diesmal nickte Avem. »Nicht schwer. Erhalter kurz desorientiert vom Shuntern. Musste lediglich Shunter starten und an der Kette mitnehmen. Erhalter hat nur einzigen Reiseshunter, konnte nicht folgen.«

Ich schüttelte den Kopf. »Wir mussten doch annehmen, dass er ebenfalls entführt worden war. Beim Heiligen Baum! Er muss das alles geplant haben. *Er* war es, der vorschlug, dass sich auch die Delegierten an der Suche nach Parrett beteiligen. Und er hat ihre Vierergruppe an einer Wegkreuzung aufgeteilt. Er selbst muss Henk niedergeschlagen haben.« Ich hielt inne. Das eifrige Gesicht des jungen Delegierten tauchte vor mir auf. Seine Leidenschaft für den Austausch unserer Länder, seine Arbeit im Hohen Rat. So ein vielversprechendes junges Leben – verwirkt. Und Toyrin, der kluge, weise, immer freundliche Toyrin. Xantia. Und die anderen.

Ich presste die Lider zusammen. Die Momente vor ihrer Abreise zogen an mir vorbei. Aruncus' Stutzen beim Öffnen der Shunterschatulle.

»O nein«, stieß ich aus. »Für Osk muss es ein Leichtes gewesen sein, den Shunter zu manipulieren. Alle wussten, wo Aruncus ihn aufbewahrt. Als Crown Ingenieur weiß Osk sicherlich, wie man es anstellen muss, um ganz bewusst einen Shuntverlust herbeizuführen. Nach seiner Ankunft mit seinem eigenen Shunter musste er sich nur noch hier versteckt halten, bis zu dem Zeitpunkt, an dem die Delegation eigentlich zurückgekehrt wäre. Mit Verbündeten an der richtigen Stelle gibt es nicht mal neutrale Zeugen dafür, dass er gar nicht erst heute Abend im üblichen Shunterraum erschienen ist. Und schon konnte er behaupten, er sei der einzige Überlebende.«

Die Erkenntnis bohrte sich in meine Eingeweide, und meine Stimme war nicht mehr als ein Flüstern, als ich ausstieß: »Osk gehört zu der Gruppe dieser sogenannten Ehrentürmer. Vielleicht ist er sogar ihr Anführer. Und er ist es, der Parrett entführt hat.«

Eine Weile war es so still im Raum, dass ich beim Anspringen des sehr leisen Lüftungssystems zusammenzuckte. In meinem Magen lag ein Gewicht, das mich nach unten zu ziehen schien.

Tagelang waren wir der falschen Spur gefolgt. Einer Spur, der Osk durch seine Unterstützung und später vorgetäuschte Entführung sogar noch Nahrung gegeben hatte. Dabei war er selbst es gewesen, der Parrett am Abend seines Verschwindens aus dem Versammlungshaus begleitet, ihn wahrscheinlich wie Henk niedergeschlagen oder betäubt und dann via Shunter in die Türme gebracht hatte.

Mir fiel etwas ein. »Avem, ist dein Erhalter am Abend, bevor du geflohen bist, schon einmal hier gewesen? Mit einem bewusstlosen Mann? Mit Parrett?«

Avem schüttelte den Kopf. »Parrett nie hier gewesen.«

Sie klang sich ihrer sehr sicher. Hatte sie meinen Gefährten doch in den Hologrammen in Jonns hinterem Höhlenraum gesehen. Ich spürte einen Stich der Enttäuschung, auch wenn es nur logisch schien, dass Osk Parrett nicht in seine private Wohnung gebracht hatte. Wahrscheinlicher war, dass er ihn zu seinen Mitverschwörern geshuntert hatte.

»Wer ist die Frau, die bei ihm war? Seine Partnerin?«, wollte Jonn wissen.

»Haikutu«, antwortete Avem. »Nicht Partnerin. Aber ständige Begleiterin, Beschützerin.«

»Die möchte man nicht als Feindin haben«, stelle Jonn mit versteinerter Miene fest.

»Wenn sie Osks Beschützerin ist, dann ist sie bereits meine Feindin«, presste ich hervor. Denn ich spürte, wie der erste Schock über die neuen Erkenntnisse einer heraufbrodelnden Wut wich. Einer Wut, die sich nicht nur gegen Osk und seine zerstörerischen Machenschaften richtete, sondern auch gegen mich selbst, die ich so lange im Dunkeln getappt war, und gegen alle, die Parretts Rettung im Wege standen.

»Avem?«, wandte ich mich an sie. »Wärst du so lieb und würdest nach Camille schauen? Als ich sie verlassen habe, schlief sie tief, aber vielleicht hat sie etwas mitbekommen, genau wie …« Ich sah Jonn an.

Avem blickte fragend zwischen uns hin und her.

»Muss die Scherben wegräumen«, sagte sie dann und deutete zur Tür, wo die blaue Flüssigkeit inzwischen in den Fußboden sickerte.

»Das hat Zeit«, erwiderte ich.

Da zuckte sie mit den Schultern und lief mit leichtem Schritt hinaus.

Jonn und ich sahen ihr nach. Dann wandte er sich mit seinem typischen überheblichen Grinsen an mich.

»Als ich noch klein war, hat meine Mutter meine Geschwister auch immer rausgeschickt, wenn mal wieder eine Strafpredigt anstand. Und wie Avem bemühten sie alle möglichen Ausreden, weil sie nichts verpassen wollten. Krieg ich jetzt Ärger?«

»Sag du es mir.« Ich fixierte ihn.

»Was meinst du?«

»Woher kennst du Sir Osk?«, überfiel ich ihn mit einer meiner brennendsten Fragen.

»Kennen? Ich? Wie kommst du …?«

»Jonn!«, unterbrach ich ihn rüde. »Mir reicht es mit deinen Versteckspielen! Du hast uns in Savannah geholfen und beigestanden, dafür sind wir dir dankbar. Aber genauso hast du uns auch belogen und Versprechen nicht gehalten.« Weil er die Augenbrauen hochzog, fauchte ich: »Du hast die Nachrichten ins Schirmdorf und in die Türme nicht abgeschickt. Warum nicht? Warum hast du in eurem sogenannten Revolutionslager Hologramme von Dorfbewohnern aus dem Refugium und etliche, auf denen ich zu sehen bin? Und wieso bist du über Sir Osks Anblick gerade derart erschrocken, dass dir die Flasche aus der Hand gefallen ist?«

Jonn starrte mich an. Seine dunklen Augen blitzten. Doch seine Miene war unergründlich. Ich hätte nicht sagen können, ob er wütend, geschockt oder amüsiert war. Wie schon so oft während unserer kurzen Bekanntschaft wusste ich einfach nicht, was in ihm vorging.

Schließlich ließ er die angespannten Schultern nach unten sinken, schnalzte mit der Zunge und sagte: »Wenn ich das alles beantworten soll, muss ich meine Kehle ein bisschen spülen. Willst du auch was?«

»Nein.«

Er marschierte zu einer kleinen Bar auf einer der höher gelegenen Ebenen des Raumes, ließ den Verschluss einer Flasche klicken und kehrte zurück, um sich auf die weiche Matte vor der großen Glasscheibe sinken zu lassen. Dann sah er mich an und blickte auffordernd auf den Platz neben sich.

Ich setzte mich, obwohl mir viel mehr nach rastlosem Herumlaufen war.

»In welcher Reihenfolge hättest du die Antworten gern?«, erkundigte er sich leichthin.

»Fang vorne an.«

Wir saßen nebeneinander und blickten hinaus in die bunt blinkende Nacht Highhavens. Das Fest gegenüber war immer noch in vollem Gang. Die lachenden, tanzenden Menschen kamen mir so weit weg vor, als befänden sie sich in einer anderen Welt, unerreichbar.

»Unsere Revolutionsbewegung existiert seit etwa sieben Jahren. Seit sieben Jahren bereiten wir uns darauf vor, endlich gehört zu werden, und wurden von den Obersten immer wieder abgeschmettert. Thaiman war der erste Türmer, den wir in unser Vorhaben einweihten. Paaul siedelte nicht nur ihm zuliebe in die Türme um. Wir wussten von Anfang an, wie wichtig es bei unserem Vorhaben wäre, möglichst viele Verbündete in diesem Landesteil zu haben. Das gestaltete sich allerdings schwierig. Die meisten Türmer sind wenig interessiert an unseren kleinen Ländern. Solange es ihnen gut geht, ist für sie alles in Ordnung. Aber … bald würde nicht mehr alles in Ordnung für sie sein, nicht wahr?« Er deutete mit dem Flaschenhals zu der hell erleuchteten Festetage hinüber. »Wenn das Dach zerbricht, ist es vorbei mit dem luxuriösen Leben. Das war den Obersten klar. Es würde zu Aufständen kommen. Die Bevölkerung, die die Sonderstellung einer Großfamilie nie infrage gestellt hatte, würde nicht mehr so folgsam alle Entscheidungen gutheißen, wenn die Privilegierten sich ein geschütztes Zuhause mit allen Bequemlichkeiten sichern würden, während viele andere um ihr Leben würden bangen müssen. Das war die Geburtsstunde der Ehrentürmer.« Jonn schnaubte leise, was auch ein Lachen hätte sein können. »Eine kleine, elitäre Gruppe aus Obersten und hohen Wissenschaftlerinnen, die den Plan entwickelten, in den Türmen wieder Lichteichen anzusiedeln. Die sagenumwobenen dreihundert Jahre, nach denen euer Baum neue Sämlinge hervorbringt, waren bald herum, nicht wahr? Nun hieß es nur noch warten, die Zeit bis dahin zu überbrücken und …«

»Warum habt ihr uns nicht informiert?«, brach es aus mir heraus. »Wenn ihr über diese Pläne Bescheid wusstet, wieso seid ihr nicht ins Schirmdorf gekommen und habt uns gewarnt?«

Jonn nickte langsam, als leuchte mein Einwand ihm durchaus ein. »Weil eine wichtige Stütze des Plans der Ehrentürmer ein mächtiger Verbündeter im Refugium ist.« Als ich empört aufmerken wollte, hob Jonn die Hand. »Thaiman schaffte es, einen wertvollen Kontakt herzustellen, der bis in die Herrscherfamilie hineinreichte. Und aus dieser zuverlässigen Quelle erfuhren wir, dass es den Ehrentürmern gelungen war, jemanden aus dem Refugium in ihre Reihen zu ziehen. Jemanden … aus dem Schirmdorf.«

»Was? Aber … das kann nicht sein. Niemand dort würde dem Heiligen Baum seine Nachkommen fortnehmen!«, erklärte ich.

Jonn musterte mich von der Seite und brummte: »*Du* würdest das nicht tun, nein, das ist mir inzwischen auch klar.«

Sicher dachte er an den Moment, in dem ich erklärt hatte, dass die Sämlinge nirgends anders hingehörten als in den Wald.

»Aber als ich dich noch nicht kannte, warst du natürlich eine der Hauptverdächtigen. Schließlich warst du die *Erwählte*, kanntest den Standort des Baumes. Und es hätte sein können, dass andere in eurem Dorf die Koordinaten ebenfalls wussten. Deine Schülerin. Dein Gefährte, mit dem du zusammenlebst. Der Refugiumsmeister.«

»Deswegen hast du uns ausspioniert«, kombinierte ich, und mir fiel etwas ein. »Du warst derjenige, den die Nomadenkinder gesehen haben, richtig? Du hattest den Hologrammapparat dabei, um Aufnahmen von allen Verdächtigen zu machen.«

Jonn nickte, ohne die geringste Spur von Verlegenheit zu zeigen.

»Du hast nicht das winzigste schlechte Gewissen, oder?«, erkundigte ich mich mit einer Mischung aus Ärger und Verblüffung.

Er zuckte mit Schultern. »Es war wichtig, dass wir alle Gesichter kannten. Deswegen die Bilder.«

Sosehr ich mich auch dagegen zu sträuben versuchte, ich konnte nicht leugnen, dass ich seinen Standpunkt allmählich verstand.

»Die Nomaden haben sich unserer Sache angeschlossen«, fuhr Jonn fort. »Ich habe unser Zeichen bei Kemm erkannt. Als ich sie noch mal allein aufsuchte, konnten sie mir allerdings leider nichts Neues erzählen. Den Großteil ihrer Zeit sind sie damit beschäftigt, Nahrung für ihre Kinder zu beschaffen.«

Die Kinder mit den schmutzigen Gesichtern und geflickten Sachen. Die Jonn vielleicht an seine eigene Tochter erinnerten.

»So viel also zu den Hologrammen«, kehrte ich zu meinen ursprünglichen Fragen zurück. »Hast du auch eines von Sir Osk erstellt? Woher kanntest du ihn?«

Jonn holte tief Luft. »Als die Delegation bei euch eintraf, habe ich mich mit meinem Sandrenner in der Nähe des Schirmdorfs herumgetrieben. Ich hoffte, vielleicht irgendetwas aufzuschnappen, das uns helfen könnte, oder im besten Fall, einen neuen Kontakt zu knüpfen. Doch am Morgen nach der Ankunft der Delegierten traf ich im Wald nicht auf einen von ihnen, sondern auf Camille.«

»Camille?«

»Ja, sie war unterwegs und sprach die ganze Zeit mit einem blauen Vogel, der um sie herumflatterte, wahrscheinlich war das Bluebell?«

»Ja! Er hatte ihr mitgeteilt, dass sich auf einem Baum in der Nähe des Dorfes eine Lynchflechte befand. Sie wollte sie entfernen und … Hey, dann war das *dein* Sandrenner, den sie gehört hat. Sie sagte, da sei ein Geräusch wie ein leiser Solarmotor gewesen.«

»Sie hat feine Ohren.«

»Sie hatte eine gute Lehrerin. Und dann?«

»Ich beobachtete sie aus meinem Versteck heraus. Deswegen fiel mir der Türmer auf, der sich zwischen den Baumstämmen heranschlich. Er hat mich nicht bemerkt, behielt nur Camille oben am Baum im Auge. Er selbst war nicht zu übersehen in seinem goldenen Anzug.«

»Sir Osk!«

»Genau. Ich wunderte mich, wieso er so heimlich tat. Als Camille schließlich wieder unten am Boden stand und ihr Seil einholte, sprang er plötzlich aus seinem Versteck und schlug ihr mit einem Stein auf den Kopf.«

Ich keuchte auf. Natürlich hatte Camille mir die Szene geschildert, sodass ich wusste, was sich abgespielt hatte. Es nun aus Jonns Sicht zu hören ließ mich jedoch regelrecht in der Situation dabei sein.

»Sie stöhnte und bewegte sich leicht. Er beugte sich über sie, flüsterte etwas …«

»Er hat sie aufgefordert, ihm Koordinaten zu verraten! Er wollte den Standort der Lichteiche wissen!«

»Tja, dann hätte er weniger hart zuschlagen sollen. Sie verlor das Bewusstsein. Und da zog er aus der Brusttasche seines Anzugs diesen Beutel und schüttelte den Shunter heraus. Ich wusste nicht, was er vorhatte, aber es konnte nichts Gutes sein. Deswegen habe ich eingegriffen und …«

»Du warst das, der ›Hey! Aufhören!‹ gerufen hat!«

»Stimmt. Wobei ich ehrlich gesagt ziemlich überrascht war, als Osk daraufhin sofort von Camille abließ und verschwand. Ist aufgesprungen, und weg war er.« Jonn schüttelte den Kopf.

Ich überlegte, versuchte, mich in den Shunteringenieur hineinzuversetzen. »Vermutlich war ihm nicht klar, dass du selbst im Geheimen vorgingst. Er hielt dich für jemanden aus dem Refugium, vielleicht aus einem benachbarten Dorf, und wollte nicht erkannt werden.«

»Schon möglich.« Jonn zuckte mit den Schultern, trank einen Schluck aus seiner Flasche und hielt sie anschließend mir hin. Ich schüttelte den Kopf. »Ich habe Camilles Wunde untersucht, festgestellt, dass sie nicht lebensgefährlich war. Dann versteckte ich mich hinter einem Baum und wartete, bis sie wieder zu sich kam. Bluebell kam zurück und flatterte ziemlich aufgeregt herum. Einen Moment lang befürchtete ich, er würde mich verraten.« Seine Miene wirkte zum ersten Mal bedauernd, als er sagte: »Ich konnte eure Nachrichten an eure Leute und in die Türme nicht aus Savannah abschicken, tut mir leid. Wir wissen nicht, wer in den Türmen zu diesen sogenannten Ehrentürmern gehört, und ich konnte nicht riskieren, dass eure Nachricht in die falschen Hände gerät. Genauso wenig wollte ich ihren Verbündeten im Schirmdorf warnen.«

»Im Schirmdorf wird niemand …«, begann ich, brach dann jedoch ab.

»Unsere Wünsche bestimmen nur selten die Realität«, sagte Jonn nach einer Weile. Seine Worte hingen zwischen uns, während wir erneut über die Lichter dort draußen sahen.

»Was ist das Besondere an diesem Baum?«, wollte er schließlich wissen. »Ich meine, wie schützt er das Refugium vor den Sonnen? Vollbringt er wirklich ein Wunder, und ihr nennt ihn deswegen *heilig*?«

Ich dachte über seine Frage nach. »Wenn jeder Käfer im Moos, wenn eine Quelle im Wald, wenn das Lied eines Tausängers ein Wunder ist, ja, dann vollbringt auch die Lichteiche welche. Indem sie über ihr riesiges Wurzelwerk zu den anderen Bäumen Kontakt aufnimmt und sie dazu anregt, das Reflektum zu bilden, durch das die Blätter den Sonnenstrahlen widerstehen. Übrigens reicht meiner Theorie zufolge dieser Kontakt aus dem Wald hinaus bis nach Savannah und zu den Bäumen dort.«

Jonn legte den Kopf schief. »Das klingt weniger nach einem Wunder als nach reiner Wissenschaft. Und so vollkommen anders als die Märchen, die ich als Kind über die Lichteiche gehört habe. Und die wir Savannah Dweller bis heute unseren Kindern erzählen.«

»Du meinst diese Geschichte, dass die Lichteiche Menschen

frisst?« Ich hob die Brauen, um zu demonstrieren, was ich von dieser Mär hielt.

»Na ja, fressen würde ich es nicht nennen. Die Geschichte erzählt von der ungeheuren Wut, die euer Heiliger Baum empfunden hat, als Menschen seine letzten Nachkommen fällten, um das Dach der Türme zu bauen. Es heißt, dass ein grauenvoller Sturm wütete, der das ganze Land zu verwüsten drohte. Um die Lichteiche zu besänftigen ging ein einzelner Mensch zu ihr und bot sich als Opfer an. Als Sühne für das Verbrechen, das an ihren Gefährten und Nachkommen begangen worden war. Und als Pfand für das Versprechen, dass die Lichteiche die Menschen fortan beschützen sollte. Angeblich nahm der Baum das Opfer an. Als der Mensch mit seinen Armen den Stamm umfing, wuchs die Rinde des Baumes über ihn und schloss ihn in den Stamm ein. Dies also war der erste Erwählte, heißt es in der Geschichte. Sein Körper wohnt immer noch dort und lässt den Baum zu den Menschen sprechen.«

Ich hatte seiner Erzählung gelauscht und konnte nicht verhindern, dass in mir etwas zu schwingen begann. Auch im Refugium kursierten diverse Sagen und Mythen rund um den Heiligen Baum. Doch keine erklärte, wie es möglich war, dass die Lichteiche so deutlich mit mir kommunizieren konnte, klarer als jede andere Pflanze.

»Das ist Unsinn«, hörte ich mich sagen. »Die Lichteiche ist unsere Freundin. Sie würde uns niemals etwas Böses tun.«

Jonn wiegte den Kopf. »Bestimmt nicht, wenn sie es als solches betrachtet. Aber vielleicht empfindet sie es anders? Ein so altes Geschöpf hat womöglich einen anderen Blick auf das Werden, Sein und Vergehen. Vielleicht ist so ein Lebenspfand für einen Baum wie sie eher eine Ehre?«

Darauf konnte ich nichts antworten, denn dieser Gedanke war mir noch nie gekommen und bereitete mir Unbehagen.

Jonn nahm den letzten Schluck aus der Flasche und stand auf. »Du solltest schlafen. Morgen wird ein anstrengender Tag. Unser Plan muss bis ins Kleinste ausgearbeitet sein.«

Damit ging er hinaus und ließ mich mit einem Haufen verwirrender Gedanken allein.

24. KAPITEL

Am nächsten Morgen brummte mein Kopf, als hätte ich gestern ein paar Becher Garliccowein genossen. Ich blinzelte und drehte mich auf dem großen Bett herum. Camilles Seite war bereits leer. Durch das Fenster fielen Sonnenstrahlen eines wunderschönen Morgens herein, sanft, heiter. So musste es damals gewesen sein, vor mehr als tausend Jahren, als die Sonnen noch hintereinander wanderten und *Helles Land* mit Licht und Wärme verwöhnten, anstatt es mit Grelle und Hitze zu quälen. Eine Zeit, in der die Lichteichen unsere Welt im Gleichgewicht hielten und die Menschen sie noch nicht zerstört hatten.

So schön die Illusion vor dem Fenster auch anmutete, ich wusste, dass es künstlich erzeugtes Licht war, von der zerstörerischen Kraft der beiden Sonnen oberhalb des Daches gespeist, die längst nicht mehr sanft und freundlich waren.

Leise stöhnend wälzte ich mich von dem weichen Lager und tapste in den angrenzenden Raum, der allein so groß war wie die Wohnhütten im Schirmdorf. Hier im Waschbereich konkurrierte mit feinen Adern durchzogenes Gestein auf dem Boden und an den Wänden mit dem blitzenden Metall der Wasserspender um Bewunderung. Gestern noch hatte ich mich von all der Pracht tatsächlich blenden lassen, hatte über die Oberflächen gestrichen und mich an dieser Üppigkeit erfreut. Seit ich jedoch wusste, dass dies das Zuhause eines mehrfachen Mörders war, verursachte die Pracht nichts als Bitternis in mir.

Ich erfrischte mich und ging dann hinaus, um nach den anderen zu sehen. Auf dem Flur roch es verführerisch nach frisch gebratenem Gemüse und Fruchtsäften. Im Wohnraum saßen Jonn, Camille und Avem beim Frühstück und hoben die Köpfe, als ich eintrat.

»Guten Morgen, Clay. Wir wollten dich nicht wecken. Komm, iss etwas.« Camille deutete auf den reich gedeckten Tisch.

Ich nahm Platz und sah sie fragend an.

»Jonn und Avem haben mir alles erzählt«, sagte sie bedrückt. »All diese wunderbaren Menschen. Der gute Toyrin, und die anderen … Wie konnte Sir Osk das nur tun?«

Der erste Bissen, den ich mir in den Mund geschoben hatte und der wirklich gut schmeckte, drohte, mir im Halse stecken zu bleiben.

Jonn rutschte auf seinem Stuhl hin und her. Ohne auf Camilles Worte einzugehen, sagte er zu mir: »Thaiman und Paaul werden gleich hier sein. Wenn es ihnen gelungen ist, ihren Kontakt in Highhaven zu erreichen, haben sie sicher gute Nachrichten dabei. Etwas, das uns dabei helfen wird, Parrett zu finden.«

Ich war ihm für den Themenwechsel dankbar. Was half es, über den Verlust der elf Delegierten zu trauern und Osks Beweggründe zu hinterfragen? Wir mussten nach vorn schauen und uns darauf konzentrieren, wenigstens Parrett zu befreien.

Während ich einen weiteren Bissen nahm, beschwor ich in meinem Kopf das Bild von seinem vertrauten Gesicht mit den leuchtenden blauen Augen herauf und wie sie mich liebevoll ansahen. Ich wollte mir damit selbst Mut zusprechen, einen Ansporn geben. Doch das Bild wurde überlagert von meinem Gefühl des Befremdens, das ich gestern empfunden hatte, während ich allein an der Glasfront stand und über dieses sonderbare Land blickte, in dem so deutlich der Luxus von einigen über der Gleichheit mit allen anderen stand.

Parrett ist anders, sagte ich mir. Er war zwar hier aufgewachsen, aus Liebe zu mir jedoch im Refugium geblieben und hatte unsere Lebensart, unsere Kultur zu schätzen gelernt. War glücklich mit dem, was wir zu bieten hatten. Auch wenn er die moralische Haltung der Obersten nie kritisiert hatte, so hatte er doch nicht hierher zurückgewollt.

Ein leiser Gong ertönte und riss mich aus meinen Gedanken. Camille, Jonn und ich sahen uns verwirrt um. Avem stand auf.

»Die Tür«, sagte sie und ging hinaus, um zu öffnen.

»Das werden die beiden Jungs sein«, murmelte Jonn und leerte seinen kunstvoll verzierten Becher.

Statt der Stimmen seiner Freunde erklang jedoch eine schnarrende Altfrauenstimme, die mir durchaus bekannt vorkam. Überrascht sprang ich auf und lief in den Flur.

Vor der Tür stand Dench. Im Gegensatz zu der schrillen Kleidung bei unseren bisherigen Treffen war sie heute ganz in Grau gekleidet. Und es war nicht einmal ein elegantes Grau, das womöglich ins Bläuliche oder Silber schimmerte, sondern wirkte auf merkwürdige Art farblos und stumpf. Ich hatte davon gehört, dass die Türmer ein bestimmtes Trauergrau trugen, wenn liebste Menschen gestorben waren. Aber ich hatte keine Ahnung gehabt, wie gut der Name zu diesem Farbton passte. Dazu trug sie eine riesige Brille mit dunklen Gläsern, in denen sich die Wandbeleuchtung spiegelte.

»Ach, da sind Sie ja, Wäldlerin!«, rief sie, als sie mich entdeckte. »Sie haben doch sicher ein paar Minuten Zeit? Ich brauche Ihre Hilfe.« Ohne meine Antwort abzuwarten, drehte sie auf dem Absatz ihrer weich gefederten grauen Schuhe um und ging den Gang hinunter.

Ich steckte den Kopf noch einmal in den Wohnraum, »Bin gleich zurück«, lächelte Avem zu und beeilte mich, der energischen Türmerin zu folgen, die bereits in ihre eigene Wohnung einbog.

Avem sah mir aufmerksam nach, wie ich Dench folgte. Ich nickte meiner kleinen Freundin zu, und sie schloss die Tür.

»Dench?«, rief ich in die fremde Wohnung hinein, deren Tür sie hatte offen stehen lassen.

»Sie müssen schon reinkommen, na los!«, erwiderte sie aus dem Inneren.

Ich trat ein, folgte ihrer Stimme durch einen schmalen Korridor in einen großen Wohnraum und schnappte nach Luft. Das Zimmer besaß in etwa die gleichen Ausmaße wie das, in dem ich Wimpernschläge zuvor noch gesessen hatte. Auch der Ausblick durch die große Glasfront über die umliegenden Türme war ähnlich. Damit endeten die Gemeinsamkeiten aber auch schon.

In Denchs Heim sah es komplett anders aus als in Osks durchgestylter Wohnung: Überall, auf dem Boden, an den Wänden, auf allen Ablageflächen, standen Pflanzen in kleinen, größeren und gewaltigen Töpfen aus Metall, Kunststoff und Stein. Es gab so viele Schattierungen von Grün, dass ich mich augenblicklich wie zu Hause fühlte. Die Luft roch nach Blättern, Erde und Feuchtigkeit.

»Das ist ja …«, brachte ich nur heraus.

»Ich mag Pflanzen«, erklärte Dench, was nicht offensichtlicher hätte sein können. »Und nachdem Jerushmaika so nett mit Ihnen geplaudert hat, dachte ich, Sie könnten vielleicht ebenso in einem anderen Fall helfen. Kommen Sie schon!« Ungeduldig winkte sie mich herbei.

Ich bahnte mir einen Weg zwischen Wedeln und Zweigen, von der Decke hängenden Ranken und über den Boden hinfließenden grünen Armen. Auf einem Sofa lag As, oder war es Mi?, und blinzelte mich nach Katzenart hoheitsvoll an.

Dench stand an der Seitenwand des großen Raumes neben einem riesigen Topf, in dem eine Hydrangea fast bis an die Decke reichte. Als ich näher kam, erkannte ich, dass mit ihr tatsächlich etwas nicht stimmte. Ihre Blätter wirkten schwach und kraftlos.

»Ich habe es mit zehn verschiedenen Wasseraufbereitungen versucht. Aber im Frühjahr wollte sie nicht blühen. Und jetzt … na, Sie sehen ja selbst. Ist eines meiner ältesten Kindchen hier. Wir sind durch dick und dünn gegangen. Ich dachte, es kann ja nicht schaden, wenn Sie mal Ihren Hokuspokus veranstalten und einen Takt mit ihr reden«, knurrte Dench. Doch sie konnte mir nichts vormachen. Ich spürte ihre tiefe Beunruhigung. Und als ich eine Hand unter die Blätter der Pflanze schob, erkannte ich sofort, dass ihre Sorge berechtigt war.

Ich schloss die Augen.

Müdigkeit. Erschöpfung. Kein Wunsch nach Erneuerung oder gar Blüte. Nur Sehnsucht nach Ruhe und Frieden.

Als ich aufsah, waren die beiden dunklen Brillengläser auf mich gerichtet. Ich suchte hinter ihnen nach Denchs Augen, sah jedoch nur mich selbst.

»Sie ist am Ende ihrer Zeit angekommen«, teilte ich der kleinen Dame mit.

Sie richtete sich stocksteif auf. »Bitte? Was soll das heißen? Ich habe diese Pflanze seit vierzig Jahren! Sie ist immer kerngesund gewesen. Hat geblüht wie der Frühling selbst.«

Ich schüttelte langsam den Kopf. »Es tut mir leid, Dench. Ihre Zeit ist einfach gekommen.«

»Aber sie … ich …« Sie machte eine unwirsche Geste. »Jetzt fragen Sie sie doch, ob ich noch was tun kann!«

Mit beiden Händen umfasste ich eine Triebspitze und lauschte in mich hinein. Diese Pflanze war stark gewesen. Ihre Kommunikation deutlich und klar. Ich glaubte sogar, Bilder von einer viel jüngeren Dench zu empfangen, die sich rührend um sie kümmerte. Da war Liebe. Und da war Einsicht in den Lauf der Dinge.

»Sie ist alt«, sagte ich leise. »Und sie weiß, dass es für sie an der Zeit ist. Aber sie dankt Ihnen für die vielen guten Jahre und die gute Pflege. Es hat ihr an nichts gefehlt. Nun möchte sie in den Kreislauf des Lebens zurückkehren.« Ich ließ den Trieb los und sah zu Dench hinunter.

Die kleine Frau stand eine Weile still da. Dann hob sie die Hand und nahm die Brille ab. Ihre Augen waren heftig gerötet, als hätte sie lange geweint.

»Kreislauf des Lebens, ja?«, wiederholte sie und strich zart über einen immer noch grünen Trieb. »Recht hast du. Wenn wir das Alter erreicht haben, in dem es so weit ist, ist das genau richtig. Du hast es erreicht. Bei mir selbst dauert es auch nicht mehr so wahnsinnig lange. Aber wenn jemand Junges geht, jemand, der das ganze Leben noch vor sich hatte …« Ihre Augen füllten sich erneut mit Tränen, und der gerade noch so aufrechte Körper sackte in sich zusammen.

»Dench.« Ich nahm ihren Arm und führt sie zu einer nahe gelegenen Sitzgelegenheit. »Sie sind in Trauer, richtig? Haben Sie jemanden verloren?«

»Ach, es ist ein Drama!«, rief sie, verbarg das Gesicht in den Händen. Ihre Schultern bebten. »So jung! So vielversprechend! Das ganze Leben lag noch vor ihm! Und wie lange hat er davon geträumt, endlich alles mit eigenen Augen sehen zu können. Ihr Land, Schätzchen.« Sie blinzelte zu mir auf.

Mein Mitgefühl für eine, die jemand Geliebtes verloren hatte, machte einer verwirrenden Ahnung Platz.

»Was meinen Sie, Dench? Wer hatte das Leben noch vor sich? Wer wollte meine Heimat so gern kennenlernen und kann es nun nicht mehr?«

»Ja, haben Sie denn gestern keine Hologrammschau gesehen?«, erwiderte sie. »Es gab einen furchtbaren Shunterunfall. Die Delegation, die im Refugium war, kam nicht zurück. Shuntverlust über der Großen Ödnis. Oh, oh, oh!« Sie rieb sich das Gesicht.

»Sie kannten einen der Delegierten?« Ich wusste es, bevor sie es aussprach.

»Mein Neffe. Mein lieber Henk.«

Die Trauer, die gestern Abend auch von mir Besitz ergriffen hatte, hüllte mich erneut ein, und ich musste schlucken, um nicht ebenfalls in Tränen auszubrechen.

»Sie sind Loren. Tante Loren«, sagte ich leise.

Dench hob den Blick und sah mich verwundert an. »Woher …?«

»Ich habe ihn kennengelernt, als die Delegation eintraf. Wir mochten uns. Er war so durch und durch aufgeschlossen, neugierig, begeisterungsfähig …«

Bei Dench flossen neue Tränen, und auch in meinen Augen brannte es.

»Nur einer hat überlebt«, sagte sie schluchzend. »Dieser geschniegelte Nachbar vom Gang. Muss seine Wohnung den Flur runter haben. Natürlich nur seine dritte oder vierte Bleibe. Die Obersten wollen ja immer so nah wie möglch am Palace dranhängen, nicht wahr? Hab ihn schon eine ganze Weile nicht mehr gesehen.«

»Sie meinen Sir Osk?«, hakte ich nach und behielt für mich, dass er in genau der Wohnung lebte, in der ich gerade unterkam.

Dench nickte. »Weit verzweigter Stamm der Familie, irgendwas am Rand, längst nicht so im Zentrum, wie mein Bruder und ich es waren. Aber er ist Shunteringenieur, nicht? Der will bestimmt in den inneren Zirkel. Wird er auch schaffen. Schließlich ist er jetzt ein Held. Einziger Überlebender eines Shunterunfalls. Mit Freunden im Refugium, die ihn sogar hier in den Türmen besuchen …«

Ich merkte auf. Hatte sie doch registriert, in welcher Wohnung ich derzeit unterkam? »Freunde aus dem Refugium?«

Dench zog ein Tuch aus der Anzugtasche und schnäuzte hinein. Sie nickte. »Hab ich Ihnen doch erzählt, Schätzchen. Dieser alte Kerl, der sich auch so gut auf Pflanzen verstand.«

»Sie meinen den Bewohner des Refugiums, der sich hier auf der Etage verlaufen hatte?«

»Genau der. Stellte sich dann raus, dass er zu Sir Osk wollte.«

Ich erstarrte. »Wie lange, sagten Sie, ist das her?«

»Keine Ahnung, ein paar Jahre.«

»Könnten es fünf gewesen sein?«

Dench überlegte. »Ja, das mag hinkommen. Mi war noch ein Winzling, und ich musste sie tragen, wenn wir zur Wiesenetage wollten. Sie ist jetzt etwas über fünf Jahre alt.«

Fünf Jahre. Ein Bewohner des Refugiums hier in den Türmen. Es kam höchst selten vor, dass meine Landsleute hierherreisten, weil es für uns schlicht kaum Gründe gab, die Türme aufzusuchen. Hier befand sich nichts, das uns lockte. Diejenigen, die die Shunterreise auf sich nahmen, hatten entweder familiäre Kontakte in die Türme, was nicht mehr als eine Handvoll Leute betraf, oder waren zum neuen Refugiumsmeister gewählt worden und durften sich dem Hohen Rat im Highhaven Palace vorstellen. Das traf auf noch weniger Menschen zu und war zuletzt vor ein paar Jahren der Fall gewesen. Vor fünf, um genau zu sein.

»Dench, bitte flippen Sie jetzt nicht aus, aber was würden Sie tun, wenn ich Ihnen versichern könnte, dass das Shunterunglück kein Unfall war? Wenn ich beweisen könnte, dass es sich bei dieser Katastrophe um den Sabotageakt einer radikalen Gruppe von Türmern, also um Mord handelt?«

Ein paar Atemzüge lang rührte Dench sich nicht. Sie saß stocksteif da und starrte vor sich hin. Und als sie schließlich langsam den Kopf wandte, wäre ich fast vor dem Ausdruck in ihren Augen zurückgewichen.

»Schätzchen, ich glaube nicht, dass Sie mit einer alten Lady scherzen, wenn es um eine so ernste Sache geht. Sie wollen wissen, was ich sagen würde? Ich würde sagen, dass ich herausfinden will, wer das getan hat. Und dann. Würde ich sie büßen lassen!«

Sie war eine kleine, runde Frau mit einer sonderbaren Frisur. Aber in diesem Augenblick hätte der Anblick eines angriffslustigen Totenfraßes nicht bedrohlicher sein können.

Und genau dieser Ausdruck war es, der mich einen spontanen Entschluss treffen ließ: »Dann kommen Sie mit. Ich glaube, wir können Sie in unseren Reihen gebrauchen!«

Ohne zu wissen, wovon ich sprach, war Dench sofort einverstanden, wollte allerdings noch rasch Futter für die Katzen hinstellen und das Bewässerungssystem für ihren kleinen Wald anstellen. So eilte ich ihr vorweg zur Tür mit Osks Initialen, fand in meiner Hosentasche den Code und tippte ihn rasch ein.

Offenbar waren in der Zwischenzeit Thaiman und Paaul angekommen, denn ich hörte aus dem Wohnraum mehrere männliche Stimmen. Sie sprachen gedämpft und doch laut genug, dass ich sie verstehen konnte, als ich die Tür hinter mir anlehnte.

»Es ist wie vom Zenit verflucht! Wir konnten noch nicht mal eine kurze Hologrammnachricht an unsere Kontaktperson in den höchsten Kreisen absetzen«, hörte ich Paaul sagen. »Sie bereiten sich wahrscheinlich auf die Sitzung des Rates vor. Womit wir beim Thema wären: Was ist, wenn uns diese Entführungsgeschichte die ganze Vorbereitung für unseren Auftritt vor dem Hohen Rat vermasselt?«

Jonn antwortete mit fester Stimme: »Wir haben keine Wahl, Paaul. Wenn die Erpresser bekommen, was sie wollen, würde das Einfluss auf alles Leben in *Helles Land* nehmen. Auch Savannah wäre nicht geholfen, wenn die Türme alle jungen Lichteichen für sich bekämen. Davon abgesehen ist es Ehrensache, dass wir Clay helfen, ihren Freund zu befreien.«

»Ehrensache, hm?«, erwiderte Thaiman. »Dir ist aber schon klar, dass dieser Parrett für sie weit mehr ist als ein bloßer Freund? Er ist ihr Partner.«

»Ich weiß nicht, was du meinst, Thaiman«, entgegnete Jonn ruhig.

»Ach, nein?«, sagten Paaul und Thaiman gleichzeitig.

In diesem Moment tauchten am anderen Ende des Flures Camille und Avem auf, die sich wohl um Camilles Verband gekümmert hatten.

»Clay?« Camille sah mich fragend an.

»Ich … ähm …«

Zu meiner Erleichterung hörte ich hinter mir das leise Knatschen von weichen Schuhen. Dench erschien in der Tür. Avem und Camille bekamen beide große Augen, als die Nachbarin sich vor uns aufbaute. »Da bin ich, zu allem bereit!«

»Was hast du vor?«, wollte Camille von mir wissen.

Ich winkte die drei weiter in den Wohnraum. »Am besten, ich erkläre es gleich allen.«

Als wir das Zimmer betraten, verstummte das Gespräch der drei Männer schlagartig.

»Hallo, Thaiman, Paaul«, begrüßte ich die beiden. »Ich habe jemanden mitgebracht und zudem ein paar Neuigkeiten.«

Jonn und Paaul runzelten beide skeptisch die Stirn, während sie Dench musterten. Doch Thaiman sprang nach einer kurzen Irritation auf und verbeugte sich tief.

»Lady Dench, welche Ehre!«, murmelte er.

»Lassen Sie den Quatsch, Schätzchen!«, bellte sie. »Kommen wir sofort zur Sache. Was unternehmen wir gegen diese Monster, die die Delegierten auf dem Gewissen haben?«

Die anderen starrten mich fassungslos an.

»Ich glaube, zuerst sollte ich euch etwas mitteilen«, sagte ich. »Ich denke nämlich, dass ich weiß, wer der Verräter im Schirmdorf ist.«

25. KAPITEL

»Aruncus? Clay, bist du verrückt?!«, rief Camille entsetzt.

Ich legte ihr und den anderen die Zusammenhänge dar. »Er muss bei seinem damaligen Besuch in den Türmen auf irgendeine Weise Sir Osk kennengelernt haben. Er war hier, genau in dieser Wohnung, um mit Osk zu sprechen. Dench ist ihm zufällig begegnet und hat mit ihm über ihre Pflanzen gesprochen. Hätte sie es gestern nicht zufällig erwähnt, hätten wir nie davon erfahren.«

»Momentchen!«, rief Dench. »Was hat Sir Osk mit dieser Sache zu tun?«

Ich holte tief Luft. »Es ist ziemlich eindeutig, dass er kein *Überlebender* des Shunterunglücks ist, sondern vielmehr der Saboteur. Er hat den Reiseshunter des Refugiums manipuliert, damit die Delegierten nie in den Türmen ankommen und von den Vorkommnissen im Refugium berichten konnten. Wir sind nämlich gewissenlosen Entführern auf der Spur. Und es sieht alles danach aus, als sei Aruncus ihr Verbündeter.«

Dench kniff die Augen zusammen. »Wenn ich gewusst hätte, dass der alte Knacker an diesem Komplott beteiligt ist, hätte ich ihn damals, statt mit ihm zu plaudern, meinen frischen Dünger fressen lassen!«

Thaiman starrte sie ehrfürchtig an.

»Jonn, du hast gesagt, dass in den oberen Kreisen der Türme bereits seit etlichen Jahren bekannt ist, dass das Dach Risse bekommt, die sich immer weiter ausdehnen«, fuhr ich fort. »Dass diese sogenannten Ehrentürmer planen, hier in den Türmen neue Lichteichen anzusiedeln, und zwar die Nachkommen des Heiligen Baumes im Refugium, mit denen in den nächsten Jahren gerechnet werden konnte. Wahrscheinlich ging es bei diesen ersten Gesprächen zwischen Aruncus und Osk darum. Oh, beim Dickicht! Wie oft hat Aruncus Andeutungen gemacht, dass sein größter Wunsch in Erfüllung ginge, wenn er mich nur ein einziges Mal zum Heiligen Baum begleiten dürfte!« Ich schüttelte den Kopf. Natürlich hatte ich mir nichts dabei gedacht. Viele Schirmeri spürten das Bedürfnis, die Lichteiche kennenzulernen, besonders wenn sie so baumgläubig waren wie Aru. Und so waren mir seine dezenten Hinweise nie verdächtig erschienen. »Er muss bei seinem Besuch in den Türmen mit Sir Osk ein Abkommen getroffen haben. Wer weiß, was der Oberste ihm versprochen hat? Dass Aruncus als Erwählter eingesetzt wird, wenn er den Ehrentürmern hilft, die Sämlinge zu entführen?«

»Nur, dass Aru das nicht konnte. Denn du hast nie die hölzerne Regel gebrochen und jemandem den Standort verraten. Erst nachdem ich meine Ausbildung abgeschlossen hatte, hast du mir den Weg anvertraut und mich unwissentlich damit zu einem weiteren Ziel für die Ehrentürmer gemacht«, setzte Camille mit bitterer Miene hinzu.

Eine heiße Welle überkam mich, als mir einfiel, wie Sir Osk mich kurz nach seiner Ankunft danach gefragt hatte, wer außer mir den Standort des Baumes kannte, und wie intensiv er Camille gemustert hatte.

Jonn klopfte mit den Fingern auf den Tisch, um den wir versammelt saßen. »Das alles erscheint mir logisch. Seit Sir Osk und Aruncus sich getroffen hatten, spitzte sich die Lage hier in den Türmen immer weiter zu. Dein Bericht über die Blüte der Lichteiche versetzte die Ehrentürmer vermutlich in Alarmbereitschaft. Jetzt mussten sie nur noch herausfinden, wo sich die Samen befinden, und zu diesem Zweck …«

»… tauchte Sir Osk im Refugium auf, um von einer von uns die Koordinaten zu erfahren«, vollendete ich.

»Schluss jetzt mit dem *Sir*!«, donnerte plötzlich Dench. »Wir sprechen hier von einem Hochverräter! Ein hinterhältiger Mörder, der gegen den Willen der Obersten und gegen die Beschlüsse des Hohen Rates handelt. Er hat es nicht verdient, weiterhin betitelt zu werden. Sirs und Ladys sind Mitglieder der Herrscherfamilie, die sich von Geburt an dazu verpflichten, *Helles Land* zu dienen. Der Mord an elf unschuldigen Delegierten, vielversprechenden und hochrangigen Wissenschaftlerinnen und Gelehrten, zählt ganz sicher nicht zu den Aufgaben eines Sirs.«

Ich legte meine Hand auf ihre und spürte, wie sie bebte. »Ich bin froh, dass Sie das sagen, Lady Dench.« Diesmal benutzte ich ganz bewusst die offizielle Ansprache. »Denn wir brauchen Verbündete in den hohen Kreisen, in denen Osk sich wie selbstverständlich bewegt. Henk hat mir erzählt, dass Sie, genau wie sein Vater, auf die Privilegien der Obersten verzichtet haben. Bestehen vielleicht trotzdem noch Verbindungen, denen Sie bedingungslos vertrauen können und die für uns brauchbar wären?«

»Familie ist Familie, Schätzchen«, schnarrte sie. »Die wird man nie ganz los. Ich fürchte nur, wir werden Beweise liefern müssen, ehe sie sich in Bewegung setzt. Die Herrscherfamilie ist unglaublich phlegmatisch. Also, wie lautet der Plan? Was werden wir tun, um diese Verbrecher zu stoppen?«

* * *

Ein langer Tag nahm seinen Lauf. Ein weiterer seit Parretts Entführung. Was hatte man ihm in der Zwischenzeit angetan? Ließ man ihn in Ruhe, oder … musste er dafür büßen, dass er nicht liefern konnte, was die Entführer verlangten?

Dench reagierte zutiefst erschüttert, als sie von Parretts Schicksal erfuhr. Ich hatte den Eindruck, dass sie sich von diesem Moment an nur noch verbissener darum bemühte, den perfekten Plan zu entwickeln, Osk zu stellen. Einen Plan, der zu Parretts Befreiung und zur Festsetzung der sogenannten Ehrentürmer führen sollte.

»Zu dumm, dass ich meine Kontakte in den Inneren Zirkel so lange habe schleifen lassen«, bemerkte die Lady ärgerlich. »Der einfachste Weg wäre, dort jemand Vertrauenswürdigen einzuweihen. Aber dieses Oberste-Sandbecken voller Giftschlangen aufzustören wäre keine gute Idee. Ich bin zu lange fort aus diesem Skorpionhaufen, um zu beurteilen, wem wir bedingungslos vertrauen können. Die Einzige wäre …« Sie brach ab und dachte nach.

»Ja?«, machten Camille, Jonn und ich gleichzeitig.

Dench nickte langsam, wie um sich selbst etwas zu bestätigen. »Da gibt es Philoppe. Meine Cousine ersten Grades. War damals meine beste Freundin, die Einzige, die mir mein Ausscheiden aus dem Inneren Zirkel nicht krummnahm und auch danach noch ab und zu Hologramme austauschte. Inzwischen ist sie Hohe Richterin am Gerichtshof.«

»Und Sie denken, diese Cousine könnte uns behilflich sein?«, hakte Paaul vorsichtig nach.

Dench zuckte mit den Schultern. »Irgendjemand muss Osk doch seinen *Sir* zerschlagen und ihn büßen lassen. Das können Sie schlecht selbst in die Hand nehmen – so gern ich Ihnen das auch gestatten würde. Selbstjustiz wird in den Türmen nicht geduldet, wissen Sie? Aber wir können nicht einfach vor die

Obersten oder den Hohen Rat spazieren und Osk anklagen. Vor allem nicht, solange wir nicht wissen, wer alles mitmischt bei diesem unehrenwerten Ehrentürmer-Verbrechen.«

»Dieser Hohen Richterin könnten wir aber vertrauen?«

Dench überlegte erneut. Dann nickte sie grimmig. »Wenn mich meine Menschenkenntnis nicht täuscht, wird Hohe Richterin Lady Philoppe Maccander sich nicht von den Ideen irgendwelcher selbst ernannten Ehrentürmer einwickeln lassen – gleichgültig, wen oder was sie damit retten. War schon als junge Frau eine Wucht, immer integer, immer geradeheraus. Käme nicht mal in der allergrößten Not auf die Idee, ihre Rettung durch eine Entführung zu erpressen. Wenn sie die Bäume vom Refugium hätte haben wollen, hätte sie das Gespräch mit dem Refugium gesucht. Da bin ich sicher.«

»Wunderbar!«, rief Thaiman und nahm mir damit das Wort aus dem Mund. »Wie können wir Kontakt zu ihr aufnehmen?«

»Sachte, junger Mann, sachte. Wie stellen Sie sich das vor? Ohne Beweise würde Philoppe sicher nichts unternehmen wollen. Wenn man den Berichten über ihre Karriere am Gerichtshof glauben darf, ist sie eine Vertreterin von ›Unschuldig bis zum Beweis der Schuld‹. Das heißt, Sie müssen zuerst Osk überraschen, ihn in die Mangel nehmen und Parretts Aufenthaltsort aus ihm rauspressen. Andersrum hätte er die Chance, sich irgendwie rauszuwinden. Und bis zu einem ordentlichen Prozess ist Ihr Freund womöglich längst in irgendeiner Arrestzelle verfault und …«

»Vielen Dank, Dench«, unterbrach Jonn sie behutsam mit einem raschen Blick in meine Richtung. »Dann sollten wir vielleicht parallel planen? Während wir uns um Osk kümmern, weihen Sie in der Zwischenzeit die Hohe Richterin ein?«

»Sie sind ein kluger Kopf.« Dench nickte. »Dann lassen Sie uns mal gut überlegen, wie wir vorgehen wollen.«

Inzwischen hatte ich meine Emotionen so weit im Griff, dass ich nicht ununterbrochen aufspringen wollte, um *irgendetwas* zu tun. Kopfloses Losstürzen hätte zu nichts geführt. Nein, ich wusste, dass jedes Vorgehen sorgfältig überlegt sein wollte. Nur so würden wir Parrett letztendlich helfen können, selbst wenn es noch weitere Tage dauern würde, bis ich ihn endlich in die Arme schließen konnte.

Und so saßen wir am Tisch, liefen im Wohnraum herum, redeten, dachten nach, beschlossen und verwarfen wieder, stellten Skizzen her, diskutierten.

Avem versorgte uns mit Speisen und Gerichten aus Osks Vorräten, was wir dankbar entgegennahmen, nachdem wir zunächst erklärt hatten, dass sie uns nicht bedienen musste, weil sie doch ein wichtiger Teil unserer Gruppe war. Schon allein unsere Erklärung schien sie glücklich zu machen.

»Nicht muss, möchte«, entgegnete sie und setzte sich im Anschluss wieder mit eifrig verschränkten vierzehn Fingern zu uns an den Tisch.

Dench war sicher, dass man Parrett irgendwo im Highhaven Palace gefangen hielt. Glücklicherweise kannte sie sich in diesem gewaltigsten Gebäude unserer Welt sehr gut aus, nachdem sie die ersten dreißig Jahre ihres Lebens quasi dort verbracht hatte. Und so nahm unser Vorhaben mehr und mehr Gestalt an, wurde verfeinert und schließlich sorgfältig festgehalten.

Der gewaltige Turm Highhaven Palace verfügte über etliche Kellergeschosse, in denen unter anderem Arrestzellen untergebracht waren.

»Grauenhaft weitläufig«, erklärte Dench noch einmal, als wir unseren Plan ein letztes Mal durchsprachen. »Wir haben als Kinder mal eine Führung mitgemacht. Ideal, um jemanden in einer der entlegenen Zellen verrotten zu lassen … oh, entschuldigen Sie, Schätzchen!« Damit meinte sie mich. »Natürlich wollte ich damit nicht andeuten, dass es mit Ihrem Liebsten genauso passieren wird. Ich wollte nur sagen, dass dort alle modernen Techniken installiert sind, von Überwachungskameras bis zur künstlichen Ernährung. Und die Bereiche, die offiziell nicht genutzt werden, bieten sich geradezu an, um ein Entführungsopfer in die Mangel zu nehmen, ohne dass irgendjemand etwas davon mitbekommt …«

»Wir hoffen, dass wir Clays Gefährten wohlbehalten vorfinden«, kürzte Jonn ihre Ausführung ab, während Camille sie entsetzt anstarrte.

Dench räusperte sich. »Natürlich. Natürlich.« Dann stand sie auf und stemmte die Hände auf die gläserne Tischplatte. Vor der großen Fensterfront färbte sich bereits das künstliche Licht orange, simulierte den Sonnenuntergang außerhalb des Daches.

»Zeit für eine alte Frau, die Füße hochzulegen. Morgen in aller Frühe bin ich wieder hier, wie besprochen. Viel Zeit bleibt uns nicht, bis wir zu unserer Mission aufbrechen. Am besten, Sie gehen den Plan noch einmal durch, damit auch das letzte Fitzelchen sitzt.«

Dass sie es gewöhnt war, den Ton anzugeben, hatten alle am Tisch längst begriffen. Ich überließ ihr diese Rolle gern, denn schließlich würde sie uns am kommenden Tag einen großen Dienst erweisen.

* * *

Als wir am nächsten Morgen aufbrachen, dachte ich ununterbrochen an Parrett. Meine Knie fühlten sich wackelig an, und meine Hände schwitzten. Würde unser Plan aufgehen? Würden wir Parrett tatsächlich finden und befreien können und zudem die Entführer festsetzen? Mit etwas mehr als einer Handvoll Leute?

Beziehungsweise einer Avemhandvoll, dachte ich und warf unserer kleinen Verbündeten einen dankbaren Blick zu, die sich als Schlusslicht unserer siebenköpfigen Gruppe und in die üblichen silbrig schimmernden Sachen gekleidet in den Fahrstuhl schob. Sie hatte nicht einen Wimpernschlag lang gezögert, als ich ihr vorschlug, sie solle lieber in der Sicherheit der Wohnung bleiben. Wahrscheinlich würden wir an unserem Ziel Osk begegnen, und niemand konnte vorhersagen, was dann mit Avem geschehen würde. Sie hatte trotzdem darauf bestanden, bei unserer *Mission*, wie Dench es nannte, dabei zu sein – zumal ihr eine nicht unwesentliche Rolle beim Betreten der entsprechenden Etage im Highhaven Palace zufallen würde. Während wir im Aufzug hinunterfuhren, war Avems Miene ernst und angespannt.

Jonn bemühte sich zusammen mit Paaul, die Situation durch ein paar flotte Sprüche und sein schiefes Grinsen aufzulockern. Doch auch er fuhr sich hin und wieder nervös durchs Haar. Heute trug er einen weniger auffälligen Anzug, der ihn aber dennoch für geübte Augen als Obersten auswies. Außerdem war Thaiman seinen sandfarbenen Locken mit einem grün schillernden Pulver zu Leibe gerückt, um die Frisur der Kleidung anzupassen.

Camille und ich steckten in der von Thaiman und Paaul besorgten Türmerkleidung, hatten aber beide unsere Beingurte mit den Schirmmessern angelegt, von denen Dench weissagte, dass sie in den nächsten Wochen gewiss Trend werden würden.

Avem hatte mir mit flinken Fingern eine komplizierte Frisur geflochten, die laut Thaiman nicht nur der Mode entsprach, sondern außerdem sehr praktisch war, weil sie alle Haare aus dem Gesicht hielt.

Dench selbst marschierte in ihrem stumpfgrauen Traueranzug unserer Gruppe vorweg, ohne Blicke nach links und rechts zu werfen.

Als wir aus dem Gebäude traten, erwartete uns ein Gleiter. Allerdings keiner der quietschbunten, von denen Hunderte zwischen den Gebäuden herumschwirrten, sondern ein tiefschwarz glänzendes Modell.

Die Türen glitten auf, Dench stieg selbstverständlich als Erste ein und setzte sich auf den Platz hinter dem Fahrer.

Es war ein merkwürdiges Gefühl, die Füße vom Boden in diese kleine Kabine zu setzen, die keinen Bodenkontakt hatte. Außer Camille, Jonn und mir kannten die anderen natürlich Gleiter. Camille wirkte angespannt, und der Sandländer gab sich Mühe, sich nichts anmerken zu lassen.

»Moisley, meine Freunde und ich würden gern das Highhaven Palace besichtigen. Bitte halten Sie am Hintereingang, ich möchte kein Aufsehen erregen. Bestimmt lauern wegen der Ratssitzung vorne Dutzende von Berichterstattenden.«

»Wird gemacht, Mylady!«, tönte der Fahrer, und keinen Wimpernschlag später hob sich unser Gefährt vom Boden.

Ich saß neben Jonn. Und während Thaiman und Paaul Camille auf besondere Sehenswürdigkeiten hinwiesen, sprach ich an Jonn gerichtet leise aus, was mir seit gestern bereits im Kopf herumgegangen war: »Falls wir das alles mit heiler Haut überstehen, was ist dann mit eurem Vorhaben, vor dem Hohen Rat zu sprechen? Wenn der Bevölkerung nur heute, am ersten Tag der Sitzungen, erlaubt ist, vor die Versammlung zu treten, könnte es eng werden. Ihr hattet gar keine Möglichkeit, euch darauf vorzubereiten, weil ich euch in die Aufklärung einer Entführung verwickelt habe.« Siedend heiß fiel mir der Gesprächsfetzen wieder ein, den ich gestern Morgen erlauscht hatte, als ich in die Wohnung zurückkehrte.

Jonn winkte ab. »Mach dir darüber keine Gedanken. Seit sieben Jahren lege ich mir im Kopf die Rede zurecht, die ich vor dem Rat vortragen möchte. Ich könnte sie auch aufsagen, wenn du mich nachts aus dem Schlaf reißen würdest. Alles hier drin.« Er tippte sich an die Schläfe. »Und sag nicht ›*Falls* wir es überstehen‹! Natürlich werden wir es überstehen! Wir sind ein super Team, oder?«

Ich wandte den Blick ab, als seine dunklen Augen über mein Gesicht huschten.

»Du hast recht«, murmelte ich. Und von da an schwieg ich lieber.

Der Schwebflug dauerte nicht lang. Für dieselbe Strecke hätten wir zu Fuß sehr viel länger gebraucht, und ich war um jeden Meter froh, den ich in diesen unbequemen Türmerschuhen nicht selbst zurücklegen musste. Außerdem hätte ich meine Gesichtszüge bestimmt nicht unter Kontrolle halten können, als der große Palastturm in Sicht kam.

»Zum Blätterdach!«, entfuhr es Camille, und selbst Jonn, der stets Gelassene, machte große Augen.

Als gewaltiger Kegel schraubte sich das Gebäude in die Höhe, dessen Außenwände aus irgendeinem glänzenden Material bestanden, sodass es das künstliche Tageslicht nach allen Seiten reflektierte und dadurch selbst zu leuchten schien wie das gigantische Artefakt eines göttlichen Riesen. Alles an ihm schrie geradezu hinaus, dass hier die Macht residierte.

Unser Fahrer umflog geschickt eine große Schar an bunt gekleideten Menschen, die mit Hologrammapparaten aller Größen vor dem Haupteingang warteten.

»Die harren da noch ein paar Stunden aus, bis heute Mittag die Sitzung losgeht«, bemerkte Paaul, während wir die Menge hinter uns ließen.

Auf der anderen Seite des Gebäudes erwartete uns eine Überraschung. Dort waren zwei komplette Straßenzüge einer riesigen Baustelle gewichen. Ein gewaltiger Krater klaffte im Erdreich.

»Was ist das?«, erkundigte sich Jonn.

»Das geheimste Bauvorhaben, das es wohl je in den Türmen gab«, antwortete Thaiman mit zur Decke verdrehten Augen. »Als ob sich so etwas geheim halten ließe. Inzwischen ist durchgesickert, was die Obersten hier planen: Es soll ein künstlicher See angelegt werden, an und in dem man Fische und Wasservögel aus den Laboren ansiedeln will.«

»Ein so großer See? Mit Fischen und Wasservögeln?«, hauchte Camille. So etwas hatte keiner von uns je gesehen, weil es so etwas seit etwa tausend Jahren einfach nicht mehr gab. Bei der Wasserknappheit, die in *Helles Land* überall herrschte, war dies wohl das Dekadenteste, das mir je zu Ohren gekommen war.

»Wir sind gleich da«, verkündete Dench und klatschte in die Hände, als seien wir ein Grüppchen Kinder, die auf einem Bildungsausflug den ernsten Hintergrund der Reise vergessen hatten. Und tatsächlich musste ich mich kurz sammeln, als der Gleiter eine elegante Kurve beschrieb, bevor er sanft einen Fußbreit über dem Boden zum Halten kam.

In fünfzig Fuß Entfernung lag der doppelflügelige Hintereingang zum Palace. Bewacht von zwei Dutzend schwer bewaffneter Sicherheitskräfte, die uns unter ihren Helmen allesamt entgegenblickten.

»Zwischen Highhaven Palace und anderen Türmen bestehen keinerlei Brücken oder Gangverbindungen«, hatte Thaiman am Vortag erklärt. »Wir müssen zu einem der beiden Eingänge hinein. Und genau das ist das größte Hindernis. Nicht nur, dass da Tag und Nacht Sicherheitseinheiten stehen, die nicht zimperlich sind, wenn jemand Unbefugtes zu nah rankommt. Nein, obendrein gibt es mehrfach gesicherte, unknackbare Schranken. Der Code, den uns unser Kontakt übermittelt hat, gilt nur für die inneren Etagen. Die Sicherheitsschranken der Eingänge zum Palace sind unüberwindbar.«

»Pff!«, hatte Dench gemacht. »Das lassen Sie dann mich mal machen!«

Beim Anblick der schwer bewaffneten Männer und Frauen am Eingang fühlte ich eine leichte Beklemmung in mir aufsteigen, und ich war gespannt, wie die Lady das regeln wollte. Ich hoffte von ganzem Herzen, dass sie wusste, was sie tat.

26. KAPITEL

Um nicht fortwährend in die auf uns gerichteten Mündungen der Schusswaffen zu starren, sah ich an dem imposanten Gebäude hinauf, während wir aus dem Gleiter kletterten. Die komplette Hülle des Turms glänzte und spiegelte. Feine Muster schienen sich vor meinen Augen miteinander zu verquirlen. Irritiert blinzelte ich. Und dann, mit einem Mal, erkannte ich, woraus die gesamte Außenwand dieses Bauwerks bestand: Es war das glatte, fein gemaserte Holz von Lichteichen.

Ich schnappte entsetzt nach Luft, doch Camille griff nach meiner Hand und sah mich warnend an.

Dench marschierte uns vorweg auf die imposanten Eingangstüren des Palasts zu und verlangsamte ihr Tempo auch nicht, als die zwei Dutzend Sicherheitskräfte die Waffen, die sie Shooter nannten, anlegten. Vier der Sicherheitsleute traten uns entgegen.

»Verzeihung! Der Eintritt ist nicht gestattet!«, dröhnte einer der Männer, während der Großteil der Uniformierten uns andere ins Visier nahm.

»Ah ja? Und wieso nicht?«, erwiderte Dench mit ihrer üblichen Blasiertheit.

»Highhaven Palace ist nur zugänglich für Mitglieder der Obersten und die des Hohen Rates, Ma'am«, antwortete der Sicherheitsmann vor ihr. Er überragte sie um gut drei Fuß, und Dench musste den Kopf in den Nacken legen, um ihn unter seinem Schutzhelm anzusehen.

»Was Sie nicht sagen. Na, ich war 'ne ganze Weile nicht hier. Da lagen Sie wahrscheinlich noch in den Windeln. Werd es Ihnen nachsehen.«

Ein Zögern erschien in den Augen des Mannes. Gefolgt von plötzlichem Erkennen.

»Lady Loren Dench, Oberste«, stammelte er.

»Sie haben Ihre Hausaufgaben gemacht, junger Mann«, erwiderte sie mit ihrer rauen Stimme. »Her mit dem Scanner!«

Der Sicherheitsmann winkte rasch eine Kollegin heran, die Dench etwas hinhielt, das ich auf den ersten Blick für ein Hologramm hielt, auf dem sich alle Farben des Spektrums miteinander vermischten und durcheinanderwirbelten.

Dench streckte beide Hände aus, legte sie flach auf die schillernde Oberfläche, die daraufhin aufglühte. Sie nahm die Hände fort und blickte mit gesenktem Kopf hinein. Ein feiner Lichtstrahl zoomte aus dem Pad und glitt über Denchs Gesicht, verharrte für einen Wimpernschlag auf ihren Augen, huschte weiter und surrte dann wieder zurück.

Eine mechanische Stimme verkündete: »Lady Loren Ladisfy Lauranda Dench. Witwe des verstorbenen Sir Torbest Thomassen Truster Dench. Tochter von Lady und Sir Agreen. Innerer Zirkel.«

Bei den beiden letzten Worten ließen die Bewaffneten endlich ihre Shooter sinken und nahmen allesamt Haltung an.

»Na also«, grunzte Dench. »Heißt das, ich darf nun mit meinem Besuch hinein?«

Die Lippen des Angesprochenen waren weiß wie Kalkstein geworden. »Selbstverständlich, Lady Dench.« Er geleitete uns durch das Spalier der Sicherheitsleute und legte seine Hand an eine markierte Stelle neben der Tür. Ich konnte sehen, wie seine Finger auf dem Screen zitterten, ehe ein leiser Ton ertönte und die Türflügel nach innen aufschwangen.

»Vielen Dank. Schönen Tag noch«, flötete Dench und knatschte auf ihren weichen Sohlen über den spiegelglatten Steinfußboden in die sich vor uns erstreckende Halle.

Ich sah, wie Camille dem Uniformierten im Vorbeigehen ein tröstliches Lächeln schenkte. Doch der blickte mit erhitztem Gesicht, flatternden Lidern und steif durchgedrücktem Rücken stur geradeaus.

Wir durchquerten die riesige Halle, deren Wände ebenfalls glänzten wie auf Hochglanz poliert, was mir einen Stich in den Magen bescherte. Wie beim Heiligen Baum hatte man das kostbarste Gut unserer Welt, das Holz der Lichteichen, bloß so sinnlos verschwenden können? Für die luxuriöse Innenaustattung eines Palastes?

Wir begegneten mehreren Leuten, und ausnahmslos alle stutzten, um sich dann tief vor Dench zu verbeugen.

»In dreißig Jahren hat sich nichts verändert«, knurrte sie und bog zu etlichen wartenden Fahrstühlen ab.

»Sie waren seit dreißig Jahren nicht hier?«, wisperte ich ihr zu.

Sie zuckte nur mit den Schultern. Dann schritt sie wie selbstverständlich in eine Fahrstuhlkabine und wartete, bis wir alle eingestiegen waren, ehe sie ihre Hand auf einen Scanner an der Wand legte und die Türen sich daraufhin schlossen.

Laut vernehmlich sagte sie: »Hohe Richterin, Lady Philoppe Maccander, Innerer Zirkel.«

»Die Hohe Richterin Lady Maccander befindet sich in Etage einhundertsieben, Lady Dench«, antwortete eine weibliche Stimme.

»Wunderbar. Sagen Sie, mein Besuch würde später gern einen Blick in eine Arrestetage werfen. Aber natürlich keine belegte. Auf welcher Etage sind derzeit keine Gefangenen untergebracht?«

Es dauerte einen kleinen Moment, dann antwortete die Stimme: »Etage minus dreizehn, Lady Dench. Dort wird wegen des Grundwasserstands seit Jahren niemand mehr inhaftiert.«

Dench sah sich vielsagend in unserem Kreis um. »Vielen Dank für die Information. Ach, und auf dem Weg hinauf zu einhundertsieben bitte ein Zwischenhalt bei Sir Osk, Shunter-ingenieur.«

Die Stimme schwieg.

»Sir Osk, Crown Ingenieur«, verlangte Dench erneut.

Wieder dauerte es, ehe die Stimme verkündete: »Sir Osk, Etage dreiundachtzig.«

»Gut, gut. Dann zuerst Halt auf zweiundachtzig und dann auf dreiundachtzig. Und bitte stellen Sie jetzt das Mikro aus.«

»Sehr wohl, Lady Dench.«

Gleich darauf ertönte leise Hintergrundmusik, und der Fahrstuhl setzte sich in Bewegung.

»Er ist also wirklich hier?«, wisperte ich und griff nach Avems Hand, die sich klamm anfühlte.

»Das ist er. Aber er hat seinen Aufenthalt verborgen. Je nach Hierarchie der Obersten ist das möglich. Wenn ich durch meine familiäre Herkunft nicht dem inneren Zirkel angehören würde, hätten wir seine Etage nicht erfahren«, teilte Dench uns flüsternd mit.

Jonn raunte: »Ist es wirklich eine gute Idee, dass wir uns trennen? Ich meine, sollte nicht einer von uns Männern bei Clay und Camille mitgehen?«

»Sie wollen ein Revolutionär sein?«, blaffte Dench mit gedämpfter Stimme. »Spontane Planänderungen bringen nur Chaos. Das sollten Sie wissen.«

»Camille und ich haben Avem bei uns«, sagte ich. »Mit ihr kann uns nichts passieren.«

Das Obediant, unsere Freundin und Verbündete, drückte

sanft meine Hand, während die Zahlen auf der Anzeige in rasantem Tempo anstiegen.

»Viel Glück, Ihnen allen!«, wünschte Dench uns.

»Ihnen auch!«, entgegneten wir fast im Chor.

»Na, wir werden sehen, was eine Freundschaft taugt, die ich dreißig Jahre nicht gepflegt habe«, bemerkte sie mit einem Zucken ihrer Mundwinkel, und ich stellte verwundert fest, dass auch Dench nervös wirkte.

In Etage zweiundachtzig hielt der Aufzug. Die Türen glitten auf. Camille, Avem und ich traten hinaus in einen bläulich beleuchteten Korridor. Alles war genau so, wie Dench vorausgesagt hatte. Ihrer Beschreibung nach unterschieden sich die Bereiche des Palace' durch Farbcodes, die die jeweiligen Etagen bestimmten. Die Shunterabteilung auf dreiundachtzig würden wir in Gelb vorfinden. Das Blau dieses Flures hingegen wies die Etage als wissenschaftlichen Bereich zur Hologrammentwicklung aus.

»Meinen Sie nicht, dass sich seit Ihrem letzten Besuch im Palace manches verändert hat?«, hatte Jonn gefragt, als Dench uns in die Einzelheiten einweihte.

»Ach was.« Mit einem energischen Wedeln ihrer Hand hatte die Lady abgewinkt. »Die Obersten sind stockkonservativ. Die hassen Veränderung, glauben Sie mir. Ich verwette meine Farnwedel, dass alles beim Alten ist.«

Jetzt deutete Dench mit dem Kopf nach rechts und hob ein paarmal die Brauen, bevor sich die Tür des Fahrstuhls schloss und unsere Freunde verschwanden.

Camille setzte sich als Erste in Bewegung. Ich löste mich aus meiner Starre und folgte ihr, Avem dicht hinter mir. Vor meinem inneren Auge sah ich den Plan, den Dench für uns gezeichnet hatte. Ihr Erinnerungsvermögen funktionierte offenbar fehlerfrei, denn direkt neben den Fahrstühlen fanden wir tatsächlich die Tür, die zur Notstiege führte. Allerdings war sie so schwer, dass Camille sie nicht öffnen konnte, selbst als sie sich dagegenwarf. Ich erschrak bis ins Mark und wähnte für einen kurzen Augenblick, dass unser gesamter Plan schon an der zweiten Hürde scheitern würde: unserem Zugang zur Shunteretage.

Doch dann stemmte Avem sich gegen das Metall, und die Tür gab ein winziges Stückchen nach. So wenig, wie sie sich bewegte, so sehr quietschte sie beim Öffnen. Das kreischende Geräusch vervielfachte sich in dem endlos hohen Raum dahinter. Rasch quetschten wir drei uns durch den schmalen Spalt und blieben eng an die Wand gepresst stehen, während Avem die Tür hinter uns zufallen ließ.

Wir standen auf einem Metallgerüst, das sich spiralförmig an den Wänden dieses Schachtes von tief unter uns bis weit hinauf entlangzog. Die einzige Beleuchtung stammte aus kleinen, rötlichen Lämpchen, die mehr schlecht als recht die Stiegen erhellten, die von einem Stockwerk zum nächsten führten. Sie waren ausschließlich für den Notfall gedacht, der noch nie eingetreten war. Niemand benutzte sie. Und wenn wirklich alles noch so war wie vor dreißig Jahren, gab es hier auch keine Sicherheitskameras. Vorsichtig blickten wir hinauf.

»Nichts zu sehen«, flüsterte Camille, nachdem wir uns sorgfältig umgeschaut hatten. Auch Avem, die als Obediant nicht nur deutlich besser hören, sondern im Dunkeln auch besser sehen konnte als wir, schüttelte erleichtert den Kopf. Und so begannen wir den Aufstieg zum nächsten Stockwerk.

Dench war auf die Idee zu diesem simplen, aber hoffentlich effektiven Trick gekommen. Jeder Wissenschaftsbereich verfügte über eine eigene Sicherheitsabteilung, in der die Bilder der Kameras ausgewertet wurden, die wiederum auf Bewegung reagierten. Wenn Camille, Avem oder ich in dem von Osk geführten Bereich aus dem Fahrstuhl gestiegen wären, hätte das System sofort Alarm geschlagen.

»Und wieso passiert uns das eine Etage darunter nicht?«, hatte ich Dench gefragt, was sie mit einem Das-liegt-doch-wohl-auf-der-Hand-Schätzchen-Blick beantwortet hatte. Gnädigerweise hatte sie hinzugefügt: »Weil dort die Hologrammabteilung liegt. Wenn so lange keine Vorfälle geschehen sind wie dort, wird das Personal schlampig. Bei der Shunterabteilung ist das etwas anderes. Um die machen sie schon immer ein Riesengewese. So selten und kostbar, wie Shunter sind, kannst du dich von den Sonnen verschrumpeln lassen, dass da rund um die Uhr jemand am Wachpult sitzt und sofort Alarm gibt, wenn Unbefugte aus dem Fahrstuhl spazieren. Es würde Osk nur einen Blick auf den Bildschirm kosten, um zu erkennen, wer da unerlaubt in sein Heiligstes eingedrungen ist.«

Da Jonn, Thaiman und Paaul Osk fremd waren, hatten wir beschlossen, die drei bis ans Ziel fahren zu lassen. Im ersten Moment würden Jonn in seiner Oberstenkleidung und Paaul und Thaiman mit ihrem türmerüblichen Auftreten den Wachen an den Kamerabildschirmen zwar unbekannt, aber wahrscheinlich ungefährlich erscheinen. Und bis sich Kontrollpersonal auf den Weg zu ihnen gemacht hatte, würden die drei hoffentlich die Kameras ausgeschaltet haben.

Sicher waren sie inzwischen aus der Fahrstuhlkabine gestiegen und hatten kurz auf dem Gang verweilt, in eine scheinbare Diskussion unter Fachleuten vertieft. Ein intensives Gespräch, aus dem heraus sie urplötzlich die drei vorhandenen Kameras durch gezielte, zeitgleiche Würfe von Diamantmessern ausschalten würden. Das *zeitgleich* war dabei entscheidend, weswegen die drei gestern Abend noch lange das Werfen geübt hatten, bis sie endlich zufrieden mit dem Ergebnis waren. Nur wenn alle drei Kameras gleichzeitig ausfielen, würde man im Überwachungszentrum glauben, es handele sich um einen technischen Defekt.

Sobald die Sicherheitskameras nicht mehr übertrugen, würden sich Techniker auf den Weg machen, um nach dem Rechten zu schauen. Aber bis dahin hatten die drei uns bereits die Tür zur Notstiege geöffnet, und wir waren hoffentlich längst in Osks Bereich vorgedrungen.

Die metallerne Stiege ächzte und knarrte unter unseren vorsichtigen Schritten, und beim Blick hinunter in das endlos tiefe Loch des Schachtes konnte ich nur hoffen, dass die Stufen regelmäßig auf schadhafte Stellen kontrolliert wurden.

An der nächst höher gelegenen Tür angekommen, hielten wir an und warteten. Als Osks Obediant waren Avems Handflächenabdrücke auch hier als Öffnungscode hinterlegt gewesen. Doch hatte ihr Erhalter dies nach Avems Flucht geändert? Wir hatten entschieden, es nicht darauf ankommen zu lassen. Unsere Freunde sollten uns hereinlassen.

Aber hinter der Tür tat sich nun nichts. Müssten die drei nicht längst aus dem Fahrstuhl und um die Ecke gebogen sein?

»Das dauert zu lange«, flüsterte ich nervös. »Es muss etwas schiefgegangen sein.«

»Vielleicht brauchen sie einfach länger, um die Kameras auszuschalten?«, überlegte Camille leise.

Avem lehnte den Kopf an die schwere Metalltür und lauschte. Mit dem Blick in unsere fragenden Mienen schüttelte sie langsam den Kopf. Nichts zu hören.

Nachdem eine weitere, endlos erscheinende Zeitspanne vergangen war, wisperte Camille: »Was sollen wir tun? Wir können doch nicht ewig hier stehen und einfach nur warten. Vielleicht stecken die drei in der Klemme?«

Da legte Avem ihre Handflächen auf den Scanner neben dem Zugang.

Ich erschrak. Im nächsten Moment jedoch summte der Scanner unter Avems Händen, und die Tür gab ein leises Klicken von sich und sprang ein Stückchen auf.

Alle drei atmeten wir aus. Avem grinste schief.

»Erhalter vermutet nicht, dass *Helfende Hände* eigenen Weg gehen, und hat den Zugang nicht gesperrt«, sagte sie schadenfroh. »Aber dieses Mal bringe ich kein Essen.«

Ich spähte durch den Türspalt in eine kleine Halle, deren Boden nicht wie im Erdgeschoss aus glatt poliertem Stein, sondern aus gelblich leuchtendem Kunststoff bestand. Von der Halle bogen diverse Flure ab, die alle in gelbem Licht lagen.

Wir schlüpften durch die Tür. Dann hielten wir inne und lauschten. Es war nichts zu hören, keine Stimmen, keine Schritte. Zum Zenit! Wo waren Thaiman und Paaul? Wo war Jonn?

Camille deutete nach links.

»Die Fahrstühle müssen da drüben um die Ecke liegen«, flüsterte sie.

Die große, leere Fläche, in der nur ein paar Pflanzen in großen Kübeln standen, machte sie bestimmt ebenso nervös wie mich. Falls es den Männern nicht gelungen sein sollte, die Kameras auszuschalten, würden wir spätestens jetzt in der Sicherheitsabteilung über die Bildschirme spazieren.

Nah an der Wand schlichen wir bis zu der Ecke, hinter der wir laut Denches Aufzeichnungen die Fahrstühle erwarten durften. Es war so still, dass jede unserer Bewegungen widerzuhallen schien, obwohl wir uns so leise wie möglich verhielten.

Es war viel zu still.

Mein Magen begann ahnungsvoll zu flattern. Durch ein Zeichen hielt ich Camille und Avem zurück.

Da! War da nicht das Scharren von Schuhen zu hören?

Ich wagte es, kurz um die Ecke zu spähen. Niemand. Der Gang war leer.

Als ich den Kopf zurückzog, um das Camille und Avem mitzuteilen, erstarrte ich. Direkt hinter uns glitt eine Tür auf.

Und es waren nicht Jonn, Thaiman und Paaul.

»Sieh an, die *Erwählte des Baumes*«, sagte Osk, überhaupt nicht überrascht, neben sich seine Begleiterin aus der Hologrammschau.

Ich fuhr herum, wollte dem Impuls folgen wegzurennen. Doch da versperrten uns Männer den Weg, wie aus dem Nichts aufgetaucht. Sechs, acht, zehn. Sie kamen von allen Seiten. Allesamt in der Uniform der Sicherheitsleute, groß und bewaffnet mit Shootern und den sogenannten Tackern, die durch einen Energiestoß bewusstlos machten.

Ehe ich einen einzigen Gedanken fassen konnte, war Avem herumgeschossen. Sie duckte sich so schnell unter den nach ihr greifenden Händen durch, dass keiner der Uniformierten sie erwischte. Innerhalb eines Wimpernschlags war unsere Freundin im nächsten Flur verschwunden.

»Avem!«, schrie Camille gellend.

»Holt es zurück! Es gehört immer noch mir!«, befahl Osk kühl, und zwei der Männer stürzten los.

Ich musste den Impuls unterdrücken, nach Jonn, Thaiman und Paaul zu rufen. Wo waren sie? Versteckten sie sich? Oder hatte man sie bereits gefangen genommen und abgeführt?

Etwas musste bei der Umsetzung unseres Plans komplett falschgelaufen sein. Waren wir bereits beim Betreten des Palace aufgefallen? War die anonyme Stimme im Fahrstuhl mehr als nur eine elektronisch gesteuerte Funktion? Hatte sie Osk informiert, als Dench so vehement nach dem von ihm verborgenen Aufenthalt verlangte?

Oder … meine Kehle verengte sich. Mit einem Mal war mir, als läge eine harte Faust um meinen Hals und presse zu. Dench. Es konnte doch nicht sein, dass *sie* uns verraten hatte?

Nein. Nein, das war unmöglich.

Aber hatte sich in den letzten vierundzwanzig Sonnenständen nicht gleich mehrmals herausgestellt, dass ich mich von Menschen hatte täuschen lassen? Sir Osk. Sogar Aruncus. Hätte ich unserem Refugiumsmeister jemals eine Verschwörung zugetraut mit jemandem, der die Sämlinge des Heiligen Baums stehlen wollte?

Während all diese Gedanken durch meinen Kopf rasten, standen Camille und ich wie angewurzelt und wagten nicht, uns zu bewegen, solange etliche Shooter auf uns zielten. Einige der Sicherheitsleute hatten auch die Tacker gezogen, die laut Thaiman äußerst schmerzhaft waren und nur bei gefährlichen Verbrechern eingesetzt wurden.

»Auf unerlaubtes Eindringen in Highhaven Palace stehen hohe Strafen, Claymaris«, ließ Osk mich in selbstgefälligem Tonfall wissen. »Meine Sicherheitskräfte sind auf Trab. Sie haben mir gemeldet, dass meine Etage in Gefahr ist. Allerdings muss ich zugeben, dass ich nicht mit Ihnen gerechnet habe. Und Ihre Schülerin haben Sie auch gleich mitgebracht, sehr zuvorkommend. Wie sind Sie hergekommen? Den Shunter des Refugiums können Sie nicht genutzt haben, denn der ist ja leider … ruiniert. Sicher sind Sie mit dem gereist, den mein undankbares Obediant mir gestohlen hat?«

»Das war die einzige Chance, wie Avem Ihnen entkommen konnte!«, rief Camille. »Es ist grausam, sie gegen ihren Willen …«

»Verzeihen Sie«, unterbrach Osk sie, und einer der Bewaffneten bohrte seinen Shooter in Camilles Seite, die sofort verstummte.

»Seien Sie vorsichtig mit dem Abzug«, mahnte die Frau neben Osk den Sicherheitsmann mit melodischer Stimme, die hervorragend zu ihrem schönen Äußeren passte. »Wir brauchen die beiden lebend.«

»Jawohl, Ma'am.«

»Verzeihen Sie«, wiederholte Osk, als sei er gar nicht unterbrochen worden. »Aber Ihre verqueren Ansichten zu den Rechten meiner Helfenden Hände sind irrelevant. Ich denke, wir sollten uns in meine Privaträume zurückziehen, damit ich mehr darüber erfahren kann, was … nun, was *mich* interessiert.«

»Sollen wir die Eindringlinge in Haft nehmen, Sir?«, wollte einer der Männer wissen.

»Aber nein, mit denen kommen wir schon klar. Es handelt sich um nicht mehr als ziemlich stümperhafte Spionage. Sagen Sie in der Sicherheitszentrale Bescheid, dass wir sie gefunden und alles im Griff haben.«

Etwas an der Art, wie Osk unsere Begegnung darstellte, irritierte mich.

Dann verstand ich. Die Sicherheitsleute hatten keine Ahnung, was Osk im Schilde führte und wer wir waren, was es mit Camille und mir tatsächlich auf sich hatte. Er spielte vor ihnen den coolen Crown Shunteringenieur, der zwei Spioninnen ertappt hatte, die weiß der Zenit was für Geheimnisse der Shunterforschung hatten auskundschaften wollen.

Ich öffnete bereits den Mund, um irgendetwas zu sagen, das unsere Lage erklären und Osk vor seinen Leuten bloßstellen würde, als hinter uns rasche Schritte zu hören waren. Die beiden Bewaffneten, die Jagd auf Avem gemacht hatten, kehrten in die Halle zurück.

»Das Obediant ist entwischt, Sir«, meldete der eine.

Osk seufzte und winkte dann ab. »Na, macht nichts. Seit es geflohen ist, löst sein Code an allen Türen einen Alarm aus. Wir werden es schon finden.«

»Sie«, verbesserte ich ihn.

»Bitte?« Osks leuchtende Augen unter dem weißblonden Haar fixierten mich scharf.

»Avem ist kein *Es*, sondern eine *Sie*«, sagte ich.

Osk betrachtete mich einen Moment lang, als würde er ein besonders interessantes Kriechtier sezieren. Dann nickte er dem Mann, der am nächsten bei mir stand, zu.

»Clay!«, hörte ich Camille aufschreien, bevor ein unbeschreiblicher Schmerz durch all meine Muskeln fuhr und es schwarz um mich wurde.

27. KAPITEL

Da waren Stimmen. Eine männliche und eine weibliche, die leise miteinander sprachen.

Worum ging es?

Hörte ich meinen Namen?

Von welchem Baum war die Rede?

Mit einem Schlag setzte mein Bewusstsein wieder ein, und die Erinnerung kehrte zurück. Ich schlug die Augen auf.

»Da bist du ja wieder«, begrüßte Osk mich mit einer Stimme, die jeder für freundlich gehalten hätte, der nicht wusste, dass dieser Mann eiskalt befohlen hatte, mich durch einen Tacker zu betäuben.

Mir fiel sofort auf, dass er nun, da wir ohne die Sicherheitsleute und nur mit seiner Mitwisserin allein waren, von der respektvollen Anrede abgerückt war und mich vertraulich ansprach. Aus irgendeinem Grund machte mir das mehr Angst als meine schmerzenden Glieder.

Ich lag auf dem gelblich leuchtenden Kunststofffußboden in einem großen Raum, der über eine ganz ähnliche Glasfront verfügte wie Osks Wohnung. Mit dem Unterschied, dass die Scheiben bräunlich getönt waren. Als wir das Highhaven Palace im Gleiter umrundet hatten, hatte ich mich gewundert, dass das Gebäudc zwar glänzte und spiegelte, man aber in keine Etage hineinsehen konnte. Nun ging mir auf, dass die Fenster offensichtlich nur von innen nach außen durchsichtig waren.

Alle Glieder taten mir weh, und ich konnte ein leises Stöhnen nicht unterdrücken, als ich mich langsam aufrappelte.

Osk saß in einem weißen Sessel aus feinstem Leder und hatte die Beine übereinandergeschlagen. Neben ihm stand die Frau mit den glänzenden, nachtblauen Haaren. Außer den beiden und mir war niemand anwesend.

»Darf ich vorstellen, Haikutu, dies ist also Claymaris aus Farndorf, die *Erwählte des Heiligen Baumes*, unser Schlüssel zur Rettung der Türme.«

Die Angesprochene musterte mich aus ihren schwarzen Augen hochmütig.

»Wo ist Camille?«, presste ich an meinen schmerzenden Rippen vorbei.

»Ich würde es so nennen: Sie schläft ein wenig«, antwortete Osk.

Liebend gern wäre ich ihm an die Gurgel gegangen. Doch meine Arme und Beine waren von dem heftigen Energiestoß so malträtiert und schwach, dass ich kaum aufrecht sitzen konnte.

»Und jetzt, wo wir offen sprechen können, hast du doch sicher einige Fragen. Mich würde rasend interessieren, was ihr Wäldler euch so zusammengereimt habt.«

War das sein Ernst?

Das Dach der Türme drohte einzustürzen. Parrett lag seit Tagen irgendwo in einer Zelle gefangen, die womöglich halb unter Grundwasser stand. Osk selbst hatte, ohne mit der Wimper zu zucken, elf Menschen in den Tod geschickt. Und jetzt wollte er *plaudern*?

Aber dann fiel mir doch etwas ein, das ich unbedingt wissen wollte.

»Was hat Aruncus damit zu tun?«, fragte ich.

Auf Osks Gesicht zeichnete sich so etwas wie Anerkennung ab. »Du bist klug, Erwählte. Ich hätte nicht gedacht, dass du unserem Mitwisser auf die Spur kommen würdest. Schließlich baut in eurer Gemeinschaft alles auf Vertrauen und Respekt.« Es klang höhnisch, wie er es sagte. »Indem ihr einen Refugiumsmeister wählt, sprecht ihr ihm alle euer Vertrauen und eure Achtung aus, nicht wahr? Nun, als ihr Aruncus zum Oberhaupt des Refugiums gemacht habt und er die Reise in die Türme unternehmen durfte, lernten wir uns kennen. Das war vor fünf Jahren. Ich sage dir bestimmt nichts Neues, wenn ich erwähne, dass euer Refugiumsmeister gern mit allem prahlt, was das Refugium zu bieten hat. Und so berichtete er mir von deinen Forschungen zur wundersamen Kommunikation der Lichteiche mit allen anderen Bäumen über ihr Wurzelwerk. Auch wenn er selbst damit im Zwiespalt steht, weil sie eure Religion infrage stellen, schienen ihm deine Erkenntnisse wohl ideal, um bei mir Eindruck zu schinden. Womit er sogar richtiglag. Denn ich war klug genug, um in eurem so verehrten Baum die Lösung für das große Problem zu erkennen, das sich hier in den Türmen anbahnte. Leider gibt es nämlich seit einigen Jahren …«

»… Risse im Dach«, vervollständigte ich.

»Ooohh!« Osk applaudierte betont langsam. »Hervorragend, Clay. Wirklich ganz hervorragend. Du weißt davon, obwohl wir die schadhaften Stellen jahrelang vor unserer eigenen Bevölkerung geheim halten konnten und Informationen darüber erst recht nicht in die beiden anderen Länder, ins Refugium oder nach Savannah, haben dringen lassen.«

»In euren Archiven ist verzeichnet, dass die Lichteiche etwa alle dreihundert Jahre Samen produziert und wie schnell die Nachkommen wachsen. Die sogenannten Ehrentürmer wollen diese jungen Bäume schlagen und mit dem Holz das Dach eures Landes erneuern.«

Zur meiner Überraschung schüttelte Osk den Kopf. »Lichteichen schlagen? Du meine Güte, Claymaris, für wie barbarisch hältst du uns? Als hätten wir in den vergangenen tausend Jahren nichts dazugelernt. Natürlich werden wir diese besonderen Bäume gut behandeln und ihnen kein Zweiglein krümmen. Sie werden wunderschöne Standorte bekommen, hier in den Türmen. Und an ihrer Seite werden Hunderte, ach, was Tausende anderer Bäume stehen, die nur darauf warten, endlich ausgepflanzt zu werden, um ihre Wurzeln mit denen der Lichteichen zu verbinden. Denn dass sie das können, wissen wir ja aus denen Berichten, nicht wahr?«

Dench hatte von den Baumschulen erzählt, mit denen ein gesamter Turm belegt war. Dort also zog man Baumgefährten, die das Dach zusammen mit den jungen Lichteichen stützen sollten.

»War Aruncus wirklich einverstanden damit, dass ihr die Jungbäume stehlt?«, fragte ich. Auch wenn ich wegen unserer unterschiedlichen Standpunkte ständig mit unserem Refugiumsmeister aneinandergeriet, konnte ich es einfach nicht fassen, dass er imstande gewesen sein sollte, einen derartigen Verrat zu begehen.

»Wer spricht denn von Stehlen?« Osk rieb sich die Hände. »Aber, ja, du hast recht. Es hat ihn Überwindung gekostet, meinem Plan zuzustimmen. Letztendlich hat er jedoch eingesehen, dass das wunderbare Wissen der Türme nicht in Gefahr geraten darf verlorenzugehen. Außerdem hatte ich den Eindruck, dass es ihm verlockend erschien, die Verbindung zwischen unseren Ländern unter seiner Führung um ein deutliches Maß zu verbessern. Daher willigte er ein, dass das Refugium uns einige der Sämlinge verkauft.«

Ein Kloß wuchs in meinem Hals. Aru hatte uns alle hintergangen. Kein Sterbenswörtchen hatte er erwähnt. Obwohl er von den Rissen wusste, hatte er uns im Unklaren gelassen. Hatte uns etwas vorgespielt. Warum?

»Was wird sein Gewinn sein?«, wollte ich wissen.

»Sein Gewinn? Nun, das, worum es immer geht: Macht. Ein Refugiumsmeister, der die Türme rettet! Das hat es in der Geschichte unserer Welt noch nie gegeben. Er wird sich aussuchen können, wo er lebt und in welchem Luxus.«

Das konnte nicht sein.

Das glaubte ich einfach nicht. Aruncus war ein alter Stoffel, ein nahezu religiöser Fanatiker, was den Heiligen Baum anging. Würde er ihn wirklich für etwas so Banales wie kostbare Güter und zweifelhaften Ruhm verraten? Er, der mit Pflanzen sprach, wie ich es vermochte, sollte an Dingen interessiert sein, die das Refugium ihm nicht bieten konnte? Was gab es hier denn schon, das er zu Hause nicht besaß und für das sich ein Verrat an seinem Volk lohnte? Nichts von dem, was ich hier gekostet oder in der Auslage eines Ladens gesehen hatte, kam mir begehrenswert vor. Erstaunlich ja, aber nicht reizvoll.

Überhaupt, so ging mir durch den Kopf, glänzten die Türme eher mit der Armut an Reizen. O sicher, meine Augen waren überfordert von all dem Neuen, das ich in den letzten Tagen zu sehen bekommen hatte, doch all meine anderen Sinne lagen merkwürdig brach, seitdem wir in den Türmen angekommen waren. Nichts roch hier, duftete, zirpte, sang, das Essen war gut, doch fehlten ihm die Nuancen, die es interessant gemacht hätten. Und wenn ich meine Hand ausstreckte und irgendetwas anfasste, fühlte es sich glatt an. Und leblos.

Ja, den Türmen täten ein paar Bäume und Pflanzen gut. Trotzdem hätte Aruncus niemals zugestimmt, unsere wertvollen Lichteichen in diese tote Umgebung umzusiedeln.

Ob Osk mir ansah, dass ich an seinen Worten zweifelte? Wie um mich endgültig zu überzeugen, setzte er hinzu: »Hast du dich nicht gefragt, warum auf deinen sensationellen Bericht über die Wurzelkommunikation vor etwas mehr als drei Jahren keine ausführliche Antwort aus den Türmen kam? Das lag daran, dass Aruncus die Nachricht in meine privaten Räume schickte. Es war die Bestätigung dessen, was du schon vermutet hattest und worauf ich und eine kleine Gruppe ausgewählter, ehrenwerter Türmer inzwischen alle Hoffnung setzten. Sogar dein Heiliger Baum spielte uns in die Hände, indem er einige Jahre vor dem erwarteten Zeitpunkt blühte. Auch diesmal war der Refugiumsmeister so freundlich, mich persönlich über den neuesten Stand zu unterrichten.«

Ein leiser Ton entschlüpfte meiner Kehle, ohne dass ich ihn zurückhalten konnte. »Wie wollen die Ehrentürmer ihr verbrecherisches Vorgehen vor dem Hohen Rat rechtfertigen? Wenn dort Menschen versammelt sind, die wie Toyrin und Henk denken und fühlen, werden sie nicht einverstanden sein mit Entführung, Erpressung und Diebstahl.«

Osk nahm das eine Bein vom anderen und streckte beide genüsslich aus. Er machte den Eindruck, als genösse er diese Unterhaltung, während mir kalter Schweiß in den Nacken rann.

»Oh, ich denke schon, dass die Ratsmitglieder damit einverstanden sein werden, wenn ich auf eigene Faust mit der Delegation ins Refugium reiste, um dort mit den höchsten Schirmeri die Verhandlung zum Verkauf von drei oder vier der jungen Lichteichen zu führen. Schließlich wäre ich bereit, für die Bäume notfalls mit meinem gesamten Privatvermögen zahlen. Ja, ich denke, der Hohe Rat fände das höchst achtbar. Und wie erfreut wird erst die Oberste Familie sein! Nachdem ich mein ganzes Leben lang an ihrem Rand gehalten wurde, während wesentlich weniger Begabte in den Inneren Zirkel vorrückten, werden auch meine Onkel und Tanten wohl endlich einsehen, dass ich für meinen Einsatz die höchsten Ränge verdient habe.«

Ich blinzelte mehrmals. Hatte ich das richtig verstanden? »Verhandlungen? Welche Verhandlungen meinen Sie?«

Osk hob die Hände. »Nun, die, die ich mit dem Refugiumsrat und dessen Meister geführt habe.«

»Aber … es gab doch gar keine …«

»Tja, leider waren die Verhandlungen vergeblich«, seufzte Osk.

Ich schüttelte den Kopf. »Niemand hat jemals dieses Thema aufgebracht. Das Refugium wäre niemals bereit, junge Lichteichen an die Türme zu verkaufen.«

Osks Gesicht glättete sich, und er beugte sich vor in meine Richtung. Ich konnte ein gefährliches Glitzern in seinen Augen sehen.

»Genau das war mir von Anfang an klar, *Erwählte*. Eurem Refugiumsmeister wäre es nie gelungen, euch zu überzeugen, und ihr hättet ihn abgewählt, bevor der Handel abgeschlossen gewesen wäre.« Er ließ sich wieder nach hinten sinken. »Aber etwas werde ich dem Hohen Rat doch erzählen müssen, nicht wahr? Ist es nicht eine wunderbar einleuchtende Geschichte, Haikutu?« Er wartete, bis seine Begleitung gnädig mit dem wohlgeformten Kopf nickte, bevor er fortfuhr: »Ich als einsamer Held, der alles versucht, um eine friedliche und gute Lösung für unsere gesamte Welt zu bewirken. Von den egoistischen, unkooperativen Wäldlern jedoch leider abgeschmettert. Die armen, bedauernswerten Delegierten waren allesamt Zeugen meiner vergeblichen Verhandlungen.«

»Diese Verhandlungen haben nie stattgefunden!«, schrie ich.

Er lächelte, und ich hätte mir am liebsten auf die Zunge gebissen, weil ich die Beherrschung verloren hatte.

»All diese Menschen sind ums Leben gekommen, weil Sie sie aus dem Weg haben wollten, nicht wahr? Toyrin, Henk, Xantia, sie alle sind über der Großen Ödnis verbrannt, weil Sie den Shunter manipuliert haben.«

»Ich?«, tat Osk erstaunt. »O nein, ich denke eher, dass es jemand aus dem Schirmdorf getan hat. Um zu verschleiern, dass das Refugium zu keiner Hilfe an die Türme bereit war. Schade, dass alle, die das bezeugen können, durch die hinterhältige Manipulation des Reiseshunters ums Leben gekommen sind und nur ich wie durch ein Wunder diesen Anschlag überlebt habe.«

Ich starrte ihn an.

Sein Plan war schlicht und dennoch genial. Auf eine perfide, grausame Art genial. Die Türmer würden ihm Glauben schenken, wenn er ihnen letztendlich die Rettung ihres Landes präsentierte. Doch dafür brauchte er erst einmal …

»Sie wollten Camille die Koordinaten des Baumes entlocken, nachdem Sie sie im Wald niedergeschlagen hatten«, sagte ich ihm auf den Kopf zu.

Er leugnete es erst gar nicht. Mit leicht ärgerlichem Tonfall antwortete er: »Tja, leider schien sie so gar nicht zu begreifen, was ich von ihr wollte. Deswegen beschloss ich, sie in meine Privaträume zu shuntern, wo Haikutu sich bestens um sie gekümmert hätte.«

Die Erwähnte lächelte mit ihren geschwungenen roten Lippen, ohne dass das Lächeln ihre schwarzen Augen erreichte.

Auch ich lächelte, denn mit einem Mal wurde mir klar, wie sehr Jonn Osk in die Quere gekommen war, als er laut gerufen hatte.

»Nur leider wurden Sie dabei gesehen und gestört.«

Osk runzelte die sonst so glatte Stirn. »Ich fürchtete, ein Wäldler aus einem der anderen Dörfer hätte etwas beobachtet, und musste fliehen, um nicht erkannt zu werden. Dabei war es nur ein Savannah Dweller! Wenn ich das gewusst hätte! Ich hätte ihn leicht zum Schweigen bringen und mit dem Shunter verschwinden lassen können. Niemand hätte ihn vermisst.« Er seufzte. »Ich sage ja schon immer, dass diese Sandländer zu nichts gut sind. Hat nichts als Ärger gemacht. Zwar tat er mir unwissentlich den Gefallen, euch mit seinen unübersehbaren Sandrennerspuren auf die falsche Fährte zu setzen. Trotzdem zwang mich seine Einmischung dazu, meinen Plan zu beschleunigen, denn woher sollte ich wissen, ob dieser Fremde nicht vielleicht Kontakt ins Dorf aufnahm und ob er mich erkannte hatte? Ich musste schnell handeln …«

Die Zusammenhänge lagen nun so klar vor mir, dass ich mich hätte ohrfeigen können, weil ich sie nicht früher durchschaut hatte.

»Also entführten Sie Parrett, manipulierten den Shunter und täuschten Ihre eigene Entführung vor. Warum haben Sie nicht mich in eine Falle gelockt? Warum Parrett?«

Osk schüttelte den Kopf. »Ich dachte, ich hätte bewiesen, dass ich nicht dumm bin, Erwählte. Die Entführung deines Partners war sehr viel effektiver, als dich selbst in die Türme zu bringen. Ich traue dir zu, dass du selbst unseren modernen Methoden der …«, er fuhr mit der Hand durch die Luft, als suche er nach einem Wort, »… Überzeugung hättest standhalten können. Mut. Ehre. Das sind Begriffe, die im Refugium in aller Munde sind. Womöglich wärst du lieber gestorben, als mir den Standort des Baumes mitzuteilen.«

Wie gern hätte ich ihm versichert, dass er mit seiner Vermutung richtiglag. Niemals hätte ich die Lichteiche verraten. Meine Gedanken waren allerdings hängen geblieben bei seinen Worten *moderne Methoden* und *Überzeugung*. Er sprach von Folter, der grauenvollsten Erfindung des Menschen. Kein einziges Tier bediente sich einer solch schrecklichen Vorgehensweise, wenn es um Nahrung, Fortpflanzung, Revierabgrenzung ging. Kämpfen ja. Aber keinem Wehrlosen unerträgliche Schmerzen zufügen, um aus ihm eine Information herauszupressen.

Die selbst ernannten Ehrentürmer hätten mich gefoltert, um an mein Wissen über meine Baumfreundin zu gelangen. Hatten sie das Gleiche mit Parrett gemacht? Was hatten sie ihm angetan, ehe sie begriffen, dass er die gewünschten Koordinaten gar nicht kannte?

Osk scherte sich nicht darum, ob ich seinen Ausführungen weiterhin folgte. Er fuhr fort: »Ihr Wäldler seid dafür bekannt, dass ihr für jeden Einzelnen einsteht. Ihr würdet alles tun, um einen aus eurer wunderbaren Gemeinschaft zu retten, nicht? Und … ich hatte recht! Du bist hier. Womit ich allerdings nicht gerechnet hatte, war, dass du dich gleich auf die falsche Spur des Sandrenners setzen würdest. Auf diese Weise hast du meine erklärende Nachricht verpasst und unseren Plan unnötig verzögert. Als ich mittels meines Shunters aus dem Refugium erfuhr, dass deine Schülerin und du beide auf dem Weg nach Savannah wart, fürchtete ich schon, dass nun alles verloren sei. Savannah besitzt keinen Reiseshunter. Wie solltet ihr also hierhergelangen, um die Forderung der Entführer zu erfüllen? Ich war sehr … ärgerlich.« Seine dramatisch düster umwölkte Stirn glättete sich, und er klatschte in die Hände. »Glücklicherweise hat mir mein dummer entlaufener Obediant, ohne es zu wissen, den wohl größten Dienst seines Lebens erwiesen. Er hat euch hierher in die Türme gebracht, direkt in meine Arme. Und jetzt …« Er stand auf und kam langsam auf mich zu. Ich wollte zurückweichen, schaffte es jedoch nur mühsam aufzustehen. Meine Beine fühlten sich an, als sei ich einen ganzen Tag durchgerannt. Meine Muskeln zitterten, und ich schwankte ein wenig. Osk blieb nah vor mir stehen. »Jetzt werde ich von *dir* die Koordinaten erfahren!«

Ich holte tief Luft.

Seine Nähe war unerträglich.

»Sie würden Ihnen nichts nutzen. Die Samen sind noch nicht reif. Um zu keimen, müssen sie den Boden berühren, doch das tun sie erst, wenn es an der Zeit dafür ist. Die reifen Früchte platzen, und die Samen werden von Tausängern aufgefangen und zu anderen Orten des Waldes getragen, wo sie zu Boden fallen. Aber bisher ist das noch nicht passiert.«

Osk schien in keiner Weise schockiert zu sein. Im Gegenteil. Er nickte, als seien ihm diese Zusammenhänge vollkommen geläufig.

»Genau so steht es in allen Büchern der Archive. Allerdings hält das Dach über Highhaven keinen Monat mehr durch. Deswegen müssen wir zu einem anderen Plan greifen. Mein neu entwickelter Shunter ist wirklich mächtig. Es ist so, wie der gute Toyrin gesagt hat: Er könnte ein ganzes Dorf transportieren, samt allen Hütten, allen Menschen und Tieren, ohne dass auch nur eine Hühnerfeder verlorenginge. Ein ganzes Dorf, Claymaris, oder einen großen, wirklich großen Baum …«

28. KAPITEL

Ich starrte Osk an. Seine Gesichtszüge schienen plötzlich näher zu rücken, sich zu entfernen, zu verschwimmen. Die Bedeutung seiner Worte sickerte langsam in mein Bewusstsein.

Das Begreifen, dass wir die ganze Zeit nicht verstanden hatten, was unsere Gegner tatsächlich vorhatten. Während wir zu wissen wähnten, was diese sogenannten Ehrentürmer planten, hatten wir ihr wahres Vorhaben nicht einmal geahnt.

Weil es so groß, so mächtig und so unvorstellbar war, dass es uns einfach nicht in den Sinn kommen konnte.

»Nein!«, keuchte ich und wäre fast erneut zu Boden gesunken. Ich taumelte und hielt mich an einem Möbelstück fest, das an der Wand hinter mir stand. »Nein! Das … das können Sie nicht tun!«

»Gib mir die Koordinaten!«

»Nein!« Ich schüttelte so heftig den Kopf, dass sich Strähnen aus der sorgfältig geflochtenen Frisur lösten. »Wenn die Lichteiche von ihrem Standort entfernt wird, bricht der Schutz über dem Refugium zusammen. Ihre Wurzeln würden aus dem landesweiten Geflecht gerissen, das die anderen Bäume mit der lebensnotwendigen Kommunikation versorgt. Die Bäume wären nicht mehr in der Lage, das Reflektum herzustellen und den Sonnen etwas entgegenzusetzen. Das wäre das Ende des Refugiums, und wahrscheinlich auch Savannahs, denn die Bäume dort sind ebenfalls mit der Lichteiche verbunden. Unsere Länder würden austrocknen. Alles Leben würde sterben.«

Hatte ich erwartet, dass meine Worte bei meinem Gegenüber Einsicht bewirken würden? Mitgefühl? Ein Umdenken?

Die Folgen eines solchen Handelns lagen so klar auf der Hand, dass sie Osk und den anderen Ehrentürmern bewusst sein mussten. Sie nahmen sie in Kauf.

Osk verschränkte die Arme. »Aber, aber, Claymaris. Solche Unmenschen sind wir nun auch nicht. In den Türmen ist ausreichend Platz, und es wird noch mehr davon geben, wenn das Dach erst durch die Baumkronen unterstützt wird. Sobald die Lichteiche hier steht und wir ihre Nachkommen zusammen mit all den anderen Jungbäumen aus unseren Zuchttürmen überall in unserem Land verteilt haben, entsteht ausreichend Raum für neue Gebäude. Bestimmt lebt ihr euch rasch ein. Und wenn ihr erst mal hier seid und erlebt, was wir Türmer erreicht haben und was wir noch erreichen werden, werdet ihr einsehen, dass unser Landesteil wichtiger ist als das trostlose Savannah und der unzugängliche Wald. Seit Jahrhunderten sammeln wir alles Wissen unserer Welt, forschen und entwickeln uns weiter, während sie im Savannah nicht mal alle Einwohner satt kriegen und ihr im Refugium auf der Stelle tretet. Hier leben hundertmal so viele Menschen wie in den beiden anderen Ländern zusammen. Es ist eine Rechnung von Kosten und Nutzen. Das muss dir doch einleuchten.«

Wortlos schüttelte ich den Kopf.

Die Lichteiche. Meine Baumfreundin. Von einem Riesenshunter erfasst und entwurzelt. Mitgerissen in ein fernes Land, in dem statt Quellen und Waldweihern Wasser aus Metallrohren floss, statt Tausängern und Wüstenbussarden solarbetriebene Gleiter flogen, statt wilder Farne, Moos und hüfthoher Gräser künstlich angelegte Wiesenetagen wuchsen.

»Niemals«, flüsterte ich.

Osk sah zu Haikutu hinüber und nickte ihr zu. Sie schritt

zur gegenüberliegenden Wand und hantierte dort mit etwas am Boden.

Mir kamen die *modernen Methoden der Überzeugung* in den Sinn, die Osk erwähnt hatte, als es darum ging, Menschen Informationen abzupressen, und ich versuchte, mich zu wappnen.

Doch als Haikutu zur Seite trat, sah ich, dass sie lediglich eine Hologrammschiene so ausgerichtet hatte, dass ich das Bild sehen konnte. Die Lichtwand surrte auf und flimmerte kurz, ehe sich das Bild schärfte.

»Parrett!«, entfuhr es mir.

Er war es wirklich. Lebensgroß.

Auf einer schmalen Liege in einem ansonsten leeren Raum mit hohen, grauen Wänden lag er, halb unter einer dünnen Decke zusammengerollt. Der Boden schimmerte durch einen Fuß hohes Wasser hindurch. Dench hatte recht gehabt mit ihrer Annahme, dass Parrett hier in Highhaven Palace auf Etage minus dreizehn gefangen gehalten wurde. Soweit ich erkennen konnte, trug er den bunten Anzug, in dem ich ihn zum letzten Mal an jenem Abend im Schirmdorf gesehen hatte.

Im ersten Moment durchfuhr mich ein eiskalter Schreck, denn ich glaubte, er sei tot. So fremd und leblos sah er aus. Doch dann öffnete er die Augen. Den Kopf auf beiden Händen abgelegt, starrte er vor sich hin. Mein Herz zog sich voller Schmerz zusammen. Einem vollkommen unsinnigen Impuls folgend wollte ich zum Hologramm stürzen und ihn in meine Arme schließen, doch es gelang mir, mich zu beherrschen.

»Sprich ruhig mit ihm«, forderte Osk mich auf. »Er kann dich hören.«

Ich musste schlucken.

»Parrett?«, sagte ich dann. »Parrett, geht es dir gut?«

Er hob den Kopf und sah direkt in die Kamera. Er öffnete nicht den Mund, sondern schaute mich einfach nur an.

Sein Blick aus den vertrauten blauen Augen fuhr wie eine scharfe Klinge in mich hinein. Er wirkte verzweifelt und hoffnungslos. Schmal und fremd, ganz anders, als ich ihn kannte.

Er fasste sich an den Mund, und Tränen traten in seine Augen.

»Parrett, ich bin es wirklich!«, rief ich. »Wir sind hier! Hab keine Angst, wir werden dich befreien! Du wirst nicht …«

In diesem Moment wurde die Tür geöffnet, von der nur ein Ausschnitt zu sehen war. Ein Paar stämmiger Beine in hohen Stiefeln erschienen im Bild.

Obwohl Parrett deutlich erschöpft und kraftlos war, rappelte er sich so schnell auf der Liege auf, wie er konnte. Mit den Armen um den Körper geschlungen, rutschte er mit dem Rücken an die Wand, die Augen angstgeweitet auf den gerichtet, der auf ihn zukam. Es war nur ein breiter Rücken in einem olivfarbenen Hemd zu sehen, ein kurzes Rangeln auf der schmalen Pritsche. Ein beinahe unmenschlicher Ton, wie eine entsetzliche Klage ohne Worte, bei der sich mir alle Haare sträubten.

Ich schrie auf. »Parrett! Nein!«

Das Hologramm flimmerte erneut, und das Bild verschwand.

»Was tun Sie mit ihm? Was haben Sie mit ihm gemacht?«, brüllte ich Osk an.

Der war wohlweislich ein paar Schritte zurückgetreten, denn Wut und Ohnmacht gaben mir plötzlich neue Kraft.

»Wer weiß«, sagte er jetzt mit einer entsprechenden Geste. »Womöglich haben meine Mitarbeiter nicht eingesehen, wieso jemand, der sowieso nichts zu sagen hat, weiterhin eine Zunge …«

»Nein!«, brüllte ich. »Nein, das können Sie nicht tun! Das … das …«

Ein weiteres Mal flackerte das Hologramm.

Diesmal zeigte es Camille. Sie saß auf einem Stuhl in einem

großen Saal, an dessen Wänden und Decke sonderbare Schriftzeichen glänzten. Mit Entsetzen stellte ich fest, dass ihre Beine an die des Stuhls gefesselt und ihre Hände hinter ihrem Rücken zusammengebunden waren.

Meiner Freundin gegenüber stand ein fein gekleideter Mann, keiner der Sicherheitskräfte, der auf sie hinabsah. Es sah aus, als habe er sie gerade etwas gefragt, denn sie schüttelte vehement den Kopf, die Lippen aufeinandergepresst.

Ich war so auf Camilles Anblick konzentriert, dass mir erst auf den zweiten Blick der Tisch auffiel, der hinter dem Mann an der Wand stand. Seltsame Instrumente aus blitzendem Metall reihten sich darauf aneinander, deren Funktion und Bestimmung ich mir gar nicht vorstellen wollte.

»Camille?«, rief ich.

Ihr Kopf flog herum. Mit panischem Blick suchte sie die Wände ab, bis sie die Kamera entdeckte.

»Clay? Bist du das? Kannst du mich hören?«

»Ja, ich …«

Sie unterbrach mich: »Clay! Sie wollen die Lichteiche stehlen! Der Heilige Baum ist in Gefahr! Verrate ihnen nicht den Standort! Clay, hörst du? Sag ihnen nicht …« Der Mann neben ihr holte aus und schlug ihr so heftig ins Gesicht, dass ihr Kopf herumflog.

»Aufhören!«, schrie ich.

Während Camilles Kopf auf ihre Brust sank, trat der Mann an den Tisch, wählte mit Sorgfalt eines der Instrumente dort aus und wandte sich dann wieder meiner Freundin zu. In der Hand hielt er einen unterarmlangen Hebel aus blitzendem Metall. Eine Art Zange?

Ich keuchte. »Nein! Nein, nein, nein!«

Das Hologramm verblasste, surrte zusammen.

»Ich hoffe, es ist dir recht, wenn wir die Übertragung hier

unterbrechen?«, erkundigte sich Osk. »Obwohl ich weiß, wie überzeugend diese hübschen kleinen Erfindungen sind, sehe ich nicht gern dabei zu, wenn sie benutzt werden.«

Ich wollte mich auf ihn stürzen, ihn packen und ihm solche Qualen bereiten, wie ich sie gerade empfand. Doch er war weit außerhalb meiner Reichweite getreten und beobachtete mich mit kalten Augen.

»Genug gesehen?«, fragte er.

Meine Kiefermuskulatur schmerzte, weil ich die Zähne so fest aufeinanderbiss. Ich musste mich ganz bewusst bemühen, sie zu lockern, um den Mund öffnen zu können.

»Tun Sie ihnen nichts!«, sagte ich dann mit leiser, vor Angst fremd klingender Stimme. »Bitte tun Sie Camille und Parrett nichts an.«

Osk hob die hellen Brauen. Ein Lächeln spielte in seinen Mundwinkeln. »Das hängt ganz von dir ab, Erwählte.«

Sicher war der Mann inzwischen bei Camille angekommen. Es waren ja nur wenige Schritte gewesen. Was würde er ihr antun? War da nicht ein Schrei, der von weit entfernt zu uns hereindrang?

Das Zittern meiner Beine ergriff von meinem ganzen Körper Besitz. Ich bebte. Und Osk betrachtete mich mit Genugtuung. Er wusste, dass er gewonnen hatte. Das konnte ich ihm ansehen.

»Ich sage es Ihnen«, presste ich mühsam heraus. »Aber ich verlange, dass Sie die beiden heraufholen. Ich will mit eigenen Augen sehen, dass es Parrett und Camille gut geht.«

»Ich denke nicht, dass du in der Position bist, um Forderungen zu stellen«, erwiderte Osk. Dann wandte er sich an Haikutu: »Ich werde unsere Leute zusammenrufen. Sie werden dabei sein wollen, und besser, wir verärgern sie nicht. Du kommst doch mit ihr klar?«

»Natürlich«, antwortete die Angesprochene mit einem verächtlichen Blick in meine Richtung.

»Sobald ich im Shunterraum alle Ehrentürmer versammelt habe, gebe ich dir Bescheid, und du bringst sie herüber. Ich sorge dafür, dass vor der Tür Wachen stehen, denen wir vertrauen können. Die geben euch Geleit.«

»Sehr gut.«

Osk zögerte einen Augenblick. Er wirkte fiebrig erregt und geradezu euphorisch. Fast erwartete ich, dass er Haikutu küssen würde. Doch die schöne Frau wirkte offenbar nicht nur auf mich unnahbar, denn mit einem kleinen Ruck wandte Osk sich ab und ging zur Tür.

»Warten Sie! Sie können doch jetzt nicht gehen!«, rief ich ihm verzweifelt nach. »Sagen Sie Ihren Leuten, dass sie Camille und Parrett in Ruhe lassen sollen! Sie bekommen doch von mir, was Sie wollen.«

Osk blickte mich mit einem beinahe nachdenklichen Ausdruck an. Dann lächelte er leicht.

»Ein rasches Vorgehen ist in unserem Sinne. Und ich denke, solange ich meinen Leuten noch ein wenig freie Hand gebe, kommen wir schneller ans Ziel.« Damit ging er hinaus und ließ die Tür hinter sich zufallen.

Haikutu stand eine Weile einfach nur da, lauschte auf den Gang hinaus und behielt mich die ganze Zeit mit ihren schmalen Augen im Blick. Dann ging plötzlich ein Ruck durch sie, und sie kam mit schnellem Schritt auf mich zu, stoppte jedoch etliche Fuß vor mir.

»Wie seid ihr ins Gebäude gekommen?«, zischte sie.

Ihre plötzliche Aktion und das Interesse an unserem Vorgehen überraschten mich.

Ich musterte sie genau, und mir wurde mit einem Mal bewusst, dass sie meine einzige Gegnerin im Raum war. Sie war eine große, schlanke Frau, unter deren eng anliegendem schwarzen Hosenanzug sich geschmeidige Muskeln abzeichneten. Bestimmt war sie stärker, als man es bei ihrer natürlichen Anmut zunächst vermuten würde. Außerdem trug sie an einem breiten Gürtel Shooter und Tacker. Sie anzugreifen wäre in meinem momentanen, geschwächten Zustand sicher keine gute Idee. Ganz abgesehen davon, dass ich keinerlei Erfahrung im Faustkampf besaß.

»Durch den Eingang«, antwortete ich also, in dem Wunsch, sie zu irgendeiner unbedachten Reaktion zu provozieren. Doch sie wischte meine lapidare Antwort einfach beiseite.

»Wer war außer dem Obediant noch bei euch?«

Mein Herz setzte kurz aus. Es war die Art ihrer Frage, in der es nicht darum ging, *ob* wir allein gewesen waren, sondern die voraussetzte, *dass* uns jemand begleitet hatte.

»Niemand.« Ich versuchte erstaunt zu klingen und nicht zu blinzeln, während ich sie mit gespielter Verwunderung ansah. Doch sie schien mich komplett zu durchschauen.

»Wo sind die drei Männer?«, fuhr sie mich an.

»Drei Männer? Welche …?« Sicher verriet mich mein rasender Puls. Wenn sie nicht wusste, wo Thaiman, Paaul und Jonn waren, bedeutete das doch, dass man die drei nicht geschnappt hatte. Aus irgendeinem Grund mussten sie nicht in der dreiundachtzigsten Etage ausgestiegen sein und waren demzufolge nicht in Osks Falle getappt.

»Du weißt, welche drei Männer ich meine. Ein Savannah Dweller, ein Freund von ihm, der in den Türmen lebt, und dessen Partner. Sie müssen mit euch das Gebäude betreten haben. Sind sie zu den Arrestzellen hinuntergefahren?«

Dass sie so genau über die Identität unserer kleinen Gruppe Bescheid wusste, bestürzte mich. Erneut kam mir Dench in den Sinn. Aber etwas in mir weigerte sich beharrlich, der alten Lady einen Verrat zuzutrauen. Andererseits hätte ich von Aruncus vor ein paar Sonnenständen noch das Gleiche behauptet …

»Ich weiß wirklich nicht, was Sie …«, begann ich, als von außen jemand gegen die Tür hämmerte.

Für einen winzigen, surrealen Moment kam mir Jonn in den Sinn. Doch natürlich würde er nicht erst anklopfen, wenn er vorhatte, mich aus einer ausweglosen Situation zu retten.

»Bitte?«, rief Haikutu gereizt.

Die Tür öffnete sich, und zwei Sicherheitsmänner schoben sich herein. Sie neigten die Köpfe.

»Sir Osk schickt uns, Ma'am. Wir sollen Sie in den Shunterraum begleiten.«

»Jetzt schon?« Haikutu hob die Brauen, zuckte dann aber mit den Schultern. »Nun gut. Gehen wir.«

Sie nickte mir zu und legte die Hand an den Shooter, den sie an der Hüfte trug, sodass ich es für besser hielt, ihrer Aufforderung Folge zu leisten.

Vor der Tür warteten zwei weitere Uniformierte, die uns vorausgingen, während die beiden anderen sich hinter uns hielten. Haikutu hatte die Hand um meinen Arm geschlossen, und ich spürte ihren festen, unnachgiebigen Griff, als wir über verschiedene menschenleere Gänge gingen und schließlich an einer breiten, doppelflügeligen Tür hielten.

Aus einem anderen Gang näherten sich vielfache Schritte. Haikutu zog den Tacker und richtete ihn auf die Ecke. Doch es war Osk, der dort erschien, in Begleitung von zwei Männern und zwei Frauen.

»Hervorragend!« Der Crown Shunteringenieur rieb sich die Hände. »Lasst uns hineingehen.« Mittels Handsensor öffnete er die Tür und ließ uns den Vortritt. In Richtung der Sicherheitsleute bellte er: »Ihr bewegt euch hier nicht weg. Ich verriegle die Tür nicht, weil noch jemand fehlt. Sir Prewor ist informiert, und wenn er erscheint, lasst ihn durch. Aber sonst niemanden. Ausnahmslos niemanden. Verstanden?«

Das »Jawohl, Sir« verklang, als die Türen sich hinter uns schlossen.

»Da seid ihr ja schon«, rief ein Mann und kam zu uns herüber. Es war der Mann aus der letzten Hologrammübertragung, und er hatte an der Seitenwand neben einem Stuhl gestanden, auf dem eine zusammengesunkene Gestalt hing.

»Camille!«, hauchte ich.

Als ich mich umsah, wurde mir klar, dass dies der Raum war, den ich im Hologramm gesehen hatte. Es war eher ein kleiner Saal, dessen Wände und Decke Schriftzeichen, Buchstaben und Zahlen bedeckten. Ich verstand nichts von Shuntern, vermutete aber, dass diese Muster künstlerisch die wissenschaftlichen Grundlagen zu dieser hochkomplizierten Technik erläuterten. Unter anderen Umständen hätte ich die Aufzeichnungen vielleicht näher betrachtet und aus purer Neugier einzelne Symbole zu entschlüsseln versucht. In diesem Moment jedoch galt meine Aufmerksamkeit einzig und allein meiner Freundin.

Camille bewegte leicht den Kopf, kam aber nicht zu Bewusstsein. Trotzdem spürte ich eine Welle der Erleichterung. Sie lebte!

Niemand schenkte ihr Beachtung. Das Interesse aller richtete sich auf mich und auf einen metallenen Ring, der mittig im Saal in ein Gestell gelehnt war.

»Sie haben also tatsächlich die Erwählte in unsere Mitte geholt, Osk«, stellte eine dürre junge Frau mit langem, gelbblondem Haar und Raubvogelgesicht fest und betrachtete mich abschätzend. Sie trug ein goldglänzendes Kleid, das so erlesen wirkte, dass von dessen Verkauf die Savannahnomaden ihre Kinder bestimmt ein halbes Jahr lang hätten mit besten Lebensmitteln ernähren können.

Osk verzichtete darauf, mich seinen Mitwissern näher vorzustellen, und neigte nur kurz zustimmend den Kopf. »Am besten setzen wir unser Vorhaben gleich um. Wir sollten zurück sein, bevor die Mitglieder des Hohen Rates zur Versammlung eintreffen.« Er konnte sich ein breites Grinsen nicht verkneifen. »Ich wette, heute werden sie tatsächlich etwas Umwälzendes zu besprechen haben. Wir alle dürfen uns auf die Gesichter freuen, wenn direkt neben dem Highhaven Palace unsere Rettung erscheint.«

»Wäre es nicht besser, die Sitzung abzuwarten, dort vorzusprechen und den Rat einzuweihen, statt ihn zu überrumpeln?«, warf ein Mann ein, dessen Gesicht so glatt wie das einer Statue wirkte, so oft musste er chirurgisch verjüngt worden sein. Er trug einen grellpinken Anzug, der mit seiner ungesund roten Gesichtsfarbe wenig harmonierte.

»Vergessen Sie nicht, mit welchen Mitteln wir an die Information des Standorts gelangt sind«, entgegnete ein anderer Mann, dessen rückenlanges Haar durch mehrfarbig gefärbte Strähnen auffiel. »Wenn wir die Lichteiche präsentieren können und sie sofort ihre Arbeit aufnimmt, wird niemand so genau danach fragen. Im Vorfeld allerdings … wir wissen doch alle, dass im Rat ständig alles totdiskutiert wird.«

»Sehr richtig«, stimmte ein anderer zu, und die meisten nickten. Der Statue-Mann gab sich geschlagen und hob die Hände.

»Ist er das?« Die junge Frau deutete zu dem großen Metallring und ging der Gruppe voraus auf das Gerät zu.

»Das ist er. Auf die Koordinaten des zukünftigen Standortes eingestellt.« Osk deutete aus der Glasfront, von wo aus man den riesigen Krater in der Erde sehen konnte, von dem Thaiman gemeint hatte, dort solle ein See angelegt werden. Das mochte die offizielle Version des Ganzen sein. Aber nun wusste ich besser, welchem Vorhaben die Vorbereitungen wirklich dienten.

Auf nähere Erklärungen zu seinem Riesenshunter wollte Osk sich offenbar nicht einlassen, immer wieder warf er ungeduldige Blicke zur Tür. »Wollen wir ohne Sir Prewor beginnen?«

Wieder nickten alle. Jemand sagte: »Falls er bei seinem Haarmodellisten ist, warten wir sonst den ganzen Tag«, und alle lachten.

»Nun denn, wünschen Sie uns Glück!« Osk nickte Haikutu zu, die an seine Seite trat. Ihr Gesicht sah zum ersten Mal angespannt aus, und ich kombinierte: Sie sollte Osk ins Refugium begleiten.

Es würde tatsächlich geschehen, begriff ich. Sie würden den Heiligen Baum seiner Heimat entreißen.

»Claymaris, die Koordinaten, bitte?«, wandte Osk sich an mich, als sei ich eine seine Mitarbeiterinnen, und zog einen normalen Reiseshunter aus der Tasche, der nur die Größe eines Armreifs hatte. Bei diesem Anblick wurde mir übel.

Stille senkte sich auf die im Saal Versammelten.

»Claymaris?«, wiederholte Osk, und dieses Mal schwang in seiner Stimme ein drohender Unterton. »Ich dachte, wir wären uns einig?«

Ich sah zu dem Stuhl hinüber, auf dem Camille immer noch schlaff hing. Wäre sie nicht daran gefesselt gewesen, wäre sie ganz sicher zu Boden geglitten.

»Woher soll ich wissen, dass Sie Parrett und Camille laufen lassen, wenn Sie haben, was Sie wollen?«, fragte ich.

Osk lächelte. »Ich gebe dir mein Wort.«

Niemand reagierte. Niemand sagte etwas.

Hatte ich eine Wahl?

Mit leiser Stimme nannte ich Osk die drei Zahlen, die zu einer Standortbestimmung notwendig waren.

»Befindet sich das Ziel tatsächlich im Refugium?«, wollte jemand der Ehrentürmer wissen.

Osks Gesicht leuchtete, als er ihn ansah. »O ja, das tut es.«

Ein Raunen ging durch die Gruppe.

»Darf ich mitkommen?«, bat ich und löste damit eine Welle der allgemeinen Erheiterung aus. Mein Magen hob sich.

»Schon bald wirst du hier wesentlich sicherer sein als in deiner alten Heimat, Claymaris«, antwortete Osk, bevor er Haikutu zunickte.

Die beiden gingen über den glänzenden Boden in die Mitte des Saales zu dem Ständer, an dem der riesige Shunter lehnte.

Ich schloss die Augen.

Atmete tief aus.

Versuchte zu vergessen, was um mich her geschah, und konzentrierte mich nur auf eines. Ein einziges Lebewesen, das Tausende Meilen entfernt war.

Ich versuchte, den würzigen Geruch der Rinde in meiner Erinnerung heraufzubeschwören. Stellte mir das sanfte Blätterrauschen vor. Das Moos unter meinen Fingern, wenn ich den Stamm berührte. Das Geflecht der gewaltigen Wurzeln um meine Füße. Den Gesang der Vögel, die in ihrer Krone lebten.

Meine weit gespreizten Finger sandten mein Innerstes hinaus in die Welt. Durch die Straßenzüge der Türme, hinaus in die Große Ödnis, über endlose Meilen trostlosen Hitzeflimmerns, durch Savannah mit seinen Hügeln und Felsendörfern, den kargen Pflanzen, dem spröden Sandgras, bis hinein in den Wald, das Dickicht, das grüne, wilde Sein meiner Heimat.

Während ich dastand, verlor ich das Gefühl für die Zeit, die verging. Es mochte nur ein Wimpernschlag oder ein ganzer Sonnenstand sein. Bis meine Fingerkuppen sich plötzlich erwärmten. Nicht von innen heraus, sondern wie die Reaktion auf eine sanfte Berührung.

Begrüßung, liebevoll und warm. Dann eine Frage.

Ich brauchte all meine Kraft, um nicht aufzuschluchzen. Denn nie hätte ich geglaubt, dass dies wirklich möglich war.

Gefahr, dachte ich, so deutlich und bedrohlich ich nur konnte. *Dir droht Gefahr! Menschen aus den Türmen wollen dich rauben. Sie wollen das Refugium zerstören. Sie sind auf dem Weg zu dir.*

Ich versuchte Sir Osks Bild zu senden, war mir nicht sicher, ob es mir gelang.

Gefahr, kam nach einem kurzen Zögern die Antwort. Und dann nur noch eines: *Bereit!*

Im selben Augenblick brach hinter mir ein gewaltiger Tumult los, und die Verbindung riss ab.

29. KAPITEL

Die Türen flogen auf.

Ich traute meinen Augen kaum, denn dort standen Jonn, Thaiman und Paaul, am Boden um sie her vier bewusstlose Sicherheitskräfte.

Die junge Oberste, die gerade schon das Wort geführt hatte, zog blitzschnell einen winzigen Shooter aus ihrem Kleid und feuerte rote Blitze gegen sie.

Ich sah Jonn in einem weiten Sprung zur Seite hechten und Thaiman seinerseits das Feuer eröffnen, und rannte selbst zur anderen Saalseite hinüber. Als ich Camille erreichte, riss ich sie einfach samt Stuhl um und stieß sie hinter den großen Metalltisch, der dort stand – in Deckung vor den wild herumschießenden Shooterstrahlen. Ich zerrte an den Fesseln und merkte erst jetzt, dass mir Osks Wachen während meiner Bewusstlosigkeit das Schirmmesser abgenommen hatten. Also vergewisserte ich mich nur, dass meine Freundin hier sicher lag, und sprang über den Tisch in den Saal – mit nichts als meinen bloßen Händen zur Verteidigung. Ich versuchte, mir einen Überblick über die Lage zu verschaffen, als jemand mich von hinten packte und zur Wand riss.

Es war Haikutu, die mich mit eisernem Griff festhielt und mit ihrem Körper abschirmte, während hinter uns im Saal lärmendes Chaos tobte. Es gelang mir, an ihr vorbeizusehen, sodass ich erkennen konnte, wie Osk geduckt zur Saalmitte rannte und sich den Riesenshunter schnappte. Den kleinen Reiseshunter der bereits knisterte und Funken sprühte, warf er auf den Boden.

»Nein!«, schrie ich und sträubte und wand mich, um meine Gegnerin abzuschütteln, platzierte sogar einen Faustschlag in ihre Magengrube, der sie jedoch kaum beeindruckte. Über uns schlugen Shooterstrahlen Brandlöcher in die Wand, und von irgendwo sah ich ein Messer durch den Raum fliegen.

Im nächsten Moment leuchtete das gleißende Licht auf, das den ganzen Saal einen Wimpernschlag lang in Helligkeit tauchte, bevor es zurücksirrte. Osk war samt riesigem Shunter verschwunden.

Nur kurze Zeit später legte sich der Krach im Saal. Eine Frau der Ehrentürmer lag bewusstlos am Boden. Aber zwei der Männer hatten Thaiman und Paaul in eine Ecke gedrängt und ihnen die Waffen entwunden. Der Steifgesichtige hatte sich als Einziger hinter einen weiteren Metalltisch geduckt und spähte nun vorsichtig über die Kante. Die junge Dürre mit den scharfen Gesichtszügen hielt Jonn ihren winzigen, aber effektiven Shooter an die Schläfe, während er nicht wagte, seinerseits die Waffe zu heben.

Ich hätte am liebsten aufgeheult. Sie hatten gesiegt. Wir hatten eine letzte, verzweifelte Chance gehabt, und dennoch hatten sie gesiegt.

»Den Shooter auf den Boden!«, säuselte die Raubvogelfrau Jonn zu.

Er gehorchte. Seine Augen suchten meine. In ihrem dunklen Braun konnte ich so vieles erkennen. Ein Gefühl, das ich auch in mir spürte, das ich allerdings nicht hatte erkennen wollen. Und noch etwas, das mir fast das Herz zerriss: die Bitte um Verzeihung, dass er versagt hatte.

Ich wollte ihm zurufen, dass ich ihm keinen Vorwurf machte. Dass wir alle unser Bestes gegeben hatten. Doch ich wagte nicht, mich zu rühren, weil Haikutu immer noch die Waffe in der Hand hielt.

»Wie es wohl ist, einen Savannah Dweller in die ewige Wüste hinauszublasen?«, sagte Jonns Gegnerin mit einem grausamen Lächeln. »Ich glaube, das wird sich auf der Liste meiner Abenteuer hervorragend machen.«

Es klickte. Sie hatte den Shooter mit Energie geladen.

»Und ich glaube«, verkündete Haikutu und hob den Tacker in ihrer Hand, »das solltest du besser lassen!« Sie drückte den Abzug, und ein Blitz schoss durch den Saal.

Für die Dauer eines Wimpernschlages erschien ein verblüffter Ausdruck auf dem Gesicht der jungen Frau. Dann brach sie bewusstlos zusammen.

Schneller, als ich denken konnte, hatte Jonn den Shooter aus ihrer Hand aufgefangen und auf den Mann gerichtet, der Paaul in Schach hielt, während Thaiman mit einer einzigen Bewegung den Kerl vor sich entwaffnete und mit der Faust k.o. schlug. Paaul schnappte sich einen Tacker vom Boden und schickte auch seinen Gegner in den Schlaf.

Der Kerl hinter dem Tisch hob langsam die Hände.

»Ich ergebe mich!« In seinem seltsam starren Gesicht konnten sich die vollen Lippen nur vage bewegen.

»Damit sind Sie zwar klüger als Ihre Freunde, aber wir können keine Mitwisser gebrauchen«, erwiderte Paaul, und auch dieser letzte Ehrentürmer sank, vom Tacker betäubt, in sich zusammen.

»Das wurde aber auch Zeit!«, stöhnte Thaiman an Haikutu gerichtet.

»Na, besten Dank. Ich hatte alle Hände voll damit zu tun, eure Freundin davor zu bewahren, völlig unbewaffnet mitten ins Shooterfeuer zu rennen«, entgegnete die. Doch dann lächelte sie plötzlich. »Beim Zenit! Das war knapp!«

Fassungslos starrte ich sie an, als sie sich hinhockte, ein Messer zog und blitzschnell Camilles Fesseln durchtrennte. Mit einem Finger hob sie vorsichtig Camilles Augenlider, überprüfte die Reflexe und tätschelte ihr dann die Wange. Haikutu stand auf unserer Seite? *Sie* war der oft erwähnte Kontakt in die Gruppe der Ehrentürmer?

Camille stöhnte leise.

»Du wirst ihr einiges zu erzählen haben, wenn sie wieder wach ist«, sagte Haikutu und zwinkerte mir zu.

Ich wandte mich um. »Jonn, Paaul, Thaiman! Was ist passiert? Ich meine, unser Plan …? Dench?«

»Tja, zu ihrem Leidwesen mussten wir doch spontan umplanen«, sagte Jonn rasch. »Aber Dench geht es gut, sie ist bei ihrer Cousine und weiht sie ein. O Mann, wenn die alte Lady und ihr siebter Sinn nicht gewesen wären …«

»… dann wären wir drei jetzt Hackfleisch im Abfallschacht«, warf Paaul ein und rieb sich erschöpft übers Gesicht. »Die schaute kaum aus dem Fahrstuhl und witterte schon Gefahr.«

Jonn nickte. »Erst dachte ich, dass ihr einfach die Nerven durchgegangen seien. Draußen war nichts zu sehen, und trotzdem veranstaltete Dench ein Theater, als seien die Geier persönlich hinter uns her. Sie drängte uns an die Rückwand des Fahrstuhls, ließ die Türen schließen und schob uns zwei Etagen höher in einen Lüftungsschacht, durch den wir zurückgekrabbelt sind. Tjaaa … wie sich rausstellte, hatte sie recht. Und ich dachte, Türmern fehle jeder Instinkt.« Jonn schüttelte den Kopf. »Jetzt aber genug! Wir müssen sofort Osk folgen! Sobald er sich vom Shuntern erholt hat, wird er alles für den Transport der Lichteiche vorbereiten und …«

»Wird er nicht«, sagte ich.

Alle sahen mich an.

Ich wagte ein vorsichtiges kleines Lächeln.

»Es ist eine der hölzernen Regeln des Refugiums, niemals die Koordinaten des Heiligen Baumes zu berechnen. Das wäre jemandem aus den Türmen wohl nicht in den Sinn gekommen.« Ich zuckte die Schultern. »Ich kenne die Zahlen des Baumes also gar nicht, sondern nur den Weg zu ihm. Und auch den gestaltet der Wald jedes Mal anders.«

Haikutu schüttelte den Kopf. »Aber wohin hast du Osk geschickt? Er hat gesagt, dass die Koordinaten ins Refugium führen. Und er kennt sich mit Shunterzielen wirklich aus.«

»Das habe ich mir gedacht und deswegen nicht irgendetwas erfunden. Ich habe ihn in den Wald geschickt, ja. Die einzigen Koordinaten, die ich gerade mal mühsam auswendig kenne, sind die des Schirmdorfes. Ich habe sie nur ein wenig abgewandelt.«

»Das heißt, du hast diesen mit einem Shooter bewaffneten Irren irgendwo in die Nähe eures Dorfes geschickt?«, fasste Paaul zusammen.

So wie er es sagte, klang es plötzlich alles andere als nach einer erfreulichen Nachricht. Langsam nickte ich.

»Aber er hat den Reiseshunter hiergelassen.« Paaul deutete zu der Stelle, an der Osk verschwunden war. Tatsächlich lag dort der armreifgroße Metallring am Boden, unscheinbar, doch überaus mächtig. »Wir folgen ihm! Ehe er im Dorf Schaden anrichten kann.«

»Ich wollte nicht …«, stammelte ich.

Jonn kam zu mir herüber und legte die Hand an meinen Arm. Seine Berührung war warm und tröstlich.

»Du hast das einzig Richtige getan, Clay. Wenn du einfach irgendwelche Koordinaten erfunden hättest, wäre er dir sofort auf die Schliche gekommen.«

»Aber … Parrett … Ich kann nicht hier weg ohne ihn«, wandte ich ein. »Er ist immer noch in großer Gefahr.« Ich dachte an den Ausdruck von Panik auf seinem Gesicht, als sich die Zellentür öffnete.

Haikutu sah sich im Saal um.

»Die nächsten Fahrstühle ins Untergeschoss liegen um die Ecke. Ihr holt die Sicherheitsleute auf dem Flur herein und fesselt sie alle«, sagte sie zu den Männern. »Wenn Lady Dench bei der Hohen Richterin Erfolg hat, können sie die Hochverräter gleich als Gesamtpaket hier abholen.« Dann wandte sie sich mir zu. »Komm mit mir! Ich habe alle notwendigen Codes. Wir holen deinen Partner aus dieser Zelle und sind in wenigen Minuten zurück!«

Es schien mir seltsam, jener Frau zu folgen, die so vertraut mit Osk getan hatte. Doch dann dachte ich daran, wie sie die Raubvogelfrau mit dem Tacker erledigt und somit Jonn das Leben gerettet hatte.

»In Ordnung!«

Wir eilten hinaus, während Paaul und Thaiman bereits einen der Uniformierten vom Gang hereinschleiften.

Haikutu schritt weit aus, und da sie längere Beine hatte als ich, musste ich fast rennen. Als wir an den Fahrstühlen ankamen, öffnete sich gerade eine der vielen Türen, und ein halbes Dutzend Sicherheitsleute stieg aus.

»Ma'am«, grüßten sie im Chor.

Haikutu schaltete sofort um.

»Was tun Sie denn hier?«, fragte sie kühl. »Sollten Sie nicht unten am Saal sein, wo in Bälde die Mitglieder des Hohen Rates eintreffen?«

Der Sprecher der Gruppe wirkte verunsichert. »Es wurden sonderbare Unruhen im Shunterzentrum gemeldet, Ma'am. Wir wollten nur …«

»… nachsehen, ob es neue Errungenschaften in dieser geheimen Technik gibt?«, schnauzte Haikutu.

»Ähm, nein, wir … also …«

»Ich komme gerade von dort. Es ist alles in bester Ordnung. Und nun machen Sie Ihre Arbeit.« Sie nickte zu den offenen Fahrstuhltüren.

Die Truppe tauschte Blicke. Dann tippte der Erste sich an den Helm, und die Männer stiegen zurück in den Fahrstuhl. Die Türen schlossen sich.

»Sie finden noch früh genug heraus, was passiert ist«, sagte Haikutu zu mir und schob mich zu einem anderen Fahrstuhl, dessen Türen soeben aufglitten. Innen legte sie ihre Hand an den Screen und sagte: »Minus dreizehn.«

»Die Etage ist leer, Shunteringenieurin Haikutu«, ertönte die weibliche Stimme. »Wegen des Grundwasserstandes werden dort keine Inhaftierten untergebracht.«

Haikutu schwieg.

»Wie Sie wünschen.«

Der Fahrstuhl setzte sich in Bewegung. Ich konnte die Chance nicht verstreichen lassen, etwas zu erfahren, von dem ich immer noch nicht glauben konnte, dass es wahr sein sollte.

»Wenn du Osks Vertrauen genossen hast«, begann ich, »weißt du, ob seine Geschichte über Aruncus' Mitwirken tatsächlich stimmt?« Ich hoffte inständig, dass sie abwinken und mir etwas Gegenteiliges bestätigen würde, doch Haikutu hob nur mit bedauernder Miene die Schultern.

»Osk hat niemandem von uns alles anvertraut. Das diene unserem Schutz, behauptete er. Ich weiß es also nicht. Das Einzige, was ich in Erfahrung bringen konnte, war, dass es unter den Schirmeri einen Verräter gibt, der mit den Ehrentürmern gemeinsame Sache macht. Diese Information habe ich an Thaiman und Paaul weitergegeben, auch wenn ich den Namen nicht herausfinden konnte. Osk hat sehr darauf geachtet, allein über alles Bescheid zu wissen. Bis vorhin hatte ich auch keine Ahnung, wo Osk Parrett versteckt hält. Erst als ich die Zahl an der Zellenwand sah, wusste ich, dass er tatsächlich hier im Palace ist.«

»Eine Zahl?«, wiederholte ich. Ja, da war etwas gewesen. Aber ich hatte nicht weiter darüber nachgedacht. Hatte nur Parrett gesehen. Sein schmales Gesicht, das so sonderbar fremd gewirkt hatte. Wie er sich an den Mund gefasst hatte.

»Dreizehn, vier. Auf diese Weise kann man auf den Kameraaufzeichnungen immer gleich sehen, um welchen Arrest es sich handelt.« Haikutu versuchte ein aufmunterndes Lächeln. »Hey, wir holen ihn da raus, okay?!«

Keine von uns erwähnte die schreckliche Andeutung, die Osk gemacht hatte, oder den Mann, der in Parretts Zelle erschienen war. Ich ballte die Hände zu Fäusten.

Als sich die Türen öffneten, schwappte uns eiskaltes Wasser entgegen und umspülte unsere Füße, was keine von uns kommentierte. Wir traten in einen düsteren Gang, den lediglich rötliche Notlichter beleuchteten. Die Wände waren kahl. Feine Rinnsale von Wasser liefen an ihnen hinab.

»Da vorn.« Haikutu deutete den Gang entlang, und wir setzten uns in Bewegung, wateten im Dämmerlicht durch das brackige Wasser, während die nasse Kälte durch unsere Stiefel drang. Wir kamen an einer schweren Tür vorbei, an der die Zahl Eins stand. Zwei. Drei.

Wir hielten vor Tür Nummer vier.

Haikutu gab den Code ein. Das Schloss piepte und sprang auf. Sie gab der Tür einen Stoß, die daraufhin aufschwang.

Mit rasendem Herzen spähte ich hinein.

Dort stand die Liege. Die dünne Decke lag darauf.

Ansonsten war die Zelle leer.

30. KAPITEL

Die niedergerungenen Ehrentürmer und Wachmänner lagen immer noch bewusstlos aufgereiht an einer der Wände, als wir uns im Saal um den Reiseshunter versammelten.

Die Stimmung war gedrückt.

Die Nachricht, dass wir Parrett nicht hatten befreien können, weil er offenbar aus der Zelle hinausgebracht worden war, hatte die Freude über Osks zerschlagenen Plan getrübt. Camille, die sich inzwischen schon wieder selbstständig auf den Beinen halten konnte, bat Haikutu, die Augen auch nach Avem offen zu halten.

»Das mache ich!«, versprach die. »Auch wenn sie mir wahrscheinlich nicht trauen wird. Sie kennt mich nur als treue Begleiterin ihres Erhalters. Aber macht euch nicht zu viele Sorgen um sie. Für Obedianten sind die Türme das Zuhause. Wenn Avem den Wachen entkommen konnte, wird sie einen Weg hinaus und in Sicherheit finden.«

Haikutu war die Einzige von uns, die in den Türmen zurückbleiben würde. Sie wollte die Kameraaufzeichnungen aus dem Shunterraum sicherstellen, damit sie nicht in die falschen Hände geraten oder gelöscht werden konnten. Wir brauchten sie als Beweismaterial vor dem Hohen Gericht, sobald Osk sich dort für seinen Hochverrat würde rechtfertigen müssen.

Außerdem musste jemand da sein, an den Dench sich wenden konnte, wenn das Gespräch mit der Hohen Richterin beendet war. Thaiman hatte der Lady noch im Fahrstuhl den Namen der Kontaktperson ins Ohr geflüstert, der sie würde vertrauen können.

»Seid vorsichtig!«, bat Haikutu und umarmte Thaiman und Paaul. Jonn, mir und Camille nickte sie zu. »Sicher, dass ihr nicht doch die Koordinaten des Dorfplatzes eingeben wollt?«

Jonn nickte. »Besser, wir kommen dort heraus, wo auch Osk angekommen ist. Nur so können wir wissen, von welcher Seite er sich dem Dorf nähert – falls er den Weg findet.«

Haikutu seufzte. »Ihr wisst, Osk ist zu allem bereit. Er will unbedingt der Held der Türme sein und wird dabei vor nichts zurückschrecken.«

»Danke fürs Mutmachen«, erwiderte Thaiman mit einem schiefen Grinsen. »Wir tun unser Bestes.«

»Bereit?«, fragte Paaul, den Finger am Startknopf des Shunters.

Wir nickten alle. Er drückte den Knopf und richtete sich auf.

Der defekte Shunter des Refugiums kam mir in den Sinn. Wann hatten die Delegierten gemerkt, dass etwas mit ihm nicht stimmte? Hatten sie es gespürt? Hatten Henk und Toyrin begriffen, was mit ihnen geschehen würde?

Das grelle Licht flammte auf, und ich presste die Augen zu.

Diesmal war ich auf die Enge meiner Kehle, den Schmerz im ganzen Körper, die Übelkeit gefasst. Doch besser machte es das nicht. Zumal es mir diesmal umso schwerer fiel, an etwas Schönes zu denken, so wie Avem es mir vor meiner ersten Shunterreise empfohlen hatte.

Als ich gerade glaubte, ich müsse ersticken, ließ der Druck nach, und ich fiel auf die Knie, die Hände aufgestützt in … moosiger Erde!

Ich hob sie an und legte sie über Mund und Nase, sog den Duft nach Waldboden, Pflanzen, Tau tief ein. Dieser Geruch. Ich hatte gar nicht geahnt, wie schön er war.

»Wir sind zu Hause«, wollte ich flüstern, als ich begriff, dass etwas nicht stimmte. Etwas war ganz und gar nicht in Ordnung.

Ich hob den Kopf. Neben mir lag Camille auf der Seite im taufeuchten Gras und blinzelte zu mir herauf. Jonn rappelte sich gerade auf, während Thaiman Paaul auf die Beine half.

Jonn sah mich an und sagte etwas. Zumindest bewegten sich seine Lippen. Doch ich konnte ihn nicht verstehen, weil es um uns herum wahnsinnig laut war. Der Wald brüllte.

Es wütete ein Sturm.

Der erste Sturm seit vielen Hunderten von Jahren. Die Bäume bogen sich, hoch oben tanzten die Kronen und Blätter; Zweige, ganze Äste prasselten herab.

»Was ist das?«, schrie Camille gegen das Getöse an. »So was habe ich noch nie erlebt!«

»Niemand von uns hat das«, brüllte ich, damit die anderen mich verstanden. »Als ich die Koordinaten in den Shunter eingeben sollte, habe ich der Lichteiche eine Warnung gesandt. Sie weiß, dass ein Feind unterwegs zu ihr ist, und hat mir geantwortet, dass sie bereit sei. Der Sturm ist bestimmt ihr Werk.«

Camille und ich sahen uns um, versuchten, uns zu orientieren.

»Da lang«, riefen wir einen Moment später gleichzeitig und deuteten in dieselbe Richtung.

»Wohin ist Osk gegangen?«, konnte ich Paaul hören.

Ich schüttelte den Kopf. »Wenn er Spuren hinterlassen hat, sind die längst verweht.« Wie um meine Worte zu unterstützen, flog ein Ast samt Laub dicht an meinem Gesicht vorbei.

Ich winkte den anderen, und Camille und ich liefen los. Die Männer folgten uns, als wir uns durchs Dickicht kämpften, bis wir kurze Zeit später auf einen der schmalen Pfade stießen, wie es sie rund um die Refugiumsdörfer zu Dutzenden gab. Auch hier bedeckten Blätter und Zweige den Boden, befanden sich

Farne und Büsche in Aufruhr, flog uns Kleinholz um die Ohren, sodass wir uns ducken und die Köpfe mit den Armen schützen mussten. Es war unmöglich, sich umzusehen, ohne Geäst und Laub in die Augen zu kriegen. Wir mussten uns auf unseren Instinkt verlassen, als wir die Richtung gen Schirmdorf einschlugen.

Camille, die in den Türmen noch geschwächt gewirkt hatte, schien mit jedem Schritt kräftiger zu werden. Als der Pfad sich zu einem Weg verbreiterte, überholte sie mich und rannte los. Die ersten Hütten kamen in Sicht. Ich beeilte mich, ihr zu folgen, die Männer dicht hinter mir. So stürmten wir zwischen den Hütten hindurch auf den menschenleeren Dorfplatz.

Camille rannte weiter, steuerte zielsicher auf den größten Bau des Dorfes zu. Schon von Weitem konnte ich erkennen, dass sie mit ihrer Vermutung recht hatte: Wann immer im Dorf etwas Ungewöhnliches geschah, trafen sich alle im Versammlungshaus. An drei der vier offenen Seiten hatten sie die Grasmatten heruntergelassen, die wir üblicherweise als Schutz vor Tauregen benutzten. Sie flatterten und knallten im Wind, während sich das Dorf drinnen zusammendrängte. Ich erkannte Aruncus und zwei weitere Älteste, die auf dem Podest standen und versuchten, sich Gehör zu verschaffen.

Es war Penstemon, der eher am Rand stand, der als Erster den Kopf wandte und uns kommen sah.

Im ersten Augenblick schien er seinen Augen nicht zu trauen, weil fünf bunt gekleidete Türmer über den Dorfplatz gerannt kamen, doch dann erkannte er Camille.

»Schaut mal!«, schrie er, und etliche Köpfe flogen herum. »Da sind Clay und …«

Eine große, kräftige Gestalt mit langen, kirschholzroten Haaren flog aus der Menge auf uns zu. Sie prallte mit Camille zusammen, und die beiden umfingen sich, als wollten sie sich nie wieder loslassen. Iris.

Ein riesiger Tumult entstand, weil plötzlich alle auf uns zu drängten und durcheinanderriefen, während der Sturm immer noch über unsere Köpfe und die Dächer der Hütten fegte.

Sie belagerten Camille und mich, warfen Jonn, Thaiman und Paaul scheue oder fragende Blicke zu. Niemand verstand auch nur ein einziges Wort.

Bis sich eine laute Stimme über allen anderen erhob.

»Ruhe!«, donnerte es. Und noch einmal: »Seid doch mal ruhig!« Es war Salix, Oenoteras Partner, der aufs Podest gesprungen war und sich das Sprachrohr geschnappt hatte. Der dünne, ausgehöhlte Ast eines Onkerbaums war eine simple, aber effektive Möglichkeit, die eigene Stimme zu verstärken. Und tatsächlich hatte er Erfolg. Nach kurzer Zeit waren alle verstummt.

»Ich schlage vor, dass Clay, Camille und ihre Freunde hier raufkommen. Auf diese Weise können wir alle erfahren, was passiert ist und was es mit diesem plötzlichen Sturm auf sich hat.«

Die Dorfbewohner strömten zurück ins Versammlungshaus, und ich führte Jonn, Thaiman und Paaul zu der kleinen Bühne. Camille folgte uns, Iris dicht neben ihr.

Aruncus erwartete uns auf dem Podest. Es kostete mich einiges an Überwindung, ihn anzusehen. Und als ich es tat, konnte ich in seiner besorgten Miene nichts von dem skrupellosen Verräter entdecken, der mit Osk geheime Geschäfte geschlossen hatte. Er erwiderte meinen Blick fragend. Doch ich schüttelte leicht den Kopf und griff nach dem Sprachrohr, das Salix mir hinhielt, ehe er hinunter zu Oenotera und Rosemary sprang.

Von dort unten waren alle Gesichter zu mir gewandt, ängstlich, aufgeregt, voller Fragen.

»Schirmeri«, begann ich. »Es ist nicht viel Zeit, um euch in aller Ausführlichkeit zu erzählen, was wir erlebt haben. Deshalb bloß in Kürze: Camille und ich waren in Savannah, wie ihr wisst, und sind mit einem Shunter weitergereist in die Türme.« Ich holte Luft, wappnete mich für meine nächsten Worte. »Dort haben wir eine furchtbare Verschwörung aufgedeckt. Ein Komplott, das nichts Geringeres zum Ziel hat, als den Heiligen Baum zu stehlen und nach Highhaven zu bringen.«

Ein kollektiver Aufschrei ging durch die Menge. Aufgerissene Augen, ungläubiges Kopfschütteln. Ich hatte Schwierigkeiten, mir erneut Gehör zu verschaffen.

»Bitte glaubt mir«, rief ich über die Köpf hinweg. »Es besteht keinerlei Zweifel daran, dass die radikale Gruppe, die den Erpresserbrief ins Dorf geschickt hat, dass jene selbst ernannten Ehrentürmer das Ende des Refugiums billigend in Kauf nehmen würden, um selbst die Lichteiche zu besitzen.« Erneutes Brüllen. »Noch vor Kurzem genoss ihr Anführer nicht nur unsere Gastfreundschaft, sondern täuschte auch seine eigene Entführung vor, um nicht verdächtigt zu werden. In diesem Moment ist er mit einem riesigen Shunter, der den Heiligen Baum transportieren soll, irgendwo dort draußen im Wald unterwegs, bewaffnet mit einem Shooter. Er versucht, die Lichteiche zu finden. Das müssen wir unbedingt verhindern. Ihr alle kennt ihn: Es ist der Türmer, der sich uns als Sir Osk vorgestellt hat.«

Nun war es um die Beherrschung meiner Mitdörfler geschehen. Schreie und Rufe hallten unter dem Dach des Versammlungshauses. Gereckte Fäuste flogen in die Luft, und ich konnte sehen, wie manche Hand zum Beingurt mit dem Schirmmesser glitt.

Der Aufruhr war den Menschen nicht zu verdenken, denn für sie waren die Informationen ganz neu und in ihrer Wucht mit Sicherheit furchtbar beängstigend. Ich wartete ein paar Augenblicke, ehe ich das Sprachrohr wieder an den Mund hob.

»Schirmeri!«, rief ich, und langsam verstummten die Menschen, die ich schon so lange kannte. Die mein Leben ausmachten. »Wir sind diesem Türmer, wir sind Osk gefolgt, der uns alle belogen und betrogen hat. Uns alle bis auf einen von uns«, verkündete ich. »Osk hat nicht nur seine Entführung vorgetäuscht. Er hat auch heimlich unseren Shunter manipuliert und damit alle Delegierten über der Großen Ödnis in den Tod geschickt.«

Diesmal war Schweigen die Antwort auf meine Worte. Ich blickte in ungläubige Mienen. Als Wimpernschläge später das Begreifen einsetzte, blitzten in vielen Augen Tränen auf.

»Was meinst du mit: Er hat uns alle betrogen, *bis auf einen von uns*?«, wollte Rosemary wissen, die nah vor dem Podest stand, sodass sie den Kopf in den Nacken legen musste, um zu mir aufzusehen. Sie war ein wirklich kluges Mädchen. Und würde mir eine gute Schülerin werden.

Ich sah mich um, traf Aruncus' Blick. Er wurde blass.

»Aruncus, was hast du zu der Anschuldigung zu sagen?«, fragte ich ihn.

Einer der Ältesten aus dem Dorfrat, Aruncus' bester Freund, brüllte auf. Die Umstehenden legten ihm Hände auf die Schultern und beruhigten ihn. Alle starrten zu uns herauf.

Aruncus selbst öffnete den Mund und schloss ihn wieder.

»Hast du wirklich vor fünf Jahren, als du nach deiner Wahl zum Refugiumsmeister in den Türmen warst, mit Osk vereinbart, die zu erwartenden jungen Lichteichen an Highhaven zu verkaufen?«

Der alte Mann, den ich kannte, seit ich ins Dorf gekommen war, den ich für sein umfassendes Wissen über die Pflanzen und Tiere des Refugiums so bewundert hatte, mit dem ich oft erbittert gestritten und ebenso oft harmonisch diskutiert und gelacht hatte, sah mich an.

Ich wünschte mir nichts sehnlicher, als dass er vehement und empört widersprechen möge. Dass er mich wüst beschimpfen würde, um dann glaubwürdig seine Unschuld zu beweisen.

Doch Aruncus hielt meinem Blick nicht stand und senkte den Kopf. Und damit sank auch mein Herz.

Draußen vor dem Versammlungshaus tobte der Sturm. Doch hier drin, unter dem schützenden Dach, war es still geworden, und das Flattern der Grasmatten klang wie ein chaotischer Herzschlag.

»Es … es ist wahr, dass ich Sir Osk damals in den Türmen kennenlernte«, sagte Aruncus schließlich. Seine Stimme klang belegt, dennoch sprach er laut, damit alle ihn hören konnten. »Und wahr ist auch, dass er mich zur Seite nahm und mir ein Angebot machte.«

Iris, die neben Rosemary vorn an der Bühne stand, hob die Hände und legte sie auf ihren Mund. Über viele Gesichter huschten blanker Unglaube und Entsetzen.

»Was für ein Angebot?«, wollte ich wissen.

»Er wollte Jungbäume für die Türme, weil das Dach das Landes Risse aufwies und die Wissenschaftler davon ausgingen, dass es nicht mehr lange halten würde. Er bot dem Refugium eine große Menge an allen erdenklichen Handelsgütern, die wir uns nur wünschen konnten. Natürlich habe ich abgelehnt. Es werden die Nachkommen des Heiligen Baumes sein, nicht wahr?! Sie gehören hierher, ins Refugium, und nirgendwohin sonst.«

Ich konnte sehen, wie Jonn, der mit Paaul und Thaiman im Hintergrund der Tribüne stand, leicht zusammenzuckte. Die Situation fiel mir wieder ein, in der ich genau das Gleiche zu ihm gesagt hatte. Der Moment schien mir Ewigkeiten her. Und ich spürte, dass meine Worte jetzt wohl anders ausfallen würden.

»Warum hast du uns nichts davon erzählt?«, rief jemand aus der Menge.

Ich konnte die Frage nachvollziehen, wollte jedoch nicht zulassen, dass Aruncus ablenken konnte. »Ging es bei diesem Angebot nicht auch um Reichtum und persönliches Ansehen, ganz für dich allein? Der Refugiumsmeister, der die Türme rettet?«

»Nein!«, rief Aruncus. Allerdings wirkte seine Empörung nicht echt. Es stand Angst in seinen Augen. »Ich … nun gut, vielleicht hat er das erwähnt, aber ich hätte nie …«

»Warum bist du dann zu Osk gegangen, zu ihm nach Hause, in seine Wohnung in Highhaven?«, verlangte ich zu wissen.

Er starrte mich an. »Seine Wohnung?«

»Ich war dort und habe jemanden getroffen, der das bestätigen kann. Eine Lady, die dich gesehen hat, als du dort warst, zu einer Unterredung mit Sir Osk.«

Ich konnte ihn schlucken sehen.

»Aruncus! Sag doch was!«, rief sein Freund aus der Menge.

Doch unser Refugiumsmeister war verstummt und blickte zu Boden.

Jonn trat an ihm vorbei neben mich und bat um das Sprachrohr.

»Leute des Refugiums«, sagte er. »Auch wenn meine Kleidung so aussehen mag, bin ich kein Türmer, sondern ein Savannah Dweller. Mein Name ist Jonn. Ihr alle wisst von Clays Forschungen zur Kommunikation der Lichteiche mit den anderen Bäumen des Refugiums und denen, die in Savannah stehen. Der geplante Diebstahl des Baumes betrifft also nicht nur euer Land, sondern auch unseres. Ihr seid alle geschockt von den Neuigkeiten, verständlich. In diesem Moment jedoch läuft da draußen im Wald ein Verräter und Mörder herum, den wir unbedingt finden müssen. Ich schlage vor, dass alle, die dafür infrage kommen, sich zu Gruppen zusammentun und zur Suche ausschwärmen. Um Aruncus' Beteiligung an dieser Verschwörung kümmern wir uns, wenn wir Osk gefunden haben. Was sagt ihr dazu?«

Langsam löste sich die Starre der Dorfbewohner, es wurde

genickt, und einige begannen bereits, sich in kleine Suchtrupps einzuteilen.

Während Iris, Camille und Penstemon die Aufsicht über die Einteilungen übernahmen, schwangen Salix und Oenotera sich zu uns herauf.

»Aruncus?«, hörte ich Oenotera unseren Refugiumsmeister ansprechen. »Kommst du mit? Wir werden dich in deine Hütte begleiten.« Das war ein freundlicher Ausdruck dafür, dass sie ihn unter Arrest stellen würden.

Ich nickte ihnen zu und wandte mich dann an Jonn, Thaiman und Paaul. »Hört zu, es wäre das Beste, wenn ihr euch aufteilt und euch jeweils einer der Gruppen anschließt. Allein würdet ihr euch im Wald verirren. Außerdem seid ihr alle drei bewaffnet, was wiederum einen guten Schutz für den jeweiligen Suchtrupp bedeutet.«

Die drei nickten. Paaul und Thaiman mischten sich unter die Menge. Einige Dorfbewohner brachen bereits auf, um aus ihren Hütten Pfeil, Bogen und Messer zu holen.

Camille ließ sich von Iris gerade von der Bühne helfen. Sie schwankte und schien ihre letzten Kraftreserven für den Spurt ins Dorf aufgebraucht zu haben. Jonn musterte sie kurz.

»Eigentlich wollte ich anbieten, mit euch beiden zu gehen. Aber du, Camille, wirst wohl erst einmal ausruhen müssen«, stellte er fest.

»Ich werde mich an der Suche nach Osk ebenfalls nicht beteiligen«, sagte ich. »Ich muss zur Lichteiche.«

Die anderen blickten mich an.

»Dieser Sturm ist ihr Werk …«, begann ich.

In diesem Moment ertönte ein ohrenbetäubendes Krachen, und wir konnten sehen, wie draußen auf dem Dorfplatz etliche Schirmeri zur Seite sprangen, als ein gewaltiger Ast auf dem Boden aufschlug. Es kam einem Wunder gleich, dass niemand getroffen wurde. Überzeugender hätte ich nicht argumentieren können, dass ich den Heiligen Baum beruhigen musste, ehe noch Mensch und Tier zu Schaden kommen oder der halbe Wald verwüstet würde.

»Ich komme mit …«, begann Camille, doch ich schüttelte den Kopf.

»Du würdest die lange, beschwerliche Strecke nicht schaffen.«

»Dann nimm *mich* mit«, schlug Iris vor. »Keine ist so gut im Messerwerfen wie ich.«

»Ich begleite dich auch.« Das war Jonn.

Ich musste schlucken. »Das ist gut gemeint, ihr zwei. Aber du weißt es, Iris, unsere oberste hölzerne Regel lautet: Außer meiner Schülerin darf ich keinen anderen Menschen mitbringen. Nein, ich muss allein gehen.«

»Aber was ist, wenn Osk dort ist und …«

Diese Idee war mir ebenfalls gekommen, doch die vage Möglichkeit, dass er den richtigen Weg finden würde, hielt mich nicht von meinem Vorhaben ab.

»Osk wird irgendwo durch den Wald irren und ganz sicher nicht bei der Eiche sein!«, sagte ich. »Ich *muss* zu ihr.«

Kurz sahen meine Freunde mich an. Dann hob Camille die Hand und legte sie an meine Wange. »Sei vorsichtig, Clay.«

»Das werde ich. Und ihr findet bitte diesen Verbrecher!«

Wir gingen miteinander hinaus. Überall liefen Schirmeri durcheinander. Rosemary, ein Junge und ein Mädchen aus ihrem Freundeskreis brachten die kleineren Kinder ins Schreibhaus, um sie dort zu betreuen und abzulenken, während ihre Eltern mit den Suchtrupps in den Wald aufbrachen.

»Ich springe rasch in meine Schirmkleidung und organisiere mir Pfeil und Bogen, dann …«

In diesem Augenblick erhoben sich plötzlich Stimmen vom

Dorfrand her. Ich hörte, wie mehrfach mein Name gerufen wurde. Alle wandten die Köpfe. Eine Gruppe Schirmeri begleitete zwei Personen aus dem Wald.

Auf den ersten Blick glaubte ich, es wären ein alter Mann und ein Kind mit hellem, fast weißem Haar, das den Alten stützte.

Doch dann begriff ich, was ich sah: Zwischen den Bäumen traten Avem und Parrett hervor.

31. KAPITEL

Parretts Auftauchen verzögerte den allgemeinen Aufbruch nur kurz. Viele Dörfler wollten ihn willkommen heißen, erfahren, was ihm geschehen war. Doch als sie mitbekamen, dass er kaum ein Wort sprechen konnte, zogen sie sich wieder zurück und brachen zur Suche auf.

Ich konnte es nicht fassen, dass er hier war. Er sah fremd und irgendwie anders aus, und ich musste ihn immer wieder berühren, während er erschöpft mit uns in einer geschützten Ecke des Versorghauses saß und das Essen betrachtete, das Iris rasch organisiert hatte.

Zu meiner grenzenlosen Erleichterung hatte Osk auf grausam bösartige Weise gelogen, was Parretts Zunge betraf. Zwar murmelte er und seine Worte klangen verwaschen, aber immerhin lag das nicht an einer grausamen Verstümmelung. Noch wagte ich nicht, ihn zu fragen, was sie ihm stattdessen angetan hatten.

Weil nach wie vor der Sturm tobte, konnte ich kaum verstehen, was Parrett mit leiser Stimme flüsterte: »Das Obediant hat mich gefunden, als ich unten im Gefangenentrakt herumirrte …«

»Parrett aus dem Hologramm in Jonns Höhle, gleich erkannt«, erklärte Avem und strahlte mich an. Ich umarmte sie noch einmal, und sie drückte sich kurz an mich.

»Du hast ihn erkannt und dann mit deinem Shunter hergebracht, ja?« Camille lächelte ebenfalls und strich mit der Hand abwechselnd über Avems und Parretts Arm. »Wie wunderbar, dass du den Sicherheitsleuten in der Shunteretage entkommen bist! Aber woher wusstest du, wo du nach Parrett suchen musstest?«

»Erhalter spricht manchmal von Minus dreizehn im Palace«, antwortete Avem und zuckte mit den Schultern, als handele es sich bei ihrer Rettungsaktion um eine Selbstverständlichkeit.

»Du bist auf Minus dreizehn herumgeirrt?«, fragte Jonn Parrett. »Wie konntest du deinem Wächter entkommen?«

Parrett blickte auf und in Jonns Gesicht. Die beiden Männer musterten sich einen Moment lang. Dann trat in Parretts Augen wieder die Ratlosigkeit, die viele unserer Fragen auslösten.

»Oh, lassen wir ihn erst einmal ausruhen«, sagte Iris.

»Ja, das wird das Beste sein. Parrett, möchtest du hier bei Camille und Iris bleiben oder soll ich dich in unsere Hütte bringen?«, fragte ich ihn, während ich ihm zum hundertsten Mal über die Wange strich. Doch sein Blick war glasig geworden, und er ließ den Kopf einfach auf die Arme sinken, die er auf dem Tisch abgelegt hatte.

Alles in mir zog sich zusammen, und gern hätte ich ihn nach Hause gebracht, in unsere Hütte, wo ich mich stets so sicher gefühlt hatte. Aber seit ich von dort aufgebrochen war, war so viel geschehen. Alles fühlte sich seltsam verquer und anders an.

»Vielleicht steht er unter Einfluss einer Droge?«, raunte Camille mir zu, und ich zuckte zusammen. Als ich aufsah, ertappte ich Jonn dabei, wie er Parrett mit gerunzelten Brauen musterte.

War dies der Moment, vor dem Thaiman und Paaul ihren Freund gewarnt hatten? Parrett war zurück. Parrett, der mein Freund war *und sehr viel mehr als das.*

Ich stand ruckartig auf. Vertrieb alle Gedanken und Gefühle aus meinem Inneren. Was immer da in mir schwelte, es musste warten.

»Ich breche auf.« Meine Stimme klang kratzig. »Camille, du weißt, wie lange ich brauchen werde. Ich werde die Nacht bei der Eiche verbringen müssen, aber morgen bin ich noch vor Sonnenuntergang zurück.«

Jonn hatte sich ebenfalls erhoben, und wir standen uns gegenüber. Für einen wahnwitzigen Moment dachte ich, er wolle mir irgendetwas sehr Persönliches sagen. Doch als er dann den Mund öffnete, kam etwas heraus, mit dem ich nicht gerechnet hatte.

»Gilt eure höchste hölzerne Regel auch für Obedianten?«, fragte er.

* * *

Avem und ich waren bereits seit zehn Sonnenständen unterwegs. Immer wieder hatten wir Laufstrecken eingelegt. Doch der starke Gegenwind, die Blätter und Zweige von Sträuchern, die uns in die Gesichter peitschten, erschwerten die schnelle Fortbewegung. So gingen wir im Schritttempo weiter, was mir wie eine wohlverdiente Pause erschien.

Ich hatte mehrmals versucht, Kontakt zur Lichteiche aufzunehmen. Hatte intensiv an sie gedacht, in der Hoffnung, auf diese Weise mit meiner Baumfreudin kommunizieren zu können, so wie aus den Türmen auch – aber es war mir nicht gelungen. Dieser Sturm, der im gesamten Refugium tobte, musste sie all ihre Kraft kosten, sodass sie die leise Anfrage eines schwachen Menschen nicht empfing.

Ich musste also zu ihr, um mit ihr zu reden.

Obwohl das Kronendach über uns fortwährend in Bewegung war, konnte ich die Lichtpunkte der beiden Sonnen gut erkennen.

»Nicht mehr lange, und die Dämmerung wird einsetzen«,

teilte ich Avem mit. »Ich hoffe, dass die Bären und Rotkatzen vom Sturm ebenso verwirrt sind wie wir und sich nicht blicken lassen.«

Avem sah mich im Gehen von unten herauf an und hielt dann eine Hand mit sieben kräftigen Fingern in die Höhe. Ich musste lächeln.

»Ja, ich weiß, du bist stärker als sie.«

Anfangs hatte ich mich immer wieder plötzlich umgedreht und ins Dickicht gespäht. Da war dieses Gefühl gewesen, dass etwas uns verfolgte. Doch nie hatte ich etwas Auffälliges gesehen. Wahrscheinlich war es nur der Sturm, der die vertraute Umgebung so anders wirken ließ und alle gewohnten Geräusche mit seinem Getöse übertönte. Irgendwann hatte ich es aufgegeben und war einfach meinem Ziel zugestrebt.

Doch nun, da wir uns der Lichteiche näherten, beschlich mich erneut das Empfinden, dass wir nicht allein waren. Als wir eine große Lichtung überquerten, auf der ein frisch gefallener Baumstamm lag, sagte ich zu Avem: »Am besten, wir laufen noch einmal ein Stück. Es ist nicht mehr weit, aber …«

In diesem Augenblick sah ich zwischen den peitschenden Farnwedeln etwas aufblitzen.

»Avem!«, rief ich, zog sie zu mir heran und deutete in die Richtung.

Ein paar Wimpernschläge schien um uns her alles still zu stehen. Dann teilten sich die Farne und ein Totenfraß schob sich heraus, die grün glimmenden Augen fest auf Avem gerichtet. Instinktiv wusste ich, dass dies das Weibchen war, dessen Partner meine kleine Freundin in Notwehr erwürgt hatte.

Was hatte Camille gesagt? Dass sie den Geruch ihres Feindes am toten Körper ihres Gefährten aufnehmen und nie wieder vergessen würde? Dass sie nicht aufgeben würde, ehe sie Rache geübt hatte?

Meine Hand wollte zum Köcher zucken, einen Pfeil an die Sehne des Bogens legen. Doch zu gut erinnerte ich mich daran, wie allein der Anblick meiner Waffe ihren Partner zum Angriff gereizt hatte.

Jäh flammte in mir der Wunsch auf, ich hätte zusätzlich zu meiner eigenen auch Camilles Gabe und könnte diesem Tier erklären, wie wichtig unser Vorhaben auch für es selbst, sein Junges, seine ganze Art war. Sollte ich es einfach versuchen?

Wie machte Camille das immer?

Sie streckte die Hand aus, so wie ich Teile der Pflanze berührte, mit der ich kommunizieren wollte. Also hob ich den Arm, öffnete die Hand. Als Nächstes schloss Camille stets die Augen. Ich zögerte, doch dann tat ich das ebenfalls. Versuchte das Bewusstsein uns gegenüber am anderen Ende der Lichtung zu erspüren.

»Es tut uns leid, was geschehen ist«, sagte ich leise. »Bitte lass uns weiterziehen. Wir wollen dir und deinem Jungen nichts tun. Aber wenn ich nicht zum Heiligen Baum gelange und ihn beruhige, wird der Sturm am Ende den ganzen Wald zerstören. Wir dürfen nicht gehindert werden, wenn wir auch dich und deine Art retten wollen. Verstehst du mich?«

Ich schlug die Augen auf.

Das Totenfraßweibchen stand noch am selben Fleck und starrte uns an. Nein, halt. Es fixierte nicht mehr uns, weder Avem noch mich. Es hatte den Kopf leicht gewandt und blickte mit gesträubtem Fell an uns vorbei.

Und dann stürmte es los.

Mehrere Dinge geschahen gleichzeitig: In großen Sprüngen setzte das Totenfraß über die Lichtung. Avem stieß mich zu Boden und stellte sich breitbeinig über mich. Und es ertönte ein lauter Knall. Ein Schuss.

Das Totenfraß warf sich knurrend zur Seite. Ein weiterer

Schuss ließ die Erde aufspritzen. Fauchend setzte das Tier zurück und war innerhalb eines Wimpernschlages im Dickicht der Farne verschwunden.

Hinter uns, am anderen Ende der Lichtung, trat Osk aus dem Unterholz. Hinter ihm lehnte der Riesenshunter im Gebüsch.

Avem gab einen erschrockenen Laut von sich. Ich rappelte mich auf und griff, ohne nachzudenken, nach Pfeil und Bogen.

»Aber! Aber!«, rief Osk. »Was ist das denn für ein Dank dafür, dass ich euch das Leben gerettet habe?« Er hielt den Shooter immer noch in der Hand, und so ließ ich den Bogen zurück auf meine Schulter sinken.

Stimmte es? Hatte er uns das Leben gerettet? Obwohl ich es nicht hätte schwören können, war ich ziemlich sicher, dass das Totenfraß nicht uns hatte angreifen wollen, vielmehr wäre es wahrscheinlich an uns vorbeigestürzt. In Richtung Osk?

»Wobei ich zugeben muss, dass ich nicht ganz uneigennützig gehandelt habe. Natürlich konnte ich nicht zulassen, dass die Erwählte auf ihrem Weg zur kostbaren Lichteiche von einem Raubtier getötet wird. Schließlich soll sie mir auch den Rest des Weges noch zeigen.«

Neben mir machte Avem eine rasche Bewegung, doch Osk bellte: »Du wirst mir nichts tun, Obediant! Wag es nicht!«

Avem keuchte auf und blieb stocksteif stehen. Die Zeit, die sie ohne ihren Erhalter verbracht hatte, änderte offenbar nichts daran, dass sie als seine Dienerin ihm gegenüber zu Gehorsam verpflichtet war.

»Ihr geht vor!«, befahl Osk und richtete den Shooter auf mich.

Ich blieb stehen. »Auf keinen Fall werde ich …«

Osk schwenkte die Waffe und zielte auf Avem. »Wenn ich es mir recht überlege, was soll ich mit einem solchen Geschöpf, das mir nicht mehr treu ergeben ist, das sich sogar gegen mich wenden will? So ein Diener stört doch eher.« Er drückte ab.

Avem sprang blitzschnell zur Seite und verhinderte so, dass ihr Fuß zertrümmert wurde.

Osk nickte anerkennend. »Schnell sind sie ja wirklich. Schnell und geschickt. Doch wenn ich mehrmals feuere? Sehr, sehr schnell hintereinander? Wo werde ich es wohl überall treffen …?« Wieder hob er den Shooter.

»Nein!«, rief ich. Und dann leiser noch einmal: »Nein.«

Einen Moment betrachtete Osk mich, als sei ich ihm ein einziges Rätsel. Doch dann schüttelte er seine Verwunderung ab.

»Vorwärts! Und ich warne dich davor, mich hereinlegen zu wollen. Ein Obediant kann sehr gut weiterlaufen, nachdem Shooterstrahlen seine Hände durchbohrt haben.«

Ich schob Avem vor mich, sodass ich zwischen ihr und Osk ging. Als ich sie berührte, spürte ich, dass sie bebte, und strich ihr sacht über den Rücken.

»Hab keine Angst. Wir schaffen das«, murmelte ich, zu Avem genauso wie zu mir selbst.

Dann machten wir uns auf die letzte Strecke des Weges, Osk dicht hinter uns, in der einen Hand den Shooter, mit der anderen den Riesenshunter über der Schulter tragend.

Während wir durch den sturmtosenden Wald stolperten, Zweige und Laub aus den wogenden Baumkronen niederregneten, überlegte ich fieberhaft, wie wir aus der Situation entkommen konnten.

Wenn ich mich einfach ins Dickicht warf und davonrannte – würde Osk es riskieren und auf mich schießen? Ich war mir nicht sicher. Doch selbst wenn er den Shooter nicht auf mich richtete, würde er zumindest Avem etwas antun. Damit würde er nicht zögern, das hatte er gerade gezeigt.

Würde ich ihn vielleicht zum Einlenken bewegen können,

wenn ich ihm zu verstehen gab, dass ich sein Handeln zumindest teilweise nachvollziehen konnte? Einen Versuch war es wert.

»Ich glaube, inzwischen habe ich verstanden, warum Sie all das tun, Osk«, rief ich ihm zu. »Die vielen Menschen in den Türmen, nicht wahr? Sie wollen ihr Zuhause schützen. Es ist das Richtige, was Sie wollen. Aber Sie setzen die falschen Mittel ein, meinen Sie nicht?«

»Gib dir keine Mühe, Claymaris«, antwortete Osk. »Für mich ist es zu spät, um einen anderen Weg einzuschlagen. Nachdem ich den Shunter des Refugiums manipuliert hatte, war mir klar, dass ich nur mit der Lichteiche in die Türme zurückkehren darf. Nichts anderes wird die Obersten von der Notwendigkeit meines Tuns überzeugen.«

Wir erreichten eine Stelle, an der der schmale Pfad eine Spur kreuzte, nicht mehr als ein Wildwechsel. Ich zögerte einen Moment zu lang.

»Ich warne dich, Claymaris«, wiederholte Osk und zielte mit dem Shooter auf Avems Schulter.

Darauf bog ich vom Pfad auf die andere Spur ein, den Weg zur Lichteiche.

»Wie kommt es, dass du heute in Begleitung unterwegs bist? Ist es nicht so, dass ihr Erwählten niemanden mitnehmen dürft, wenn ihr euren Baum besucht? Das hast du doch immer gesagt, oder? Egal welche Gefahren im Wald lauerten, du bist standhaft geblieben.« Etwas an der Art, wie er es sagte, machte mich stutzig. Als wisse er mehr darüber als nur das, was sich in den Archiven nachlesen ließ.

»Diese Totenfraße können ziemlich unangenehm werden, nicht wahr?«, fuhr er fort. »Aber selbst nachdem du und deine Schülerin schon mal einem begegnet seid, wolltest du niemanden zum Schutz auf dem Weg zur Lichteiche mitnehmen. Das nenne ich mutig. Aber so mutig zu riskieren, mir allein zu begegnen, warst du wohl nicht«, höhnte Osk. »Nein, dafür musstest du meinen eigenen Diener mitnehmen.«

Auf dem Weg zur Lichteiche. Niemanden zum Schutz. Das Echo seiner Worte prallte in meinem Kopf hin und her. Und mit einem Schlag begriff ich. Alles.

Schwindel erfasste mich. Ich stolperte und stützte mich an einem Baumstamm ab. Bei der Berührung durchzuckte mich ein heftiger Impuls, als würde jemand laut nach mir rufen. Mit einer mir vertrauten Stimme.

Verwirrt legte ich die ganze Handfläche an den Stamm. Es war eine Pendelkiefer. Doch die Stimme, die nach mir rief, gehörte jemand anderem. Ich konnte es kaum glauben – durch das Holz dieses Baumes spürte ich die Lichteiche.

Ich bin auf dem Weg zu dir!, sandte ich ihr. *Ich bin auf dem Weg, aber ich habe deinen Feind dabei. Er bedroht meine Gefährtin und mich.*

Ein verschwommenes Bild tauchte auf. Osk.

Ja.

»Was tust du? Warum gehst du nicht weiter?«, rief Osk hinter mir.

Hilfe. Kommt. Aufpassen.

»Avem, bleib dicht bei mir!«, sagte ich mit so viel Dringlichkeit in der Stimme, wie ich hineinzulegen vermochte. Und da spürte ich es schon. Der Stamm vibrierte. Die Pendelkiefer begann zu schwanken. So heftig, dass der Boden unter ihren Wurzeln bebte.

»Warum gehst du nicht …?«, hob Osk noch einmal an. Doch im nächsten Augenblick verstand auch er, was geschah, was geschehen würde. Er blickte den Baum hinauf, die hellen Augen schreckgeweitet.

Im nächsten Moment war es, als würde der Boden vor mir

aufreißen. Eine gewaltige Wurzel löste sich aus dem Erdreich und fegte mich zur Seite. Ich riss Avem mit mir, und wir fielen beide in ein dorniges Gestrüpp. Einen Wimpernschlag später stürzte der Baum.

Osk schrie auf. In einer vergeblichen Geste der Abwehr hob er beide Hände über den Kopf und rannte los, fort von uns, fort von dem fallenden Baum. Es knirschte und krachte, und der Boden bebte, als die Pendelkiefer aufschlug.

Dann war es still. Kein Schreien mehr. Selbst der Sturm schien einen Moment nachzulassen.

Avem und ich rappelten uns auf. Unserer beider Blicke wanderten den Stamm des relativ kleinen Baumes entlang bis zu seiner Krone, die nun am Boden lag und hoch oben ein Loch im Dach hinterlassen hatte.

Der Anblick schmerzte mich. Die Lichteiche hatte eine Verwandte geopfert, um uns zu retten. Avem und mich, die Erwählte. Obwohl ich begriff, dass es keine andere Möglichkeit gegeben hatte, fühlte ich mich elend.

Neben mir kämpfte Avem sich auf die Füße. Sie half mir auf die Beine, zog mir eine Dornenranke aus dem Haar, und Hand in Hand ließen wir das Gestrüpp hinter uns, taten ein paar zaghafte Schritte. Keine dreißig Fuß von uns entfernt, unter einem schweren Ast halb verborgen, lag der Shunteringenieur aus den Türmen.

Avem zitterte.

Ich ließ die große, bebende Hand los, stieg vorsichtig über die zersplitterten Teile des Stammes, bis ich bei der Gestalt am Boden ankam. Avems Erhalter lag unter einem der dicksten Äste. Die weit geöffneten Augen starrten blickleer hinauf in die Lücke, die der stürzende Baum ins Kronendach gerissen hatte. Weit hinauf in einen Sternenhimmel, den sie in den Türmen nie erblickt hatten.

Ich wandte mich um und ging zu Avem zurück, nahm erneut ihre Hand. Längst kam es mir nicht mehr seltsam vor, dass sie sieben statt fünf Finger hatte und dass ihr Gesicht so kindlich, ihr Haar so weich wirkte. Sie war meine Freundin, ganz und gar.

»Du bist frei«, sagte ich.

Avem sah mich an. »Obedianten sind nur frei mit Gencode. Urkunde im Highhaven Palace. Irgendwo dort.«

»Darum werden wir uns kümmern. Ganz sicher!«, versprach ich ihr. »Falls … falls ich selbst es nicht tun kann, dann musst du es Camille und Jonn sagen, hörst du? Sie werden diese Urkunde beschaffen.«

Verständnislos schüttelte Avem den Kopf. »Wieso nicht du selbst?«

Ich nahm auch ihre andere Hand. »Hör zu, in dem Beutel um deinen Hals ist doch immer noch der Shunter, mit dem wir aus Savannah in die Türme gereist sind und du hierher ins Refugium gekommen bist, oder?« Sie nickte. »Geh zu der Lichtung zurück, an der wir eben vorbeigekommen sind. Von dort aus benutzt du den Shunter ins Schirmdorf. Du musst den anderen etwas sehr Wichtiges von mir ausrichten. Es duldet keinen Aufschub. Tust du das?«

Avem öffnete den Mund, sagte aber nichts. Sie sah verwirrt aus. Natürlich. Sie konnte nicht ahnen, was Osk mir vor seinem Tod unwissentlich verraten hatte.

Ich beugte mich vor und flüsterte ihr etwas ins Ohr, als könne der Wald das gelüftete Geheimnis erlauschen. Dann löste ich meine Hände von ihren und schob sie fort. »Geh! Nun geh schon!«

Avem setzte zwar Fuß vor Fuß, drehte sich aber immer wieder zu mir um. Ich winkte und sah ihr nach, wie sie allmählich zwischen den Bäumen verschwand.

Wie gern hätte ich ihr ein Lebewohl für alle meine Lieben mitgegeben. Doch ich wollte nicht, dass sie Verdacht schöpfte. Ich wollte nicht, dass sie begriff, was ich inzwischen verstanden hatte: dass es an der Zeit war, ein Opfer zu bringen.

32. KAPITEL

Hier bin ich nun.

Ich folge dem vertrauten Pfad, während Blätter auf mich herabregnen, die der zornige Wind von den Zweigen reißt. Je näher ich meinem Ziel komme, desto heftiger wütet die Gewalt.

Hier und da stürzen Bäume mit tosendem Krach zwischen ihre Kameraden. Jedes Mal wende ich den Blick mit Schmerzen ab. Durch die entstandenen Lücken im Kronendach des Waldes kann ich die Sterne am Himmel glitzern sehen. Morgen früh schon, wenn die zwei Sonnen aufgehen, werden ihre sengenden Strahlen diese Löcher suchen, bis herab zum Boden dringen und langsam verdorren, was dort gerade noch grün und frisch wächst.

Doch vielleicht kann ich noch etwas retten. Durch das größte Opfer, das ich in der Lage bin, mit meinem schwachen, menschlichen Vermögen zu erbringen.

Das grüngoldene Licht, das zwischen den Bäumen herrscht, lässt den Weg vor meinen Augen verschwimmen. Oder sind es die Tränen, die immer wieder in mir aufsteigen?

Schon von Weitem, noch ehe ich ihn sehe, kann ich den Heiligen Baum hören.

Mächtige Äste knarren und ächzen. Zweige peitschen knallend.

Die letzte Biegung des schmalen Weges.

Da ist sie. Die Lichteiche. Gigantisch. Riesig. Wunderschön. Und voller Macht.

Als ich einen weiteren Schritt in ihre Richtung tun will, saust ein Ast direkt vor meine Füße und prügelt den Boden so heftig, dass mir Erde ins Gesicht spritzt. Mit angehaltenem Atem halte ich in der Bewegung inne.

Ich soll nicht näher kommen. Das ist mehr als deutlich. Aber wie soll ich dann mein Opfer bringen?

Unsicher stehe ich da und blicke den gewaltigen Stamm hinauf, den zwanzig Frauen und Männer gemeinsam nicht würden umfassen können. Handgroße Blätter mit dem typischen Wellenmuster wirbeln um mein Gesicht wie panische Falter. Einige bleiben in den tiefen Falten stecken, die sich durch die raue Borke ziehen und in die problemlos eines meiner Beine passen würde.

Der Wind zerrt an meinen Haaren und meiner Kleidung. Ich gehe in die Knie und lege meine Hand auf das raue Holz einer starken Wurzel.

Ich verstehe, dass du wütend bist, aber Helles Land *braucht dich*, denke ich so deutlich wie möglich. *Wir brauchen deinen Nachwuchs. Die Samen in deinen Früchten können unsere Welt retten. Sie können zu neuen Lichteichen heranwachsen und das Land schützen. Nicht nur das Refugium, sondern die* ganze *Welt, die wir* Helles Land *nennen. Ich schäme mich, dass ich es nicht eher verstanden habe, aber Savannah benötigt den Schutz deiner Art ebenso wie die Türme. Gemeinsam kann es uns gelingen, diese Welt schön und reich zu machen. Für alle. Auch für dich und die Deinen. Und ich bin hier, um dich zu bitten, uns deine Früchte zu schenken. Jetzt schon.*

Die Bilder, die der Baum mir sendet, sind so klar und schmerzlich, dass ihnen gelingt, was alle Schrecken des Sturms, selbst das Totenfraß und Osks Shooter nicht vermocht haben: mich bis ins Innerste zu erschüttern. Junge Lichteichen, große, schlanke, starke Bäume. Längst nicht so gewaltig wie der Baum vor mir, der ihren Samen hervorgebracht hat. Aber dennoch mächtiger als alle anderen Arten, die wir Menschen kennen. Aufblitzende Klingen aus Diamant. Scharf und erbarmungslos. Hieb um Hieb.

Nein!, versuche ich gegen diese Bilder anzugehen. *Nein, das wird nicht wieder geschehen. Ich gebe dir mein Wort. Ich verbürge mich für die Mächtigen der Türme und für die guten Menschen aus Savannah. Niemand wird deine Nachkommen anrühren! Wir brauchen die Samen, wir benötigen deine Hilfe.* Jetzt. *Das Dach der Türme wird in den nächsten Wochen brechen – es ist keine Zeit zu verlieren, wenn nicht Hunderttausende sterben sollen.*

Die schmerzhaften Bilder, dreihundert Jahre alt, aber in diesem Baum so lebendig wie mein Gestern, verblassen. Stattdessen spüre ich erneut jene Frage. Sehe kurz mein eigenes Gesicht.

Ich bin hier, um mich selbst als Opfer zu geben. Wenn die alten Geschichten tatsächlich wahr sind und du ein Menschenleben als Siegel für ein Versprechen nimmst, dann bin ich hier, um diese Bindung zu erneuern. So wie es vor langer Zeit vielleicht schon einmal geschehen ist, biete ich mich dir als Sühne für die Verbrechen unserer Art an deiner an. Bitte. Hilf uns.

Die Wurzel unter meinen Händen wird warm. So drängend will die Lichteiche mir etwas sagen. Ich spüre es ganz unmissverständlich.

Ja.

Es ist ein Ja!

Zusammen mit einem mächtigen, kraftvollen Willen.

Aus meiner Kehle löst sich ein Schluchzen. Ich öffne die Augen und sehe hinauf.

Der gewaltige Baum vor mir schwankt immer heftiger. Er selbst entfacht den Sturm. Wie ein riesiger Fisch in einem Becken, der das Wasser darin zum Brodeln bringt.

Seine Äste peitschen und knallen. Weit oben sehe ich die untersten der zwölf großen Früchte wild hin- und herpendeln. Doch sie sind noch nicht reif genug. Sie halten sich fest an ihren Stielen.

Mir wird klar, dass es nicht gelingen wird. Sie werden nicht herabstürzen, selbst dann nicht, wenn der Baum es will.

Da verändert sich der Sturm, und ich begreife, dass er noch längst nicht das Höchstmaß seiner Kraft entwickelt hat.

Rasch greife ich nach den umherschlagenden Zweigen eines Busches, halte mich fest, um nicht umgeworfen zu werden.

Es kracht.

Ich schaue am Baum hinauf. Sehe, dass etwas geschieht, von dem ich nie geglaubt hätte, dass es möglich ist.

Die Lichteiche neigt sich stärker und stärker. Und plötzlich begreife ich. Das gefürchtete Opfer muss anders erbracht werden als erwartet.

Wie dumm ich gewesen bin. Hatte mir vorgestellt, hölzerne Arme würden mich in eine weise Umarmung ziehen, hin zum viele Fuß dicken Stamm. Hatte dieses Bild vor mir gesehen, wie dicke Rinde in wenigen Wimpernschlägen über mich hinwegwachsen würde, mich einschließen in diesem alten, mächtigen Baum, in dem mein Körper fortan wie ein Teil von ihm hausen würde.

Doch es wird anders kommen, wird mir schlagartig bewusst. Und zum ersten Mal, seit ich diesen Weg eingeschlagen habe, beginnt mein Herz in meiner Brust zu flattern wie ein Tausänger in der hohlen Hand.

Die Lichteiche lehnt sich erneut in meine Richtung. Die Erde bebt. Wurzeln reißen sie auf, lassen Sträucher wie Grasbüschel durch die Luft fliegen. Ein ohrenbetäubendes Krachen übertönt das Tosen des Sturms.

Nun ist es also so weit.

Genug des großen Abenteuers. Genug der Worte und der vergeblichen Versuche. Ich weiß, es wird gelingen. Durch mein Opfer wird *Helles Land* gerettet werden. Und alle, die ich liebe, werden weiterleben.

Kurz schließe ich die Augen.

Mein Leben ist gut gewesen und hat Sinn ergeben. Es gab Liebe darin, und ich habe einer großen Sache gedient. Im Grunde habe ich alles erlebt, was ein Mensch sich wünschen kann.

Der Gedanke hinterlässt einen feinen Schmerz in der Herzgegend. Ich will es nicht, nein, wirklich nicht, erst recht nicht jetzt, in den letzten Augenblicken. Dennoch taucht sein Gesicht hinter meinen geschlossenen Lidern auf. Er sieht mich an, mit diesem spöttischen Blick. Seine dunklen Augen, die in mich hineinschauen.

Ich reiße meine eigenen wieder auf. Nein, das jetzt nicht. Bitte kein Bedauern in den letzten Atemzügen. Es ist zu spät.

Alle Gedanken versuche ich aus meinem Kopf zu verbannen und hefte meinen Blick unverwandt in die schwankende Krone der Lichteiche. Die Augen zu schließen würde mir feige vorkommen im Angesicht des Opfers, das *sie* bringen wird.

Also blicke ich hinauf. Und breite die Arme aus.

* * *

Im Schirmdorf wird es schlagartig still. Der Sturm legt sich von einem Atemzug zum nächsten.

Die Schirmeri, die sich in der einsetzenden Dämmerung wieder im Dorf versammelt haben, erschöpft von der vergeblichen Suche nach Osk, sehen einander an.

Ist dies das Ende? Oder ein Anfang?

Hat die Erwählte aus ihrer Mitte den Heiligen Baum beruhigt? Oder hat der Feind ihn zuerst erreicht und mitgenommen in das weit entfernte Land der Türme?

Nicht wenige lassen sich zu Boden sinken und schließen die Augen zum Gebet. Sogar der Refugiumsmeister in seinem Arrest fällt auf die Knie, bittet die Eiche, den Wald, die Bäume, ihm seine Sünden von Eitelkeit und Machtstreben zu verzeihen.

»Wenn der Heilige Baum tatsächlich fort ist, dann werden das Refugium und Savannah nicht überleben«, sagt eine zierliche Frau mit schwarzem, kurzem Haar, die inmitten der Gruppe ihrer Freunde steht. Ihre Liebste, mit langem kirschholzroten Haaren, hat den Arm um sie gelegt. »Die Baumkronen werden verdorren und die tödlichen Strahlen der zwei Sonnen alles Leben versengen. Kein Mensch und kein Tier wird zurückbleiben.«

In der Menge der Versammelten werden leise Schluchzer laut. Ein Kind ruft nach seinen Eltern. Ein schüchterner junger Mann gesteht einer jungen Frau seine Liebe.

»Da! Seht doch!«, ruft jemand.

Eine Hand erhebt sich. Ein Arm reckt sich zum Waldrand. Ein paar Köpfe drehen sich. Dann alle.

»Das ist sie«, haucht ein Mann in bunter Kleidung und mit beinahe schwarzen Augen und springt auf. »Clay!«

* * *

Am liebsten würde ich losrennen, einfach durch die Menge der knienden, staunenden Dörfler hindurch.

Doch das erneute Shuntern steckt mir noch in allen Knochen. Und ich muss aufpassen, nicht zu stürzen, um mein kostbares Gut nicht zu beschädigen.

Avem hält sich dicht bei mir. Diese sturköpfige, wunderbare Freundin, die zwar nie tut, was ich ihr sage, und dennoch oder gerade deswegen immer am rechten Ort ist. So viele vertraute Gesichter sind uns zugewandt, als wir schließlich vor Jonn, Camille, Iris, Thaiman und Paaul stehen bleiben.

»Du hast ein Händchen für große Auftritte«, bemerkt Jonn mit seinem typischen Schmunzeln und nickt zu meinen Händen hinunter. »Ist das das, wofür ich es halte?«

Ich bin ihm unendlich dankbar für diese Art der Begrüßung. Lastet doch schwer auf mir, was ich meinen Leuten zu sagen habe. Die Umstehenden bitte ich: »Kann jemand Aruncus und Parrett holen? Sie sollen beide hören, was ich mitzuteilen habe.«

Es kommt Bewegung in die etwa dreihundert Menschen, die hier versammelt sind. Zwei Halbwüchsige rennen in unterschiedliche Richtungen los, um meinen Wunsch zu erfüllen.

In meinen hohlen Händen spüre ich ein Rumoren und Drängen.

Nur noch etwas Geduld, denke ich.

Und es dauert wirklich nicht lange, bis Oenotera und Salix am Rand des Dorfplatzes auftauchen, Aruncus zwischen sich, der sich unsicher umblickt, bis er mich erkennt und das, was ich in den Händen halte. Mit fassungsloser Miene bleibt er stehen.

In diesem Moment begleitet Iris Parrett durch die Mitte der Dorfbewohner zu uns.

»Unsere Suche nach Osk ist beendet«, sage ich. »Eine Pendelkiefer hat ihn erschlagen.« Parrett hebt ruckartig den Kopf und starrt mich an, doch ich erwidere seinen Blick nicht. Ich muss mich auf das konzentrieren, was ich meinen Leuten hier zu sagen habe.

»Als ich beim Heiligen Baum ankam, war ich bereit, ihm ein Opfer zu bringen …« Jonn stößt Luft aus, aber auch ihm kann ich jetzt keine Beachtung schenken. »Ich war zu allem bereit, damit die Lichteiche unserer Welt jetzt schon ihre Samen schenken würde, denn das Leben vieler Tausend Menschen hängt davon ab. Und der Heilige Baum … meine Freundin stimmte zu.« Ein Raunen geht durch die Reihen der vertrauten Menschen, die mich umgeben. Camille, direkt vor mir, hat die Hände auf den Mund gepresst. »Ihre Früchte wären erst in etlichen Sonnenständen reif genug zum Platzen gewesen. Dann hätten Tausänger die Samen weit im Refugium verteilt. Bis wir sie entdeckt und geborgen hätten, wäre viel zu viel Zeit vergangen. Und so hat der Heilige Baum etwas anderes entschieden. Ein Opfer, ja, ein gewaltiges Opfer. Aber keines, das ich zu leisten hatte. Nein, die Lichteiche hat uns Menschen eins gebracht …« Ich kann nicht verhindern, dass mir die Stimme bricht und Tränen in die Augen treten. »Der Heilige Baum, Beschützer unseres Landes und Savannahs, liegt entwurzelt im Herzen des Waldes«, sage ich, und das Raunen schwillt an. Rufe werden laut. Aufgeregte Stimmen überschlagen sich. Es dauert eine Weile, bis sich meine Landsleute so weit beruhigt haben, dass ich weiterreden kann.

»Als die Früchte auf dem Boden aufschlugen, zerbarst ihre schützende Hülle, und die Samen fielen direkt dort in den Boden, wo sie aufgekommen waren.«

Jonn, der neben Camille vor mir steht, mustert mein Gesicht und meine Hände. Sicher sieht er die Schrammen, die die um mich herabpeitschenden Zweige mir zugefügt haben. Aber er kann nicht wissen, dass der Baum mich verschont hat. Ich selbst habe keine größere Verletzung davongetragen als oberflächliche Kratzer, wogegen die Lichteiche …

Es dauert eine kurze Weile, bis die Aufgeregten von denen beruhigt sind, die hören wollen, was ich weiter zu berichten habe.

»Unser Heiliger Baum hat sein Leben für unsere Welt gegeben«, erkläre ich. »Und mehr als das: Schon kurze Zeit nachdem sich der Sturm gelegt hatte, geschah etwas Wunderbares:

Die zwölf Samen, die auf die Erde gefallen waren, öffneten ihre Schalen und begannen zu sprießen. Schaut!«

Ich strecke die Hände in die Höhe. Darin halte ich den Wurzelballen einer zarten Pflanze, die an wenigen Trieben bereits gewellte, hellgrüne Blätter trägt. Sie sieht neu und frisch aus, und unendlich kostbar. Münder stehen offen. Gebete werden geflüstert. Alle Augen ruhen auf diesem Hoffnungsträger.

»Die Sämlinge wachsen bereits heran. Sie sind das Geschenk der Lichteiche an *Helles Land*. Und dieser hier hat, als ich ihn berührte, deutlich einen Wunsch geäußert. Für eine so junge Pflanze verfügt er jetzt schon über einen ungeheuren eigenen Willen, denn er hat sich seinen Standort selbst ausgewählt.« Während alle staunen, gehe ich hinüber zur Dorfmitte. Dort gibt es drei wichtige Punkte: den Shunterplatz, das kleine Gericht, das wir so gut wie nie nutzen, und den Baumaltar. Genau dort, in die stets sorgfältig gelockerte Erde setze ich den Sämling, indem ich mit der Hand ein kleines Erdloch aufschabe und über seinen Wurzeln sanft wieder andrücke.

Und dann passiert das, was ich draußen im Wald schon beobachten durfte. Alle, die nah genug stehen, können zusehen, wie dieser winzige Baum sich streckt und vor unser aller Augen neue Triebe bildet. Blätter sprießen, entrollen und recken sich. Ich höre Schluchzer um mich her, Murmeln, fasziniertes Flüstern, das zu denen weiter hinten weitergegeben wird.

Ich wende mich um und suche Aruncus Blick. »Nun geht dein großer Wunsch doch noch in Erfüllung. Du selbst bist, wie wir alle im Schirmdorf, ein Erwählter dieses Heiligen Baumes …« Kurz halte ich inne, bevor ich seinen Titel hinzusetze: »Refugiumsmeister.«

Aruncus blinzelt. Die Umstehenden schauen von mir zu ihm, zum Baumspross und zurück.

Ich gehe zu dem alten Mann hinüber.

»Stimmt es, dass du der Anklage schuldig bist, vor fünf Jahren in den Türmen Osks Angebot von Reichtum und Macht nicht sofort vehement abgelehnt zu haben?«, frage ich ihn.

»Was hat sie gesagt?«, ruft jemand weiter hinten, und einige geben meine Worte flüsternd weiter.

Aruncus senkt den Kopf. »Ja, das ist wahr.«

»Und stimmt es auch, dass du ihn schon kurz darauf allein in seinem privaten Heim in Highhaven aufgesucht hast? Du hast seine Wohnung nicht gleich gefunden und musstest dich durchfragen. Denn du wolltest ihm dringend mitteilen, dass er auf dich nicht würde zählen können, weil du auf seinen Vorschlag auf keinen Fall eingehen würdest?«

Jetzt schaut er mich überrascht an. »Ja. Ja, das ist richtig.«

Ich nicke. »Und weil damit der einzige Bewohner des Refugiums, den Osk für sein Vorhaben zu gewinnen hoffte, verloren war, mussten die sogenannten Ehrentürmer einem anderen Plan folgen: Sie schleusten einen von ihnen bei uns ein. Einen, der ein Jahr im Schirmdorf bleiben sollte, offiziell zu Archivzwecken. Inoffiziell jedoch verfolgte er eine ganz andere Aufgabe: Er sollte das Vertrauen der Einzigen erschleichen, die über das für die Umsetzung des Plans notwendige Wissen verfügten: der Erwählten und ihrer Nachfolgerin. Und bei einer von ihnen ist es ihm gelungen. Nicht wahr, Parrett?« Als ich nun zu ihm hinübersehe, zieht sich in mir alles schmerzhaft zusammen.

Das hat es bereits, als Osk inmitten des Sturms das erwähnte, was mich hat begreifen lassen: Er sagte, dass ich selbst nach jenem Tag schützende Begleitung auf dem Weg zur Lichteiche ablehnte, als Camille und ich vor zwei Jahren dem jungen Totenfraß begegnet waren, mit dem Camille hatte kommunizieren können. Camille hatte damals dem Tier zu verstehen gegeben, dass es sich nie wieder so nah am Dorf aufhalten dürfe, und es hatte einsichtig reagiert und war davongerannt. Daraufhin hatten wir entschieden, niemandem von dem Vorfall zu erzählen, damit sich niemand in falscher Sicherheit wähnte, wenn er oder sie das nächste Mal mit einem Totenfraß zusammenstieß. Nur Iris und Parrett hatten davon gewusst.

Der Schmerz frisst sich durch mein Innerstes, während ich dem Blick aus den blauen Augen begegne.

»Du hättest dir nach deiner Rückkehr in die Türme nicht gleich die Haare schneiden lassen sollen«, sage ich und schmecke die Bitternis in meiner Stimme auf der Zunge. »Deswegen kamst du mir so fremd und anders vor. Du bist nie gefoltert worden.«

Totenstille hat sich über den Dorfplatz gesenkt. Parrett spielt nicht länger den von Drogen verwirrten Geist. Stattdessen verzieht sich sein Gesicht zu einer Miene der Verzweiflung. »Clay, du musst mir glauben, auch wenn es anfangs nicht geplant war – meine Gefühle für dich sind echt! Ich habe mich wirklich in dich verliebt.«

Ich beiße die Zähne so fest zusammen, dass mein Kiefer schmerzt, denn nun kommt das Schlimmste. Das Furchtbarste. Das, was ich am liebsten gar nicht wüsste. Doch ich kann nicht anders.

»Für dein Vorhaben Hostatis' Vertrauen zu gewinnen kam nicht infrage; ich wette, das war dir bereits am ersten Tag klar. Mir aber konntest du nicht so nah kommen, wie es für eure Pläne wichtig war, während Ivyn um mich herum war, nicht? Das muss dir ebenfalls bald aufgegangen sein. Und da hast du eine ideale Gelegenheit ergriffen. Als nämlich eine junge Schirmerin, eine Schülerin noch, dir das Seilhaus zeigte und dabei ein defektes Seil entdeckte, das längst hätte aussortiert werden müssen. Statt es selbst zu entsorgen, brachtest du sie auf die Idee, es ihrer Lehrerin zu zeigen, in der Hoffnung, die würde es im Trubel der Delegationsfeier mit in ihre Hütte nehmen. Was ich tatsächlich tat.« Ich muss kurz Luft holen, denn die Worte schnüren mir den Atem ab. Ich kann selbst kaum glauben, was ich sage. Und ich kann nicht glauben, dass Parrett nicht laut protestiert, sondern nur dasteht und mich unglücklich ansieht.

»Camille, welcher Delegierte war damals bei dir, als du das defekte Seil entdecktest?«, frage ich meine ehemalige Schülerin, die sich an den Arm ihrer Liebsten klammert. Sie richtet sich auf. Sieht ihn an.

»Es war Parrett«, antwortet sie leise.

Ich habe es gewusst. Und doch ist es wie eine Ohrfeige.

»Wie hast du Ivyn dazu gebracht, dieses Seil zu benutzen?«, frage ich ihn. »Oder hast du es selbst aus unserer Hütte genommen, als ich schlief? Was hast du ihm erzählt, damit er auf diesen Baum kletterte? War es ein Spaß unter Männern? Hast du ihn irgendwie herausgefordert? Meinen unerschrockenen, ehrgeizigen, wunderbaren … Ivyn …« Mir bricht die Stimme.

Für einen Moment sehen wir uns an. Der Mann, dem ich so mühsam einen Platz in meinem Herzen gegeben habe, den ich zu kennen glaubte. Dann wirft er sich herum und rennt los, Richtung Waldrand.

Thaiman und Paaul setzen ihm hinterher. Doch im Gegensatz zu den beiden, die den ganzen Tag auf der Suche nach Osk auf den Beinen waren, ist Parrett ausgeruht und so schnell, dass sie ihn nicht erwischen. Es dauert nicht lange, bis die beiden unverrichteter Dinge zurückkehren.

Die Stille auf dem Platz wird von Flüstern und Raunen überdeckt. Camille streckt die Hand aus und zieht mich in ihre Arme. Iris schlingt ihre um uns beide.

Obwohl ich weiß, dass in mir jede Menge Tränen warten, kann ich nicht weinen. Ich fühle mich, als sei ich innerlich versteinert.

Während Camille schluchzt und Iris uns beiden die Rücken

streichelt, hebe ich den Kopf. Jonn hat den Kopf gesenkt und schielt zu mir herauf. In seinen Augen steht so viel Mitgefühl und Traurigkeit, dass der Stein in mir zu zerspringen droht.

Plötzlich werden Rufe laut.

Ich sehe mich um, muss für einen Moment die Augen zusammenpressen, als gleißendes Licht den Shunterplatz erhellt.

Dort, wo jedes Jahr zum Delegationsbesuch die zwölf Türmer erscheinen, tauchen etliche Menschen auf. Einige in der Uniform der Sicherheitskräfte aus Highhaven, aber auch solche in der sonderbar anmutenden Kleidung der Türme. Nebeneinander stehen dort eine kleine runde und eine große dünne Frau, umringt von ein paar Personen, die wichtig aussehende Roben tragen.

»Zum Zenit! Komme ich zu spät? Ist die Show schon vorbei?«, ruft die kleine Rundliche.

Es ist Dench.

EPILOG

Fast ein Zwölftel Jahr ist vergangen. Die Verhandlungen zwischen Highhaven, dem Refugium und Savannah, Letzteres vertreten durch den Revolutionsführer Jonn, sind durchaus harmonisch verlaufen.

Ich selbst war diejenige, die die Idee mit der Aufteilung der Jungeichen ins Spiel brachte. Und so war es beschlossen worden.

Ein Sämling hat seinen Platz bereits mitten in unserem Dorf gefunden, wo alle ihn täglich wie einen geschätzten Bewohner begrüßen, mit ihm sprechen, ihn berühren. Die junge Lichteiche ist inzwischen gut dreißig Fuß hoch und sprüht geradezu vor Energie. Schon jetzt ist den Bäumen in Dorfnähe anzumerken, dass sie angesteckt sind von dieser Kraft.

Der zweite Jungbaum des Refugiums steht im Osten unseres Landes. Auch er ist bereits die Allianz mit den Baumarten seiner Nachbarschaft eingegangen, und die Kronen haben beinahe alle Lücken geschlossen, die durch den Sturm entstanden sind.

Es war Aruncus, der vorschlug, die beiden restlichen Lichteichen des Refugiums im Norden und Süden an die Landesgrenzen zu Savannah zu pflanzen. So haben unsere beiden Länder Gewinn, denn es zeichnet sich bereits ab, dass die jungen Bäume mit ihrer Stärke den Grundwasserspiegel heben und in Savannah Schösslinge der dort bestehenden Bäume und Sträucher wachsen lassen. Ich habe gehört, dass sich seitdem im Land der Hügel und Felsendörfer ein neues Märchen an die Betten der Kinder geschlichen hat. Es handelt von einem alten Mann, der einer großen Versuchung widerstand und mit seiner Großzügigkeit zu einem wahren Helden wurde.

Die vier Bäume Savannahs hat man ebenfalls in alle Himmelsrichtungen verteilt. In den ersten Tagen haben viele Menschen, die ihren Anteil beitragen und an diesem Wunder teilhaben wollen, sie beschattet und gewässert. Doch inzwischen sind die Bäume es, die Schatten und Wasser spenden – ganz abgesehen von der Hoffnung, die in den Augen aller Savannah Dweller leuchtet, wenn sie die jungen Lichteichen besuchen.

Ich selbst habe die vier Sämlinge der Türme in ihr neues Zuhause begleitet. Avem entschied sich dagegen mitzukommen, da mir dort keinerlei Gefahr mehr drohe, wie sie scherzhaft meinte. Dafür standen Thaiman, Paaul und natürlich Dench an meiner Seite.

Der Hohe Rat und als Vertreterin der Obersten die Cousinen Lady Loren Dench und Hohe Richterin Lady Philoppe Maccander wachten über die gerechte Verteilung der Sämlinge. Durch die Hologrammschauen von der unerwarteten Hilfe aus dem Refugium informiert, fassten in einem ungeheuren Kraftakt viele Menschen der Türme mit an. Und so erhielten die Lichteichen rasch Unterstützung von Tausenden junger Sprösslinge anderer Arten, die bis dahin in den Baumschulen heran gewachsen waren. Bei dieser harten Arbeit trugen die meisten der Freiwilligen ungewöhnliche Kleidung, nämlich eine praktisch sitzende Hose samt Hemd in den Grün- und Erdfarben des Waldes sowie einen Beingurt mit Messer. Ein winziger Laden am Rande Highhavens, von zwei Männern geführt, hatte wundersamerweise jede Menge von diesem gefragten Refugiumslook und den Savannah-Klingen auf Lager und wurde von all den Modebewussten nur so bestürmt.

In ein paar Tagen werden in den Türmen die Sitzungen des

Hohen Rates nachgeholt, die man aufgrund der aktuellen Lage verschoben hat. Der komplette erste Tag ist reserviert für Sprecher aus Savannah, die dort ihre Anliegen und ihre Wünsche vortragen können.

Zurück im Refugium habe ich Avem meinen Dank für ihre treue Hilfe aussprechen können, indem ich ihr die Urkunde mit ihrem Gencode überreichte. Nun ist sie endlich frei und hat ohne Zögern entschieden, in unserem Dorf zu leben, wo sie herzlich willkommen ist. Sie macht sich gern nützlich, geht überall zur Hand, wo Hilfe notwendig ist. Am liebsten aber spielt sie mit den Kindern, die sie alle heiß und innig lieben. Welches Kind fände eine Freundin nicht wundervoll, die nicht viel größer als es selbst, aber so stark wie fünf Männer ist?

Irgendwann einmal, hat Avem mir anvertraut, möchte sie vielleicht für eine Weile in die Türme zurückkehren. Um dort die Obedianten kennenzulernen, die wie sie die grausame Operation nicht haben erdulden müssen. Aber bei mindestens zweihundert Jahren Leben, hat Avem gemeint, habe sie ausreichend Zeit für all diese Pläne und auch für … Romantik.

Inzwischen ist auch Bluebell heimgekehrt. Unter Larees Fürsorge ist er vollkommen genesen und begleitet Camille zwitschernd wieder überall hin.

Der einzige dunkle Tag, der diese Zeit des Aufbruchs für mich getrübt hat, war jener, an dem Parrett gefunden wurde. Weit vom Schirmdorf entfernt entdeckten ihn einige Beerensammler aus Birkendorf, unter den Farnen halb verborgen. Man erkannte ihn an der Kleidung der Türme, denn sein Gesicht, so hat man mir gesagt, war entstellt von einem Raubtiergebiss mit doppelten Fangzähnen, so wie die Totenfraßweibchen sie besitzen.

Ich habe dafür gesorgt, dass Parretts sterblichen Überreste nach Highhaven gebracht und dort sonnenlichtbestattet wurden. Ich glaube, das hätte er so gewollt.

Nun hat sich die allgemeine Aufregung allmählich gelegt. Die Tage beginnen wieder, ihren ganz normalen Lauf zu nehmen. Die Schirmeri brechen am Morgen auf in den Wald, um nach Lynchflechten Ausschau zu halten. Camille sucht die Hirsche und Kaninchen auf, um ihnen einzuschärfen, sich von den überall sprießenden Schösslingen der vielen unterschiedlichen Baumarten fernzuhalten. Iris und Penstemon bereiten täglich die leckersten Mahlzeiten zu.

Als ich heute Morgen vom Frühstück kommend aus dem Speisehaus trete, sehe ich Aruncus, der bei unserer Dorfeiche steht, wie alle sie inzwischen liebevoll nennen. Er hat die Hand an ihren Stamm gelegt und die Augen geschlossen.

Ich will mich vorbeistehlen, als er sagt: »Du solltest nicht noch einmal dorthin gehen. Du bist oft genug dort gewesen, um die Arbeiten zu beaufsichtigen.«

Ich wundere mich nicht, dass ausgerechnet er es ist, der errät, wohin ich an diesem Tag gehen will.

»Gerade deswegen, Aru. Es waren so viele Menschen dort. Sodass ich gar nicht Abschied nehmen konnte. Gerade deswegen muss ich noch einmal hin.«

Er überlegt. Dann nickt er und lächelt mich an, während er den Stamm des noch jungen Baumes tätschelt. »Verstehe.«

Also gehe ich los. Ich lasse mir Zeit, achte auf meinen Weg. Erst nach vierzehn Sonnenständen komme ich an. Der Himmel färbt sich bereits rötlich in der gewaltigen Lücke, die hier noch im Kronendach klafft.

Der Boden ist aufgewühlt und schwer verletzt von den vielen groben Stiefeln, den Hieben der Diamantäxte, dem Einsatz des Riesenshunters.

In den Verhandlungen war diskutiert worden, ob es nicht pietätvoller wäre, die Lichteiche liegen zu lassen, wo sie zweitausendsechshundert Jahre lang gestanden hat. Auch ich hatte mich dafür ausgesprochen. Hatte schlussendlich aber einsehen müssen, dass die Masse an Holz für die erste Hilfe am Dach der Türme notwendig war. Und heute glaube ich, dass der Heilige Baum es genauso entschieden hätte.

Über mir wird sich in einem weiteren Zwölftel des Jahres die Lücke geschlossen haben, denn die umstehenden Bäume recken bereits ihre Äste. Sie haben über die Wurzeln Kontakt zu den jungen Lichteichen aufgenommen und produzieren weiterhin das Reflektum, das sie selbst und uns alle schützt.

Hier, an diesem Ort, an dem ich viele glückliche Stunden verlebt habe, stehe ich nun wie an einem Grab ohne Tote. Ich blicke auf den Krater, in dem die gewaltigen Wurzeln gesteckt haben, neige den Kopf und weine.

Ich weine so lange, bis keine Träne mehr kommt.

Dann wende ich mich ab und will den Heimweg antreten. Bis ins Dorf werde ich es nicht schaffen vor der Dunkelheit. Aber bestimmt finde ich einen gemütlichen Baum, auf dessen Ästen ich es mir für die Nacht bequem machen kann.

Da fällt mein Blick auf eine unscheinbar wirkende Kapsel, die auf einem aus dem Erdreich geschleuderten Stein liegt.

Sie ist bräunlich, beinahe so groß wie meine Faust, wirkt vertrocknet. Neugierig trete ich näher, denn so etwas habe ich noch nie gesehen. Eine Pflanze, die ich nicht kenne?

Ich hebe die Hülse auf und betrachte sie genauer.

Da knackt hinter mir ein Ast, und ich fahre erschrocken herum. Die Kapsel fällt mir aus der Hand.

Doch hinter mir ist nichts.

Ich atme tief ein und wieder aus. Meine Nerven haben sich offenbar von den überstandenen Schrecken immer noch nicht komplett erholt.

Als ich mich umdrehe, halte ich überrascht inne. Das, was ich für eine vertrocknete, braune Kapsel gehalten habe, muss im

Hinunterfallen auf den Stein geprallt und aufgesprungen sein. Sie ist auf einem kleinen Erdhügel gelandet. Und etwas darin bewegt sich.

Mein erster Gedanke ist, dass es ein seltsam geformtes Ei gewesen sein muss. Doch als die Schale aufbricht, windet sich kein Vogelküken einer bisher unbekannten Art daraus hervor, sondern ein weißgrüner Pflanzentrieb mit einem einzigen gewellten Blatt an seiner Spitze.

Atemlos schaue ich zu, wie aus der Hülse heraus zerbrechlich dünne Wurzeln in die Erde wachsen, während der oberirdische Trieb sich in die Höhe schlängelt.

Die Hand auf meinen klopfenden Herzen sehe ich sprachlos zu, traue meinen eigenen Augen kaum.

Wie kann das sein? Alle Aufzeichnungen sprechen von zwölf Früchten, zwölf Samen, zwölf neuen, jungen Bäumen. Aber keine andere Baumart wächst so schnell, dass ich dem Sämling dabei zusehen könnte. Dies hier muss ein Nachkomme der Lichteiche sein. Der dreizehnte.

Die Samenkapseln der anderen zwölf, ihr Aufbrechen und Herausschieben, habe ich nicht mitangesehen, weil ich überwältigt vom Sturz meiner Baumfreundin Zeit brauchte, um mich zurecht- und aus dem Gewirr der zerborstenen Kronenäste herauszufinden. Umso faszinierter beobachte ich jetzt das Wunder.

Mittlerweile haben sich die Wurzeln in den ganzen Erdhügel geschoben, an Kraft und Dicke gewonnen. Der Trieb ist bereits einen Fuß hoch, mit einem halben Dutzend Blätter.

Vorsichtig strecke ich die Hand aus und berühre eines davon, schließe die Augen.

Auf der Innenseite meiner Lider explodieren Farben, formen sich zu Bildern. Da ist eine Landschaft, ähnlich wie diese, aber reicher, voller, da sind Vögel, Hunderte, Tausende, die in den

Zweigen jubilieren, Insekten, Schmetterlinge, Käfer, Spinnen, menschliche Gesichter, Männer und Frauen, junge und alte, so viele. Da ist Hostatis, ihre wachen, munteren Augen in ihrem faltigen Gesicht. Sie lächelt. Da bin ich. Ich selbst. Und Camille.

Unsere Dorfeiche, ebenfalls ein Nachkomme des Heiligen Baumes, hat mir solche Bilder noch nie gezeigt. Für sie ist alles neu, ihr Zuhause unser Dorf, die Gesichter der Schirmeri ihre Familie.

»*Du* bist es, oder?«, frage ich mit bebender Stimme. Meine Fingerspitze, die das Blatt berührt, wird warm.

Ich sitze bei dem kleinen, sich beständig reckenden Sämling, bis das Licht zu schwinden beginnt.

Dann breche ich auf, mein Herz so leicht wie schon seit Jahren nicht mehr. Ich will eine bestimmte Strecke auf dem Weg ins Schirmdorf schaffen, habe ein paar Seidenweiden im Sinn, in denen ich werde übernachten können. Doch als ich eine kleine Weile unterwegs bin, halte ich inne und lausche in den Wald hinein.

»Wer immer da ist, es wäre besser, du kommst heraus«, sage ich und habe bereits einen Pfeil aus dem Köcher auf die Sehne gedockt.

Die Sträucher in der Nähe rascheln, und eine Gestalt tritt auf den Pfad.

»Jonn!«, fahre ich ihn an. »Splitter und Fäulnis! Was fällt dir ein, dich so anzuschleichen! Fast hätte ich dich erschossen.«

Jonn kennt die Gegend um die alte Lichteiche inzwischen ebenfalls sehr gut. Er hat mir beigestanden, als ihr Stamm zerlegt und ihr Holz in die Türme geshuntert wurde. Jetzt steht er in seiner typisch lässigen Haltung vor mir, das spöttische Lächeln im Gesicht.

»Hey, ich dachte, Savannah Dweller sind ab sofort willkommen in eurem Wald?«

»Natürlich seid ihr willkommen. Aber es kann ungesund sein, sich an eine Schirmerin heranzupirschen. Was tust du hier?«

Plötzlich geht ihm seine typische großspurige Art verloren. »Ich … ähm … na ja, im Schirmdorf sagten sie mir, dass ich dich wahrscheinlich hier finde.«

»Du warst im Schirmdorf und hast es dann innerhalb eines Tages hierher geschafft?«

»Mit dem Sandrenner ist man sehr viel schneller«, erinnert er mich.

»Ach ja.«

»Ja. Ich … also, ich hab ihn ganz in der Nähe abgestellt. Wenn du willst, bringe ich dich ins Dorf.«

»Oh, nein, danke, wirklich nicht!« Ein einziges Mal bin ich auf so einen Vorschlag von ihm eingegangen, als er mir eine der jungen Lichteichen in Savannah hatte zeigen wollen. Mir ist jetzt noch schwindelig, wenn ich daran denke.

»Dann gehen wir zu Fuß?«, schlägt er vor.

Ich zögere kurz, nicke schließlich.

»Hast du schon mal auf einem Baum übernachtet?«, frage ich ihn.

»Du meinst, oben auf einem Ast? Geht das?«

»Natürlich geht das. Du wirst es ausprobieren müssen. Aber keine Angst, ich hab mein Seil dabei und kann dich sichern, damit du nicht versehentlich runterfällst.«

»Ich probiere alles aus, wenn du es sagst. Hauptsache, du bist da«, sagt er. Einfach so. Ohne große Vorrede. Aber deren bedarf es ja auch gar nicht, wenn ich ehrlich bin.

»Ich bin da«, antworte ich.

»Ich auch«, erwidert er.

Wir gehen weiter Richtung Schirmdorf, während die beiden Sonnen das letzte Licht des Tages über unsere Welt schicken.

Mir kommt in den Sinn, ihm von dem dreizehnten Wunder der Lichteiche zu erzählen. Doch dann schweige ich und genieße lieber die Geräusche der hereinbrechenden Nacht, während wir dicht nebeneinander den schmalen Pfad entlanggehen.

Ich kann es ihm auch später noch erzählen. Oder morgen.

Wir haben unendlich viel Zeit.

ENDE

PASS AUF DICH AUF: TRIGGERTHEMA »FOLTER«

(Achtung, ab hier enthält die Triggerwarnung Spoiler!)

Wenn Szenen, in denen Folter eine Rolle spielt, dich ebenso aus der Bahn werfen wie mich, möchte ich dir hiermit sagen, dass du *Helles Land* unter folgenden Umständen trotzdem lesen kannst: Ich deute in zwei Szenen an, dass Folter stattfinden wird – jedoch wird diese nicht durchgeführt oder etwa näher beschrieben. Trotzdem ist es mir wichtig, dich darauf hinzuweisen, denn schon allein die Andeutung von Triggerthemen kann schlimme Gefühle auslösen. Pass also auf dich auf.

Bei näheren Fragen schreib mir auf Instagram unter mirjammuentefering oder nimm Kontakt über meine Website auf: www.mirjam-muentefering.de

EIN FETTES DANKESCHÖN

- an meine liebe Autorinnenkollegin und Schreibfreundin Rena Rosenthal – für den konstruktiven Austausch, der so irre viel Spaß macht, dass unsere Telefonate immer länger als geplant ausfallen. (Was hoffentlich nicht nur daran liegt, dass ich so gern und viel über Geschichten rede.) Danke fürs Mitfiebern und -denken! Ich glaube, auf uns warten noch viele sensationelle Geschichten aus deiner und aus meiner Feder.
- an Regina Seitz von der Agentur Meller – du bist das Sahnehäubchen, das mir auf meiner happy Schreibtorte noch gefehlt hat! Was für ein Luxus, so professionell und zugleich so menschlich, in jeder Hinsicht engagiert von dir betreut zu werden. Nach nur einem Jahr sind wir bereits ein echt cooles Team! Ich freu mich auf viele sensationelle Projekte!
- an Julia – weil du Mary E. Garner auf die Welt geholfen und beim *Buch der gelöschten Wörter* so toll unterstützt hast.
- an meine liebe Lektorin Daniela – uns verbinden schon so viele tolle Bücher. Danke für dein immerwährendes Engagement und die Begeisterung, mit der du meine Texte kommentierst.
- an Friederike Haller – schon nach *Das Buch der gelöschten Wörter* hast du meine Ansprüche an eine Textredaktion für alle Zeiten geprägt und wirst mich wahrscheinlich nie wieder los. Selbst schuld. Die Zusammenarbeit bei *Helles Land* hat so viel Spaß gemacht und dem Buch zu verdientem Glanz verholfen.

- an Sarah Stoffers – du hast mich mit nur wenigen Worten vor einem fetten Fehler bewahrt, mit dem ich ungewollt Menschen verletzt hätte. Danke für deine einfühlsame Art und deinen Rat. Ich freu mich so sehr, dass wir uns über #facettenreichlesen kennen- und schätzen gelernt haben.
- an all jene da draußen, die Mary E. Garner einen so wundervollen Start ermöglicht haben: Ihr habt meine Trilogie *Das Buch der gelöschten Wörter* gelesen, geliebt, so wunderbar besprochen, weiterempfohlen, seid mir auf Instagram (unter meinem Klarnamen mirjammuentefering) gefolgt, und bei Lovelybooks gab es die sensationell tollsten Leserunden, die die Bücherwelt je gelesen hat. Danke euch allen!
- Last but not least möchte ich Sabine danken, meiner wunderbaren Gefährtin, die nie Fantasy und schon gar nicht ScienceFantasy liest, aber für mich eine Ausnahme macht. Bestimmt ist es nicht immer leicht, eine Autorin an der Seite zu haben, die zwanghaft strenge Schreibrituale einhält, dazu täglich für Stunden im wunderbaren Schreibwagen »Watson« im Garten verschwindet und für die Tage und Abende oft darin bestehen, neue Geschichten auszuspinnen und in die Bücherwelt abzutauchen. Unsere Brainstorming Sessions sind oft der Start für eine wunderbare Idee – und davon kann es nie genug geben.